Die Silberne Rose

Die Autorin

Susan Carroll hat Englisch und Geschichte studiert und schreibt historische Liebesromane. Mit ihrer Feuerfrau-Trilogie, in der sie sich erstmals auf fantastische Elemente einließ, eroberte sie auch hierzulande eine große Fangemeinde. Für ihre Bücher ist sie bereits mehrfach ausgezeichnet worden. Susan Carroll lebt und arbeitet in Rock Island, Illinois. Bei Weltbild erschienen bereits *Die dunkle Königin* und *Die Geliebte des Königs*, der erste und zweite Band einer Reihe um die berühmt-berüchtigte Katharina von Medici.

SUSAN CARROLL

Die Silberne Rose

Roman

Aus dem Amerikanischen
von Angela Schumitz

Weltbild

Die amerikanische Originalausgabe erschien 2006
unter dem Titel *The Silver Rose*
bei Ballantine Books, New York.

Besuchen Sie uns im Internet:
www.weltbild.de

Dieses Werk wurde im Auftrag von Jane Rotrosen
Agency LLC vermittelt durch die Literarische Agentur
Thomas Schlück GmbH, 30827 Garbsen.

Übersetzung: Angela Schumitz
Projektleitung: Librisco Consult, München
Redaktion: Sandra Lode
Umschlaggestaltung: Zeichenpool, München
Umschlagmotiv: Shutterstock (© palex1977; © ilolab);
Zeichenpool Archiv
Satz: Dirk Risch, Berlin
Druck und Bindung: CPI Moravia Books s.r.o., Pohorelice
Printed in the EU
ISBN 978-3-8289-9729-5

2014 2013 2012 2011
Die letzte Jahreszahl gibt die aktuelle Ausgabe an.

Für meinen Sohn Ricky.
Wohin deine Reise dich auch führen mag,
vergiss nie, dass ich dich liebe.

Und für meinen enthusiastischen Fan Patricia Ann Cute,
die Lady, der das Herz meines Bruders gehört.

Danksagung

Das Fertigstellen eines Buches markiert auch das Ende einer Reise. Ich hätte diesen Weg nicht zu Ende gehen können ohne die Hilfe, Ermunterung und weisen Ratschläge vieler Menschen: meiner Agentin Andrea Cirillo, meiner Lektorin Charlotte Herscher, ihrer Assistentin Signe Pike und meiner Korrektorin Martha Trachtenberg. Außerdem danke ich Gina Centrello, Linda Marrow und allen Lektoratsmitarbeitern bei Ballantine.

Dank für seine anhaltende Unterstützung gebührt auch meinem Ortsverband der *Romance Writers of America:* Jan Steffens, Elizabeth Bare, Leslie Thompson und Teresa Davis. Julie Kistler danke ich für ihre Hilfe bei Plot und Recherche, Stephanie Wilson und Kay Krewer dafür, dass sie mir geholfen haben, die geheimnisvollen Verhaltensweisen der Pferde besser zu verstehen.

Und wie immer ein inniges Dankeschön meiner liebsten Freundin und Kritikpartnerin Kim Cates dafür, dass sie diese lange und schwierige Reise mit mir unternommen und mir auch bei der letzten langen Meile zur Seite gestanden hat. Ohne dich hätte ich es nicht geschafft, Frodo.

Prolog

Die Sonne verschwand hinter dem Horizont, das Licht verflüchtigte sich wie der Rauch einer ausgeblasenen Kerze. Dunkelheit senkte sich über Klippen und Bäume und verwandelte die zerklüftete bretonische Küste in das Land, das Simon Aristide am vertrautesten war, ein Land der Finsternis und Schatten.

Der Hexenjäger packte mit seinen behandschuhten Händen die Zügel seines Pferdes. Wie ihr Meister verschmolz auch die ebenholzschwarze Stute mit der Dunkelheit. Aristides schulterlanges Haar war so schwarz wie die Mähne seines Reittiers und flatterte ebenso wild in der steifen, ablandigen Brise. Er war ganz in Schwarz gekleidet, von den dicken Stiefeln bis zum ledernen Wams. Bartstoppeln verdunkelten sein Gesicht, und seine Haut war gebräunt von den vielen Tagen, die er, den Elementen trotzend, im Sattel verbracht hatte.

Simons Gesicht war kantig, sein Mund wirkte hart und kompromisslos, als würde er nur selten lächeln. Sein linkes Auge war ebenso dunkel wie alles andere an ihm und darin funkelte ein messerscharfer Verstand. Sein verwüstetes rechtes Auge war meist unter einer dunklen Klappe verborgen. Eine wulstige Narbe, das Ergebnis eines Duells, teilte seine Stirn und verschwand unter der Augenklappe, doch dann trat sie wieder hervor und verunstaltete in einem dünnen Strich seine Wange. Seine große, drahtige Gestalt bot einen einschüchternden Anblick. Nur ein Verrückter hätte gewagt, ihn anzugreifen.

Und genau zu dem Schluss war Simon gekommen: Die Geschöpfe, die ihn verfolgten, mussten verrückt sein oder aber durch und durch böse. In einer Nacht wie dieser, fernab allen menschlichen Lebens, zog er es vor, seine Verfolger einfach nur für verrückt zu halten. Dies schien ihm beruhigender.

Als die Schatten um ihn dichter wurden, widerstand er dem Drang, Elle zum Galopp anzutreiben. Schon der kleinste Druck seiner Knie hätte genügt, sie beide pfeilschnell davonfliegen zu lassen, aber auf dem schmalen, heimtückischen Pfad entlang der Klippen wäre das selbst am helllichten Tag viel zu gefährlich gewesen. Ein gestreckter Galopp im Dunkeln wäre einem Selbstmord gleichgekommen. Es gab zwar einen einfacheren Weg etwas weiter im Wald, doch die knorrigen Bäume, die dichten Büsche und das Unterholz boten zu viele Möglichkeiten, sich zu verstecken.

Simon ließ seine Stute ruhig weiterschreiten. Er hörte nichts außer Elles stetem Hufschlag, dem Wind, der durch die Bäume raschelte, und der Brandung an den Felsen tief unter ihm. Trotzdem spürte er, dass er hier draußen in der Dunkelheit nicht allein war, und dieser Eindruck verursachte ein Kribbeln in seinem Nacken. Sie waren da – zumindest eine von ihnen. Vielleicht die eine, die ihn in dem Dorf verfolgt hatte, durch das er vor Kurzem gekommen war.

Aber vielleicht war es ja doch nur seine Erschöpfung nach den wenigen Stunden unruhigen Schlafes, die er sich in der letzten Nacht gegönnt hatte? Nein, diese Möglichkeit verwarf er wieder, Elles Verhalten sprach dagegen. Die Stute war seit einiger Zeit ausgesprochen unruhig, ihr Gang war unstet, sie warf immer wieder den Kopf nach hinten und spitzte die Ohren.

Simon tätschelte ihren Hals. In dem Moment drang ein ungewöhnlicher Laut an sein Ohr. Anfangs glaubte er, sich das schwache Wimmern eines Säuglings bloß einzubilden. Es hätte auch nur der Wind sein können, der durch das felsige Land streifte. Trotzdem verkrampfte sich sein Magen in düsterer Vorahnung.

Der Pfad beschrieb eine Kurve, und danach wurde das Land ebener. Nun vernahm er das Wimmern lauter, klagender. Er zügelte Elle und blickte sich angespannt um. Kaum hundert Meter vor ihm floss das Mondlicht über etwas, das gefährlich nah am Rand der Klippen abgelegt worden war. Jeder andere hätte das Ding für eine zusammengerollte Decke gehalten, die ein sorgloser Schäfer liegen gelassen hatte. Doch Simon hatte so etwas schon öfter gesehen, auch wenn es diesmal einen Unterschied gab: Das Kind lebte noch.

Der Wind trug die Schreie des Kleinen bis zu ihm. Simons Herz schlug rascher, am liebsten wäre er sofort zu dem Bündel gestürmt. Doch er war schon zu oft nur mit knapper Not einem Hinterhalt entgangen, um jetzt so impulsiv zu handeln.

Er stieg aus dem Sattel und zog Elle zu einer Baumgruppe. Dort schlang er die Zügel um einen festen Birkenstamm. Elle rollte nicht entsetzt mit den Augen, doch sie stampfte und schnaubte. Dann schob sie ihre schlanke, aber kräftige Brust und die Schultern vor ihn, als wolle sie ihn hindern, den Hain zu verlassen.

Simon streichelte sein Pferd beruhigend. Er blieb im Schatten der Bäume stehen und musterte den Pfad, der am Rand der Klippen weiterführte. Das Plateau, auf dem das Kind ausgesetzt worden war, bot keine Möglichkeit, sich zu verbergen. Doch auch Simon würde dort keine Deckung finden, wenn ein Angreifer ein Stück weiter auf ihn lauerte und sich anschickte, ihm einen Pfeil in den Rücken zu schießen.

Das entsprach allerdings nicht der üblichen Angriffsweise seiner Gegner, und schließlich besiegten die Schreie des Kindes Simons Vorsicht; denn sie wurden zunehmend schwächer. Vielleicht hatten seine Feinde ja nicht damit gerechnet, dass er schon so bald eintreffen würde?

Leise schob er sich an Elle vorbei, zog sein Schwert und schlich weiter. Inzwischen war das Kind kaum noch zu hören, ein letztes schwaches Wimmern erklang, dann kehrte grausame Stille ein. Simon vergaß alle Vorsicht und Wachsamkeit, er begann zu rennen. Unter seinen Stiefeln löste sich ein Hagel von Steinchen.

Er stürmte zu dem kleinen Bündel am Rand der Klippen und kniete sich daneben. Der Wind ließ den Rand der grob gewebten Decke hochflattern, doch die winzige, darin eingewickelte Gestalt regte sich nicht. Simon legte sein Schwert ab und zog die Handschuhe aus. Er nahm das Bündel mit einer Sanftheit hoch, die bei ihm so selten vorkam wie das Zwiegespräch mit Gott.

Bitte – bitte lass mich nicht zu spät gekommen sein. Wenigstens dieses eine Mal!

Er zog die Decke weg, dann atmete er scharf ein: Sein Blick fiel auf die Glasaugen einer Puppe, die ihn leer anstarrten, und einen Mund, der auf ein Stoffgesicht gestickt war und wie höhnisch verzogen wirkte. *Reingelegt!*

Er hatte kaum Zeit, sich dessen bewusst zu werden, als ein Zweig seitlich von ihm knackte. Er wirbelte zu dem Geräusch herum und bemerkte eine kleine Vertiefung unweit der Stelle, an der er kniete. Nur ganz verschwommen nahm er die Frau wahr, die dort gekauert hatte und nun zum Sprung ansetzte.

Mit gebleckten Zähnen stürzte sie sich auf ihn und warf ihn auf den Rücken. Das Mondlicht spiegelte sich auf der Waffe in ihrer Hand, die sie gegen seinen Hals richtete. Simon gelang es, den Angriff mit der Puppe abzuwehren, sich aufzurichten und seine Gegnerin von sich zu schleudern. Sie landete wütend kreischend auf dem Boden. Als er wieder auf den Füßen war, hatte auch sie sich hochgerappelt – und stand zwischen ihm und seinem Schwert. Verächtlich grinsend beförderte sie die Waffe mit einem Tritt aus seiner Reichweite.

Die Frau trug weite Hosen und die Tunika einer armen Landarbeiterin. Das dunkle Haar war ungekämmt, aus ihren Augen sprühte Fanatismus, um den Mund hatte sie einen grausamen, verschlagenen Zug. Simon hatte stets ein Messer in seinem Stiefel stecken, doch er beugte sich nicht vor, um es herauszuziehen.

»Halte dich von mir fern, Weib!«, herrschte er sie an. »Ich will dir nichts Böses. Lass deine Waffe fallen, dann verschone ich dich – wenn du mir ein paar Fragen beantwortest.«

Das Geschöpf warf den Kopf zurück und ahmte täuschend echt das klägliche Wimmern eines Neugeborenen nach. »Was willst du mich denn fragen?«, forderte sie ihn höhnisch heraus. »Wo das Kind ist? Es ist keins da, Hexenjäger. Diesmal nicht. Und das ist auch die einzige Antwort, die du von mir bekommst. Abgesehen davon.« Sie zückte ihre Waffe und kam näher.

»Mir nichts Böses wollen. Pah!« Sie spuckte direkt vor Simons Füße. »Ich weiß, wie ihr Hexenjäger eure Fragen stellt: mit dem Brandeisen und der Folterbank.«

»So arbeite ich nicht«, erwiderte er. »Doch wenn du mich angreifst, muss ich dich töten.«

»Na und? Ich habe keine Angst vor dem Tod. Die Silberne Rose wird mich wieder lebendig machen.«

Mit einem grässlichen Schrei warf sie sich erneut auf Simon. Er packte sie an den Handgelenken und hielt sie fest. Die Stärke, die in dieser Frau steckte, war nicht normal. Er musste all seine Kräfte aufbieten, um sie in Schach zu halten. In ihren Adern kreiste irgendein Wahn oder ein böser Zauber. Die Hitze ihres Atems schlug ihm entgegen, und er hörte, wie sie mit den Zähnen knirschte. Sie rückte ihm so nahe, dass sie ihm fast die Wange aufreißen konnte.

Doch die seltsame Waffe in ihrer Rechten beunruhigte ihn am meisten. Sie wollte damit auf ihn einstechen und schaffte es sogar, mit der Spitze durch sein Wams zu dringen. Simon verdrehte ihr das Handgelenk, bis sie das Ding mit einem lauten Aufschrei fallen ließ. Doch dann geriet sie völlig außer sich, sie trat nach ihm, fauchte und versuchte, ihn zu beißen. Schließlich versetzte sie ihm mit dem Kopf einen heftigen Stoß unters Kinn. Simon taumelte, sein Kiefer explodierte vor Schmerz. Sein Griff lockerte sich, er wich zurück und schaffte es nur mit knapper Not, nicht über den Rand der Klippe zu fallen.

Seine Angreiferin stürzte sich erneut auf ihn und wollte ihn hinabstoßen. Doch er wich ihrem Angriff aus, und nun war sie es, die wankte und den Halt verlor. Sie rutschte in den Abgrund und suchte verzweifelt nach Halt. Simon warf sich auf den Boden und erwischte sie gerade noch am Arm. Nun hing sie unter ihm und schlug wild mit den Beinen und dem freien Arm um sich, das Gesicht weiß vor Wut. Seine Armmuskeln begannen schmerzhaft zu brennen.

»Wer hat dich geschickt?«, knurrte er. »Wer ist diese Silberne Rose, der du dienst?«

»Fahr zur Hölle!«, kreischte sie.

»Sag mir, was ich wissen will, sonst …« Simon keuchte, als sie nach seiner Hand schlug und ihn mit ihren langen Nägeln so heftig kratzte, dass sich sein Griff lockerte.

Er spürte, wie sie ihm entglitt, und versuchte, sie fester zu packen. Doch es war zu spät. Sie rutschte hinab in die Dunkelheit, das Gesicht vor Schadenfreude und wahnwitzigem Triumph verzerrt. Simon hörte ihren Körper mehrmals aufprallen und dann mit einem lauten Platsch ins Wasser fallen. Das Meer war wie ein düsteres, hungriges Ungeheuer, dem der Schaum aus dem Maul quillt, als es den zerschmetterten Körper der Hexe verschlang und damit auch all die Antworten, die er so verzweifelt bei ihr gesucht hatte.

Welcher Dämon hat Besitz von dir ergriffen, Weib? Wo versteckt sich dein Zirkel, wenn sich seine Mitglieder nicht gerade herumtreiben, Angst und Schrecken verbreiten und versuchen, mich zu töten? Und wer ist diese Teufelin, die ihr die Silberne Rose nennt? Diese Hexe, die ihr so verehrt, dass ihr bereit seid, für sie zu sterben, und glaubt, sie habe die Macht, euch aus dem Totenreich zurückzuholen?

Und wenn sie diese Macht tatsächlich hatte?

Bei diesem Gedanken fröstelte Simon, und diese Kälte hatte nichts mit dem Wind zu tun, der über das Land peitschte. Leise stöhnend zog er sich vom Rand des Abgrunds zurück, wälzte sich auf den Rücken und versuchte, wieder zu Atem zu kommen. Langsam richtete er sich auf und strich sich die Haare aus dem Gesicht. Er zuckte zusammen, als seine Hand schmerzhaft pochte, wo die Hexe ihn mit ihren Nägeln verletzt hatte. Er schmeckte Blut – offenbar hatte er sich in die Wange gebissen, als sie ihn mit dem Kopf gestoßen hatte.

Behutsam tastete er sein Kinn ab. Es tat höllisch weh, aber

sie hatte ihm den Kiefer nicht ausgerenkt, und auch die Zähne saßen noch fest. Es hätte weitaus schlimmer kommen können, dachte er, als sein Blick auf die seltsame Waffe fiel, die er dem Weib entrungen hatte. Er hatte ein solch teuflisches Ding schon einmal gesehen und erlebt, wie tödlich es sein konnte. Aber er hatte noch nie eines an sich nehmen können, um es eingehender zu untersuchen.

Vorsichtig hob er die Waffe auf. Auf den ersten Blick sah sie aus wie ein sehr dünnes Stilett mit einer nadelscharfen Spitze. Sobald es in die Haut drang, wurde eine giftige Flüssigkeit durch die Klinge gepumpt, wenn man den Griff nach unten schob. Simon wusste nicht, wie diese Hexenklinge genau funktionierte, aber er hatte ihre Wirkung gesehen. Die Wunde war klein, sie sah alles andere als tödlich aus, doch der darauf folgende Tod war langsam und qualvoll.

Er legte die Waffe wieder auf den Boden und sah sich nach einer sicheren Transportmöglichkeit um. Sein Blick fiel auf die Puppe. Er wickelte sie aus. Sobald sie ihrer Hülle beraubt war, sah sie kaum noch wie ein Kind aus. Sie bestand nur aus einem Kopf und einem Körper aus Stoff, der sorgfältig ausgestopft worden war. Wenn man das Bündel aufnahm, sollte einen das Gefühl zur Annahme verleiten, einen Säugling in Händen zu halten.

Simon schleuderte das Ding über die Klippen. Seine Wut wurde gedämpft durch die Erleichterung, dass es diesmal nur eine Fälschung gewesen war. In seinen achtundzwanzig Lebensjahren hatte er mehr Gräuel, Tod und Niedertracht gesehen als selbst die meisten doppelt so alten Männer. Aber er wusste nicht, ob er den Anblick eines weiteren toten Kindes hätte ertragen können. Nächtelang hatte er sich schlaflos herumgewälzt und an die Qualen der hilflosen Geschöpfe gedacht, zu deren Rettung er zu spät gekommen war. Denn sie waren an irgendeinem abgelegenen Fleck ausgesetzt worden, wo ihre Schreie ungehört verhallt und sie langsam an Hunger und Vernachlässigung zugrunde gegangen waren.

Welche Frau vermochte einer anderen zu befehlen, so grausam zu sein? Dieselbe Frau, die eine Waffe wie dieses vergiftete Stilett fertigen konnte, das am Griff mit einer merkwürdigen silbernen Blume verziert war – offenbar ihrem Emblem. Koste es, was es wolle, Simon hatte sich fest vorgenommen, die Hexe aufzustöbern und ihrem ruchlosen Treiben ein Ende zu setzen. Es sei denn, die Silberne Rose kam ihm zuvor.

Und das war ziemlich wahrscheinlich, wenn er sich weiterhin so töricht verhielt wie heute Abend. Vor fünf Jahren, ja nicht einmal vor zwei, wäre er nicht auf einen solchen Hinterhalt hereingefallen. Aber sein einsamer Kreuzzug hatte ihn so viel Kraft gekostet, dass er sich wunderte, noch einen Schatten zu werfen.

Er wickelte das Stilett in die Decke, dann holte er sein Schwert und seine Handschuhe und machte sich auf den Weg zurück zu Elle. Sie stampfte, warf den Kopf nach hinten und zerrte am Zügel, offenbar erschrocken über seinen Kampf mit der Hexe. Es dauerte eine ganze Weile, bis er sie wieder beruhigt hatte. Schließlich drückte er sacht die Stirn an ihre samtweiche Nase.

»Oh mein Gott, Elle, ich habe es alles so satt, so gründlich satt!«

Sie wieherte, und ihre dunklen Augen glitzerten schwach im Mondlicht. Dann begann sie, an seinen Haaren zu schnüffeln und mit ihrem weichen Maul an seinem Ausschnitt herumzuspielen, als wolle sie ihn trösten. Es mochte zwar seltsam erscheinen, doch manchmal dachte Simon, seine Stute verstünde ihn.

Nur Miri Cheney hätte es nicht für seltsam gehalten. Sie hätte gesagt … Simon stockte der Atem, als sich ihr Bild in seine Gedanken schlich, ihr Bild, das nach all den Jahren noch überdeutlich vor ihm stand. Die Erinnerung an ein junges Mädchen mit Haaren hell wie das Licht des Mondes, einem Gesicht zart wie das eines Engels und Augen, die so sanft schimmern konnten wie der Morgennebel, aber auch so düster wie ein Sturm auf hoher See. Feenhafte Augen, die einen Mann vergessen lassen konnten, wer er war und was er zu tun hatte. Oder schlimmer noch – wer sie war. Eine Tochter der Erde, eine weise Frau, so hatte sich Miri immer bezeichnet. Doch egal, wie sie es nennen mochte, eine Hexe war und blieb eine Hexe. Und dennoch – Miri hatte auch etwas anderes an sich gehabt.

Trotz ihrer unglücklichen Familie, die aus lauter Hexen bestand, war Miri eher fehlgeleitet gewesen denn vom Bösen befleckt. Das Mädchen war erfüllt gewesen von Unschuld, einem strahlenden Glauben an das Gute in der Welt, einer Hoffnung auf das Beste in den Menschen. Mädchen? Nein, inzwischen war sie wohl zur Frau herangereift, und das Licht, das sie früher verströmt hatte, war wahrscheinlich getrübt, weil ihre Familie gezwungen worden war, ihr Heim auf Faire Isle zu verlassen und sich ins Exil zu begeben, wofür zum größten Teil Simon verantwortlich war.

Doch im letzten Jahr waren Gerüchte an sein Ohr gedrungen, dass eine der Cheney-Schwestern es gewagt hatte, auf die Insel zurückzukehren, und jetzt in ruhiger Abgeschiedenheit dort lebte; eine Frau mit einer fast übernatürlichen Fähigkeit, kranke oder verletzte Kreaturen zu heilen.

Es gab nur eine, die das konnte – Miri.

Simons Griff um das Halfter seines Pferdes wurde fester, während er sich bemühte, die Frau aus seinem Kopf zu vertreiben. Erinnerungen an sie lösten eine Reue in ihm aus, die er fast nicht ertragen konnte. Doch in letzter Zeit war Miri immer öfter in seine Gedanken gedrungen, und es gelang ihm nicht mehr, seinen Geist vor ihr abzuschirmen. Seine Feinde wurden immer stärker, und er war ganz allein. Er war erschöpft und verzweifelt. Mit jedem Tag kam er dem Schluss näher, dem er sich stur zu widersetzen versuchte: Es gab nur eine Möglichkeit, die Schwesternschaft der Silbernen Rose zu schlagen.

Er musste eine andere Hexe um Hilfe bitten.

1

In der Ferne lauerte ein Sturm, die Wolken türmten sich auf und sahen aus wie eine Herde wilder grauer Hengste, die sich anschickten, durch Port Corsair zu toben und die Heiterkeit des Sommernachmittags zu vertreiben. Miri ritt in leichtem Galopp in den kleinen Hafenort. Sie richtete sich im Sattel auf und schnupperte mit geblähten Nasenflügeln. Ihrer Schätzung nach war das Unwetter ein, vielleicht auch zwei Stunden entfernt. Meist bekam die Felsenküste von Faire Isle den Großteil der Stürme ab, die vom Meer hereinbrachen, aber von der Stärke dieses Sturms würde man nicht einmal im Herzen der kleinen Insel verschont bleiben.

Die steife Brise zupfte an ihren Haaren, doch ihre blassblonde Mähne war zu einem festen Zopf geflochten, der ihr bis zur Taille reichte. Die Züge einer anderen Frau hätten bei so stramm geflochtenen Haaren vielleicht etwas hart gewirkt, doch bei Miri betonten sie nur die auffällig schön geschwungenen Wangenknochen. Ihre Miene hatte etwas Feenhaftes an sich, es war das Gesicht einer Frau, die die Einsamkeit suchte und sich bei den Geschöpfen des Waldes heimischer fühlte als bei ihren Artgenossen.

Sie war groß und gertenschlank. Ihr knöchellanges, in blassem Grauton gehaltenes Gewand verstärkte den Eindruck, sie sei ein Wesen, das sich leicht in einer Dunstwolke auflösen könnte. Ihre Röcke und Unterröcke bauschten sich um ihre Knie, denn sie saß rittlings auf ihrem Pony. Bei den praktisch denkenden Frauen auf Faire Isle hatten sich Damensättel nicht durchsetzen können. Miri hätte gern ganz auf den Sattel verzichtet und wie in ihrer Kindheit eine bequeme Männerhose getragen. Aber sie fürchtete, dass sie im Ort schon genug Aufsehen erregte.

Während sie ihr Pony langsamer laufen ließ, wappnete sie sich gegen den vertrauten Anblick von Gesichtern, die sie über die Zäune hinweg anstarrten. Manche gafften nur reglos, andere nickten verlegen, wenn sie sie erkannten. Eine apfelwangige Frau, die gerade Unkraut jätete, winkte zaghaft, doch als Miri an ihr vorbeigeritten war, wandte sie sich sofort ihrer Tochter zu und flüsterte ihr etwas ins Ohr.

Miri hielt den Kopf hoch, doch das Flüstern und die unfreundlichen Blicke ließen sie an einen schon lange zurückliegenden, ebenfalls von Unheil überschatteten Sommertag denken …

Die Trommel schlug einen unerbittlichen Takt, und ihr Herz schien in den Rhythmus einzustimmen, als sie von zwei grimmigen Hexenjägern in schwarzen Kutten zum Marktplatz gezerrt wurde. Der Strick, den man ihr um den Hals gelegt hatte, scheuerte ihre Haut auf, doch sie versuchte, den Kopf hochzuhalten und daran zu denken, wer sie war: die Tochter des tapferen Chevalier Louis Cheney und der Herrin Evangeline, einer der weisesten Frauen, die je auf Faire Isle gelebt hatten. Doch nun schrak sie zurück bei all dem Gaffen, bei all den ungerührten Gesichtern von Menschen, die sie für Freunde und Nachbarn gehalten hatte.

Sie war durch und durch eine Tochter der Erde. Wie konnte jemand darauf verfallen, dass sie eine Hexe war und einen unheiligen Pakt mit dem Teufel geschlossen hatte? Warum sollte ihr jemand etwas zuleide tun wollen? Sie drehte sich um und warf einen flehenden Blick auf den jüngsten der Hexenjäger. Doch obwohl Simon schluckte und seine dunklen Augen feucht wurden, marschierte und trommelte er stur weiter.

Miri erbebte und schob die Bilder in den hintersten Winkel ihrer Erinnerung zurück. Dort gehörten sie auch hin. Sie war nicht mehr das verängstigte, bestürzte Kind, sondern eine junge Frau von sechsundzwanzig Jahren. Und all das Unwissen und die Grausamkeit dieser Welt waren ihr leider nur allzu bekannt. Seit jenem düsteren Sommertag, den sie gottlob unversehrt überstanden hatte, hatte sich in ihrem Leben viel verändert – bis auf eines: Manche verdächtigten sie noch immer, sich mit Zauberei zu beschäftigen.

»Dreckige kleine Hexe!«

Bei dem schrillen Schrei zuckte Miri zusammen. Doch als sie sich auf der Suche nach der Quelle dieses bösen Vorwurfs umsah, stellte sie fest, dass er nicht ihr gegolten hatte.

Neben dem Dorfbrunnen hatte sich ein halbes Dutzend Frauen versammelt und stritt erbittert. Liebend gern wäre Miri rasch vorbeigeritten. Sie hasste Auseinandersetzungen, und als sie sich vor sechs Monaten wieder nach Faire Isle aufgemacht hatte, hatte ihre Schwester sie gewarnt. Am Morgen des Abschieds hatte Ariane die Hände um Miris Gesicht gelegt, und ihre graublauen Augen hatten besorgt und ernst gefunkelt.

»Ich weiß, dass du unbedingt wieder nach Hause willst, aber bitte, Miri, pass auf dich auf! Du bist nie des Hochverrats und der Hexerei für schuldig befunden worden, wie es Gabrielle und mir geschehen ist. Liefere den Leuten keinen Vorwand, es jetzt zu tun! Lebe auf Faire Isle möglichst ruhig und zurückgezogen. Denk daran, dass unsere Familie selbst nach all der Zeit noch mächtige Feinde hat.«

Feinde wie Katharina von Medici, die Königinwitwe von Frankreich, besser bekannt als die dunkle Königin – denn es wurde gemunkelt, sie sei eine Hexe –, und ihr Sohn Heinrich, der jetzige König von Frankreich, ein sprunghafter und nachtragender Mensch. Doch von dem Feind, an den Ariane wohl vorrangig gedacht hatte, sprachen sie nie; denn allein die Erwähnung seines Namens bereitete Miri große Pein: der Hexenjäger Aristide.

Doch Miri war kein unschuldiges Kind mehr und Simon nicht mehr der einfühlsame Junge, der er damals gewesen war, als er beim schrecklichen Vachel Le Vis, einem fanatischen Hexenjäger, in die Lehre gegangen war. Im Lauf der Jahre war Simon zu einem gefährlichen Gegner geworden, den man nun weit mehr fürchten musste als seinen längst verstorbenen Meister, der Miri in jenem Sommer festgenommen hatte.

Miri hatte ihre große Schwester an sich gedrückt und ihr versprochen, sich nach Kräften an ihren Rat zu halten.

»Tu nichts, um unerwünschte Aufmerksamkeit zu erregen, Liebes!«, hatte Ariane sie noch gemahnt.

»Nein, bestimmt nicht, Ariane, ich schwör's dir.«

Eingedenk dieses Versprechens lenkte Miri Noisette, ihr Pony, nun vom Dorfplatz weg und versuchte, die aufgebrachten, grellen Stimmen auszublenden.

Doch aus den Augenwinkeln erhaschte sie einen Blick auf das Opfer des Hasses, ein junges Mädchen mit hellem Haar, kaum älter als vierzehn Jahre. Sie hatte ihren Schal fest um die schmalen Schultern geschlungen und umklammerte die Enden. Das Tuch war bunt gewebt wie Josefs Mantel in der Bibelgeschichte von ihm und seinen Brüdern. Ihr sommersprossiges Gesicht war trotzig verzogen, doch die freie Hand hatte sie schützend vor den Bauch gelegt. Miri zügelte ihr Pony, als sie den Grund für diese Geste erkannte: Das Mädchen war hochschwanger. Ihre schmale Gestalt wirkte viel zu zerbrechlich, um die Last zu tragen, die sich deutlich unter ihrem Gewand abzeichnete.

Ihre Hauptgegnerin war eine grobschlächtige Frau, die die Ärmel ihres Gewandes hochgekrempelt hatte, sodass ihre roten, von schwerer Arbeit gezeichneten Arme sichtbar wurden. Miri erkannte sie, es war Josephine Alain, die Frau des Töpfers, die nun näher an das junge Mädchen herantrat und schrie: »Dirne! Wir warnen dich jetzt zum letzten Mal, wir wollen nicht, dass du dich je wieder hier blicken lässt!«

Ein erzürnter Chor unterstützte Madame Alain; nur die ängstliche kleine Madame Greves schien die anderen um Ruhe bitten zu wollen. Das Mädchen erwiderte irgendetwas Wütendes, während ihr trotzige Tränen über die Wangen liefen.

Madame Alain rückte noch näher, beleidigte sie weiter und fuchtelte mit dem Finger unter der Nase ihres Opfers herum. Das Mädchen stolperte einen Schritt zurück und schlug Madame Alains Hand weg. Zu Miris Entsetzen stürzte sich das

Weib daraufhin auf das schwangere Mädchen, ohrfeigte sie und zog sie an den Haaren.

Miri vergaß alles, was sie ihrer Schwester versprochen hatte, und stieg hastig aus dem Sattel. Sie nahm Noisette am Halfter und sah dem Pony in seine großen sanften Augen.

»Bleib hier!«, befahl sie, dann stürmte sie zu der Frauengruppe.

Als Miri bei den Streitenden ankam, hatte das Mädchen sich zum Sockel der Statue geflüchtet, die den Marktplatz zierte. Sie hatte sich zusammengekauert und ihren bunten Schal über den Kopf gezogen, während Madame Alain auf ihren Rücken einschlug. Die anderen Frauen drängten sich um die zwei und feuerten Madame Alain an, nur Madame Greves hielt sich heraus und wrang die Hände unter ihrer Schürze.

Miri schubste die Frauen beiseite, schlang den Arm um Madame Alains Hals und zog sie gewaltsam von dem Mädchen weg.

»Hört auf!«, herrschte sie das Weib barsch an. »Habt Ihr denn Euren Verstand verloren?«

Madame Alain knurrte und versuchte, sich aus Miris Griff zu befreien. Doch die Verzweiflung verlieh Miri große Kräfte, sie schleuderte das Weib von sich. Die Frau stolperte und landete unsanft auf ihrem Hintern. Zornig fluchend kämpfte sie mit ihren verhedderten Röcken, die sie am Aufstehen hinderten.

Miris Herz raste, doch sie trat vor das hellhaarige Mädchen, ballte die Fäuste und herrschte die Frauen an: »Haltet euch zurück! Die Nächste, die Hand an dieses Kind legt, wird es mit mir zu tun bekommen!«

Josephine Alain hatte sich inzwischen wieder hochgerappelt und wollte sich auf Miri stürzen, doch zwei Nachbarinnen hinderten sie daran.

»Grundgütiger, Josephine, siehst du denn nicht, wer das ist? Das Cheney-Weib!«

Miris Name verbreitete sich wie ein Lauffeuer in der Versammlung, und auf die Gesichter traten Angst, Vorsicht und

Ehrfurcht in unterschiedlicher Ausprägung. Obwohl sich Madame Alain aus dem Griff ihrer Nachbarinnen befreit hatte, blieb auch sie stehen und funkelte Miri nur böse an.

Die plötzlich eingetretene Stille beunruhigte Miri. Sie war froh, als Madame Greves endlich den Mut aufbrachte, ihr zu helfen. Sie nahm das Mädchen sanft am Ellbogen und zog sie hoch. Sobald sie ihre Balance wiedergefunden hatte, stieß das Mädchen die Hände der Frau weg.

»Lasst mich in Ruhe. Mir fehlt nichts.«

Madame Greves' Augen weiteten sich erschrocken, und sie trat hastig den Rückzug an. Das Mädchen wirkte zwar ein wenig mitgenommen, doch offenkundig war sie nicht weiter verletzt. Miri atmete tief aus.

Nachdem sie sich in den Streit eingemischt hatte, wusste sie nicht, was sie als Nächstes tun sollte; denn ihr war schmerzlich bewusst, dass sie weder Arianes beruhigende Ausstrahlung besaß noch das herrschaftliche Auftreten ihrer anderen Schwester, Gabrielle.

Miri war es unangenehmer, sich mit den streitsüchtigen Frauen auseinanderzusetzen, als es ihr vorher gewesen war, sich einen Weg durch sie hindurch zu bahnen. Sie verschränkte die Arme abwehrend vor der Brust und fragte in einem möglichst bestimmten Tonfall: »Würde eine von euch vielleicht so freundlich sein und mir erklären, was hier los ist?«

»Das geht Euch nichts an, Miribelle Cheney.« Aus Madame Alains Dutt hatten sich ein paar graue Strähnen gelöst, die nun um ihr Gesicht flatterten – ein Gesicht, das früher einmal recht hübsch gewesen war, doch inzwischen wirkte es verbittert und verschlagen.

»Ich fürchte, es geht mich sehr wohl etwas an, wenn erwachsene Frauen so außer sich geraten, dass sie ein unschuldiges Mädchen attackieren, noch dazu ein hochschwangeres.«

»Unschuldig?« Madame Alain schnaubte abfällig. »Carole Moreau ist eine kleine Hure, die die Beine für jeden Matrosen breit macht, der in den Hafen kommt.«

»Ach, habt Ihr etwa Angst, dass ich Euch keinen übrig lasse?«, fauchte Carole.

»Du – du widerliches kleines Luder!« Madame Alain wollte sich wieder auf sie stürzen, doch Miri stellte sich ihr in den Weg und hielt sie mit einem zornigen Blick auf.

Madame Alain schrie das Mädchen über Miris Schulter hinweg an: »Wir haben dich oft genug gewarnt, dich nicht mehr hier herumzutreiben und vor anständigen Frauen den Bastard in deinem Bauch zur Schau zu stellen.«

»Ich habe dasselbe Recht wie alle anderen, mich hier aufzuhalten«, rief Carole zornig, doch ihre Lippen zitterten.

»Du solltest daheim bleiben und deine Schande verstecken.«

»Ich würde sagen, schändlich sind eher die Männer, die ein solch junges Mädchen ausnutzen«, sagte Miri kalt.

»O nein, Mademoiselle Cheney«, meldete sich eine andere Frau zu Wort, eine großbusige Blondine. »Carole ist wirklich ein durchtriebenes Biest. Sie überhäuft uns ständig mit Verwünschungen. Neulich hat sie es geschafft, dass meine Milch sauer geworden ist. Sie hat den bösen Blick!«

Mehrere andere Frauen nickten zustimmend und bekreuzigten sich.

Miri schüttelte ungläubig den Kopf. »Seit wann glauben die Frauen auf Faire Isle an Unsinn wie den bösen Blick? Mein Gott, ich habe auf dem Festland wahrhaftig genug Grausamkeit und Torheit gesehen. Dieses Eiland aber war einst eine Zufluchtstätte, vor allem für Frauen, denen anderswo Missverständnis und Gewalttätigkeit begegnet waren. Wir pflegten einander mit Respekt zu behandeln. Was ist aus eurer Freundlichkeit und eurem Mitleid geworden?«

Miri blickte einer nach der anderen tief in die Augen. Die meisten ließen den Kopf hängen oder senkten beschämt den Blick. Nur Madame Alain wollte nicht klein beigeben.

»Ihr seid lange weg gewesen, Miri Cheney. Seit den Überfällen von Le Balafre und seinen Hexenjägern ist das Leben auf dieser Insel sehr schwer geworden. Die Leute vom Festland haben Angst herzukommen. Unser Handel ist versiegt. Meine Familie ist besonders davon betroffen, wir mussten unsere Töpferei aufgeben. Mein Mann ist daran zugrunde gegangen, und jetzt muss ich ganz allein sechs Kinder satt bekommen. Und Eure Schwestern sind an allem schuld, denn sie haben den Zorn dieses elenden Hexenjägers und des französischen Königs über uns gebracht.«

Miri spürte, wie ihr die Hitze in die Wangen stieg, doch sie erwiderte möglichst ruhig: »Meine Schwestern sind weder Verräterinnen noch Hexen. Es tut mir sehr leid, dass Ihr es so schwer habt, Madame, aber wenn Ihr unbedingt eine Schuldige braucht, dann nehmt mich. Es war meine Schuld, dass ich dem falschen Mann vertraut und Le Balafre nicht aufgehalten habe, als ich es noch gekonnt hätte.«

Obwohl Miri sich dafür hasste, konnte sie sogar jetzt an ihn kaum als den gefürchteten Le Balafre denken, sondern nur als Simon … Simon Aristide.

»Jawohl, Ihr seid genauso daran schuld«, erwiderte Madame Alain. Obwohl die anderen Miri wachsam beäugten und Madame Greves versuchte, ihre Freundin zu beschwichtigen, trat Madame Alain näher. Die Feindseligkeit der Frau schlug Miri wie eine heiße, dunkle Woge entgegen.

»Auch wenn hier alle zu feige sind, es Euch zu sagen: Ihr seid auf dieser Insel ebenso wenig willkommen wie das kleine Miststück, zu dessen Fürsprecherin Ihr Euch aufspielt.«

»Das finde ich sehr schade, Madame. Aber Faire Isle ist meine Heimat, und auch Mademoiselle Moreau ist hier zu Hause. Weder sie noch ich werden diese Insel verlassen.« Miri hielt dem feindseligen Blick der Frau eisern stand.

Madame Alain schlug als Erste die Augen nieder. »Das werden wir schon noch sehen«, murrte sie, dann stolzierte sie über die Wiese davon, gefolgt von den anderen.

Nur Madame Greves blieb stehen und zupfte verlegen an den Enden ihres Kopftuchs. Dann meinte sie: »Ihr dürft es Josephine nicht übel nehmen, Herrin. Sie hat es wirklich sehr schwer, und oft kommen ihr Dinge über die Lippen, die sie gar nicht so meint.«

»Madame Alain hat nur gesagt, was alle denken.«

»Nicht alle.« Madame Greves berührte vorsichtig Miris Ärmel. »Ihr glaubt wahrscheinlich, dass wir vergessen haben, wie viel Gutes Eure Familie einst für Faire Isle getan hat. Aber viele von uns erinnern sich noch an früher und freuen sich, dass wir unsere Herrin wieder bei uns haben.«

»Oh nein, Madame«, wandte Miri sofort ein. »Ich bin nicht die Herrin von Faire Isle. Das war meine Schwester Ariane.«

»Ich weiß ja, meine Liebe. Madame Ariane ist eine gütige und weise Frau, eine wahre Heilerin. Ich bete darum, dass sie eines Tages wieder zu uns zurückkehrt. Aber Eure Gabe, die armen Tiere zu heilen, ist genauso groß wie die Gabe Eurer Schwester, sieche Menschen zu kurieren. Wir haben alle erfahren, dass Ihr die Kuh der Pomfreys von den Toten zurückgeholt habt.«

»Oh nein, sie war nicht tot, nur sehr, sehr krank. Es – es war …«

»Ein Wunder!«, fiel ihr Madame Greves strahlend ins Wort. »Ihr habt einen sehr starken Zauber. Euer Ruf verbreitet sich bis aufs Festland.« Die kleine Frau senkte verschwörerisch die Stimme. »Wir nennen Euch inzwischen unsere Herrin der Wälder.«

Miri war alles andere als begeistert. *Herrin der Wälder?* Na wunderbar! Sie hatte Ariane doch versprochen, keine Aufmerksamkeit zu erregen. Dabei war sie kaum ein halbes Jahr zurück. Aber bevor sie Madame Greves überzeugen konnte, dass die Heilung der Kuh einzig und allein den Regeln vernünftiger Viehzucht entsprochen hatte, wurden sie von Madame Alains schriller Stimme gestört, die quer über die Wiese schallte.

»Laurette!«

Offenbar hatte sie bemerkt, dass ihre Freundin sie im Stich gelassen hatte, und winkte ihr nun herrisch. Madame Greves trat einen Schritt zurück und machte einen tiefen Knicks vor

Miri. »Nun, ich – ich wollte nur, dass Ihr Bescheid wisst, Herrin.«

»Danke, Madame. Aber nennt mich bitte nicht Herrin. Ich bin nur ...«

Doch Madame Greves eilte bereits den anderen Frauen nach. Miri seufzte. Obwohl Laurette Greves sehr freundlich gewesen war, sah sie sie nicht ungern ziehen; denn die Bewunderung der Frau war ihr genauso unangenehm wie zuvor Madame Alains Feindseligkeit.

Nach dem Streit überkam Miri das Gefühl, das sie stets nach einem Streit oder einer gewaltsamen Auseinandersetzung heimsuchte: Sie zitterte, ihre Nerven fühlten sich an wie die zarten Saiten einer Harfe, die raue Hände dazu gezwungen hatten, in Disharmonie zu erklingen.

Sie schlang die Arme um den Oberkörper und sah zu Noisette hinüber. Das Pony zupfte friedlich an ein paar Grashalmen. Sie sehnte sich danach, auf seinem Rücken in die Einsamkeit ihrer Wälder zurückzukehren und dort zu bleiben, bis sie wieder Harmonie in sich spürte. Carole hatte sie beinahe völlig vergessen, bis sie das Mädchen neben sich murren hörte.

»Gut, dass wir diese alten Schreckschrauben los sind. Sie haben mir fast meinen Schal zerrissen, den meine *grand-mère* vor ihrem Tod extra für mich gestrickt hat. Wenn ich diese Weiber verhexen könnte, würde ich es auf der Stelle tun. Ich würde ihnen Warzen auf die Nasen hexen und Furunkel auf ihre fetten Hintern.«

Caroles Lippen zitterten, während sie den Staub aus ihrem geliebten Schal klopfte. Doch als sie merkte, dass Miri sie ansah, schlang sie den Schal wieder um die Schultern und schob trotzig das Kinn vor. Ihre Sommersprossen hoben sich auffällig von ihrer blassen Haut ab, und ein Auge fing an, dunkel anzuschwellen; Tränen hatten Spuren auf ihren Wangen hinterlassen. Ihr Gesicht wirkte erbärmlich jung, der Ausdruck in ihren zornigen blauen Augen jedoch viel zu alt.

»Wahrscheinlich erwartet Ihr jetzt, dass ich mich bei Euch bedanke, weil Ihr mich verteidigt habt«, grummelte sie. »Aber das wäre nicht nötig gewesen. Ich kann allein auf mich aufpassen.«

»Das kannst du bestimmt.« Eine andere hätte der Trotz des jungen Mädchens vielleicht verstimmt, doch Miri war es gewöhnt, dass verletzte Tiere in der Wildnis sie anfauchten. Sie wusste, dass sich hinter gefletschten Zähnen oft nur Schmerz und Angst verbargen. Aus langjähriger Erfahrung wusste sie auch, wann man ein solches Wesen berühren durfte und wann es besser war, sich zurückzuhalten. Nun zog sie ein Taschentuch aus dem Gürtel und reichte es dem jungen Mädchen.

Carole beäugte das Leinentüchlein argwöhnisch. »Was soll das? Ich weine doch gar nicht.« Sie fuhr mit dem Handrücken über ihre feuchten Wangen.

»Nein, natürlich nicht, aber du blutest. Du hast dir die Lippe aufgeschlagen.«

Carole fuhr sich mit der Zungenspitze über die Mundwinkel und zuckte zusammen, als sie das Blut schmeckte. Zögernd nahm sie Miris Taschentuch und betupfte sich die Lippen.

»Ich bin auch keine Hure, egal, was Madame Alain behauptet.«

»Das habe ich nicht geglaubt«, erwiderte Miri versöhnlich.

»Außerdem gab es auch nur einen einzigen Matrosen. Raoul hat behauptet, er liebt mich und würde mich heiraten und mir ein schönes blaues Kleid kaufen.« Sie schluckte, was sich an ihrem mageren Hals deutlich abzeichnete. »Und dann ist er davongesegelt und nie mehr zurückgekommen. Soll er doch zum Teufel fahren! Ich habe ihn verflucht. Meinetwegen soll er ins Meer stürzen und von den Haien zerfleischt werden!«

Das Mädchen warf trotzig den Kopf zurück. »Na bitte – da habt Ihr's. Wahrscheinlich werdet Ihr mir jetzt sagen, dass ich böse bin und dass es böse ist, solche Sachen zu sagen.«

»Nein, ich kann gut verstehen, wie du dich fühlst.«

Miris Antwort brachte ihr einen wachsamen Blick des jungen Mädchens ein. Carole legte den Kopf schief, als wüsste sie nicht recht, was sie von Miri halten sollte.

»Bist du dir sicher, dass es dir gut geht?«, fragte Miri besorgt. »Vielleicht solltest du jetzt lieber nach Hause und dich von deiner Mutter …«

»Meine Mutter ist letzten Winter gestorben«, fiel ihr Carole ins Wort. »Ich wohne jetzt bei meiner Tante und meinem Onkel, aber nur, weil sie nie selbst Kinder bekommen konnten. Wenn ich einen Jungen bekomme, adoptieren sie ihn und lassen mich weiter bei ihnen wohnen.«

»Ach ja? Und wenn es ein Mädchen wird?«

»Tja, dann werden sie uns wohl beide rauswerfen.« Carole zuckte mit den Schultern, als wolle sie sagen, es sei ihr egal.

Miri konnte ihre Bestürzung kaum verbergen. Dass Menschen nur so hartherzig sein konnten, wo sie sich doch um dieses junge Mädchen kümmern, sie trösten und ihre Ängste beschwichtigen sollten! Miris Familie war immer herzlich und fürsorglich gewesen. Sie konnte sich nicht vorstellen, dass ihre Verwandten ihr Liebe und Verständnis verweigern würden, egal, was sie tat.

Mitleid mit Carole wallte in ihr auf, doch Miri war es schon immer schwergefallen, auf Fremde zuzugehen. Beinahe schüchtern erklärte sie: »Carole, ich … ich muss gestehen, ich könnte eher einer Stute bei der Geburt helfen als einem jungen Mädchen. Aber wenn es irgendetwas gibt, was ich für dich tun kann, würde ich es gerne tun. Ich … ich heiße Miri Cheney.«

Zögernd hielt sie Carole die Hand hin. Über das Gesicht des jungen Mädchens huschte ein wehmütiger Blick. Miri bezweifelte, dass Carole in ihrem Leben und insbesondere in der letzten Zeit viel Freundlichkeit begegnet war. Sie blickte Miri lange in die Augen, doch dann blinzelte sie und zog sich zurück, und ihre jungen Gesichtszüge verhärteten sich wieder.

»Ach, alle auf Faire Isle kennen Euch, Herrin der Wälder. Danke für Euer Angebot, aber ich habe keinen kranken Hahn oder ein schwächliches Häschen, das umsorgt werden muss. Ich weiß alles über Euch. Ihr seid eine halbe Hexe, die zu viel Angst hat, ihre wahre Macht und ihr wahres Wissen einzusetzen.«

»Ich weiß nicht, wer dir solche Sachen gesagt hat, aber ich betrachte mich nicht als Hexe. Ich bin eine Tochter der Erde, nicht mehr und nicht weniger.«

»Meinetwegen«, schnaubte Carole verächtlich. »Nein, Mademoiselle Cheney, ich brauche keine Hilfe von Leuten wie Euch und auch von sonst keinem auf dieser elenden Insel. Ich habe Freunde, sehr mächtige Freunde, die sich um mich kümmern werden.«

Miri hoffte, dass dem so war, doch sie fürchtete, dass es nur die leere Prahlerei eines jungen Mädchens war, das sich an den letzten Rest seines Stolzes klammerte.

»Carole …«, fing sie an, doch das Mädchen bedachte sie nur noch mit einem verächtlichen Blick und ging davon. Trotz ihres beträchtlichen Leibesumfangs bewegte sie sich rasch über die Wiese.

Miri wollte ihr nacheilen, doch dann hielt sie inne, da sie nicht wusste, was sie noch tun oder sagen sollte. Das Herz eines verwundeten jungen Mädchens anzurühren war offenbar weitaus schwieriger, als das gebrochene Bein eines Fuchses oder Dachses zu richten. Miri sah hilflos zu, wie Carole in einer der Gassen verschwand. Sie wünschte sich verzweifelt ihre Schwester an ihre Seite. Ariane vermochte auf wundersame Weise aufgewühlte Gemüter zu besänftigen und gequälte Seelen zu beruhigen.

Selbst Gabrielle hätte es besser verstanden als sie, mit Carole umzugehen. Das junge Mädchen hatte etwas an sich, das Miri schmerzlich an die junge Gabrielle erinnerte. Auch Gabrielle hatte all ihre Verletzungen hinter einer rauen Fassade verborgen und jeden von sich gestoßen, der versuchte, sie zu trösten. Doch Gabrielle war genauso weit weg wie Ariane. Miris Familie war in alle Himmelsrichtungen verstreut, viele Meilen von der Insel entfernt, auf der sie aufgewachsen waren.

Miri schien es wie ein unerklärlicher, grausamer Streich der Natur, dass Carole Moreau ein ungewolltes Kind unter dem Herzen trug, während Ariane, die sich so sehr nach einem Kind sehnte, offenbar keines empfangen konnte. Doch ihre Schwester hatte sich inzwischen tapfer damit abgefunden und freute sich aufrichtig bei jedem Mal, wenn sie einer anderen Frau helfen konnte, ein gesundes Kind zur Welt zu bringen – vor allem Gabrielle.

Gabrielle war glücklich mit ihrem Hauptmann Remy verheiratet und hatte in den letzten Jahren drei Töchter geboren. Kinder zu bekommen fiel ihr offenbar genauso leicht, wie die wundervollen Gemälde und Skulpturen zu schaffen, in die ihr ganz spezieller Zauber einfloss.

Ariane hatte sich in ihre Kinderlosigkeit gefügt. Die Liebe ihres Gemahls, Renard, war ihr ein großer Trost, und sie wirkte aufrichtig zufrieden.

Miri musste sich gewaltsam daran hindern, weiter an ihre Schwestern zu denken. Sie sehnte sich schrecklich nach ihnen. Doch es war ihre eigene Entscheidung gewesen, nach Faire Isle zurückzukehren, auch wenn sie allmählich das Gefühl beschlich, dass es der zweitgrößte Fehler ihres Lebens gewesen war – gleich nach dem Fehler, Simon zu vertrauen.

Faire Isle sah fast noch immer so aus, wie sie es in Erinnerung gehabt hatte: der felsige Hafen, an dem sie früher so oft gestanden und auf die Rückkehr ihres Vaters gewartet hatte; dieselben tiefen, dunklen Wälder, in denen sie nach Feen und Einhörnern gesucht hatte. Und auch Port Corsair hatte sich auf den ersten Blick kaum verändert. Noch immer gab es das alte Gasthaus, die Reihen kleiner Ladengeschäfte und die staubigen Gassen, auf denen sie einst schüchtern hinter ihren großen Schwestern hergelaufen war.

Doch die Gassen, in denen sich früher die Frauen mit ihren Einkaufskörben gedrängt hatten, in denen sie herumgestanden, gelacht und geredet hatten, waren an diesem Sommernachmittag nahezu leer. Daran war nicht nur der drohende Sturm schuld. So viele vertraute Gesichter fehlten: Mademoiselle Paletot, die talentierte Waffenschmiedin; die alte Madame Jehan, die Apothekerin; die Jordaine-Schwestern, begnadete Weberinnen. Lauter begabte, kluge Frauen, die man der Zauberei beschuldigt hatte und die in der Folge entweder verurteilt worden waren oder fliehen mussten wie Ariane und Gabrielle.

Die Frauen, die übrig geblieben waren, lebten sehr zurückgezogen und kümmerten sich nur noch um ihre Familien und ihre Gärten. Miri wusste nicht, was sie eigentlich auf Faire Isle erwartet hatte, nachdem sie zehn Jahre lang fort gewesen war. Doch mit dieser Stimmung, geprägt von Angst und Misstrauen, hatte sie wahrhaftig nicht gerechnet. Es war, als hätte jemand eine Flasche entkorkt und einen dunklen Gifthauch freigesetzt, der den guten Geist der Insel vertrieben hatte.

Auf Faire Isle waren Frauen stets in der Überzahl gewesen – Ehefrauen von Fischern und Matrosen, die den Großteil ihres Lebens zur See fuhren. Doch auch Witwen und junge Mädchen hatten auf dieser Insel Zuflucht gesucht, denn hier hatten sie die Möglichkeit, zu leben und sich einem Handwerk zu verschreiben, das ihnen anderswo aufgrund ihres Geschlechts nicht zugänglich gewesen wäre. Natürlich war es nie eine reine Idylle gewesen, immer wieder hatte es auch Streit gegeben, wie es in der Natur der Frauen liegt. Doch nie war es zu solch einem hässlichen Vorfall gekommen, wie ihn Miri an diesem Nachmittag erlebt hatte. Es war wahrhaftig eine besondere Ironie des Schicksals, dass er sich ausgerechnet vor der Statue zugetragen hatte, die an die besten Eigenschaften der Frauen erinnern sollte – Weisheit, Mitgefühl und die Kunst des Heilens.

Miri betrachtete die Statue, die eine sanfte Dame in fließenden Gewändern und mit ausgestreckten Armen zeigte. Eine Hand war abgebrochen, das Gesicht bis zur Unkenntlichkeit zerstört. Miri schnürte es die Kehle zu. Sie wusste nicht, ob diese Verwüstungen ein Werk der Hexenjäger waren, der Soldaten des Königs oder sogar der verbitterten Dorfbewohner. Das Podest, auf dem früher stets frische Blumen gelegen hatten, war nun von Unkraut überwuchert.

»Ich hätte mich längst darum kümmern sollen«, dachte sie schuldbewusst. Doch diesen Teil des Dorfes hatte sie seit ihrer

Rückkehr geflissentlich gemieden, der Anblick der verunstalteten Statue war ihr zu schmerzlich gewesen.

Jetzt kniete sie sich hin und zupfte verbissen das Unkraut aus den Fugen, bis man die Inschrift auf dem Sockel lesen konnte: *Evangeline … Herrin von Faire Isle.*

»Maman«, flüsterte Miri. Betrübt fuhr sie mit den Fingern über die verwitterten Buchstaben. Sie war erst elf gewesen, als ihre Mutter gestorben war und die Inselbewohner in Erinnerung an Evangeline dieses Denkmal errichtet hatten. Evangelines Wissen und ihr Geschick bei der Herstellung von Salben und Tränken hatten die gesamte Insel vor der Pest bewahrt.

Doch das Denkmal erinnerte auch an die Generationen weiser Frauen, die vor ihr hier gelebt hatten. Es hatte immer eine Herrin von Faire Isle gegeben, die mit ihrem sanften Zauber die Menschen beraten, beschützt und geheilt hatte – so lange, bis Ariane gezwungen worden war, die Insel zu verlassen und sich in die Verbannung zu begeben.

Arianes Gemahl, der frühere Comte de Renard, hatte mehrmals gesagt: *»Oft liegt nur ein schmaler Grat zwischen dem Vorwurf, eine Hexe zu sein, und dem Ruhm einer Heiligen.«*

Es hatte sich mehrmals gezeigt, wie recht ihr mächtiger Schwager hatte. Und genauso recht hatte Ariane gehabt, als sie Miri riet, nicht nach Faire Isle zurückzukehren.

»Ich hätte auf dich hören sollen, Ari«, murmelte Miri reumütig.

Eigentlich wunderte sie sich noch immer, dass Ariane nicht nachdrücklicher versucht hatte, sie zurückzuhalten; denn sie hatte sich stets fast zu sehr darum bemüht, ihre jüngste Schwester vor Schaden zu bewahren. Das Exil war ihnen allen schwergefallen, doch Miri hatte das Gefühl, dass sie die Einzige war, die sich einfach nicht damit hatte abfinden können.

Sie war wie eine der kleinen weißen Blümchen, die auf der gegenüberliegenden Seite der Insel wuchsen und sonst an keinem anderen Fleck. Wenn man sie verpflanzte, klammerten sie sich zwar an ihr Leben und trieben grün aus, doch sie blühten nicht mehr. Miri hatte versucht, nicht zu zeigen, wie unglücklich sie war, doch Ariane konnte man nichts vormachen. Die Herrin von Faire Isle war viel zu begabt in der uralten Kunst des Augenlesens, die alle weisen Frauen beherrschten.

Was sie in Miris Augen gelesen hatte, hatte sie schließlich dazu gebracht, ihre Schwester auf die Insel zurückkehren zu lassen. Als sie Miri ins Boot geholfen hatte, hatte sie sich trotz ihrer Tränen um ein Lächeln bemüht.

»Gute Reise, kleine Schwester. Ich wünsche dir, dass du findest, wonach du suchst.«

»Ich suche nach nichts, Ariane«, hatte Miri protestiert, *»Ich möchte nur nach Hause.«*

Nach Hause … Miris Kehle schnürte sich zusammen. Während sie die Statue ihrer Mutter von den letzten Halmen befreite, fragte sie sich, ob es diesen Ort überhaupt noch gab. Nicht, nachdem ihre Mutter gestorben und ihre Schwestern so weit weg waren. Und ihr Vater? Die Hoffnung auf Louis Cheneys Rückkehr hatten die Schwestern vor einem Jahr endgültig begraben müssen, als sie erfuhren, dass sein Schiff vor der Küste Brasiliens zerschellt war. Die *Evangeline* war bei einem Sturm gekentert und mit Mann und Maus untergegangen.

Ohne ihre Verwandten war Faire Isle ein düsterer Ort. Aber wenn Miri nicht hierher gehörte, dann nirgendwohin. Sie kam sich oft vor wie ein Geist, der über das Land schwebte, das ihr eigentlich zutiefst vertraut sein sollte, es aber nicht mehr war. Dieses Gefühl wäre womöglich unerträglich gewesen, wenn es nicht einen kleinen Trost gegeben hätte:

Sie war nicht der einzige Geist, der sich auf Faire Isle herumtrieb.

* * *

Das Kloster von St. Anne lag auf einem kleinen Hügel oberhalb der Ortschaft. Doch die Glocken, die die Nonnen zur Andacht gerufen hatten, waren längst verstummt, die stattlichen steinernen Gebäude ragten öd und leer in den sich rasch verdunkelnden Himmel. Das Kloster war vor vielen Jahren geschlossen worden, die Schwestern hatten sich anderen Orden anschließen müssen – zumindest diejenigen, die das Glück gehabt hatten, nicht der Häresie und Hexerei beschuldigt zu werden.

Nur eine dünne Rauchfahne wies darauf hin, dass das Kloster nicht völlig verwaist war. Sie stieg aus dem Kamin des Hausmeisterhäuschens, das sich an die Klostermauern schmiegte. Dort hauste der andere Geist von Faire Isle: Marie Claire Abingdon, einst die Ehrfurcht gebietende Äbtissin des Klosters und beste Freundin von Evangeline Cheney.

Das Häuschen war eine bescheidene Unterkunft für eine Frau, die früher sehr mächtig gewesen war. Sie stammte aus einer einflussreichen aristokratischen Familie und war ein Leben in Luxus gewohnt. Aber inzwischen hatte Marie Claire das Haus nach ihrem Geschmack eingerichtet: Baumwollteppiche lagen auf dem rauen Steinfußboden, die Regale, in denen bäuerliches Geschirr gestanden hatte, bargen nun ihre zahlreichen Bücher. In einer Ecke des Raums stand ein Käfig, in dem zwei zahme Raben krächzten und sich ihr schillerndes Gefieder putzten.

Ein gemütliches Feuer und ein vielarmiger Kandelaber trugen dazu bei, die Düsternis dieses Tages zu vertreiben. Obwohl der Wind um das Häuschen pfiff und die schiefernen Dachschindeln klappern ließ, fühlte sich Miri an Marie Claires kleinem Tisch neben dem Kamin sicher und geborgen. Wie Ariane hatte auch Marie Claire eine beruhigende Ausstrahlung, obwohl es Miri noch immer einen Stich versetzte, wenn ihr auffiel, dass die Frau ihre Tracht nicht mehr trug.

Ohne ihre lange Robe und ihren Schleier wirkte Marie Claire ein bisschen kleiner und auch verletzlicher. Allmählich machte sich ihr fortgeschrittenes Alter bemerkbar, ihr weiches weißes Haar wurde zunehmend dünner, ihr Rücken ein wenig krumm. Aber sie strahlte noch immer eine gewisse Stärke aus, die einen aufgebrachten Bischof einst zu der Bemerkung veranlasst hatte, sie sei viel zu eigensinnig für eine Nonne.

Während Marie Claire eine einfache Mahlzeit aus Brot und Käse aus ihrem Vorratsschrank zusammenstellte, berichtete ihr Miri von dem schlimmen Ereignis dieses Morgens auf dem Marktplatz. Die ehemalige Äbtissin hörte ihr ernst zu, wenn auch ein seltsames Lächeln ihre Lippen umspielte, als Miri meinte: »… und diese Frauen waren so zornig, so jenseits jeglicher Vernunft, vor allem Madame Alain. Ich habe nichts an mir, was mit Arianes Autorität zu vergleichen wäre. Ich weiß gar nicht, wie ich es schließlich geschafft habe, sie wieder zur Vernunft zu bringen.«

»Das weißt du nicht?« Marie Claire schenkte ihr ein liebevolles Lächeln. »Es ist dein magischer Blick, Kind. Deine Augen funkeln wie ein starkes Licht, sie leuchten die dunkelste Ecke der Seele eines Menschen aus. Man schämt sich und möchte gern ein besserer Mensch werden.«

Miri schüttelte den Kopf, sie fand das alles völlig unsinnig. »Wie auch immer – ich war froh, dass ich Carole vor Prügeln bewahren konnte.« Mit einem bedauernden Lächeln fügte sie hinzu: »Obwohl das alles war, was ich für sie tun konnte.«

»Ja, sie ist ein ziemlich kämpferisches kleines Geschöpf«, meinte Marie Claire und stellte das Essen auf den Tisch.

Miri musterte die Mengen Brot und Käse, die ihr Marie Claire auf den Teller gehäuft hatte, und bezweifelte, dass sie auch nur die Hälfte davon schaffen würde. In letzter Zeit hatte sie nicht besonders viel Appetit. Doch um Marie Claire eine Freude zu machen, knabberte sie an einem Stückchen Brot.

Marie Claire schenkte einen kräftigen Rotwein in zwei Becher, dann meinte sie: »Ich habe Carole schon öfter gewarnt. Es wäre wirklich besser, wenn sie zu Hause bleiben und ihre scharfe Zunge hüten würde.«

»Sind die Töchter der Erde auf dieser Insel so weit gekommen?«, fragte Miri traurig. »Leben sie alle zurückgezogen, hüten ihre Zunge und versuchen, unsichtbar zu sein? Ich wundere mich über dich, Marie. Du hast dich doch nie so verhalten.«

»Nein, aber sieh nur, wohin es geführt hat.«

»Bereust du es denn, wie du dein Leben gelebt hast?«

»In meinem Alter bedauert jeder das eine oder andere, mein Kind.« Marie Claire ließ sich seufzend auf dem Stuhl Miri gegenüber nieder. »Ich fürchte, ich war stets zu eigensinnig. Erst habe ich mich gegen meine Eltern aufgelehnt, die mich mit irgendeinem dummen Edelmann verheiraten wollten. Und dann, als Äbtissin, habe ich dem Erzbischof getrotzt und darauf beharrt, St. Anne so zu leiten, wie es mir gefiel, und Bücher zu lesen, die die Kirche verboten hatte. Tut es mir leid, meinen Intellekt nicht stärker gezügelt zu haben und bescheidener und fügsamer gewesen zu sein?«

Marie Claire lächelte schief. »Nein, eigentlich nicht, obwohl ich mich hätte bemühen sollen, etwas diplomatischer und diskreter zu sein. Und genau den Rat habe ich auch Carole gegeben. Manchmal ist es besser, ein wenig vorsichtig zu sein.«

Sie richtete ihren klugen Blick auf Miri. »Und denselben Rat würde ich auch Euch geben, Herrin der Wälder.«

Miri hatte gerade das Glas erhoben, um einen Schluck zu nehmen, stellte es jedoch so heftig ab, dass es klirrte. »Ach du meine Güte! Du hast also schon davon gehört. Dann hast du wohl mit Madame Greves gesprochen.«

»Mit Madame Greves und auch mit einigen anderen. Du hast viele auf dieser Insel in Erstaunen versetzt, als du die Kuh der Pomfreys wieder zum Leben erweckt hast.«

»Aber das habe ich doch gar nicht. Die Kuh war bewusstlos, und es war keine große Kunst, sie wieder aufzuwecken.«

»Keine große Kunst! Miri, ich habe gehört, das arme Vieh litt an Milchfieber. Und es heißt, so etwas ist unheilbar.«

»Das wäre es nicht«, erwiderte Miri empört, »wenn nicht so viel Aberglaube und Unwissenheit auf dieser Welt herrschen würden, dass die Menschen Angst haben, die alten Bücher zu befragen, die die weisen Frauen über viele Jahrhunderte zusammengetragen haben. Aber nein, ich mache etwas ganz Einfaches, und schon hält man mich für eine Hexe.«

Sie breitete flehend die Hände aus. »Aber was hätte ich denn tun sollen, Marie? Die Pomfreys sind arme Leute, sie können es sich nicht leisten, diese Kuh zu verlieren. Hätte ich meine Hilfe verweigern und das arme Tier sterben lassen sollen? Und ihr neugeborenes Kalb dazu?«

Marie Claire seufzte. »Nein, du könntest einem siechen Tier ebenso wenig deine Hilfe verweigern wie Ariane einem kranken Kind. Aber sei bitte möglichst vorsichtig, und denk daran, dass du nach wie vor mächtige Feinde hast.«

»Wenn du die dunkle Königin meinst – sie hat gegen Ariane und Gabrielle gekämpft. Ich bezweifle, dass sie sich überhaupt an die Existenz einer dritten Cheney-Schwester erinnert.«

»Glaube mir, meine Liebe, Katharina von Medici hat ein gutes Gedächtnis. Sie vergisst nichts und niemanden, wenn sie ihre Macht bedroht sieht.«

»Aber das bezieht sich wohl kaum auf mich. Die dunkle Königin hätte weitaus mehr Gründe, sich vor dir zu hüten, Marie. Schließlich ist es dir gelungen, eine Spionin an ihren Hof zu schmuggeln.«

»Das ist lange her. Jetzt bin ich eine alte Frau ohne Macht und Einfluss. Die meisten glauben, ich sei längst gestorben.«

»Verzeih mir, Marie«, erwiderte Miri zögernd, »aber ich glaube nicht, dass du damit jemanden hinters Licht führen kannst – zumindest nicht hier auf Faire Isle.«

»Nein, die meisten Einheimischen wissen sehr wohl, wer ich bin, doch sie nehmen meine Anwesenheit hin. Sogar Pater Benedikt sagt nichts, wenn ich zum Gottesdienst in seine Kirche schleiche. Er ist ein freundlicher junger Mann, ein guter Schäfer, der ein verirrtes Lamm lieber wieder in seine Herde zurücklockt als zuzusehen, wie es geschlachtet wird, weil es herumstreunt.«

Marie Claire lächelte und nahm einen tiefen Schluck Wein. Doch bedrückte sie ganz offenbar noch etwas anderes, etwas, bei dem Miri eine unerklärliche düstere Vorahnung beschlich.

Marie Claire fuhr schweigend mit dem Finger über den Becherrand. »Miri«, meinte sie schließlich zögernd, »ich wollte es dir nicht sagen, bis ich mir ganz sicher war. Aber ich habe eine

Botschaft von einer Freundin bekommen, einer weisen Frau, die in Saint-Malo lebt.«

Marie Claire hielt inne und atmete tief aus, dann sagte sie: »Er ist zurück.«

Miri brauchte nicht zu fragen, wen Marie Claire meinte. Ihr Magen krampfte sich schmerzhaft zusammen. Sie drückte die Hände auf den Bauch.

»S-simon Aristide?«, stammelte sie. »Aber man hat doch seit vielen Jahren nichts mehr von ihm gehört!«

»Trotzdem ist er gesehen worden, als er in der Bretagne herumstreifte. Le Balafre kann man nicht verwechseln, dafür ist er viel zu imposant. Offenbar reitet er allein, er hat keine Armee von Hexenjägern im Rücken, aber das macht ihn beileibe nicht weniger gefährlich.«

»Das brauchst du mir wahrlich nicht zu sagen.« Miri sprang auf, bemühte sich jedoch, ihre Erregung zu verbergen. Sie trat an den Käfig und warf ein paar Brotkrümel durch die Stäbe. Die Raben flatterten von ihren Stangen auf und pickten mit ihren langen Schnäbeln gierig nach den Krumen.

Wolfsvögel – ein anderer Name für Marie Claires geliebte Haustiere. Raubtiere.

Genau wie Simon.

Doch so war es nicht immer gewesen. Miris Gedanken schweiften zurück zu einer längst vergangenen Nacht auf den zerklüfteten Klippen inmitten hoch aufragender Steinriesen, beleuchtet von Fackelschein. Die Nachtwinde hatten die dunklen Locken zerzaust, die Simon in die Stirn fielen und im überraschenden Gegensatz zu seiner milchweißen Haut standen … der schönste Junge, den sie je gesehen hatte.

»Ich habe immer geglaubt, Hexenjäger seien alt und hässlich«, hatte sie benommen gemeint, und Simon hatte ihr ein Lächeln geschenkt.

»Merkwürdig. Dasselbe habe ich immer von Hexen geglaubt.«

»Aber ich bin keine Hexe.«

»Das habe ich auch nie behauptet«, hatte er milde erwidert.

Und das hatte er wirklich nicht – zumindest damals nicht. Doch nun schob Miri ihre beunruhigenden Erinnerungen rasch beiseite, denn plötzlich drang Marie Claires Stimme zu ihr durch.

»… und vielleicht wirst du jetzt verstehen, warum mir dein Ruf als Herrin der Wälder Sorgen macht. Ich fürchte, Simon Aristide hat die Suche nach deiner Familie nie aufgegeben, nachdem ihr alle von Faire Isle geflohen seid – auch wenn ich nicht fürchte, dass er dir etwas zuleide tun würde. Dir gegenüber hat er immer eine gewisse Zärtlichkeit an den Tag gelegt.«

»Zärtlichkeit? Zu einer solchen Empfindung ist dieser Mann nicht fähig, obwohl …« Miri verstummte. Einst hatte sie geglaubt, in Simon stecke viel Gutes, er habe sich nur verlaufen und einem falschen Führer gehorcht, der ihn verletzt hatte. Wenn sie vermocht hätte, ihn aus seiner Dunkelheit herauszulocken, hätte sie ihn heilen können. Doch ihre Erfahrung mit verletzten Tieren in der Wildnis hatte sie zu der schmerzlichen Einsicht gebracht, dass manchen Geschöpfen nicht mehr geholfen werden konnte. Solche Wesen hatten einen stumpfen, leeren Ausdruck in den Augen. Und genau denselben Ausdruck hatte sie in Simons Gesicht gesehen. Der Mann hatte keine Seele mehr.

Miri verfütterte das letzte Bröckchen Brot an die gierigen Raben und ließ sich Marie Claires Worte durch den Kopf gehen. Plötzlich ging ihr deren volle Bedeutung auf. Sie drehte sich hastig um und musterte die alte Frau eindringlich. »Wenn du nicht befürchtest, dass Simon mir etwas zuleide tut, wovor hast du dann Angst?«

Marie Claire rutschte verlegen auf ihrem Stuhl herum und wich Miris Blick aus, doch Miri konnte ihr Schweigen nur zu gut deuten. Das Blut schoss ihr ins Gesicht, ihre Wangen brannten vor Scham und Schuld.

»Du hast Angst, dass ich schwach werde und Simon noch einmal vertraue, wenn sich unsere Wege kreuzen. Das ist vollkommen verständlich. Ich habe meine Familie, dich, ja die ganze

Insel gefährdet, weil ich an ihn geglaubt habe.« Sie schluckte. »Ich – ich war so töricht, mir einzubilden, dass ich ihn liebe.«

»Ach, mein Kleines.« Marie Claire trat zu ihr und nahm sanft ihre Hand. »Das war nicht töricht von dir. Im Gegenteil, es ehrt dich, wenn du versuchst, das Gute in den Menschen zu finden. Kein Herz ist durch und durch schwarz, nicht einmal seines.«

»Wie kannst du nur ein einziges Wort zu seiner Verteidigung vorbringen?«, klagte Miri. »Nach allem, was er dir angetan hat – du musstest das Kloster schließen, du hast deine Stellung verloren, ja, du musstest sogar um dein Leben bangen.«

»Das war nicht allein Aristides Schuld. Die Kirche hat sich nie viel aus aufsässigen Frauen gemacht; und ich fürchte, die Nonnen von St. Anne waren für den Geschmack des Erzbischofs immer zu unabhängig. Seine Eminenz wollte unseren Orden schon längst auflösen.«

»Und Simons Hexenjagd lieferte ihm den passenden Vorwand.«

»Eigentlich brauchte seine Eminenz gar keinen. Im Übrigen hat Aristide mein Leben nicht bedroht, er hat es vielmehr gerettet.«

»Wie meinst du das?«

»Hast du dich nie gefragt, wie ich aus St. Anne entkommen konnte, das von Hexenjägern und Soldaten des Königs umstellt war? Nur, weil Aristide es zugelassen hat. Er hat die Wächter so lange abgelenkt, bis ich fliehen konnte.«

Miri blinzelte verwundert über Marie Claires Enthüllung, dass Simon so nachgiebig gewesen war. Doch dann runzelte sie finster die Stirn und bemühte sich, es zu vergessen. »Es war bestimmt nur Nachlässigkeit.«

»Monsieur Le Balafre ist kein Mann, der zur Nachlässigkeit neigt.«

»Dann – dann hat er bestimmt gehofft, dass du ihn zu uns führst, wenn er dich entkommen lässt.«

»Aber warum hat er mich dann nicht verfolgt?«, konterte Marie Claire.

»Ich weiß es nicht«, erwiderte Miri betrübt und entzog sich ihr. Sie hatte einfach schon zu viel Zeit und Leid mit dem Versuch vergeudet, die Widersprüche ihrer Beziehung zu Simon Aristide zu entschlüsseln. Aus dem Jungen, der so liebenswürdig zu ihr gewesen war und sich als Freund gebärdet hatte, war ein arroganter junger Mann geworden, der sie eingeschüchtert und bedroht hatte. Er hatte sie gewarnt, dass er ihren Schwager vernichten wollte und ihr gegenüber genauso unnachgiebig sein würde, wenn sie versuchen sollte, ihn daran zu hindern. Simon hatte den Comte de Renard von Anfang an gehasst und ihn der schwärzesten Magie verdächtigt. Doch als er die Gelegenheit gehabt hatte, Renard zu erschießen, hatte er absichtlich daneben gezielt, weil Miri dazwischengetreten war.

Gabrielle hatte stets geklagt: *»Warum kann sich der Mistkerl nicht endlich wie ein richtiger Schurke verhalten, damit man weiß, woran man ist?«*

Miri teilte die Meinung ihrer Schwester; denn dann wäre es ihr viel leichter gefallen und es hätte auch nicht so wehgetan, Simon zu verachten.

Wie um Miris Verwirrung noch zu verstärken, fuhr Marie Claire fort: »Und gerechterweise muss ich sagen, dass es noch etwas gibt, für das ich ihm auf ewig dankbar bin: Als die Haftbefehle erlassen wurden, achtete er darauf, dass dein Name nirgends auftauchte.«

Miri verkrampfte sich. Marie Claire mochte ja dafür dankbar sein, und Ariane und Gabrielle waren es sicher auch; aber das war eine von Simons Taten, die Miri ihm nie verzeihen würde.

»Ich kann dir gar nicht sagen, wie sehr ich ihn dafür hasse«, sagte sie gepresst. »Dass meine Schwestern, mein guter Schwager Renard, du und so viele andere Frauen auf dieser Insel der Hexerei beschuldigt wurden, während ich verschont blieb, nur weil es Simon so in den Sinn gekommen ist.«

Miri versuchte, ihren Zorn zu zügeln, denn ein solches Gefühl war das reine Gift für sie; doch er durchflutete sie wie eine dunkle Woge. »Ich hasse ihn«, erklärte sie so schneidend, als wolle sie nicht nur Marie Claire, sondern auch sich selbst davon überzeugen. »Ich habe noch nie jemanden gehasst, aber Simon zwang mich, ihn zu verabscheuen. Ich hasse ihn für das, was er meiner Familie, meinen Freunden und vor allem dieser Insel angetan hat. Hier herrschte einst ein wilder, freier Geist, und den hat Simon zerstört. Ich hätte ihn damals in Paris erschießen sollen, aber ich war zu schwach. Doch glaube mir – wenn ich je wieder die Gelegenheit bekomme, werde ich wissen, wie ich mit diesem Schuft zu verfahren habe.«

»Oh, mein Kind!« Marie Claire umfasste sorgenvoll Miris Gesicht. »Solche Worte bin ich gar nicht von dir gewöhnt!«

»Ach nein?«, flüsterte Miri. Sie fragte sich, wie gut Marie Claire sie kannte. Ja, sie fragte sich sogar, wie gut sie sich selbst kannte. »Wahrscheinlich klinge ich wie die junge Carole, die ihren früheren Liebhaber verflucht. Das hat Simon Aristide aus mir gemacht, er hat mich dazu gebracht, dass solch grässliche schwarze Empfindungen mich zerreißen.«

Tränen brannten in Miris Augen; sie blinzelte heftig, um sie zurückzuhalten. »Deshalb – deshalb versuche ich, nie mehr an ihn zu denken.«

»Dann tut es mir leid, dass ich seinen Namen erwähnt habe. Ich dachte nur, du solltest gewarnt sein. Nun kann ich nur noch beten, dass sich eure Wege nie mehr kreuzen.« Marie Claire wischte sanft die eine Träne weg, die es geschafft hatte, über Miris Wange zu rinnen. »Aber ich finde wirklich, dass du Faire Isle verlassen solltest.«

»Wegen Simon?«

»Nein, weil du eigentlich nicht mehr hättest zurückkommen sollen.«

Miri lächelte zittrig und versuchte, einen kläglichen Scherz zu machen. »Wie bitte? Bist du meiner Gesellschaft bereits überdrüssig, Marie?«

Marie Claires Augen verdüsterten sich, ihr Blick war so wehmütig, so einsam, dass es Miri in der Seele wehtat. »Nein, mein

Kind. Ich kann dir gar nicht sagen, wie viel es mir bedeutet, dass du hier bist. Aber diese Insel ist nicht mehr der richtige Ort für dich. Hier gibt es nur noch Erinnerungen an eine längst vergangene Zeit.«

»Aber dasselbe gilt doch auch für dich«, protestierte Miri.

Marie Claire schüttelte traurig lächelnd den Kopf. »Ich bin eine alte Frau, ich habe nur noch meine Erinnerungen. Doch du bist zu jung, um in der Vergangenheit zu leben.« Sie strich Miri mit einer zärtlichen, mütterlichen Geste eine widerspenstige Haarsträhne aus der Stirn. »Du hast mich nicht um Rat gebeten, aber ich gebe ihn dir trotzdem: Verlasse Faire Isle, geh zurück nach Navarra und heirate dort den jungen Mann, der dich anbetet.«

Miri errötete. »Du klingst wie Gabrielle. Zweifellos hat sie dir geschrieben und sich über meine Torheiten beklagt.«

Anders als Ariane hatte Gabrielle nicht annähernd so viel Verständnis gezeigt, als ihr Miri den Wunsch gestanden hatte, nach Faire Isle zurückzukehren. Gabrielle hatte sich von dem Werk abgewandt, an dem sie gerade arbeitete, und sie angefaucht.

»Bist du vollends übergeschnappt, Miribelle Cheney?«

In ihrer Erregung hatte sie so heftig mit dem Pinsel herumgefuchtelt, dass sie die Wände mit Farbe bekleckste. *»Warum willst du an einen Ort zurück, an dem du einsam und unglücklich sein wirst, ganz zu schweigen von den Gefahren, die dort auf dich lauern können? Wo du hierbleiben und den Mann heiraten könntest, der sich zu deinem treuen Sklaven erklärt hat, sobald er dich kennenlernte? Wolf ist so geduldig, doch keiner von euch beiden wird jünger, meine liebe Schwester. Du liebst den Mann doch, oder etwa nicht? Worauf in Gottes Namen wartest du denn?«*

Auf diese Frage hatte Miri keine Antwort gehabt.

Nun griff sie in ihren Ausschnitt und zog ein großes ovales Medaillon hervor, das an einer Silberkette hing. Sie dachte an den Mann, der ihr dieses Medaillon geschenkt hatte – ein kühner Bursche mit einer rabenschwarzen Mähne, durchdringenden grünen Augen und einem markanten Gesicht: Martin le Loup, wie er sich gern nannte. Miri gehörte zu den wenigen Menschen, die ihn Martin nannten und nicht Wolf.

Noch von keinem Mann, abgesehen von ihrem Vater, hatte sie je ein Geschenk angenommen, weshalb sie nur zögernd zugelassen hatte, dass Martin ihr das teure Medaillon um den Hals legte. Martin hatte einen Hang zum Theatralischen und schwang gern großartige, leidenschaftliche Reden. Doch bei dieser Gelegenheit hatte er Miri völlig wehrlos gemacht, indem er sie nur flehend ansah und ein einziges, leises Wort flüsterte: *»Bitte …«*

Etwas verlegen zeigte Miri Marie Claire das Medaillon. »Das hat mir Martin zum Abschied geschenkt.«

Auf der Vorderseite des Medaillons war ein Wolf eingraviert, der den Mond anheulte. Miri nestelte an dem Verschluss, bis sie es schaffte, ihn zu öffnen. Im Inneren befand sich eine winzig kleine Uhr.

Marie Claire kniff die Augen zusammen, um die Worte zu lesen, die auf der Rückseite eingraviert waren. »Verzeih mir, Liebes, aber mein Augenlicht ist auch nicht mehr das, was es einmal war.«

»Hier steht: *Der Deine bis zum Ende aller Tage.*«

»Aha. Dein Martin scheint ja ein recht romantischer Bursche zu sein.«

Miris Lippen zuckten reumütig. »Oh ja, das ist er. Romantisch, leidenschaftlich und – und so voller Energie, dass es manchmal ziemlich anstrengend ist. An seiner Seite würde das Leben immer ein Abenteuer sein, und ich mag ihn sehr gern, wirklich sehr gern.«

Marie Claire musterte sie forschend. »Aber?«

Miri schloss das Medaillon und steckte es seufzend zurück. »Ich habe schon viel mehr Abenteuer erlebt, als ich wollte. Ich sehne mich nach Ruhe, Marie. Manchmal denke ich, dass ich nicht zur Ehefrau tauge.« Sie lachte ein wenig ironisch, doch auch unsicher. »Gabrielle hat immer behauptet, sie habe Angst, aus mir würde eine schrullige Alte, die mit ihren zahlreichen

Katzen irgendwo mutterseelenallein haust. Wahrscheinlich hat sie recht.«

»Wo wir gerade von Katzen sprechen!« Marie Claire richtete sich auf und starrte auf einen Punkt hinter Miris Schultern.

Als Miri sich umdrehte, um zu sehen, was ihre alte Freundin zu diesem Satz veranlasst hatte, entdeckte sie einen wohlbekannten schwarzen Kater auf dem Fensterbrett. Das Tier machte einen Buckel, offenbar gefiel es ihm gar nicht, wie der Wind durch sein Fell strich.

»Nekromant!«, rief Miri. Sie eilte zum Fenster und öffnete es, damit der Kater hereinspringen konnte. Nekromant landete anmutig auf seinen vier schneeweißen Pfoten – das Einzige an ihm, was nicht kohlschwarz war. Marie Claires Vögel regten sich über den Eindringling so lautstark auf, dass ihr Käfig zugedeckt werden musste.

Obwohl Marie Claire Miris Kater kannte, schien auch sie ein wenig beunruhigt. »Du meine Güte! Wie ist dieses Geschöpf bloß hierher gekommen, den weiten Weg von deinem Häuschen quer durch den Wald? Und wie hat er dich überhaupt gefunden?«

Miri schloss das Fenster und zuckte mit den Schultern. Sie hatte es längst aufgegeben, sich über Nekromant zu wundern. Selbst sie, die Tieren eine gewisse Schläue und manch ungewöhnliche Fähigkeit zuschrieb, wunderte sich gelegentlich über Nekromant. Er war schon ziemlich betagt, gut fünfzehn Menschenjahre. Zwar war er nicht mehr so schnell wie früher, und um die Ohren herum lichtete sich sein Fell, doch er besaß noch immer die unheimliche Fähigkeit, Miri aufzustöbern, egal, wo sie sich befand. Abergläubische Menschen hätten den Kater wohl als ihren Vertrauten bezeichnet, doch für Miri war er schlicht ein Freund, den sie dringend brauchte.

»Du alter Narr«, schalt sie ihn liebevoll und nahm ihn hoch. »Du bist doch schon viel zu alt, um so weit herumzustreifen …«

Sie hielt abrupt inne, als Nekromant sich ihr entwand. Er fauchte wütend, und sein Fell sträubte sich.

»Herr im Himmel«, rief Marie Claire. »Was ist denn mit dem Burschen los?«

Miri gab ihr keine Antwort, sie achtete ausschließlich auf Nekromant. Auf eine gewisse seltsame Art fühlte sie sich mit allen Geschöpfen dieser Welt verbunden, doch mit keinem konnte sie sich so gut verständigen wie mit diesem kleinen Kater. Nekromant hatte sie schon häufig vor einer nahenden Gefahr gewarnt und mehrmals ihr Leben gerettet.

Sie kauerte sich vor ihn hin und sah ihm eindringlich in die goldgelben Augen. Dabei verbanden sich ihre Gedanken mit denen des Tiers. Bei der Warnung, die er ihr diesmal zukommen ließ, stockte Miris Herz.

»Du schwebst in großer Gefahr, Tochter der Erde. Derjenige, den du schon so lange fürchtest, ist auf deine Insel zurückgekehrt. Der Hexenjäger Aristide.«

Miri versuchte, tief Luft zu holen, doch sie stellte fest, dass es ihr nicht gelang. Sie konnte kaum glauben, was Nekromant ihr soeben mitgeteilt hatte.

»Bist du dir sicher, Nekromant?«, dachte sie verzweifelt. *»Hast du ihn gesehen?«*

Der Kater blinzelte zur Bestätigung mit seinen goldgelben Augen. Miri ging in die Hocke. Sie spürte, wie ihr das Blut aus dem Gesicht wich. So viel also zu Marie Claires Hoffnung, den Mann mit ihren Gebeten von ihr fernzuhalten. Unwillkürlich schoss ihr durch den Kopf, wie recht sie all die Jahre gehabt hatte, nicht von Simon zu reden. Es war, als ob sie schon allein durch die Erwähnung seines Namens den Teufel heraufbeschworen hätte.

Aber warum? Warum war Simon nach Faire Isle zurückgekommen? Er hatte unter den Frauen dieser Insel doch wahrhaftig genügend Schaden angerichtet. Was wollte er denn noch?

»Dich«, lautete Nekromants beunruhigende Antwort auf ihre Gedanken. *»Diesmal ist der Hexenjäger auf der Suche nach dir.«*

Miri schloss die Augen. Ihr war klar, was Simon dazu veranlasst hatte, seinen Entschluss, sie vor der Anklage der Hexerei zu verschonen, zu überdenken und ihr doch noch nachzustellen – ihr sich verbreitender Ruf als Herrin der Wälder. Warum hatte sie nicht ihr Versprechen an Ariane eingehalten, unauffällig und zurückgezogen zu leben? Nun, später würde sie noch genügend Zeit haben, mit sich zu hadern. Zumindest hoffte sie das.

Sie zuckte erschrocken zusammen, als sie Marie Claires Hand auf ihrer Schulter spürte und sah, wie deren besorgter Blick zwischen ihr und Nekromant hin und her schweifte.

»Miri? Was ist los? Was ist passiert?«

Miri machte den Mund auf, um zu antworten, doch dann überlegte sie es sich anders. Wenn Simon es auf sie abgesehen hatte, bestand kein Grund, Marie Claire zu beunruhigen oder sie in die Sache hineinzuziehen. Die alte Frau würde nur versuchen, Miri zu beschützen, und damit wohl in ihr Unglück rennen.

Mühsam richtete sich Miri auf und nahm Nekromant wieder hoch. »N-nichts ist los. Nekromant hat sich nur Sorgen gemacht wegen – wegen des Wetters. Bei einem Sturm regt er sich immer sehr auf. Ich muss ihn heimschaffen, Marie.«

»Aber es wäre doch gewiss besser, wenn ihr beide hierbleibt und wartet, bis dieser Sturm vorübergezogen ist.«

»Ich glaube nicht, dass er das tun wird«, erwiderte Miri grimmig. Sie rang sich ein brüchiges Lächeln ab. »Ich – ich habe in meinem Häuschen noch andere Tiere, meine Tauben und meine Häschen. Es gibt viel zu tun, ich muss wirklich los. Ich werde – ich werde dich in ein paar Tagen wieder besuchen.«

Sie hoffte, dass sich Marie Claire mit ihrer gestammelten Erklärung zufriedengeben würde. Die ehemalige Äbtissin hatte die Kunst, in den Augen zu lesen, nie so gut beherrscht wie Ariane. Nun gab Miri ihr keine Gelegenheit, sie weiter zu befragen, sondern drückte ihr rasch einen Kuss auf die Wangen und huschte aus dem Häuschen in eine Welt, in der der Himmel noch dunkler geworden zu sein schien und der Wind noch heftiger.

Nekromant an sich gedrückt stürmte sie zu dem Schuppen hinter dem Häuschen, in dem sie Noisette untergestellt hatte. Am Eingang blieb sie stehen, um zu verschnaufen und sich die Haare aus dem Gesicht zu streichen, die sich im Sturm aus ihrem Zopf gelöst hatten. Irgendwie hatte sie es immer gewusst, dass sie dazu verdammt war, eines Tages noch einmal das Schwert mit Simon Aristide zu kreuzen. Sie hatte gehofft, ihm stark und unbeugsam gegenübertreten zu können, wenn es soweit war.

Doch nun, da diese Aussicht beunruhigend nahe rückte, spürte sie, wie ihr Herz raste. Ihr war, als wäre die Narbe einer alten Wunde aufgebrochen, sie fühlte sich schwach und verletzlich. Nekromant wand sich in ihren Armen, er tappte mit einer Pfote sanft an ihr Kinn.

»Du hast nicht viel Zeit, Tochter der Erde. Du musst dich verstecken. Aristide mag ein großer Jäger sein, aber er hat nicht die Gaben, die nötig sind, um dich aufzustöbern.«

Das stimmte. Miri kannte jede Lichtung, jeden Fels und jede Höhle auf der Insel. Es gab mindestens ein Dutzend Verstecke, in denen sie niemand finden würde. Sie konnte fliehen, genau wie ihre Schwestern vor vielen Jahren.

Doch dieser Gedanke hinterließ einen bitteren Geschmack in Miris Mund, und etwas in ihr sträubte sich heftig dagegen. Nein! Sie wollte sich nicht wie ein erschrockenes Kaninchen verkriechen. Das hier war *ihre* Insel, *ihr* Zuhause. Sie würde sich nicht ein zweites Mal verjagen lassen.

Miris Gedanken rasten, sie versuchte zu überschlagen, wie viel Zeit ihr wohl noch blieb. Simon wusste nicht, wo sie jetzt lebte, aber er würde sicher jemanden finden, der es ihm verriet. Auf so etwas verstand er sich teuflisch gut. Der Hexenjäger würde sie bestimmt in ihrem kleinen Häuschen tief in den Wäldern aufstöbern.

Und dann … Miris Mund bildete einen grimmigen Strich. Diesmal würde sie auf Simon Aristide warten und ihm genau den Empfang bereiten, den er verdiente.

2

Der Teufel war nach Faire Isle zurückgekehrt.

Türen wurden zugeschlagen, verängstigte Mütter trieben ihre Kinder ins Haus, besorgte Gesichter spähten durch die Fenster, als Simon auf Elle durch die Gassen von Port Corsair trabte. Er war gewöhnt an die Angst, die er hervorrief, er hatte früher alles getan, um Schrecken zu verbreiten – ein nützliches Werkzeug in seinem Gewerbe. Doch jetzt fühlte er sich nur müde und allein.

Offenkundig erinnerte man sich hier noch sehr gut an ihn, obwohl sein Äußeres sich ziemlich verändert hatte. Seltsam, denn er fühlte sich dem jungen Mann so fern, der er gewesen war, als er vor etlichen Jahren die Insel überfallen hatte. Wie dünkelhaft er damals gewesen war, wie grauenhaft selbstgerecht; überzeugt, dass er alles über das Wesen des Bösen wusste. Doch dann hatte er herausgefunden, dass er tatsächlich nur sehr wenig wusste über die Finsternis, die in den Herzen der Menschen hausen konnte – vor allem in seinem eigenen.

Le Balafre hatten sie ihn hinter vorgehaltener Hand genannt, den Narbenbedeckten; und Simon, dem jungen Narren von damals, hatte dieser furchterregende Name gefallen. Mit einem Heer im Rücken war er auf Faire Isle eingefallen, entschlossen, das legendäre *Buch der Schatten* zu finden und den Zauberer Renard der Gerechtigkeit zu überantworten.

Gerechtigkeit? Oder war es ihm nur um Rache gegangen? Selbst nach all der Zeit war sich Simon noch nicht sicher. Doch wahrscheinlich spielte das für die Frauen von Faire Isle keine Rolle. Überall entdeckte er die Narben, die er diesem kleinen Ort zugefügt hatte. Läden, die niedergebrannt und nicht mehr aufgebaut worden waren; Häuschen mit fehlenden Türen und

Fenstern; Schutt und Asche, zerschlagene Hoffnungen, zerstörte Leben. Die Türme des verlassenen Klosters auf dem Hügel ragten mahnend über ihm auf, im heftigen Wind und vor dem düsteren Himmel wirkten sie umso trostloser.

Beim Anblick der leeren Häuser überkam Simon das Gefühl, einen Friedhof zu durchqueren, auf dem all die Fehler versammelt waren, die er je gemacht hatte, und all das, was er bitter bereute, doch kaum genauer zu betrachten wagte aus Angst, sein ganzes Leben würde ihm zwischen den Händen zerrinnen.

Er lenkte Elle auf den Weg, der in die Wälder führte, und ließ Port Corsair und all die stummen Vorwürfe hinter sich.

Der finstere Himmel sah aus, als würde er jeden Moment seine Schleusen öffnen. Wahrscheinlich wäre es besser gewesen, er hätte den Sturm im Gasthaus am Hafen vorüberziehen lassen. Doch die Zeit lief ihm davon. Der Orden der Silbernen Rose wurde stündlich stärker und verschlagener. Dem nächsten Angriff der Hexen würde er wahrscheinlich nicht mehr standhalten können. So schwer es ihm fiel, er musste seinen Stolz überwinden und Hilfe bei einer Frau suchen, die er mehrmals verraten hatte. Doch ein Aufschub würde es ihm nicht leichter machen, vor Miri Cheney zu treten.

Als der Wald immer dichter wurde, verlangsamte Simon sein Tempo. Es begann zu donnern, und vor ihm zuckten auch schon die ersten Blitze auf wie Geschütze in einer fernen Schlacht. Dieser Wald war nicht gerade der beste Aufenthaltsort bei einem Sturm, selbst wenn er Simons Meinung nach ohnehin zu keiner Zeit ein guter Ort war.

Die flechtenbedeckten Bäume sahen aus wie Riesen und hatten ihre Wurzeln tief in die dunkle, geheimnisvolle Erde gegraben. Knorrige Äste schwankten im Wind, ihre Blätter erzählten flüsternd von alten Geheimnissen, Druiden, Feen und Zauberei. Genau der richtige Ort für eine Hexe.

Simon beugte sich vor und tätschelte Elles Hals, allerdings mehr zu seiner eigenen Beruhigung. In diesem unheimlichen Wald hätte die Stute eigentlich nervös sein sollen. Sie wirkte auch erregt, doch Simon hätte schwören können, dass es eher die eifrige Freude eines Pferdes war, das das nahende Ende einer langen Reise wittert.

Es kam ihm zwar seltsam vor, doch Elle schien sich hier heimisch zu fühlen. Nur er war angespannt, nur ihm war unbehaglich zumute. Vielleicht kam es daher, dass er auf der letzten Viertelmeile ständig an seine letzte Begegnung mit Miri Cheney hatte denken müssen. Die silberblauen Augen kühl wie der Winterhimmel hatte sie dagestanden und die Pistole direkt auf sein Herz gerichtet. Doch dann war das Schicksal in Form einer Explosion dazwischengetreten, die sie beide zu Boden geworfen hatte. Hätte Miri wirklich geschossen? Hatte sie gelernt, ihn derart zu hassen?

Bald würde er es wissen.

Die dichten Baumkronen und der sturmverhangene Himmel raubten dem Nachmittag viel von seinem Licht. Der Pfad wurde immer schmaler. Simon kniff die Augen zusammen, um zu erkennen, ob das, was vor ihm lag, der Wegbeschreibung entsprach.

Er wusste, dass Miri Belle Haven, das stattliche Anwesen, in dem sie aufgewachsen war, nicht mehr zugänglich war. Deshalb hatte er sich im *Bon Voyage* nach ihr erkundigt. Das Gasthaus war die einzige Männerbastion auf der Insel. Obwohl die Männer ihn nicht so fürchteten wie die Frauen, musterten auch die Gäste in der Schenke ihn mürrisch und voller Argwohn.

Simon hatte stets festgestellt, dass die Aussicht auf ein paar Münzen die Zungen lockerte. Doch schließlich hatte nicht einer der grobschlächtigen Matrosen oder Fischer Miri verraten, sondern eine Frau. Sie hatte sich in die Schenke geschlichen, den Kopf unter einem Schal versteckt, ein welkes Weib mit harten, verschlagenen Zügen. Auch wenn sie angstvoll bebte, hatte sie es gewagt, Simon direkt anzusprechen.

»Ich – ich habe gehört, dass Ihr auf der Suche nach der Herrin der Wälder seid«, hatte sie mit solch zittriger Stimme gesagt, dass er sich näher zu ihr beugen musste, um sie zu verstehen.

Simon hatte genickt.

»Und – und was bezahlt Ihr dafür?«

Simon hatte nur mit Mühe seine Verwunderung verbergen können. Seiner Erinnerung nach hielten die Frauen auf dieser Insel wie Pech und Schwefel zusammen und waren ihrer geliebten Herrin von Faire Isle und deren Familie treu ergeben. Als er ein paar Münzen in Madame Alains abgearbeitete Hände drückte, überkam ihn eine seltsame Mischung aus Verachtung und Mitleid mit diesem Weib. Doch das hatte ihn nicht davon abgehalten, sie auszufragen.

»Folgt einfach dem Weg durch den Wald, bis Ihr an eine Gabelung kommt, von der aus ein Pfad noch tiefer in den Wald führt. Darauf gelangt Ihr direkt zu ihrem Häuschen.«

Die Faust fest um die Münzen geschlossen hatte Madame Alain ein Schluchzen unterdrückt und sich eilig aus dem Staub gemacht, obwohl Simon nicht wusste, wovor sie davonlief – vor ihm oder vor ihrem schlechten Gewissen.

Als er sich dem Pfad näherte, von dem Miris Verräterin gesprochen hatte, merkte Simon, dass die Frau etwas Wichtiges nicht erwähnt hatte: Es gab nicht nur einen Pfad, sondern zwei, die in entgegengesetzte Richtungen abzweigten. Er zügelte Elle und überlegte, welche Richtung er einschlagen sollte. Doch zu seiner Verwunderung hatte sein Pferd offenbar eine eigene Meinung.

Elle warf den Kopf nach hinten und wollte in die Richtung losmarschieren, die Simon weniger wahrscheinlich erschien, da dieser Pfad völlig überwuchert war und weniger frequentiert wirkte. Trotzdem konnte er Elle nur mit Mühe zurückhalten, während ein weiterer Blitz den Wald erhellte. Dabei entdeckte er etwas so Erstaunliches, dass er dachte, wäre er ein Pferd gewesen, hätte er davor zurückgescheut.

Doch Elle verstärkte nur ihre Bemühungen, den Weg weiterzulaufen, und ließ sich kaum zügeln. Simon fuhr sie barsch an und nahm die Zügel kurz, um ihr zu zeigen, dass er ihr solchen Unfug nicht durchgehen lassen würde. Schließlich blieb sie stehen, und er blickte auf das Geschöpf hinunter, das er entdeckt hatte. Noch immer wollte er seinen Augen kaum trauen.

Die Katze hatte etwas fast Übernatürliches an sich, wie sie da völlig ruhig an der Weggabelung saß, inmitten dieser Wildnis, an diesem wilden Nachmittag. Das windzerzauste Fell war kohlschwarz bis auf die Pfoten, die schneeweiß waren. Simon blinzelte, fast rechnete er damit, dass das Geschöpf verschwinden würde. Doch die bernsteingelben Augen der Katze blinzelten zurück und weckten eine Erinnerung an eine längst vergangene Nacht auf einem windumtosten Hügel auf der anderen Seite der Insel.

Damals war Simon vorgeprescht, das Herz vor Angst, doch auch vor Eifer pochend. Es war seine erste Jagd gewesen, und er hatte gehofft, einen Hexenzirkel bei seinen satanischen Riten inmitten eines Kreises hoch aufragender Felsen zu ertappen. Doch stattdessen hatte er nur eine ziemlich mitgenommene Miri gefunden, die heftig mit ein paar jungen Mädchen kämpfte, um eine Katze zu retten, die in jener Nacht hätte geopfert werden sollen.

Als die dreisten Gören Simon entdeckten, zerstreuten sie sich erschrocken in alle Winde, doch Miri blieb entschlossen stehen und befreite erst einmal die kleine schwarze Katze, die gefesselt auf dem steinernen Altar lag. Dabei waren er und Miri Cheney sich zum ersten Mal begegnet – der Hexenjäger und die Hexe.

Nein, dachte Simon reumütig. Diese Begriffe hatten damals keineswegs gepasst, weder für sie noch für ihn. Er war noch sehr jung gewesen, er hatte noch viel lernen müssen; und sie war fast noch ein Kind gewesen, mit rätselhaften Augen und einem gewinnenden Lächeln.

Das Geschöpf, das ihn nun anstarrte, konnte unmöglich dieselbe Katze sein, die Miri damals gerettet hatte, nicht nach all den Jahren. Oder etwa doch? Simon legte den Kopf schief und betrachtete die Katze eingehend. Obwohl er sich vorkam wie ein Narr, rief er unsicher: »Nekromant?«

Wie zur Bestätigung miaute das Tier aus Leibeskräften, dann

zuckte sein Schwanz und es verschwand. Als Elle ihm folgen wollte, hielt Simon sie nicht mehr auf. Wenn es tatsächlich Miris Kater war – und aus welchem Grund sollte sich sonst so ein zahmes Geschöpf hier draußen im Wald herumtreiben –, dann würde er zweifellos dem Ort zustreben, an dem er zu Hause war.

Doch der Pfad, auf den die Katze sie führte, verdiente kaum diese Bezeichnung. Die Bäume wurden immer dichter, Zweige und Blätter schlugen nach Simon und seinem Pferd. Dicke Wurzeln und Senken machten den Untergrund so tückisch, dass man nicht mehr reiten konnte.

Simon stieg aus dem Sattel und führte Elle, wobei er immer wieder Äste zur Seite schieben musste. Von Zeit zu Zeit hörte er es im Unterholz rascheln und erhaschte einen Blick auf einen Schatten – die Katze. Der kleine schwarze Teufel führte ihn entweder direkt zu Miris Behausung oder in einen dunklen Winkel des Waldes, wo er sich hoffnungslos verirren würde.

Doch zur Umkehr war es zu spät. Immer wieder grollte Donner, und Simon spürte auch schon die ersten kalten Tropfen auf seinen Wangen. Er brauchte dringend einen Unterschlupf für sich und Elle.

In dem Moment, als der Pfad gänzlich verschwunden schien, schöpfte er neuen Mut, denn in der Ferne entdeckte er eine Lichtung, und aus dem Kamin eines kleinen Steinhäuschens kräuselte Rauch hervor. Der Kater war aus Simons Blickfeld verschwunden, doch hier war er sicher richtig. Wer sonst außer Miri würde an einem derart gottverlassenen Ort hausen, nur mit den Tieren des Waldes als Nachbarn?

Simon führte Elle an einer dicken Eiche vorbei und schritt weiter. Doch plötzlich verlor er den Boden unter den Füßen. Die Zügel glitten ihm aus der Hand, während die Welt nur noch verschwommen und schwindelerregend schnell an ihm vorbeizog.

Er brauchte eine ganze Weile, bis er begriff, was passiert war. Er befand sich in einem dicken Netz, etliche Meter in der Luft, gefangen wie ein törichter Hase, der dem Jäger direkt in die Falle gestolpert war. Die gespannten Seile des Netzes gruben sich in sein Gesicht und seine Arme. Beinahe hätte Simon eine grollende Bewunderung für Miris Einfallsreichtum empfunden, wenn er sich nicht solche Sorgen um Elle gemacht hätte.

Die Stute war ausgebrochen, als die Falle um ihn zuschnappte. Als er sich herumwand, um nach ihr Ausschau zu halten, durchtrat er mit einem Stiefel das Netz. Doch von Elle war nichts zu sehen. Wenn sie jetzt panisch durch den Wald stürmte, würde es an ein Wunder grenzen, wenn sie sich kein Bein brach. Das Schwert, mit dem Simon sich vielleicht hätte befreien können, war an die Seite seines Sattels geschnallt.

Und sein Messer steckte in dem Stiefel, der nun durch das Loch im Netz baumelte. Während sich Simon bemühte, seinen Fuß zu befreien, um an die Waffe zu kommen, knackte der Ast, der ihn und das Netz hielt, Unheil verkündend.

Er fluchte lauthals, nicht ahnend, dass es noch schlimmer kommen würde. Doch dann barsten die Wolken und entließen eine wahre Sturzflut.

* * *

Miri kauerte am Eingang ihres Häuschens, ohne auf den Wind und den Regen zu achten, der an ihr vorbei nach innen drang. Mit einer Mischung aus grimmiger Befriedigung und Ehrfurcht musterte sie die dunkle Gestalt, die in dem Netz hoch über dem Boden gefangen war.

Mit seiner wilden schwarzen Mähne, seiner großen Gestalt und heftig fluchend wirkte Simon Aristide wie ein ungestümer Waldgeist. Sie konnte sein Gesicht nicht erkennen, doch offenbar hatte er sie an der Türschwelle entdeckt.

»Miri!«

Ihr Name klang im Wind wie das wütende Brüllen eines Drachens. Obwohl von dem Hexenjäger in seiner Lage keine Gefahr ausging, schreckte sie unwillkürlich zurück. Als Nekromant sich an ihre Knöchel schmiegte und unter ihren Rocksäumen Schutz suchte, zuckte sie zusammen.

»Ich habe ihn erwischt«, sagte sie atemlos.

Der Kater funkelte sie finster an. *»Na wunderbar. Aber mach jetzt bitte die Tür zu, ich bin schon patschnass!«*

Nekromant schlüpfte an ihr vorbei und zog sich ins Häuschen zurück. Miri zögerte trotz des Regens, der ihr ins Gesicht schlug und ihr Kleid schon völlig durchnässt hatte. Es donnerte ohrenbetäubend, und gleich darauf zuckte ein Blitz auf und machte deutlich, welche Gefahr Simons missliche Lage barg. Sie hätte die Tür schließen und ihn seinem Schicksal überlassen sollen.

Stattdessen biss sie sich auf die Unterlippe und tastete nach dem Griff ihres Messers, das in ihrem Gürtel steckte. Das Messer wäre scharf genug, um ihn aus dem Netz zu befreien …

»Miri!«, schrie Simon abermals. »Ich weiß, dass du da bist. Komm her und hol mich hier runter, sonst schwöre ich dir …«

Er schluckte seine ohnmächtige Wut herunter, doch die Drohung reichte, um Miris Entschluss zu festigen. Sie wich zurück und wollte die Tür schon hinter sich zuziehen, als sie ihn wieder schreien hörte.

»Tu mir um Himmels willen wenigstens einen Gefallen: Geh und such mein Pferd!«

Sein Pferd? Miri erstarrte vor Schreck, dass sie daran nicht gedacht hatte. Von Nekromant gewarnt, hatte sie aus ihrem Häuschen heraus beobachtet, wie Simon sich näherte. Dabei hatte sie nur auf den Hexenjäger geachtet und darauf gewartet, dass er geradewegs in ihre Falle tappte.

Ein Pferd hatte sie gar nicht gesehen, aber es hätte ihr klar sein müssen, dass er den langen Weg hierher nicht zu Fuß zurückgelegt hatte. Offenbar hatte er das Pferd auf der letzten Strecke geführt, und jetzt war das arme Tier panisch davongestürmt, erschrocken von dem, was seinem Reiter zugestoßen war. Miri stürzte in den Regen hinaus, sie nahm sich nicht einmal die Zeit, einen Umhang überzuwerfen.

Sie überquerte die Lichtung, wobei sie sorgfältig darauf achtete, der Gestalt nicht zu nahe zu kommen, die in dem Netz hoch über ihr herumtobte. Wenn Simon sie bemerkt hatte, verkniff er sich jede Äußerung bis auf ein Grunzen, während er versuchte, seinen Stiefel aus einem Loch im Netz zu befreien.

Miri eilte den Pfad weiter. Simons verschrecktes Pferd konnte inzwischen weiß Gott wie weit gerannt sein. Doch zu ihrer großen Erleichterung stellte sie fest, dass das Tier gar nicht so weit gelaufen war. Was seinen natürlichen Instinkt, vor der Gefahr zu flüchten, gebremst hatte, wusste Miri nicht, doch die Stute stand nur wenige Meter entfernt von ihrem Reiter. Sie war klatschnass und wirkte ziemlich verloren, wie sie so dastand und zitterte und offenbar nicht wusste, wohin sie sich jetzt wenden und was sie als Nächstes tun sollte.

Miri näherte sich ihr vorsichtig. Obwohl die Augen des Tieres dunkel waren vor Angst und Elend, zog es sich nicht zurück, als Miri die Zügel nah an seinem Kopf packte. Miri versuchte, das Geschöpf mit leisen, schmeichelnden Tönen, die seit jeher zu ihrem ganz besonderen Zauber gehörten, so gut sie konnte zu besänftigen.

Sie zitterte, denn auch sie war nass bis auf die Knochen, und ihr Zopf klebte ihr schwer auf dem Rücken. Doch sie achtete nicht auf ihre eigenen Unannehmlichkeiten und murmelte unablässig dem Pferd zu, während sie versuchte, es zur Lichtung zurückzuführen.

»Alles ist gut«, gurrte sie. »Ich will dir ja nur helfen. Ich bringe dich an einen Ort, an dem du geborgen und trocken sein wirst.«

Zum ersten Mal widersetzte sich das Pferd, es verdrehte die Augen und blähte die Nüstern, und aus dem wirren Chaos seiner Gedanken drang nur ein Wort: *»Befrei … befrei …«*

»Natürlich wirst du frei sein. Ich habe schon viele deiner Artgenossen aus der Hand ihrer grausamen oder nachlässigen Besitzer befreit. Du musst diesem grässlichen Hexenjäger nicht mehr dienen.«

Das Tier stampfte ungeduldig mit den Hufen, und plötzlich wurde Miri sein drängender Gedanke deutlicher: *»Befrei ihn! Befrei ihn!«*

Miri war so verwundert, dass sie fast die Zügel fahren ließ. Die Stute hatte keine Angst *vor* Simon, sondern *um* ihn! Die Falle hatte das Pferd verstört, und es hatte nicht gewusst, wie es seinem Reiter helfen konnte, hatte ihn aber auch nicht im Stich lassen wollen.

Miri wischte sich den Regen aus dem Gesicht. Sie wusste nicht, ob sie der verzweifelten Bitte des Tieres nachgeben sollte. Plötzlich drang durch den Wind und das stete Trommeln des Regens das scharfe Krachen eines Astes an ihr Ohr.

Miri wirbelte herum. Das Herz schlug ihr bis zum Hals beim Anblick der imposanten Gestalt, die durch die Äste hinab auf die Lichtung fiel. Sie musste nicht mehr über die Bitte der Stute nachdenken. Irgendwie hatte sich Simon selbst befreit.

Ein weiterer Blitz erhellte die Silhouette des Hexenjägers, der wie die Gestalt aus einem Albtraum wirkte. Die feuchten Kleider klebten an den harten Konturen seines Körpers, seine schwarzen Haare hingen ihm in nassen Strähnen um das verwüstete Gesicht, Regen tropfte aus seinem Bart, die Lippen waren zu einem weißen Strich zusammengepresst.

Miri ließ die Zügel fallen und riss ihr Messer aus dem Gürtel. »Bleib, wo du bist, sonst schwöre ich dir, werde ich dich …«

»Was? Töten?«

Es war wie ein grässliches Echo aus der Vergangenheit. Es versetzte Miri auf einen Schlag zurück in jene Nacht in Paris, als sie im *Gasthaus zur Eiche* versucht hatte, Simon mit ihrer Pistole in Schach zu halten. Und jetzt reagierte er genauso wie damals – er kam einfach weiter auf sie zu.

»Willst du mir das Messer ins Herz stoßen? Nur zu, ich werde dich nicht davon abhalten. Sieh her! Ich trage nicht einmal mein Kettenhemd.« Er riss sich Wams und Hemd auf und entblößte seine muskulöse Brust. Auf seiner regennassen Haut glitzerte dichtes dunkles Haar.

Miri stolperte rückwärts, bis der raue Stamm einer Ulme sie daran hinderte, weiter auszuweichen. Sie hob ihr Messer und umklammerte es fest.

»Bleib, wo du bist, Aristide! Ich meine es ernst.«

Simon überwand den Abstand zwischen ihnen mit einem einzigen langen Schritt und blieb so nah vor ihr stehen, dass die Spitze ihres Messers seinen Brustkorb berührte. Als er die Hand hob, rechnete Miri damit, dass er ihr das Messer entwinden würde.

Doch sehr zu ihrer Verwunderung legte er die Hand an ihre Wange.

»Nur zu, tu es«, sagte er mit einer vor Erschöpfung rauen Stimme. »Früher oder später wird mich jemand erledigen, warum also nicht du.«

Miri schluckte. Sie bemühte sich, nur Wut und Abneigung zu fühlen, und rief sich alles in Erinnerung, was Simon ihr angetan hatte: Er hatte sie um ihr Vertrauen, ihr Heim und ihre Familie gebracht, und er hatte Faire Isle verwüstet. In dem Moment gewährte ein weiterer Blitz einen Blick auf sein Gesicht, auf Simon Aristide, den Mann, von dem sie überzeugt war, er hätte keine Seele mehr. Nun sah sie die Einsamkeit, die Qual, die schreckliche Müdigkeit seines Geistes, gefangen in den Tiefen des einen dunklen Auges, das ihm noch geblieben war.

Er wollte sie nicht nur reizen wie damals in Paris. Einem Teil von ihm war es tatsächlich völlig gleichgültig, ob er lebte oder starb. Verzweifelt fragte sich Miri, was aus ihnen geworden war – dem unschuldigen Jungen und dem Mädchen, die sich damals um Mitternacht auf einem Hügel zum ersten Mal begegnet waren: Simon, der gelernt hatte, ein Leben – selbst sein eigenes – so wenig zu achten, und sie, eine Tochter der Erde, die drohte, jemanden zu töten.

Ein Beben durchlief sie, und sie senkte die Hand. Das Messer entglitt ihr und fiel zu Boden. Sie wandte sich von Simon ab und schloss die Augen, überwältigt von den starken Gefühlen, die er stets in ihr hervorrief: Wut und Trauer, Verletzung und eine tiefe, enttäuschte Sehnsucht nach etwas, was hätte sein können.

»Fahr doch zur Hölle!«, schrie sie. Heiße Tränen mischten sich mit dem kalten Regen.

»Zu spät.«

»W-wie bitte?«

Sie zuckte zusammen, als er abermals ihre Wange berührte und mit der rauen Kuppe seines Daumens die Feuchtigkeit wegwischte. »Dein Fluch, meine Liebe. Er kommt viel zu spät. Ich weile schon seit geraumer Zeit in der Hölle.«

Miri zitterte so heftig, dass sie vielleicht zusammengebrochen wäre, wenn Simon sie nicht gestützt hätte, indem er sie um die Schultern fasste. Sie erstarrte und wollte sich wehren, doch er zog sie sanft und unerbittlich an sich. Egal, wie sehr sie sich dafür verachtete, sie war schwach genug, die Stirn an seine Schultern sinken zu lassen. Seine große Hand legte sich um ihren Hinterkopf. Er streichelte ihr Haar und murmelte, dass alles gut sei.

»Gut?«, krächzte sie. »Ist dir klar, dass ich noch nie eine Waffe in der Hand gehalten und versucht habe, jemandem wehzutun, bevor ich dir begegnet bin?«

»Ich weiß. Es tut mir leid.«

Er machte es nur noch schlimmer, weil er so aufrichtig klang. So viel also zu ihrer Prahlerei vor Marie Claire, dass sie genau wisse, wie sie beim nächsten Mal mit Simon umzugehen habe.

Wie erschüttert Marie Claire jetzt wäre, wenn sie sie so sehen könnte, in den Armen des Hexenjägers! Ganz zu schweigen davon, wie Ariane und Gabrielle reagieren würden. Der Gedanke an ihre Schwestern verlieh Miri schließlich die Kraft, sich zurückzuziehen und Simon von sich zu stoßen.

Sie wischte sich die Tränen und den Regen aus dem Gesicht und kämpfte sich durch das wirre Dickicht ihrer Gefühle. Schließlich konzentrierte sie sich auf das Einzige, was ihr in diesem Moment sinnvoll erschien – die Stute, die zitternd neben ihnen stand.

»Dein Pferd friert und hat Angst«, erklärte sie Simon barsch. »Wir müssen es aus dem Regen schaffen.«

* * *

In der kleinen Scheune hinter dem Häuschen war es gemütlich und trocken, es duftete nach warmen Pferden und frischem Heu, Gerüche, die Miri schon immer beruhigend gefunden hatte. In ihren nassen Kleidern zitternd deutete sie auf einen leeren Verschlag, in den Simon seine nervöse Stute führen sollte. Es war ein seltsames Nachspiel zu ihrer Auseinandersetzung, diese stumme, harmonische Zusammenarbeit, in der sie sich nun um das Pferd kümmerten, das Simon Elle nannte. Doch Miri vermutete, dass es ihnen beiden weitaus leichterfiel, sich mit den Bedürfnissen des Tieres zu beschäftigen als miteinander.

Noisette reckte den Kopf über die Tür seines Verschlags und wieherte leise. Das gutmütige Pony war eher neugierig als beunruhigt über die Eindringlinge. Doch die Tauben, die im Dachstuhl nisteten, waren verstummt. Miri spürte, wie sie von wachsamen Knopfaugen beobachtet wurden. Ihre Vögel störte Simon Aristides Auftauchen genauso wie sie selbst.

Während Miri im Sattelschrank nach ein paar Tüchern suchte, betrachtete sie Simon aus den Augenwinkeln. Er war ihr völlig fremd und passte zu keiner Erinnerung, die sie an ihn hatte; sie entdeckte weder etwas von dem hübschen Jungen, von dem sie einst heimlich geschwärmt hatte, noch von dem gefürchteten Le Balafre, der sie in ihren Albträumen heimgesucht hatte.

Er sah älter aus – und abgekämpft. Sein nasses Haar hatte er glatt nach hinten gestrichen, sein Kinn war mit Bartstoppeln bedeckt, seine Gesichtszüge scharf geschnitten. Bei ihrer letzten Begegnung war er kahl geschoren gewesen, entschlossen, so grimmig wie möglich auszusehen, um alle in Angst und Schrecken zu versetzen, die seine Pfade kreuzten – auch sie.

Und dennoch ging er nun äußerst sanft mit seinem Pferd um. Die Stute war noch immer verängstigt, sie schnaubte und zitterte.

»Ist ja gut, sei ruhig, meine Hübsche«, murmelte er und streichelte den Hals der Stute mit langen, festen Bewegungen. »Jetzt ist alles vorbei. Jetzt kann dir nichts mehr passieren.«

Miri beobachtete ihn verwundert. Noch nie hatte sie erlebt, dass Aristide einem anderen Wesen gegenüber so viel Zuneigung zeigte.

Du weißt, dass das nicht stimmt, regte sich die Stimme ihrer Erinnerung. Sie musste an einen verstohlenen Moment in einer abgelegenen Höhle denken. Damals hatte die Meeresbrise Simons schwarze Locken zerzaust, und sein hübsches junges Gesicht war ebenso glatt und makellos gewesen wie das ihre.

Er beugte sich vor zu ihr, und ihr Herz setzte für einen kurzen Moment aus, als ihr klar wurde, was er vorhatte. Scheu hielt sie ihm ihr Gesicht entgegen und schloss die Augen. Simon drückte ihr einen sanften Kuss auf den Mund; doch dieser süße, warme Kuss schien in ihr zu erblühen …

Ihr allererster Kuss. Damals war Simon genauso zärtlich gewesen wie jetzt …

Miri atmete tief durch und verbot sich, diesen Gedanken weiterzuspinnen. *Fang jetzt nicht wieder damit an! Such nicht nach Dingen an ihm, die einfach nicht da sind!,* schalt sie sich stumm.

Sie ging mit den Tüchern zu ihm, achtete jedoch sorgfältig auf gebührenden Abstand.

»Na bitte, Elle. Jetzt bist du in Sicherheit. Du hast nichts mehr zu befürchten.« Während die Stute sich unter seinen Händen sichtlich beruhigte, wandte sich Simon an Miri. »Und auch du hast nichts zu befürchten.«

»Das ist ein seltsamer Trost von jemandem, der einst alles versucht hat, um mich und meine Familie zu quälen.«

»Das ist lange her, fast zehn Jahre. Ich – ich bedauere eine ganze Menge von dem, was in jenem Sommer passiert ist.«

»Vielleicht bedauerst du es am meisten, mich nie der Hexerei bezichtigt zu haben. Bist du deshalb gekommen? Um deinen Fehler endlich zu berichtigen?«

»Nein.« Stirnrunzelnd löste Simon Elles Sattelgurte. »Nach all der Zeit hatte ich gehofft, dir wäre klar, dass ich dir nie etwas zuleide tun wollte.«

Miri starrte ihn ungläubig an. »Deinetwegen hat der König von Frankreich meine ganze Familie der Hexerei und des Hochverrats bezichtigt. Wir mussten ins Exil fliehen, und die Krone hat Renards Güter beschlagnahmt. Sogar Belle Haven haben sie sich unter den Nagel gerissen, das Haus meiner Familie, das viele Generationen lang an Töchter der Erde weitervererbt worden ist, und all das Land, das nie einem Mann in die Hände hätte fallen dürfen. Und was du unserer Insel angetan hast, kann ich gar nicht sagen. Du hast sie in etwas verwandelt, was ich nicht mehr wiedererkenne.

Gott möge mir beistehen, Simon, wenn du jemals beschließt, mir wirklich etwas zuleide tun zu wollen.«

»Miri, ich …« Er verstummte. Offenbar merkte er, dass es sinnlos war, etwas darauf zu erwidern. Doch sein Gesicht war gezeichnet von Reue, während er Elle den Sattel abnahm.

»Du hättest auch mich der Hexerei beschuldigen können«, beharrte sie. »Warum hast du es nicht getan?«

Simon stellte Elles Sattel in eine Ecke. »Weil ich dich für unschuldig hielt.«

»Ich war nicht unschuldiger als viele andere Frauen, die du verfolgt hast, darunter meine Schwestern. Warum hast du stets darauf beharrt, mich zu verschonen?«

»Ich weiß es nicht.« Simons Mund verzog sich zu einem reumütigen kleinen Lächeln. »Vielleicht weil du die Einzige bist, bei der ich immer schwach geworden bin.«

Miri fürchtete, dass es umgekehrt genauso war, doch das wollte sie ihm natürlich nicht sagen. Sie drückte ihm ein Tuch in die Hand. Draußen grollte immer noch Donner, doch nichts schien Miri mit der Spannung vergleichbar, die im Inneren der

Scheune herrschte. Während Simon anfing, Elles Flanken trockenzureiben, versuchte Miri es am Hals des Tieres, doch die Stute scheute und wäre fast auf Simon getreten.

»Ruhig!«, rief er und tätschelte dem Pferd besänftigend den Hals. »Was ist denn los, Elle?«

Als Miri in die weit aufgerissenen braunen Augen des Tieres blickte, wusste sie sofort Bescheid.

»Sie hat Angst vor mir«, sagte sie kläglich. »Weil sie gesehen hat, wie ich versucht habe, dir wehzutun.«

Simon streichelte die Stute, bis sie sich wieder beruhigte. »Meine arme Elle«, murmelte er. »Dabei sollte sie es inzwischen wahrhaftig gewöhnt sein, dass Leute versuchen, mich zu töten.«

»Ist das – kommt das denn öfter vor?«

»Oft genug«, erwiderte er grimmig.

Diese Auskunft lieferte Miri einen beunruhigenden Blick auf das, was aus Simon geworden war – ein Ziel des Hasses. Doch warum war er allein unterwegs? Warum war er nicht mehr umringt von einem Heer, das ihn beschützte? Miri mahnte sich streng, dass sie das nichts anging. Interesse an Simon oder Mitgefühl für diesen Mann wollte sie wahrhaftig nicht in sich aufsteigen lassen.

Als er sich wieder Elle zuwandte, näherte sie sich dem Pferd behutsamer. Ganz langsam gewann sie Elles Vertrauen zurück, bis sich das Tier von ihr die kraftvolle Brust trocknen ließ. Miri war klar, dass es wohl besser wäre, es nicht zu wissen, doch trotzdem konnte sie sich nicht verkneifen zu fragen: »Woher wusstest du denn, wo ich zu finden bin? Wen hast du bestochen?«

»Irgendein verhärmtes Weibsbild, Madame Elan hieß sie, glaube ich.«

»Madame Alain«, verbesserte Miri. Sie war eher betrübt als verärgert. »Natürlich, wer sonst. Ich hoffe nur, dass du sie gut entlohnt hast. Sie muss eine große Familie versorgen, und auf Faire Isle laufen die Geschäfte nicht so gut. Seit deinem Überfall trauen sich die Menschen vom Festland kaum noch her, unser Handel hat schwer gelitten.«

Simon unterbrach sein Tun und sah sie ernst an. »Der kümmerliche Handel hat nichts mit dem zu tun, was vor zehn Jahren passiert ist, Miri. Die Menschen haben kaum noch Geld und Güter, um Handel zu treiben. Warst du denn in letzter Zeit auf dem Festland? Die Ernte leidet unter der Dürre, auf den Weiden fallen die Tiere tot um. Verzweifelte Menschen streifen durch die Gassen, bereit, wegen eines Kantens Brot übereinander herzufallen. Nicht nur Faire Isle macht schlechte Zeiten durch, im übrigen Land sieht es genauso aus.«

Miri runzelte die Stirn, während sie sich nach unten beugte, um die Vorderbeine der Stute abzureiben. »Das tut mir natürlich leid, aber eines hast du nie verstanden, Simon: Faire Isle ist anders als das Festland; zumindest war es früher so. Diese Insel war immer ein Ort des Friedens und der Heilkunst, eine Zuflucht, die du zerstört hast. Die Frauen, die du zur Flucht gezwungen hast, sind nie mehr zurückgekehrt, und diejenigen, die geblieben sind, sind eingeschüchtert und mutlos, wie Josephine Alain.«

Simon legte einen Arm auf Elles Rücken und seufzte erschöpft. »Ich weiß, dass du mir das nicht glauben wirst, aber ich bedauere wirklich vieles von dem, was auf Faire Isle geschehen ist. Als ich auf der Suche nach dir durch den Ort geritten bin, hat es mich richtig beunruhigt, dass so viele Läden noch immer leer stehen und so viele Häuser nie mehr aufgebaut worden sind.«

»Ich rede nicht nur von niedergebrannten Häusern und leer stehenden Läden. Auf dieser Insel herrschte ein Geist der Freundlichkeit, ein Zauber, den du unter deinem Stiefelabsatz zertreten hast.«

Ihre Lippen verzogen sich zu einem bitteren Lächeln. »Aber schließlich bist du ein Hexenjäger. Ich scheine das immer wieder zu vergessen. Zauber zu zerstören ist dein Auftrag, dein Lebensinhalt, nicht wahr?«

Simon lief zwar rot an, schob aber trotzig das Kinn vor. »Offenbar hast du vergessen, warum es meine Pflicht war, hierherzukommen. Ich war vom König dazu bestimmt worden, dem Vorwurf der Zauberei nachzugehen. Deine Verwandten haben mich und meine Männer angegriffen und das Gasthaus in Brand gesteckt, in dem wir unser Lager aufgeschlagen hatten.«

»Aber nur, weil du Gabrielle der Hexerei angeklagt und sie als Geisel genommen hattest, um meinen Schwager in die Falle zu locken. Du wolltest Renard aufknüpfen, ohne ihm den Prozess zu machen.«

Simons Miene verdüsterte sich bei diesem Vorwurf, doch er konterte sogleich: »Vielleicht war das falsch, aber ich hielt einen Prozess für Zeitvergeudung. Die Schuld des Comte lag auf der Hand: Das *Buch der Schatten* befand sich in seinem Besitz. Und deine Schwester war auch nicht unschuldig. Gabrielle hatte zugegeben, dass sie mit Cassandra Lascelles zu tun hatte, einer Frau, die sich bekanntermaßen der schwarzen Magie verschrieben hatte.«

Miri spürte, wie sie rot anlief, doch ihr Zorn paarte sich mit der Enttäuschung, dass sie ihre Verwandten nicht mit der nötigen Inbrunst verteidigen konnte. Denn Simon hatte leider recht: Renard war zwar ein guter Mann, doch er hatte von seiner verschlagenen alten Großmutter Melusine den unseligen Hang zur dunkleren Seite der Magie geerbt. Und Gabrielles Freundschaft mit Cassandra war Miri alles andere als recht gewesen, denn diese Zauberin verstand sich ausgezeichnet darauf, Tote heraufzubeschwören und verstörend machtvolle Amulette anzufertigen.

Das *Buch der Schatten* hatte Renard allerdings nur verlockt, weil er gehofft hatte, den größten Kummer seiner Frau zu lindern und einen sicheren Weg für sie zu finden, ein Kind auszutragen. Und Gabrielle hatte nur ihren geliebten Hauptmann Remy beschützen wollen. Erst viel zu spät war ihr aufgegangen, welch böser Zauber in dem Amulett ihrer Freundin Cass steckte.

Doch Miri wusste, dass es sinnlos war, Simon das alles zu erklären, vor allem in Bezug auf Renard. Simon war vor langer Zeit zu der Überzeugung gelangt, dass der Comte ein Zauberer war. Viel leichter war es, Simon an seine eigene Niedertracht zu erinnern.

»Du hast mir gesagt, es gehe dir einzig und allein darum, das *Buch der Schatten* zu zerstören«, warf sie ihm vor. »Du hast gesagt, wenn ich Renard überrede, dir das grässliche Buch auszuhändigen, würdest du ihn und Gabrielle unbehelligt ziehen lassen, und ich Närrin habe dir geglaubt. Doch du hast meine Familie nach jener Nacht noch lange weiter verfolgt. Du hattest das *Buch der Schatten.* Warum hast du es nicht beseitigt und uns in Ruhe gelassen?«

»Weil ich nicht die Gelegenheit hatte, das verfluchte Ding zu zerstören.« Die Röte auf seinen Wangen vertiefte sich, als er zögernd zugab: »Es – es ist verschwunden.«

»Wie bitte?«

»In all dem Durcheinander bei dem Feuer hat jemand das Buch gestohlen.«

»Willst du damit sagen, dass dieses üble Machwerk noch immer zugänglich ist für jemanden, der all die schlimmen Zaubersprüche entziffern kann?«

Simon nickte grimmig.

»Oh, das ist ja fantastisch!« Miri reckte die Hände zur Decke und fing an, erregt an den Verschlägen vorbeizulaufen, ohne auf Noisettes spielerische Versuche zu achten, sie anzuknabbern. »Gut gemacht, Simon! Du verfolgst meine unschuldige Familie bis ans Ende der Welt, nachdem dir eines der schlimmsten Übel aller Zeiten einfach abhandengekommen ist. Deshalb also hast du diese Insel völlig auseinandergenommen. Du hast geglaubt, das Buch befindet sich immer noch im Besitz meiner Familie.«

Simon folgte ihr aus dem Stall und verschränkte die Arme vor der Brust. »Vielleicht ist das ja tatsächlich so.«

»Wahrscheinlich meinst du Renard. Ich kann dir versichern, dass er es nicht hat.«

»Das hast du auch beim ersten Mal nicht geglaubt«, erwiderte Simon kühl, doch als Miri stehen blieb und ihn finster anfunkelte, streckte er eine Hand aus. »Waffenstillstand! Ich bin nicht hier, um in der Vergangenheit herumzuwühlen oder mit dir zu streiten.«

»Dann wäre es mir sehr recht, wenn du mir sagen würdest, warum du hier bist.«

»Das frage ich mich allmählich selbst.« Er verzog das Gesicht, doch als sein Blick auf sie fiel, wurden seine Züge wieder weicher. »Vielleicht zum Teil deshalb, weil – weil ich dich einfach wiedersehen wollte, um zu erfahren, wie es dir geht.«

»Jetzt hast du mich gesehen, und mir geht es gut«, fauchte Miri. »Was willst du noch?«

Er trat zu Elle und vergrub die Finger in ihrer Mähne. Endlich sagte er mit gepresster Stimme, als müsse er sich die Worte gewaltsam abringen: »Ich – ich brauche deine Hilfe.«

Miri starrte ihn an, vor Verblüffung verschlug es ihr erst einmal die Sprache. Dann stieß sie ein freudloses Lachen aus. »Ich kann es nicht fassen, Simon Aristide. Zweimal habe ich dir vertraut, dich sogar für einen Freund gehalten. Doch du hast mich nur benutzt, weil du den Mann meiner Schwester vernichten wolltest. Geht es dir abermals darum? Ich könnte dir nicht helfen, selbst wenn du mich foltern würdest. Ich – ich habe Ariane und Renard aus den Augen verloren. Ich habe keine Ahnung, wo sie sind, und ich weiß auch nicht, wo sich Gabrielle und Remy aufhalten.«

Miri schob trotzig das Kinn vor. Sollte er sie ruhig als Lügnerin bezeichnen, das war ihr egal. Simon wusste wahrscheinlich, dass sie nicht die Wahrheit sagte, doch er zog es vor, sie nicht zur Rede zu stellen.

»Ich bin nicht hinter Renard her«, sagte er. »Einst hielt ich den Comte für den größten aller Übeltäter, doch inzwischen weiß ich es besser. Bis vor Kurzem hatte ich keine Ahnung, wie niederträchtig das Böse wirklich sein kann. Ich bin an einen Feind geraten, der zu mächtig ist für mich, zu versiert in den schwarzen Künsten, um von einem einzigen Mann geschlagen zu werden.«

»Und warum wendest du dich dann an mich? Warum nicht an deinen Schirmherrn, den König? Ihr zwei habt doch einen Pakt geschlossen, nicht wahr? Den Pakt, Frankreich von allen Hexen zu säubern.«

»Leider hat der König das Interesse an diesem Kampf verloren und sich anderen Dingen zugewandt. Er ist ein schwacher, sprunghafter Mann, der Frankreich so schlecht regiert, dass er kaum den Thron vor seinen erstarkenden Adligen sichern kann.«

»Und was ist aus deinem Heer geworden?«

»Meine Söldner habe ich schon vor langer Zeit entlassen, damals nach der Säuberung von Faire Isle. Die Männer waren meiner Kontrolle entglitten, sie hatten geplündert und gebrandschatzt. Damals war ich größenwahnsinnig, ich bildete mir ein, ich könne von solch harten Kerlen Gehorsam einfordern, und dabei war ich doch selbst noch völlig grün hinter den Ohren.« Simons Lippen kräuselten sich abfällig bei dieser Erinnerung. »Was für ein arroganter junger Esel ich doch war, so teuflisch selbstsicher.«

Miri musterte ihn zweifelnd. Ja, das war er wahrhaftig gewesen – arrogant, stur und unbeugsam. Eigentlich hatte sie ihn für unfähig gehalten, jemals einen Fehler einzugestehen.

»Und was bist du jetzt, Simon?«, fragte sie.

Simon raufte sich die feuchten Haare und lachte heiser. »Jetzt bin ich mir über nichts mehr sicher. Ich bin nur sehr müde – und allein.«

Das hätte er nicht zu sagen brauchen, sie konnte es an seinem ermatteten Blick ablesen. Sie spürte seine Einsamkeit wie eine dunkle Woge, die drohte, sie mitzureißen. Sie musste die Arme ganz fest verschränken, um sich dagegenzustemmen.

»Also, was willst du von mir?«

»Ich weiß, dass ich kein Recht habe, etwas von dir zu wollen. Ich bitte dich nur, dir meine Geschichte anzuhören. Wenn du beschließt, sie nicht zu glauben, werde ich dich nicht weiter behelligen, das verspreche ich dir. Dann wirst du mich nie mehr zu Gesicht bekommen.«

Er trat auf sie zu. Doch als sie erstarrte, blieb er stehen und hielt ihr nur die Hand hin. »Abgemacht?«

Als Miri auf die starken Finger blickte, fühlte sie sich unschlüssig wie noch nie. Wenn sie an all das dachte, was zwischen ihr und Simon vorgefallen war, hätte sie völlig närrisch sein müssen, um auf seine Forderung einzugehen.

Doch genau das war das Problem: Simon forderte nichts, er bat sie um etwas, und zwar weitaus demütiger, als sie je für möglich gehalten hätte. Und er bat sie nur darum, gehört zu werden. Es kam ihr unfair vor, ihm diese Bitte abzuschlagen.

Doch sie wusste genau, was Gabrielle dazu gesagt hätte.

»Bist du völlig übergeschnappt, Miri? Nach allem, was dieser Mann getan hat, machst du dir Sorgen, ob du ihn unfair behandelst? Ich schwöre, du würdest sogar dem Teufel persönlich eine zweite Chance geben.«

Und es konnte sehr wohl der Teufel sein, der da vor ihr stand. Miri musterte Simon eingehend, doch sein Gesicht lieferte ihr keine Antwort, sein dunkler Blick wirkte stetig, doch er gab nichts preis. Obwohl sie seine ausgestreckte Hand übersah und an ihm vorbeiging, gab sie mit leiser Stimme nach: »Na gut, komm ins Haus, wenn du mit deinem Pferd fertig bist.«

»Danke«, meinte Simon unbeholfen. Doch er glaubte nicht, dass Miri ihn gehört hatte, denn sie war schon hinausgeschlüpft und in der Dunkelheit und dem Regen verschwunden.

Während er sich daranmachte, Hafer für Elle in einen Futtereimer zu füllen, stand ihr Bild noch deutlich vor ihm. All die Jahre war die Erinnerung an Miri in sein Gedächtnis eingebrannt gewesen – ein junges Mädchen an der Schwelle zur Frau, biegsam und gertenschlank, heiter und gelassen und so zart, dass sie nicht aus demselben Stoff gemacht zu sein schien wie der Rest der Welt. Sie schien aus Luft, Licht und Geist geboren.

Doch dieses Mädchen war sie nicht mehr. Unter dem nassen Gewand zeichneten sich deutlich die Kurven einer Frau ab. Ihr Gesicht hingegen war schmaler und blasser als in seiner Erinnerung. Miris Augen, die früher Offenheit und Zauber versprüht hatten, wirkten erloschen, die Schatten darunter tief. Und daran war allein er schuld. Wenn er auch sonst für keine seiner Taten verurteilt werden würde, dann für die Verwüstung, die er in diesem sanften, vertrauensvollen Geschöpf angerichtet hatte.

Während Elle zufrieden im Futtereimer wühlte, rieb ihr Simon mit den Knöcheln die Stelle zwischen den Augen, eine Liebkosung, die die Stute besonders schätzte.

»Ach, soll mich doch der Teufel holen, Elle«, murmelte er. »Ich habe dieser Frau genug Leid zugefügt, ich hätte nie hierherkommen dürfen.«

Mehrmals hatte er Miris Vertrauen missbraucht und sie bei seinem Streben, die Welt von Hexen zu befreien, benutzt. Das Schlimme an der Sache war, dass er sie vielleicht abermals verletzen würde. Wenn er auch nur einen Funken Anstand im Leib hatte, würde er den Sturm aussitzen, Elle satteln und davonreiten auf der Suche nach einer anderen Möglichkeit, die Silberne Rose zu schlagen, ohne Miri zu behelligen.

Doch dann gestand er sich seufzend ein, dass er das nicht tun würde; denn er war mit jedem Zoll der Mistkerl, für den Miri Cheney ihn hielt.

3

Simon kämpfte sich durch den strömenden Regen, die Satteltasche über die Schulter geworfen. Als er an Miris Schwelle stand, war er wieder klitschnass. Feuchte Haarsträhnen klebten ihm im ganzen Gesicht. Er hämmerte mit der Faust an die Tür, das raue Holz scheuerte seine Knöchel auf. Zu seiner Verwunderung gab die Tür knarrend nach. Er trat eilig ein und schlug sie hinter sich zu.

Als er sich das nasse Haar aus dem Gesicht strich, bemerkte er, warum die Tür so leicht aufgegangen war. Sie war weder mit einem eisernen Schloss noch einem hölzernen Riegel versehen. Dafür hätte er dankbar sein müssen, und im Übrigen ging es ihn wahrhaftig nichts an. Doch es beunruhigte ihn, dass die Frau noch immer so vertrauensselig war.

Das Häuschen war kaum zu vergleichen mit Miris Elternhaus, Belle Haven, und seinen wunderbaren Wandbehängen und zahlreichen Schlafkammern. Der Wohnbereich bestand aus einem einzigen großen Raum. Eine Leiter führte auf den Dachboden, wo ein schlichtes Holzbett zu erkennen war. Das übrige Mobiliar war ebenso schlicht: ein Kieferntisch, ein paar Hocker und Stühle, ein Schrank, eine Truhe aus Zypressenholz. Alles wirkte ein wenig unordentlich, doch heiter. Ein blauer Schal lag auf einem Stuhl, der Inhalt eines Nähkorbs war auf dem Tisch verstreut, trocknende Kräuter und Körbe hingen ungeordnet an Haken in den Dachbalken. In einem mit Stroh ausgelegten Drahtkäfig drängte sich ein Wurf junger Häschen aneinander – zweifellos ein paar verwaiste Geschöpfe, die Miri retten wollte.

Vor den Fenstern waren die Läden geschlossen, sodass der Wind und der strömende Regen nur noch gedämpft vernehmbar waren. Sanfter Kerzenschein und die in der Feuerstelle knisternden Holzscheite ließen diesen Ort wie einen Hafen voller Wärme und Licht wirken. Oder vielleicht ging diese Wirkung auch von der Frau aus, die am Feuer stand und sich die Haare trocknete?

Miri hatte ihre nassen Kleider ausgezogen und an die Leine gehängt, die zwischen Haken neben der Feuerstelle und der entgegengesetzten Wand gespannt war. Sie trug nur ein Hemd, im Schein des Feuers zeichneten sich ihre weiblichen Formen unter dem dünnen Stoff deutlich ab – die dunklen Brustspitzen, die weichen Kurven ihrer Hüften, das dunkle Dreieck zwischen ihren Beinen. Simon stockte der Atem.

Miri erstarrte gleichermaßen, als sie ihn erblickte. Ihr Kamm blieb in ihrem Haar stecken. Offenbar hatte sie nicht damit gerechnet, dass er seine Aufgaben in der Scheune so bald erledigt haben würde. Simon trat von einem Fuß auf den anderen. Was für eine seltsame Situation – zahllose Male hatte er Türen eingetreten und sich gewaltsam Zugang zu den Häusern verschafft, doch noch nie war er sich so sehr wie ein Eindringling vorgekommen.

»Äh – tut mir leid, ich habe versucht zu klopfen. Soll ich – soll ich noch mal nach draußen gehen, bis du – bis du …«

Miri zog sich den Kamm aus den Haaren und hielt ihn fest umklammert. »Sei kein Narr. Du bist schon wieder patschnass. Aber zieh bitte deine Stiefel aus, sie sind ziemlich schmutzig.«

Simon nickte und bemühte sich, nicht zu ihr zu blicken, während er die Satteltasche abstellte. Er war zerschlagen, schrecklich müde und nass bis auf die Knochen, und trotzdem spürte er sehr zu seiner Verwunderung eine Hitzewelle durch seinen Körper strömen. Lange Zeit hatte er geglaubt, taub zu sein für jedes Gefühl, das nicht direkt mit dem Überleben zu tun hatte. Doch nun verkündete sein Körper, dass das nicht stimmte. Mit diesem brennenden Verlangen hätte er ebenso wenig gerechnet wie mit einem Blitzschlag.

Miri verspannte sich wie ein scheues Reh, das plötzlich bemerkt, wie es von einem hungrigen Wolf angestarrt wird. Sie holte sich den Schal vom Stuhl und legte ihn um die Schultern. Die Enden verknotete sie über der Brust. Ihre Bewegungen wirkten jedoch keineswegs befangen, nicht wie bei einer Frau, die züchtig versucht, sich zu verhüllen. Nein, Simon war, als würde ihm die Schlafzimmertür vor der Nase zugeschlagen.

Er ließ sich auf einen dreibeinigen Hocker sinken, um die Stiefel auszuziehen. Das erwies sich als recht schwierig, denn das Leder war glitschig vom Regen und Matsch. Doch immerhin verschaffte es ihm Zeit, sich von der abwegigen Reaktion seines Körpers auf Miris Anblick zu erholen. Die Lage zwischen ihm und Miri Cheney war wahrhaftig angespannt genug, auch ohne zusätzliche Erschwernisse wie solch plötzliche fleischliche Gelüste.

Nachdem er seine Stiefel ordentlich neben der Tür abgestellt hatte, wischte sich Simon die Hände an seiner Hose ab, die nach seinem Sturz ohnehin völlig verdreckt war. Dann trat er zögernd an die Feuerstelle. Er kam sich vor wie ein Straßenköter, der sich einem verlockenden Lagerfeuer nähert, ohne zu wissen, wie er dort empfangen wird.

Wortlos reichte ihm Miri ein Leinentuch und zog sich in die entgegengesetzte Ecke der Stube zurück, um sich fertig zu kämmen. Simon stand nun allein am lodernden Feuer. Na ja, nicht ganz allein, Nekromant lag zusammengerollt davor auf einem Baumwollteppich und musterte Simon träge aus zusammengekniffenen Augen.

Simon streckte die Hände zu der willkommenen Wärme aus. Ein kleiner Kessel dampfte über dem Feuer, würziger Duft stieg daraus empor. Mit dem Rücken zu Miri trocknete er sich als Erstes das Gesicht ab, nachdem er seine Augenklappe abgenommen hatte.

Die lederne Klappe war im Regen nass geworden, doch Simon zog sie sonst nur aus, wenn er allein war. Selbst nach all den Jahren machte ihn das Ausmaß seiner Verstümmelung befangen. Nachdem er sein Gesicht getrocknet hatte, legte er die

Augenklappe rasch wieder an, wobei er zusammenzuckte, als sich das feuchte Leder an seine Wange drückte.

Während er an den Bändern seines Wamses nestelte, meinte er: »Du solltest deine Tür mit einem Riegel oder irgendeinem Schloss versehen.«

»Warum?« Miri presste die Lippen zusammen, während sie mit einer besonders wirren Strähne in ihrem Haar kämpfte. »Ich lebe nicht ohne Grund hier draußen im Wald. Meinen Nachbarn kann ich vertrauen, ich bin umringt von Vierbeinern.«

»Leider ist dein Aufenthaltsort auch bei den Zweibeinern bekannt. Wenn du auf der Gesellschaft von Tieren bestehst, solltest du dich zumindest mit nützlichen Vierbeinern umgeben. Eine Meute starker Doggen würde dir weitaus bessere Dienste leisten als ein Korb mit Kaninchen oder dieser dürre alte Kater.«

Trotz seiner groben Worte verlockte Simon die glatte Weichheit von Nekromants dunklem Fell. Er beugte sich nach unten, um das dösende Tier zu streicheln. Doch im Handumdrehen wurde aus dem schlafenden Kater ein fauchendes Bündel Wut. Er schlug seine Krallen in Simons kleinen Finger an derselben Hand, die die Kratzer von der Hexe aufwies, die vor zwei Nächten versucht hatte, ihn umzubringen.

Simon zuckte fluchend zurück, während Nekromant grollend davonstolzierte. Erstaunlich gewandt für sein Alter erklomm der Kater die Leiter und verschwand in der Dunkelheit des Dachbodens.

»Himmel nochmal«, murrte Simon und leckte das Blut von seinem verletzten Finger, »ich bin froh, dass er es nicht war, der vorhin mit dem Messer auf mich losgegangen ist.«

Miris Lippen zuckten im Anflug eines Lächelns, das sie rasch wieder unterdrückte. »Das solltest du auch. Dieser dürre alte Kater hat dich nämlich direkt in meine Falle gelockt.«

»Nicht sehr wirksam, diese Falle. Wenn du dich zu deinem Schutz auf Fallen verlässt, kann ich dir zeigen, wie man bessere baut. Eine einfache Schlinge hätte mich am Fußgelenk erwischt und ich hätte weitaus hilfloser kopfüber am Baum gehangen. Du kannst dir natürlich auch eine Eisenfalle besorgen, deren Zähne den Knöchel eines Mannes zerschmettern.«

»Solche Fallen wären viel zu gefährlich, damit könnte ich aus Versehen ja auch einen Fuchs oder ein armes kleines Häschen erwischen. Unschuldigen Geschöpfen möchte ich wahrhaftig kein Leid zufügen.«

»Ob du es glaubst oder nicht, mir geht es genauso.«

Miri glaubte es ganz offensichtlich nicht. Wortlos wandte sie sich ab und beschäftigte sich wieder mit ihren Haaren. Simon unterdrückte ein müdes Seufzen. Er zog sein Wams aus und hängte es an die Wäscheleine. Dabei entdeckte er hinter den trocknenden Kleidern ein Bild an der Wand.

Er schob Miris Gewand zur Seite, um das Bild besser sehen zu können. Seine Züge wurden weich, als er es erkannte: In einem vergoldeten Rahmen steckte das Bild eines Einhorns, das durch den Wald galoppierte; die phantomgleiche Ausstrahlung des mythischen Wesens kam trefflich zur Geltung vor dem Hintergrund der detailliert dargestellten Bäume. Je länger er das Bild anstarrte, desto unsicherer wurde er, wo der Mythos aufhörte und die Wirklichkeit begann.

Miris Schwester Gabrielle hatte dieses Bild für sie gemalt. Als Simon es zum ersten Mal gesehen hatte, war es unfertig gewesen, und es schien, als sollte es auch so bleiben. Dennoch war es Miris größter Schatz gewesen, denn sie hatte als Kind felsenfest an Einhörner geglaubt.

Bei dieser bittersüßen Erinnerung musste Simon unwillkürlich lächeln. Er war seltsam froh, dass Gabrielle das Bild endlich fertiggemalt hatte und dass es sich noch immer in Miris Besitz befand. Viele schlaflose Nächte hatte er sich mit den Vorwürfen geplagt, dass er Miri um Belle Haven gebracht hatte. Nun freute er sich, dass sie wenigstens noch etwas aus dem Heim ihrer Kindheit hatte retten können.

Er hörte die Dielenbretter knarzen und merkte, dass Miri

hinter ihn getreten war. »Gabrielle hat dein Einhorn also fertiggemalt«, stellte er fest.

»Ja«, erwiderte sie leise.

»Ich weiß noch gut, wie du darauf bestanden hast, dass auf Faire Isle ein Einhorn haust, und dass ich, der ich ja nur ein einfacher Junge war, niemals hoffen könne, dieses Geschöpf zu sehen.«

»Und ich weiß noch, wie du mich an den Zöpfen gezupft und aufgezogen hast. Du hast mir immer gesagt, ich sei zu alt, um an solche Dinge zu glauben.«

»Und dann hast du stets empört erwidert: An dem Tag, an dem ich zu alt bin, um am Einhörner zu glauben, werde ich sterben, Simon Aristide.«

Abermals hätte sie beinahe gelächelt, doch wieder biss sie sich auf die Lippen, um es zu unterdrücken.

»Und – siehst du den alten Burschen immer noch bei deinen Streifzügen in den Wäldern?«

Miri schüttelte den Kopf.

»Sag jetzt bloß nicht, dass du glaubst, ich habe auch das Einhorn vertrieben«, meinte Simon halb im Scherz. Er war fest entschlossen, ihr ein echtes Lächeln zu entlocken. »Ich schwöre, ich habe nie auch nur ein Haar von seiner Mähne berührt.«

»Nein, wahrscheinlich ist das Einhorn noch da, aber ich habe aufgehört, nach ihm zu suchen.« Ihre Miene wurde nachdenklich und traurig und machte die Last der Schuld, die er mit sich herumtrug, noch schwerer.

Zweifellos erinnerte sie sich an etwas, woran auch er sich hätte erinnern sollen, wenn er klug und taktvoll genug gewesen wäre: Er hatte das Bild mit dem Einhorn nur gesehen, weil Miri ihm vertraut und ihm Einlass in ihr Heim gewährt hatte. Und diese Gelegenheit hatte Simon genutzt, um Beweismaterial gegen ihren Schwager zu sammeln. Er hatte den Ring gestohlen, mit dem der Comte de Renard später nach Paris gelockt und verhaftet werden sollte. Das war das erste Mal, dass Simon Miris Freundschaft missbraucht hatte in seinem Eifer, den Zauberer der Gerechtigkeit zuzuführen. Leider war es nicht dabei geblieben.

Das war das Schlimme selbst an ihren schönsten gemeinsamen Erinnerungen, überlegte Simon reumütig: Sie würden immer befleckt sein durch seinen Verrat und überschattet von ihren völlig unterschiedlichen Weltsichten.

Miri schob ihr Gewand wieder vor das Bild. Sie musterte Simon stirnrunzelnd: »Du blutest ja.«

Simon hob die Hand und stellte fest, dass aus dem tiefen Kratzer tatsächlich noch Blut sickerte, der Finger war ganz verschmiert. Ungeduldig wollte er ihn an seinem Hemd abwischen, doch Miri meinte: »Tu das nicht!«

Zu seiner Überraschung nahm sie seine Hand, holte ein Tuch und betupfte die Wunde so heftig, dass sie brannte. Als Simon aufkeuchte, meinte sie: »Nekromant hat dich ordentlich erwischt. Du solltest nicht so dreist sein, ein Tier zu berühren, wenn es dich nicht dazu eingeladen hat.«

»Ich werde versuchen, mich daran zu erinnern«, erwiderte Simon trocken.

Nachdem sie die Wunde gesäubert hatte, wurden ihre Hände sanfter. Es war lange her, dass jemand ihn auch nur mit einem Anflug von Freundlichkeit berührt hatte. Ihre Sanftheit war noch weitaus verführerischer als der Anblick ihres Körpers. Instinktiv wollte sich Simon zurückziehen, doch gleichzeitig überkam ihn eine merkwürdige Hilflosigkeit, sodass er sich kaum rühren konnte. Allerdings kam es ihm auch einigermaßen komisch vor, dass er so zart von einer Frau versorgt wurde, die ihn bestimmt am liebsten tot gesehen hätte.

»Warum hast du es nicht getan, Miri?« – »Was denn?«

»Mich getötet, als du die Gelegenheit hattest. An deiner Stelle hätte ich es getan.«

Obwohl sie sich weiter um seinen Kratzer kümmerte, schien sie etwas verwirrt. Zwischen ihre Brauen trat eine winzige Falte. »Ich bin eine Tochter der Erde. Mir ist es bestimmt zu heilen, nicht zu schaden.«

»Ist das der einzige Grund, der dich gehindert hat?«

»N-nein. Ich glaube, es war auch deshalb, weil ich deinetwegen schon genug gelitten habe. Der Gedanke, dass du sterben würdest und dein Blut über meine Hände laufen würde …« Sie erschauderte.

»Dann verachtest du mich also nicht durch und durch?«

»Offenbar nicht.« Sie sah ihm in die Augen, und endlich erlaubte sie sich ein Lächeln. Es war zwar noch immer nur ein Anflug, doch Simon war, als falle ihm ein Stein vom Herzen.

Er hatte beinahe vergessen, wie kraftvoll ihre unergründlichen Augen waren. Ihm war, als würde ein klares weißes Licht an ihm ziehen, die Wirkung war so stark wie die des Mondlichts auf das Meer.

Er spürte die unerklärliche Anziehung, die von Anfang an zwischen Miri und ihm bestanden hatte. Und wichtiger noch – er war sicher, dass es ihr genauso ging.

Sie errötete und ließ seine Hand los. »D-da, jetzt blutet es nicht mehr. Es sieht ganz danach aus, dass Nekromants Angriff nicht tödlich war, aber …« Sie beugte sich näher zu seiner Hand herab, offenbar fielen ihr erst jetzt die tiefen Furchen oberhalb seiner Knöchel auf.

»Meine Güte, was ist denn da passiert? Hast du versucht, einen Bären zu streicheln?«, neckte sie ihn.

Simon trat zurück und bedeckte die Kratzer befangen mit der anderen Hand. »Nein, das ist nur die Erinnerung an eine Auseinandersetzung, die ich vor zwei Nächten mit einer Hexe hatte.«

»Ach so?« Miris Belustigung schwand schlagartig. »Und – und wie hat die weise Frau diese Begegnung überstanden?«

»Die Hexe ist tot.« Als Miri erbleichte, verfluchte sich Simon für seine Schroffheit.

»Ich habe sie nicht umgebracht«, beeilte er sich hinzuzufügen, doch Miri wich weiter vor ihm zurück.

Die Augen, die noch vor Kurzem so sanft geschimmert hatten, blitzten nun vorwurfsvoll. »Einmal hast du geprahlt, dass eine Frau, die du verdächtigst, eine Hexe zu sein, sofort von deinem Schwert durchbohrt wird.«

»Das war genau das – die Prahlerei eines unsicheren jungen Tölpels, der versuchte, hart zu wirken. So eigenmächtig habe ich nie gehandelt.«

Die Ehrlichkeit zwang ihn dazu, hinzuzufügen: »Das hoffe ich zumindest. Die Frau ist von den Klippen gestürzt, als sie mich töten wollte. Ich habe sogar versucht, sie festzuhalten und hochzuziehen, doch sie hat mir nur meine Hand zerkratzt. Sie ist auf die Felsen geprallt, und das Meer hat sie davongetragen. Ich versichere dir, sie war keine weise Frau. Sie war eine von Gott verlassene Hexe, eine Handlangerin der Silbernen Rose.«

»Die Silberne Rose?«

»Ja, das ist der Feind, den ich vorhin in der Scheune erwähnt habe, die Hexe, deretwegen ich den weiten Weg auf mich genommen habe, um mit dir zu sprechen.«

Nur, dass sie ihm jetzt vielleicht nicht mehr zuhören würde … Sie musterte ihn höchst beunruhigt. Simon wünschte, er hätte die tote Hexe nicht erwähnt, doch er hatte sich vorgenommen, diesmal mit offenen Karten zu spielen.

»Miri, bitte«, erinnerte er sie. »Du hast eingewilligt, mich anzuhören.«

Ihr Gesicht spiegelte deutlich den Kampf, den sie mit sich ausfocht. Endlich nickte sie bekümmert und deutete auf einen der Stühle am Tisch.

»Es ist wohl am besten, du setzt dich und erzählst mir alles.«

»Ich bin noch nass.«

»Das macht nichts.« Sie bedachte ihn mit einem nervösen Blick. »Ich kann dir keine trockenen Kleider anbieten, aber mir wäre es am liebsten, du würdest das anbehalten, was du anhast.«

»Ich wollte mich nicht weiter ausziehen. Meine empfindlicheren Körperteile möchte ich lieber nicht entblößen – weder vor einer Zauberin noch vor ihrem Kater.« Er rang sich ein Lächeln ab, doch es blieb unerwidert.

Während Simon einen Stuhl vor das Feuer schob und sich setzte, eilte Miri zum Schrank und holte zwei Tonkrüge. Sie bemühte sich, nicht an den zerschmetterten Körper einer unglücklichen Frau zu denken. Er habe sie nicht umgebracht, hatte Simon behauptet. Miri hätte es ihm nur zu gern geglaubt.

Doch seine Geschichte hatte sie erschüttert. Sie erinnerte sie schmerzlich daran, wer und was er war – ein Hexenjäger. Aber vielleicht war es besser so; denn als sie sich um seine Wunde gekümmert hatte, war sie kurz davor gewesen, das zu vergessen. Sie hatte sich ein wenig zu tief in die samtene Dunkelheit seines Blicks ziehen lassen.

Simon lehnte sich zurück und streckte die langen Beine zum Feuer aus. Als Miri herantrat, zog er sie zurück, damit sie ungehindert an den Kessel treten konnte. Seine feuchte Hose und das Leinenhemd klebten an seinem Körper und betonten dessen kraftvolle Konturen. Dieser Anblick rief eine Erinnerung in ihr wach, die ganz anders war als die sanfte Süße ihres ersten und einzigen Kusses. Eine Erinnerung an die Momente, die sie mit ihm in seiner Schlafkammer in einer Pariser Herberge verbracht hatte. Er hatte sie an die Wand gedrückt und sich so nah zu ihr gebeugt, dass sie seinen heißen Atem gespürt hatte. Die harte Fläche seiner Brust an ihren Oberkörper gepresst, hatte er ihr mit einem Messer eine Haarlocke geraubt. Seine Stimme war ein sinnliches Schnurren gewesen, sein Blick dunkel, der Blick eines Jägers.

Er hatte sie warnen wollen, sich von ihm fernzuhalten, er hatte sie einschüchtern und beunruhigen wollen – und das war ihm auch gelungen. Doch es war ihm auch noch etwas anderes gelungen: Durch ihren Körper war ein Verlangen gerast, so sinnlich, wie sie es noch nie erlebt hatte. Damals hatte sie dieses Gefühl zum ersten Mal verspürt …

Nun wurde ihr warm, und das nicht nur vom Feuer. Miri bemühte sich nach Kräften, diese Erinnerung zu vergessen, während sie heiße Flüssigkeit in einen der Krüge schöpfte.

»Was ist das?«, fragte Simon und nahm ihr den Krug ab.

»Ein Kräutertee, nach einem Rezept von Ariane. Sehr erfrischend und gut gegen die Kälte.«

Simon hielt sich den Krug unter die Nase und schnupperte argwöhnisch an dem aufsteigenden Dampf.

»Er ist nicht vergiftet, falls du das befürchtest.«

Simon zuckte die Schultern. »Es würde mir nicht viel ausmachen.«

»Sag nicht so etwas Schreckliches.«

Als er sie überrascht ansah, fuhr sie ernst fort: »Es ist, als würde man Gott ins Gesicht spucken und all die guten Geister dieser Erde verhöhnen, wenn man so wenig auf sich achtet. Das Leben ist ein kostbares Geschenk.«

»Selbst wenn man nur wenig Gutes damit anstellt?«

»Es ist nie zu spät, sich zu ändern, Simon. Schlag einen anderen Pfad ein.«

Er blieb stumm, blies in den heißen Tee und nahm schließlich einen vorsichtigen Schluck. Doch während Miri auch ihren Becher füllte, gab er zu: »Vor etwa zwei Jahren habe ich etwas anderes ausprobiert. Damals stand ich noch in der Gunst des Königs, und er schenkte mir ein kleines Stück Land. Ich versuchte, mich dort niederzulassen. Ich habe ein Haus und eine Scheune gebaut. Irgendwie dachte ich mir, ich könnte es mit der Pferdezucht versuchen.«

Miri sah ihn überrascht an. »Und was passierte dann?«

Simon legte die großen Hände um den Krug und starrte nachdenklich auf seinen Tee. »Ich war zu sehr ans Alleinsein gewöhnt, und wenn man sein ganzes Leben lang die Dunkelheit bekämpft, kriecht sie schließlich in einen selbst. Ich habe mich zu lang im Schatten herumgetrieben, ich weiß nicht mehr, wie es ist, im Licht zu leben. Ich – ich schien einfach nicht dorthin zu gehören. Ich gehöre nirgendwohin.«

Miri wandte sich rasch ab. Seine Worte brachten etwas Schmerzhaftes in ihr zum Klingen. Bis auf die Dunkelheit hätte Simon auch von ihr sprechen können. Sie flüchtete sich auf einen Stuhl am Tisch.

Simon nahm einen Schluck Tee, dann fuhr er fort: »Außerdem ist es die falsche Zeit für einen Hexenjäger, sich zurückzuziehen, wenn sich großes Unheil zusammenbraut. Und ich scheine der Einzige zu sein, der dessen gewahr wurde.«

Er musterte Miri forschend. »Du hast offenbar noch nichts davon gehört, oder? Ist dir noch kein Gerücht über einen neuen Hexenzirkel zu Ohren gekommen?«

»Wie oft muss ich es dir noch sagen – ich weiß nichts von irgendwelchen Hexen«, entgegnete Miri barsch und wärmte sich die Hände an ihrem Krug. »Ich kenne nur weise Frauen, Töchter der Erde, wie ich selbst eine bin.«

»Diese Frauen sind eher Töchter der Dunkelheit. Sie nennen sich Schwesternschaft der Silbernen Rose. Diese Blume benutzen sie auch als Erkennungszeichen.«

»Rosen kommen in vielen Farben vor, doch silberne Rosen kenne ich nicht.«

»Solche Rosen hast du noch nie gesehen. Sie haben keinerlei Farbe oder Duft, und sie glitzern, als wären sie in Eis gegossen. Wenn du je eine findest, berühre sie bloß nicht. Sie sind mit einer Art Gift versehen. In Dieppe ist ein Bauernjunge auf eine solche Rose gestoßen und hat sie seiner Liebsten verehrt. Sowohl er als auch das arme Mädchen sind eines langsamen, qualvollen Todes gestorben.«

Auf Miris Miene trat Skepsis. Simon funkelte sie über den Rand seines Kruges hinweg finster an. »Was ist? Du glaubst mir wohl nicht?«

Miri zögerte mit ihrer Antwort und nippte erst einmal an ihrem Krug. Das Bittere und das Süße des Gebräus mischten sich auf ihrer Zunge. »Die Rose hat wahrscheinlich nur Frost abbekommen, und der Bauernjunge und sein Mädchen sind einfach krank geworden. Es gibt viele ansteckende Fieber und andere Krankheiten, die plötzlich zuschlagen können und leider auch die Fähigkeiten vieler unwissender Ärzte übersteigen. Und was dieses Gerede über einen Hexenzirkel angeht – so hast du doch auch Arianes Ratstreffen bezeichnet. Und die waren wirklich nur Zusammenkünfte, bei denen weise Frauen ihre Freundschaften fördern und Wissen über Heilkräuter austauschen wollten.«

»Vielleicht habe ich mich bei deiner Schwester geirrt«, gab Simon barsch zu. »Aber bei der Schwesternschaft der Silbernen Rose irre ich mich nicht. Diese Frauen sind durch und durch böse.«

»Aber was tun sie denn, wenn sie nicht gerade giftige Rosen züchten und versuchen, dich umzubringen?«

»Sie verbreiten Angst und Zerstörung und rekrutieren neue Mitglieder für ihre Schwesternschaft.«

»Aber wer steckt denn dahinter?«

Simon winkte ungeduldig. »Die Silberne Rose, die Zauberin, die Anführerin dieses Zirkels. Ich habe sie nie gesehen und bislang auch nicht erfahren, wer sie sein könnte.

Anfangs hatte ich den Verdacht, dass die dunkle Königin dahintersteckt. Ihr traue ich es zu, derart zerstörerische Macht auszuüben. Aber nach dem, was ich aus den Anhängerinnen der Silbernen Rose herausbekommen habe, ist Katharina von Medici ein ebenso großer Feind für sie wie ich.«

Simon verzog das Gesicht, dann fügte er hinzu: »Nach dem Wenigen, was ich herausgefunden habe. Diese Hexen bringen sich lieber um, als irgendwelche Geheimnisse der Rose preiszugeben. Sie sind fest davon überzeugt, dass ihre Anführerin sie von den Toten auferwecken kann.«

Er warf einen besorgten Blick auf Miri. »Ist so etwas möglich?«

»Woher soll ich das wissen? Ich beschäftige mich nicht mit schwarzer Magie, und meine Verwandten tun es ebenso wenig«, erwiderte Miri schroff. Nach einer kleinen Pause fügte sie zögernd hinzu: »Angeblich können diejenigen, die sich darauf verstehen, Tote heraufzubeschwören, mit ihnen reden. Aber Tote wieder lebendig zu machen – nein, das würde dem Willen Gottes und sämtlichen Naturgesetzen widersprechen.«

»Nichtsdestotrotz habe ich erlebt, wie deine Schwester so

etwas getan hat. Damals, als der Comte de Renard meinen Meister in den Teich geworfen hat und er ertrunken ist. Die Herrin von Faire Isle hat mit ihrem Zauber Monsieur Le Vis neues Leben eingehaucht.« Simons Stimme klang leise, doch sein Auge durchbohrte Miri mit – ja, womit? Einer Spur von Vorwurf?

Sie erstarrte in einer Mischung aus Beunruhigung und Empörung. »Le Vis war nicht tot, er war nur ohne Besinnung. Ariane hat ihn bloß aus der Besinnungslosigkeit erweckt.« Sie stellte ihren Krug so unsanft ab, dass er überschwappte. »Herr im Himmel, Simon Aristide, sag mir nicht, dass du meine Schwester verdächtigst, diese böse Silberne Rose zu sein! Denn wenn du deshalb zu mir gekommen bist …«

»Nein, natürlich nicht!«

Miris Zorn hätte nachgelassen, wenn Simon überzeugter geklungen hätte. Mit schneidender Stimme fuhr sie fort: »Ariane ist der Inbegriff dessen, was eine Tochter der Erde sein sollte. Sie ist weise, sie besitzt große Heilkräfte und sie hegt und pflegt. Sie ist in keiner Weise verrückt. Eine weise Frau aber, die versucht, jemanden aus dem Grab zurückzuholen, ist verrückt. So etwas wäre vollkommen verrückt.«

»Nicht verrückter als so manches andere, wozu die Rose ihre Anhängerinnen aufruft.« Simons Hand schloss sich fester um seinen Krug. Verbittert fuhr er fort: »Menschenopfer, Kinder, manchmal nur wenige Stunden alt, die verlassen werden und elend an Hunger und Vernachlässigung zugrunde gehen. Im letzten Jahr habe ich vier solcher armer Wesen gefunden.«

»Wie – wie schrecklich, und wie traurig«, erwiderte Miri tonlos. »Aber das muss nicht unbedingt etwas mit satanischen Riten zu tun haben. Wenn es auf dem Festland so schlecht aussieht, wie du behauptet hast, stehen bestimmt viele Familien am Rande der Verzweiflung bei der Aussicht, ein weiteres Kind durchfüttern zu müssen, oder …« Sie dachte an Carole Moreaus tragisches junges Gesicht. »Oft werden ledige junge Mädchen von ihren Familien verstoßen, wenn sie schwanger werden. Sie wissen dann nicht, wohin sie sich wenden sollen, und setzen ihre Neugeborenen an der Schwelle eines Klosters oder einer Kirche aus …«

»Diese Neugeborenen sind nicht in der Nähe von Kirchen ausgesetzt worden«, fauchte Simon. »Sie wurden ausgesetzt, wo man sie erst finden würde, wenn es zu spät sein würde – auf Klippen oder einsamen Hügeln. Und sie wurden auf flache Steine gelegt wie bei einem heidnischen Opferritual. Das waren keine Verzweiflungstaten, sondern kaltblütiger Mord an hilflosen Kleinkindern. Und es waren alles männliche Kinder, Söhne, die auf Befehl dieser grässlichen Silbernen Rose von ihren Müttern ausgesetzt worden waren.«

»Ich kann mir nicht vorstellen, dass eine Mutter freiwillig …«

»Natürlich kannst du das nicht.« Simon schnaubte und stand auf. »Du hast dich immer geweigert zuzugeben, dass weise Frauen, wie du sie nennst, Unrecht begehen könnten. Du warst nie dazu fähig, das Böse in deiner Umgebung wahrzunehmen.«

»Und du siehst nur das Böse«, konterte Miri. »Du warst viel zu lange ein Hexenjäger. Was denkst du denn, Simon? Dass diese Silberne Rose versucht, erstgeborene Söhne mit einer biblischen Plage zu belegen? Oder dass sie die Männer auf dieser Welt vernichten will?«

»Ich weiß es nicht.« Simon stützte die Hände auf den Kaminsims und ließ den Kopf hängen. »Ich weiß es nicht«, erwiderte er erschöpft. »Ich habe zu viele Fragen und keine Antworten.«

Er drehte den Kopf so weit, dass er Miri einen forschenden Blick zuwerfen konnte. »Du glaubst mir nichts von dem, was ich gesagt habe, nicht wahr? Oder du denkst, dass mein Verstand verwirrt ist, weil ich zu viele Hexen gejagt habe.«

»Nein, aber vielleicht hat es deine Fantasie so sehr befeuert, dass du aus dem Tun von ein paar bösen oder wahnsinnigen Frauen eine üble Verschwörung machst.«

»Na gut, dann sag mir, ob ich mir das nur eingebildet habe.« Simon stieß sich vom Kaminsims ab und trat zu seiner Satteltasche. Er riss sie auf, wühlte darin herum und zog einen in ein Leinentuch gewickelten Gegenstand heraus.

Dann legte er das kleine Bündel auf den Tisch. Während er es vorsichtig aufwickelte, beugte sich Miri vor und sah ihm mit einer Mischung aus Neugier und Sorge zu.

Auf den ersten Blick sah das Ding darin wie ein schlankes Messer aus. Die Klinge, dünn wie ein Stilett, war in einen Griff eingepasst, auf dem eine Rose eingraviert war.

»Das ist die teuflische Waffe, die die Silberne Rose entworfen hat. Ich nenne es eine Hexenklinge. Siehst du das Symbol hier?«

Simon fuhr mit einem Finger über die Blume. »Ein Teil des Griffs ist hohl, und dieser Hohlraum birgt Gift. Wenn man es nach unten drückt …« – Simon hob die Waffe hoch, um es Miri zu zeigen – »wirkt es wie ein Kolben, das Gift wird durch die Klinge gedrückt, die ebenfalls hohl ist.«

Doch Miri achtete kaum auf seine Erklärung, ihre Augen wurden groß vor Ehrfurcht, als sie Simons Hexenklinge als das erkannte, was sie eigentlich war.

»Grundgütiger!«, ächzte sie. »Eine Spritze!«

»Eine Spritze? Was ist das denn?«

»Spritzen gibt es seit Galen«, meinte Miri.

»Wer war sie denn? Eine Zauberin?«

»Nein, er war ein griechischer Arzt in der Antike, ein überaus weiser und gelehrter Mann.«

Als Miri nach der Spritze greifen wollte, warnte Simon: »Pass bloß auf! Ich habe das Gift zwar herausgedrückt und das Ding gesäubert, aber trotzdem ist es noch gefährlich, die Spitze ist sehr scharf.«

Miri nahm sie ihm vorsichtig ab, probierte den Kolben aus und betrachtete die dicke Nadel erstaunt und fasziniert. Die Spritze, die Galen entworfen hatte und weise Frauen noch immer verwendeten, war im Vergleich dazu unförmig. Sie bestand aus einem Rohr mit einem Kolben, doch die Spitze war stumpf. Man brauchte ein Messer, um die Haut aufzuritzen, bevor man den Inhalt des Kolbens applizieren konnte.

»Wo hat die Silberne Rose gelernt, so etwas herzustellen?«, murmelte Miri. »Eine Hohlnadel anzufertigen und sie mit einer Pumpe zu verbinden … Wie schlau, und damit wird es so viel einfacher …«

»Leute umzubringen?«, unterbrach Simon sie kalt.

»Nein, einem armen Geschöpf, das zu schwach ist, um etwas zu schlucken, Medizin zu verabreichen. Oder auch einem Menschen. Wie rasch und wirkungsvoll man damit eine heilende Lösung in die Blutbahn bekommen könnte …«

»Dafür wird das verdammte Ding nicht verwendet«, fauchte Simon aufgebracht und nahm ihr die Spritze ab.

»Ja, aber …« Miri hielt inne, als sie Simons finstere Miene bemerkte. Sie biss sich auf die Lippen, um ihre Enttäuschung zu überwinden, als er das faszinierende Werkzeug aus ihrem Blickfeld nahm. Wie gern hätte sie es eingehender erforscht! Doch sie merkte, dass ihr Interesse Simon nur noch mehr reizte und ihm nicht recht war. Als er die Spritze wieder in seiner Satteltasche verstaute, musste sie einen tiefen Seufzer unterdrücken.

»Na gut«, meinte sie. »Ich räume ein, dass es deine geheimnisvolle Silberne Rose gibt, und dass sie ihr Wissen einsetzt, um schändliche Dinge zu tun. Aber ich weiß nicht, wie ich dir helfen könnte, sie zu enttarnen. Wie du siehst, lebe ich hier sehr zurückgezogen. Selbst wenn ich mehr darauf achten würde, was in der Welt um mich herum vorgeht, besäße ich doch nicht genügend Macht und Einfluss bei den anderen Töchtern der Erde, um dir zu helfen, diese Frau aufzustöbern.«

Simon verschloss seine Satteltasche. Er vermied es, Miri anzusehen, als er entgegnete: »Nein, du nicht. Aber bei der Herrin von Faire Isle wäre es etwas anderes.«

Miri wurde von Unruhe gepackt. »W-wie bitte?«

»Deine Schwester Ariane.« Simon versuchte, möglichst beiläufig zu klingen, doch seine angespannten Gesichtszüge verrieten Miri, dass ihm durchaus klar war, was er von ihr verlangte. »Wenn du ihr eine Botschaft schicken würdest …«

Doch Miri war bereits aufgesprungen. Die Empörung über seine Bitte hatte ihr die Sprache verschlagen, sie konnte nur heftig den Kopf schütteln.

»Miri, du weißt doch, wo sie sich aufhält. Du warst deinen Schwestern immer sehr nahe, du würdest es nie länger aushalten, nicht mit ihnen in Verbindung treten zu können. Außerdem weiß ich auch, wie ihr es anstellt: mit diesen Vögeln, die ihr verhext habt, damit sie Botschaften über lange Strecken tragen.«

Miri hatte sich immerhin soweit gefasst, dass sie zischen konnte: »Ausgebildet! Verdammt noch mal, wir bilden unsere Vögel aus. Meine Tauben sind dazu ausgebildet, Botschaften zu übermitteln.«

»Schon gut, schon gut!« Simon hob beschwichtigend die Hände. »Könntest du Ariane nicht mit einem dieser ausgebildeten Geschöpfe eine Botschaft senden? Ich werde keinerlei Anstalten machen, den Vogel zu verfolgen, falls du das befürchtest. Ich könnte es wohl auch gar nicht, selbst wenn ich es wollte. Außerdem will ich nicht einmal wissen, wo Ariane steckt, ich will sie nur warnen vor dem, was sich da zusammenbraut. Die Herrin von Faire Isle soll doch eine Wächterin sein, sie soll doch andere weise Frauen nicht nur beschützen, sondern auch davon abhalten, Schaden anzurichten, nicht wahr?«

»Genau das war Arianes größtes Bemühen. Aber dank dir ist sie nicht mehr unsere Herrin. Wenn du sie nicht von Faire Isle vertrieben hättest, hätte sie vielleicht schon längst von der Silbernen Rose erfahren und ihr Einhalt geboten. Hast du je daran gedacht, Simon?«

»Jawohl. Du hast keine Ahnung, wie sehr ich in letzter Zeit daran gedacht habe. Ich habe es sehr bedauert …« Er hielt inne und fuhr sich erschöpft durchs Haar. »Aber ich kann die Vergangenheit nicht ungeschehen machen, Miri. Ich kann nur versuchen, sie nicht zu wiederholen.«

Er trat zu ihr und nahm sie an den Handgelenken. Seine Finger ruhten auf der zarten Haut, unter der er ihren Puls spüren konnte. »Ich brauche Arianes Hilfe und ihre Verbindung mit der Gemeinschaft der Hex…, ich meine der weisen Frauen. Egal, wo sie sich aufhält, sie ist und bleibt die Herrin von Faire Isle. Glaubst du nicht, dass sie gern von dieser drohenden Gefahr wüsste?«

»Natürlich wüsste sie es gerne, und genau deshalb habe ich nicht die Absicht, es ihr zu sagen.« Miri entzog sich Simon und wich zurück. Sie wusste nicht, wovor sie sich mehr hüten sollte, vor seiner sanften Berührung oder seinem flehenden Blick.

»Wenn Ariane von deiner Sorge erfahren würde, würde sie es für ihre Pflicht halten, nach Faire Isle zurückzukehren, trotz all der Gefahren, die ihr daraus erwachsen könnten. Und wenn Ariane kommt, würde ihr Renard folgen. Sie beide würden dir wieder in die Falle gehen. Du hast doch offenbar schon erwogen, dass Ariane deine Silberne Rose sein könnte.«

»Ich habe dir gesagt, dass ich das nicht tue. Deine Schwester ist im Grunde eine gute Frau, auch wenn ich zugeben muss, dass ich einige ihrer Fertigkeiten und ihr Wissen ein wenig beunruhigend finde. Den größten Vorwurf mache ich ihr wegen der Wahl ihres Gemahls. Doch wenn Ariane zurückkehrt, verspreche ich dir, dass sie nichts von mir zu befürchten hat. Und Monsieur le Comte genauso wenig«, fügte er, wenn auch grollend, hinzu.

»Verzeih, aber ich glaube dir nicht. Als du mich das letzte Mal dazu gebracht hast, dir zu vertrauen, ist es dir beinahe gelungen, alles, was mir lieb und teuer ist, zu vernichten.«

Simon wollte ihr widersprechen, doch es gelang ihm nicht. Eine Fülle von Gefühlen spiegelte sich in rascher Folge auf seinem Gesicht: Schmerz, Scham, Reue.

»Du hast vollkommen recht. Ich habe dir keinen Grund geliefert, mir je wieder zu vertrauen, dafür aber viele Gründe, mich zu hassen.«

»Und genau darum geht es: Ich will dich nicht hassen,

Simon. Es schmerzt mich zu sehr. Ich habe schreckliche Angst, dass ich beim nächsten Mal, wenn du mich hintergehst, tatsächlich das Messer benutze.«

Sie trat von ihm weg und rieb sich wie zum Trost die Arme. »Wenn nur ich ein Risiko eingehen würde, wäre ich vielleicht bereit, dir noch einmal zu vertrauen. Aber Ariane und Renard einer Gefahr auszusetzen … Nein, das kann ich nicht, und das werde ich nicht. Ich muss dir deine Bitte leider abschlagen. Solange du mich nicht zwingst, dir zu verraten, wo Ariane sich aufhält, oder …«

»Ich würde dich nie zu etwas zwingen.«

Sie blickte über die Schulter zu ihm, in der Erwartung, ihn wütend zu sehen oder mit seinem üblichen kalten, harten Gesichtsausdruck. So hatte er jedenfalls früher immer reagiert, wenn sie sich geweigert hatte, seinen Vorstellungen gemäß zu handeln.

Doch Simon wirkte nur geschlagen, seine Schultern waren nach vorn gesunken wie bei einem Mann, der soeben seine letzte Hoffnung fahren lassen musste.

»Es tut mir leid«, meinte Miri leise.

»Das braucht es nicht.« Simons Mund verzog sich zu einem traurigen Lächeln. »Wenn jemand sich entschuldigen sollte, dann ich. Wenn man bedenkt, was zwischen uns vorgefallen ist, war es unsinnig von mir, eine andere Antwort zu erhoffen.«

Er schlüpfte in sein Wams und trat mit langen Schritten an ihr vorbei zur Tür. Dort sank er auf den Hocker und griff nach seinen Stiefeln.

»Was – was hast du jetzt vor?«, stammelte Miri.

»Du hast dich an deinen Teil unserer Abmachung gehalten. Du hast dir angehört, was ich zu sagen hatte. Jetzt halte ich mich an meinen.« Simon zwängte den Fuß in den feuchten, verdreckten Stiefel. »Ich habe dir versprochen, dass ich dich in Ruhe lassen werde.«

Das wäre zweifellos das Beste für sie beide. Warum also quälten sie Gewissensbisse? Sie trat näher, während er sich mit seinem zweiten Stiefel abmühte, und musste sich fast dazu zwingen, ihm den Stiefel nicht einfach zu entreißen.

»Es gießt noch immer in Strömen, und wahrscheinlich geht das die nächsten paar Stunden so weiter. Du wirkst erschöpft. Ich – ich kann dir kein Bett anbieten, aber wenn du dich vor meinem Feuer ausstrecken möchtest und …«

»Ich fürchte, das ist keine gute Idee. Am besten kehre ich wohl zu der Dame zurück, die daran gewöhnt ist, die Nächte mit mir zu teilen.«

»Ach ja?« Nur mit Mühe gelang es Miri, ihre Überraschung zu verhehlen. Simon wirkte so einsam. Es war ihr nie in den Sinn gekommen, dass irgendwo eine Frau auf ihn warten könnte.

Simon stand auf. Er lächelte, als wüsste er genau, was in ihr vorging. »Ich meine Elle. Sie ist das einzige weibliche Wesen in meinem Leben. Gewöhnlich lege ich mich neben sie im Stall zum Schlafen.«

»Ach so.« Miri ärgerte sich, dass sie errötete. Es ging sie wahrhaftig nichts an, ob Simon eine Frau hatte. »Das – das ist gut. Ich meine nicht, dass du keine Frau hast, aber – aber Elle … sie wird auf dich achten und dich warnen, wenn Gefahr im Verzug ist.«

»Das tut sie. Das hat sie schon sehr oft getan.«

Miri nickte. Sie stand kaum eine Armlänge von Simon entfernt, doch der Abstand schien schon jetzt viel größer. Eine lange, peinliche Stille kehrte ein. Bis auf den Regen, der unablässig gegen die Fenster und das Dach des Häuschens pochte, war von dem Sturm nichts mehr zu hören.

Seltsam. Miri hatte das Geräusch von Regen früher immer beruhigend gefunden, doch diesmal kam es ihr traurig, ja fast unheimlich vor. Vielleicht, weil ihr bewusst war, dass sie und Simon sich womöglich zum letzten Mal begegnet waren? Wie verabschiedete man sich von einem Mann, der einst ein lieber Freund und bald darauf ein verhasster Feind war, die erste Liebe und derjenige, der einem das Herz gebrochen hatte?

Miri verschränkte nervös die Finger. Sie fragte sich, ob sie ihm die Hand bieten oder nur kurz knicksen sollte, als Simon diese Frage für sie beantwortete, indem er das Letzte tat, was sie von ihm erwartet hätte.

Er fasste sie um die Taille und zog sie so ungestüm an sich, dass sie leise aufkeuchte. Überrascht sah sie ihn an, sein Gesicht war dunkel und verschwommen. Bevor sie ihn daran hindern konnte, senkte sich sein Mund auf ihre Lippen und raubte ihr den Rest des Atems.

Es hatte nichts zu tun mit der sanften Wärme ihres ersten Kusses. Seine Bartstoppeln kratzten an ihrer Haut, während er sie mit den Lippen verschlang und so stürmisch umarmte, als fordere er einen Teil ihrer Seele, um ihn mitzunehmen.

Miri fühlte sich hilflos ausgeliefert, mit ihren Händen konnte sie nichts tun, sie waren fest auf die unnachgiebige Wand seines Brustkorbs gepresst. Sie spürte seine heiße Haut durch den feuchten Stoff seines Hemdes und das wilde Pochen seines Herzens. Es hallte in ihr wider, auch ihr Herz raste, während Simon ihren Mund eroberte und ihr Blut in Wallung brachte mit einem Kuss, geboren aus Hitze und Verzweiflung, Verlangen und Einsamkeit.

Simons Gefühle drohten, sie wie eine dunkle Woge zu verschlingen. Miris Verstand war völlig benebelt, sie wusste nicht, ob sie dagegen ankämpfen oder sich einfach ergeben sollte. Doch wieder einmal nahm ihr Simon die Entscheidung ab.

Er stieß sie von sich und beendete den Kuss ebenso unvermittelt, wie er ihn begonnen hatte. Seine Brust hob und senkte sich schwer, während er Miri anstarrte, als wolle er sich ihr Bild auf ewig einprägen. Dann riss er wortlos die Tür auf und verschwand hinter einem Vorhang aus Regen.

4

Die Treppe führte weiter und weiter, hinauf zu den Wolken, wobei sie immer wieder jäh die Richtung wechselte. Miri erklomm eine Stufe nach der anderen, stets darauf bedacht, nicht auf die Eidechsen zu treten, die ihr um die Füße herumflitzten. Die schlanken, schlüpfrigen, kalten Geschöpfe streiften ihre Knöchel. Als sie schon glaubte, sie würde nie ans Ende kommen, gelangte sie in einen Raum, dessen Boden wie ein riesiges Schachbrett aussah, und auf den schwarzen und weißen Feldern standen gigantische steinerne Schachfiguren.

Miri erstarrte, als die schwarze Dame ihr Zepter hob. Sie knurrte einen kehligen Befehl, auf den hin sich ihre Bauern in Bewegung setzten. Miri kauerte sich hinter einen weißen Turm, bis sie merkte, dass die Bauern es nicht auf sie abgesehen hatten, sondern auf den weißen Springer und sein marmornes Ross.

Miri versuchte, ihn zu warnen, doch ihr Schrei ging im Getöse des Angriffs unter. Mit erhobenen Keulen gingen die Bauern auf den Springer los. Sie zerschmetterten sein Ross, und auch von ihm blieb nur ein Scherbenhaufen übrig.

Miri eilte zu ihm. Entsetzt bemerkte sie, dass es gar keine Schachfigur war, sondern ein Mann, der zerschmettert und blutend zu ihren Füßen lag. Sein schwarzes Haar war ihm ins Gesicht gefallen und verdeckte seine Züge …

Miri riss die Augen auf. Keuchend fuhr sie hoch. Nekromant, der zusammengerollt auf ihrer Brust gelegen hatte, rutschte nach unten. Ohne auf sein beleidigtes Maunzen zu achten, strampelte sie die Decke weg und sprang aus dem Bett. Sie richtete sich so rasch auf, dass sie sich an der niedrigen Decke des Dachbodens beinahe den Kopf angestoßen hätte.

Sie hatte nur den einen, brennenden Gedanken: Simon. Sie musste ihn finden und warnen, und zwar sofort. Ihr Herz raste. Sie war die Leiter schon halb nach unten geklettert, als ihr plötzlich etwas einfiel.

Simon war längst fort. Wie viele Nächte waren seither vergangen? Zwei? Oder schon drei, seit er im Regen verschwunden war und sie mit unruhigen Träumen von verlassenen Neugeborenen und bösen Frauen, die tödliche Rosen ernteten, zurückgelassen hatte? Doch von all ihren Albträumen war der letzte, der Angriff auf den Mann, der schlimmste gewesen. Er war beängstigend wie die Albträume, die sie in ihrer Kindheit und Jugend verfolgt hatten – merkwürdige, unerklärliche Omen, Hinweise auf zukünftige düstere Ereignisse.

Unten angekommen hielt sie sich an der letzten Sprosse fest, weil sie so zitterte. Sie hatte immer geglaubt, diese nächtlichen Schrecken weit hinter sich gelassen zu haben, und hatte Gott von ganzem Herzen dafür gedankt, ihnen schließlich entwachsen zu sein. Seit vielen Jahren hatte sie kein solcher Traum mehr geplagt, kein derart eindringlicher, bedrängender Traum. Noch immer verspürte sie das starke Bedürfnis, Simon zu finden und es ihm zu sagen.

Aber was sollte sie ihm sagen? Dass er sich vor Salamandern hüten sollte? Dass er Schachbrettern aus dem Weg gehen sollte? Dass sein Leben in Gefahr schwebte? Dass jemand ihn vernichten wollte? All dies wusste er ja bereits.

Miri strich sich das wirre Haar aus den Augen und stolperte aus ihrem Häuschen zum Regenfass. Sie spritzte sich das kalte Wasser ins Gesicht und freute sich über das eisige Stechen; denn sie hoffte, so die letzten Reste ihres gepeinigten Schlafes zu vertreiben. Schließlich legte sie den Kopf nach hinten und atmete tief ein, um die Ruhe einzufangen, die an diesem Morgen über dem Wald lag.

Die Morgendämmerung war der Teil des Tages, den sie am meisten schätzte. Die Welt wirkte wie frisch gewaschen vom Tau, die lebhaften Grüntöne des Waldes schimmerten sanft und verhangen im frühen Zwielicht. An einem friedlichen Morgen wie diesem schien der heftige Sturm, der Simon wieder in ihr Leben geweht hatte, wie etwas, was gar nicht passiert war.

Nichts wies mehr auf seinen Besuch hin. Sie hatte das Netz abgenommen, in dem sie ihn gefangen hatte, kein Fußabdruck und auch keine Hufspuren waren mehr zu sehen. Fast wirkte die Begegnung mit Simon nur wie ein weiterer Traum, bis auf …

Miri strich sich reumütig über die Unterlippe. Bis auf den Kuss, den Simon auf ihren Mund gepresst hatte, so heiß, so erbarmungslos, dass ihre Lippen noch lange danach gebrannt hatten. Ihr Mund hatte sich wieder erholt, doch nicht ihr Herz; es war noch immer wund von der Erinnerung an Simons heftige Umarmung.

Zum Teufel mit diesem Mann. Warum hatte er ihr nicht einfach die Hand geboten? Warum hatte er sie gepackt und geküsst, als … als stünde das Ende der Welt bevor? Seine Umarmung war nicht nur der traurige Abschied eines Mannes gewesen, der nicht glaubte, dass sich ihre Pfade je wieder kreuzen würden. Nein, es war wie der verzweifelte Abschied eines Soldaten von seiner Liebsten am Vorabend der Schlacht gewesen, die er nicht zu überleben erwartete. Simon rechnete nicht damit, lange genug zu leben, um sie wiederzusehen. Und wahrscheinlich hatte er recht.

Miri zitterte, als sich die Bilder ihres Traums wieder in ihre Gedanken schlichen, die Schläge der Knüppel, die dunkle Flut von Blut. Sie schlang die Arme um sich und schüttelte abwehrend den Kopf. Warum dachte sie bloß, dass der Mann in ihrem Albtraum Simon gewesen war? Sie hatte sein Gesicht doch gar nicht gesehen.

Zweifellos hatte Simon alles getan, sich Feinde zu machen. Viele Menschen fürchteten und hassten ihn. Aber bislang hatte er es offenbar ganz gut geschafft zu überleben. Wenn er nur nicht so erschöpft und einsam gewirkt hätte.

Aber die größte Sorge machte Miri der Schatten, der auf sein

Gemüt gefallen war und offenbar dazu geführt hatte, dass es ihm egal war, ob er lebte oder nicht. Ihre Weigerung, ihm zu helfen, war vielleicht der letzte Schlag gewesen. Aber was hätte sie tun sollen? Sie hätte ihre ganze Familie in Gefahr gebracht, wenn sie ihm noch einmal vertraut hätte; zumal sie ja nicht einmal sicher war, wie viel sie ihm von seinen Geschichten über die Schwesternschaft der Silbernen Rose glauben sollte. Er hatte keinen Beweis geliefert bis auf die ungewöhnliche Spritze, die er als Hexenklinge bezeichnet hatte. Aber Miri konnte nur wehmütig daran denken, wie nützlich ein solches Werkzeug in den Händen von Heilkundigen sein konnte.

Simons grässlichen Geschichten Glauben zu schenken war ihr in der dunklen Nacht, als Wind und Regen an ihre Fenster peitschten, weitaus leichtergefallen. Doch am helllichten Tag schien ihr die Vorstellung eines Hexenzirkels, der eine üble Verschwörung gegen die ganze Menschheit ausheckte, völlig abwegig. Die bittere Wahrheit war, Simon hatte sie schon viel zu oft belogen und betrogen.

Miri erschrak, als etwas Seidiges an ihren Knöcheln entlangstrich. Mit einem Blick nach unten stellte sie fest, dass Nekromant ihr gefolgt war. Er stolzierte um ihre Beine und rieb sich an ihr. Dann blinzelte er sie an, denn mit seinem untrüglichen Instinkt wusste er stets, wann sie beunruhigt war, und er wusste auch, was daran schuld war.

»Vergiss ihn!«

»Das versuche ich ja«, seufzte Miri.

»Dann gib dir etwas mehr Mühe.«

»Ein wenig überzeugender Rat von einem Kater, dessen Gedächtnis nicht weiter reicht als bis zu seinem letzten Nickerchen, Monsieur«, erwiderte sie und stupste ihn spielerisch mit den nackten Zehen. Doch als sie in ihr Häuschen zurückkehrte, um sich anzuziehen und ihre morgendlichen Aufgaben zu erledigen, gab sie sich wirklich die größte Mühe, Simon wieder in den abgelegenen Winkel ihres Denkens zu verbannen, wo er so lange geruht hatte.

Im Allgemeinen erfüllten sie ihre täglichen Pflichten, etwa die Ziege zu melken, die Tauben zu füttern und ihr Pony zu striegeln, mit einer schlichten Zufriedenheit. Doch an diesem Tag konnte sie sich kaum darauf konzentrieren. Daran war allerdings nicht allein Simon schuld, schon vor seinem Besuch hatte sie eine seltsame Unruhe gequält.

Sie nahm ihren Korb und machte sich in den Wald auf, um den Vorrat an Wurzeln und Beeren aufzufüllen, die sie für ihre Heiltränke brauchte. Nekromant marschierte vor ihr her. Gelegentlich sprang er in einen Busch, angelockt von einem Insekt oder einem Schmetterling.

Sie folgte ihm. Ihre abgehärteten Fußsohlen waren selbst an den Adlerfarn gewöhnt. Vorsichtig teilte sie die Zweige, die ihr im Weg waren, und strich zärtlich mit den Fingerspitzen über die raue Rinde einer stattlichen Ulme. Früher hatte sie das Leben fühlen können, das von Wurzeln tief in der Erde nach oben pulsierte, den Herzschlag der Insel. War der uralte Zauber tatsächlich verflogen? Oder waren ihre Finger nur so ungeschickt geworden, dass sie nichts mehr spürte?

Eine Fähigkeit war ihr jedenfalls geblieben: Sie konnte sich völlig lautlos im Wald bewegen, ohne den Frieden um sich herum zu stören. Ein kleines braunes Eichhörnchen betrachtete sie neugierig von seinem Aussichtsort, die Vögel zwitscherten munter, ohne sich von ihr beunruhigen zu lassen. Miri fand es merkwürdig, dass nicht eine Tochter der Erde, ihre Mutter, ihr beigebracht hatte, sich so lautlos zu bewegen, sondern ihr weitaus schillernderer Vater. Der Chevalier Louis Cheney war ein Ritter gewesen, der bekannt war für seinen Humor und sein dröhnendes Lachen, aber auch für seinen Mut. Am Königshof war er ein gern gesehener Gast gewesen, doch Miri hatte ihn kaum als den schneidigen Galan gekannt, der in Paris stets großes Aufsehen erregte. Der große, attraktive Mann hatte ihre Kindheitserinnerungen geprägt, er war der Mittelpunkt ihrer kleinen Welt gewesen, ihr Mitverschwörer und ihr Spielgefährte.

In der kostbaren Sommerzeit, wenn Papa vom Hof auf die Insel und in den Schoß seiner Familie zurückkehrte, waren sie oft auf der Suche nach Elfen gemeinsam durch die Wälder gestreift, hatten sich in die Büsche geduckt und atemlos darauf gewartet, dass sich das Einhorn zeigte.

»Du musst ganz leise sein, ma petite«, *hatte er ihr ins Ohr geflüstert, den dunklen Kopf zu ihr herabgebeugt. »Selbst ein solch magisches Geschöpf entwickelt bei seinen ausgedehnten Streifzügen großen Durst. Wende den Blick nicht vom Fluss ab, dann siehst du es bestimmt, wenn es sich aus den Bäumen herauswagt, um seinen Durst zu stillen.«*

Obwohl Miri vor Aufregung gezittert hatte, konnte sie ihre Zweifel nicht für sich behalten. »Aber Papa, weder Ariane noch Gabrielle haben je ein Einhorn gesehen. Wie soll ich das dann können? Ich bin so viel jünger und – und kleiner.«

»Ah, aber von allen Töchtern der Erde, die auf dieser Insel wohnen, bist du die Einzige, die mit der Gabe gesegnet ist zu sehen, was wir anderen armen Sterblichen nicht sehen können. Du hast selbst ein klein wenig von einer Elfe an dir, meine süße Miri.«

Miri fragte sich, ob ihr Vater gewusst hatte, welche Wirkung seine Worte auf sie hatten. Sie war etwas zu früh auf die Welt gekommen; lange Zeit war sie ein sehr zerbrechlich wirkendes Kind gewesen und viel zu klein für ihr Alter. Stets hatte sie sich schwächer gefühlt und weniger begabt als ihre starken, klugen Schwestern. Ihr kleines Herz pochte in glühendem Stolz, wenn sie daran dachte, dass sie zumindest eine Gabe besaß, etwas, was nur sie tun konnte und wozu weder Ariane noch Gabrielle fähig waren.

Sie konnte das Einhorn sehen. Oder hatte sie nur unter dem Bann ihres Vaters gestanden, der mit der Gabe gesegnet war, Märchen zu erzählen und allein mit der Kraft seiner Worte Luftschlösser zu erschaffen?

Maman hatte stets gelächelt, wenn Miri ihr aufgeregt von ihren Abenteuern im Wald erzählt hatte. Doch Miri war klar, dass es ihre praktisch denkende Mutter auch ein wenig beunruhigt hatte. Einmal, als Maman glaubte, dass Miri es nicht mitbekommen würde, hatte sie ihren Mann sanft gerügt:

»Hältst du es wirklich für klug, Miris Kopf mit so viel Fantasie vollzustopfen, Louis? Das Kind lebt meiner Meinung nach viel zu sehr in ihrem eigenen kleinen Reich, zwischen ihren Tieren und in ihren Träumereien. Ich fürchte, das wird ihr nicht helfen, sich in der Wirklichkeit zurechtzufinden.«

Papa kicherte nur und erwiderte: »Ein wenig Fantasie hat noch keinem geschadet, meine viel zu ernste Herrin von Faire Isle. Die Wirklichkeit kann ein verdammt unwirtlicher Ort sein. Das wird das Kind leider viel zu bald herausfinden.«

Und er hatte recht behalten, dachte Miri betrübt. Sie war erst neun gewesen, als ihr Vater für seine Reise in die neue Welt die Segel setzte. Beim Abschied hatte er ihr versprochen, ihr alle möglichen außergewöhnlichen Geschenke aus den geheimnisvollen fernen Ländern mitzubringen.

»Halte Ausschau nach meinem Schiff, petite. *Ich werde bald wieder heimkehren. Warte auf mich …«*

Und das tat sie auch, noch lange, nachdem ihre Schwestern schon jede Hoffnung aufgegeben hatten. Ein Teil von ihr sehnte sich nach einem Ort und einer Zeit, die nie wiederkehren würde. Einer verzauberten Welt, in der Väter nicht vom Meer verschlungen wurden und Mütter nicht in jungen Jahren starben. In der Schwestern nicht auseinandergerissen wurden, und der hübsche Knabe, den man einst geliebt und dem man vertraut hatte, sich nicht als gefährlicher Gegner herausstellte.

Miris Wald wirkte immer ein wenig gespenstisch, doch an diesem Morgen war diese Wirkung noch stärker als sonst; der Wald war wie verhangen von bittersüßen Erinnerungen. Marie Claire hatte sie gewarnt, dass sie nicht zu viele Gedanken an die Vergangenheit verschwenden sollte.

»Diese Insel ist nicht mehr der richtige Ort für dich. Hier gibt es nur noch Erinnerungen an eine längst vergangene Zeit. Verlasse Faire Isle, geh zurück nach Navarra und heirate dort den jungen Mann, der dich anbetet.«

Miri vergaß, warum sie ursprünglich in den Wald gegangen war. Sie stellte den Korb ab, lehnte sich an einen breiten Baum und zog das Medaillon aus dem Ausschnitt ihres Kleides. Sie fuhr die Umrisse des Wolfes nach, der sehnsüchtig den Mond anblickte. Ihre Lippen verzogen sich zu einem halb zärtlichen, halb traurigen Lächeln, als sie an ihren Wolf, Martin le Loup, mit seinem schelmischen Blick, dem kurz geschnittenen Bart und den kohlschwarzen Haaren dachte. Bei ihrer letzten Begegnung waren sie durch den Park von Heinrichs Palast spaziert. Martin hatte prächtig ausgesehen in seinem bestickten Wams und seinem kurzen Umhang, der um die breiten Schultern wehte; wie ein Pfau, der vor seiner Henne stolz ein Rad schlägt. Ihr Zögern übergehend hatte er ihr das Medaillon um den Hals gelegt.

»Das ist doch kein Verlobungsring, Miri, sondern nur ein Zeichen meiner – meiner Freundschaft; nur eine Kleinigkeit.«

»Eine sehr teure Kleinigkeit«, hatte Miri gemurmelt und nervös die geflochtene Kette befühlt. Wie viel hatte Martin wohl von seinem schwer verdienten Geld dafür ausgegeben? »Es ist aus purem Silber.«

»Ja, aber nicht so silbern wie deine Augen im Mondlicht. Das sind wahre Schätze.«

Miri bedachte ihn mit einem schiefen Blick. Ihr lieber Freund war ein notorischer Charmeur, der nicht mit Schmeicheleien geizte. Martins Hände waren noch eine Weile auf ihrem Hals liegen geblieben, aber bei Miris Blick hatte er sie seufzend zurückgezogen.

Miri tastete nach dem Verschluss. Als sie das Medaillon öffnete und die Inschrift und die Uhr darin sah, fühlte sie sich noch unwohler.

»Martin, diese – diese Uhr hat dir doch der König persönlich geschenkt.« Sie war ein Zeichen von Heinrichs Wertschätzung und Dankbarkeit für eine gefährliche Mission. Martin hatte nämlich die mächtigen Truppen der Katholischen Liga ausgespäht, die die Grenzen des winzigen hugenottischen Königreichs bedrohten.

»Ich kann es unmöglich annehmen. Wenn seine Majestät herausfindet, dass du aus seinem Geschenk eine Halskette für mich hast anfertigen lassen, ist er bestimmt beleidigt.« Doch als sie versucht hatte, das Medaillon abzunehmen, hatte Martin sie an den Händen gefasst.

»Heinrich würde es verstehen. Er ist ja selbst ein großer Romantiker. Uns unterscheidet nur eines: Er war vielen Frauen treu, ich nur einer einzigen. Außerdem – warum sollte sich ein königlicher Bote bemühen, solche Geschenke von einem König zu erhalten? Doch nur, um sie der Dame seines Herzens zu reichen und damit seinen Wert unter Beweis zu stellen.«

»Du musst mir nichts beweisen.«

»O doch. Dein Ritter muss noch viele Drachen bezwingen und viele Aufgaben lösen, bevor er es verdient, dein Herz zu gewinnen, meine wunderschöne Herrin des Mondes.«

Miri lächelte reumütig. »Manchmal habe ich das Gefühl, dass der Ritter seine Aufgaben genauso genießt wie die Aussicht, eines Tages seine Dame für sich zu gewinnen. Hast du je daran gedacht, dass es an dem Tag, an dem du sie eroberst, mit deinen Abenteuern vorbei sein wird?«

»Nein, dieser Tag wäre der glücklichste Tag meines Lebens«, beharrte Martin und drückte ihre Hände. »Aber bis dahin soll mein kleines Geschenk wenigstens dafür sorgen, dass du mich nicht vergisst.«

»Als ob ich das je könnte.«

»Das kannst du nicht?«, fragte er wehmütig. »Manchmal bin ich mir nicht sicher.«

Miri befreite eine ihrer Hände und legte sie ihm an die Wange. »Und manchmal denke ich, es würde dir sehr viel besser gehen, wenn du mich vergessen würdest.«

Martin schüttelte den Kopf, und in seine Augen trat ein seltener Ausdruck, zärtlich und ernst zugleich. »Dazu würde es eines mächtigen Zaubers bedürfen. Ich habe dich vom ersten Moment an angebetet. Ich – ich weiß, du hast viel gelitten und fühlst dich noch nicht bereit, die Braut eines Mannes zu werden …«

»Vielleicht tue ich das ja nie«, versuchte Miri ihn wie so oft zu warnen.

»Das spielt keine Rolle.« Martin hauchte einen Kuss auf ihren Handrücken. »Ich werde ewig auf dich warten.«

Ewig … Miri verstaute das Medaillon wieder an seinem Platz. Martin hatte wahrhaftig lang genug gewartet, dass sie aus ihrer Schattenwelt des Bedauerns und der Erinnerungen trat. Obwohl er manchmal übertrieben theatralisch wirkte, hatte Miri nie an seiner Zuneigung gezweifelt. Er war der treueste Freund, den sie je gehabt hatte. Er liebte sie, und – ja, sie glaubte, auch sie liebte ihn. Vielleicht hatte Marie Claire recht. Vielleicht war es wirklich an der Zeit, die Vergangenheit hinter sich zu lassen, nach Navarra zurückzukehren und Martins Suche zu beenden. Und auch ihre eigene.

»Miau!«

Der laute Ruf ihres Katers riss Miri aus ihren Grübeleien. Sie richtete sich auf und stellte fest, dass sie Nekromant völlig vergessen hatte. Ihr alter Kater, daran gewöhnt, sich als machtvollen Jäger zu betrachten, dachte in diesen Wäldern oft nicht daran, dass auch er zur Beute werden konnte.

Besorgt sah sie sich um und versuchte, die Richtung zu bestimmen, aus der sein Maunzen gekommen war. »Nekromant?«, rief sie laut.

Zu ihrer Erleichterung tauchte der Kater unversehrt und offenbar auch ohne Verfolger aus dem Unterholz auf. Er rannte zu seiner Herrin und kratzte an ihren Röcken, seine Gedanken stürmten in einem wilden Durcheinander auf sie ein.

»Tochter der Erde … du musst kommen. Du musst ihm helfen … ein verwaistes Geschöpf.«

Miri verzog das Gesicht. »Was immer passiert ist, ich hoffe, du hast nichts damit zu tun, dass es verwaist ist. Wenn du dich wieder an eine arme Blaumeise herangemacht hast …«

Nekromants bernsteingelbe Augen funkelten vorwurfsvoll. *»Kein Vogel, keine Maus und auch kein elendes Kaninchen. Eines von deiner Art, ein Menschenkind.«*

Ein Kind? Miri starrte den Kater mit offenem Mund an, hin- und hergerissen zwischen Bestürzung und Unglauben. Wie sollte ein Kind in diese Wildnis gelangen? Doch bevor Miri ihren Kater weiter befragen konnte, marschierte er schon los und drängte sie, ihm zu folgen.

»Mach schnell!«

Miri eilte ihm nach, so rasch sie konnte. Für ihre übliche Ehrfurcht vor dem Wald blieb jetzt keine Zeit, ungeduldig schob sie die Zweige aus dem Weg. Immerhin gab es eine Art Pfad, denn Nekromant führte sie an den Fluss, der durch den Großteil der Insel floss. Miri ging oft dort hinab, um ihre Kleider zu waschen oder sich Wasser zu holen, und manchmal starrte sie auch nur gedankenverloren auf das funkelnde Wasser, versunken in ihren Erinnerungen, ihren Träumen und ihrem Leid.

Nekromant hatte sie längst abgehängt, als sie endlich aus dem Wald trat und die Böschung hinabeilte. Ihr Kater hockte neben dem flachen Stein, auf dem sie sich gern sonnte oder ihre Unterröcke zum Trocknen ausbreitete.

Doch an diesem Morgen lag etwas anderes auf dem Stein, eingewickelt in einen bunt gemusterten Schal. Miri blieb abrupt stehen, das Herz schlug ihr bis zum Hals. Simons Worte kamen ihr in den Sinn.

»Menschenopfer, Kinder, manchmal nur wenige Stunden alt, die verlassen werden und elend an Hunger und Vernachlässigung zugrunde gehen. So klein, so reglos und so kalt.«

Nein, Miri konnte nicht glauben, dass so etwas Schreckliches passiert war – hier auf Faire Isle doch nicht. Trotzdem hämmerte ihr Herz voller Bangen, als sie langsam näher trat. Nekromant strich aufgeregt um ihre Röcke, als sie sich über den Stein beugte. Doch sie achtete kaum auf ihn, sie konnte den Blick nicht von dem kleinen Bündel wenden. So still und reglos.

Miris Mund wurde trocken. Mit zitternden Fingern schob sie den Schal beiseite. Als sie das kleine Gesichtchen erblickte, schrie sie gepeinigt auf. Das Kind war bestimmt erst wenige

Stunden auf der Welt, der Kopf war noch verkrustet mit der Flüssigkeit, die es im Leib seiner Mutter geschützt hatte.

Miri legte einen Finger an die kleine Wange. Sie fühlte sich nicht steif und kalt an, wie sie befürchtet hatte. Nein, sie war warm. Das Kind lebte noch. Es rührte sich ein wenig und wimmerte leise.

Halb schluchzend vor Erleichterung nahm Miri das Neugeborene in den Arm. Der Schal glitt so weit zur Seite, dass man das Geschlecht des Kleinen erkennen konnte – es war ein Junge. Sie hüllte den winzigen Körper wieder in den Schal, drückte ihn sanft an sich und tröstete ihn flüsternd.

»*Mon petit,* jetzt bist du in Sicherheit. Aber wer hat dir das angetan, wer hat dich hier ganz allein gelassen?«

Doch sie wusste die Antwort bereits, denn sie hatte den bunten Schal erkannt, der vor Kurzem noch um die Schultern eines trotzigen jungen Mädchens gelegen hatte, das hochschwanger gewesen war.

»Oh Carole, was hast du nur getan?«, murmelte Miri bestürzt. Oder wohl eher – was hatte das Mädchen dazu gebracht, so etwas zu tun?

Plötzlich erstarrte Miri. Ihr Atem stockte, als ihr Blick auf etwas fiel, das versteckt hinter dem Bündel mit dem Neugeborenen gelegen hatte und nun in der Sonne funkelte: eine Blume, deren Blütenblätter eigentlich samten, lebhaft und warm hätten aussehen sollen. Doch stattdessen wirkten sie wie in Frost gefangen. Sie glitzerten kalt und tödlich.

Eine silberne Rose.

5

Miri eilte aus Marie Claires leerem Häuschen und spähte besorgt auf die staubige Gasse. Ganz Port Corsair schien an diesem Morgen gespenstisch verlassen. Sie drückte das Neugeborene an sich, das sie in ein provisorisches Tragetuch gelegt hatte. Ein Gefühl, das fast schon an Panik grenzte, wallte in ihr auf. Seit sie auf die tödliche silberne Rose gestoßen war und erkannt hatte, dass Simon die Wahrheit gesagt hatte, hatte sie sich bemüht, ihre Ängste zu beschwichtigen und ihre Fantasie daran zu hindern, die wildesten Bahnen einzuschlagen. Das Böse, von dem er berichtet hatte, war allzu wirklich und hatte seinen Weg bis an die Gestade ihrer Insel gefunden.

Während sie Simons Warnungen in den Wind geschlagen hatte, hatten sich die Anhänger der Silbernen Rose bereits auf Faire Isle breitgemacht und die junge Carole Moreau in ihren Bann gezogen. Miri krümmte sich, als ihr einfiel, wie das Mädchen geprahlt hatte, auch wenn sie selbst nicht viel darauf gegeben hatte.

»Ich habe Freunde, sehr mächtige Freunde, die sich um mich kümmern werden.«

Nein, keine Freunde, überlegte Miri düster: Hexen. Noch nie hatte sie eine Frau mit diesem üblen Begriff belegt, doch wie sollte man ein Geschöpf nennen, das so verkommen war, das Elend und die Verzweiflung eines verwirrten jungen Mädchens auszunutzen und sie zu überreden, etwas so Schreckliches zu tun und ihr Neugeborenes zu opfern?

Wo steckte Carole jetzt? Und wo war Simon? Hatte er gewusst, dass seine Feinde schon so nah waren? Oder war er völlig ahnungslos gewesen und …?

Miri wurde bang ums Herz, doch sie schob ihre Ängste

beiseite. Im Augenblick konnte sie weder für Carole noch für Simon etwas tun, sie musste sich um das Kind in ihren Armen kümmern. Der winzige Körper schien bei dieser Strapaze zwar keinen Schaden genommen zu haben, doch er brauchte Hilfe, die ihm Miri nicht geben konnte.

Sie musste eine Amme finden, und zwar rasch. Und sie musste die Verwandten des Kleinen aufstöbern, Carole Moreaus Tante und Onkel. Für beides brauchte Miri Marie Claires Unterstützung. Doch sie hatte bestürzt feststellen müssen, dass die alte Frau nicht zu Hause war. Nun mahnte sie sich zur Ruhe. Wohin konnte Marie Claire gegangen sein?

Die frühere Äbtissin hatte zwar oft auf die Zwänge des Klosterlebens geschimpft, doch nun fehlten ihr der stete Rhythmus und die Ordnung der Gebetsstunden. Miri wusste, dass Marie Claire oft in die Kirche ging, um dort einen Rosenkranz zu beten und Zwiesprache mit Gott zu halten. Sie ließ Noisette vor Marie Claires Gartentür grasen und eilte den Pfad zur Kapelle hinab.

Als sie sich dem kleinen kreuzförmigen Steingebäude näherte, schickte sie ein Stoßgebet zum Himmel, dass sie Marie Claire dort finden möge. Vor der schweren Eichentür blieb sie stehen, um das Kind ein wenig anders zu lagern, damit der Knoten des Tuchs nicht mehr an ihrem Nacken scheuerte.

Der Kleine war eingeschlafen, und Miri konnte nur hoffen, dass das nichts Schlimmes bedeutete. Sie hatte oft Findelkinder von Tieren im Wald gerettet, doch ein Menschenkind schien weitaus zerbrechlicher und weitaus weniger bestimmt durch einen natürlichen Trieb zu überleben. Miri presste den Kleinen eng an sich und drückte mit der Schulter die Tür zur Kirche auf.

Im Inneren von St. Anne war es nach der Hitze und der Helligkeit des sommerlichen Tages dunkel und kühl. Mit zusammengekniffenen Augen spähte Miri durch die hohle Leere des Kirchenschiffs. Der Hauptaltar wirkte feierlich, doch verlassen.

Aber in der Nische, in der die Heilige Anne mit weit ausgebreiteten Armen die Frommen empfing, war eine Kerze entzündet, und jemand hatte sich vor der Mutter der Heiligen Jungfrau niedergeworfen. Als Miri sich vorsichtig näherte, verließ sie der Mut, denn sie merkte, dass es nicht Marie Claire war, sondern eine viel dünnere Frau, deren braunes Haar von grauen Strähnen durchzogen war.

Die dürren Arme waren ausgestreckt, die Hände zum Bittgebet gefaltet. Miri erkannte unschwer Josephine Alains hagere Gestalt, auch wenn diese den Kopf gesenkt hatte. Sie wollte sich rasch zurückziehen, machte dabei aber ein Geräusch, bei dem Madame Alain auf sie aufmerksam wurde.

Der Kopf der Frau ging ruckartig nach oben. Während sie sich eilig aufrichtete, verspannte sich Miri und legte die Arme instinktiv fester um das Kind. Sie wusste nicht, was sie von einer Frau erwarten sollte, die sie so sehr hasste, dass sie sie an einen Hexenjäger verraten hatte.

Madame Alain erblasste, als sie Miri erkannte. »Herr im Himmel!«, keuchte sie. »Ich – ich dachte, Ihr – Ihr wärt …«

»Von dem Hexenjäger gefasst, den Ihr mir auf den Hals gehetzt habt?«, fiel ihr Miri schroff ins Wort. »Nein, da muss ich Euch leider enttäuschen, Madame. Simon Aristide wollte mich gar nicht festnehmen. Er ist längst weg, und ich bin noch da.«

»Oh!« Madame Alain legte die Hand vor den Mund. Sie kniete sich wieder hin und rief inbrünstig: »O danke, lieber Gott. Vielen Dank!«

Miri blinzelte. Diese Reaktion hatte sie von der verbitterten, nachtragenden Frau nicht erwartet. Sie trat näher. Über Madame Alains Gesicht strömten Tränen, während sie wieder die Hände faltete. Unter ihren Augen befanden sich dunkle Ringe wie bei jemandem, der tagelang nicht geschlafen hat. Sie zuckte zusammen, als Miri nähertrat, und drehte den Kopf weg, als könne sie es nicht ertragen, ihr in die Augen zu sehen.

»Ich dachte, dieser Mann hätte Euch verschleppt, und befürchtete schon, dass Ihr gar nicht mehr am Leben seid«, schluchzte Josephine. »Und ich brachte erst heute früh den Mut auf, jemandem zu gestehen, was ich getan habe.«

Ihre Stimme senkte sich zu einem abgehackten Flüstern. »Ich – ich schäme mich zutiefst. Eine Frau an einen Hexenjäger zu verkaufen, Grundgütiger, was für ein schrecklicher Mensch ist aus mir geworden. Ich habe zu Gott gebetet, dass ich dafür nicht in der Hölle schmoren muss.« Ihre Schultern bebten. »Keine Frau auf dieser Insel wird mir das je verzeihen oder je wieder mit mir reden.«

Trotz allem, was die Frau getan hatte, war Miri gerührt von ihrem Elend. Sie legte sanft eine Hand auf Josephines Schulter. »Natürlich werden Euch alle verzeihen. Ich jedenfalls tue es.«

Josephine wagte einen Blick. Offenbar konnte sie es kaum fassen. »Ihr? Ihr verzeiht mir? Ich kann mir nicht vorstellen, warum Ihr das tut. Das kann ich Euch nie vergelten.«

»Bietet mir Eure Freundschaft an, das reicht mir schon. Und Eure Hilfe.« Miri ließ sich vorsichtig neben der Frau nieder und nahm behutsam die Decke weg, die dem Kind ins Gesicht gefallen war.

Josephine wischte sich schniefend die Tränen aus den Augen. »Was – was ist das denn? Ein Kind!«

»Und zwar ein sehr hungriges, fürchte ich«, erwiderte Miri. Selbst im Schlaf nuckelte das winzige Kerlchen an seiner Faust, sodass es Miri in der Seele wehtat. »Ich habe versucht, ihm ein bisschen Ziegenmilch einzuflößen.«

»Ziegenmilch?«, rief Josephine entsetzt. »Die ist viel zu fett für ein Kind in diesem Alter. Es ist doch kaum älter als …«

»Als einen Tag, denke ich.«

»Wo um Himmels willen steckt seine Mutter?«

»Ich weiß es nicht. Ich habe ihn im Wald gefunden, wo er ausgesetzt worden ist.« Miri zögerte, doch dann fügte sie hinzu: »Es ist wahrscheinlich Carole Moreaus Kind. Ich mache mir große Sorgen um sie. Ich fürchte, dass sie einem sehr schlechten Einfluss erlegen ist, und Marie Claire kann ich nirgendwo finden …«

»Dann habt Ihr es also schon gehört?«, fiel ihr Josephine ins Wort.

Die ernste Miene der Frau ließ in Miri schlimmste Vorahnungen aufsteigen.

»Was gehört? Ist Marie etwas passiert?«, fragte sie mit schneidender Stimme.

»Nein, es geht um dieses elende Mädchen. Carole ist verschwunden, und ihre Tante ist ganz außer sich. Marie Claire ist zu ihr gegangen, und die meisten Leute aus dem Dorf haben sich auf die Suche nach dem Mädchen gemacht. Sie suchen auch nach Euch, seit – seit ich gestanden habe, was ich getan habe.« Josephine trieb es die Schamesröte ins Gesicht. »Habt Ihr auf Eurem Weg ins Dorf denn niemanden gesehen?«

»Ich habe nicht den direkten Weg genommen. Wegen des Kindes habe ich einen Umweg durch den Wald gemacht, der Weg ist zwar länger, aber einfacher.« Miri zuckte zusammen, als ihr einfiel, wie schrecklich es für Marie Claire gewesen sein musste, von jemand anderem zu erfahren, dass Simon sie in ihrem Häuschen aufgesucht hatte. Ihre Freundin machte sich bestimmt die größten Sorgen.

»Ich muss Marie sofort finden«, sagte sie. »Aber was ist mit Carole? Hat denn niemand eine Vermutung, wo sie stecken könnte?«

»Nur Sebastian, ein Fischer, der in einer Hütte auf der anderen Seite der Mondbucht haust, hat etwas erwähnt. Aber der Alte bringt mehr Zeit vor seinem Weinbecher zu als mit seinen Netzen, deshalb ist auf ihn kein rechter Verlass.«

»Was hat er denn gesagt?«, fragte Miri besorgt.

»Er hat davon gefaselt, dass er Carole mit zwei Frauen gesehen habe, die nicht von dieser Insel stammten. Die eine sei ziemlich klein, die andere eine wahre Riesin.« Josephine verdrehte die Augen. »Carole habe verängstigt gewirkt und geweint. Zumindest hat Sebastian das behauptet. Aber wie ich schon sagte – der Alte säuft oft genug, bis ihm die Sinne schwinden.«

Josephine berührte die Wange des Kleinen, ihre abgearbeitete Hand wirkte überraschend sanft. »Und Ihr glaubt, das ist Caroles Sohn? Niemand hat von der Geburt etwas mitbekommen. Ihre Verwandten wollten das Kind doch adoptieren, wenn es ein Junge ist, und auch ihr dauerhaft eine Bleibe gewähren. Dieses Kind wäre ihre Rettung gewesen. Warum sollte sie es aussetzen?«

Miri hatte noch nicht beschlossen, wie viel sie den anderen von der Silbernen Rose erzählen sollte. Sie wollte die Frauen auf Faire Isle nicht noch weiter beunruhigen, zumindest nicht, solange sie nicht mit Marie Claire darüber gesprochen hatte.

»Ich weiß nicht, wie Carole dazu kam, ihr Kind auszusetzen oder mit diesen Fremden mitzugehen«, meinte sie ausweichend. »Vielleicht war sie verzweifelt und hat nach der Freundlichkeit und dem Mitleid gesucht, die ihr auf Faire Isle verweigert wurden.«

»Dieser Tadel gilt vermutlich mir.«

»Aber auch mir. Ich habe mich kaum mehr um Carole bemüht als die anderen. Aber zuallererst sollten wir uns überlegen, was wir mit ihrem kleinen Jungen tun sollen.«

Als Miri das Kind ein wenig verlagerte, strampelte es und begann zu weinen. Josephine streckte schüchtern die Hände aus. »Darf ich?«

Miri nahm den Kleinen vorsichtig aus dem Tuch und reichte ihn der älteren Frau ein wenig ungeschickt. Josephine drückte das Kind sogleich an sich und wiegte es mit einer Sanftheit, die ihr Miri nie zugetraut hätte. Fast beneidete sie Josephine um die Selbstverständlichkeit, mit der sie das zerbrechliche Neugeborene behandelte; um die Erfahrung einer Frau, die sechs Kinder zur Welt gebracht hatte.

Josephine drückte den Kleinen an ihre Schulter und stand auf. Sie nickte und sagte mehr zu sich selbst: »Helene Crecy.«

Miri erhob sich ebenfalls. »Wie bitte?«

»Helene hat vor einem halben Jahr ein Kind bekommen. Sie kann dem Kleinen bestimmt helfen. Die Brüste dieser Frau sind groß wie Melonen, sie hat genug Milch, um ein ganzes Heer von Neugeborenen durchzufüttern.« Josephines Lippen zuckten. Wenn sie sich ein Lächeln zugestand, zeigte ihr schmales Gesicht noch immer Spuren ihrer einstigen Schönheit. Leise gurrend, um das wimmernde Kind zu trösten, ging sie aus der Kirche. Miri eilte ihr nach. Am Eingang blieb Josephine stehen, um noch einen raschen Blick auf Miri zu werfen.

»Ich – ich habe das Geld nicht behalten, das dieser schreckliche Mann mir gegeben hat. Ich habe es der Kirche gespendet, und ich – na ja, das wollte ich Euch nur noch sagen.«

»Danke«, fing Miri an, doch Josephine war schon fort.

* * *

Miri lief unruhig in dem engen Wohnraum von Marie Claires Häuschen auf und ab, während die einstige Äbtissin vorsichtig die Enden des Leinentuchs auseinanderfaltete, in das Miri die vergiftete Rose eingewickelt hatte. Die frostigen Blütenblätter glitzerten auf dem schneeweißen Tuch, als Marie Claire die seltsame Blume durch die Gläser ihrer kupferumrandeten Brille untersuchte.

Sie wirkte erschöpft von der Sorge, die sie sich um Miri gemacht hatte, und von der vergeblichen Suche nach Carole Moreau. Das Mädchen war wie vom Erdboden verschluckt. Sie und ihre geheimnisvollen Begleiterinnen waren von der Insel verschwunden, und auch der ramponierte Kahn des alten Sebastian war weg.

Carole hatte verängstigt gewirkt und geweint, hatte Sebastian behauptet. Vielleicht war es dem Mädchen anfangs bei ihren neuen Freundinnen besser ergangen, doch Miri glaubte nicht, dass Carole freiwillig mitgegangen war.

Es überlief sie eiskalt, obwohl es draußen recht warm war. Sie schlang die Arme um sich, Arme, die ihr seltsam leer vorkamen, seit sie Caroles Kind in die Obhut von Josephine Alain gegeben hatte. Miri war nicht ganz wohl, denn es schien ihr, als wäre das

Kind eigentlich ihr anvertraut worden, nachdem es im Wald ausgesetzt worden war. Doch sie konnte für den Kleinen nichts Besseres tun, als ihn in kundigere Hände zu geben.

Als die anderen Frauen von ihrer vergeblichen Suche nach Carole ermattet nach Hause zurückkehrten, schwand jede Erschöpfung, Anspannung und Feindseligkeit beim Anblick des hilflosen Neugeborenen. Madame Crecy mit den riesigen Brüsten hatte den Kleinen sofort angelegt, während ihre Nachbarinnen sich gurrend um sie scharten und alle möglichen guten Ratschläge gaben. Viele waren gerade die Frauen, die noch vor wenigen Tagen gemeinsam mit Josephine Carole verfolgt hatten.

Vielleicht regte sich nun auch bei ihnen das schlechte Gewissen, vielleicht war es die Unschuld des Neugeborenen, die ihre Herzen erweichte; vielleicht war es aber auch der freundliche, sanfte Geist, der früher auf Faire Isle geherrscht hatte und doch noch nicht so tot war, wie Miri befürchtet hatte. So dankbar sie war, dem Geschehen beiwohnen zu dürfen, so fühlte sie sich doch von dem magischen Kreis ausgeschlossen, der das Kind umgab. Aber es waren ihre eigenen Gedanken, die sie fernhielten und weit weg von der Insel zu dem Mann trugen, den sie von ihrer Schwelle gewiesen hatte.

Wenn sie die Augen schloss, konnte sie noch immer Simons verhärmte Züge sehen, als er im Sturm verschwand. Und sie hatte ihn einfach gehen lassen, entschlossen, die Augen vor der Bedrohung zu verschließen, die er beschrieben hatte. Hätte sie mehr auf seine Worte geachtet, mehr auf die Dinge, die außerhalb ihres behaglichen Häuschens vorgingen, hätte sie dann das Böse entdeckt, das sich auf diese Insel eingeschlichen hatte, und Carole davor bewahren können?

Simon bekämpfte die Mitglieder dieser Silbernen Rose schon seit etlichen Monaten. Die Hexen hatten bereits mehrmals versucht, ihn zu ermorden. Vielleicht war es ihnen inzwischen ja gelungen. Miri war noch völlig verstört von der Erinnerung an ihren letzten Albtraum, an ihre Vision des zerschmetterten Springers. Der Traum war nur sehr unscharf gewesen, das Gesicht des Mannes hatte sie nicht erkennen können. Erst wenn der symbolische Gehalt ihrer prophetischen Träume ganz klar wurde, war es so weit, dass der Traum sich möglicherweise bewahrheitete. Miri versuchte, sich mit diesem Gedanken ein wenig zu trösten.

Marie Claires lautes Schimpfen holte Miri aus ihren trüben Gedanken.

»Ich fasse es einfach nicht. Noch nie habe ich so ein verfluchtes Ding gesehen«, erklärte Marie Claire und trat vom Tisch weg. Obwohl sie sorgfältig darauf geachtet hatte, mit der Blume nicht in Berührung zu kommen, ging sie zu ihrer Waschschüssel und schrubbte sich die Hände.

Miri blickte auf die funkelnde Rose, die keinerlei Anzeichen des Welkens aufwies. »Es ist wirklich sehr unnatürlich«, pflichtete sie ihrer alten Freundin bei. »Diese Rose ist bestimmt vor langer Zeit geschnitten worden und hat einen langen Weg hinter sich. Doch die Blütenblätter sind überhaupt nicht trocken oder braun. Kann man Blumen züchten, die nicht verblassen und verwelken?«

Marie Claire trocknete sich die Hände. »Nein. Ich glaube, das war ursprünglich eine ganz normale weiße Rose. Doch sie ist mit einem Gift bestäubt worden, das sie wohl auch frisch hält.«

»Ein wahrhaft starkes und gefährliches Gift, wenn es durch die Haut dringen kann.«

»Ähnlich der Zubereitung, die unsere liebe Katharina bekanntlich für reizende Geschenke wie vergiftete Handschuhe benutzt hat.«

Miri hätte es fast als Erleichterung empfunden, davon auszugehen, dass Katharina von Medici hinter all dem steckte. Zumindest war sie eine bekannte Feindin. Doch leider musste sie nun widersprechen. »Nein, Simon ist sicher, dass die dunkle Königin nichts damit zu tun hat.«

Marie Claire musterte sie stirnrunzelnd über ihren Brillenrand hinweg. Miri lief rot an, als sie merkte, wie vertraut ihr Simons Name über die Lippen gegangen war.

»Ich meine Monsieur Aristide«, verbesserte sie sich hastig. »Le Balafre.«

Sie zog sich ans offene Fenster zurück in der Hoffnung, dass die leichte Brise aus dem Garten das vielsagende Feuer ihrer Wangen löschen würde. Sie hatte Marie Claire natürlich berichtet, dass Simon sie besucht hatte, doch nicht, dass er ihr einen sengenden Abschiedskuss gegeben hatte.

Marie Claire trat neben sie. »Ich habe die Gerüchte von Aristides Stippvisite auf Faire Isle vernommen. Du kannst dich so geschickt in deinem Wald verstecken, dass ich törichterweise glaubte, er sei gekommen und gegangen, ohne dir über den Weg zu laufen. Es kam mir nie in den Sinn, dass du beschließen könntest, dich diesem gefährlichen Kerl allein zu stellen. Tja, ich hätte es besser wissen müssen.« Sie seufzte. »Ich werde nicht so tun, als kränke es mich nicht, dass du beschlossen hattest, mich im Unwissen zu lassen.«

»Es tut mir leid …«, fing Miri an, doch Marie Claire winkte ab.

»Ich verstehe ja, dass du nur versucht hast, mich zu schützen, aber du hättest diesen Schutz wahrhaftig selbst am allermeisten gebraucht.«

»Ich habe es dir ja schon gesagt: Simon hat keinerlei Anstalten gemacht, mir etwas zuleide zu tun; es war vielmehr umgekehrt. Und wir sollten beide dankbar sein, dass er gekommen ist. Ohne ihn hätten wir keine Ahnung von dem, was mit Carole passiert ist, und auch von der Bedrohung durch die Silberne Rose hätten wir nichts gewusst.«

»Das stimmt«, gab Marie Claire zu. »Allerdings ging es mir besser, solange ich nichts davon wusste, auch wenn ich das nur ungern zugebe.« Sie nahm ihre Brille ab und rieb sich den Nasenrücken. »Ich hatte gehofft, mich nie mehr mit solchen Dingen befassen zu müssen. Derlei war wahrhaftig schlimm genug, als Melusine außer Rand und Band geriet. Du bist freilich viel zu jung, um dich daran zu erinnern. Du warst damals noch gar nicht auf der Welt.«

»Ich kenne die Geschichten«, meinte Miri. »Allerdings nur zum geringen Teil von Renard. Mein Schwager spricht nicht gern von seiner berüchtigten Großmutter. Aber die alte Apothekerin, Madame Jehan, hat es immer ganz besonders genossen, die Kinder der Insel in Angst und Schrecken zu versetzen und von Melusines Übeltaten zu berichten, etwa wie sie Ernten vergiftet und Tiere verflucht hat. Ich hatte dann immer Albträume von Lämmern und Fohlen, die aus dem Maul schäumten und auf der Weide tot umfielen.«

Marie Claire verzog das Gesicht. »Adelaide Jehan war eine gute alte Seele, aber sie war auch eine unverbesserliche Geschichtenerzählerin; und Melusine lieferte wahrhaftig genügend Stoff. Renards Großmutter stachelte die Kleinbauern in der Bretagne auf und unterstützte sie mit ihren schwarzen Künsten. Sie glaubte, sie würde für die Gerechtigkeit kämpfen und die Unterdrückten von der Knute ihrer Herren befreien. Doch in Wahrheit hat sie viele Unschuldige in den Tod getrieben und den Ruf der weisen Frauen schwer beschädigt.«

In Marie Claires Augen trat tiefer Kummer. »Wir sind eine aussterbende Art, wir Töchter der Erde. Nur sehr wenige von uns sind noch übrig, um das uralte Wissen zu erforschen und für die nächste Generation lebendig zu halten. Bald werden nur noch diejenigen den Mut dazu aufbringen, die dieses Wissen für Böses nutzen, wie die Silberne Rose. Wenn Monsieur Aristide recht hat und diese Verrückte wirklich versucht, ein Heer von Hexen aufzubauen, dann stehe Gott uns bei.«

Ihre Schultern sanken nach unten, als ob das volle Gewicht ihrer Jahre auf ihnen lastete, doch dann fasste sie sich wieder und meinte: »Nun, dieses Geschöpf muss gefunden werden, und man muss seinem Treiben Einhalt gebieten. Mir fällt nur Eines ein, was wir tun können.«

»Und das wäre?«, fragte Miri.

Doch Marie Claire schien mehr mit sich selbst zu reden. Als

sie zielgerichtet auf ihren Schrank zuging, folgte ihr Miri. Dort ruhte zwischen Geschirr und Büchern eine kleine Holztruhe. Als Marie Claire sie herausnahm, begannen ihre Wolfsvögel aufgeregt zu krächzen und mit den Flügeln zu schlagen, als ahnten sie, was die Alte zu tun gedachte.

Marie Claire hob den Deckel, und ein Vorrat an Schreibutensilien – Federn, Tinte und Pergament – kam zum Vorschein. Sie nahm eine Feder zur Hand und meinte: »Wir müssen der Herrin von Faire Isle sofort Bescheid geben. Wir müssen Ariane berichten, was hier vorgefallen ist.«

»Nein!«, rief Miri aufgebracht.

»Es gefällt mir genauso wenig wie dir, Liebes, aber …«

»Nein, Marie«, wiederholte Miri nachdrücklich. »Du weißt genauso gut wie ich, dass Ariane und Renard nach Frankreich zurückeilen und ihrer beider Leben in Gefahr bringen würden.«

»Ah!« Marie Claire hob eine dünne Braue. »Du traust deinem Hexenjäger also doch nicht über den Weg, obwohl du gewagt hast, dich allein mit Monsieur Aristide zu treffen.«

Miri lief tiefrot an. »Er ist nicht mein Hexenjäger. Und … nein, ich vertraue Simon nicht voll und ganz, zumindest nicht, was Renard angeht. Doch vergiss nicht, meine Schwester und ihr Gemahl haben noch andere Feinde, zum Beispiel die dunkle Königin und den König von Frankreich.«

Marie Claire ließ nachdenklich das gefiederte Ende ihrer Feder durch die Finger gleiten, und auf ihre Stirn traten tiefe Falten. »Und was ist mit Gabrielle? Sie ist bedenklich listenreich, sie hat es geschafft, sich über zwei Jahre lang unbehelligt am Hof der dunklen Königin zu tummeln …«

Doch Miri schüttelte abermals den Kopf. »Gabrielle muss einen Gemahl und drei kleine Töchter schützen. Obwohl ihr Anwesen in der Nähe von Pau bislang sicher war, schweben sie dort doch ständig in Gefahr, von der Katholischen Liga angegriffen zu werden. Heinrich trägt zwar die Hauptlast in diesem endlosen Bürgerkrieg, der Frankreich plagt, doch auch Gabrielle hat wahrlich schon genug Schwierigkeiten, mit denen sie fertig werden muss.«

»Aber jemand muss etwas gegen diese Silberne Rose tun«, protestierte Marie Claire. »Und ich habe leider weder die Macht noch die Kraft der Jugend. An wen in Gottes Namen sollen wir uns deiner Meinung nach wenden?«

Miri nahm Marie Claire die Feder ab und legte sie zurück in die Truhe. »Ich fürchte, ich bin die Einzige«, sagte sie leise.

»Du?« Marie Claires verdutzter Ausruf und ihr zweifelnder Blick waren nicht gerade schmeichelhaft, doch nicht schlimmer als Miris eigene Zweifel.

Sie lächelte traurig. »Mir ist bewusst, dass ich mich kaum mit meinen Schwestern messen kann.«

»Ich – ich war nie dieser Meinung«, stammelte Marie Claire. »Aber – aber …«

»Ich wäre die letzte weise Frau, die du gegen eine böse Zauberin ins Feld schicken würdest«, beendete Miri ihren Satz trocken. »Die einfältige Träumerin, die sich immer nur in ihren Wäldern versteckt. Maman hat sich stets Sorgen gemacht, dass ich mich zu viel mit meinen Tieren abgebe und in meiner Traumwelt lebe; dass ich mich nie den Problemen stelle, die den Rest der Welt plagen. Sie hatte recht.«

Sie biss sich auf die zittrige Unterlippe. »Maman hat mehr von mir erwartet. Ich besitze weder die Weisheit der Herrin von Faire Isle noch Gabrielles hitzigen Mut. Aber auch ich bin eine Tochter von Evangeline Cheney. Es wird Zeit, dass ich mich daran erinnere und mich so verhalte, dass sie stolz auf mich wäre.«

Marie Claire legte die Hände um Miris Gesicht. »Ach, mein Liebes, deine Mutter wäre sehr stolz auf dich gewesen. Du bist genauso weise und tapfer wie deine großen Schwestern. Aber ich kannte Evangeline sehr gut. Deine Mutter war meine beste Freundin, und ich kann dir versichern: Sie hätte nie von dir erwartet, dass du dich ganz allein einer verrückten Zauberin stellst.«

»Ich bin nicht allein.« Miri holte tief Luft, bevor sie gestand: »Ich habe vor, Simon Aristide zu suchen und ihn um Hilfe zu bitten.«

Marie Claires Hände sanken nach unten, und sie riss entgeistert den Mund auf. »Bist du vollkommen von Sinnen, Miribelle Cheney? Schon allein der Gedanke, dich in die Nähe dieses gefährlichen Kerls zu wagen …«

»Du hast doch erst neulich gemeint, du glaubst nicht, dass Simon mir etwas zuleide tun würde.«

»Nicht absichtlich, das nicht. Aristide hat auch etwas Gutes an sich, das muss ich zugeben; aber auf seinem Herzen lasten mehr Schatten als auf einem Friedhof um Mitternacht.«

»Das mag schon sein, doch Simon wirkte wirklich ganz anders als der Mann, der in jenem Sommer unsere Insel überfallen hat.«

Als Marie Claire zweifelnd die Lippen schürzte, fuhr Miri fort: »Er ist nicht mehr so hochnäsig und unbeugsam wie früher. Du hast ihn nicht gesehen in der Nacht, als er in diesem schrecklichen Sturm an meiner Schwelle auftauchte. Er war völlig erledigt und wirkte, als wisse er nicht mehr weiter. Ziemlich seltsam, nicht wahr?«

Sie lachte freudlos. »Als es mir endlich gelang, mich gegen ihn zu wappnen, erzählte mir Simon die Wahrheit. Er brauchte wirklich Hilfe. Und ich habe ihn weggeschickt, womöglich – womöglich in den Tod.«

»Für das Schicksal dieses Mannes bist du nicht verantwortlich«, erklärte Marie Claire streng. »Nach allem, was er uns angetan hat, schuldest du ihm nichts.«

»Ich weiß, aber Simon ist womöglich unsere einzige Hoffnung, um die Silberne Rose zu bezwingen und Carole aus ihren Fängen zu retten.«

»Wie um alles in der Welt kommst du darauf, dass das Mädchen gerettet werden will?«

»Ich glaube nicht, dass Carole ihr Kind töten wollte. Der Kleine war in ihren Lieblingsschal gewickelt, in das, was ihr am teuersten war. Und sie hat ihn dort abgelegt, wo ich ihn mit großer Wahrscheinlichkeit finden würde. Ich habe an dem Mädchen nichts Böses bemerkt, nur tiefe Verletzung und Verwirrung. Warum auch immer sie sich auf diesen Hexenzirkel eingelassen hat, ich glaube nicht, dass sie begriffen hat, worauf sie sich da einließ – bis es zu spät war.«

»Da magst du recht haben. Doch so leid es mir für Carole tut, ich verstehe nicht, warum du dich in Gefahr begeben solltest, um sie zu retten.«

»Weil ich mich besser um sie hätte kümmern sollen, als ich die Gelegenheit dazu hatte.«

»Das Gleiche gilt für mich und all die anderen Frauen dieser Insel«, entgegnete Marie Claire ungeduldig. »Doch selbst du musst zugeben, dass es nicht leicht war, sich mit Carole anzufreunden.«

»Das stimmt wohl.« Miri lächelte reumütig, als sie an die Kratzbürstigkeit des Mädchens dachte, stachliger als die Rosen, die in den Büschen vor Marie Claires Fenster blühten. Doch wie bei diesen duftenden Blüten waren Caroles Stacheln nur ein schlechter Schutz für ihre Verletzlichkeit.

Miris Lächeln schwand. »Wenn Carole ein verletzter Fuchs oder ein Dachs gewesen wäre, der nach mir schnappte, hätte ich mich nie und nimmer zurückgezogen. Aber ich habe mich von ihr vertreiben lassen, ich bin zu meinem kleinen Häuschen zurückgeeilt und habe sie vergessen. Jetzt muss ich einen Weg finden, um sie zu retten, und dafür werde ich Simons Hilfe brauchen.«

»Eine geachtete Tochter der Erde, die das Lager mit einem Hexenjäger teilt ... Das geht einfach nicht, mein gutes Kind!«

»Grundgütiger, Marie! Ich – ich rede doch nur von einer zeitweiligen Zusammenarbeit. Ich habe nie auch nur im Entferntesten daran gedacht, mit Simon das Lager zu teilen.« Miri lief wieder rot an bei den Bildern, die ihr durch den Kopf schossen.

»Das meinte ich doch nur metaphorisch. Doch wenn es tatsächlich dazu kommen sollte ...«

»Das wird es nicht. Ich versichere dir, jedes zärtliche Gefühl, das ich für Simon hegte, ist längst gestorben.«

Als Marie Claire sie scharf musterte, machte sich Miri eifrig daran, das Leinentuch über der giftigen Rose zu falten. »Meine Schwestern leben im Exil. Der Rat der weisen Frauen ist vor langer Zeit aufgegeben worden. Was bleibt mir denn übrig, abgesehen davon, Monsieur Aristide zu benutzen?«

»Achte darauf, dass er am Ende nicht dich benutzt, mein Kind«, warnte Marie Claire sie grimmig. »Und was ist mit deinem Martin le Loup? Was würde er davon halten, dass du dich auf gefährlicher Mission in der Gegend herumtreibst? Nach allem, was du mir erzählt hast, ist der Mann dir völlig ergeben, er ist kühn, einfallsreich und listig. Warum wendest du dich nicht an ihn?«

»Weil die Zeit nicht reicht, Marie, und außerdem habe ich nicht die geringste Ahnung, wie ich Martin erreichen kann. Höchstwahrscheinlich ist er unterwegs auf einer kühnen Mission im Auftrag des Königs von Navarra.«

Miris Hand wanderte schuldbewusst zu dem Medaillon unter ihrem Gewand. Um ehrlich zu sein, hatte sie kaum mehr an Martin gedacht, seit sie am Morgen beschlossen hatte, Faire Isle zu verlassen und ihn zu heiraten. Doch dieser Morgen schien eine Ewigkeit her und Martin schrecklich weit weg. Miri schämte sich, dass sie darüber fast froh war.

Martin war manchmal ein wenig … sprunghaft und impulsiv. So leidenschaftlich er Miri anbetete, so leidenschaftlich hatte er Simon von Anfang an gehasst. Das Letzte, was Miri brauchte oder wollte, war, dass die zwei Männer die Klingen kreuzten.

»Martin würde mein Vorhaben gar nicht gefallen«, gab Miri zögernd zu. »Manchmal denke ich, er würde mich am liebsten in einen mit Samttapeten ausgekleideten Raum sperren, wo ich sicher wäre, während er meine Kämpfe ausficht. Ich hoffe, dass ich Martin mit der Zeit beibringen kann, was Renard inzwischen klugerweise Ariane zubilligt: dass eine weise Frau nicht immer an ihrem Herd weilen kann, egal, wie lieb ihr das wäre.«

Und Miri wäre das wahrhaftig sehr lieb gewesen. Sie trat wieder ans Fenster, um vor Marie Claire zu verbergen, wie unruhig und zaudernd sie trotz ihrer kühnen Worte war. Sehnsüchtig starrte sie in den Garten und nahm die bunte Mischung von Farben und Pflanzenarten in sich auf – die verschiedenen Kohlsorten und Ringelblumen, den wilden Fenchel, Lavendel und die Astern; doch vor allem die grell blühenden roten Rosen, selbst in ihrer Unvollkommenheit wunderschön, denn zum Teil waren die Blütenblätter schon abgefallen, zum Teil drängte sich an den Stängeln noch Blüte an Blüte. Wie sehr sich diese Blumen doch von der starren Rose unterschieden, die in das Leinentuch gehüllt auf dem Tisch lag.

Hinter dem Garten war der staubige Weg zu erkennen, der zurück in den tröstlichen Schatten ihres Waldes führte – oder auch hinunter zum Hafen mit seinem steinigen Damm, der sich bis zum Festland erstreckte und weiter in eine unsichere Zukunft.

Miri seufzte. Wem wollte sie eigentlich etwas vormachen, sich selbst oder Marie Claire? Schon die Aussicht, jemanden barsch zurechtzuweisen, verursachte ihr Bauchgrimmen. Wie konnte sie sich nur einbilden, eine unbekannte Zauberin vernichten zu können? Und dazu konnte es sehr wohl kommen – es sei denn, die Silberne Rose käme ihr zuvor.

Sie hatte Angst vor dem Kampf gegen diese Silberne Rose, und noch mehr Angst vor den Folgen, falls sie scheiterte. Und nicht zu vergessen Simon Aristide. Miri wusste nicht, welche Angst größer war – die, ihn zu finden oder die, ihn nicht zu finden. Egal wie sehr sie auch darauf beharrte, nichts mehr für ihn zu empfinden, ihr war klar, dass sie Gefahr lief, die dunkle Anziehungskraft zu wecken, die zwischen ihnen pulsierte; Sehnsüchten nachzugeben, die ein Verrat wären an Martin, ihrer gesamten Familie und allem, wofür sie stand und was sie war – eine Tochter der Erde.

Als Marie Claire neben sie trat, verkrampfte sich Miri in der Erwartung weiterer Gegenargumente. Doch Marie Claire faltete nur die Hände und wirkte sehr müde.

»Also gut, wenn du entschlossen bist, diesen Pfad einzuschlagen, komme ich mit.«

Miri war tief gerührt von dem Angebot, doch sie schüttelte nur sanft den Kopf. »Nein, Marie.«

Marie Claire wollte nicht klein beigeben. »Wie bitte? Du bist bereit, einen Hexenjäger um Rat zu fragen, aber meine Hilfe weist du zurück? Glaubst du, ich bin zu alt? Denkst du, ich bin nutzlos?«

»Ich denke, dass du nie eine gute Reiterin warst, und ich werde eine scharfe Gangart einschlagen und rasch vorankommen müssen, wenn ich hoffen will, Simon einzuholen.«

Marie Claire verschränkte stur die Arme, doch offenbar sah sie ein, dass Miri recht hatte, denn sie verzog das Gesicht und schwieg.

»Außerdem«, fuhr Miri fort, »wirst du hier gebraucht. Du musst über Faire Isle wachen, falls weitere Anhänger der Silbernen Rose auftauchen. Zudem kannst du mir auf andere Weise helfen: Ich kann diese Reise nicht auf Noisette zurücklegen. Ich muss ein schnelles Pferd finden mit großem Durchhaltevermögen, und du musst mir sagen, wo ich weise Frauen finden kann, die mir weiterhelfen und mir eine sichere Unterkunft bieten können. Und dann muss ich noch jemanden finden, der sich um mein Häuschen kümmert, solange ich weg bin. Und zu guter Letzt gibt es noch eine Aufgabe, die nur eine weise Frau wie du erfüllen kann.«

Marie Claire beäugte sie argwöhnisch, als vermute sie, Miri wolle sie nur beschwichtigen. »Ach ja? Und das wäre?«

»Nekromant.« Miri lächelte reumütig. »Du musst meinen sehr gewieften, doch uralten Kater daran hindern, mir zu folgen.«

* * *

Drei Tage später war man auf der Insel noch immer beunruhigt über das Verschwinden von Carole Moreau und die gleichermaßen geheimnisvolle Abreise der Herrin der Wälder. Man besuchte sich so häufig wie seit Jahren nicht mehr, und auch in den Läden von Port Corsair herrschte reger Betrieb. Die Frauen vernachlässigten ihre Alltagspflichten und versammelten sich auf den Gassen, um zu reden, ihr Erstaunen kundzutun und Vermutungen anzustellen. Die Einzige, die die ganze Wahrheit hinter den jüngsten Ereignissen kannte, war Marie Claire. Doch die ehemalige Äbtissin lebte noch zurückgezogener als sonst, sie verbrachte zunehmend mehr Zeit in St. Anne und betete um Miris sichere Rückkehr.

Am dritten Tag nach Miris Aufbruch kniete sich Marie Claire hin, um einer irdischeren Aufgabe nachzugehen. Verdrossen über ihre steifen Gelenke und den Zustand ihres Gartens kämpfte sie gegen ein Heer von Unkraut, das ihre Kräuterbeete zu überwuchern drohte.

Der Morgen war mild. Eine leichte Brise strich ihr durch die Haarsträhnen, die ihrer Leinenhaube entkommen waren, Spatzen zwitscherten im Apfelbaum, und die Blätter raschelten leise. Maire Claires Umgebung hätte Balsam gegen ihre Sorgen sein können, wäre der Frieden dieses Tages nicht von den Geräuschen aus ihrem Häuschen gestört worden. Selbst hier im Garten war das klagende Maunzen des Katers, der in ihrer Küche in einen Käfig eingesperrt war, deutlich zu vernehmen.

»Ich höre dich, mein Freund«, murmelte Marie Claire matt. »Aber ich kann dich nicht freilassen, ich habe es ihr versprochen.«

Sie verzog das Gesicht, als ihr aufging, dass sie in den letzten paar Tagen angefangen hatte, genau wie Miri mit dem Kater zu sprechen, obwohl sie Nekromant nicht so gut verstand. Und das war wohl auch besser so, denn manchmal war sie überzeugt, dass der kleine schwarze Teufel sie verfluchte und sie mit bitteren Vorwürfen bedachte, weil sie Miri hatte gehen lassen.

Marie Claire hielt inne und wischte sich mit dem Handrücken ein paar Strähnen aus den Augen. Auch sie selbst hatte sich schon die schlimmsten Vorwürfe gemacht. Aber um Miri aufzuhalten, hätte man sie und nicht den Kater in den Käfig sperren müssen. Keine von Evangelines Töchtern war besonders fügsam. Die Cheney-Schwestern hatten die Hartnäckigkeit ihrer Mutter geerbt.

Trotz ihrer Sanftheit steckte in Miri ein diamantharter Kern, und es war nicht das erste Mal, dass Marie Claire darauf gestoßen war. Vor etlichen Jahren hatte Miri etwas ganz Ähnliches getan, sie hatte sich ganz allein nach Paris aufgemacht, getrieben von der Sorge um ihre Schwester Gabrielle. Diese Reise war gefährlich genug gewesen, aber nicht halb so gefährlich wie die, die sie jetzt unternahm.

Bevor Miri losgezogen war, hatte sie Marie Claire noch einmal das Versprechen abgerungen, Ariane nichts von ihren Plänen zu verraten. Noch nie war Marie Claire so sehr versucht gewesen, ein Versprechen zu brechen. Die Gefahr, in die sich Miri begab, wenn sie diese unbekannte Silberne Rose herausforderte, war schon schlimm genug, aber mindestens genauso beunruhigend war die Vorstellung, dass Miri mit Simon Aristide allein sein würde.

»Er hat sich verändert, Marie«, hatte ihr Miri versichert.

Hatte Miri gemerkt, wie sanft ihr Blick bei dieser Behauptung, ja allein schon bei der Erwähnung des Hexenjägers geworden war? Wie sie errötet war, als sie darauf beharrte, dass sie keinerlei zärtliche Gefühle mehr für Aristide empfand? Wen wollte Miri wirklich vor der Silbernen Rose retten, Carole Moreau oder Simon Aristide? Marie Claire zweifelte, dass Miri diese Frage hätte beantworten können, und das beunruhigte sie am meisten. Unabhängig davon, welch freundlicheren Gefühle der Mann für Miri hegte, er hatte viel zu lange mit der dunklen Seite seiner Seele gekämpft. Auf ihn war kein Verlass.

Mindestens ein Dutzend Mal am Tag hatte Marie Claire nach ihrer Feder gegriffen, entschlossen, Ariane zu schreiben. Wenn sie weiterhin schwieg und – Gott behüte – Miri etwas zustieß, wie sollte sie dann je wieder vor Ariane treten? Und dennoch – wie konnte sie eine teure Freundin in Gefahr bringen, um das Leben der anderen zu beschützen?

Außerdem würde es eine Weile dauern, bis ihre Botschaft Ariane erreichte, und weitere kostbare Zeit, bis die Herrin von Faire Isle und ihr Gemahl nach Frankreich zurückkehrten. Bis Ariane und Renard Miri nacheilen konnten, war es vielleicht schon viel zu spät.

Marie Claire seufzte schwer. Noch nie hatte sie sich so schrecklich alt und nutzlos gefühlt. Als sie auf ihre Hände blickte, merkte sie, dass sie gedankenverloren zusammen mit dem Unkraut ein Büschel Rosmarin aus der Erde gezogen hatte. Sie versuchte, sich wieder ganz ihrer Aufgabe zu widmen, als sie plötzlich durch einen fernen Ruf überrascht wurde.

Sie kniff die Augen zusammen und legte zum Schutz gegen die Sonne die Hand an die Stirn. Schließlich erkannte sie Helene Crecys sechsjährige Tochter Violette, die mit wehenden Röcken die Gasse herabgesprungen kam und aus Leibeskräften nach ihrer Mutter rief.

»Herr im Himmel, was ist denn jetzt schon wieder los?«, murrte Marie Claire, und ihre Brust schnürte sich angstvoll zusammen. Sie drückte die Hand gegen ihr Kreuz und richtete sich mühsam auf. In dem Moment stürmte Madame Crecy aus ihrem Häuschen, den kleinen Moreau in den Armen.

Sie eilte auf die Gasse, ihrer Tochter entgegen. Madame Alain und ihre eigenen Kinder waren ihr dicht auf den Fersen. Josephines Gesicht war sorgenvoll verzerrt.

»Maman! Maman!«

Als Violette vor den Frauen stehen blieb, drückte Helene den Säugling an ihre Schulter und beugte sich zu ihrer Tochter hinab. Marie Claire konnte Helenes besorgte Frage nicht verstehen, doch Violettes eifriges hohes Stimmchen war deutlich zu vernehmen.

»Der Prinz ist nach Faire Isle gekommen.« Das Kind juchzte und tanzte aufgeregt herum. »Wie in den Geschichten, die du mir immer erzählst, Maman. Du weißt schon, der hübsche Prinz, der das arme Mädchen küsst und sie vor dem bösen Zauber der Hexe rettet, und dann leben sie glücklich und vergnügt bis ans Ende ihrer Tage. Ja, der Prinz ist da, und vielleicht küsst er ja dich. Nur, dass es Papa wahrscheinlich nicht gefallen wird …«

Helene richtete sich auf und lachte erleichtert. Marie Claire presste die Hand an die Brust, auch ihr selbst fiel ein Stein vom Herzen. Sie wusste nicht, ob sie weitere schlechte Nachrichten oder Sorgen ertragen hätte. Selbst Josephine lachte trocken auf, obwohl sie Helene ein wenig schimpfte. Marie Claire schnappte ein paar Fetzen davon auf: »… unklug, dem Mädchen solche Flausen in den Kopf zu setzen.«

»Es sind keine Flausen«, rief Violette und stampfte empört mit ihrem kleinen Fuß auf. »Seht doch, dort kommt er!«

Sie wies mit einem rundlichen Finger auf einen sich nähernden Reiter. Als Marie Claire seine Gestalt erkennen konnte, fand sie, man könne es dem Kind ruhig nachsehen, dass es den Mann für einen Märchenprinzen gehalten hatte. Selten hatte es einen solch auffälligen Galan an die Gestade von Faire Isle verschlagen. Selbst aus der Ferne sah er gut aus: Die dunklen Haare waren glatt zurückgekämmt und steckten unter einer schwarzen Samtkappe, die mit einer weißen Feder geschmückt war. Ein kurzer grüner Umhang, gefüttert mit rosafarbener Seide, hing von einer breiten Schulter, sein Wams und seine Hosen wirkten genauso teuer wie seine braunen Reitstiefel.

In der ganzen Gasse spähten Frauen aus den Fenstern und lehnten sich an die Gartenzäune, um den Fremden zu begaffen. Sein Apfelschimmel schritt kess daher, während der Reiter lächelte und nickte. Es war, als wüsste das Pferd genauso gut wie sein Reiter, welche Schneise der Bewunderung sie sich durch das Dorf schlugen – und als würden es beide in vollen Zügen genießen.

Marie Claire wischte sich die Hände an ihrer Schürze ab. Sie merkte, dass sie wie die anderen gaffte, doch sie konnte gar nicht anders. Sie trat näher an das Gartentor, während der Fremde vor Helene Crecy, deren Mund weit offen stand, sein Pferd zügelte.

Als er sich, eine Begrüßung murmelnd, nach vorn beugte, drängte sich Josephines Älteste, Lysette, eine recht üppig gebaute Vierzehnjährige, vor und schubste Helene mehr oder weniger zur Seite. Das Mädchen errötete kichernd und machte sich an den Fremden heran, doch sie wechselten kaum ein paar Worte, bevor Josephine wie eine Tigermutter heranstürmte.

Sie riss ihre Tochter grob zurück und trat vor. Zwischen ihr und dem Fremden fand ein leises, kurzes Gespräch statt. So sehr sich Marie Claire anstrengte, sie konnte kein Wort davon belauschen.

Schließlich richtete sich der Reiter wieder auf. Er wirkte deutlich erstaunt. Josephine hörte gar nicht mehr auf zu reden, doch er warf nur einen verdrossenen Blick auf die Gasse. Dann schien sich seine Miene aufzuhellen, er achtete nicht weiter auf Josephine, lächelte, verbeugte sich vor den anderen Frauen und trieb sein Pferd an.

Marie Claire blieb kaum die Zeit zu merken, dass er geradewegs zu ihrem Häuschen ritt, als er auch schon da war. In einer einzigen anmutigen, fließenden Bewegung sprang er aus dem Sattel, dann band er die Zügel um einen Zaunpfosten. Marie Claire erkannte, dass ihr erster Eindruck zutreffend gewesen war: Der Bursche sah tatsächlich ausgesprochen gut aus. Die scharfen Konturen seines Gesichtes waren ein wenig gezähmt durch einen akkurat getrimmten Bart, aber das war wohl das einzig Zahme an ihm.

Er hatte den Blick eines Spitzbuben, und auch dessen Lächeln, ein Lächeln, bei dem die meisten Frauen ihre Töchter einsperrten, dann aber selbst seinem Charme erlagen. Sogar Marie Claire bemerkte erstaunt, dass ihr Herz flatterte, als der Bursche durch ihr Tor schritt.

Zu ihrer Verwirrung fiel er vor ihr auf die Knie, ergriff eine ihrer Hände und zog sie andächtig an seine Lippen.

»Ehrwürdige Mutter«, murmelte er.

»Verzeiht, Monsieur, aber ich bin nicht – ich bin nicht mehr …« Grundgütiger, dachte Marie Claire, entsetzt über sich selbst. Errötete sie da etwa und begann zu stottern?

»Für mich werdet Ihr immer die Mutter Äbtissin sein.« Er blickte durch seine dichten Wimpern zu ihr auf und ließ eines seiner verheerenden Lächeln aufblitzen. »Ich würde nie die Frechheit besitzen, Euch Marie Claire zu nennen.«

»Ich glaube, Ihr würdet die Frechheit für alles Mögliche besitzen, mein Sohn«, erwiderte Marie Claire, die endlich wieder zur Vernunft gekommen war. Sie entzog ihm ihre Hand und meinte streng: »Egal, wie Ihr mich nennt, ich finde, Ihr solltet mir lieber Euren Namen nennen, und zwar rasch.«

Einen Moment lang wirkte er verblüfft, dann sprang er auf und rief: »Wie bitte? Sagt bitte nicht, dass Ihr mich nicht erkennt!«

Als Marie Claire ihn verwirrt musterte, presste er die Hand an die Brust. »Madame, Ihr könnt mich unmöglich vergessen haben. Ich bin's, Martin le Loup, Hauptmann Nicholas Remys Freund, Mademoiselle Miris treu ergebener Sklave und Euer untertänigster Diener.«

Er nahm schwungvoll seine Kappe ab, und sein Umhang flatterte, als er sich graziös vor ihr verbeugte. Er lächelte sie hoffnungsvoll an, während Marie Claire nur verdutzt blinzelte.

Martin le Loup? Das konnte doch gar nicht sein! Sie forschte in den Zügen dieses großen, strammen Mannes nach Spuren des dürren jungen Burschen, der in jenem längst vergangenen Sommer in den letzten Tagen des Friedens auf Faire Isle vor der Ankunft von Aristide und seinen Hexenjägern in tiefster Verehrung hinter Miri hergestolpert war.

Doch man konnte es ihr kaum verdenken, dass sie Martin nicht erkannt hatte. Er war gewachsen, er hatte sich wie ein hässliches Entlein zu einem Schwan mit mächtigen Schwingen gemausert. Aber während sie ihn forschend musterte, entdeckte sie ein Funkeln in seinen dunkelgrünen Augen und eine leichte

Verschmitztheit um seine Lippen, die sie an den Jungen von früher erinnerten.

»Meine Güte. Wolf – du bist es!« Sie presste die Hand an den Mund, dann stürzte sie sich mit einem frohen Aufschrei auf ihn.

Martin erwiderte ihre Umarmung so begeistert, dass ihr die Rippen krachten; er hob sie hoch und wirbelte sie herum, bis ihr ganz schwindelig wurde. Schließlich klopfte sie ihm auf den Rücken und meinte: »Jetzt reicht es aber, du Schlingel. Lass mich sofort runter!

Wie kann man nur so respektlos mit einer alten Frau umgehen«, beklagte sie sich, lachte aber, als Martin sie absetzte und frech angrinste. Sie hatte ihre Haube verloren, und als sie sich aufrichtete, bemerkte sie, dass ihre Nachbarinnen sie mit weit aufgerissenen Augen beobachteten. Wenn Josephine den Hals noch weiter verrenkte, würde sie sich ernsthaft wehtun.

Marie Claire lachte noch einmal und merkte, dass sie das seit Tagen nicht mehr getan hatte. Nach all der Sorge und Anspannung tat es ausgesprochen gut. Sie strahlte Martin an.

»Oh, mein lieber Wolf, ich kann dir gar nicht sagen, wie froh ich bin, dich zu sehen!«

»Die Freude ist ganz meinerseits, ehrwürdige Mutter. Faire Isle ist zwar besonders im Vergleich zu Paris nicht sehr groß, doch ich habe schon daran gezweifelt, ob ich Euch oder Miri je finden würde, auch wenn ein Mann die Insel mehr oder weniger in seine Tasche stecken könnte. Die Leute hier waren ja gegenüber Fremden stets ein wenig steif, aber ich schwöre, sie sind schlimmer als je zuvor. Wisst Ihr, was dieses Weib zu mir gesagt hat, als ich ganz höflich nachfragte?« Martin deutete auf Josephine.

»Sie sagte, ich könne mir meinen Atem sparen, weil keine anständige Frau auf dieser Insel einem Kerl mit solch einem durchtriebenen Blick etwas zu sagen hätte. *Mon Dieu!*« Er warf die Hände hoch. »Die Damen haben mir schon alles Mögliche vorgeworfen – elender Charmeur, schmeichlerischer Schuft, teuflisch gut aussehend. Aber durchtriebener Blick? Ich bitte Euch!«

Unter anderen Umständen hätte seine Empörung Marie Claire vielleicht belustigt, doch die Erwähnung von Miri ernüchterte sie; denn sie wusste, was sie Martin gleich würde sagen müssen, so schwer es ihr auch fallen würde.

»Wolf, wegen Miri …«, fing sie an.

»Und wo finde ich meine wunderschöne Herrin des Mondes?« Martin spähte eifrig an ihr vorbei, als rechne er damit, Miri jeden Moment aus dem Häuschen treten zu sehen. »Wie ich sie kenne, hat sie wahrscheinlich hier irgendwo in einer kleinen Hütte Einzug gehalten und lebt nun mitten unter den Eichhörnchen, den Hasen und den Bären.«

»Auf Faire Isle gibt es keine Bären, aber ihr Häuschen befindet sich tatsächlich mitten im Wald.«

»Ah, das habe ich schon befürchtet.« Er seufzte tief. »Nun, ich hoffe, das zu beenden.«

»Wolf …«, setzte Marie Claire abermals an, doch wieder fiel er ihr ins Wort. Er lächelte und drückte ihr die Schulter.

»Wartet nur, bis Miri sieht, was ich für sie habe. Einen herrlichen blauen Wollstoff, den ich neulich auf einer Reise in England erworben habe. Ich würde die Dame meines Herzens ja am liebsten nur in der feinsten Seide und Brokat gewandet sehen, aber ich dachte, Miri wäre Wolle lieber. Was meint Ihr?«

»Er wird ihr bestimmt gefallen, aber …«

»Nun, ich muss zugeben, was die Küche angeht, sieht es bei den Engländern nicht so gut aus. Und das Gesöff, das sie dort als Bier bezeichnen … pah!« Martin verdrehte die Augen. »Aber die Leute verstehen es wirklich, einen schönen Wollstoff zu weben. Er ist so dünn und weich, dass eine Frau vielleicht sogar versucht sein könnte, ihn für ihr Hochzeits…«

»Martin!« Marie Claire hob die Stimme. Die Schärfe schien endlich zu ihm durchzudringen.

Deutlich geknickt meinte er: »Ich kann mir schon denken, was Ihr mir sagen wollt: dass ich bei Miri kein Recht habe, von

Hochzeit zu reden. Und das stimmt. Ich bin ihrer völlig unwürdig. Ich bin ein Narr, je zu hoffen …«

»Nein, Martin.« Um ihn zum Schweigen zu bringen, legte ihm Marie Claire in letzter Not die Hand auf den Mund. Sie sah ihn traurig an, und in ihre Augen traten unerwartet Tränen. »Du bist kein Narr, aber vielleicht bist du ja die Antwort auf die Gebete einer alten Frau.«

Er starrte sie lange stirnrunzelnd an. Dann nahm er ihre Hand und drückte sie.

»Was ist los, ehrwürdige Mutter? Was ist passiert?«, fragte er sanft, dann wurde sein Ton schärfer. »Ist etwas mit Miri? Ist ihr etwas zugestoßen?«

Ein verstohlener Blick auf die Gasse zeigte Marie Claire, dass sie noch immer ein interessiertes Publikum hatten, das weiter wuchs. Sie zog Martin zu ihrem Häuschen und meinte: »Ich muss dir etwas sehr Ernstes erzählen. Aber ich glaube, dazu gehen wir lieber hinein.«

* * *

Nachdem sie Martin von den neuesten Ereignissen berichtet hatte, die Faire Isle erschüttert hatten, rutschte Marie Claire mit ihrem Stuhl ein wenig zurück und bemühte sich, dem Mann, der heftig fluchend in ihrem Häuschen auf und ab lief, nicht in die Quere zu kommen. Selbst Nekromant kauerte sich unter den Tisch, während Martin seiner Wut, seinen Ängsten und seiner Enttäuschung freien Lauf ließ.

»Verdammt, wie konnte Miri …? Wie konntet Ihr sie …?« Er funkelte Marie Claire finster an, doch dann fasste er sich wieder. »Nein, verzeiht mir, ehrwürdige Mutter. Nur ein Einziger ist an dieser Sache schuld, dieser verfluchte Aristide.«

Er warf seine Kappe auf den Tisch und trat einen Stuhl aus dem Weg. Als der gegen ein Tischbein krachte, stürzte Nekromant hervor und suchte hinter einem Korb am Herd Schutz.

»Wie kann er es wagen!«, schäumte Martin. »Nach allem,

was dieser Mistkerl Miri angetan hat! Wie kann er es wagen, sie um Hilfe zu bitten? Er nennt sich einen Hexenjäger, aber ich schwöre, er ist selbst ein Hexer, er hat meine Dame verhext und sie verlockt, ihm in die Gefahr zu folgen.«

»Der Gerechtigkeit halber muss ich sagen, ich glaube nicht, dass Monsieur Aristide sie zu etwas verlockt hat. Es war Miris eigene Entscheidung.«

»Und warum hat sie sich nicht für mich entschieden? Herrgott noch mal, sie sollte wahrhaftig wissen, dass ich alles für sie tun würde. Ich würde mit tausend Hexen kämpfen, wenn sie mich dazu auffordern würde. Aber nein – sie zieht los und sucht *ihn!*« Martin raufte sich die Haare. »Wie oft will sie sich von dem Schurken noch betrügen und das Herz brechen lassen, bevor sie ihm nicht mehr vertraut? Ich dachte, sie wäre endlich über alles hinweg – über ihn hinweg.«

Nachdem Martin sich mit seinen Gefühlen restlos verausgabt hatte, sank er auf den Schemel und ließ die Hände mutlos zwischen den Knien baumeln. Er tat Marie Claire unendlich leid. In dem Moment schien er zu schrumpfen, er ähnelte wieder dem Jungen, der er in jenem Sommer gewesen war, als er Miri überallhin gefolgt war und mit allen möglichen Tricks versucht hatte, sie auf sich aufmerksam zu machen und ihr ein Lächeln zu entlocken oder sie zum Lachen zu bringen, nur um Simon Aristide zu vergessen.

Marie Claire erhob sich und legte sanft die Hand auf seine Schulter. »Miri hat sich nur deshalb auf die Suche nach Aristide gemacht, weil sie dachte, ihr könne kein anderer helfen, die Silberne Rose zu bezwingen. Wenn Miri gewusst hätte, wo du dich aufhältst, hätte sie sich bestimmt an dich gewandt.«

Martin warf ihr einen zweifelnden Blick zu. »Wirklich?«

»Ganz bestimmt«, versicherte ihm Marie Claire. Insgeheim bat sie Gott um Verzeihung für diese Lüge, denn sicher war sie sich wahrhaftig nicht.

Martin drückte Marie Claires Hand. Dann schlug er sich die Faust auf den Oberschenkel und erhob sich. »Nun, jetzt bin ich hier«, meinte er forsch. »Es tut mir leid, dass ich wie ein weidwunder Eber in Eurem Häuschen herumgetobt bin. Das Wichtigste ist jetzt Miris Sicherheit. Wie lange ist sie schon fort?«

»Sie ist vor drei Tagen aufgebrochen.«

»Drei Tage! *Mon Dieu!*«, rief Martin bestürzt. »Dann hat sie einen beträchtlichen Vorsprung; sie könnte mittlerweile weiß Gott wo sein.«

»Eine Freundin hat mir gestern Abend eine Nachricht zukommen lassen. Es handelt sich um eine weise Frau aus Saint-Malo, bei der Miri haltgemacht hat. Hortense hat ihr drei ihrer Bediensteten mitgegeben, bis sie Aristide findet.«

»Gott sei gedankt, wenigstens etwas.« Martin nahm seine Kappe und wischte ein Staubkörnchen weg. »Immerhin weiß ich, wo ich die Suche nach der Dame meines Herzens beginnen kann. Mit einem Quäntchen Glück werde ich Miri einholen, bevor sie diesen Schurken trifft, und sie nach Hause bringen.«

»Ich glaube nicht, dass Miri das zulassen wird. Sie ist entschlossen, Carole Moreau zu retten und das schändliche Tun der Silbernen Rose zu unterbinden.«

Martin zuckte mit den Schultern und glättete die Feder an seiner Kappe. »Ach, darum werde ich mich schon kümmern.«

Marie Claire war fast versucht, über seine Unbekümmertheit zu lachen. Doch trotz seines eleganten Aufzugs und seiner Prahlerei hatte sie an Martin auch noch anderes bemerkt: Seine Hände waren nicht die eines Höflings, sondern schwielig und abgehärtet wie die eines Mannes, der es gewohnt ist, den Degen zu führen und einen feurigen Hengst zu meistern. Die Waffe an seiner Seite war keine Zierde, sondern aus hartem Stahl.

Nach allem, was Miri ihr erzählt hatte, war Martin le Loup Gefahr gewohnt; er hatte viele heimliche und riskante Aufträge für den König von Navarra ausgeführt. Dennoch verspürte Marie Claire den Drang, ihn zu warnen.

»Martin, ist dir klar, dass die Auseinandersetzung mit der Silbernen Rose nicht so leicht sein wird wie der Kampf gegen einen Trupp feindlicher Soldaten oder eine Horde skrupelloser Räuber? Diese Frau ist eine – eine richtige Hexe.«

»Das ist mir schon klar.« Seine Lippen wurden schmal, und ein seltsamer Schatten schien über sein Antlitz zu huschen. »Ich musste mich schon einmal mit einer Hexe herumschlagen«, murmelte er. »Jawohl, bei Gott, das musste ich.«

»Richtig, das hatte ich völlig vergessen. Du warst damals bei Hauptmann Remy, als er versuchte, der dunklen Königin den König von Navarra zu entringen.«

Martin schien ruckartig aus einer düsteren, qualvollen Erinnerung aufzuwachen. »Äh – ja, die dunkle Königin.«

Marie Claire schüttelte bedauernd den Kopf. »Ich fürchte, ich gebe nur wenig auf Aristides Meinung, dass die Königin ihre Finger nicht in diesem bösen Spiel hat. Meiner Erfahrung nach spielt Katharina immer mit, wo sich etwas Düsteres zusammenbraut. Ich mache mir die größten Sorgen, dass …«

»Tut es nicht«, fiel ihr Martin ins Wort und nahm ihre Hände. »Wenn es tatsächlich so ist, dann werde ich mich auch darum kümmern.«

Die Zuversicht dieses Mannes war ebenso ansteckend wie sein Lächeln. Trotz all der Ängste, die auf ihrem Herzen lasteten, lächelte Marie Claire unwillkürlich zurück.

»Ich verspreche Euch bei meinem Leben, ehrwürdige Mutter, dass ich Miri vor Schaden bewahren, sie vor der dunklen Königin behüten und die Silberne Rose vernichten werde. Und dann werde ich etwas tun, was ich schon vor Jahren hätte tun sollen.«

»Und das wäre?«

Martins Zähne blitzten in einem Grinsen auf, das ebenso wölfisch war wie das Funkeln seiner Augen. »Ich werde diesen elenden Hexenjäger töten.«

Marie Claires Lächeln wich tiefer Bestürzung. »O nein, Martin, ich glaube nicht, dass Miri …«

Doch Martin erstickte ihren Protest mit einem Kuss auf ihre Wange. Dann ging er mit langen Schritten zur Tür. Nekromant schlich ihm nach. Marie Claire machte einen Satz und schaffte es gerade noch, den Kater an der Flucht zu hindern. Sie nahm ihn hoch. Nekromant hatte sie nie gekratzt, doch jetzt spürte sie, wie seine Krallen durch ihre Kleider drangen.

Während sie mit dem Kater kämpfte, versuchte sie, nach Martin zu rufen, doch der saß bereits im Sattel. Nekromant funkelte sie wütend an, und diesmal verstand Marie Claire seine Gedanken erstaunlich gut.

»Was hast du jetzt wieder angerichtet, du törichtes altes Weib?«

»Gott steh mir bei, ich weiß es nicht«, murmelte Marie Claire. Sie drückte Nekromant fest an sich und sank an den Türpfosten, während Martin le Loup die Gasse hinab verschwand.

6

Die Königinmutter unterdrückte ein Schaudern, als sie, von einem Trupp von Wärtern und dem Kommandanten begleitet, in die Tiefen der Bastille hinabstieg. Die Wände waren modrig und feucht, als wären die Steine selbst gefoltert worden, bis sie bluteten. Durch das schwarze Gewebe ihres Schleiers wirkte der Anblick noch trostloser. Die lodernden Fackeln konnten die Düsternis des Verlieses kaum vertreiben, in der Luft hing der Gestank von Angst und Schmerz.

Doch Katharina von Medici dachte, sie hätte den Unglücklichen, die an diesem Ort schmachteten, einiges über Schmerzen beibringen können. Jeder Schritt, den sie machte, war die reine Folter, ihre Muskeln und Gelenke pochten unter einem Gichtanfall, ihre Knöchel und Hände waren dick geschwollen.

An diesem Morgen spürte sie jedes ihrer sechsundsechzig Jahre, doch sie hatte schon vor langer Zeit gelernt, dass sich eine Königin Schwäche nicht leisten kann. Es gab zu viele Rivalen um die Macht, bereit, sich beim ersten Zeichen von Schwäche wie ein Rudel Schakale auf sie zu stürzen. Zu viele Feinde, und offenbar hatte sie sich einen weiteren gemacht.

Sie dachte an die Reste der Blume, die im Schrank ihres Schlafgemachs im Louvre ruhten. Das seltsame silberne Funkeln der Rose war allmählich verblasst, die samtenen Blütenblätter jetzt nur noch aschfahl. Doch die Blume hatte ihren tödlichen Auftrag erfüllt.

Gestern war Katharina aus ihrer Kutsche gestiegen, um in Notre Dame an der Hochzeitsmesse eines ihrer Höflinge teilzunehmen. Vor der großen Kathedrale drängte sich das Volk in der Hoffnung, einen Blick auf das Brautpaar zu erhaschen. Eine junge Frau war aus der Menge getreten und hatte versucht, sich an den Schweizer Garden vorbeizudrängeln, um Katharina eine Blume zu überreichen.

Dieser Vorfall war so ungewöhnlich gewesen, dass er sofort Katharinas Aufmerksamkeit erregte. Die Stimmung in der Stadt war derzeit sehr angespannt, allerorten schwelte Unzufriedenheit. Sie hätte viel eher erwartet, von ihrem Volk mit verrottetem Gemüse oder Matsch beworfen als mit Blumen bedacht zu werden. Und es war eine ganz außergewöhnliche Rose gewesen, eisig weiß, fast silbern schimmernd. Auch das Mädchen hatte etwas Merkwürdiges an sich gehabt, sie war viel zu sauber und zu hübsch für eine Pariser Straßenverkäuferin, und ihre schlanken Hände steckten in Handschuhen.

Obwohl der junge Gardist seine Pflicht erfüllt und das Mädchen zurückgehalten hatte, war er von dem flehenden Lächeln der kleinen Blondine so eingenommen gewesen, dass er das Geschenk mit einer charmanten Verbeugung an sich genommen hatte. Dann war er aus der Reihe geschert, um der Königin die Blume zu bringen. Katharina hatte jedoch ein ihr selbst nicht erklärbarer Instinkt daran gehindert, die Blume zu berühren. Sie hatte die ungewöhnliche Rose in ihr Taschentuch gehüllt. Während das Blumenmädchen sich anschickte, wieder in der Menge unterzutauchen, hatte es in Katharinas Nacken gekribbelt, und ihr Unbehagen hatte sich verstärkt. Sie hatte dem Gardisten befohlen, dem Mädchen nachzueilen und … na ja, nicht, um sie zu verhaften, sondern nur, um sie festzuhalten, damit man sie über die Zucht ihrer ungewöhnlichen Blume befragen konnte.

Und das war auch gut so gewesen, denn der Gardist lag nun im Sterben. Katharina hätte den jungen Mann vielleicht retten können, doch dann hätte sich gezeigt, dass sie viel zu viel über Gifte und Gegengifte wusste.

Es verdächtigten sie ohnehin schon zu viele der Hexerei, auch wenn bislang niemand gewagt hatte, sie öffentlich anzuklagen. Nur um das Leben eines jungen Gardisten zu retten, der so töricht gewesen war, sich von einem hübschen Gesicht verzaubern zu lassen, wollte sie ihre einzigartigen Fähigkeiten wahrhaftig nicht offenbaren.

Die Eskorte der Königin blieb vor einer dicken Holztür stehen. Während der Wärter mit seinen Schlüsseln hantierte, wandte sich der Kommandant an Katharina, um ein letztes Mal zu versuchen, sie von ihrem Vorhaben abzubringen. Monsieur de Varney war von Anfang an wenig begeistert gewesen, eine Königin in den schlimmsten Teil der Festung zu führen. Der hagere, nervöse Mann trug eine ausladende weiße Halskrause, in der sein Kopf mit dem grau gesprenkelten Bart aussah, als würde er der Königin auf einer Platte präsentiert.

»Euer Gnaden, ich bitte Euch, Eure Entscheidung noch einmal zu überdenken. Es besteht nicht der geringste Grund, dass Ihr Euch wegen dieser Angelegenheit weiter beunruhigt.«

Nicht der geringste Grund?, dachte Katharina grimmig. O nein, nur die Tatsache, dass jemand dort draußen sie tot sehen wollte, und zwar jemand, dessen Geschick im Giftmischen sich mit ihrem messen konnte.

»Das elende Geschöpf hat ihre Mitwirkung bei diesem infamen Meuchelplan ja bereits gestanden«, fuhr der Statthalter fort. »Es ist nur eine Frage der Zeit, bis sie die Namen ihrer Mitverschwörer preisgibt, und …«

»Öffnet die Tür, de Varney«, unterbrach ihn Katharina leise. »Ich will sie sehen. Hat sie denn ihren Namen genannt?«

»Sie behauptet, sie heiße Lucie Paillard und sei die Tochter eines Gastwirtes aus einem Dorf im Loiretal.«

»Die Tochter dieses Gastwirtes ist aber weit weg von zu Hause.«

»Vielleicht lügt sie ja, doch wir werden die Wahrheit bald aus ihr herausbekommen. Diese Keller sind grässlich, es wimmelt hier von Ungeziefer, und man kann sich alle möglichen Krankheiten holen. Kein Ort für eine Dame, geschweige denn eine Königin. Wenn Euer Gnaden in meine Räumlichkeiten zurückkehren und …«

»Die Tür!«, befahl Katharina. »Und zwar sofort!«

Der Kommandant stieß einen gequälten Seufzer aus, dann wies er den Wärter an, die Tür zu öffnen. Sie ging knarrend auf. Dahinter lag eine schmale, kleine Zelle, in der es noch übler roch als im Gang. Katharina drückte sich unter ihrem Schleier ein parfümiertes Taschentuch an die Nase, während der Wärter die Fackel hochhielt, um den Weg auszuleuchten.

De Varney blieb dicht hinter Katharina. Mit einem Blick auf die Gefangene verstand sie, warum der Kommandant so unruhig war. Lucie Paillard war an die Wand gekettet, sie war bewusstlos, nicht mehr sauber und nicht mehr hübsch. Ihre weißen Glieder waren mit Blutergüssen übersät und geschwollen, ihre Beine waren mit siedendem Öl verbrannt worden, die Blasen auf ihrer Haut begannen schon zu schwären.

»Verdammter Narr«, fauchte Katharina de Varney an. »Ihr habt sie getötet.«

»N-nein, Euer Gnaden«, beeilte sich der Kommandant zu versichern. »Torquet!«, herrschte er den Wärter an. »Weck sie auf!«

Der Wärter gehorchte, indem er dem Mädchen einen Eimer fauliges Wasser ins Gesicht schüttete. Als Lucie nur stöhnend den Kopf hin und her warf, schob er ihr unsanft ein Fläschchen zwischen die Lippen und zwang ein paar Tropfen billigen Fusel in sie hinein.

Als das Mädchen keuchte und würgte, trat Katharina angewidert zurück. Sie verabscheute solch grobe Methoden. Nichts davon wäre notwendig gewesen, wenn ihre Augen noch so scharf gewesen wären wie früher. Mit einem einzigen, durchdringenden Blick hätte sie alles erfahren, was sie von dem Mädchen wissen wollte. Sie hatte es in der Kunst der weisen Frauen, in den Augen zu lesen, so weit gebracht wie sonst kaum eine. Doch wie ihr übriger Körper ließ auch ihre Sehkraft sie allmählich im Stich.

Als Lucies Augenlider flatterten und sie endlich zu sich kam, befahl Katharina dem Wächter barsch, beiseitezutreten. Sie stellte sich vor die Gefangene. Der Kopf des Mädchens rollte zur Seite, und sie betrachtete Katharina mit vor Schmerz glasigen Augen, als die Königin den Schleier zurückstreifte.

»Nun, wisst Ihr, wer ich bin, Mademoiselle Paillard?«

In den trüben Augen blitzte ein Funken des Erkennens auf. Lucies trockenen, aufgesprungenen Lippen verzogen sich zu dem Abglanz eines Lächelns.

»De Medici«, keuchte sie mit rauer Stimme. »Die Florentiner Krämertochter.«

Katharina hörte, wie der Statthalter scharf den Atem einsog, doch sie ließ sich nicht aus der Fassung bringen. Mit diesem Schmähruf war sie bedacht worden, sobald sie dieses Land das erste Mal betreten hatte. Trotz ihrer beeindruckenden Mitgift war den hochnäsigen Franzosen eine Frau, die aus einem Haus stammte, das mit dem Handel groß geworden war, für ihren jungen König nicht gut genug gewesen.

Längst unempfindlich geworden gegen diese Beleidigung zeigte Katharina keine Regung, bis das Mädchen heiser hinzufügte: »Zauberin … dunkle Königin … meine Feindin.«

Katharina erstarrte. Sie befahl dem Wächter und de Varney, sich aus der Zelle zu entfernen. Der Kommandant machte Anstalten zu protestieren, doch ein kalter Blick Katharinas brachte ihn zum Schweigen. *Zumindest haben meine Augen noch so viel Kraft,* dachte sie zufrieden.

Sobald die Männer die Zelle verlassen hatten, nahm Katharina das Mädchen am Kinn, zwang ihren Kopf hoch und versenkte den Blick in ihre Augen. Sie sammelte all ihre Kraft, doch es war wie der Versuch, auf den Grund eines schlammigen Baches zu blicken. Sie strengte sich an, bis ihre Augen tränten, dann gab sie den Versuch enttäuscht auf.

Mit möglichst freundlicher Stimme sagte sie: »Wie soll ich deine Feindin sein, mein Kind? Womöglich bin ich deine einzige Freundin. Es war töricht von dir, an einer Verschwörung gegen mich teilzunehmen. Aber ich könnte gnädig sein, wenn du mir sagst, was ich wissen möchte. Nur ich habe die Macht, dich zu retten …«

Sie hielt erstaunt inne. So schwach das Mädchen war, so schaffte sie es doch, sich aus ihrem Griff zu winden und den Kopf zu schütteln.

»Nein. Ihr habt … keine Macht. Nicht wie meine Herrin, die Silberne Rose.«

»Und wer ist sie?«

»Sie ist es, die Euch vernichten wird.« Lucie befeuchtete die Lippen, sie schaffte es kaum zu flüstern. Katharina musste sich weit zu ihr beugen, um sie zu verstehen.

»Die Revolution wird kommen. Die Silberne Rose wird eines Tages Euer Königreich an sich reißen.«

»Ach ja?«, erwiderte Katharina höhnisch. »Und wie will sie das anstellen? Will sie Frankreich erobern, indem sie meine Soldaten mit vergifteten Blumen bewirft?«

»Sie hat mehr. Sie hat – sie hat das *Buch.*«

»Das Buch? Welches Buch?«, fragte Katharina scharf.

Lucies Atem wurde immer angestrengter, ihre Augen wurden wieder glasig. Katharina schüttelte sie barsch.

»Welches Buch?«, fragte sie schneidend.

Lucies Lippen bewegten sich, ohne dass ein Laut herauskam. Doch bevor ihr Kopf nach unten sank, flüsterte sie noch: *»Das Buch … der Schatten.«*

* * *

Katharina sank in die Polster ihrer Kutsche und suchte eine bequeme Lage für ihre schmerzenden Gelenke, während sie zum Louvre zurückholperte. Trotz der drückenden Hitze dieses Tages hatte sie die Vorhänge zugezogen, denn die gleißende Sonne war ihr unerträglich und verschlimmerte die pochenden Schmerzen hinter ihren Augen. Wieder einmal diese schrecklichen Kopfschmerzen, ihr steter Begleiter, wenn sie Ärger hatte.

Und sie hatte weiß Gott genug Ärger. Während ihre Kutsche durch die Gassen rumpelte, war sich Katharina bewusst, dass sie nur eine dünne Wand und die Eskorte der Schweizer Garde von der unzufriedenen Bevölkerung trennten. Wie im ganzen Land herrschten auch in Paris Elend und Unruhe.

Es war ein unseliger Frühling gewesen, auf Überschwemmungen folgte eine Dürre, die die Ernte verdarb und das Vieh dezimierte. Nahrung war knapp, die Preise waren hoch, die Bäuche leer, die Gemüter hitzig. Der Bürgerkrieg zwischen den Hugenotten und den Katholiken plagte das Land nun schon seit zwei Jahrzehnten ohne Unterlass – ein konstanter Aderlass für die königliche Schatztruhe.

Natürlich gab man ihr die Schuld an allem, dachte Katharina verbittert und rieb sich den Nasenrücken. Was hatte auf den neuesten niederträchtigen Pamphleten gestanden, die in ganz Paris zirkulierten? *»Eine Schlange, gezeugt von verdorbenen Eltern im Beinhaus Italien … die berüchtigtste Teufelin, die je die königliche Macht innehatte.«*

Die Narren erkannten offenbar nicht, dass die einzige Stabilität, die Frankreich in den letzten Jahren erlebt hatte, ausschließlich ihren Bemühungen zu verdanken war. Ihr Sohn, seine königliche Majestät Heinrich III., von Gottes Gnaden König von Frankreich, trug wahrhaftig nichts dazu bei.

Wenn sich Heinrich nicht mit anderen angemalten Gecken in wilden Gelagen erging, gab er sich ganz seinem religiösen Eifer hin. Er hielt lange Klausur und geißelte sich inbrünstig. Während er die Zeit damit vergeudete, sich vor irgendeiner Marmorstatue auf den Bauch zu werfen, stand sein Königreich am Rande des Chaos. Seine Krone war bedroht von der wachsenden Macht des Adels, vor allem von einem ganz bestimmten Adligen – dem Herzog von Guise.

Der Herzog musste nur innerhalb der Stadtmauern auftauchen, schon eilten diese elenden Pariser seinem Pferd nach und kreischten: *»À Guise, à Guise.«* Als wäre er ein wiederauferstandener Messias, ihr großer katholischer Held, dachte Katharina hasserfüllt. Der stattliche, kühne, arrogante Herzog nutzte seine Frömmigkeit nur als Maske für seinen Ehrgeiz, der selbst vor dem Thron nicht haltmachte.

Und als ob das alles nicht schon genügte, musste sie sich nun auch noch über eine neue Bedrohung Sorgen machen, diese – diese Silberne Rose, wer zum Teufel sie auch war. Doch von der jungen Mademoiselle Paillard war nichts mehr zu erfahren.

Das Mädchen war tot, dank de Varney und seinen groben Wärtern. Der Kommandant hatte schwitzend Ausreden gestammelt – Lucie Paillard sei wohl doch nicht so stark gewesen, wie sie ausgesehen hatte, oder vielleicht habe sie ja ein schwaches Herz gehabt, oder … oder …

Katharina hatte de Varney mit einem einzigen kalten Blick zum Schweigen gebracht. In Wahrheit mangelte es dem Kommandanten der Bastille und seinen Handlangern schlicht und ergreifend an Geschick in der Kunst des Folterns. Und jetzt war die junge Paillard in die dunklen Arme des Todes geflüchtet und hatte all ihre Geheimnisse mitgenommen.

Kein Wunder, dass Katharinas Kopf gleich zu zerspringen drohte. Sie hatte nicht einmal die Kraft besessen, de Varney für seine Unfähigkeit angemessen zu rügen. Sie konnte nur möglichst rasch dem Kerker entfliehen in der Hoffnung, dass der Kommandant oder seine Handlanger nicht merkten, wie erschüttert sie war; nicht merkten, dass es Worte gab, die selbst der dunklen Königin Angst einflößten.

»Meine Silberne Rose wird Euch vernichten. Sie hat das Buch der Schatten.*«*

Wusste dieses elende Geschöpf, wovon es sprach, oder war es nur das Geplapper einer Person gewesen, die bis zum Rand des Wahnsinns gefoltert worden war? Um das *Buch der Schatten* rankten sich bei den Töchtern der Erde viele Legenden. Angeblich war es eine Sammlung lange verlorenen uralten Wissens und barg den Zauber der gefährlichsten und geheimnisvollsten Art: Anleitungen zur Herstellung von Waffen, mit denen viele Menschen auf einmal, ja ganze Städte vernichtet werden konnten; Zaubertränke und Mittel, um jung zu bleiben und das Leben zu erhalten, bis man nahezu unsterblich war.

Viele zweifelten an der Existenz eines solchen Werkes, doch

Katharina wusste es besser. Einmal hätte sie es fast in Händen gehalten, oder zumindest hatte sie das geglaubt. Sie schloss die Augen und dachte zurück an jene Sommernacht vor zehn Jahren. Damals hatte sie auf die Rückkehr ihres Spitzels aus dem *Gasthaus zur Eiche* gewartet, dem Pariser Quartier des Hexenjägers Le Balafre und seiner Männer.

Zwischen dem Comte de Renard und Simon Aristide sollte ein Austausch stattfinden, ein Handel, um Gabrielle Cheney das Leben zu retten. Katharina hatte damit gerechnet, dass das Ganze sich als Falle erweisen würde. Sie wusste, wie arrogant und skrupellos der junge Aristide war, widerwillig zollte sie ihm sogar Respekt. Doch war es nicht ihre Sache, sich mit Le Balafres Betrug auseinanderzusetzen, das oblag der Herrin von Faire Isle und ihrer Familie. Katharina war einzig und allein an dem Gegenstand des Handels interessiert, dem geheimnisvollen Buch, das offenbar dem Comte in die Hände gefallen war.

Während Katharina unruhig in ihren Gemächern herumlief, erreichte sie die alarmierende Nachricht, dass im Gasthaus zur Eiche *etwas schiefgegangen war. Es war zu einem Kampf gekommen oder zu einer Art Explosion. Keiner schien genau zu wissen, was wirklich passiert war, man konnte ihr nur berichten, dass das Gebäude plötzlich in Flammen gestanden hatte und sehr wahrscheinlich bis auf die Grundmauern niederbrennen würde. Bislang hatte es offenbar noch keine Toten gegeben, doch die Gefangenen des Hexenjägers waren geflohen, und Monsieur Le Balafre war ganz sicher noch am Leben.*

Katharina achtete kaum auf die Einzelheiten. Sie wollte nur eines wissen: Wo zum Teufel steckte Bartholomäus Verducci? Sie konnte nur hoffen, dass der alte Narr nicht in Stücke zerfetzt worden war bei dem wichtigsten Auftrag, den sie ihm je erteilt hatte: sich das Buch der Schatten *anzueignen.*

Sie hatte schon den tollkühnen Plan gefasst, sich persönlich umzusehen, als eine ihrer Zofen die willkommene Botschaft brachte, dass der Signore zurück sei. Als Verducci in ihr Vorzimmer stolperte, waren seine Hose und sein Wams rußgeschwärzt, seine Brau-

en und Bartspitzen versengt, und um seinen Kopf war ein blutbefleckter Verband geschlungen, der ihn daran hinderte, seine Kappe abzunehmen.

In jeder anderen Situation hätte Katharina ihn heftig dafür gemaßregelt, dass er es wagte, in einem solchen Zustand vor sie zu treten, doch nun vergeudete sie keine Zeit mit sinnlosem Geplänkel, sie fragte ihn nicht einmal, wo er sich so lange herumgetrieben hatte.

»Nun, Bursche, warst du erfolgreich? Hast du das Buch?«, fragte sie besorgt.

Verducci hielt einen Beutel hoch und versuchte, ihn ihr zu reichen, doch dann brach der dürre kleine Kerl direkt vor ihren Füßen zusammen. Katharina entriss ihm den Beutel und konnte nur mit knapper Not einen triumphierenden Schrei unterdrücken, als sie einen abgewetzten Lederband herauszog. Doch ihre Freude währte nur so lang, bis sie das Buch aufschlug. Was sie so fest umklammerte, war nicht das Buch der Schatten, *sondern eine hugenottische Bibel.*

Wie wütend und enttäuscht sie damals gewesen war, dachte sie und wappnete sich gegen das Schwanken der Kutsche. Krank vor Wut hatte sie fast ihre fürstliche Haltung vergessen, die ihr von Kindesbeinen an eingebläut worden war. Am liebsten hätte sie Verducci an Ort und Stelle erwürgt, nur eines hinderte sie daran: Der Bursche stand bereits an der Schwelle des Todes, und nur er konnte ihr einen Hinweis geben, was schiefgelaufen war.

Nachdem er endlich wieder zu Bewusstsein gekommen war, war er völlig erschüttert gewesen, als er von seinem Scheitern erfuhr. Wie ein wimmernder Säugling hatte er geweint.

»V-verzeiht mir, Euer Gnaden. Aber ich hatte das Buch, das schwöre ich. In dem Durcheinander nach der Explosion habe ich es geschafft, alles einzupacken: das Buch, die beiden Medaillons, den Ring, den Ihr Mademoiselle Cheney gegeben hattet. Alles …«

Der Ring war Katharina völlig gleichgültig, und was es mit den Medaillons auf sich hatte, von denen Verducci faselte, wusste sie nicht. Sie wollte nur eines wissen: Was war aus dem Buch der Schatten *geworden?*

Damals war sie viel stärker gewesen. Sie hatte Verducci gezwungen stillzuhalten, während sie ihn mit ihrem Blick durchbohrt hatte, um sein Gedächtnis zu erforschen. Aber es war, als würde sie durch den Schutt und die Asche eines Hauses stolpern, das Kanonen dem Erdboden gleichgemacht hatten. Der Geist des Alten war durch seine Kopfverletzungen dauerhaft verwirrt.

Das Einzige, was Katharina ihm entlocken konnte, war die verschwommene Erinnerung, wie er von dem lodernden Gasthaus weggestolpert war, den Beutel mit dem kostbaren Buch an die Brust gedrückt. Blut lief ihm über die Stirn, seine Augen tränten von dem beißenden Rauch, seine Kehle war heiser und trocken. Und dann war jemand aufgetaucht, eine Frau, dachte Katharina. Doch das Gesicht dieser Person und ihre Figur waren im Dunst von Verduccis beschädigtem Gedächtnis verborgen.

Er erinnerte sich nur an Hände, die seinen Kopf verbanden, und eine beruhigende Stimme, die ihn aufforderte, etwas aus einem Fläschchen zu trinken. Als Nächstes wusste er bloß noch, dass er es nur mit Mühe geschafft hatte, sich in den Sattel zu ziehen und die lange Reise nach Blois anzutreten.

Doch Katharina brauchte nicht groß nachzudenken, um die Lücken in Verduccis Erinnerung zu füllen. Der Alte hatte sich mit einem Trank betäuben und ausrauben lassen. Damals war Katharina überzeugt gewesen, dass eine der Cheney-Schwestern dahintersteckte, höchstwahrscheinlich Gabrielle.

Die junge Frau war schon immer schlauer gewesen, als gut für sie war, und es sah dieser unverschämten Gabrielle durchaus ähnlich, Katharina zum Hohn das *Buch der Schatten* durch eine Bibel zu ersetzen. Vielleicht war das Ganze eine List gewesen, die der Comte de Renard ersonnen hatte, um seine Schwägerin zu retten. Vielleicht aber war Katharina wie viele törichte Töchter der Erde vor ihr nur einer Legende nachgejagt.

In all den Jahren hatte sie von dem Buch nie mehr etwas gehört – bis zu diesem Morgen, als Lucie Paillard ihre letzten Worte geflüstert hatte.

Katharina rieb sich die pochenden Schläfen. War es möglich,

dass sie sich geirrt hatte und sich in jener lang vergangenen Nacht noch eine andere Person im Dunkel herumgedrückt und gelauert hatte? Dass eine Zauberin sie alle überlistet hatte und mit der Beute entkommen war?

Trotz der Hitze zitterte Katharina bei dem Gedanken, dass dieses machtvolle Buch möglicherweise in die Hände einer Zauberin gelangt war, die ebenso geschickt und skrupellos war wie sie selbst. Dann wäre Mademoiselles Gerede von einer bevorstehenden Revolution freilich weit mehr als nur das Gefasel eines fiebernden Mädchens gewesen. Diese Silberne Rose konnte sich sehr wohl als eine weitaus größere Gefahr für Katharinas Macht erweisen als all die Hungersnöte, Überschwemmungen, Kriege und ehrgeizigen Adligen zusammen. Doch wenn die unbekannte Zauberin das *Buch der Schatten* all die Jahre besessen hatte, warum hatte sie so lange damit gewartet, es zu benutzen?

Allerdings hieß es, das Buch sei in einer uralten Sprache verfasst und schwer zu entziffern. Vielleicht hatte die Hexe bislang nur gelernt, wie man vergiftete Rosen züchtete; oder vielleicht hatte die Frau das Buch ja auch gar nicht. Nur eines war sicher: All die sinnlosen Vermutungen führten einzig und allein dazu, den Schmerz in Katharinas Kopf zu verstärken.

Sie musste zum Kern dieser neuen Bedrohung vorstoßen, und zwar rasch. Die Silberne Rose musste enttarnt und vernichtet werden. Aber wie? Jeder mögliche Hinweis, um wen es sich handeln könnte, war zusammen mit dem elenden Mädchen gestorben. Katharina hätte verzweifeln können, wäre da nicht eine Sache gewesen: Sie hörte nicht zum ersten Mal von der Silbernen Rose.

* * *

Wie gern hätte sich Katharina ins Bett gelegt und ihren Zofen befohlen, ihr gewürzten Wein und ein paar kühle Tücher für den Kopf zu bringen. Aber sie hatte keine Zeit, sie konnte sich jetzt nicht gehen lassen. Stattdessen entließ sie ihre Bediensteten und humpelte zu dem herrlich geschnitzten italienischen Wandschrank in ihrem Arbeitszimmer. Der kleine Schlüssel dafür baumelte an ihrem Schlüsselbund.

Katharinas Finger waren so geschwollen und ihre Knöchel so steif, dass sie den Schlüssel kaum ins Schloss bekam. Leise fluchend biss sie die Zähne zusammen, bis das Schloss endlich aufging und die Tür sich öffnete. Im unteren Fach befand sich eine kleine Truhe, in der Katharina ihre private Korrespondenz aufbewahrte.

Ungeschickt durchwühlte sie den Inhalt, bis sie fand, wonach sie suchte: ein dünner Stapel Botschaften von Simon Aristide, die sie mit einer schwarzen Schleife zusammengebunden hatte.

Die Berichte waren nicht an sie gerichtet, sondern an ihren Sohn. Vor vielen Jahren hatte Heinrich Simon Aristide und seinen Söldnertrupp von Hexenjägern auf einen Kreuzzug geschickt. Heinrich verkündete den frommen Vorsatz, Frankreich von allen Hexen zu befreien. Natürlich hatte Katharina gewusst, um was es Heinrich in Wahrheit gegangen war: Er hatte Le Balafre benutzt, um sie einzuschüchtern und sie davon abzuhalten, sich in die Staatsangelegenheiten einzumischen – ein weiterer Schachzug in ihrem Spiel, ihrem privaten Gerangel um die Macht.

Ein Spiel, dessen der König schließlich überdrüssig geworden war, wie so vieler anderer Dinge. Der Trupp der Hexenjäger war aufgelöst worden, der berüchtigte Le Balafre hatte sehr zu Katharinas Erleichterung die Gunst des Königs verloren.

Simon Aristide war klug, skrupellos und unbestechlich, eine gefährliche Mischung bei einem Mann, vor allem einem Hexenjäger. Sie war froh gewesen, als Aristide in Vergessenheit geriet. Man hörte kaum etwas von diesem Mann, bis vor etwa einem Jahr seine Berichte den Hof erreichten. Berichte, die Heinrich nicht beachtete. Er hatte sich nicht einmal die Mühe gemacht, das Siegel zu erbrechen.

Katharina hingegen hatte sie gelesen und aufgehoben, allerdings eher als Kuriosität. Es war nie verkehrt zu wissen, was ein Feind gerade trieb. Doch nun nahm sie die schwarze Schleife ab und überflog die Berichte mit neuem Interesse.

Ihre Kopfschmerzen ließen sie alles nur verschwommen wahrnehmen. Sie presste die Fingerspitzen auf die Augenlider und hielt das Pergament auf Armlänge von sich – nur so konnte sie die Schrift einigermaßen klar erkennen. Zum Glück hatte der Hexenjäger eine große, kühne, deutliche Handschrift. Der erste Bericht wies nichts besonders Beunruhigendes auf, Aristide sprach darin nur von seiner wachsenden Besorgnis wegen eines neuen Hexenzirkels.

»Um in diesen Zirkel aufgenommen zu werden, muss man offenbar einen Ritus der grässlichsten Art vollziehen: Man muss ein neugeborenes Kind opfern, ein gesundes männliches Kind.«

Als Katharina diesen ersten Bericht las, tat sie das Ganze als Treiben von ein paar Verrückten ab, obwohl es ihr zugegebenermaßen einen Stich versetzte. Welch törichte, sinnlose Verschwendung, einen gesunden Jungen zu vernichten. Sie presste die Lippen zusammen und dachte daran, was solch ein Kind bedeuten konnte.

Wenn ihr Sohn je einen Erben zeugen würde, würde das Grollen gegen ihn leiser werden und die Zukunft seines Throns wäre gesichert. Doch wenn Heinrich mit einer Frau ins Bett stieg, handelte es sich nur sehr selten um seine Gemahlin, und der Akt dieser Vereinigung erschöpfte den König so sehr, dass er danach tagelang das Bett hüten musste.

»Was für ein Franzose ist das denn?«, wisperten viele seiner Untertanen verächtlich hinter vorgehaltener Hand. »Das ist überhaupt kein richtiger Franzose, wohl eher ein verkommener Italiener wie seine Mutter.«

Kein Wunder, dass immer mehr Katholiken ihre Hoffnung auf den mannhaften Herzog von Guise setzten, während die Hugenotten einen muntereren Heinrich unterstützten, den König von Navarra.

Katharina seufzte. Was hatte sie bloß getan, um mit solch schwachen Söhnen gestraft zu werden? Eigentlich sollte sie sich überhaupt keine Sorgen machen: Sie hatte vier männlichen Kindern das Leben geschenkt, die das Erwachsenenalter erreicht hatten; doch drei von ihnen waren mittlerweile gestorben.

Wenn Heinrich ebenfalls vor ihr starb, ohne einen Erben zu hinterlassen, was wurde dann aus ihr? Eine weitere quälende Sorge, die Katharina in den Hintergrund ihres Denkens drängte, während sie die nächsten Berichte durchlas. Aristides Botschaften an den König klangen mit jedem Schreiben dringlicher.

»… und ich flehe Euer Gnaden an: Unternehmt etwas in dieser Sache und helft mir bei meinen Nachforschungen! Dieser Zirkel wächst ständig und damit auch seine Macht. Die Hexen verbreiten sich im ganzen Land und hinterlassen Tod und Verwüstung, wo immer sie sich herumtreiben. Ich weiß nicht, was ihr oberstes Ziel ist, aber ich habe endlich einen Namen ihrer Anführerin herausbekommen. Sie nennt sich Silberne Rose und verkündet ihre Anwesenheit immer kühner.«

Katharina kniff die Augen zusammen, um den Rest der Seite zu entziffern, aber es ging wohl nur um eine weitere Bitte an den König, seine Aufmerksamkeit auf dieses Problem zu richten. Das war Aristides letzter Bericht, er hatte ihn vor einem guten halben Jahr verfasst.

Hatte der Hexenjäger es aufgegeben, den Beistand des Königs zu erbitten, oder hatte er auch mit seiner Verfolgung aufgehört? Nein, das war unwahrscheinlich, dachte Katharina. Während sie die Schreiben sorgfältig bündelte, ließen die Schmerzen in ihrer Hand sie zusammenzucken.

Aristide war durch und durch ein Jäger, er war gerissen und unerbittlich. Katharina hatte diese Eigenschaften schon an dem jungen Aristide erkannt, als er noch bei dem Hexenjäger Vachel Le Vis in die Lehre gegangen war. Im Gegensatz zu seinem Meister ließ sich Simon auch nicht so leicht hinters Licht führen. Katharina hatte Le Vis in ihrem Kampf gegen die weisen Frauen von Faire Isle benutzt. Le Vis hatte die Königin nie der Zauberei verdächtigt, bis es zu spät war, doch der junge Simon hatte das sehr wohl getan. Er hatte es nicht nur vermutet, sondern genau gewusst. Und der schlaue, scharfsichtige Knabe war zu einem wahrhaft beeindruckenden Mann herangewachsen. Er hatte geschafft, was Katharina kaum jemandem zugetraut hätte: die weisen Frauen von Faire Isle zu vertreiben und die Herrin selbst ins Exil zu drängen.

Ja, dieser Mann war gefährlich, und Katharina hätte lieber einen gesunden Abstand zu ihm gewahrt. Doch die Ankunft der Silbernen Rose ließ der Königin keine Wahl. Sie trat an die Schwelle ihres Arbeitszimmers und befahl einem Pagen, Ambroise Gautier zu holen, den vertrauenswürdigsten und zuverlässigsten Mann ihres privaten Wachpersonals.

»Findet Simon Aristide und bringt diesen verfluchten Hexenjäger zu mir!«, befahl sie. Und um keinen Irrtum aufkommen zu lassen, fügte sie leise hinzu: »Und zwar lebendig!«

7

Simon ging in die Hocke und entfernte das Unkraut um den Stein, mit dem er das Grab markiert hatte. Er hielt inne, um sich den Schweiß wegzuwischen, der unter seine Augenklappe zu rinnen drohte. Die Sonne stand noch am Horizont, als zögere sie, ihre Macht über das ausgedörrte Land aufzugeben. Die Luft war schwer, selbst hier auf den Hügeln über dem Loiretal regte sich kein Lüftchen. Die Landschaft, die sich unter ihm erstreckte, hätte üppig grün sein sollen, doch sie zeigte die Narben der Dürre: Die Wiesengräser waren strohtrocken, das Laub in den Weinbergen welk.

Doch es war nicht so sehr die Hitze des Tages, die Simon zu schaffen machte, sondern vor allem die Helligkeit. Die Sonne hatte gnadenlos heruntergebrannt. Aber vielleicht kam es ihm auch nur so vor, weil er es nicht mehr gewöhnt war. Er befürchtete, schon fast so sehr zu einem Geschöpf der Dunkelheit geworden zu sein wie die Frauen, die er verfolgte.

Er hatte viele Meilen zurückgelegt in den zwei Wochen, seit er nach Faire Isle geritten war, um mit Miri Cheney zu sprechen. Welch nutzloses Unterfangen das gewesen war. Doch er konnte es Miri nicht verübeln, dass sie ihm ihre Hilfe verweigert hatte. Bei allem, was hinter ihnen lag, hätte er kaum eine andere Antwort erwarten können. Dennoch wunderte ihn das Ausmaß seiner Enttäuschung.

Doch er hatte sein Versprechen gehalten und war davongeritten, ohne sie weiter zu behelligen. Zweifellos war sie froh darüber, zumal er sie so grob an sich gezogen und geküsst hatte. Welcher Teufel hatte ihn da nur geritten? Darüber grübelte er tagelang nach, ohne eine befriedigende Antwort zu finden.

Vielleicht kam es daher, dass er so lange keine Frau mehr gehabt hatte, vielleicht auch daher, dass er so schrecklich müde, einsam und enttäuscht gewesen war. Oder vielleicht, weil der vor ihm liegende Pfad so düster und vom Sturm gepeitscht war und sie der Inbegriff von Wärme, Freundlichkeit und Helligkeit gewesen war. Doch welcher Wahn auch immer ihn gepackt hatte, jetzt war es vorbei. Er würde Miri nicht mehr wiedersehen. Dieser Gedanke betrübte ihn, auch wenn er sich dabei töricht vorkam; schließlich hatten sie jahrelang nichts mehr miteinander zu tun gehabt. Doch immer hatte die Möglichkeit bestanden, dass …

Nein, er war ein verdammter Narr. Nie hatte zwischen ihm und Miri – einem Hexenjäger und einer Frau, die unter Hexen aufgewachsen war – irgendeine Möglichkeit bestanden. Er musste sie vergessen, und er musste sich seine nächsten Schritte überlegen.

Doch während er verbissen weiter das Unkraut von dem Grab entfernte, schien ihm, als sei sein Verstand so dumpf und schwer wie nie. Er konnte keinen einzigen zusammenhängenden Gedanken fassen, geschweige denn einen Plan, was als Nächstes zu tun war.

Seit seiner Reise nach Faire Isle hatte er die Spur der Silbernen Rose und ihrer üblen Handlangerinnen verloren. Natürlich hätte er einfach nur warten müssen, zweifellos würden die Hexen ihn finden. Er wunderte sich, dass sie es nicht längst getan hatten. Aber vielleicht wusste die Silberne Rose noch nicht, dass ihr letzter Mordversuch gescheitert war. Sobald sie es erfahren hatte, war es bestimmt nur eine Frage der Zeit, bis sie eine andere losschickte, um ihn zu töten. Doch er fand weder die Kraft, auf sich aufzupassen noch dieser Teufelin weiter nachzujagen.

All seine Gesuche an den König waren unbeantwortet geblieben, und Miri hatte ihm nur zur Hälfte geglaubt. Simon fragte sich, warum er sich weiterhin damit plagte, allein gegen dieses Übel zu kämpfen, ohne dass ein anderer es bemerkte oder sich darum kümmerte.

Die Antwort auf diese Frage ruhte unter seinen Fingerspitzen. Simon wischte die Erde weg, die sich auf dem Grabstein gesammelt hatte, und fuhr mit dem Finger das Wort nach, das er, wenn auch nicht sehr kunstfertig, in den Stein gehauen hatte.

Luc.

Er presste die Lippen zusammen bei dem Gedanken an das Neugeborene, das der Silbernen Rose seines Wissens nach als Erstes zum Opfer gefallen war. Er hatte den Kleinen in einer eiskalten Winternacht vor mehr als einem Jahr unweit dieser Stelle gefunden; zu einer Zeit, als der Rest der Welt ein Fest gefeiert hatte zu Ehren eines anderen Knaben, der in einem Stall zur Welt gekommen war.

Luc hatte nicht einmal so viel Behaglichkeit erfahren und wohl auch nicht die Wärme einer mütterlichen Hand. Seine Mutter hatte ihn auf dieser kargen Hügelkuppe ausgesetzt, wo er erfroren war. Simon hatte gehört, dass der Tod durch Erfrieren gar nicht so schlimm sei, weil man, wenn die Gliedmaßen taub wurden, eine trügerische Wärme verspürte. Er fragte sich, ob Luc es auch so empfunden hatte.

Simons Kehle schnürte sich zusammen, worüber er sich schämte und gleichzeitig ärgerte. Er hatte so viel Tod und Grausamkeit gesehen, er hatte erlebt, dass andere, unschuldig und hilflos wie dieser Säugling, brutal ermordet worden waren. Er hatte geglaubt, er sei abgehärtet und unempfänglich für Gefühle wie Mitleid.

Er wusste nicht, warum ihn Lucs Tod oder der anderer ausgesetzter Neugeborener, die er gefunden hatte, so sehr bewegte. Doch er hatte um jedes dieser armen Geschöpfe getrauert, als wären es seine eigenen Söhne – Kinder, die er hätte haben können.

Kinder, die er hätte haben sollen, wenn sein Leben so verlaufen wäre wie das seines Großvaters und seines Urgroßvaters: ein gutes, schlichtes Leben in einem kleinen Dorf, ein ordentliches Häuschen, ehrliche Arbeit auf den Feldern, eine liebevolle Gemahlin, starke Söhne und Töchter, ein Trost im Alter.

Simon wunderte sich über seine Gefühlsduselei. Es war wohl ein Zeichen des fortschreitenden Alters, diese Neigung, zurückzublicken und nicht nach vorn. Aber was sah er schon, wenn er nach vorn blickte – ein dunkles, kaltes Grab, das wahrscheinlich nicht einmal so gut markiert sein würde wie das von Luc.

Nachdenklich musterte Simon die Gravur auf dem Grabstein und erinnerte sich daran, was sein alter Meister Le Vis ihm über das Schicksal ungetaufter Kinder wie Luc erzählt hatte: Sie seien zu einer Existenz im Zwischenreich verurteilt, ihnen seien die Freuden des Himmels dauerhaft verwehrt.

Doch Simon wusste nicht, was er davon glauben, ja was er überhaupt noch glauben sollte. Es war lange her, seit er zum letzten Mal den Fuß in eine Kirche gesetzt hatte, und noch länger, seit er zum letzten Mal richtig gebetet hatte. Er war schrecklich verlegen, und seine Finger fühlten sich an wie aus Holz, als er das Kreuzzeichen machte. Und als er die Hände faltete, wusste er nicht, für welche verlorene Seele er eigentlich betete, für die des Kindes oder für seine eigene. Die richtigen Worte wollten ihm nicht mehr einfallen, seine Gedanken waren so schwer und erdgebunden wie der Grabstein des kleinen Luc.

Hinter ihm flüsterten die trockenen Grashalme. Als er sich niederkniete und den Kopf senkte, fühlte er plötzlich, dass sich eine Hand auf seine Schulter legte.

»Simon …« Die Stimme war so leise wie die Berührung, trotzdem begann sein Herz zu hämmern.

Er sprang hoch, wirbelte herum und packte die Person, die sich von hinten angeschlichen hatte, an den Handgelenken. Er hatte schon sein Messer aus der Scheide gezogen und wollte es erheben, als seine Gefangene schrie: »Nein, Simon! Tu's nicht!«

Simon erstarrte, jede Bewegung und auch sein Atem stockte. Ungläubig starrte er auf die Person vor sich.

»Ich bin's, Miri!«, stammelte sie und versuchte, sich von der Klinge, die über ihr schwebte, zu entfernen.

Er atmete langsam aus und senkte dabei die Waffe, während er ihre Worte registrierte. Er kniff die Augen gegen den letzten hellen Strahl der untergehenden Sonne zusammen. Sobald er ihre Gestalt ausgemacht hatte, hätte sie nichts mehr sagen müssen.

Er hätte Miri immer und überall erkannt, auch wenn sie wie jetzt wie ein einfacher Bauer gekleidet war, in weite Hosen und eine Tunika.

Ihr langes weißblondes Haar war in einem streng geflochtenen Zopf um ihren Kopf gewunden. Sie hatte es unter einem breitkrempigen Filzhut versteckt, der wohl heruntergefallen war, als er sie gepackt hatte. Aber vielleicht hatte sie den Hut auch nur in der Hand gehalten, als sie sich so lautlos angeschlichen hatte.

Man hätte sie wahrhaftig für eine Sagengestalt halten können, die Herrin der Wälder, die plötzlich Gestalt annehmen konnte, sonst aber ein Geist war, eine Ausgeburt seiner Fantasie. Dagegen sprach nur, dass ihr Pulsschlag unter seinen Fingern sich warm und menschlich anfühlte und ihre weiche Haut unverkennbar die einer Frau war, einer zarten Frau aus Fleisch und Blut. Einer Frau, von der er gedacht hatte, dass er sie nie wiedersehen würde.

Er merkte gar nicht, wie fest er zugepackt hatte, bis sie murmelte: »Bitte, Simon, du tust mir weh.«

Abrupt ließ er sie los und steckte sein Messer weg. Endlich fand er seine Stimme wieder. »Miri, was zum Teufel hast du hier zu suchen?«, fragte er gepresst.

Sie rieb sich die roten Handgelenke, wobei sie bemerkenswert ruhig und würdevoll aussah für eine Frau, die soeben mit einem gut dreißig Zentimeter langen Jagdmesser bedroht worden war. Statt einer Antwort trat sie an Simon vorbei und musterte den Grabstein.

»Wer ist Luc?«

»So heißt einer der Apostel.«

Miri neigte den Kopf und bedachte ihn mit einem ihrer

klaren, durchdringenden Blicke. »Ich glaube nicht, dass in diesem Grab ein Apostel ruht, Simon.«

Zu seinem Verdruss errötete Simon. Es war ihm peinlich, dass Miri ihn ausgerechnet hier gefunden hatte in einem Moment, in dem er sich so verletzlich gefühlt hatte.

»Das – das ist nur das Grab eines dieser ausgesetzten Neugeborenen, von denen ich dir erzählt habe«, brummte er.

»Warum ist er hier oben begraben worden? So weit weg vom Dorf?«

Simons Kiefer verhärteten sich. »Weil ihn der elende Priester nicht in heiliger Erde bestatten wollte. Ein ungetaufter Bastard, der Sohn eines Mädchens, das sich angeblich mit dem Teufel eingelassen hatte. Mir blieb nichts anderes übrig, als seinen Leichnam hierher zu bringen und …«

»*Du* hast ihn eigenhändig begraben?«, unterbrach ihn Miri verwundert.

Simons Wangen brannten noch heftiger. »Kein anderer hat es tun wollen. Selbst seine Großeltern hatten Angst, ihn zu berühren. Was zum Teufel hätte ich machen sollen? Seinen Leichnam herumliegen lassen, damit ihn Tiere wegschleppen und auffressen?«

»Nein, natürlich nicht.« Miri legte ihm die Hand auf den Arm. »Du hast richtig gehandelt, Simon. Die Erde ist seine Mutter. Egal, wie kalt und grausam die Welt ist, die Erde hat Luc freudig in ihre sanften Arme genommen.«

Simon hatten Miris manchmal recht heidnische Vorstellungen immer beunruhigt. Offenbar dachte sie, dass dies auch jetzt der Fall war, denn sie meinte: »Es tut mir leid. Habe ich deine katholischen Gefühle verletzt?«

»Nein.« Eigentlich empfand er das Bild, das Miri gemalt hatte, seltsam tröstlich – die Vorstellung, Luc in die Arme einer Mutter gelegt statt ihn in kaltem, gefühllosem Boden verscharrt zu haben. Auf alle Fälle war die Erde dem Kleinen eine bessere Mutter als seine echte.

Simon überraschte sich selbst, als er gestand: »Ich bin kein sehr überzeugter Katholik mehr. Ich bin schon seit Jahren nicht mehr in die Messe gegangen.«

»Trotzdem hast du beschlossen, das Kind nach einem Apostel zu nennen.«

»Ich dachte, vielleicht hilft es, wenn er den Namen eines Heiligen trägt. Vielleicht wäre es ein wenig leichter für ihn, sollten die Gesetze des Himmels wirklich so hart sein.« Simon scharrte mit den Füßen, er kam sich immer törichter vor, Miri all das zu erklären. »Wie du beim Namen meines Pferdes vielleicht schon bemerkt hast, bin ich kein besonders guter Namensgeber.«

»Ach, ich finde, du hast das sehr gut gemacht.« Sie lächelte ihn an. Dennoch war ihm unter ihrem Blick höchst unwohl. Sie betrachtete ihn, als suche sie etwas in ihm, was seiner festen Überzeugung nach einfach nicht da war.

Es fiel ihm leichter, auf ihre Hand zu sehen, die noch immer auf seinem Arm ruhte. Zu seiner Bestürzung musste er erkennen, dass die roten Spuren seiner Finger noch nicht verblasst waren. Er nahm die Hand vorsichtig und rieb das Gelenk sanft, wobei ihn der merkwürdige Drang überkam, die Hand an seine Lippen zu führen und die Flecken wegzuküssen. Und noch verrückter war der Drang, Miri in die Arme zu schließen, ganz fest zu halten und ihren Mund zu kosten, nur um ganz sicher zu sein, dass sie leibhaftig vor ihm stand und kein Traum war, geboren aus Hitze und Erschöpfung.

Zögernd ließ er ihre Hand los und trat einen wachsamen Schritt zurück.

»Du hast mir noch immer nicht meine Frage beantwortet«, meinte er. »Was machst du hier?«

»Ich suche dich.« Miri bückte sich und hob ihren Hut auf. »Du bist nach Faire Isle gekommen, um mich um Hilfe zu bitten, nicht wahr? Und jetzt brauche ich deine.« Sie schlug die Augen nieder und spielte mit der Krempe ihres Hutes. Mit einem leisen Zittern in der Stimme fügte sie hinzu: »Ich habe nämlich auch einen Luc gefunden.«

Simon sog scharf den Atem ein. Er erinnerte sich noch lebhaft an sein Entsetzen, wenn er solche Kinderopfer gefunden, den Rand der Decke zurückgestreift und in die kleinen, schrumpeligen Gesichter geblickt hatte. Es versetzte ihm einen Stich, dass solch ein Grauen nun auch Miri mit ihrem sanften Gemüt widerfahren war. Sie konnte den Schmerz eines anderen Wesens mit einem einzigen Blick in sich aufnehmen und die Wunde von da an am eigenen Leib tragen.

In diesem Moment vergaß er, dass es ratsamer war, sich fernzuhalten. Er trat zu ihr und legte die Hände um ihre Oberarme. »Miri …«

»Es ist schon gut«, sagte sie, sah ihn an und bemühte sich um ein Lächeln. »Ich meine, das Kind ist wohlauf. Zumindest hoffe ich das. Der Kleine, den ich gefunden habe, hatte mehr Glück als Luc, er lebte nämlich noch. Ich habe ihn nach Port Corsair gebracht und ihn dort einer freundlichen Frau anvertraut, die ihm die Brust geben kann.

Doch anders als du dachte ich gar nicht daran, dem kleinen Jungen einen Namen zu geben, ich war einfach zu – zu bestürzt.« Sie presste kurz die Lippen zusammen, dann fuhr sie fort: »Es tut mir leid, dass ich dir in jener Nacht nicht alles geglaubt habe. Ich bin zwar nicht so einfältig, dass ich nicht weiß, dass es solche Übel gibt und dass jemand so grausam sein kann, ein kleines, hilfloses Kind zu opfern. Aber ich habe nie damit gerechnet, ein solches Übel auf meiner Insel anzutreffen. Auf Faire Isle.«

Simon drückte nur sanft ihre Arme, auch wenn er sie am liebsten an sich gezogen und getröstet hätte. Wie oft hatte er sich über Miri geärgert, wie oft war er zornig gewesen, weil sie sich hartnäckig geweigert hatte zu glauben, dass es das Böse gab, gerade auch bei den Menschen, die sie als weise Frauen bezeichnete. Doch als er nun in ihr blasses Gesicht blickte und den verletzten Ausdruck in ihren Augen sah, wünschte er, er hätte ihr diese Verletzung ersparen und sie dazu bringen können, alles zu vergessen. Doch der Hexenjäger in ihm wollte es anders – für ihn musste sie sich erinnern und alle Details schildern, die ihr noch einfielen.

»Sag mir, was passiert ist«, befahl er. »Sag mir alles!«

* * *

Miri trottete neben Simon den Hügel hinab, der Weg schlängelte sich durch einen kleinen Weinberg. Zu dieser Jahreszeit hatten die Bauern normalerweise viel zu tun, sie mussten die Reben beschneiden und festbinden.

Doch vielleicht hatte der Besitzer dieses Weinbergs die Ernte schon aufgegeben, denn der Hügel war menschenleer, und das kleine Bauernhaus wirkte in der Hitze ebenso verlassen und still. Eine Dogge, die im Hof döste, hob den Kopf, als Simon und Miri vorbeikamen, brachte jedoch nur die Kraft auf, halbherzig zu bellen.

Während Miri noch einmal den schrecklichen Moment durchlebte, als sie das verlassene Kind gefunden und für tot gehalten hatte, war ihre Stimme so leise, dass sich Simon zu ihr hinabbeugen musste, um sie zu verstehen. Sie zögerte nur, als sie verriet, wessen Kind es war: das Kind des stolzen, trotzigen Mädchens, das Faire Isle verlassen hatte, entweder weil es von der Silbernen Rose überredet oder aber gezwungen worden war, sich deren Zirkel anzuschließen.

Vielleicht hätte sich Miri noch einmal überlegen sollen, ob es klug war, so offen zu reden und einem Hexenjäger Carole Moreaus Namen zu verraten. Sie hatte Marie Claire und sich selbst versprochen, Simon gegenüber Vorsicht walten zu lassen. Sich mit ihm zu verbünden, um die Silberne Rose zur Strecke zu bringen, das schon, sich dabei aber so fern wie möglich von ihm zu halten – das hatte sie sich fest vorgenommen.

Leider war ihr Entschluss schon in dem Moment brüchig geworden, als sie ihn vor dem Grab eines Kindes knien sah, um das nur er sich genügend gesorgt hatte, um ihm einen Namen zu geben und es zu bestatten. Er hatte schrecklich verletzlich ausgesehen in seiner stummen Trauer und seinem Bemühen, sich an ein Gebet zu erinnern.

Obwohl er heruntergespielt hatte, was er für dieses unbekannte Kind getan hatte, hegte sie den Verdacht, dass er dasselbe zärtliche Ritual auch bei all den anderen verlassenen Neugeborenen vollzogen hatte, die er gefunden hatte. Doch das würde er wohl strikt von sich weisen. Es sollte weiß Gott niemand herausfinden, dass der gefürchtete Le Balafre ein Herz besaß.

»... und sobald ich dafür gesorgt hatte, dass sich jemand um mein Häuschen und meine Tiere kümmert, habe ich mich auf die Suche nach dir begeben«, schloss Miri.

Simon hatte ihr ernst zugehört, die Hände hinter dem Rücken verschränkt. Er hatte sie kein einziges Mal unterbrochen und auch keine Fragen gestellt, sodass sie ihre Geschichte ganz nach ihrer Vorstellung erzählen konnte. Doch als sie fertig war, knirschte er grimmig mit den Zähnen.

»Verflucht«, fauchte er. »Ich hätte nie nach Faire Isle kommen dürfen. Die grausamen Hexen der Silbernen Rose haben mich bestimmt verfolgt. Ich habe sie geradewegs bis an deine Schwelle geführt.« Er streifte unwirsch ein paar verwelkte Weinblätter ab, dann setzte er den Abstieg fort.

»Wenn du nur kurz nachdenken würdest, Simon, dann wüsstest du, dass das nicht stimmt. Bereits vor deiner Ankunft prahlte Carole mit ihren mächtigen neuen Freunden. Die Frauen haben sich bestimmt schon eine ganze Weile auf Faire Isle herumgetrieben und Carole dazu gebracht, sich ihnen anzuschließen.« Sie hatte das Gefühl, dass die armen Reben schon genügend Schaden genommen hatten, und nahm Simon am Arm. »Nur dank deiner Warnung habe ich die vergiftete Rose nicht berührt. Du hast mich gerettet.«

»Nun, zumindest darüber bin ich froh. Aber du kannst dir sicher sein, dass ich alles tun werde, um diese bösen Frauen zu fassen und ihrer gerechten Strafe zuzuführen, auch die kleine Moreau.«

Bestürzt ließ Miri seine Hand los. »Nein, das ist das Letzte, was ich will. Carole ist nicht so wie die anderen. Sie ist nur verängstigt und verwirrt.«

»Grundgütiger, Miri ...«, fing Simon an, doch Miri fiel ihm ins Wort. »Sie wollte ihrem Kind bestimmt nicht wehtun«, beharrte sie. »Dessen bin ich mir ganz sicher.«

»Dann hat sie aber eine sehr verquere Vorstellung von Mutterschaft.«

»Verstehst du denn nicht? Auf Faire Isle gibt es viele abgelegene und schlecht zugängliche Orte, die Carole bestimmt gekannt hat. Doch sie hat das Kind zärtlich in ihren besten Schal gewickelt und es ganz in der Nähe meines Häuschens am Flussufer abgelegt. Sie ist bestimmt davon ausgegangen, dass ich an dieser Stelle mein Wasser hole. Sie hat den kleinen Jungen an eine Stelle gelegt, wo sie sicher war, dass ich ihn finden würde.«

»Und dass du diese verdammte Rose finden würdest. Vielleicht hat sie ja gar nicht gehofft, dass du das Kind findest, sondern versucht, dich zu töten. Hast du je daran gedacht?«, fragte er aufgebracht.

Miri atmete scharf ein. Einen Moment lang war sie bestürzt. Ein solch schrecklicher Gedanke war ihr noch gar nicht in den Sinn gekommen. Doch dann wies sie ihn rasch von sich. »In Carole steckt keine derartige Bosheit. Ihre Gefährtinnen tragen die Schuld an allem, was passiert ist. Wenn sie die Rose wirklich hinterlassen hat, haben sie sie bestimmt dazu gezwungen oder – oder überlistet. Davon bin ich fest überzeugt.«

Doch Simon ließ sich nicht so leicht überzeugen. Seine Gesichtszüge verhärteten sich. Er setzte seinen Hexenjägerblick auf, wie Miri es insgeheim immer genannt hatte – ein Blick, der ihr Angst einjagte.

»Simon, bitte, du musst mir glauben und wenigstens diesmal meinen Instinkten vertrauen und nicht den deinen.«

Seine Lippen wurden zu einem schmalen Strich, doch als sein Blick auf Miri fiel, wurden seine Züge wieder weicher. »Na gut, wenn ich diese Bestien aufstöbere, werde ich dafür sorgen, dass das Mädchen einen fairen Prozess bekommt. Ich hoffe, dass du dich damit zufriedengibst und jetzt wieder heimkehrst. Du hast dich schon zu vielen Gefahren ausgesetzt, als du mir nachgeeilt bist. Ganz zu schweigen von dem Schock, den du mir versetzt hast, als du so unvermittelt hinter mir aufgetaucht bist. Wie zum Teufel hast du es überhaupt geschafft, hierherzukommen?«

»Ich bin auf meinem Besen geflogen.«

Als Simon sie gereizt musterte, meinte sie trocken: »Ich bin gereist, wie es jeder andere auch tun würde: zu Pferde.« Miri deutete auf ihr Reittier, das in der Nähe der Stelle graste, an der Simon Elle angebunden hatte, unter ein paar Pappeln am Fuß des Hügels, die ein wenig Schatten boten. Im Gegensatz zur schlanken Elle mit ihrem schimmernden schwarzen Fell wirkte Miris Wallach schwer und träge. Samson war grau mit einer Blesse auf der Stirn, und er war weder besonders hübsch noch besonders schnell. Aber er hatte eine starke Brust und ein strammes Hinterteil. Er war kräftig und ausdauernd.

Simon schützte sich mit der Hand gegen die Sonne und spähte mit zusammengekniffenen Augen in Samsons Richtung. »Ich erinnere mich nicht, dass dieses Tier in deinem Stall stand.«

»Das hat er auch nicht. Ich habe ihn geborgt.«

Simon musterte sie unbehaglich. »Geborgt oder befreit?«

Miri lächelte leise. Es überraschte sie, dass Simon sich noch daran erinnerte, wie sie als junges Mädchen entschlossen versucht hatte, jedes Tier zu befreien, das von seinem Besitzer grausam behandelt oder vernachlässigt wurde.

»Ich habe Samson nicht gestohlen, falls du das befürchtest. Ich habe inzwischen gelernt, dass sich die übliche Ansicht über Tiere als Besitz stark von meiner unterscheidet. Doch zum Glück musste Samson nicht gerettet werden, er ist mir geliehen worden von – von einer guten Frau, der Gattin eines Kaufmanns in Saint-Malo. Sie hat mir auch drei Bedienstete mitgegeben, die mich begleitet haben, bis ich dich fand.«

»Begleitet? Ich sehe hier sonst niemanden.«

»Sie sind zurückgekehrt, sobald ich dich eingeholt hatte. Meine neuen Bekannten fühlen sich in der Nähe von Hexenjägern etwas unwohl.«

»Trotzdem haben sie dich einem ausgeliefert.«

»Nur, weil ich ihnen gesagt habe, dass sie gehen sollen.« Miri hob stolz den Kopf. »Ich bin Evangeline Cheneys Tochter, und im Gegensatz zu den meisten anderen Frauen hat man mir beigebracht, selbst Entscheidungen zu treffen. Die Entscheidung, dich zu suchen, habe ich allein getroffen.«

»Keine gute Entscheidung«, knurrte Simon. »Was willst du eigentlich erreichen, abgesehen davon, dieser törichten kleinen Moreau zu helfen?«

Ich will Carole retten und … und es irgendwie schaffen, auch dich zu retten, dachte Miri und senkte den Blick, überrascht von diesem Gedanken. Doch wenn sie ehrlich war, musste sie zugeben, dass er ihr ständig im Hinterkopf herumgespukt war. Allerdings musste sie das Simon ja nicht verraten.

»Ich dachte, der Zweck meines Hierseins wäre klar«, erwiderte sie. »Ich bin hier, weil ich dir helfen will, die Silberne Rose zu enttarnen und ihrem Treiben Einhalt zu gebieten.«

Einen Moment lang wirkte Simon wie vom Donner gerührt, dann verschränkte er die Arme vor seiner breiten Brust.

»Nein.«

Miri blinzelte verdutzt über Simons abweisenden Blick. Bis zu diesem Moment hatte sie geglaubt, dass er froh war, sie zu sehen, ja, sogar sehr froh. Doch jetzt funkelte er sie so finster an, dass sie den Eindruck hatte, am liebsten wäre ihm gewesen, sie befände sich am anderen Ende der Welt.

»Du – du lehnst mein Angebot ab?«, stammelte sie fassungslos.

»Darauf kannst du Gift nehmen. Wie kommst du nur darauf, dass ich es annehmen würde?«

»Weil du deshalb nach Faire Isle gekommen bist, oder etwa nicht? Auf der Suche nach Hilfe.«

»Aber nicht nach deiner«, entgegnete er schroff.

Als sie zusammenzuckte, fuhr er etwas sanfter fort: »Miri, es ist doch nicht so, dass ich mich über dein Angebot nicht freue, aber ich wollte nie …«

»Ich weiß schon, was du wolltest«, unterbrach ihn Miri betrübt. »Du wolltest die Herrin von Faire Isle. Doch leider wirst du mit mir vorlieb nehmen müssen. Ich biete dir immerhin zwei Augen an, die deinen Rücken bewachen.«

»Oder mich ablenken, und dann ende ich mit einer Hexenklinge im Herz.«

»Ich bin froh, dass du dir darüber Sorgen machst. Ich hatte schon Angst, dass du gar nicht mehr am Leben hängst.«

»Das tue ich auch nicht«, fauchte er. »Aber denk doch mal nach, Weib: Wenn ich umkomme, was, glaubst du wohl, wird dann aus dir? Inzwischen sollte dir klar sein, wie tödlich diese Zauberin und ihre Gesellinnen sind. Du darfst dich nicht an dieser gefährlichen Verfolgung beteiligen.«

»Aber das habe ich doch bereits getan, ob ich es nun wollte oder nicht«, meinte sie. »Ich habe wahrscheinlich weder die Macht noch den Einfluss, den Ariane früher über die weisen Frauen hatte, aber ich kann dir helfen, Simon. Auch ich verfüge über bestimmte … Kontakte und Fähigkeiten. Schließlich habe ich es geschafft, dich aufzustöbern.«

»Ich möchte deine Leistung nicht herabsetzen, meine Liebe, aber ich habe mir nicht die geringste Mühe gegeben, meine Spuren zu verwischen.«

»Das war höchst sorglos von dir. Die Gefährtinnen der Silbernen Rose hätten dich …« Plötzlich dämmerte Miri der Grund für seine Sorglosigkeit, und sie schauderte. »Du wolltest, dass sie dich finden!«

Simon zuckte mit den Schultern. »Nach meiner Rückkehr aufs Festland habe ich die Silberne Rose völlig aus den Augen verloren. Ein weiterer Anschlag auf mich ist meine einzige Hoffnung, die Spur wieder aufzunehmen.«

»Nein. Habe ich dir schon gesagt, dass das Paar, das Carole

mitgenommen hat, in derselben Richtung unterwegs ist wie du? Ich bin ihnen genauso gefolgt wie dir.«

Simon erbleichte unter seinem Bart. »Bist du vollkommen übergeschnappt, Miribelle Cheney? Ist dir klar, was dir hätte widerfahren können, wenn du diese Hexen eingeholt hättest?«

»Ich war sehr vorsichtig, weitaus vorsichtiger als du.« Miri lief ein paar Schritte vor ihm. Sie runzelte die Stirn. »Möglicherweise zu vorsichtig. In der Nähe von Tours habe ich sie aus den Augen verloren. Vielleicht reisen sie auf dem Fluss weiter. Aber das werden wir sicher rasch herausfinden, wenn …« Sie keuchte auf, als Simon sie an den Schultern packte und unwirsch herumdrehte, sodass sie ihn ansehen musste.

»Nein! Das sollten wir jetzt ein für alle Mal klären: Es gibt kein wir. Du kehrst zurück nach Faire Isle. Das ist nicht dein Kampf.«

»Das ist er sehr wohl.« Sie legte den Kopf zurück, um ihm unter ihrer Hutkrempe in die Augen zu sehen. »O Simon, wie kann ich es dir nur begreiflich machen? Ich bin eine Tochter der Erde, und das Böse, das diese Frau anrichtet … Nicht nur, dass sie unschuldige Leben aufs Spiel setzt, nein, sie verdirbt alles Gute und alle Harmonie, an die ich glaube, jedes Prinzip, das mir teuer ist. Es ist meine Pflicht, sie aufzuhalten, genauso, wie es deine ist.«

»Und wie kann ich dich dazu bringen, dass *du* es endlich begreifst? Wenn du getötet wirst oder auch nur verletzt … verflucht noch mal, Miri, ich habe dir schon genug angetan. Führe mich nicht in Versuchung, dich abermals zu benutzen.«

Er stieß sie schroff von sich und gab ihr einen kleinen Schubs in Richtung ihres Wallachs. »Sattle dein Pferd und finde die Narren, die dich hierher begleitet haben. Geh nach Hause, Miri. Geh, bevor es zu spät ist.«

Miri stolperte ein wenig, bis sie ihr Gleichgewicht gefunden hatte, doch dann straffte sie die Schultern und meinte: »Es tut mir leid, Simon, aber das kann ich nicht.«

»Wäre es dir lieber, wenn ich dich fesseln und persönlich

nach Faire Isle zurückschaffen würde?« Simons Stimme war leise, fast samten, doch Miri erkannte an dem dunklen Glitzern in seinem Auge, dass er seine Drohung ernst meinte.

»Das könntest du natürlich«, erwiderte sie und schob stur das Kinn vor. »Du bist viel stärker als ich. Aber es würde nur unsere Zeit vergeuden. Du schaffst es vielleicht, mich nach Hause zu bringen, aber du wirst es nie schaffen, dafür zu sorgen, dass ich dort bleibe. Sobald du mir den Rücken kehrst, mache ich mich wieder auf den Weg.«

Fluchend stolzierte Simon davon. Miri hatte oft erlebt, dass Renard sich genauso verhielt, wenn er sich über etwas ärgerte, was er als Arianes Sturheit bezeichnete. Simon und ihr Schwager waren erbitterte Feinde. Wie verdutzt sie beide wären, wenn sie herausfänden, dass sie etwas gemeinsam hatten! Unter anderen Umständen hätte Miri dieser Gedanke ein Lächeln entlockt, doch jetzt rieb sie sich nur ratlos die Arme.

Natürlich hätte sie damit rechnen sollen, dass Simon ihre Hilfe ablehnte, doch trotzdem schmerzte die Zurückweisung. Sie hatte immer als die jüngste und schwächste der Cheney-Schwestern gegolten, die Kleine, die man in ihrer Traumwelt behüten und beschützen musste. Beschämt gestand sie sich ein, dass ihr das bislang auch ganz recht gewesen war. Vielleicht war es ja noch immer so.

Sie folgte Simon, der am Rand des Weinbergs stehen geblieben war und verdrossen auf das Tal und ein kleines Dorf starrte, dessen steinerne Häuschen sich wie die Perlen einer zerrissenen Kette ans Ufer des Cher reihten. In den Strahlen der untergehenden Sonne funkelten die strohgedeckten Dächer wie reines Gold. Trotz ihrer Erschöpfung, Sorgen und Ängste war Miri berührt von dem schlichten Frieden und der Schönheit dieses Anblicks.

Ob es Simon wohl genauso ging? Nein, das bezweifelte sie. Gemessen an seinen verkniffenen Zügen vermutete sie, dass er nur die länger werdenden Schatten und die Gefahren sah, die in der nahenden Nacht lauerten.

Aus dem Pappelhain erklang ein leises Wiehern. Elle drehte den Kopf und schnüffelte an Samson, der spielerisch an ihrem Ohr knabberte. Die beiden benahmen sich, als ob sie ihr Leben lang Seite an Seite gegrast hätten.

Miri lächelte wehmütig. »Unsere Pferde scheinen sehr viel besser miteinander auszukommen als wir.«

Simon warf einen flüchtigen Blick auf die Tiere. »Das kommt sicher daher, weil nichts zwischen ihnen steht, was auch nur annähernd an unsere gemeinsame Vergangenheit heranreicht.«

»Nein, ich glaube, Tiere sind klüger als Menschen. Für sie ist die Welt viel einfacher. Ich beneide sie oft.« Sie trat näher und meinte leise: »Es tut mir leid, dass du an meiner Stärke und meinem Mut zweifelst.«

»Herrgott noch mal, Miri, ich habe nie gesagt …«

»Ich kann es dir nicht verübeln«, fuhr sie hastig fort. »Aber weißt du, wenn du mich nicht mitnimmst, werde ich alleine weiterziehen.«

Simon sah sie ungeduldig an. »Das würdest du wirklich? Und wenn du die Silberne Rose fändest, was zum Teufel würdest du dann tun? Vernünftig mit ihr reden, ihr sagen, dass weise Frauen sich nicht so verhalten? Wir wissen ja wohl beide, dass du sie weder erschießen noch ihr ein Messer in ihr schwarzes Herz rammen kannst.«

Obwohl sie bei seinem Sarkasmus zusammenzuckte, erwiderte Miri möglichst würdevoll: »Ich hoffe, ich würde die innere Stärke finden, zu tun, was getan werden muss. Aber gerade deshalb wäre es ja besser, wenn wir uns verbünden würden. Ich glaube, ich kann dir helfen, die Silberne Rose zu finden. Aber du bist weitaus besser darin – äh, darin …«

»Ein grausamer, kaltherziger Mistkerl zu sein?«

Miri verzog das Gesicht. »Das Böse zu bekämpfen, wollte ich sagen.«

»Aha, gibst du also endlich zu, dass ein Hexenjäger skrupellos sein muss?«

»Ja, aber er braucht auch das Wissen einer weisen Frau«, gab sie zurück. »Du wirst diese Frau nie allein besiegen.«

»Ich schaffe das schon.«

»Bislang hast du es jedenfalls nicht geschafft«, gab Miri zu bedenken. »Ein Bündnis erscheint mir am vernünftigsten, aber die Entscheidung liegt bei dir. Wir können unser Leben gemeinsam aufs Spiel setzen – oder getrennt.«

Simon atmete müde aus und verfiel in Schweigen. Nur seine Hand ballte sich unablässig und verriet, wie erregt die Gedanken waren, die ihm durch den Kopf gingen. Miri bemühte sich, möglichst ruhig und gleichgütig zu wirken, auch wenn ihr Herz raste und sie krampfhaft überlegte, was sie tun sollte, wenn Simon ihr Angebot endgültig ausschlug. Würde sie tatsächlich den Mut aufbringen, allein weiterzumachen? Sein dunkles Auge musterte sie prüfend, als wolle er herausfinden, wie fest ihr Entschluss war. Sie zwang sich, seinem Blick standzuhalten.

Schließlich meinte er: »Falls ich so verrückt wäre, diesem Bündnis, wie du es nennst, zuzustimmen, dann nur unter bestimmten Bedingungen.«

»Und die wären?«

»Ich trage die Verantwortung, und ich habe das letzte Wort. Wenn ich dir befehle zurückzubleiben, bleibst du zurück. Wenn wir in Gefahr geraten und ich dir befehle zu fliehen, wirst du fliehen, ohne zu zögern. Selbst wenn ich dann allein zurückbleibe.«

Miri runzelte die Stirn. Diese Bedingungen gefielen ihr ganz und gar nicht, doch Simons grimmige Miene gab ihr deutlich zu verstehen, dass ihr nichts übrig blieb, als darauf einzugehen. Sie nickte. »Also gut. Aber auch ich habe Bedingungen.«

Als Simon fragend die Braue hob, fuhr sie fort: »Du wirst meine Vorgehensweise manchmal vielleicht ein wenig – ein wenig ungewöhnlich finden, ja vielleicht sogar beunruhigend. Du musst mir versprechen, mich über meine Methoden oder über die Leute, die ich unterwegs aufsuche, nicht auszufragen.«

»Und wenn diese Leute mit der Silbernen Rose verbündet sind?«

»Das sind sie bestimmt nicht. Du wirst dich auf mein Urteil verlassen müssen.«

Simon wirkte genauso unglücklich über ihre Bedingungen wie Miri über die seinen, doch schließlich willigte er ein. »Na gut, wenn's unbedingt sein muss.«

Miri hielt den Atem an, sie konnte kaum glauben, dass sie gewonnen hatte. »Dann sind wir uns also einig? Wir machen gemeinsam weiter?« Sie streckte zögernd die Hand aus. Simon starrte lange darauf, bevor er sie nahm und fest schüttelte.

»Gemeinsam. Möge Gott uns beistehen.«

8

Das *Messingpferd* war wie viele der Herbergen am Ufer des Cher ein bescheidenes Gasthaus, in dem vor allem Leute abstiegen, die auf dem Fluss unterwegs waren – Händler und Fährleute, die Güter transportierten. Aber die düsteren Ereignisse, die zum Tod des kleinen Luc geführt hatten, hatten einen dauerhaften Schatten auf das Gasthaus geworfen, das von den Paillards betrieben wurde. Die Gastleute waren eine der ersten Familien, die das Treiben der Silbernen Rose aus der Bahn geworfen hatte.

Gaspard Paillard war früher ein munterer, fleißiger Mann gewesen, doch als er jetzt ein paar Becher abtrocknete und sie ins Regal zurückstellte, wirkten seine Bewegungen ungelenk und matt. Als Simon, gefolgt von Miri, die Schenke betrat, flackerte in den trüben Augen des Gastwirts nichts auf, was einen freundlichen Empfang verhießen hätte.

Paillard war Simon zwar dankbar gewesen, dass er getan hatte, wozu ihm selbst der Mut gefehlt hatte: dem Dorfpriester zu trotzen und sich darum zu kümmern, dass sein Enkel bestattet wurde, statt als die Brut einer Hexe verbrannt zu werden. Doch Simons Auftauchen erinnerte ihn an seine Feigheit, und Paillard wäre froh gewesen, den Hexenjäger nie mehr sehen zu müssen.

Simon selbst wäre auch lieber anderswo abgestiegen, doch bei Anbruch der Nacht hatte er nur noch ein Ziel gehabt: Miri unter ein sicheres Dach zu bringen.

»Monsieur Paillard …« Es wäre wohl eine Beleidigung gewesen, den Mann zu fragen, wie es ihm ging. Deshalb begnügte sich Simon mit einem knappen Nicken.

»Meister Hexenjäger«, erwiderte der Gastwirt mürrisch. »Welch böser Wind hat Euch diesmal an meine Tür geweht?«

»Nur die Notwendigkeit eines kleinen Imbisses und einer Unterkunft für mich und …« Simon zögerte. Wie sollte er Miris Anwesenheit erklären?

»Seinen Cousin Louis«, fiel ihm Miri mit tiefer Stimme ins Wort. Simon fürchtete, damit würde sie keinen hinters Licht führen.

»Äh – ja, Louis.« Simon bedachte sie mit einem warnenden Blick. Er hatte ihr befohlen, den Mund zu halten und ihm das Reden zu überlassen.

Sie zog die Hutkrempe tiefer ins Gesicht, doch diese Mühe hätte sie sich sparen können. Zu Simons Erleichterung würdigte Paillard sie keines Blickes. Seit seine einzige Tochter Lucie im letzten Winter ihre Seele an den Teufel verkauft und seinen Enkel ausgesetzt hatte – und der Kleine erfroren war –, schien der Mann jedes Interesse an seiner Umgebung verloren und sich völlig in sein Elend verkrochen zu haben.

»Ich sehe mich in der Küche um, was ich Euch noch auftischen kann«, sagte Paillard. »Das Zimmer könnt Ihr Euch selbst aussuchen. Wir sind nicht gerade überlaufen, seit – seit …« Er stockte, und seine Halsmuskeln verspannten sich. Seine Gefühle zu äußern fiel ihm offenbar sehr schwer.

»Das erste Zimmer im Obergeschoss ist sauber und bereit für Gäste«, schloss er grummelnd.

Als Simon dem Mann dankte, merkte er, dass Miri sie beide eingehend musterte. Zweifellos spürte sie, dass etwas zwischen ihnen stand. Dann schweifte ihr Blick über die düsteren Wände, die Tische und Stühle, die bestimmt noch ebenso karg und leer aussehen würden, wenn die Kerzen angezündet waren.

Simon beeilte sich, ihre Satteltaschen aufzuheben und Miri zur Treppe zu schieben. Eine Zofe erschien mit einem Krug heißen Wassers und führte sie ins Obergeschoss. Die junge blonde Frau war offenbar neu, Simon erinnerte sich nicht, sie bei seinen früheren Besuchen gesehen zu haben. Wahrscheinlich war sie eingestellt worden, um Lucie Paillard zu ersetzen, als diese verschwunden war. Offenbar hatten die Paillards sich damit abgefunden, dass ihre Tochter nicht mehr heimkehren würde.

Als das Zimmermädchen Miri die Treppen hinaufbegleitete, wollte Simon ihnen folgen, doch eine Hand zupfte an seinem Ärmel und hinderte ihn daran.

»Monsieur Aristide?«

Simons Magen verkrampfte sich, als er sich zu der Frau umdrehte, die still aus dem Dunkel getreten war. Colette Paillard war nur mehr ein Schatten ihrer selbst. Einst war sie ebenso adrett und lebhaft gewesen wie ihre Tochter, doch jetzt sah sie aus wie ein hübsches, doch zu häufig getragenes Gewand, das vom vielen Waschen und Bleichen in der Sonne verschlissen war. So sehr ihr Gemahl Simons Anblick verabscheute, so graute es Simon davor, dieser Frau mit ihrem zitternden Mund und ihren tragischen Augen über den Weg zu laufen.

Er deutete eine knappe Verbeugung an. »Madame Paillard.«

»Verzeiht, aber ich wollte Euch fragen, ob Ihr auf Euren Reisen vielleicht etwas gehört habt von – von …« Sie warf einen ängstlichen Blick auf die Schenke, in der ihr Mann gerade ein paar Fährleute bediente. Gaspard Paillard hatte verboten, den Namen seiner Tochter je wieder zu erwähnen.

Colettes Stimme geriet zu einem Flüstern. »Lucie.«

»Nein, Madame, es tut mir leid, aber ich habe nichts von ihr gehört.«

Miri und das Zimmermädchen waren im Obergeschoss verschwunden. Simon wollte ihnen endlich nacheilen, doch Madame Paillard hielt ihn abermals fest.

»Aber wenn Ihr etwas erfahrt … wenn Ihr herausfindet, wo mein Mädchen …«

Simon rückte die schweren Satteltaschen auf seiner Schulter zurecht. Seine Lippen wurden schmal. Begriff dieses bedauernswerte Geschöpf denn nicht, was mit ihrem Mädchen passieren würde, wenn er Lucie fand? Dass es seine Pflicht wäre, ihr den Prozess zu machen und sie wegen Hexerei und des Mordes an ihrem Kind an den Galgen zu bringen?

»Das Schlimmste – das Schlimmste ist, nichts zu wissen«, stammelte sie. »Nächtelang liege ich wach und grüble, was aus ihr wohl geworden ist. Wenn Ihr also etwas wisst … Versprecht mir, so freundlich zu sein und herzukommen, um es mir zu sagen …«

Simon dachte, dass er sich lieber heiße Stifte unter die Nägel stecken lassen würde, als diese Mutter über das Schicksal in Kenntnis zu setzen, das ihrem einzigen Kind drohte. Aber als er sah, dass Colettes Augen feucht wurden, sagte er: »Ich verspreche es Euch.«

Sie blinzelte die Tränen zurück und verzog den Mund zu einem kläglichen Lächeln, dann verschwand sie in der Schenke. Simon ging nach oben. Nicht zum ersten Mal verfluchte er seinen Beruf und Hexen wie Lucie Paillard und diese elende Silberne Rose, die seine Arbeit notwendig machten. Miri war nirgends zu sehen, doch aus der ersten Tür zu seiner Rechten trat nun das Zimmermädchen.

»Hier herein, Monsieur«, sagte sie und machte nervöse kleine Knickse. Sie bemühte sich so offenkundig, Simons Augenklappe zu übersehen, dass er sie am liebsten angefaucht hätte, sie solle sie doch in aller Ruhe betrachten. Doch er zügelte sich, denn er war es gewohnt, dass die Leute sein vernarbtes Gesicht angafften. Doch nicht das Mädchen störte ihn, sondern die Tatsache, dass er an diesen verfluchten Ort zurückgekehrt war. Er hätte eine andere Herberge suchen sollen, in der sie eine ungestörte Nacht hätten verbringen können. Er musste verrückt gewesen sein, Miri ausgerechnet in dieses Gasthaus zu bringen, in dem so viele bittere Erinnerungen und die Verzweiflung herumspukten. Nein, beschloss er, seinen Verstand hatte er eigentlich schon im Weinberg verloren, als er eingewilligt hatte, dass Miri ihn begleitete.

Sobald das Mädchen Simon ins Zimmer geführt hatte, suchte sie das Weite. Im Gegensatz zu früher herrschte auch hier gespenstische Stille. Simon fand die Stille noch unerträglicher, als das Mädchen die Tür hinter sich zuzog und er mit

Miri allein war. Er stellte die Satteltaschen mit einem lauten Knall ab.

Das Mädchen oder vielleicht auch Miri hatte die Kerzen angezündet, die nun die Schatten des Zwielichts vertrieben. Wahrscheinlich war es das Mädchen gewesen, denn Miri stand in der Mitte des Zimmers, als überlege sie noch, ob sie bleiben solle. Die herabhängende Krempe ihres reichlich mitgenommenen Hutes verdeckte zur Hälfte ihr Gesicht, doch offenbar musterte sie ihre Umgebung eingehend.

Freilich gab es nicht sehr viel zu sehen, abgesehen von zwei Holzstühlen, einem kleinen runden Tisch, dem Waschtisch und … und dem Bett, einer dicken, doch nicht besonders breiten Federmatratze, bedeckt mit einer zerschlissenen Tagesdecke, auf der zwei Kopfkissen lagen, nah beieinander, wie es auch zwei Menschen tun würden, die sich dieses Bett teilten.

Anfangs hatte Miri gegen seine Entscheidung, die Nacht in einer Herberge zu verbringen, ein wenig protestiert, doch seit ihrer Ankunft in dem Gasthaus hatte sie kaum etwas gesagt. Jetzt wandte sie sich an ihn und verzog das Gesicht. »Erwartest du allen Ernstes, dass wir beide uns dieses Zimmer teilen?«

»Na ja, es hätte ziemlich merkwürdig ausgesehen, wenn ich dem Gastwirt gesagt hätte, dass wir zwei Burschen getrennte Zimmer brauchen, findest du nicht, Louis?«, fragte er bissig. »Es sei denn, du erwartest eine königliche Behandlung, wenn du schon den Namen von Königen angenommen hast.«

»Nein, das tue ich nicht, und ich habe mich auch nicht nach einem König so genannt.« Sie zog die Hutkrempe tiefer in die Stirn und fuhr leise fort: »Louis hieß mein Vater.«

Simon zuckte zerknirscht zusammen. Ihm war in dieser Situation zwar ebenso unbehaglich wie ihr, doch das war keine Entschuldigung. Er hätte es wissen müssen, Miri hatte oft von ihrem Vater gesprochen in jenem Sommer, als sie sich zum ersten Mal getroffen hatten. Sie war schrecklich stolz gewesen, die Tochter des kühnen Chevalier Louis Cheney zu sein. Häufig hatte sie am Rand der Höhle gesessen, in der er sich damals versteckt hatte, und sehnsüchtig aufs Meer gestarrt, als erwarte sie jeden Moment, die geblähten Segel des Schiffes zu erblicken, auf dem ihr Vater den heimatlichen Hafen ansteuerte.

»Es tut mir leid«, murmelte Simon und lehnte sich erschöpft an die Tür. »Aber das hier ist eine Folge unseres kleinen Paktes, die wir beide nicht bedacht haben: dass wir auf dieser Reise Tag und Nacht miteinander verbringen müssen.«

»Das – das werden wir schon schaffen.«

Simon beneidete Miri um ihre Zuversicht. Sie zögerte kurz, dann nahm sie ihren Hut ab und warf ihn aufs Bett. Als sie sich zu ihrer Satteltasche hinabbeugte, rutschte ihre Tunika hoch, und der Stoff ihrer Hose straffte sich über den runden Kurven ihres Gesäßes. Simon sah sich panisch nach etwas um, was ihm helfen würde, nicht auf Miris wohlgeformten Hintern zu starren.

Er trat ans Fenster und spähte auf den Hof. Sein Blick fiel auf die Umrisse eines Brunnens und den Stall, in dem Samson und Elle untergebracht waren. Alles wirkte ruhig und verlassen. Dennoch dachte er, am besten wäre es wohl, er hielte die ganze Nacht mit einer geladenen Waffe in der Hand Wache.

Doch nein, das wäre lächerlich; stirnrunzelnd gebot er sich Einhalt. Seit der Nacht, in der Lucie Paillard verschwunden war, hatte sich hier keine der Handlangerinnen der Silbernen Rose mehr blicken lassen. Warum sollten sie ausgerechnet heute Nacht aufkreuzen? Außerdem hatten die Hexen kein einziges Mal versucht, ihn in einer Herberge oder im Beisein anderer Menschen anzugreifen.

Seine Gedanken waren nicht logisch, und er wusste genau, warum. Miri – schon die Anwesenheit dieser Frau brachte ihn völlig aus dem Gleichgewicht. Er konnte auf kaum etwas anderes achten als auf ihre Bewegungen. Gerade hörte er Wasser spritzen – offenbar wusch sie sich den Staub des Tages vom Gesicht.

Beim Einatmen hatte er das Gefühl, ihr Duft durchdringe den ganzen Raum. Es roch warm und verführerisch weiblich – viel zu verführerisch. Er lehnte sich aus dem Fenster, um diesen Geruch aus der Nase zu bekommen. Eine sanfte Brise vom Fluss kitzelte ihn am Bart. Bei Einbruch der Dämmerung war es kühler geworden, aber es schien ihm immer noch viel zu warm.

Er hätte sich standhafter bemühen sollen, Miri davon abzubringen, ihn zu begleiten. Aber er wusste, wie stur und entschlossen sie sein konnte. Ihre Drohung, die Silberne Rose allein zu verfolgen, war sicher ernst gemeint gewesen.

Aber nicht deshalb war er weich geworden. Es war der ernste Blick gewesen, mit dem sie ihm erklärt hatte: *»Ich bin eine Tochter der Erde, und diese böse Frau und das Böse, das sie anrichtet … Nicht nur, dass sie unschuldige Leben aufs Spiel setzt, nein, sie verdirbt alles Gute und jede Harmonie, an die ich glaube, jedes Prinzip, das mir teuer ist. Es ist meine Pflicht, sie aufzuhalten, genauso, wie es deine ist. Wie kann ich dir das nur begreiflich machen?«*

Sie konnte es nicht. Simon hatte den Unterschied zwischen weisen Frauen und Hexen, auf den Miri stets pochte, nie ganz verstanden. Er hielt jegliche Beschäftigung mit Magie und uraltem Wissen für gefährlich und verboten. Dennoch trat Miri so leidenschaftlich für die Töchter der Erde ein, dass sie bereit war, ihr Leben aufs Spiel zu setzen, um sie zu verteidigen. Vielleicht gefiel ihm das nicht, vielleicht begriff er es auch nicht, aber bei Gott – er achtete sie dafür.

Und sie hatte recht – er brauchte ihre Hilfe. Nur auf sich gestellt war es ihm nicht gelungen, die Silberne Rose zur Strecke zu bringen. Miri hatte mehr Talente und Verbindungen in der Gemeinde der weisen Frauen, als er vermutet hatte. Er brauchte all ihr Wissen und ihre Fähigkeiten, er brauchte sie neben sich, bis sie diese Zauberin erwischt hatten.

Aber die kommenden Tage und Nächte würden verdammt schwer werden, wenn er es nicht schaffte, die anderen Gefühle und Wünsche, die diese Frau in ihm weckte, zu zügeln. Nach einem letzten prüfenden Blick auf den Hof schloss er das Fenster und zog die Läden zu. Doch als er sich umdrehte, wünschte er, er hätte länger nach draußen gesehen.

Miri hatte ihre Zöpfe gelöst, und nun fielen die seidenen Locken wie ein Wasserfall aus Mondlicht auf ihre Schultern. Als sie unter ihre Tunika griff, erhaschte er einen Blick auf milchigweiße Haut. Sie bemühte sich, das Leintuch zu lösen, das sie eng um ihren Oberkörper gewickelt hatte, um ihre Brüste zu verdecken. Schließlich zog sie das lange Tuch mit einem leisen Seufzer der Erleichterung unter ihrer Tunika hervor. Der Seufzer drang verführerisch wie eine Liebkosung an sein Ohr.

Um den Nacken hatte sie die Tunika aufgeschnürt, sodass die Falten nun so weit aufsprangen, dass sie einen verlockenden Blick auf ihren Busen gewährten. Simon durchbohrte das Verlangen scharf wie eine Pfeilspitze. Er wusste, dass er den Blick besser abwenden sollte, doch er beobachtete sie weiter wie unter einem Bann.

Miri merkte überhaupt nichts von dem, was sie in ihm auslöste. Selbstvergessen tauchte sie einen Schwamm in die Waschschüssel und genoss das kühle, reinigende Wasser auf ihrem Hals. Genüsslich schloss sie die Augen, sie sah aus, als ob sie ein beinahe sinnliches Vergnügen empfände. Tropfen liefen über ihr zartes Schlüsselbein, vorbei an ihrer Silberkette, verschwanden in der sanften Schwellung ihres Ausschnittes.

Nun, die nächsten Tage und Nächte würden wirklich verdammt schwer werden. Schwer? Simon knirschte mit den Zähnen, während er spürte, wie er sich verhärtete. Es würde die reine Hölle werden. Als Miri sich abtrocknete, schien ihr endlich wieder einzufallen, dass sie nicht allein war. Sie wandte sich ihm zu und richtete ihren Ausschnitt so, dass er wieder etwas züchtiger wirkte.

»Wir hätten nicht hierher kommen sollen, Simon«, meinte sie ernst. »In dieser Herberge herrscht eine unglückliche Stimmung.«

Er musterte sie ungläubig. Sie waren unterwegs auf einer Jagd, bei der ihrer beider Leben bedroht war. Sie waren in einer Schlafkammer zusammengepfercht, deren Wände sich immer enger um ihn zusammenzuziehen schienen, und sie machte sich Sorgen über die verdammte Stimmung in dieser Herberge?

Miri schauderte. »Es kommt mir vor, als ob selbst auf den Dachbalken großes Leid lastet.«

Simon war verblüfft, dass sie das gemerkt hatte, aber seine Überraschung hätte er sich wohl sparen können. Miri hatte schon immer ein starkes Einfühlungsvermögen besessen, schon immer war sie mit ihrer Umgebung in einem fast unheimlichen Einklang gestanden. Simon hatte ihr nichts von den Paillards und ihrem tragischen Schicksal erzählt, denn er hatte keine Lust auf einen weiteren Streit gehabt. Er hatte nämlich befürchtet, Miri würde versuchen, ihn zu überzeugen, dass Lucie Paillard genau wie die kleine Moreau nur fehlgeleitet war; doch er wusste, dass dem nicht so war. Aber vielleicht würde ein Gespräch über die Zustände im *Messingpferd* wenigstens dazu führen, dass sich die Hitze in seinen Lenden legte.

»Ich gebe zu, es ist kein besonders fröhlicher Ort«, sagte er. »Aber es ist sauber und gemütlich und vor allem sicher. Und wir bleiben ja nur eine Nacht.«

»Ich weiß noch immer nicht, warum du darauf beharrt hast, dass wir haltmachen. Samson war noch kräftig genug, um weiterzutraben, und Elle doch auch.« Sie hängte das Handtuch neben dem Waschtisch auf. »Ich dachte, du reitest am liebsten im Schutz der Dunkelheit.«

»Nicht, wenn du dabei bist. Aber hatten wir uns nicht geeinigt, dass ich bei dieser Jagd das Sagen habe? Unser Bündnis wird nicht funktionieren, wenn du schon jetzt anfängst, meine Entscheidungen infrage zu stellen.«

»Und es wird auch nicht funktionieren, wenn du mich weiter wie eine – wie eine hilflose Frau behandelst, die von dir beschützt werden muss«, wandte sie ein.

Simon warf einen verstohlenen Blick auf ihr seidig schimmerndes Haar und die sanfte Schwellung ihrer Brüste, die sich nun ungehindert unter ihrer Tunika entfalten konnten. Er schnaubte. »Du bist eine Frau. Wie soll ich dich denn sonst behandeln?«

»Wie einen Waffenbruder.«

Simon schnaubte noch einmal. »Ich fürchte, dafür mangelt es mir an Fantasie, auch wenn du dich bemühst, wie ein Mann auszusehen.«

Er musterte ihren Aufzug missbilligend. »Glaubst du wirklich, mit dieser albernen Verkleidung kannst du irgendjemanden täuschen?«

»Das tue ich häufig. Die Leute geben sich selten die Mühe, genau hinzusehen. Ich ziehe einfach meinen Hut in die Stirn, senke meine Stimme und mache größere Schritte.« Miri machte ein paar Schritte und sah einem eingebildeten, prahlerischen Jungen tatsächlich bemerkenswert ähnlich. »Glaub mir, es klappt ganz gut.«

»Bis du dich bückst«, murrte er.

»Wie bitte?«

Simon wand sich unbehaglich. Wahrscheinlich hätte er diese Beobachtung für sich behalten sollen, doch die Frau musste gewarnt werden, zum Teufel nochmal.

»Wenn du dich bückst, strafft sich deine Hose über – na ja – über …« Simon deutete verlegen auf ihr Hinterteil. »Der Stoff schmiegt sich eng an, und dann kann man die Kurven deines – deines Hinterns deutlich erkennen.« Er hielt inne und ärgerte sich, weil er errötete.

Miris Augen wurden groß. Sie verdrehte den Hals und spähte über ihre Schulter, als wolle sie dieses Phänomen persönlich begutachten. Er hatte damit gerechnet, dass sie verlegen, empört oder beleidigt reagieren würde, aber nicht mit dem lauten, erfreuten Lachen, das nun erfolgte.

»Erheitert dich das etwa?«, fragte er steif.

»Nein, es tröstet mich. Als junges Mädchen war ich völlig flach, ich glaubte schon, ich würde nie weibliche Kurven entwickeln. Aber es tut mir leid, wenn der Anblick meines Hinterteils dich beunruhigt. Ich werde mich bemühen, mich in deiner

Anwesenheit nicht mehr zu bücken. Ich hatte völlig vergessen, wie prüde ihr Hexenjäger seid.«

»Herrgott nochmal, ich bin nicht prüde.«

»Oh doch«, meinte Miri und ihre Augen funkelten spöttisch. »Das warst du schon immer. Selbst als Junge hast du missbilligend geschaut, wenn ich auf Faire Isle in meinen weiten Hosen herumgelaufen bin.«

»Aber nur, weil es nicht dem Anstand entspricht, wenn sich ein Mädchen so kleidet.«

»Ich stamme aus einer Familie, deren Mitglieder der Hexerei beschuldigt worden sind, und meine Schwester Gabrielle war eine der bekanntesten Kurtisanen von Paris. Ich denke, ich habe mich schon lange vom Anstand verabschiedet. Außerdem solltest du einmal versuchen, länger mit Korsett zu reiten und dich dabei an einen Damensattel zu klammern, oder auch in Röcken, die sich um deine Knie verheddern, wenn du rittlings im Sattel sitzt. Dir zuliebe habe ich meine bequeme Kleidung sogar einmal aufgegeben, Simon Aristide. Aber das werde ich nicht noch einmal tun.«

»Ich erinnere mich nicht, dass du je so etwas getan hast.«

Sie stemmte in gespielter Empörung die Hände in die Hüften und meinte vorwurfsvoll: »Wie bitte? Ich habe die Folter von Röcken und Unterröcken ertragen, und du hast es nicht einmal bemerkt?«

Plötzlich fiel es auch ihm wieder ein. Jener erste Sommer auf Faire Isle war schwierig für ihn gewesen, denn er war hin- und hergerissen zwischen seinen Gefühlen für Miri und der Treue zu seinem Meister Vachel Le Vis.

Der Comte de Renard hatte es damals geschafft, die Bruderschaft der Hexenjäger fast gänzlich zu zerschlagen. Der schonungslose Zauberer hatte die Insel mehr oder weniger auseinandergenommen, um auch noch die letzten Überlebenden zu verjagen. Miri hatte Simon geholfen, sich in einer Höhle über einer Bucht zu verstecken, und hatte ihm jeden Tag Essen und Wein gebracht. Sie hatte ihm ihre Hose und ihre Tunika als

Ersatz für die dunkle Kutte geliehen, die Meister Le Vis seinen Gefolgsleuten aufgenötigt hatte.

Miri hatte nicht nur aufgehört, wie ein Junge aussehen zu wollen, sondern war jeden Tag in einem ausgesprochen hübschen Kleid aufgetaucht, das Haar mit einer Schleife zurückgebunden. Simon, damals ein arroganter junger Kerl, hatte natürlich gemerkt, dass sie bis über beide Ohren in ihn verliebt war. Auch er hatte sie gemocht, doch für ihn mit seinen fünfzehn Jahren war sie mit ihren zwölf noch ein richtiges Kind gewesen.

Simon verzog das Gesicht. Die kommenden Tage würden wahrhaftig leichter werden, wenn er Miri noch immer so sehen könnte und sich nicht so schmerzlich bewusst sein müsste, welch begehrenswerte Frau aus ihr geworden war.

Die Lippen gespitzt, die Augen funkelnd fuhr sie fort, ihn zu necken. »Wenn es dich zu sehr stört, könnte ich dir deine verlegene Röte ersparen und versuchen, ein Kleid von einer der Frauen aus dem Dorf zu erstehen. Wenn du es unbedingt wünschst.«

Simon konnte sich zwar eines Lächelns nicht erwehren, doch er erwiderte streng: »Willst du wissen, was ich mir wünsche? Dass du dich aus diesem gefährlichen Geschäft heraushältst. Dass du wieder auf deine Insel zurückkehrst und dort in Ruhe und Geborgenheit lebst.«

Das fröhliche Funkeln in ihren Augen erlosch. »In Ruhe und Geborgenheit«, wiederholte sie sehnsüchtig. »Nach so einem Ort habe ich mein Leben lang gesucht. Ich glaube nicht, dass es ihn gibt. Du etwa?«

»Nein, aber auf Faire Isle wärst du auf alle Fälle weitaus sicherer als hier bei mir.«

Plötzlich schien ihr aufzugehen, dass er nicht nur an die Gefahr dachte, die von der Silbernen Rose ausging. Den Kopf zur Seite geneigt musterte sie ihn mit dem neugierig forschenden Blick, der so typisch für sie war.

»Bin ich in deiner Gesellschaft nicht sicher, Simon?«, fragte sie. »Das eine wollte ich dich noch fragen: Als wir uns auf Faire Isle verabschiedet haben … dieser Kuss …«

Oh Gott. Er hatte sich schon gefragt, wann sie ihn dafür tadeln würde. Ja, er hatte sich richtig davor gefürchtet.

»Das war ein Fehler. Ich meine – ich – ich weiß nicht, welcher Teufel mich geritten hat«, stammelte er. »Es tut mir leid. Ich wollte dich nicht beleidigen.«

»Das hast du nicht. Du hast mich überrascht.« Sie senkte den Blick und gab fast verlegen zu: »Ich glaube nicht, dass ich je so – so heftig geküsst worden bin. Ich fürchte, es hat mir besser gefallen, als es sollte.«

Simons Atem stockte. Musste diese Frau denn immer so schrecklich ehrlich sein? Begriff sie nicht, wie gefährlich so ein Geständnis war, wenn man sich mit einem Mann allein in einer Schlafkammer befand? Obendrein schürte sie das Ganze noch, indem sie sich die Lippen befeuchtete und ihr Mund danach viel zu rot, zu üppig und verführerisch aussah.

»Mach dir keine Sorgen wegen dieses Kusses. So etwas wird nicht wieder vorkommen«, meinte er heiser, obwohl er nicht wusste, wen er überzeugen wollte – sie oder sich selbst. »Ich war in jener Nacht ziemlich durcheinander; außerdem war ich mir sicher, dass wir uns zum letzten Mal sehen. Ich hatte fest damit gerechnet, bald tot zu sein.«

Sie schenkte ihm ein seltsames Lächeln. »Du hast befürchtet, sterben zu müssen, und dir ist nichts Besseres eingefallen, als mich zu küssen?«

»Offenbar nicht.«

Auch wenn es weitaus klüger gewesen wäre, sich von Miri fernzuhalten, trat er unwillkürlich näher und streichelte mit den Fingerkuppen sanft über die Wangen der Frau, deren Leben auf so merkwürdige und unerklärliche Weise mit dem seinen verbunden schien. Eine Sterbliche mit den Augen einer Fee; mit silbern funkelnden Augen, in denen er das Kind sehen konnte, das ihn bezaubert hatte; das Mädchen, dessen aufkeimende Schönheit sein Herz gerührt hatte; die Frau, die all seine Sinne erregte trotz der Schranken, die er zwischen ihnen aufzurichten versuchte.

Nach jenem perlgrauen Abend, an dem er Faire Isle verließ, hatte er nicht geglaubt, Miri je wiederzusehen. Und nun stand sie da und sah ihn an, ein wenig schüchtern, ein wenig wachsam, doch immer noch mit weitaus mehr Vertrauen, als er erwarten durfte. Während Simon ihr Gesicht streichelte, drückte sie sich an seine Hand, wie um seine Liebkosung willkommen zu heißen.

Die Erkenntnis traf ihn wie ein Keulenschlag – der wahre Grund, warum er sich nicht stärker bemüht hatte, sie davon abzubringen, mit ihm zu kommen: Es war nicht die Angst davor, was sie allein hätte versuchen können, und es war auch nicht der Wunsch, ihr Wissen und ihre Fähigkeiten zu nutzen. Nein, eigentlich wollte er einfach nur … sie.

Als Simon sich zwang, die Hand sinken zu lassen, blinzelte Miri, als wäre sie gerade unsanft aus einem Traum erwacht.

»Du bist schon immer meine einzige Schwäche gewesen, Miri Cheney«, murmelte er. Sein Geständnis schien sie ebenso zu beunruhigen wie ihn selbst. Doch bevor sie etwas sagen konnte, fügte er eilig hinzu: »Ich glaube, ich verbringe den Rest der Nacht lieber auf der anderen Seite dieser Tür und halte Wache.«

»Aber – aber du brauchst doch auch ein paar Stunden Schlaf«, wandte sie ein. »Natürlich können wir nicht in einem Bett schlafen, aber du könntest dir doch ein Lager auf dem Boden machen und …«

»Ich glaube, uns ist beiden klar, dass das keine gute Idee ist«, fiel er ihr ins Wort.

Sie lief rot an und nestelte an ihrer Halskette. »Ja, vielleicht hast du recht.«

»Mach dir keine Sorgen, ich bin in der Nähe«, sagte er. »Du brauchst keine Angst zu haben.«

»Das habe ich nicht, aber …« Sie verstummte und runzelte die Stirn.

»Natürlich hast du das nicht.« Simons Mund verzog sich zu einem schiefen Lächeln. »Das ist eine deiner erstaunlichsten Eigenschaften – dieser Mangel an Angst. Du hast mir vorgeworfen, dass ich an deiner Kraft und deinem Mut zweifle, aber ich habe dich immer für den tapfersten Menschen gehalten, den ich kenne. Ich werde nie vergessen, wie wir uns das erste Mal trafen: wie du ganz allein versucht hast, einen Haufen Hexen zu vertreiben, um diesen Kater zu retten, den sie opfern wollten.«

Obwohl Miri ebenfalls lächeln musste, protestierte sie sogleich: »Das waren keine Hexen, das war nur ein Haufen törichter, unwissender Gören.«

»Und was war damals in Paris, als ich mich so niederträchtig aufgeführt habe? Du bist durch einen ganzen Trupp Hexenjäger marschiert, um mich zu sehen. Ich weiß heute noch nicht, warum du dieses Wagnis eingegangen bist.«

»Weil ich an dich geglaubt habe, Simon.« Sie sah ihn an und fügte leise hinzu: »Ich wünschte, ich könnte es heute noch.«

»Tu es lieber nicht. Du wirst nur enttäuscht.« Er drückte ihr einen hastigen Kuss auf die Stirn. »Gute Nacht, meine Liebe. Verriegle die Tür hinter mir.«

* * *

Simon lehnte sich zurück und nippte an einem Becher Wein. Es war schon seltsam: Eigentlich war die Nacht mittlerweile seine Lieblingszeit. Er fühlte sich wohl in den langen Stunden der Dunkelheit und Stille, die ihn von seinen Mitmenschen trennten; in denen nur er und Elle da waren, und vor ihnen die Straße, die sich wie ein blasses Band durch das Dunkel zog. Doch in dieser Nacht schienen ihn Dunkelheit und Einsamkeit von allen Seiten zu bedrängen. Vielleicht kam es von all den leeren Stühlen und Tischen in der verlassenen Schenke. Die Paillards räumten in der Küche auf, sodass Simon mit den Resten seines Abendessens und ein paar Kerzen allein war.

Normalerweise saß er immer mit dem Rücken zur Wand, aber heute hatte er den Stuhl so zurechtgerückt, dass er das Obergeschoss im Blick hatte. Vor einer Weile hatte er Miri auf einem Tablett das Abendessen gebracht. Er war allerdings nicht ins Zimmer gegangen, sondern hatte es ihr nur an der Tür überreicht. Er ging davon aus, dass Miri inzwischen tief und fest schlief. Nur mit größter Mühe konnte er sich davon abhalten, nicht ständig an ihren weichen warmen Körper zu denken, der zusammengerollt im Bett lag, und an ihr seidiges Haar, das sich auf dem Kopfkissen auffächerte.

Irgendwann würde auch er etwas ruhen müssen, um für den morgigen Tag gerüstet zu sein, an dem sie ihre gefährliche Suche ernsthaft beginnen wollten. Er hatte beschlossen, sich vor Miris Tür auszustrecken. Was die Paillards über dieses seltsame Verhalten denken mochten, war ihm gleichgültig. Wahrscheinlich würden sie es gar nicht bemerken, und wenn doch, dann konnte er auch nichts machen.

Er löste seinen Geldbeutel vom Gürtel, zog die Schnüre auf und holte genügend Münzen heraus, um für das Essen und die Unterkunft aufzukommen. Seine Schulden wollte er lieber sofort begleichen, damit er und Miri beim ersten Licht des Tages unbemerkt aufbrechen konnten.

Doch als er die Münzen auf den Tisch legte, musste er an das denken, was sich ganz unten in seinem Geldbeutel befand. Er gestattete sich nur selten einen Blick darauf; nur in den Nächten, die einsamer und länger schienen als sonst, in Nächten wie dieser.

Er zog eine kleine achteckige Schachtel heraus, die er erstanden hatte, um etwas darin aufzubewahren, was er vor vielen Jahren geraubt hatte. Wenn man mit dem Daumen auf den Verschluss drückte, sprang der Deckel auf, und eine auf Samt gebettete silbern schimmernde Locke kam zum Vorschein. Simon zuckte zusammen, als ihm einfiel, wie er Miri diese Locke geraubt hatte. Er hatte sie an die Wand seiner Schlafkammer gedrückt und sie ihr mit einem Messer abgeschnitten.

Damals hatte er sie erschrecken und einschüchtern wollen, damit sie sich von ihm fernhielt; so fern wie nur möglich, damit sie ihn nicht mit ihren weichen Lippen und ihrem forschenden Blick schwächen und davon abhalten konnte zu tun, was er in seinem jugendlichen Hochmut als sein offenkundiges Schicksal gesehen hatte: das Böse zu besiegen und Frankreich von den Hexen zu befreien.

Doch das erklärte nicht, warum er Miris Haarlocke all die Jahre aufbewahrt hatte. Vielleicht als Buße, als Mahnung und Vorwurf für all das Unrecht, das er ihr angetan hatte, indem er zahllose Male ihr Vertrauen missbraucht hatte? Sie sollte ihn wahrhaftig noch immer hassen. Warum tat sie es nicht?

Sie war der einzige Mensch, den er kannte, der bereit war, alles zu verzeihen, und gewillt, in jedem nur nach dem Besten zu suchen, selbst in einem skrupellosen Mistkerl wie ihm. Es verwunderte ihn, es beschämte ihn, es erniedrigte ihn.

»Ich habe an dich geglaubt, Simon. Ich wünschte mir, ich könnte es heute noch.«

Wenn nur die elende Versuchung nicht gewesen wäre, sie in die Arme zu schließen und sie zu überreden, genau das zu tun. Ihr Gesicht hatte ihm ihr Verlangen offenbart und ihm deutlich zu verstehen gegeben, dass es möglich wäre, sie zu verführen. Er hätte seine dunkle, ausgetrocknete Seele laben und ein wenig von ihrem Licht trinken können, er hätte seine Leere lindern und sich tief in ihre ihn freundlich aufnehmende Wärme versenken können.

Doch obwohl sie inzwischen eine Frau von sechsundzwanzig Jahren war, spürte er, dass sie erst wenig vom Feuer der Leidenschaft wusste und wie es einen verzehren konnte. Er hatte wahrhaftig genügend an Miri Cheney gesündigt, auch ohne ihr das beizubringen. Denn wenn er sonst nichts verstand von dieser Frau, das eine verstand er: Wenn sie sich auf etwas einließ, dann mit Leib und Seele. Doch weder das eine noch das andere war in seinen kalten rauen Händen sicher.

Simon schloss den Deckel und verstaute die kleine Schachtel

wieder in seinem Beutel. Er war entschlossen, dieses unkluge Bündnis zwischen ihnen möglichst rasch zu beenden. Sobald sie die Hexen aufgestöbert hatten, die sich auf Faire Isle herumgetrieben hatten, wollte er sie dazu zwingen, ihm zu verraten, wer hinter der Silbernen Rose steckte. Und wenn er die elende kleine Moreau an Miri übergab, könnte er sie vielleicht überreden, nach Faire Isle zurückzukehren und es ihm zu überlassen, sich mit der Silbernen Rose auseinanderzusetzen. Und dann …

Schritte in schweren Stiefeln störten Simons Gedanken. Er sah hoch. Überrascht merkte er, dass er bei seiner Grübelei zu sorglos gewesen war. Er hatte gar nicht gemerkt, dass ein weiterer Reisender eingetroffen war, ein hoher Herr, wie es schien, auch wenn sein Umhang, sein Wams und seine bis zu den Knien reichende Pumphose Spuren einer weiten Reise zeigten.

Simon musterte den Neuankömmling eingehend, bemerkte jedoch nichts, was zu Besorgnis Anlass gegeben hätte. Der Fremde sah sich in der Schenke um, als suche er nach dem Wirt. Als sein Blick auf Simon fiel, machte er eine tiefe Verbeugung.

»Guten Abend, Monsieur.«

Simon antwortete mit einem knappen Nicken und einer abweisenden Miene, weil er auf weitere Höflichkeiten gern verzichtet hätte. Doch der Fremde ließ sich nicht abschrecken, er trat an seinen Tisch.

»Habe ich das Vergnügen, mit dem großen Le Balafre zu sprechen, dem Meister der Hexenjäger?« Die Stimme des Mannes wirkte höflich und weich wie die lockigen Enden seines sandfarbenen Bartes, doch der Blick seiner haselnussbraunen Augen war durchtrieben und wachsam.

Simon verspannte sich bei der Frage des Fremden, obwohl sie ihn nicht überraschte. Er war in diesem Teil des Landes kein Unbekannter. Oft wandten sich Priester, Richter und Gutsbesitzer an ihn, wenn es in ihrem Bezirk Fälle von Hexerei gab. Meist erwiesen sich solche Dinge als Bagatellen, als Zeitverschwendung; denn rasch stellte sich heraus, dass es sich nur um die Hysterie einer nervösen Gemahlin oder die abergläubischen Ängste von Kleinbauern handelte. Aber manchmal, vor allem, wenn man die jüngsten Aktivitäten der Silbernen Rose betrachtete, war die Angst wohlbegründet.

Simon war wachsamer geworden. »Ob Ihr mit Le Balafre redet oder nicht, hängt davon ab«, meinte er ausweichend.

»Wovon denn, Monsieur?«

»Davon, wer nach ihm fragt und warum er es tut.«

Der Mann verbeugte sich abermals. »Hauptmann Ambroise Gautier, Offizier der königlichen Garde unserer überaus huldreichen Königin Katharina, zu Euren Diensten, Monsieur Aristide.«

Obwohl Simon mit keinem Wimpernzucken verriet, wie beunruhigt er war, griff er unter dem Tisch nach seinem Dolch.

Königliche Garde, du kannst mir viel erzählen, dachte er und musterte erneut Gautiers nichtssagenden Aufzug. Das war einer der Lakaien der dunklen Königin, einer der privaten Emissäre, die für sie Aufträge erledigten, von denen die Öffentlichkeit lieber nichts erfahren sollte, ob es nun um heimliche Korrespondenz ging, um Spionage oder die unauffällige Beseitigung eines Feindes.

Er zwang sich zu einem lässigen Schulterzucken und nippte an seinem Wein. »Ach ja, Monsieur? Und was sollte ein Mitglied der *königlichen Garde Ihrer Majestät*« – Simon betonte diese Worte sarkastisch – »mit mir zu schaffen haben?«

»Ich überbringe Euch eine Botschaft von Ihro Gnaden«, erwiderte Gautier mit einem liebenswürdigen Lächeln. »Sie wünscht, dass Ihr baldmöglichst Eure Aufwartung macht.«

»Es ist verdammt weit nach Paris.«

»Ah, doch zum Glück weilt die Königin momentan ganz in der Nähe, auf Schloss Chenonceau. Wenn wir sofort aufbrechen, verspreche ich Euch, dass Ihr noch vor Sonnenaufgang wieder in dieser Herberge seid und noch ein paar Stunden Schlaf finden könnt.«

»Ich hatte seit Jahren keinen Kontakt mehr mit Ihrer Majestät. Warum will sie mich ausgerechnet heute Nacht sehen? Was könnte wohl so dringlich sein?«

»Ihro Gnaden macht mich nicht zu ihrem Vertrauten, aber …« Gautier beugte sich vor und senkte die Stimme. »Ich glaube, es hat etwas mit bestimmten Berichten zu tun, die Ihr nach Paris geschickt habt.«

Abermals verbarg Simon seine Überraschung, auch wenn er beunruhigt auf dem Stuhl herumrutschte. Gautier meinte wohl die Berichte über die Silberne Rose, die er an den König geschickt hatte. Dero Gnaden hatte ihnen so wenig Aufmerksamkeit geschenkt, dass er sie genauso gut auf den Grund der Seine hätte versenken können. Wahrscheinlich hatte Heinrich sie gar nicht gesehen. Vielleicht waren sie in andere Hände gefallen – die der dunklen Königin.

So lieb es Simon war, dass jemand seine Berichte las, so unlieb war es ihm, dass ausgerechnet sie es sein sollte. Selbst er war weder so verzweifelt noch so töricht gewesen, eine gefährliche Zauberin um Hilfe zu bitten, um eine andere mindestens ebenso gefährliche zu bekämpfen.

Simon spannte die Finger um den Griff seines Dolchs. Er wünschte sich, er wäre nicht so achtlos gewesen, sich so überrumpeln zu lassen; denn er hätte diese Situation gern etwas gründlicher überdacht.

»Ich habe einen langen, harten Tag im Sattel verbracht«, meinte er ausweichend. »Sagt Ihro Gnaden, dass ich ihr in den nächsten Tagen meine Aufwartung machen werde.«

»Eine Königin lässt man nicht warten, Monsieur Aristide, vor allem unsere Königin nicht. Meine Anweisungen waren sehr deutlich: Ich soll Euch zu ihr bringen, sobald ich Euch gefunden habe, egal zu welcher Tageszeit.«

»Und wenn ich keine Lust habe, diesem Wunsch noch heute Nacht Folge zu leisten?«

Gautier lächelte weiter, doch seine Augen wurden schmal. »Nun denn, ich muss Euch leider mitnehmen, ob auf Euren

Füßen oder bewusstlos auf dem Rücken eines Pferdes. Ich will nicht, dass die Sache eskaliert, aber die Wahl liegt bei Euch.«

Gautier hob eine behandschuhte Hand, und Simon hörte Schritte hinter sich. Gautiers Männer waren ihm in die Schenke gefolgt. Wie viele es waren, konnte Simon nicht erkennen, doch aus den Augenwinkeln erhaschte er einen Blick auf mindestens zwei, und er spürte, dass im toten Winkel wohl noch mehr lauerten.

Den Dolch umklammernd überdachte Simon seine Möglichkeiten. Leistete er Widerstand, standen seine Chancen schlecht, denn seine Gegner waren weit in der Überzahl. Der folgende Aufruhr würde nicht nur die Paillards aus der Küche holen und sie möglicherweise in Gefahr bringen, sondern vielleicht auch Miri. Wenn sie aufwachte und ihm zu Hilfe eilen wollte …

Simon warf rasch einen Blick auf ihr Zimmer. Von der dunklen Königin war für Miri und ihre Familie seit jeher eine ebenso starke Gefahr ausgegangen wie jetzt von der Silbernen Rose. Doch Hauptmann Gautier hatte keinen Grund, zu vermuten, dass Simon nicht wie üblich allein unterwegs war. Nicht, wenn Simon einen kühlen Kopf bewahrte.

Er hob die Hände, um zu zeigen, dass er keine Waffe darin hielt, stand langsam auf und erwiderte Gautiers Lächeln ironisch. »Ich stehe Ihro Gnaden wie immer zur Verfügung.«

Er konnte nur hoffen, dass er diese Versicherung nicht bald bitter bereuen würde.

9

Der Mond lugte durch die Wolken und tauchte das Schloss in sein silbernes Licht. Die weißen Wände funkelten wie ein riesiges Perlendiadem, eingebettet in die sanften Hügel des Loiretals. Mit seinen Türmen und Rondellen und den vielen glänzenden Fenstern war Chenonceau keine grimmige Festung, eher ein Märchenschloss. Es thronte direkt über dem Cher, errichtet auf einer anmutigen Galerie, unter der das dunkle Wasser dahinströmte.

Verglichen mit anderen Schlössern war Chenonceau eher klein, aber es galt als eines der hübschesten Schlösser in ganz Frankreich.

Doch als Simon den Hof überquerte, musste er daran denken, dass er zu oft erfahren hatte, wie viel Bosheit sich hinter einer hübschen Fassade verbergen konnte – ob bei einem Schloss oder einer silbernen Rose.

Das Château de Chenonceau verdankte seinen eleganten Entwurf keinem Mann, sondern der Klugheit von drei Frauen, in deren Besitz es sich in den letzten Jahrzehnten befunden hatte: der Gemahlin eines Schatzmeisters, einer königlichen Mätresse und einer dunklen Königin.

Wie viele ihrer Untertanen argwöhnte auch Simon schon seit Langem, dass Katharina von Medici eine Zauberin war, bestens bewandert in den schwarzen Künsten, vor allem der Giftmischerei. Ihr kaltes Lächeln hatte Simon oft herausgefordert, doch einen Beweis dafür zu finden; inzwischen aber hatte er die Hoffnung aufgegeben. Die Frau war einfach zu vorsichtig und zu verschlagen, und sie war die Königinmutter von Frankreich. Einst mochte Katharina Simon als gefährlichen Gegner erachtet haben, doch nachdem er die Gunst des Königs verloren hatte, schien sie nicht mehr an ihn zu denken. Zumindest hatte er das geglaubt, bis zu dieser Nacht …

Flankiert von seinen Begleitern marschierte Simon auf den fackelbeleuchteten Eingang zu. Obwohl er dem Hauptmann seine Waffen ausgehändigt hatte und fügsam mitgekommen war, blieb Gautier wachsam und ging kein Risiko ein. Er hatte Simon aus der Herberge geführt und direkt auf den Rücken eines bereitstehenden Pferdes verfrachtet.

Trotz Gautiers Versicherung, dass die Königin ihn nur zu einer kurzen Audienz empfangen wolle, verspannte sich Simon im Schatten des Schlosses. Als die Tore hinter ihm zufielen, musste er unwillkürlich daran denken, wie leicht ein Mann auf unbestimmte Zeit in diesen dicken Mauern festgehalten werden konnte; wie leicht er hier auf Nimmerwiedersehen verschwinden konnte. Ein kalter Schauer lief über seinen Rücken, ein Gefühl, das ihm so fremd war, dass er einen Moment lang brauchte, um es zu erkennen: *Angst.*

Aber er hatte keine Angst um sich, sondern um die Frau, die er zurückgelassen hatte. Er fragte sich, was Miri tun würde, wenn er nicht zurückkehren und sie in einer fremden Herberge aufwachen würde, ohne die geringste Ahnung, was aus ihm geworden war. Würde sie sich auf die Suche nach ihm machen und Gefahr laufen, ebenfalls der dunklen Königin in die Hände zu fallen? Würde sie auch ohne ihn weiter Jagd auf die Silberne Rose machen?

Immerhin hatte sie eine Waffe: Simon hatte sein Schwert in ihrem Zimmer zurückgelassen. Allerdings konnte er sich nicht vorstellen, dass Miri je ein Schwert zur Hand nehmen würde, nicht einmal, um ihr Leben zu retten. Eher konnte er sich noch vorstellen, dass ihr die Waffe entrungen und gegen sie gewendet werden würde. Dann würde sein Schwert sie durchbohren.

Simon knirschte mit den Zähnen. Er neigte nicht dazu, sich von angsterregenden Bildern verrückt machen zu lassen, und der jetzige Zeitpunkt war denkbar ungünstig dafür. Jetzt galt es, Ruhe und Besonnenheit zu wahren. Falls Katharina beschlossen hatte, sich nach all den Jahren seiner zu entledigen, wäre er wahrscheinlich längst schon getötet worden. Gautier gehörte zu den grinsenden Schurken, die einem Mann ohne mit der Wimper zu zucken den Hals aufschlitzten, auch wenn sie sich dafür entschuldigten. Simon hatte keinen Grund zu glauben, dass die Lage anders war, als Gautier sie geschildert hatte. Die Königin hatte seine Berichte gelesen und war beunruhigt. Aber diese Berichte hatte er schon vor vielen Monaten losgeschickt. Warum verspürte Katharina auf einmal den dringenden Wunsch, ihn zu befragen?

Simon musste zugeben, dass er neugierig war; doch so etwas konnte bei der dunklen Königin gefährlich sein. Je eher er das Gespräch hinter sich bringen und zu Miri zurückkehren konnte, desto besser.

Sobald Gautier Simon ins Schloss gebracht hatte, wurde der Hauptmann gelassener. Er entließ die anderen Bewaffneten und begleitete Simon zur Haupttreppe, einem breiten, kerzengeraden Aufgang, der ins Obergeschoss führte. An der Decke befand sich eine Schnitzerei, die zwei verschlungene Cs darstellte, die Insignien von Katharina von Medici – nur für den Fall, dass jemand vergaß, wer hier die Herrin war, dachte Simon sarkastisch.

Der Anblick der Halle rief in ihm eine unangenehme Erinnerung an das letzte Mal wach, als er Chenonceau einen Besuch abgestattet hatte. Damals hatte er dem König von Frankreich von seinem Überfall auf Faire Isle berichtet. Er war völlig erschöpft und niedergeschlagen gewesen, weil er es nicht geschafft hatte, das *Buch der Schatten* aufzutreiben, den Zauberer Renard zu verhaften und seine Männer im Zaum zu halten, die die Insel plünderten und brandschatzten. Zudem hatten ihn Schuldgefühle geplagt, weil er Miri so viel Leid zugefügt hatte.

Aufgrund seiner düsteren Stimmung war es ihm sehr zuwider gewesen, sich plötzlich in der wilden Freude eines Festes wiederzufinden. Eines Festes? Nein, wohl eher einer wüsten Orgie. Skandalös leicht bekleidete Kurtisanen hatten ihm lüsterne Grüße zugerufen und versucht, ihm ihre bloßen Brüste ins Gesicht zu pressen.

Simon war ihnen ausgewichen und hatte sich an die einzige Frau gewandt, die anständig in ein üppiges Seidengewand gekleidet war, das sich über einen Reifrock bauschte. Sie hatte ihm einen züchtigen Knicks gewährt und sich mit ihrem Fächer frische Luft verschafft. Doch als sie den Fächer senkte, war Simon vor Schreck erstarrt: Unter der lächerlich lilafarbenen Perücke und einer dicken Schicht Rouge hatte ihn der König von Frankreich angestarrt. Das sollte der Mann sein, dem Simon die Treue geschworen hatte? Er hatte Heinrich Valois für einen ernsten jungen König gehalten, einen aufrechten, nüchternen Mann, leidenschaftlich der Herrschaft über ein Frankreich verpflichtet, einem Land, in dem das Böse und alle Verderbtheit ausgerottet werden sollten.

Simon war schlecht geworden, als der König ihm einen Kuss auf den Mund drückte und dann so tat, als wäre er entsetzt über Simons Narben. Er hatte nicht gewusst, was er tun und wohin er blicken sollte, als der ganze Hof in schallendes Gelächter ausbrach. Und irgendwo in den Schatten über ihm hatte die dunkle Königin ihn beobachtet und die Lippen über seine peinliche Lage zu einem schmalen Lächeln verzogen.

Jetzt schüttelte Simon den Kopf, um diese verstörende Erinnerung zu vertreiben. Vielleicht hatte Miri doch recht, und er war tatsächlich ein wenig prüde; in jungen Jahren war er es jedenfalls gewesen. Doch die vielen Ausschweifungen, die er am Hof von Heinrich Valois erlebt hatte, hatten ihn abgehärtet. Trotzdem war er erleichtert, dass in dieser Nacht im Schloss kein Fest stattfand.

Es sah aus, als habe die Königin erst vor Kurzem Einzug gehalten. Erschöpft wirkende Diener plagten sich mit Truhen und Koffern ab, die offenbar noch ausgepackt werden mussten. Ein Kurier, dessen Kleider von einer langen Reise ebenso verschmutzt wirkten wie Simons, eilte vorbei, in der Hand ein paar Gesuche, die er noch abliefern musste.

Die Treppe führte zu einer langen Halle mit Rippengewölben. Kerzen schickten flackernde Schatten über die vielen Türen und Wände, die mit teuren flämischen Gobelins behangen waren. Als Simon und sein Begleiter auf dem Treppenabsatz ankamen, eilte eine kleine Blondine herbei, um sie abzufangen. Ihre kühle Stimme war Simon beunruhigend vertraut.

»Danke, Hauptmann Gautier. Ab jetzt werde ich Monsieur Aristide begleiten.«

Gautier zögerte kurz, dann verbeugte er sich respektvoll und ging. Simon war allein mit Gillian Harcourt, einer der einflussreichsten Hofdamen der dunklen Königin. Damen? Es gab auch weitaus unfreundlichere Bezeichnungen für die schönen, klugen Frauen, die der dunklen Königin dienten. Sie waren bekannt als die fliegende Schwadron, die in Katharinas Auftrag ihre Feinde verführten und ihnen ihre Geheimnisse entlockten. So hielt Katharina ihre mächtigen Adligen in Schach, indem sie etwas gegen sie in der Hand hatte.

In der Zeit, in der Simon dem Sohn Katharinas, Heinrich, diente, hatte er um diese berüchtigten Verführerinnen immer einen großen Bogen gemacht – um alle bis auf Gillian. Der Humor der Frau und ihr scharfer Verstand hatten ihm gefallen. Es hatte sogar ein paar Wochen gegeben, in denen er noch mehr getan hatte, als nur Gefallen an ihr zu finden.

Er und seine ehemalige Geliebte beäugten einander erst einmal schweigend. Die Zeit war nicht freundlich zu der Kurtisane gewesen. Ihre Schönheit verblasste, ihr tief ausgeschnittenes violettes Gewand zeigte zu viel schlaffes Fleisch. Um ihren Mund hatten sich Falten gegraben, ihr Gesicht war von den vielen Ausschweifungen, den vielen langen Nächten gezeichnet. Nicht einmal die dicke Schicht Rouge auf ihren Wangen konnte das verbergen.

Wie bei vielen Hofdamen der Königin lag ein harter, berechnender Ausdruck in ihren Augen, doch der Anblick von Simon ließ sie etwas weicher werden.

»Simon Aristide, es ist lange her«, murmelte sie.

»Mademoiselle Harcourt.« Simon machte vor ihr eine ironische Verbeugung.

Gillian trat näher. Eine Wolke schweren Parfüms, das ihn schon immer eher abgestoßen hatte, schlug Simon entgegen. Sie strich ihm eine Haarsträhne aus der Stirn. »Also habt Ihr endlich beschlossen, Euer Haar wieder wachsen zu lassen. An manchen Vormittagen blendete mich fast die Sonne, die sich auf Eurem kahlen Kopf spiegelte, Monsieur Le Balafre. Ich würde sagen, Euer Äußeres hat sich verbessert, bis auf ...« Gillian zog die Nase kraus. »Ein paar saubere Kleider würden nicht schaden.«

»Verzeiht, Mademoiselle«, erwiderte Simon trocken, »aber meine Begleiter haben mir keine Gelegenheit gegeben, mich frisch zu machen. Abgesehen davon bin ich schon lange nicht mehr am Hofe empfangen worden. Ich habe es mir zudem abgewöhnt, der königlichen Herrschaft meine Aufwartung zu machen.«

Gillian warf einen verstohlenen Blick auf den Korridor. Zwei gehetzte Zofen eilten vorbei, beladen mit Decken und frischem Leinen. Sie liefen auf eines der Gemächer zu. Gillian wartete, bis sie weg waren, bevor sie sich näher zu Simon beugte und flüsterte: »Ich muss zugeben, dass mich Eure Anwesenheit überrascht. Ich hatte Euch für klug genug erachtet, Euch von der dunklen Königin fernzuhalten.«

»Mir blieb keine Wahl; Gautier hat mich überrumpelt.«

»Euch? Den großen Le Balafre?«, spottete Gillian. »Als ich Euch kannte, wart Ihr stets auf der Hut.«

Simon verzog das Gesicht. Er dachte daran, wie er sich nach Miris Haarlocke gesehnt hatte. »Ich war ein wenig – ein wenig abgelenkt.«

»Jetzt muss ich mich aber wahrhaftig über Euch wundern. Selbst die Königin sagt, dass sie noch keinen Mann gekannt hat, der so hartnäckig und entschlossen ist wie Ihr. Sie hat sogar einmal einen stattlichen Preis auf Euren Kopf ausgesetzt, habt Ihr das gewusst?«

»Ich habe viele Feinde, denen es lieb wäre, meinen Kopf von meinen Schultern getrennt zu sehen.«

»Ich meine doch nicht *den* Kopf, Ihr Narr.« Gillian spielte mit seinem Bart und lachte kehlig. »Den da habe ich gemeint.« Ihre Hand glitt provokativ nah an seinen Schritt. »Ihre Majestät hat derjenigen, die Euch von der Hexenjagd abbringen würde, eine Schatztruhe voller Juwelen in Aussicht gestellt.«

Als Gillians Finger näher kamen, zog Simon scharf den Atem ein und stieß sie weg. »Dann muss ich wohl davon ausgehen, dass Ihr eine reiche Frau geworden seid.«

»Ich?« Gillian schnaubte. »Ihr habt Euch ja kaum einen Monat für mich interessiert. Damit habe ich mir nicht einmal eine Perlenkette verdient. Vor allem, nachdem der Königin der Verdacht gekommen war, dass Ihr nur einen Weg gesucht habt, um sie der Hexerei zu überführen. Und sobald Euch klar wurde, dass ich keine Hilfe war, habt Ihr mich fallen lassen.«

»Gillian, es tut mir leid …«, fing Simon an, doch sie schüttelte den Kopf und fiel ihm ins Wort.

»Das braucht es nicht. Ich bin daran gewöhnt, benutzt zu werden, und Ihr habt das weitaus freundlicher getan als manch anderer.« In ihre Augen schlich sich unerwartet Traurigkeit, doch sie fasste sich rasch wieder und schenkte ihm ein allzu strahlendes Lächeln. »Auch wenn wir beide nicht das bekommen haben, was wir wollten, hatten wir doch ein angenehmes Zwischenspiel, nicht wahr?«

»Ja, das hatten wir«, pflichtete Simon ihr bei. Gillian war eine geschickte und großzügige Geliebte gewesen, eine Weile hatte sie tatsächlich die Leere seiner Nächte gelindert. Er verspürte den seltsamen Drang, ihr das Gewand über die nackten Schultern zu ziehen und sie dazu zu bringen, sich die Farbe aus dem Gesicht zu waschen.

»Ihr habt im Dienst der Königin inzwischen doch bestimmt genügend Lohn angehäuft. Warum kehrt Ihr diesem Leben nicht den Rücken?«

Gillians Mund wurde zu einem verbitterten Strich. »Keiner

verlässt die dunkle Königin so einfach. Denkt daran, wenn Ihr je versucht seid, ihr Eure Seele zu verkaufen.«

»Ich glaube nicht, dass Ihre Gnaden sich für meine Seele interessiert. Und selbst wenn, habe ich nicht die Absicht, mit dem Teufel einen Handel einzugehen.«

»Das sagen wir alle, mein lieber Simon. Doch kommt jetzt – es ist unklug, Ihre Majestät warten zu lassen.«

Sie führte ihn rasch zu einer Tür am Ende des Ganges. Ihr Parfüm zog sie in einer Schwade hinter sich her wie eine unangenehme Erinnerung. Simon kämpfte darum, einen klaren Kopf zu behalten, denn er wusste, den würde er nötig haben.

Nie würde er seine erste Begegnung mit der dunklen Königin vergessen. Damals war er noch sehr jung gewesen und bei dem Hexenjäger Vachel Le Vis in die Lehre gegangen. Meister Le Vis hatte sich von der mütterlichen Art der Königin blenden lassen, doch Simon war erschrocken, als er in die dunklen Medici-Augen blickte.

Augen, die einen Menschen völlig in ihren Bann ziehen konnten, die in die Seele eines Mannes dringen und ihm Gedanken in den Kopf setzen konnten, auf die er selbst nie gekommen wäre.

Genau das hatte sie damals bei Le Vis getan. Simon hatte sich geschworen, niemals den Weg zu gehen, den sein armer Meister beschritten hatte. Und tatsächlich hatte er sich standhaft gegen die Bemühungen der Königin gewehrt, sich ihn gefügig zu machen.

Vielleicht war ihm das deshalb gelungen, weil er keinerlei persönlichen Ehrgeiz hatte, mit dem sie spielen konnte; weil er niemanden hatte, der ihm am Herzen lag und den sie bedrohen konnte. Er hatte keine verwundbare Stelle gehabt. Doch jetzt war es anders. Er hatte eine Schwäche – und die schlief hoffentlich tief und fest in der Herberge, in der er sie zurückgelassen hatte.

Resolut verbannte er alle Gedanken an Miri aus seinem Kopf. Wenn man der dunklen Königin nur den kleinsten Hinweis auf eine Schwäche oder Angst lieferte, verwendete sie das sofort als Waffe gegen einen.

Gillian führte ihn in ein großes Arbeitszimmer. Die Decken waren holzvertäfelt, die Wände geschmückt mit vielen Gemälden in schweren vergoldeten Rahmen – Porträts und Szenen aus dem idyllischen Landleben. Eine der Hofdamen, eine ältere Frau, saß am Kamin und stickte. Andere standen herum, bereit, der Königin jederzeit zu Diensten zu sein. Sie bedachten Simon und Gillian erst mit unruhigen Blicken, doch dann beachteten sie sie nicht weiter.

In der Mitte des Raums stand ein Schreibtisch, übersät mit Papieren, Tinte, Federn und Siegelwachs. Der reich verzierte Stuhl war zurückgeschoben, als ob ihn die Frau erst kürzlich verlassen hatte, die jetzt an die gegenüberliegenden Fenster getreten war.

Auch wenn sie Simon den Rücken zugekehrt hatte, fiel es ihm nicht schwer, in der kleinen, gedrungenen Gestalt die dunkle Königin zu erkennen. Wie üblich war sie ganz in Schwarz gekleidet und hatte ihr dünner werdendes Haar unter einer breitkrempigen Haube versteckt. Eine plumpe weiße Hand hatte sie an die Fensterscheibe gelegt und starrte hinaus. Vielleicht wollte sie nur den drei Männern entkommen, die ihren weiten Röcken hinterhergeschlichen waren wie ein Rudel geifernder Hunde.

Ihre Wämser und Pumphosen waren von bester Qualität, doch recht nüchtern, jedenfalls nicht modisch genug für Höflinge. Der offenkundige Anführer der Gruppe, ein untersetzter Mann mit rotem Gesicht, gestikulierte heftig. »… und es muss etwas geschehen, Euer Gnaden. Erst letzte Woche ist ein Regiment der Katholischen Liga in mein Land eingefallen und hat mir Vieh und einige meiner besten Pferde geraubt.«

»Und als ob das nicht schon schlimm genug wäre, störte eine Horde dieser Schläger unseren Gottesdienst«, beschwerte sich sein etwas dünnerer Gefährte. »Es ist ein Wunder, dass wir alle mit dem Leben davongekommen sind.«

»Der letzte Vertrag, den Seine Majestät unterzeichnet hat,

garantiert gewisse Rechte für die Reformierten«, fügte der stämmige Mann hinzu. »Dass wir unseren Gottesdienst nach unseren Vorstellungen abhalten dürfen, vorausgesetzt, wir tun es ruhig; und dass bestimmte Dörfer und Städte eine Zuflucht sein sollen für …«

»Ich bin mir durchaus bewusst, was in dem Vertrag stand, Le Marle«, fiel ihm die Königin kalt ins Wort.

Als Simon diesen Wortwechsel hörte, presste er überrascht die Lippen zusammen. Die Reformierten? Waren diese Männer etwa *Hugenotten,* die sich um Gerechtigkeit an die dunkle Königin wandten? Das war wahrlich so unsinnig, als würden Verurteilte beim Henker um Gnade flehen. Selbst die Protestanten, die in der blutigen Bartholomäusnacht 1572 nicht in Paris gewesen waren, mussten sich darüber im Klaren sein, dass die Königin für das Massaker an Tausenden ihrer Glaubensbrüder verantwortlich war.

Le Marle fuhr mit seinen Bitten fort: »Wenn Euer Gnaden unsere Klagen doch nur an den König weiterleiten würden! Trotz allem, was vorgefallen ist, wollen wir, die wir dem hugenottischen Glauben anhängen, seiner Majestät weiter treu ergeben sein. Unser Führer, Heinrich von Navarra, bringt seinem königlichen Cousin größtes Wohlwollen entgegen, der Herzog von Guise hingegen …

Ich muss ganz ehrlich sein, Euer Gnaden: De Guise strebt nach der Krone Eures Sohnes, und er benutzt die Katholische Liga als Waffe. Indem er die Hugenotten angreift, vernichtet er den Rest an Unterstützung, den der König von Frankreich noch bei seinen Untertanen genießt. Wenn die Ausschreitungen gegen die Protestanten ungesühnt bleiben, wird es zu einem Blutbad kommen; im Vergleich dazu werden alle früheren Schlachten dieses Konfliktes nur reine Scharmützel gewesen sein.«

»Wollt Ihr mir drohen, Le Marle?«, fragte die Königin kühl.

»Nein, ich versuche nur, Euer Gnaden zu warnen. Selbst wenn sich der König der erstarkenden Macht von de Guise beugt, werden wir Hugenotten es nicht tun. Es wird zu einem Bürgerkrieg kommen, dessen Ausmaße Frankreich noch nie …«

»Es reicht!« Katharina hob müde die Hand. »Ich kann Eure Sorgen verstehen, meine Herren, aber ich bin momentan sehr erschöpft. Wir werden dieses Gespräch morgen fortsetzen.«

»Aber Euer Gnaden …«

»Morgen!«

Die Schärfe dieses Befehls führte dazu, dass Le Marle und seine Begleiter sich hastig zurückzogen, auch wenn ihre Enttäuschung deutlich zu sehen war.

Als die Tür hinter ihnen zufiel, ließ Katharina die Schultern sinken und stieß einen tiefen Seufzer aus. Simon hätte wetten können, dass die dunkle Königin nicht oft solche Zeichen der Schwäche zeigte. Gillian räusperte sich und trat vor.

»Verzeiht, Majestät, aber Monsieur Aristide ist da, wie Ihr es gewünscht habt.«

Ohne sich umzudrehen, befahl die Königin Gillian und den übrigen Frauen hinauszugehen. Eine nach der anderen machte einen Knicks und fügte sich, Gillian war die Letzte. Sie blieb noch lange genug, um die Brauen hochzuziehen, als wolle sie Simon ein letztes Mal warnen, bevor sie die Tür schloss und ihn mit der dunklen Königin allein ließ.

Als Katharina langsam vom Fenster wegtrat, machte Simon einen Schritt auf sie zu und wollte sich verneigen. Doch als er seine imposante Gegnerin zum ersten Mal genauer sehen konnte, erstarrte er mitten in der Bewegung: Die dunkle Königin wurde älter, doch sie hatte immer unbezwinglich gewirkt, ja, auf gespenstische Weise unsterblich; nun aber machte sich ihr Alter immer deutlicher bemerkbar. Sie sah mitgenommen und verhärmt aus, tiefe Falten furchten ihre Stirn und ihre Mundwinkel. Die auffälligste Veränderung zeigte sich jedoch in den durchdringenden Medici-Augen: Sie wirkten wässrig, ihr dunkles Funkeln war getrübt.

In ihrer Stimme lag allerdings noch der vertraute leichte

Spott. »Bin ich so hässlich geworden, Monsieur Le Balafre, dass Ihr mich so angafft?«

Simon riss sich zusammen und beendete seine Verbeugung. »Ich schätze diesen Namen nicht mehr besonders, Euer Gnaden.«

»Na gut, dann eben *Monsieur Aristide.* Habt Ihr Euren Schock überwunden, dass ich mich so verändert habe?«

»Verzeiht mir, Euer Gnaden, ich war nur etwas überrascht. Ihr seht – Ihr seht müde aus, mehr nicht.«

»Komplimente von einem Hexenjäger? Damit hätte ich nicht gerechnet. Aber Ihr braucht kein Blatt vor den Mund zu nehmen, ich sehe aus wie eine Xanthippe. Das Alter kann sehr beschwerlich sein.«

»Die Alternative wäre schlimmer.«

Katharina kicherte kehlig. »Komplimente und ein Sinn für Humor? Offenbar bin ich nicht die Einzige, die sich verändert hat, obgleich Ihr so schwer zu fassen seid wie eh und je. Ich habe meine Gehilfen das ganze Land nach Euch durchkämmen lassen.«

»Ich war mir nicht bewusst, dass Euer Gnaden nach mir sucht.«

»Dann hättet Ihr Euch wahrscheinlich noch rarer gemacht, nicht wahr?« Sie streckte ihm die Hand entgegen und befahl: »Tretet näher, mein Augenlicht ist auch nicht mehr das, was es früher war. Ihr braucht keine Angst vor mir zu haben.«

»Das habe ich nicht.« Simon nahm ihre Hand und drückte sie flüchtig.

»Wie bitte? Keine Furcht, als Ihr durch mein Tor geschritten seid?«, spottete sie. »Ist Euch nie in den Sinn gekommen, wie leicht Ihr in diesem Schloss verschwinden könntet?«

Simon konnte seine Überraschung kaum verhehlen. Vielleicht waren Katharinas Augen doch nicht so schwach geworden, wie er gedacht hatte. Er musste weiter auf der Hut sein.

»Das ist es natürlich. Aber es hat mich nicht weiter beunruhigt«, log er. Kurz musste er an Miri denken, doch er verdrängte diesen Gedanken rasch. »Mein Tod würde niemanden besonders berühren.«

»Ihr unterschätzt Euch. Es gibt Hexen in ganz Frankreich, die sich über die Kunde freuen würden, dass Ihr nicht mehr unter den Lebenden weilt. Bei mir hingegen – wenn ich sterbe, wird ganz Paris bestimmt eine Woche lang ein Freudenfest feiern.«

Der Mund der Königin verzog sich ironisch. »Na ja, aber sie müssen leider noch ein Weilchen warten. Ich habe nicht die Absicht, ihnen so bald den Gefallen zu tun. Und Ihr solltet das auch nicht. Früher war unsere Beziehung zwar nicht besonders herzlich, aber ich hoffe, das wird sich ändern, jetzt, wo wir etwas gemeinsam haben.«

»Und das wäre?«

»Wir haben denselben Feind. Die Silberne Rose wird allmählich ziemlich lästig, findet Ihr nicht auch?«

»Euer Gnaden weiß also etwas über dieses Geschöpf?«, hakte Simon vorsichtig nach.

»Dank all der ernsten und langatmigen Botschaften, die Ihr meinem Sohn gesandt habt, bin ich mir seit geraumer Zeit bewusst, dass es sie gibt.«

Katharina humpelte an ihm vorbei. Ihre Bewegungen wirkten steif und gequält. Sie zuckte zusammen, während sie sich vorbeugte, um eines der Blätter aufzuheben, die auf dem Schreibtisch verstreut lagen. Simon erkannte seine Handschrift.

»Seine Gnaden ist momentan zu beschäftigt, er hat keine Zeit für solche Dinge, ja nicht einmal für den Zustand seines König…« Katharina zügelte ihre Zunge.

Simon wusste, dass die Königin sich oft über das sprunghafte Verhalten ihres Sohnes ärgerte, doch sie zeigte ihren Unmut nur selten, zumindest in der Öffentlichkeit. Nun schürzte sie kurz die Lippen, dann fuhr sie fort: »Ich hingegen habe Eure Berichte einigermaßen besorgt gelesen.«

»Eine Sorge, die lange gebraucht hat, um sich zu zeigen, wenn mir Euer Gnaden diese Bemerkung erlauben«, konnte sich Simon nicht verkneifen festzustellen. »Ich schicke diese Berichte bereits seit einem ganzen Jahr an Euren Sohn.«

»Anfangs fand ich darin nichts, was mein Interesse geweckt hätte. Bei diesen wilden Märchen über einen Hexenzirkel dachte ich offen gestanden nur, dass Ihr inzwischen genauso verrückt geworden seid, wie es Euer verstorbener Meister Le Vis war.«

»Und was hat Eure Meinung geändert?«

»Das da.« Die Königin griff nach einem kleinen Kästchen am Rand des Schreibtisches. Simon war davon ausgegangen, dass es Schreibutensilien wie Federn und Tinte barg. Katharina öffnete das Kästchen und nahm vorsichtig einen in ein Leintuch gehüllten Gegenstand heraus. Sie schlug das Tuch auf, und die verwelkten Reste einer Blume kamen zum Vorschein. Obwohl die Blütenblätter nicht mehr glänzten, zeigten sie ihre unverkennbare, seltsam aschfahle Färbung.

»Eine silberne Rose«, murmelte Simon.

»Ich dachte, das verdammte Ding würde nie welken und sterben. Ist es nicht seltsam, dass das Gift, das das Leben dieser Blume verlängert und ihr eine solch außergewöhnliche Schönheit verleiht, für jeden tödlich ist, der damit in Berührung kommt?«

»Auf welche Weise ist dieses Ding in den Besitz von Euer Gnaden gelangt?«

»Eine Anhängerin der Silbernen Rose wollte es mir überreichen – offenbar als kleines Zeichen der Wertschätzung dieser Zauberin. Zum Glück geriet die Rose in die Hände eines meiner Wächter und nicht in meine. Zum Glück für mich natürlich, nicht für ihn.«

Simon wandte den Blick mit Gewalt von dem Kästchen ab und richtete ihn auf die dunkle Königin. »Wollt Ihr mir sagen, dass diese Hexe tatsächlich … tatsächlich …?«

»Die Unverschämtheit besaß, mich ermorden zu wollen? Ganz recht.« Trotz ihres trockenen Tons spürte Simon, dass der Anschlag die Königin ziemlich erschüttert hatte. Selbst er war etwas erschrocken. Er hatte die Silberne Rose für eine Bedrohung gehalten, doch auch er hatte nicht richtig eingeschätzt, wie gefährlich sie wirklich war. Erst in diesem Moment wurde ihm das klar.

»Mein Gott«, murmelte er. »Wenn dieses Geschöpf es wagt, Euer Gnaden anzugreifen, dann … dann …«

»Dann schreckt sie vor gar nichts zurück«, beendete Katharina seinen Gedanken, während sie das Kästchen wieder schloss. »Ihr habt Eure Berichte vor einer Weile eingestellt.«

»Keiner schenkte ihnen Beachtung.«

»Nun, jetzt tue ich es. Also erzählt mir: Seid Ihr inzwischen näher daran aufzudecken, wer diese Hexe ist und was sie will?«

»Wer hinter dem Decknamen ›Silberne Rose‹ steckt, ist mir nach wie vor unklar. Und was sie will …« Simon zuckte die Schultern. »Manchmal habe ich den Eindruck, als ob es ihr nur darum ginge, möglichst viel Bosheit, Angst und Elend zu verbreiten.«

»Jetzt redet Ihr wieder wie ein typischer Hexenjäger«, murrte Katharina. »Es gibt nur sehr wenige Menschen, die Böses nur um des Bösen willen tun. Selbst Verrückte haben meist einen Grund für ihr Tun, zumindest in ihrer Vorstellung. Ich will, dass Ihr herausfindet, welche Ziele diese Silberne Rose wirklich hat, und dass Ihr ihren Ränken und auch ihr selbst ein Ende setzt. Ab sofort schickt Ihr Eure Berichte direkt an mich.«

Simon war überrascht über diese kühle Forderung. Er rieb sich den Bart und dachte fieberhaft darüber nach, wie er sich auf möglichst taktvolle Weise herauswinden könnte. Leider fiel ihm nichts ein.

»Verzeiht mir, Euer Gnaden«, meinte er schließlich ziemlich schroff, »aber ich war mir nicht bewusst, dass ich für Euch arbeite.«

»Verzeiht *mir,* mein lieber Le Balafre«, erwiderte sie mit samtweicher Stimme, »aber ich war mir nicht bewusst, dass Ihr bislang besonders erfolgreich wart.«

»Das stimmt, und deshalb wundere ich mich umso mehr, dass Euer Gnaden meine Dienste wünscht.«

»Nun ja – schließlich seid Ihr der Einzige, der herausgefunden hat, dass es diese Zauberin gibt. Und Ihr seid ein schlauer, einfühlsamer Bursche. Gemeinsam können wir die Silberne Rose vernichten. Ich kann Euch Gelder, Männer und Waffen zur Verfügung stellen – was immer Ihr braucht.«

»Nein«, fauchte Simon, doch als eine kleine Falte zwischen die Brauen der Königin trat, versuchte er, seinen Ton etwas zu mildern. »Ich weiß Euer Angebot zu schätzen, aber …«

»Eher würdet Ihr die Hilfe des Teufels annehmen«, unterbrach sie ihn und lachte trocken. Sie rauschte näher und legte sacht die Hand auf die seine. »Glaubt mir, ich verstehe Euch. Ich weiß, dass Ihr früher einen gewissen Argwohn gehegt und Euch eingebildet habt, dass ich vielleicht selbst eine Hexe bin.

Das ist eine absurde Vorstellung, die, wie ich fürchte, mein eigener Sohn verstärkt hat, als er Euch beauftragte, Frankreich von aller Zauberei zu befreien. Doch damals war meine Beziehung zu unserem König ein wenig – ein wenig angestrengt, auch wenn es nichts Ernstes war. Ein Junge wollte sich gegen den Einfluss seiner Mutter auflehnen, nichts weiter. Aber Heinrich hat längst gemerkt, wie sehr er mich braucht, genau wie Ihr, Monsieur Aristide.«

»Dennoch bevorzuge ich, weiterhin allein zu arbeiten, Euer Gnaden.« Simon versuchte, sich ihr zu entziehen, doch der Griff um sein Handgelenk wurde fester.

Katharina starrte ihn an und versuchte, ihren Blick in den seinen zu versenken. Aber ihre Augen wurden feucht, und sie musste den Versuch aufgeben. Halblaut fluchend wandte sie sich von ihm ab und drückte sich ein Taschentuch an die Augen.

Als sie sich ihm wieder zuwandte, hatte sie ihre stählerne Haltung zurückerlangt. »Wenn Ihr alleine arbeitet, habt Ihr keinen offiziellen Status. Das macht die Sache schwierig. Ihr habt diese Nachforschungen ganz allein aufgenommen, Ihr seid nicht vom König oder dem Parlament dazu beauftragt worden. Wenn Ihr eine dieser Hexen findet, dann handelt Ihr als Ankläger, Richter und Henker in einer Person.«

»Ich töte nur, wenn ich muss«, erwiderte Simon. »Ausschließlich zur Selbstverteidigung.«

»Oh, dessen bin ich mir sicher.« Die Königin schenkte ihm ein schmales Lächeln. »Trotzdem kann selbst ein Hexenjäger aufgrund eines solch fragwürdigen Verhaltens festgehalten werden, zum Beispiel im Verlies eines Schlosses, und zwar so lange, bis die Sache aufgeklärt ist.«

»Soll das eine Drohung sein?«, fragte Simon.

»Nein, nur ein Hinweis, wie unsicher Eure Lage ist. Doch Euch könnte überhaupt nichts passieren, wenn ich Euch den königlichen Auftrag erteilte, Eure Nachforschungen fortzusetzen. Dieses Angebot auszuschlagen wäre höchst unklug.«

Ein Angebot? Eher eine auf seine Brust gesetzte Pistole. Simon trat ans Fenster und versuchte, ein wenig Zeit zu gewinnen, um nachzudenken. Seltsam – noch an diesem Morgen hatte er sich völlig allein und isoliert gefühlt in seinem Bemühen, die Silberne Rose zur Strecke zu bringen. Und jetzt wurde ihm mehr Hilfe aufgenötigt, als er sich je erhofft hatte – allerdings nicht die Hilfe, die er gern gehabt hätte: Einerseits wollte ihm Miri helfen, die freundliche, ernste Miri, nachsichtig wie ein Engel, die sich einbildete, dass die Frauen dieses Zirkels noch gerettet und zum Licht zurückgeführt werden könnten; andererseits Katharina, berüchtigt für ihre Intrigen und dunklen Geschäfte, der es nicht schwerfallen würde, jeden zu beseitigen, den sie als Bedrohung erachtete.

Ihm war, als stecke er zwischen Himmel und Hölle fest. Beide Frauen waren entschlossen, ihn nach ihren Vorstellungen zu benutzen, beide verstanden es ausgezeichnet, ihm ein Bündnis aufzuzwingen. *Wer behauptet eigentlich, dass Frauen das schwächere Geschlecht sind?*, dachte er düster.

Aber bei Katharina blieb ihm keine Wahl; nicht, wenn er weiter hoffen wollte, noch heute Nacht von diesem Schloss fortzureiten. Und so ungern er es zugab – ein offizieller Auftrag konnte sich als nützlich erweisen, wenn es so weit war, dass er die Silberne Rose und ihren Zirkel verhaften konnte.

»Na gut, ich gehe auf Euren Vorschlag ein«, sagte er, dann fügte er widerwillig hinzu: »Danke.«

Die Königin lächelte, als wisse sie genau, wie schwer ihm diese Worte gefallen waren. Sie setzte sich steif an ihren Schreibtisch und nahm ein unbeschriebenes Pergament zur Hand. Als sie die Feder in die Tinte tauchte, meinte sie: »Nun, zu dem Trupp Männer, den ich Euch zur Seite stellen möchte …«

»Ich will keine Männer«, fiel ihr Simon ins Wort.

Katharina verzog das Gesicht, die Hand mit der Feder schwebte über dem Papier. »Wenn der Zirkel so groß wird, wie Ihr befürchtet, könnt Ihr doch als Einzelner gar nichts ausrichten. Was habt Ihr vor, wenn Ihr diese Hexe aufgestöbert habt? Wollt Ihr ihr befehlen aufzugeben?«

»Nein. Ich hatte geplant, die Kirche um Hilfe zu bitten oder einen der Grundbesitzer in der Gegend aufzufordern, mir einige seiner Leute zur Verfügung zu stellen.«

»Diese Sache ist viel zu wichtig, um sie Priestern oder einem Haufen Bauern zu überlassen. Ich werde Hauptmann Gautier und seine Leute …«

»Nein!«, entgegnete Simon mit Nachdruck. »Ich habe aus bitterer Erfahrung lernen müssen, wie schwer es ist, Söldner wie Gautier zu kontrollieren; Soldaten, die eher darauf aus sind, ihre Beutel zu füllen, als der Gerechtigkeit zu dienen; die blind wüten, plündern und brandschatzen und Unschuldige genauso treffen wie Schuldige.«

Katharina schürzte die Lippen. »Nun gut, dann lassen wir die Frage bezüglich der Soldaten eben so lange ruhen, bis Ihr die Zauberin aufgestöbert habt.«

Sie beugte sich über das Dokument und kniff die Augen zusammen. Simon beobachtete sie missmutig, während ihre Feder über die Seite kratzte. Die Königin war überraschend schnell fertig, obwohl sie mehrmals unterbrechen musste, um ihre schmerzenden Finger zu lockern. Als sie die Tinte mit Sand trocknete, meinte sie: »Ich würde Euch empfehlen, mit Euren Nachforschungen im *Messingpferd* anzufangen. Ich gehe davon aus, dass Ihr deshalb dort seid, denn in einem Eurer Berichte habt Ihr Lucie Paillard erwähnt.«

»Ja, aber das ist über ein Jahr her. Und ihre Eltern wissen nichts«, fügte Simon hastig hinzu, weil er befürchtete, die dunkle Königin könne mit dem Gedanken spielen, die beiden zu verhaften. Das unglückliche Paar hatte wegen seiner Tochter bereits genug gelitten. »Ich habe den Wirt und seine Frau gründlich überprüft. Sie haben nicht die geringste Ahnung, wo ihre Tochter stecken könnte. Sie haben seit über einem Jahr nichts mehr von ihr gehört.«

»Ich hingegen schon – leider.«

»Wie bitte?«, fragte Simon scharf.

Die dunkle Königin erhitzte etwas Wachs und tropfte es nahe ihrer Unterschrift auf das Dokument. Simon konnte seine Ungeduld kaum zügeln, auch wenn ihn das dumpfe Gefühl beschlich, dass Katharina eine üble Geschichte zu berichten haben würde.

»Lucie Paillard war diejenige, die sie losschickten, um mich mit der Rose zu vergiften. Sie tauchte in der Verkleidung einer Straßenverkäuferin aus der Menge vor Notre Dame auf. Und sie wäre darin auch entkommen, wenn ich nicht geistesgegenwärtig genug gewesen wäre, sie verhaften zu lassen.«

»Und wo ist sie jetzt?«

»Eine Weile war sie mein Gast in der Bastille, aber die Wärter haben sie etwas zu grob behandelt. Das Mädchen starb bei einem Verhör von de Varneys Männern.«

Niemand stirbt einfach so bei einem Verhör, war Simon versucht zu erwidern. Obgleich er auf solche Werkzeuge nie zurückgegriffen hatte, konnte er sich gut vorstellen, dass die Wärter ihre Befragung mit Streckbank, Spanischen Stiefeln, Peitschen und Daumenschrauben durchgeführt hatten. Simon hatte Lucie Paillard verachtet, weil sie ihr Neugeborenes kaltherzig ausgesetzt und den kleinen Luc auf dem kargen Hügel hatte erfrieren lassen. Aber langsam zu Tode gefoltert zu werden – so ein Schicksal verdiente niemand.

Früher hätte Simon vielleicht anders gedacht oder sich das zumindest eingeredet. Jetzt konnte er nur an Colette Paillard mit ihrem zitternden Mund und ihren traurigen Augen denken. Er fragte sich, ob er je den Mut aufbringen würde, dieser zerbrechlichen Frau zu berichten, was aus ihrem einzigen Kind geworden war.

»Hat de Varney denn wenigstens etwas herausbekommen bei diesem … *Verhör?*«, fragte Simon bissig.

Katharina drückte ihr königliches Siegel auf das Dokument. Sie zögerte, dann erwiderte sie: »Das Mädchen hat uns einen Hinweis gegeben. Kurz vor ihrem Tod hat sie gesagt, dass die Silberne Rose das *Buch der Schatten* in ihrem Besitz habe.«

Simon stockte der Atem. »Das *Buch der Schatten?* Wie ist das möglich?«

»Das müsst *Ihr* mir sagen. Schließlich seid Ihr schuld daran, dass das Buch in der Nacht des Feuers in Eurer Herberge verschwand.« Katharina senkte die Wimpern. »Jedenfalls kam mir das so zu Ohren. Und dann habt Ihr Faire Isle auf der Suche danach verwüstet.«

»Aber nur, weil ich dachte, der Comte der Renard hätte es an sich genommen.«

»Offenkundig habt Ihr Euch geirrt. Ich lege Euch nahe, Euer Gedächtnis und alle Berichte, die Ihr an jenem Tag angefertigt habt, gründlich zu erforschen. Überlegt Euch, wer sonst noch in der Herberge war und Gelegenheit hatte, das Buch zu stehlen. Womöglich könnt Ihr dann unsere schlaue Silberne Rose enttarnen.«

Langsam rollte Katharina das Dokument zusammen. »Das *Buch der Schatten* ist angeblich ein Lehrbuch mit den tödlichsten Zauberformeln, die je erdacht worden sind. Doch es ist in einer uralten Sprache verfasst, die schwer zu entschlüsseln ist. Diese Zauberin hat bereits gelernt, ein sehr machtvolles Gift zu brauen. Wenn es ihr gelingt, weitere Geheimnisse des Buches aufzudecken, brauche ich Euch wohl kaum sagen, mit welchen Gefahren wir dann rechnen müssen.«

»Nein, Euer Gnaden«, murmelte Simon. So sehr es ihn beunruhigte, dass sich das *Buch der Schatten* offenbar in der Hand der Silbernen Rose befand, so sehr beunruhigten ihn auch andere Gedanken, die ihm nun im Kopf herumschwirrten. Für eine Frau, die darauf beharrte, keine Hexe zu sein, wusste die Königin verdammt viel über das vermaledeite *Buch der Schatten* und auch darüber, was in jener Nacht im *Gasthaus zur Eiche* vorgefallen war.

Simon hatte immer befürchtet, die dunkle Königin könne seine Gedanken lesen. Er hatte nie damit gerechnet, dass es einmal umgekehrt sein könnte.

Verflixt und zugenäht, dachte er, *sie ist hinter dem Buch her!*

Jetzt musste er nicht nur die Silberne Rose vernichten, sondern auch noch die Pläne der dunklen Königin vereiteln. Bereits vorher hatte er sich auf schwankendem Grund befunden, doch jetzt war ihm, als versinke er bis zur Hüfte in Treibsand.

Katharina verschnürte das Dokument ordentlich mit einem dünnen schwarzen Band, dann meinte sie: »Sobald Ihr herausgefunden habt, wer die Silberne Rose ist und wo sie sich versteckt, berichtet Ihr mir. Unternehmt sonst nichts weiter, bis ich es Euch befehle. Diese Verhaftung muss nach allen Regeln der Kunst ausgeführt werden. Ich will, dass mir die Zauberin und das Buch sofort überstellt werden. Ich – ich werde nicht ruhen, bis ich mich persönlich davon überzeugt habe, dass dieser gefährliche Text zerstört ist.«

»Selbstverständlich, Euer Gnaden«, erwiderte Simon, auch wenn er dachte, dass er das *Buch der Schatten* eher zur Hölle schicken würde, und wenn er es persönlich dorthin bringen müsste, bevor er es der dunklen Königin auslieferte.

Katharina reichte ihm die zusammengerollte Vollmacht. »Meldet Euch regelmäßig, Monsieur Aristide. Ich würde nur ungern noch einmal Hauptmann Gautier losschicken, Euch zu suchen. Mich bedrängen momentan zu viele Sorgen und Nöte. Wenn es Euch gelingt, mich von der quälendsten Sorge zu befreien, werde ich Euch auf ewig dankbar sein. Ihr könnt mir

Euren Lohn nennen und mich um jeden Gefallen bitten, der Euch am Herzen liegt.«

Simon zog bei diesem Angebot nur die Brauen hoch. Während er das Dokument entgegennahm, konnte er sich nicht verkneifen, sie zu erinnern: »Meinem verstorbenen Meister habt Ihr einmal etwas ganz Ähnliches versprochen. Ein kaltes, dunkles Grab war der einzige Lohn für seine Dienste.«

»Damit hatte ich nichts zu tun. Das ging auf die Rechnung des Comte de Renard. Leider gehört es wohl zum Beruf eines Hexenjägers, sich tödliche Feinde zu machen.« Die Königin lächelte ihn höflich an. »Ich hoffe, dass Ihr besser auf Euch aufpassen könnt.«

»O ja, das kann ich, Euer Gnaden.« Simon lächelte ebenfalls. »Das verspreche ich Euch.«

* * *

Es war schon fast Mitternacht, als die Hofdamen der Königin halfen, sich für die Nacht fertig zu machen. Die Frauen spürten die düstere Stimmung ihrer Herrin und sprachen in gedämpftem Ton, statt wie üblich munter zu plaudern. Katharina achtete kaum auf sie, sie musste sich darauf konzentrieren, die Schwächen ihres Körpers zu unterdrücken, während sie sich unter Qualen in ihr Nachtgewand helfen ließ.

Sämtliche Gelenke schmerzten und pochten; die Reise nach Chenonceau hatte sie an ihre Grenzen der Belastbarkeit gebracht. In ihrer Jugend war sie eine geschickte und furchtlose Reiterin gewesen, aber das war lange her. Ihr Alter und ihr Gewicht lasteten schwer auf ihr, längere Strecken konnte sie nur noch in einer schaukelnden Sänfte zurücklegen.

Die Reise hatte sie wahrhaftig mitgenommen, und das Treffen mit Le Marle und seinen Freunden hatte sie noch weiter strapaziert. *Hugenotten,* dachte Katharina und schnitt eine Grimasse, welch hartnäckiger, schmerzhafter Dorn in ihrem Fleisch.

Das Blutbad in der Bartholomäusnacht war ein Albtraum gewesen, es war weit über das hinausgegangen, was sie im Sinn gehabt hatte. Die Katholiken hatten, von ihr angestachelt, tagelang in Paris gewütet. Am Schluss war Katharina dagestanden mit sehr viel Blut an den Händen und Bergen von Leichen, aufgeschichtet am Ufer der Seine.

Ihr Ruf und der ganz Frankreichs hatten sich dadurch zwar weiter verschlechtert, doch immerhin – so hatte sich Katharina gratuliert – waren die erstarkenden Protestanten eingedämmt. Aber die reformierte Religion hatte sich weiter ausgebreitet wie die Pest. Früher hatte sie sich auf den Südwesten Frankreichs beschränkt, hauptsächlich auf Navarra, doch inzwischen lebten überall Gruppen von Hugenotten.

Katharina war zwar der Meinung, die Menschen sollten ihren Gottesdienst halten, wie sie wollten, solange sie es in Ruhe taten und ohne Ärger zu verursachen. Doch leider lieferten diese Protestanten ihren Feinden – dem Papst, dem König von Spanien und dem Schlimmsten von allen, dem Herzog von Guise – einen perfekten Vorwand, unter dem Deckmantel religiösen Eifers in ihrem Königreich Unfrieden zu stiften.

Der Herzog verlangte vom König ein Treffen, auf dem er die Befehlsgewalt über das Militär an die Katholische Liga übertragen und die reformierte Religion verbieten sollte. *Möge Gott diesen hochnäsigen, ehrgeizigen Kerl strafen,* dachte Katharina verbittert. Wie oft war sie schon versucht gewesen, sich auf ihre Art um ihn zu kümmern: mit einer kleinen Prise Gift in seinem Weinkelch oder einem vergifteten Pfeil in den Rücken. Doch ihr war klar, dass man es ihr anlasten würde, wenn der Herzog auf geheimnisvolle oder gewaltsame Art zu Tode käme. Er war in Paris sehr beliebt. Die ganze Stadt würde sich gegen sie erheben, sie und ihr Sohn würden um ihr Leben laufen müssen.

Nein, dachte Katharina düster, das Treffen würde wohl oder übel stattfinden müssen. Höchstwahrscheinlich würde sich ihr schwacher Sohn zurückziehen und es Katharina überlassen, sich mit dem Herzog auseinanderzusetzen. Und sie hatte nichts gegen ihn in der Hand, sie war waffenlos, es sei denn …

Es sei denn, sie hätte das *Buch der Schatten.* Es war nur eine kleine, verzweifelte Hoffnung, doch es war ihre einzige. Katharina war sich sicher, dass es ihr gelingen würde, die dunklen Geheimnisse dieses uralten Werkes zu entschlüsseln, sobald sie es sich verschafft hatte. Dann stünde ihr unbegrenzte Macht offen, ihre Ängste würden verschwinden und auch die Bedrohung, die vom Herzog von Guise ausging; ja selbst die Verwüstungen, die die Zeit an ihrem Körper angerichtet hatte, könnten rückgängig gemacht werden.

Seit jenem Vorfall in Paris hatte sie Leute ihres Vertrauens auf die Suche nach dem Buch geschickt, aber ihre größte Hoffnung, die Silberne Rose aufzustöbern und das Buch zu bekommen, ruhte nun auf dem schlauen Hexenjäger. Allerdings vertraute sie ihm ebenso wenig wie er ihr. Sie fürchtete, er würde das Buch zerstören, sobald er es gefunden hatte. Deshalb hatte sie Hauptmann Gautier beauftragt, den Hexenjäger nicht aus den Augen zu lassen, und zwar so, dass Aristide nichts davon bemerkte.

»Euer Gnaden?«

Eine leise Stimme holte Katharina aus ihrer sorgenvollen Grübelei. Sie stellte fest, dass Gillian Harcourt neben ihr stand. Katharinas Augen waren so schlecht, dass sie das Gesicht der Frau nur ganz verschwommen wahrnahm, während Gillian ihr ein Tablett reichte, auf dem ihr Schlaftrunk stand, eine Mischung aus warmer Milch und Wein, gewürzt mit Kräutern.

Katharina hatte die Rezeptur für dieses Getränk persönlich zusammengestellt, um ihre Schmerzen ein wenig zu lindern und sich ein paar Stunden Schlaf zu ermöglichen. Oft genug blieb die erwünschte Wirkung jedoch aus. Während Katharina an dem silbernen Kelch nippte und sich bei dem bitteren Geschmack des Trankes krümmte, sinnierte sie düster, dass sie es stets besser verstanden hatte, Gift zu mischen als heilende Tränke.

Ganz anders als die Herrin von Faire Isle. Katharina wunderte sich, dass sie bei dem Gedanken an Ariane einen Stich verspürte. Sie waren zwar seit Langem verfeindet, doch immerhin hatte sich Katharina darauf verlassen können, dass Ariane ehrlich war und lautere Motive hatte. Bei den Menschen in ihrer Umgebung hingegen war das höchst selten der Fall.

Manchmal fürchtete Katharina, dass sie die ganze Welt aus dem Gleichgewicht gebracht hatte, als sie es zugelassen hatte, dass die Herrin von Faire Isle vertrieben wurde. Damit hatte sie sich als weise Frau schwer versündigt. Seitdem schien ein Fluch auf ihr zu lasten, und nichts wollte ihr mehr gelingen.

Endlich war der Kelch leer. Ein kalter Schauder lief ihr über den Rücken, sie schalt sich jedoch sogleich dafür. Mein Gott, was für eine abergläubische Närrin sie doch geworden war! Aber als sie den Kelch auf das Tablett zurückstellte, zitterte ihre Hand, und auch darüber ärgerte sie sich.

Gillian griff nach dem Kelch, um ihn am Umfallen zu hindern. »Euer Gnaden sind heute Abend sehr erschöpft«, murmelte sie mitfühlend. »Euer Treffen mit dem Hexenjäger war bestimmt sehr anstrengend.«

Katharina knurrte nur.

»Ich weiß nicht, welche Dienste Euer Gnaden von Simon Aristide gefordert haben, aber manchmal ist dieser Mann sehr schwierig. Ich würde Euch gern helfen.«

»Wie denn? Indem Ihr ihn verführt?« Katharina lachte nur höhnisch. »Meine liebe Gillian, nicht einmal auf dem Höhepunkt Eurer Schönheit habt Ihr es geschafft, den Mann in Eurem Bett zu halten. In Anbetracht Eurer heutigen Reize könntet Ihr von Glück sagen, wenn Ihr es schaffen würdet, seine Aufmerksamkeit fünf Minuten lang im Stall zu fesseln.«

Die Königin wandte sich ab und humpelte erschöpft zu ihrem Bett. Deshalb entging ihr der glühende Hass, der in den Augen der Kurtisane aufblitzte.

* * *

Gillian huschte durch den Palastgarten. Immer wieder warf sie einen unruhigen Blick über die Schulter. Soviel sie wusste, hatte niemand bemerkt, dass sie sich heimlich im Park herumtrieb. Ihr dunkler Umhang half ihr, mit der Nacht zu verschmelzen. Sie hatte die Kapuze tief in die Stirn gezogen, um ihr blondes Haar und das blasse Oval ihres Gesichts zu verbergen.

Eigentlich wusste sie gar nicht, warum sie so besorgt war. Manchmal hatte sie das Gefühl, sie hätte kühn zum Haupteingang hinausschreiten können statt durch die Küchentür, und keiner der Wächter hätte etwas bemerkt. Seltsam, wie eine Frau mit dem Alter unsichtbar wurde, wenn ihre Schönheit verblasste.

Außerdem waren es nicht die Wächter, die ihr Sorgen machten. Die Männer konnte sie immer mit einer Geschichte über einen Geheimauftrag abspeisen. Doch wenn die Königin je etwas von ihren nächtlichen Streifzügen mitbekäme …

Gillian musste einen Aufschrei unterdrücken, als sie gegen etwas prallte und die dunkle Königin plötzlich vor ihr aufragte. Sie presste sich die Hand an das pochende Herz und betrachtete die in Mondlicht gebadete Statue. Es war eine unheimliche und sehr ungewöhnliche Darstellung der Königin, bei der sich Schlangen um ihre Röcke und Arme wanden.

Gillian erbebte. Ihre Majestät hatte schon immer einen seltsamen Sinn für Humor besessen. Wer sonst hätte sich in einer solch makabren Art darstellen lassen, wie eine von Gott verfluchte Medusa? Die Augen der Statue starrten sie steinern und ausdruckslos an. Sie wirkten ein wenig trüb, wie die richtigen Augen der Königin in letzter Zeit.

Doch im Gegensatz zu den anderen Hofdamen neigte Gillian nicht dazu, die Fähigkeiten ihrer Herrin zu unterschätzen. Sie hatte viel zu lang unter der Macht des Medici-Blicks gelebt. Als junges Mädchen war sie gebannt gewesen von diesen dunklen, stechenden Augen. Das Versprechen auf ein Leben voller Aufregung und Reichtum, mehr als ihr als brave Ehefrau je vergönnt sein würde, hatte sie in die Dienste der Königin gelockt.

Und tatsächlich hatte sie beides in vollen Zügen genossen; doch sämtliche Reichtümer und Juwelen, die sie angehäuft hatte, waren ihr durch ihre verschwenderischen Finger geglitten. Sie hatte nie einen Grund zum Sparen gesehen, jedenfalls nicht, als ihr Leben am Hofe noch ein ständiger Reigen von Amüsement, Intrige und Komplimenten umwerfender Männer gewesen war.

Doch jetzt verzweifelte sie jeden Morgen, wenn sie trotz all der Cremes und Öle im Spiegel eine weitere Falte entdeckte. Komplimente und Bewunderer wurden rarer und rarer, und auch die Wertschätzung der Königin für ihre Dienste schwand. Früher hatte Katharina sich auf Gillians Reize verlassen, wenn es um die mächtigsten Männer Frankreichs ging. Doch der letzte Liebhaber, den die Königin ihr aufgedrängt hatte, war nur ein Sekretär gewesen, ein Angestellter des Herzogs von Guise. Gillian hatte die ungeschickten, plumpen Finger und den Knoblauchatem dieses Kerls völlig umsonst ertragen. Der Sekretär hatte kaum etwas Wertvolles über die Aktivitäten des Herzogs gewusst, und das hatte die Königin, ungerecht, wie sie war, auch noch als Gillians Versagen angesehen.

Dennoch wusste die Kurtisane, dass die Königin sie erst gehen lassen würde, wenn sie auch noch die letzten Reste ihrer Jugend und Schönheit ausgenutzt hatte. Erst, wenn aus ihr eine vertrocknete alte Pflaume geworden war, die nur noch dazu taugte, herumzusitzen und ein paar hübsche Gewänder für die jüngeren, attraktiveren Hofdamen der Königin zu besticken. Nein, sie würde sich erst von der dunklen Königin lösen können, wenn sich diese steinernen Augen für immer geschlossen hatten.

»Pssst! Gillian!«

Eine zischende Stimme, die irgendwo aus den Schatten gedrungen war, erschreckte sie. Sie entdeckte ein flackerndes Licht in einem Hain nahe der verborgenen Grotte. Rasch eilte sie dorthin, bis sie auf eine schlanke Gestalt, gekleidet in Wams und Pumphose, stieß. Aus der Ferne hätte man diese Gestalt für einen jungen Pagen halten können, doch das Licht der Laterne enthüllte ein gertenschlankes Mädchen, so mager, dass sie von der Seite aussah, als könnte sie sich jederzeit in Luft auflösen.

Braune Locken umtanzten ein langes, schmales Gesicht. Ihre rechte Wange, Teile ihres Halses und ihre Hände waren von Narben verunstaltet. Nanette Scoville hatte früher in der Schlossküche gearbeitet und sich mit einem Topf kochenden Wassers schlimm verbrüht.

Als Gillian näher kam, hielt Nanette die Laterne hoch, um ihre Schritte zu lenken.

»Nimm das Licht runter«, flüsterte Gillian scharf. »Willst du, dass man uns sieht?«

Das Mädchen gehorchte sofort. »Du bist spät dran«, beklagte sie sich.

»Es war schwer wegzukommen. Ich dachte schon, die Königin würde nie schlafen gehen.«

Nanette schlang einen Arm um Gillians Nacken und drückte sie herzlich an sich. Dabei schniefte sie laut. Gillian erstarrte und zog sich zurück. Sie beäugte sie wachsam.

»Bist du krank?«

»Nein, es kommt nur davon, dass ich so lange in der kalten Nachtluft herumgestanden bin.« Das Mädchen wischte sich die Nase am Ärmel ab. »Aber das ist nicht so wichtig. Welche Neuigkeiten hast du für die Silberne Rose?«

In Gillians Nacken prickelte es unbehaglich. Obwohl sie im Garten ganz allein waren, weit weg von neugierigen Augen und Ohren, wünschte sie, Nanette würde vorsichtiger sein und diesen Namen nicht laut aussprechen.

»Gute Neuigkeiten, hoffe ich«, flüsterte sie so leise wie möglich. »Die Zeit und der Ort für das Treffen mit dem Herzog von Guise stehen fest: nächsten Monat in Paris, im Louvre.«

»Und sie werden alle da sein? Der Herzog, die dunkle Königin und der König von Frankreich?«, fragte Nanette begierig.

»Sie alle.«

»Oho!«, gluckste Nanette. »Unsere Herrin wird sich freuen.«

»Ich fürchte, meine anderen Nachrichten werden ihr weniger gut gefallen.« Gillian zögerte kurz, dann gestand sie: »Simon Aristide wurde heute zu einer Audienz bei der Königin bestellt.«

»Wie bitte?«, krächzte Nanette.

Gillian legte die Hand vor den Mund des Mädchens und sah sich besorgt um. Doch im Park war es still bis auf eine leichte Brise, die die Büsche und Bäume rascheln ließ, und den fernen Ruf eines Ziegenmelkers.

Nanette schob Gillians Hand beiseite. Obgleich sie sehr beunruhigt wirkte, schaffte sie es, leiser zu reden.

»Der Hexenjäger sollte doch schon längst tot sein. Agatha Ferrers war damit beauftragt. Sie hat sich vor etlichen Wochen aufgemacht.«

»Offenbar hat sie versagt. Ich versichere dir, Aristide ist sehr lebendig. Und was mit Agatha passiert ist, kannst du dir ja wohl denken.«

Nanette erbebte und bekreuzigte sich. »Die arme Seele.« Doch ihre Miene hellte sich rasch wieder auf. »Wir sollten nicht um sie trauern. Die Silberne Rose wird sie wiederauferstehen lassen, wenn die Zeit gekommen ist.«

»Äh – ja.« Gillian schlang die Arme um den Oberkörper und scharrte mit den Füßen. Es war ihr immer etwas unheimlich, wenn Nanette so etwas sagte und in ihren Augen eine fast fanatische Begeisterung glühte.

Das Mädchen legte den Kopf schief wie ein neugieriger Spatz. »O Gillian«, meinte sie traurig. »Du glaubst nicht daran?«

»Ich bin mir nicht sicher«, wich Gillian aus. »Ich würde es ja gern tun, aber die Versprechen dieser Zauberin kommen mir ziemlich unglaublich vor: Zaubersprüche, die Jugend und Schönheit wiederherstellen und Tote erwecken? Selbst die dunkle Königin kann so etwas nicht.«

»Die Königin ist nichts im Vergleich zur Silbernen Rose. Unsere Herrin kann Wunder wirken. Ich habe es mit eigenen Augen gesehen. Erst neulich ist ein Kind einer der Frauen aus unserem Lager, ein kleines Mädchen, kaum älter als zwei, in den Teich gefallen und ertrunken. Die Silberne Rose hat sie geküsst und ihr neues Leben eingehaucht. Ich war dabei.«

»Wirklich?«, stammelte Gillian, noch immer zweifelnd.

Nanette nickte heftig. »Deshalb darfst du den Glauben nicht aufgeben.«

»Es wäre leichter, wenn ich sie treffen dürfte und wüsste, wer sie ist.«

»Alles zu seiner Zeit«, tröstete Nanette sie. »Unsere Herrin ist sehr vorsichtig. Ich habe ihr alles über dich erzählt – wie schlau du bist und dass du als Einzige freundlich zu mir warst, als ich ein Kind erwartete und mit Schimpf und Schande aus dem Schloss gejagt wurde.«

Sie warf den Kopf zurück und sagte ein wenig prahlerisch: »Natürlich wurde ich sofort in den inneren Kreis aufgenommen, weil ich den größten Beweis meiner Treue angeboten habe: mein Kind zu opfern.«

»Mit so einem Beweis kann ich nicht aufwarten«, meinte Gillian bitter. Im Lauf der Zeit hatten die Zaubertränke der dunklen Königin Gillian geholfen, mehrere unerwünschte Schwangerschaften abzubrechen. Das letzte Mal, vor zwei Jahren, war besonders blutig und schmerzhaft gewesen. Gillian hatte gedacht, sie würde es nicht überleben. Sie habe Glück gehabt, hatte die Hebamme gemeint, die sich um sie gekümmert hatte, aber ihr Bauch habe so viel Schaden genommen, dass sie nie wieder ein Kind würde empfangen können.

Gillian nahm an, dass sie dafür dankbar sein sollte. Doch an den Abenden, wenn sie allein, vernachlässigt und vergessen herumsaß, während sich die anderen Hofdamen auf einem Fest tummelten, dachte sie über all die kleinen Leben nach, die sie aufgegeben hatte, und wie alt das eine oder andere Kind jetzt wohl wäre, wenn sie es hätte wachsen lassen.

»Fiel es dir schwer, Nanette?«, fragte sie leise. »Deinen kleinen Jungen zum Sterben auszusetzen?«

»Für mich war das kein kleiner Junge, das war kein Kind, es

war ein Teufel, ein Fluch, der mir in den Leib gepflanzt wurde, als mich der betrunkene Wächter vergewaltigt hat.« Nanettes Gesicht verzog sich, und sie sah aus, als würde sie gleich in Tränen ausbrechen. Ihre Nase fing wieder an zu tropfen, und sie rieb sie heftig.

»Lass uns nicht mehr darüber reden«, schniefte sie. »Sag mir nur, warum der Hexenjäger heute Nacht hier war. Was hat die dunkle Königin denn mit solchen Leuten zu schaffen?«

»Ich bin mir nicht ganz sicher. Ich habe vor der Tür gelauscht, aber nicht alles mitbekommen. Doch ich glaube, sie will ihm bei seiner Jagd auf die Silberne Rose helfen.«

»Was für ein mieses Weib!«, fauchte Nanette und spuckte aus.

Gillian trat hastig einen Schritt zurück. »Nanette! Wie widerlich!«

»Nein, widerlich ist es, wenn eine Hexe die Dienste eines Hexenjägers in Anspruch nimmt.«

»Das tut sie nicht zum ersten Mal. Sie benutzt jeden, der ihren Zwecken dienlich ist.« Gillian stieß einen gequälten Seufzer aus. »Die Königin ist so beschäftigt damit, die ehrgeizigen Ziele des Herzogs von Guise zu vereiteln, dass sie die Silberne Rose gar nicht bemerkt hätte, wenn die kleine Paillard nicht versucht hätte, sie zu töten. Das war sehr töricht von ihr.«

»Unserer Herrin hat es genauso wenig gefallen wie dir. Das Mädchen war übereifrig und hat das Ganze völlig allein ausgeheckt.« Nanette zuckte mit den Schultern. »Sie hat für ihre Torheit bezahlen müssen.«

»So wird es vielleicht uns allen gehen«, sorgte sich Gillian. »Wenn man die dunkle Königin reizt, dann ist es, als würde man eine schlafende Tigerin wecken, und wenn man ihr dann noch Simon Aristide zur Seite stellt …«

»Du machst dir zu viele Sorgen. Sobald ich unserer Herrin Bericht erstattet habe, wird der Hexenjäger vernichtet, das kann ich dir versichern. Weißt du denn, wo er momentan steckt?«

Gillian zögerte, denn plötzlich tauchte eine Erinnerung in ihr auf. Während ihrer kurzen Affäre war es ihr stets schwergefallen, Simon zu überreden, die ganze Nacht mit ihr zu verbringen. Doch sie wusste noch sehr gut, wie angenehm es sich angefühlt hatte, in seinen starken Armen aufzuwachen. Für einen derart skrupellosen Mann konnte er erstaunlich sanft sein.

Sie seufzte und verbannte die Erinnerung aus ihrem Kopf. Wenn Simon sie als Bedrohung erachtet hätte, hätte er bestimmt keinen Moment lang gezögert, ihr Leben in Gefahr zu bringen. Hier spielten persönliche Beziehungen keine Rolle, jeder tat, was er tun musste. Simon würde das so gut verstehen wie jeder andere.

»Aristide ist … er übernachtet im *Messingpferd.*«

»Lucies Elternhaus?« Nanette lachte. »Das ist ja wunderbar. Wenn der Hexenjäger dort umgebracht wird, ist das der passende Tribut an sie.«

»Wie ich Simon kenne, bleibt er nicht lang an einem Ort.«

»Wir werden ihn finden und erledigen, egal wo er sich aufhält. Und diesmal werden wir keinen Fehler machen, das verspreche ich dir. Also hör auf, dir Sorgen zu machen.« Nanette drückte ihren Arm fest und strahlte sie an, obgleich ihre Augen glasig wirkten. »Unser Tag wird kommen, und zwar rasch, Gillian. Der Tag, an dem keine von uns mehr Angst vor einem Mann haben muss, der Tag, an dem es nur noch Macht und Ruhm für die Silberne Rose und ihre Anhängerinnen geben wird.«

»Ja.« Gillian rang sich ein Lächeln ab und versuchte, das Gefühl zu unterdrücken, nur eine Knechtschaft gegen eine andere einzutauschen. Aber das spielte keine Rolle mehr – sie war schon viel zu weit gegangen, um jetzt umzukehren.

10

Die Morgensonne fiel durch die Schlitze der Fensterläden und zeichnete warme Streifen auf das Bett. Miri regte sich und drehte sich um; halb rechnete sie damit, dass Nekromant sich auf ihre Brust gesetzt hatte und ihr mit seiner rauen Zunge das Gesicht abschleckte. Doch als sie sich zwang, die Augen aufzuschlagen, und ihr Blick auf die nackten Wände fiel, erinnerte sie sich stöhnend daran, wo sie war.

Wie gern hätte sie jetzt den schnurrenden Kater neben sich gehabt, der sie allein durch seine Anwesenheit tröstete. Sobald sie einen Fuß über die Schwelle des *Messingpferds* gesetzt hatte, war ihr die Trübseligkeit aufgefallen, die in dieser Herberge herrschte. Ungeachtet der Gefahren, die vor ihr lagen, freute sie sich, diesen Ort bald hinter sich zu lassen.

Langsam schlug sie die Decke zurück, richtete sich auf und streckte sich. Sie fühlte sich ein wenig steif. Obwohl das Bett einigermaßen bequem war, hatte sie unruhig geschlafen. Zum Glück hatten sie keine Albträume gequält, keine Salamander und gigantischen Schachfiguren, kein zerschlagener weißer Ritter, der blutend am Boden lag.

Aber es war ihr schwergefallen einzuschlafen. Sie hatte ständig an den Mann vor der Tür denken müssen. Wie es Simon dort draußen auf dem Fußboden wohl ergangen war? Sie hatte ein schlechtes Gewissen, dass sie ihn dort hatte nächtigen lassen, und nahm sich fest vor, ihn beim nächsten Mal daran zu hindern. Schließlich war sie es gewesen, die darauf bestanden hatte, ihn zu begleiten, und ihm sämtliche Einwände ausgeredet hatte. Deshalb war es nur recht und billig, wenn sie jetzt ihren Teil der Unannehmlichkeiten auf sich nahm. Trotzdem hatte Simon wahrscheinlich gut daran getan, die

Tür als Schranke zwischen sie zu bringen – er war klüger gewesen als sie.

Sie hatte das Verlangen in seinem Blick bemerkt und war sich der Gefahr wohl bewusst gewesen; umso mehr, als sie gespürt hatte, wie sich ihr Puls dabei beschleunigte. Der zärtliche Kuss, den er ihr letzte Nacht auf die Stirn gedrückt hatte, hatte sie zwar anders berührt, aber ebenso tief wie sein hitziger Abschiedskuss in ihrem Häuschen.

Sie war in einer liebevollen Atmosphäre aufgewachsen, die sich häufig in körperlicher Zuwendung ausgedrückt hatte, in innigen Umarmungen und Küssen auf die Wange. Auch wenn sie sich mit Nekromant und mit den anderen Geschöpfen rund um ihr Waldhäuschen verwandt fühlte, hatte sie erst, als Simon wieder in ihr Leben getreten war, gemerkt, wie ausgehungert sie nach menschlicher Nähe war.

Doch ihre Sehnsucht nach Nähe ging bei ihm noch tiefer, sie kam ihr wie etwas Urwüchsiges vor. Simons hungriger Blick, ja schon seine zärtlichen Finger auf ihrer Wange hatten gereicht, um weibliche Regungen in ihr zu wecken, die sie so lange unterdrückt hatte: die Sehnsucht nach der Berührung eines Mannes und nach der Wärme seines Mundes, das heiße, harte Gefühl seiner Hände, die ihre intimsten Bereiche erforschten, sein Leib, der sich auf sie legte …

Obwohl diese Gedanken sie erröten ließen, schämte sie sich nicht. Simon war ein starker, gesunder Mann, und sie war eine Frau in den besten Jahren, um Kinder zu gebären. Waren zwei solcher Geschöpfe in einem Raum, so war es nur ganz natürlich, dass sie zur Vereinigung drängten. Das wusste sie recht gut, schließlich war sie eine echte Tochter der Erde.

Doch als ihr Blick auf das Medaillon fiel, das auf ihrer gefalteten Hose lag, fragte sich Miri, warum sie bei Martin nie solche Regungen verspürt hatte. Diese Frage beunruhigte sie, doch gleichzeitig hatte sie nicht das Bedürfnis, ihr nachzugehen; zumindest nicht so früh am Tag.

Sie stand auf, um sich zu waschen und anzuziehen. In der

Nacht hatte sie nur ihr Unterhemd getragen, und die Morgenluft fühlte sich auf ihren nackten Beinen kühl an. Im Krug war noch ein wenig Wasser, das sie sich nun ins Gesicht spritzte und sich damit den Schlaf aus den Augen wusch. Sie legte das Medaillon wieder an und schlüpfte in ihre Kleider. Gerade als sie sich die Haare flechten wollte, klopfte es.

Miri trat auf Zehenspitzen zur Tür. Noch bevor sie etwas sagen konnte, erklang Simons Stimme. »Miri, ich bin's. Mach auf.«

Eilends befolgte sie seine Aufforderung. Doch als die Tür aufging, stockte ihr bei seinem Anblick der Atem. Er sah völlig verhärmt aus, so, als habe er die ganze Nacht kein Auge zugemacht, und sein Gesicht war kreidebleich. Doch es lag noch etwas anderes darin: Sein Mund war grimmig verzogen, sein Blick düster umwölkt. In ihr regten sich die finstersten Ahnungen.

»Simon, was ist los?«, fragte sie besorgt, während er ins Zimmer trat und die Tür hinter sich verriegelte. »Was ist passiert?«

* * *

Miri sank aufs Bett, während Simon seinen Bericht beendete, nachdem er ihr in allen Einzelheiten die Begegnung mit der Frau geschildert hatte, die Miri von klein auf in ihren Albträumen erschienen war.

Katharina von Medici, die dunkle Königin. Miri erbebte und rieb sich die Arme. Obwohl Katharina seit Langem eine Gegnerin ihrer Familie war, hatte Miri sie nur ein einziges Mal persönlich gesehen, in jenem schicksalhaften August, in dem sie zu Gabrielle nach Paris gereist war.

Sie hatte ihre Schwester zu einem Turnier begleitet, das auf dem Rasen vor dem Louvre stattfand. Die höfische Zurschaustellung der Waffen war allerdings nur eine ausgeklügelte Fassade für Katharinas Ränke gewesen, sich des Hauptmanns Nicolas Remy zu entledigen, des Mannes, den Gabrielle schließlich geheiratet hatte.

Der Versuch der Königin, Remy zu töten, war nur eine von vielen Untaten gewesen, die Katharina Miris Familie im Lauf der Jahre angetan hatte. Obwohl sie einst mit Evangeline Cheney befreundet gewesen war, hatte die Königin eine ihrer verführerischsten Kurtisanen beauftragt, Louis Cheney zu betören. Das hatte seiner Gemahlin das Herz gebrochen. Und es war auch Katharina gewesen, die die Hexenjäger zum ersten Mal nach Faire Isle geschickt hatte auf der Suche nach einem belastenden Beweisstück: Handschuhe, mit denen sie die hugenottische Königin Johanna von Navarra ermordet hatte. Es waren wunderschöne, wenn auch tödliche Handschuhe gewesen, die beinahe auch Gabrielle das Leben gekostet hätten.

Doch der schlimmste Frevel Katharinas hatte sich Miri nur in ihren Träumen gezeigt. Albträume von der Bartholomäusnacht hatten sie gefoltert, lange bevor es zu dem Massaker gekommen war. In ihren Visionen hatte Miri gesehen, wie die dunkle Königin ein Fläschchen entkorkt hatte, dem ein Gifthauch entstiegen war. Mit ihrer schwarzen Magie hatte sie diesen Gifthauch hergestellt, um eine ganze Stadt in Blutrausch und wilden Hass zu versetzen.

Drei Jahre später hatte Miri Katharina dann leibhaftig erlebt. Sie hatte mit einer weitaus finstereren Person gerechnet und nicht mit einer plumpen, matronenhaften Frau. Allerdings war nicht zu bestreiten, dass die Königin eine dunkle Aura umgab, und ihre Augen waren viel zu stechend. Doch Miri hatte an Katharina auch etwas Pathetisches bemerkt: Die Königin hatte große Kraft, sie war schlau und überaus einfühlsam. Diese Gaben hätte sie wahrlich für bessere Zwecke nutzen können als für ihre Verbitterung und ihre Machtgier.

Doch Miris Mitleid mit dieser Frau machte sie nicht blind gegenüber der Gefahr, die von Katharina ausging. Nun musterte sie Simon besorgt.

»Mein Gott! Warum – warum hast du mich nicht aufgeweckt, als diese Männer kamen, um dich zu holen?«

Simon wusch sich mit dem Rest des Wassers die Müdigkeit

und den Staub aus dem Gesicht. »Wie bitte? Hätte ich etwa zusehen sollen, wie du auch noch vor die dunkle Königin geschleift wirst? Zumal ich keine Ahnung hatte, worauf diese Teufelin aus war.«

Miri erhob sich entschlossen und meinte mit einer Spur Ungeduld: »Ich dachte, wir hätten gestern Abend unsere Partnerschaft geregelt. Du musst endlich aufhören, mich beschützen zu wollen!«

Während er sein Schwert holte, das er in der Ecke hatte stehen lassen, fragte sie scharf: »Deshalb hast du es doch getan, oder? Das war doch der Grund, warum du allein zu Katharina gegangen bist.«

Simon hielt beim Gürten des Schwertes inne und warf ihr einen leicht verstimmten Blick zu. »Natürlich. Weshalb sonst?«

»Ich – ich weiß nicht.« Miri erforschte sein Gesicht und versuchte, den dunklen Verdacht loszuwerden, der an ihr nagte, doch er wollte nicht weichen. »Es ist nur … Na ja, schließlich … schließlich hast du ja früher schon für die dunkle Königin gearbeitet.«

»Das war die Entscheidung meines Meisters, nicht meine.« Simons Gürtelschnalle ging laut klappernd zu. »Glaub mir, ich würde mich von Madame Katharina lieber genauso fernhalten wie du.«

»Das würde ich dir nur zu gern glauben, Simon. Aber du warst nicht immer ehrlich zu mir. Sobald wir diese Herberge betraten, habe ich gespürt, dass hier etwas nicht stimmt. Dennoch hast du es vorgezogen, mir nichts von Lucie Paillards tragischer Geschichte zu erzählen.«

»Ich sah keinen Grund dazu«, erwiderte Simon ungeduldig, doch dann seufzte er tief und zügelte sich. »Es tut mir leid. Du hast recht, ich hätte es dir sagen sollen. Ich weiß nicht, warum ich es nicht getan habe. Wahrscheinlich bin ich zu sehr daran gewöhnt, allein zu sein und nur mir selbst Rechenschaft abzulegen.«

Er trat zu ihr und nahm sie an den Schultern. »Miri, ich verspreche dir, ich habe nichts mit irgendwelchen finsteren Plänen der Königin zu tun. Wenn es so wäre, hätte ich dir nichts von diesem Treffen erzählt.«

»Nein, das hättest du wohl nicht«, gab Miri zu.

»Ich hasse es, mit Katharina von Medici zu tun zu haben. Aber ich hatte kaum eine Wahl, ich musste auf ihre Forderungen eingehen. Und vielleicht erweist sie sich ja als nützlich. Die Silberne Rose ist auch ihre Feindin. Sie will es ebenso sehr wie wir, dass die Silberne Rose endlich aufgehalten wird.«

»Nein. Ich fürchte, der Königin geht es im Grunde nur um das *Buch der Schatten.*«

»Ich werde mein Bestes tun, dass es ihr nie in die Hände fällt.« Simon drückte ihre Schultern sanft. »Miri, ich weiß, wie hart es dich ankommt, mir noch einmal zu vertrauen. Aber ich schwöre dir, ich werde einen Weg finden, um beide Hexen, die dunkle Königin und die Silberne Rose, aufzuhalten.«

Miri nickte und rang sich ein Lächeln ab, betonte jedoch: »Wir werden einen Weg finden. Ich bitte dich doch nur um eines: Wenn du das nächste Mal zu einem geheimen Treffen gerufen wirst, denk daran, dass auch für mich etwas auf dem Spiel steht. Seit du mir erzählt hast, was Lucie zugestoßen ist, habe ich noch mehr Angst um Carole. Ich kann nicht für Lucie sprechen, aber ich kann dir sagen, dass Carole ein verzweifeltes, unglückliches Mädchen ist. Wie gelingt es dieser Zauberin nur, junge Frauen aus ihrer vertrauten Umgebung wegzulocken und sie zu verhexen, dass sie solch grauenhafte Dinge tun?«

»Ich weiß es nicht«, erwiderte Simon. »Bei Lucie war es etwas anderes als bei der jungen Moreau, denke ich. Sie wurde von ihren Eltern geliebt, selbst nachdem sie sich von einem jungen Mann, dessen Namen sie standhaft verschwieg, ein Kind anhängen ließ. Gaspard Paillard stellte dem Mann, der sie schließlich heiraten wollte, einem schon etwas älteren, jedoch ehrlichen und achtbaren Müller, sogar eine beträchtliche Mitgift in Aussicht. Aber Lucie wollte nichts davon wissen. Daraufhin verlor ihr Vater die Geduld und drohte ihr, sie einzusperren, bis sie Vernunft annähme. Aber ihre Mutter Colette …«

Simon hielt inne, als er an die Frau dachte, und sein Mund wurde schmal wie bei einer bedrückenden Erinnerung.

»Simon, was ist los?«, fragte Miri.

»Nichts. Mir ist nur eben etwas eingefallen, was ich noch tun muss, bevor wir weiterziehen. Mach du dich fertig, während ich …« Er verzog das Gesicht, dann fuhr er fort: »Während ich ein Versprechen halte, das ich nie hätte geben sollen.«

* * *

Miri steckte sich die Zöpfe fest und verbarg sie unter ihrem Hut. Simon hatte sie gebeten, im Zimmer auf ihn zu warten, während er sich der schwierigen Aufgabe stellen wollte, den Paillards mitzuteilen, dass ihr einziges Kind tot war. Doch Miri konnte seiner Bitte nicht Folge leisten.

Sobald sie in den Gang trat, drang das schrille Weinen einer Frau an ihr Ohr, es klang so jämmerlich, dass es ihr schier das Herz zerriss. Sie eilte nach unten. An der Schwelle zur Schenke erstarrte sie.

Ihr Blick fiel auf Madame Paillard, die gekrümmt dastand, die Hände an den Bauch gepresst, als habe sie einen tödlichen Schlag erhalten, das Gesicht tränenüberströmt. Ihr Mann kauerte reglos auf einem Stuhl und starrte mit dumpfer Miene ins Nichts. Nur Simon versuchte, der Frau tröstend die Hand auf die Schulter zu legen.

Doch Madame Paillard stürzte sich mit einem wütenden Schrei auf ihn und gab ihm eine schallende Ohrfeige. Dann trommelte sie wüst fluchend mit den Fäusten auf ihn ein.

»Fahrt zur Hölle, verfluchter Schuft!«

Miri presste die Hand vor den Mund. Sie rechnete damit, dass Simon die Frau festhalten oder von sich stoßen würde. Das wäre ein Leichtes für ihn gewesen. Doch er ließ alles stoisch über sich ergehen, während Madame Paillard schluchzend stammelte: »W-warum habt Ihr nichts getan? Ihr seid doch ein Hexenjäger. Ihr sollt uns vor dem Bösen beschützen. Wenn Ihr diese – diese grässlichen Frauen von unserem Haus ferngehalten hättet, wenn Ihr verhindert hättet, dass sie mein Mädchen weglocken, hätte sie nie … hätte sie nie … Lucie! Lucie!«

Schließlich erschlafften ihre Arme, und ihre Wut löste sich in unzusammenhängendes Schluchzen auf. Als sie gegen Simon sank, legte er die Arme um sie. Anfangs wirkte er verlegen, doch dann fast zärtlich. Er bettete ihren Kopf an seine Schultern und murmelte etwas Unverständliches. Auf seinem Gesicht spiegelte sich der Schmerz der Frau.

Miri zögerte unschlüssig. Im Raum schien niemand sie bemerkt zu haben. Was sollte sie jetzt tun? Sie wollte helfen, doch sie hatte Angst, mit einer ungeschickten Einmischung die Sache nur zu verschlimmern. Aber bevor sie einen Entschluss fassen konnte, erhob sich Monsieur Paillard. Er knurrte laut nach der Dienstmagd, die zaghaft aus der Küche herbeischlich. Dann zog er seine Frau von Simon weg und schob sie zu der Magd, der er mit einem Blick zu verstehen gab, sich um die Herrin zu kümmern. Während die Magd die weinende Frau in die Küche führte, senkte sich ein schreckliches Schweigen auf den Raum.

»Monsieur Paillard«, hob Simon schließlich mit belegter Stimme an, »ich wünschte, ich hätte …«

Doch der Gastwirt unterbrach ihn mit erhobener Hand. »Ihr habt getan, was Ihr konntet, Meister Hexenjäger«, meinte er düster. »Geht jetzt, und kommt nie mehr zurück!«

Dann verschwand auch Monsieur Paillard in der Küche. Simon blieb mit gesenktem Haupt zurück. Miri kam sich vor wie ein Eindringling bei diesen tragischen Ereignissen, an denen sie unbeteiligt gewesen war.

Vorsichtig näherte sie sich Simon. Er hob den Kopf, als die Dielenbretter unter ihren Schritten knarrten. Seine Miene wirkte so trostlos, dass es Miri in der Seele wehtat. Die Umrisse von Madame Paillards Hand waren verblasst, doch Miri wusste, dass Simon diesen Schlag noch lange spüren würde.

Sie berührte sanft seine Wange an der Stelle, an der die Frau ihn geschlagen hatte. »Simon …«

Doch er hielt ihre Hand fest und zog sie weg. Sein Blick verschloss sich und sperrte sie aus.

»Komm, wir holen unsere Sachen und machen uns auf den Weg«, meinte er. »Es wird heute bestimmt wieder ziemlich heiß.«

* * *

Miri lenkte ihr Pferd auf den unwegsamen Pfad, der sich das Flussufer entlangschlängelte. Die Morgensonne funkelte im trüben Wasser. Da Miri glaubte, dass die drei Frauen, die sie verfolgten, inzwischen auf einem Boot unterwegs waren, hatte Simon beschlossen, ihre Suche am Cher aufzunehmen.

Am Fluss zeigten sich die ersten Zeichen von Leben: Am gegenüberliegenden Ufer fischten zwei ergraute alte Männer, ein Floß, beladen mit Handelsgütern, wurde flussaufwärts gestakt. Offenbar war das ein schwieriges Unterfangen, denn der Wasserstand war ziemlich niedrig. Die Männer auf dem Floß fluchten, als sie auf eine Sandbank aufliefen. Auch im Cher zeigten sich die Spuren der Dürre, die überall im Tal sichtbar waren. Miri schob sich den Hut ein wenig aus der Stirn. Sie bemerkte, dass der Wasserstand an den sumpfigen Ufern gesunken war. Dort waren blasse weiße Wurzeln und Büschel von Seegras zu sehen, die normalerweise im Wasser lagen.

Es war, als hätte die Sonne den Fluss verletzt und seine empfindlichsten Stellen bloßgelegt. Bei dem Mann, der neben ihr ritt, schien es ähnlich zu sein. Seit sie die Herberge hinter sich gelassen hatten, hatte Simon kaum etwas gesagt. Er sah aus, als wolle er auf keinen Fall über die unangenehmen Vorkommnisse in der Schenke reden.

Doch Miri konnte sich gut vorstellen, welch düstere Gedanken an ihm zehrten. Schließlich konnte sie nicht länger schweigen. Sie lenkte Samson ein wenig näher zu Elle und meinte: »Simon, Madame Paillard war völlig außer sich vor Kummer. Sonst hätte sie bestimmt niemals dir die Schuld gegeben …«

»Warum nicht?«, fiel ihr Simon barsch ins Wort. »Ich *bin* schuld. Von mir wird erwartet, dass ich Familien wie die Paillards vor der Hexerei beschütze. Nur aus diesem Grund bin ich Hexenjäger geworden.«

»Aber du hast doch alles versucht, um die Silberne Rose aufzuhalten. Du warst bislang völlig auf dich allein gestellt. Glaubst du etwa, du allein bist dafür verantwortlich, ganz Frankreich vor dem Bösen zu schützen?«

Doch offenbar glaubte er das tatsächlich, wie Miri bestürzt feststellen musste. Sein Mund war von Selbstvorwürfen zu einem bitteren Strich zusammengepresst, sein Gesicht gezeichnet von Bedauern. Er warf einen gehetzten Blick über die Schulter, als ob er wünschte, er könne zum *Messingpferd* zurückkehren und alles für die Paillards richten; als ob er wünschte, er könne die Zeit zurückdrehen.

»Mein Gott, ich hätte Colette Paillard einfach nichts sagen sollen, egal was ich ihr versprochen habe«, murrte er. »Ich habe versucht, ihr möglichst schonend beizubringen, wie ihre Tochter ums Leben kam, aber es wäre wohl besser für sie gewesen, nie zu erfahren, was mit dem Mädchen geschehen ist.«

»Nein, das ist nicht wahr«, erwiderte Miri traurig. »Mein Vater wurde jahrelang vermisst. Du kannst dir gar nicht vorstellen, wie schmerzlich es ist, wenn jemand, den du liebst, einfach verschwindet; wie quälend diese Unsicherheit ist. Ich habe erst letzten Herbst erfahren, dass er tot ist. Es hat mir sehr wehgetan zu hören, dass er nie mehr heimkommen wird, aber es war auch eine Erleichterung, endlich die Wahrheit zu kennen.«

»Das mit deinem Vater tut mir leid, Miri. Doch sehr wahrscheinlich hast du recht – es ist besser, Bescheid zu wissen. Trotzdem ist das Grab ein verdammt kalter und endgültiger Ort. Das ist mir an dem Tag aufgegangen, an dem ich meinen

Vater, meine Mutter und meine kleine Schwester beerdigen musste.«

Er klang hart und steinern. Wäre sie nicht inzwischen so vertraut gewesen mit der Kadenz seiner Stimme, Miri hätte das Leid darin gar nicht bemerkt. Sie erinnerte sich, dass Simon ihr vor Langem von seiner Familie erzählt hatte. Sie waren alle einer Pest zum Opfer gefallen, die seiner Meinung nach von einer Hexe über das Dorf gebracht worden war.

Sachte berührte sie Simons Arm. »Du wirkst so unabhängig, dass ich manchmal vergesse, dass auch du ein Zuhause und eine Familie hattest. Aber du hast mir nie sehr viel von ihnen erzählt.«

»Nur deshalb, weil ich mich bemüht habe, sie zu vergessen.«

»Erinnerungen können schmerzen, aber sie können auch ein Trost sein; manchmal der einzige, der einem bleibt.« Leise fügte sie hinzu: »Erst wenn wir zulassen, dass wir die Menschen, die wir liebten, vergessen, haben wir sie wirklich verloren.«

Simon zog seinen Arm zurück. »Miri, ich weiß, dass du es gut meinst«, sagte er schroff. »Aber es gibt bestimmte Dinge in meinem Leben, bei denen es mir lieber wäre, wenn du nicht daran rührst. Setzen wir besser unsere Suche fort.«

Er trieb Elle zu einer schnelleren Gangart an, sodass Miri es ihm gleichtun musste, um Schritt zu halten. Dass er ihren Trost zurückgewiesen hatte, verletzte sie nicht, es machte sie nur traurig.

Simon war bewusst, dass er wie ein mürrischer Grobian wirkte, seit sie die Herberge verlassen hatten, aber sie stocherte immer wieder an Stellen herum, die zu schmerzlich waren, selbst wenn sie es noch so sanft versuchte. Der Schlafmangel und schwere Schuldgefühle trugen ebenfalls zu seiner schlechten Stimmung bei; Schuldgefühle nicht nur, weil er bei den Paillards versagt hatte. Als Miri wieder neben ihm trabte, vermied er es, sie anzusehen, doch sein Gewissen quälte ihn trotzdem weiter.

Er hatte ihr gegenüber bezüglich seines Treffens mit der

dunklen Königin völlig aufrichtig sein wollen. Aber schließlich hatte er doch eine bedeutende Tatsache unerwähnt gelassen: Er hatte nichts von dem Dokument gesagt, das Katharina ihm ausgestellt hatte und das ihn autorisierte, alle notwendigen Maßnahmen zu ergreifen, um den Zirkel der Silbernen Rose aufzuspüren und zu zerstören.

Warum er Miri diesen Erlass nicht gezeigt hatte, war ihm selbst nicht klar. Vielleicht, weil sie schon sein Treffen mit der Königin ziemlich erschüttert hatte und sie von Katharinas Einmischung alles andere als begeistert gewesen war. Er hatte Angst, dass Miri verlangen könnte, das Dokument zu zerreißen, und er wusste sehr wohl, dass er das nicht tun würde; denn eine königliche Vollmacht konnte sich als sehr nützlich erweisen.

Hast du wirklich davor Angst?, fragte er sich höhnisch. *Dass sie das Dokument vernichtet sehen möchte? Oder hast du nicht eher Angst davor, wie sie reagiert, wenn sie erfährt, dass du das Dokument hast und auch beabsichtigst, es zu benutzen? Dass sie dann wieder vor dir zurückschreckt, dass sich wieder Misstrauen und Zweifel in ihren Blick schleichen?*

Mein Gott, welch verdammter Narr ich doch bin, dachte Simon angewidert. Er hatte Miri persönlich gewarnt, dass es gefährlich war, an ihn zu glauben, und trotzdem gefiel ihm der sanfte, vertrauensvolle Blick, mit dem sie ihn oft bedachte. Ja, es war weit mehr als nur Gefallen: Er hatte angefangen, diesen Blick zu brauchen, und das machte ihm die größte Angst. Er musste einen Weg finden, sie nach diesem gefährlichen Vorhaben schleunigst nach Faire Isle zurück- und aus seinem Leben hinauszuschicken; und zwar bevor sie weiter die Mauer zerstörte, mit der er all die Jahre sein Herz umgeben hatte, und bevor er diese Frau abermals verletzte …

Im Lauf des Vormittags befragte er alle, die ihnen begegneten: Leute, die am Fluss lebten oder darauf unterwegs waren; Arbeiter auf den Lastkähnen, Händler, Fischer und Fährmänner. Aber sie gaben kaum nützliche Auskünfte. Aus langjähriger Erfahrung wusste Simon, dass Männer bei einer Befragung durch einen Hexenjäger ebenso wachsam und zurückhaltend sein konnten wie Frauen.

Und selbst diejenigen, die wirkten, als würden sie gern helfen, zuckten bedauernd die Schultern. Die Zeiten waren schlecht. Es gab zahllose Verzweifelte, die in der Gegend herumstreiften, nach Arbeit suchten und um einen Kanten Brot bettelten. Wer sollte da auf drei weitere Vagabunden achten, auch wenn Miri nach Kräften versuchte, die kleine Moreau möglichst genau zu beschreiben?

Mittags kamen sie erhitzt und entmutigt nach Longpre. In diesem Dorf wollte sich Miri unbedingt allein umsehen. Sie zögerte ein wenig, bevor sie zugab, dass sie hier eine Person kannte, die vielleicht hilfreich sein könnte, die Frau eines Krämers. Aber wie ihre Freundin aus Saint-Malo misstraue auch diese Frau Hexenjägern; es wäre also besser, wenn sie sie allein befragte.

Simon fiel es nicht schwer, den Grund dafür zu erraten. Die Krämersgattin war wohl eine von Miris sogenannten weisen Frauen und kannte sich in Künsten und Praktiken aus, die Simon als verboten erachtete. Die Vorstellung, Miri aus den Augen zu verlieren, behagte ihm nicht, aber er hatte ihr die Freiheit eingeräumt, ihre Leute zu konsultieren, ohne dass er sich einmischte. Dem Hexenjäger in ihm fiel es zwar schwer, sich an sein Versprechen zu halten, und sein Drang, diese Zauberin persönlich in Augenschein zu nehmen, war ziemlich stark; doch da er bereits sein Versprechen, Miri gegenüber völlig aufrichtig zu sein, gebrochen hatte, fand er, dass er nun zumindest diesen Teil ihrer Vereinbarung einhalten musste.

Während Miri im Laden verschwand, stellte sich Simon auf einen kleinen Hügel am Rand des Dorfes, von dem aus er den Laden und die Straße, die zu ihm führte, gut im Blick hatte. Er lockerte die Sattelgurte und ließ Elle und Samson auf dem ziemlich verdorrten Hügel nach ein paar zarten Grashalmen suchen. Wenn Miri zurückkehrte und die Pferde sich ausreichend abgekühlt hatten, wollte er sie an den Fluss zum Tränken führen.

Während die Pferde in seiner Nähe grasten, lehnte sich Simon an eine breite Ulme und kämpfte gegen die Erschöpfung an, die ihn zu überwältigen drohte. Longpre erstreckte sich unter ihm am Ufer des Cher, wie viele andere Weiler in diesem Tal grenzten Felder und Weinberge an das Dorf.

Als die Glocken im Kirchturm zum Angelus-Gebet riefen, sah Simon, wie die Arbeiter auf den Feldern Mittagspause machten. Das Land war Gemeineigentum, sie bestellten es für sich und um dem Grundherren den Zehnt zu bezahlen, wie es auch Simons Vater früher getan hatte.

Sein Vater … Simon spürte den vertrauten qualvollen Stich und bemühte sich, jeden Gedanken an ihn beiseitezuschieben. Aber Miris Worte verfolgten ihn.

»Erst wenn wir zulassen, dass die wir Menschen, die wir liebten, vergessen, haben wir sie wirklich verloren.«

Simon fuhr sich mit der Hand übers Gesicht. Zum ersten Mal seit vielen Jahren ließ er es zu, dass sich Erinnerungen einstellten. Es war wie bei einem Buch, das lange nicht aufgeschlagen worden war: Anfangs wirken die Seiten uralt und brüchig, dann bläst man den Staub weg, und allmählich treten die Schriftzeichen deutlich hervor. In seinem Kopf tauchten Bilder von dem weiß getünchten Häuschen auf, in dem er zur Welt gekommen war. Das Häuschen war klein, aber von seinen Eltern tadellos instand gehalten; immer deutlicher trat es hervor, von dem Gemüsegarten gleich daneben bis zu den Schindeln auf dem Dach. Die Haustür hatte immer etwas klein gewirkt. Beim Eintreten hatte Simons Vater oft den Kopf eingezogen und irgendetwas gemurrt, aber nie einen Fluch.

Javier Aristide hätte vor seiner Frau und seinen Kindern niemals geflucht. Eigentlich konnte sich Simon überhaupt nicht entsinnen, dass seinem Vater je ein zorniges Wort über die Lippen gekommen war. Er war ein sanfter, großherziger Mann gewesen, das Gesicht ledrig von der vielen Feldarbeit, die Nägel abgebrochen, die Handflächen schwielig. Doch im Gegensatz zu vielen anderen Männern im Dorf war er mäßig gewesen, sowohl beim Trinken als auch beim Ausgeben seines schwer verdienten Geldes. Nur in dem September, als Simon elf Jahre alt geworden war, hatte Javier das ganze Dorf zu einem Umtrunk eingeladen.

»Trinken wir auf meinen Sohn Simon!«, hatte er gerufen. »Heute wird er zum Mann, der eine große Zukunft vor sich hat. Mein Junge wird sich nicht ein Leben lang krumm und bucklig schuften müssen, morgen tritt er in den Haushalt des Seigneur de Lacey ein.«

»Aber Papa!«, hatte Simon gemurmelt, hin- und hergerissen zwischen dem Stolz seines Vaters und seiner Verlegenheit. »Ich werde doch nur im Stall arbeiten, ich werde die Ställe ausmisten und mit frischem Stroh auslegen.«

»Na ja, heute ein Stallbursche, morgen ein Pferdeknecht, so wie du mit Pferden umgehen kannst. Und wer weiß, was dann noch alles kommt. Vielleicht wirst du eines Tages der Stallmeister des Seigneur.«

Und bevor Simon ihn daran hindern konnte, sprang sein Vater, sonst so schüchtern und zurückhaltend, auf einen Tisch und forderte die Leute auf, auf die Gesundheit seines Sohnes zu trinken.

Simon lehnte den Kopf an den Baumstamm und wunderte sich, dass ihm diese Erinnerung tatsächlich ein Lächeln entlockte. Schwerer fiel es ihm, sich seine Mutter an jenem Tag ins Gedächtnis zu rufen. Belda Aristides Augen waren rot gerändert gewesen, und sie musste gegen die Tränen ankämpfen, während sie mit ungewohnter Kraft den Brotteig knetete.

»Maman«, hatte Simon protestiert und auf die guten Sachen gedeutet, die sie auf den Tisch gestellt hatte, um sie in einem Beutel zu verstauen. »Die Küche im Château ist riesig. Dort gibt es genug zu essen, ich werde bestimmt nicht verhungern.«

Seine Mutter schniefte. »Erzähl mir nichts über die Küche der Herrschaft, Simon Aristide. Ich kenne die Frau, die dort fürs Backen zuständig ist, es ist ein ungeschicktes, nachlässiges Weib. Ihr Brot wird nie so locker und knusprig sein wie meines.«

»Natürlich nicht«, hatte Simon sie beschwichtigt. »Doch auch wenn ich über den Ställen wohne, wird es mir bestimmt ab und an gelingen, nach Hause zu schleichen und Euch zu besuchen. Das Château liegt keine drei Meilen weg, es ist nur ein kleiner Spaziergang über die Felder.«

Belda hatte sich ein Lächeln abgerungen und die Augen gewischt, wobei sie sich die Wangen mit Mehl beschmierte. Simons kleine Schwester, die dem Gespräch begierig gelauscht hatte, kroch näher und zog an seinem Ärmel.

»Simon?«

Er ging vor ihr in die Hocke. »Was ist denn, mein kleines Hühnchen?«

Lorene schmollte ein bisschen und fauchte wie stets, wenn er sie bei diesem Spitznamen rief: »Ich bin kein Hühnchen! Ich will nur wissen, ob du mich auch einmal ins Château mitnimmst. Ich will mir die Ställe anschauen und die ganzen prächtigen Pferde, um die du dich kümmern wirst.«

Simon verlagerte das Gewicht auf die Fersen und tat, als beäuge er sie scheel. »Ich weiß nicht, womöglich sind die Pferde ziemlich groß und haben sehr große Zähne. Vielleicht würden sie ein kleines Hühnchen wie dich einfach auffressen.«

Sie hieb ihm mit ihrer kleinen Faust auf die Schulter. »Pferde essen keine Hühnchen, du Narr. Und selbst wenn die Pferde meines Herrn sehr wild wären, hätte ich keine Angst. Nicht, wenn du bei mir bist.« Sie schenkte ihm ein zahnlückiges Grinsen. »Ich weiß, du wirst mich immer beschützen, Bruder.«

Aber dann hatte er sie doch nicht beschützt. Weder sie noch seine Mutter noch seinen Vater. Er war völlig in dem aufregenden Leben über den Ställen des Châteaus aufgegangen, er hatte sich um schlanke Jagdpferde gekümmert, die so anders waren als Javiers breitrückiger Ackergaul. Bei all dem hatte er kaum einen Gedanken an sein Zuhause verschwendet. Und als er es dann endlich schaffte, sich zu einem Besuch aufzumachen, war es viel zu spät …

Nun versuchte er, den Kloß im Hals herunterzuschlucken,

und stieß die Erinnerungen wieder beiseite, denn er sah Miri den Hügel heraufkommen. Sie schritt munter aus, so, als wäre ihr Besuch erfolgreich gewesen und als wären sie endlich auf eine nützliche Auskunft gestoßen.

Atemlos kam sie bei ihm an. Sie nahm ihren Hut ab, warf ihn schwungvoll beiseite und wischte sich den Schweiß von der Stirn. Die Strähnen, die aus ihren Zöpfen entkommen waren, wirkten ein wenig feucht, doch ungeachtet der Hitze strahlte sie Simon an und zeigte ihm einen kleinen Korb. »Ein Geschenk von Madame Brisac«, sagte sie und zog das Leintuch darüber weg. Ein paar Trauben, ein knuspriger Brotlaib und ein cremeweißes Stück Brie kamen zum Vorschein.

Simon interessierte sich kaum für das Essen, obwohl er seit gestern nahezu nichts zu sich genommen hatte. Ihm war der Appetit vergangen, als er Madame Paillards Rest von Hoffnung zerstört hatte. Doch als sich Miri im Gras unter dem Baum niederließ, setzte er sich neben sie.

»Da du aussiehst wie eine Katze, die eine Schüssel Sahne ergattert hat, gehe ich davon aus, dass du etwas erfahren hast. Was hat die weise Frau dir erzählt?«

Miri teilte gerade das Brot. Sie hielt inne und zwinkerte ihm zu, und dann verzog sich ihr Mund zu einem derart umwerfenden Lächeln, dass Simon fragte: »Was ist denn los?«

»Nichts.« Miri kämpfte gegen ein freudiges Grinsen an, doch ihre Lippen zitterten, und in ihren Wangen zeigten sich Grübchen. »Du hast nur gerade zum ersten Mal ›weise Frau‹ gesagt statt ›Hexe‹. Vielleicht bist du doch kein hoffnungsloser Fall, Simon Aristide.«

»Darauf würde ich mich nicht verlassen. Wirst du mir jetzt endlich verraten, was die Frau gesagt hat?«

Miri reichte ihm ein Stück Brot und etwas Käse. Sie konnte ihre Aufregung kaum unterdrücken. »O Simon, offenbar sind sie vor einigen Tagen durch dieses Dorf gekommen. Nach allem, was Madame Brisac mir erzählt hat, müssen es Carole und die beiden Hexen gewesen sein.«

»Aha. Zum ersten Mal hast du freiwillig ›Hexe‹ gesagt und nicht ›weise Frau‹.« Simon konnte sich nicht davon abhalten, sie ein wenig zu necken. »Vielleicht gibt es auch für dich Hoffnung, Miribelle Cheney.«

Miri zog die Nase kraus und schnitt eine Grimasse. Sie legte das Stück Käse weg, von dem sie gerade abgebissen hatte, und meinte: »Madame hat gesagt, es waren drei: eine sehr große, dralle Blondine namens Ursula und eine kleine Brünette mit einem koboldhaften Gesicht – das klingt ganz so, wie der alte Sebastian die Frauen beschrieben hat, die Carole mitgenommen haben – und ein junges, hellhaariges Mädchen.«

Miris frohe Miene verdüsterte sich. »Madame hat gesagt, das Mädchen habe blass und krank gewirkt. Und sehr unglücklich. Sie sah aus, als würde sie jeden Moment in Tränen ausbrechen. Aber wenn sie es getan hätte, hätte ihr Ursula bestimmt eine Ohrfeige verpasst.«

Simon beugte sich vor und umschloss Miris Handgelenk. »Mach dir keine Sorgen. Wir werden das Mädchen finden. Wir werden sie retten.« Das war zwar ein ziemlich voreiliges Versprechen, doch Simon hätte in dem Moment alles getan, um die besorgten Furchen auf Miris Stirn zu glätten. »Offenbar hattest du recht und das Mädchen ist nicht freiwillig mitgegangen. Du darfst jetzt ruhig verkünden: ›Das habe ich doch die ganze Zeit gesagt.‹«

Miri schüttelte den Kopf, wirkte jedoch ein wenig getröstet. Ein Hoffnungsschimmer kehrte in ihre Augen zurück. »Offenbar reisen sie nicht mehr den Fluss entlang. Sie haben sich zwei Mulis besorgt.«

»Höchstwahrscheinlich gestohlen«, meinte Simon, nachdem er einen Mundvoll Brot und Käse hinuntergeschluckt hatte.

»Das haben die Dorfbewohner auch vermutet. Madame Brisac meinte, die Leute im Dorf hätten die drei für Zigeunerinnen gehalten und sie nicht ermuntert, länger zu bleiben.«

»Das würde passen. Die Mitglieder dieses Zirkels streifen oft als Zigeunerinnen verkleidet im Land umher. Ich vermute, deshalb hat sich auch Lucie Paillard auf sie eingelassen. Angeblich hat sich das Mädchen immer gern von Zigeunern weissagen lassen.« Simon wischte die Brotkrumen von den Händen und nahm ein paar Trauben, die Miri ihm anbot. »Hat Madame Brisac denn eine Ahnung, wohin die drei gegangen sind?«

Miri musste erst hinunterschlucken, bevor sie ihm antworten konnte. »Madame glaubt, sie haben den Weg nach Norden Richtung Paris eingeschlagen.«

War Paris das Ziel der Hexen? Wenn Miri nicht gewesen wäre, hätte Simon die Frauen wahrscheinlich verfolgt, bis sie ihn zur Silbernen Rose führten. Aber Miri war bestimmt viel zu besorgt um Carole Moreau, um sich zurückzuhalten. Deshalb hoffte er stark, dass er Miri überreden konnte, nach Faire Isle zurückzukehren, sobald Carole gerettet war.

Nach dem Essen war Simon bereit, die Reise fortzusetzen. Er dachte, dass Miri ebenso erpicht sein würde, doch als er aufstehen wollte, sprang sie hoch und presste die Hand auf seine Schulter.

»Nein, Simon. Ruh dich ein Weilchen aus.«

»Aber die Hexen haben einen beträchtlichen Vorsprung. Wenn sie die Mulis dabeihaben, ist das günstig für uns. Wir holen sie bestimmt ein, wenn wir zügig reiten. Die Pferde sind ausgeruht …«

»Aber du bist es nicht«, beharrte sie. »Du bist fast grau vor Müdigkeit, und ich habe vor unserer Pause bemerkt, dass du im Sattel beinahe eingenickt bist.«

»Das mache ich gelegentlich, wenn ich nicht genug Schlaf bekommen habe«, gab Simon zu. Er streifte Miris Hand ab und erhob sich. »Elle ist daran gewöhnt. Sie geht immer ein bisschen langsamer, wenn sie spürt, dass die Zügel schlaffer werden.«

»Aber sie kann dich nicht auffangen, wenn du hinunterfällst. Das beunruhigt sie.«

»Ach so? Hat sie dir das erzählt?«, fragte Simon gedehnt.

»Jawohl«, erwiderte Miri sachlich.

Er musterte sie schief, denn er merkte, dass sie nicht scherzte. Seit er Miri kannte, hatte sie darauf beharrt, dass sie mit den Tieren sprechen konnte, und bei dieser Behauptung war Simon immer etwas unheimlich geworden.

Sie schob das Kinn vor und runzelte die Stirn. »Schau mich nicht so an, Simon Aristide. So, als ob du glaubst, ich wäre verrückt oder von einem bösen Geist besessen. Elle spricht doch auch mit dir. Du hast mir gesagt, dass sie dich oft vor Gefahren warnt.«

»Ja, aber das ist etwas anderes«, erwiderte Simon. »Ich merke es an der Art, wie sie wiehert oder scheut, oder wie sie den Kopf nach hinten wirft.«

»Sie spricht auf die unterschiedlichsten Weisen mit dir, so, wie es alle Tiere tun. Ich kann sie eben besser verstehen als die meisten Menschen. Und zufällig weiß ich, dass Elle sich ziemliche Sorgen um dich macht. Sie findet, dass du dich nicht ausreichend um dein Wohl kümmerst.«

Simon warf einen Blick auf sein Pferd. Beunruhigt stellte er fest, dass Elle den Kopf gehoben und die Ohren gespitzt hatte, als ob sie wüsste, dass sie gerade über sie sprachen.

»Aber ich kann nicht einfach in der freien Natur einschlafen, noch dazu mitten am Tag. Du wärst dann völlig ungeschützt …«

Miri legte den Zeigefinger auf seinen Mund, um ihn am Weiterreden zu hindern. »Doch, das kannst du. Wir sind hier sicher. Du hast doch selbst gesagt, dass die Mitglieder dieses Zirkels dich noch nie am Tag angegriffen haben. Und wie willst du mich beschützen, wenn du im Sattel zusammenbrichst? Du hast mich gebeten, dir zu vertrauen; aber du musst auch lernen, anderen zu vertrauen. Leg dich eine Weile hin und mach die Augen zu«, drängte sie. »Verlass dich darauf, dass ich auf dich aufpasse.«

Sie wusste nicht, wie schwer ihm das fiel. Es war schon so lange her, dass er sich auf einen anderen und nicht nur auf sich selbst verlassen hatte. Aber sie hatte recht. Er war todmüde, und er würde ihr wenig nutzen, wenn seine Wachsamkeit derart eingeschränkt war.

»Na gut«, willigte er grummelnd ein. »Aber lass mich nicht länger als fünf Minuten schlafen, hörst du?«

Miri lächelte ihn nur heiter an. Sie führte die Pferde zum Fluss, während Simon sich unter dem Baum ausstreckte. Als sie zurückkehrte, schlief er tief und fest, den Kopf auf einen Arm gebettet.

Sie setzte sich behutsam neben ihn, bedacht, ihn nicht zu wecken. Er sah schrecklich erschöpft aus, als würde er nicht einmal im Schlaf seinen Sorgen und Gewissensbissen entkommen können. Sie konnte sich nicht zurückhalten, sie musste ihm eine Haarsträhne aus dem Gesicht streichen. Ihre Fingerspitzen berührten seine Augenklappe. Sie war versucht, sie ihm abzunehmen, doch sie fürchtete, das würde er als weitere Zudringlichkeit empfinden. Er zeigte seine Wunden nicht gern, weder die körperlichen noch die tief in seinem Herzen.

Sie kannte ihn nun schon recht lange; seit sie beide noch blutjung gewesen waren und sie sich in ihn verliebt hatte bis hin zu der Zeit, als er zu dem Mann geworden war, den sie zu hassen geglaubt hatte. Simon Aristide, der berüchtigte Le Balafre, der Meister der Hexenjäger, der Fluch von Faire Isle. Doch in den vergangenen zwei Tagen hatte sie noch eine andere Seite an ihm entdeckt: den Mann, der ihr einen keuschen Gutenachtkuss gegeben und galant eine Tür in die Schranke zwischen ihnen gemacht hatte. Derselbe Mann hatte sich ganz allein einer gefährlichen Feindin gestellt, um Unheil von Miri fernzuhalten. Und eben dieser Mann hatte Colette Paillard in die Arme genommen und versucht, ihr Leid zu lindern – Simon Aristide, der Tröster und Beschützer.

»Wer bist du wirklich, Simon?«, flüsterte Miri. »Ich warne dich, diesmal werde ich es herausfinden, egal wie sehr du dich bemühst, dein Herz abzuschotten.«

Doch vorläufig gab sie sich damit zufrieden, über seinen Schlaf zu wachen.

* * *

Simon stolperte durchs Dorf, die Gassen waren leer und still, Rechen und Pflüge standen verlassen auf den Feldern, Haustüren hingen schief in den Angeln.

»Mama? Papa? Lorene?«, schrie er völlig außer sich. Aber es kam keine Antwort, nur der Wind heulte gespenstisch, und sein Herz hämmerte. Es war, als wäre er das einzige lebende Wesen auf der ganzen Welt.

Doch dann sah er die alte Frau auf dem Dorfanger, ihr dünnes graues Haar wehte im Wind, während sie leise fluchend etwas in den Brunnen warf.

»He, du! Was machst du da?«, rief Simon.

Das alte Weib richtete sich auf und grinste, wobei sich schwarze Zahnstummel zeigten. Als Simon zu ihr stürmte und sie packen wollte, erhob sich die Hexe gackernd in die Lüfte.

Er duckte sich, als sie, die Nägel wie Krallen ausgefahren, auf ihn zuflog. Doch als sie an ihm vorbeisauste, merkte er entsetzt, dass sie es gar nicht auf ihn abgesehen hatte. Sie hielt auf ein Kind zu, das auf der Wiese Gänseblümchen pflückte. Die Kleine hatte den dunklen Kopf gesenkt und war völlig versunken, sodass sie nicht sah, wie die Hexe sich auf sie stürzen wollte.

»Lorene!«, schrie Simon, doch seine Stimme wurde vom Wind davongetragen. Er begann zu rennen, seine Beine flogen, aber er wusste, er würde es nicht rechtzeitig schaffen. Endlich hob Lorene den Kopf und schrie erschrocken auf, als sie die Hexe näherkommen sah.

»Lorene!« Simon erwachte keuchend und fuhr hoch. Er kniff die Augen gegen das helle Licht der Sonne zusammen und war noch ganz benebelt von seinem Traum. Erst wusste er gar nicht, wo er sich befand, bis ihm klar wurde, dass sich eine Frau über ihn beugte. Ihr Gesicht war von einer silberhellen geflochtenen Krone umrahmt, ihre Augen schimmerten besorgt.

»Simon, geht es dir gut?«, fragte Miri.

Er atmete tief durch und fuhr sich mit der Hand übers Gesicht, um die letzten Reste des Schlafes wegzuwischen. »Ja, es war nur – es war nur …«

»Ein böser Traum«, ergänzte sie. Sie hielt inne, dann fragte sie leise: »Wer ist Lorene?«

Simon schnitt eine Grimasse, es war ihm schrecklich peinlich, dass er im Schlaf geredet und gewimmert hatte wie ein verängstigtes Kind.

»Niemand«, fing er unwirsch an, doch die Leugnung blieb ihm in der Kehle stecken. Er starrte auf seine Hände, die zwischen seinen Knien baumelten. »Sie ist … sie war meine Schwester.«

Miri ergriff seine Hände und drückte sie sanft und tröstend. In ihren Augen standen viele Fragen, aber sie drängte ihn nicht, sie wartete stumm ab.

Doch Simon hatte das Gefühl, dass er an diesem Tag genügend quälende Ausflüge in seine Vergangenheit unternommen hatte. Mein Gott! Dieser Albtraum hatte ihn seit Jahren nicht mehr geplagt. *Das hat man davon, wenn man Erinnerungen zulässt,* dachte er verstimmt.

»Es geht mir gut, es war nur ein dummer Traum.« Er wollte ihre Hand an die Lippen führen, doch dann ließ er sie los. »Es tut mir leid, wenn ich dich beunruhigt habe. Es ist mir wirklich peinlich, dass ich mich so benommen habe.«

»Du brauchst dich nicht zu schämen. Jeder hat schlimme Träume.« Sie senkte den Blick und gestand: »Auch ich … auch ich habe manchmal welche.«

»Ja, meine Liebe, aber ich bin ein Hexenjäger. Ich sollte Albträume auslösen und nicht selbst haben.« Er versuchte zu lächeln und die Stimmung ein wenig aufzuhellen, während er langsam aufstand.

Er hielt ihr seine Hand hin, sie holte sich ihren Hut, den sie abgenommen hatte, dann ließ sie sich von ihm hochziehen. Simon runzelte die Stirn, als er sah, wie weit die Sonne bereits über den Himmel gewandert war.

»Miri, ich habe dir doch gesagt, dass du mich nicht so lange schlafen lassen sollst!«

»Du warst müde, du hattest die Ruhe bitter nötig.«

»Aber für dich war es bestimmt tödlich langweilig, dazusitzen und mir beim Schnarchen zuzuschauen.«

Sie spielte mit ihrer Hutkrempe und schüttelte den Kopf. Leise lächelnd erwiderte sie: »Nein, auch mir hat es gut getan, einen friedlichen Moment zu genießen. Trotz der Dürre ist dieses Tal noch sehr schön, und nach all den finsteren Dingen, die in letzter Zeit passiert sind, fand ich es sehr tröstlich, den Leuten bei der Verrichtung ihrer alltäglichen Arbeit zuzusehen.«

Simons Blick schweifte zum Fuß des Hügels. Er konnte Miri gut verstehen: Longpre schien tatsächlich fern aller Gefahren und des Bösen. Allerdings wusste er aus bitterer Erfahrung, wie rasch sich so etwas ändern konnte, wie eine solche Heiterkeit im Handumdrehen zerstört werden konnte. Dennoch hatte es etwas Tröstliches zu sehen, wie zwei Knaben mit einem kleinen schwarzen Hund die Gasse entlangrannten, eine plumpe Hausfrau ihre Wäsche zum Trocknen aufhängte und ein paar lustige Burschen von einem Floß ins Wasser sprangen und lärmend im Fluss herumplanschten.

Ein paar lustige *nackte* Burschen …

Simon räusperte sich und trat rasch vor Miri, um ihr diesen Anblick zu ersparen. Sie lächelte, als ihr klar wurde, was er zu tun versuchte. Offenbar amüsierte sie das.

»Ist schon in Ordnung, Simon. Ich habe die Burschen schon eine ganze Weile lang beobachtet, wie sie sich im Fluss abkühlen. Ich habe sie sehr beneidet, muss ich hinzufügen«, sagte sie und fächelte sich mit ihrem Hut ein bisschen Luft zu. »Ein Bad wäre sicher ungemein erfrischend.«

»Aber Miri, diese Männer sind … sie sind …«

»Nackt?« Sie zuckte mit den Schultern. »Ich finde, es gibt keinen Grund, sich wegen seines Körpers zu schämen. Wir sind so, wie Gott uns geschaffen hat. Und diese jungen Männer sind schöne, stramme Beispiele für Seine Schöpfung. Wenn auch nicht so schön wie du.«

»Aber – aber du hast mich doch nie nackt gesehen. Oder etwa doch?«, fügte er beunruhigt hinzu.

Ihre Wimpern senkten sich züchtig. »Nicht völlig. Aber damals, als ich dich auf Faire Isle versteckt hatte, habe ich dir Kleider gebracht, damit du deine Kutte ablegen konntest. Als du dich zum Umziehen in die Büsche verdrückt hast, habe ich gelugt.«

»Miribelle Cheney!«

In ihrem Lächeln lag keine Spur von Reue. »Ich konnte nicht anders. Ich war schrecklich neugierig. Daran war Gabrielle schuld. Sie hat mir ständig erklärt, dass Hexenjäger Frauen nur deshalb so hassen, weil ihre männlichen Körperteile verkümmert sind.«

»Ich hasse Frauen nicht, und meine männlichen Körperteile sind … sind völlig normal«, entgegnete Simon empört.

»Das muss ich dir wohl einfach glauben. Ich habe damals nicht genug gesehen, um mich davon zu überzeugen.« Ihre Augen funkelten schelmisch. »Aber das, was ich gesehen habe, war recht annehmbar.«

Obwohl Simon sich ärgerte, weil ihm die Röte ins Gesicht stieg, musste er lachen. »Ich habe nie geahnt, dass du eine solch kleine Teufelin warst.«

»Weil du zu beschäftigt warst, dir einzubilden, ich sei eine Hexe.«

»Nein, das habe ich nie gedacht.« Er berührte ihre Wange, und aus seinem Lachen wurde ein zärtliches Lächeln. »Nicht ein einziges Mal.«

Sie erwiderte sein Lächeln. Ihre Augen strahlten so silbern wie der Fluss, und ihre Lippen waren weich und feucht. Wie leicht es wäre, die Hand zu ihrem Nacken gleiten zu lassen, sie an sich zu ziehen, die Süße dieser einladenden Lippen zu kosten. Wie leicht es wäre, sie … sie zu lieben.

Der letzte Gedanke erschütterte Simon zutiefst. Hastig ließ er die Hand fallen. »Wir sollten jetzt aber wirklich aufbrechen und den Rest des Tages nutzen. Mit einem Quäntchen Glück könnten wir die Hexen morgen am Spätnachmittag eingeholt haben.«

Er marschierte zu den Pferden und stellte fest, dass es weitaus leichter war, sich darauf zu konzentrieren, Elle den Sattel aufzulegen, als zu sehr über Miris Wirkung auf ihn nachzudenken. Verlangen ... o Gott, wenn es wenigstens nur Verlangen wäre, was sie in ihm weckte! Lust, Leidenschaft, solche Regungen konnte er verstehen, damit konnte er umgehen. Doch sie weckte weitaus tiefere Gefühle in ihm, und das beunruhigte ihn.

Sie war ihm zu den Pferden gefolgt, sattelte Samson jedoch nicht, sondern blieb untätig neben Simon stehen.

»Simon ...« Sie berührte seinen Arm.

Als er einen Blick auf sie wagte, bemerkte er, dass sie niedergeschlagen aussah und in ihren Augen wieder Schatten lagen. Wahrscheinlich deshalb, weil er die Hexen erwähnt hatte.

Sie sah ihn ernst an. »Wenn wir diese Frauen eingeholt haben, dann wirst du ... dann wirst du dich an dein Versprechen erinnern, oder? Du hast eingesehen, dass Carole unschuldig ist und ihr kein Leid zugefügt werden soll, nicht wahr?«

»Ja«, erwiderte er knapp.

»Und die anderen?«

Simon konnte sich nicht überwinden, ihr eine Antwort zu geben, doch der entschlossene Zug um seinen Mund war wohl Antwort genug.

Miri erbebte. »Aber was ist, wenn einige andere in dem Zirkel genau wie Carole überlistet oder gezwungen worden sind, sich der Silbernen Rose anzuschließen?«

Simon seufzte. »Miri, ich werde alles tun, damit alle Frauen einen fairen Prozess bekommen. Alle bis auf eine.«

Seine Lippen wurden schmal.

»Für die Silberne Rose wird es keine Gnade geben.«

11

Über Paris verblasste das Licht eines weiteren drückend heißen Tages. Die abendlichen Schatten boten kaum Erleichterung. Ein weiterer Tag, an dem die Sonne die Stadt in ihre Glut getaucht hatte, ohne dass Regen in Aussicht stand, machte die Menschen gereizt und antriebslos, vor allem in den ärmeren Vierteln. Auf der Rue de Morte war nahe einer Taverne wieder einmal ein Streit entflammt, Fäuste flogen, Messer blitzten. Doch es war viel zu heiß, um die übliche Menge johlender Gaffer anzulocken; selbst die Taschendiebe waren zu schlaff, um den Vorteil zu nutzen, den ihnen eine solche Ablenkung verschafft hätte.

Die drei Frauen, die auf der schmalen Straße unterwegs waren, schlugen einen weiten Bogen um die Taverne. Ursula Gruen, die den anderen den Weg wies, war eine große, grobknochige Frau mit strohfarbenem Haar. Sie stand in auffälligem Gegensatz zu Odile Parmentier, einer zierlichen Frau mit einem scharfkantigen kleinen Gesicht, das etwas Koboldhaftes an sich hatte.

Seit ihrer Ankunft in Paris waren die beiden in einen leisen Streit vertieft. Ab und zu blieben sie stehen und warfen einen Blick auf das unglückliche Mädchen, das hinter ihnen hertrottete.

»Wir sollten sie loswerden, solange wir noch Zeit haben«, brummte Ursula. »Ein törichtes, nutzloses, heulendes Gör. Du hast einen Fehler gemacht, als du sie angeworben hast, Odile. Aber das willst du einfach nicht zugeben.«

»Ach mein Gott, das Mädchen ist noch sehr jung. Gib ihr eine Chance«, wisperte Odile. »Lass die Silberne Rose über ihr Schicksal entscheiden.«

Carole Moreau schleppte sich hinter den zwei Frauen her, sie wusste ganz genau, dass es bei dieser Auseinandersetzung um sie ging. Aber sie war so mit ihrem Elend beschäftigt, dass ihr alles egal war. Sie war erschöpft und hungrig, ihre Kehle war ausgedörrt, ihre Beine schmerzten. Das Leder ihrer Schuhe war so dünn geworden, dass sich an einer Ferse eine hässliche Blase gebildet hatte, und ihre schmutzigen Kleider waren schweißnass und klebten an ihrem mageren Körper. Ihre rechte Wange war geschwollen von der letzten Ohrfeige, die ihr Ursula mit ihrer hammerharten Faust versetzt hatte. Odile hatte Carole mehrmals vor ihr gewarnt.

»Ursula sollte man besser nicht reizen. Sie ist sehr jähzornig. Sie hat sogar ihren eigenen Mann ermordet. Sie hat ihm mit einem Schürhaken den Schädel eingeschlagen. Deshalb musste sie aus ihrem Dorf fliehen, und deshalb ist sie auch zur Silbernen Rose gestoßen, weil sie keine Lust auf den Hanftanz hatte.«

»Den – den Hanftanz?«, hatte Carole gestammelt.

»Den Galgen, den Tod durch den Strick, du dumme kleine Gans.« Odile hatte den Kopf schief gelegt, den Arm hochgehoben und so getan, als hänge sie an einem Strick, wobei sie mit den Füßen einen hektischen kleinen Tanz aufgeführt hatte.

Carole war bei Odiles Warnung zwar erschrocken, doch es war ihr schon immer schwergefallen, den Mund zu halten. Die letzte Ohrfeige hatte sie sich geholt, als sie gewagt hatte, sich darüber zu beschweren, dass die Frauen die gestohlenen Maultiere so schlecht behandelten. Nachdem sie die armen Tiere so lange geritten hatten, bis sie kurz vor dem Zusammenbruch standen, hatte Ursula darauf beharrt, sie loszuwerden, bevor man sie mit ihnen erwischte. Sie hatte sie freigelassen und sie in einem dichten Wald ihrem ungewissen Schicksal überantwortet.

Die Hitze hatte Ursula noch mürrischer gemacht. Als Carole versucht hatte, ihr diese Grausamkeit auszureden, hatte Ursula sie so heftig geschlagen, dass sie zu Boden ging, und nur gefaucht, dass sie fast am Ziel seien. Sie bräuchten die Mulis jetzt nicht mehr, doch immerhin wären sie nützlich gewesen – was sie bei Carole stark bezweifle.

Diese Auseinandersetzung hatte kurz vor Paris stattgefunden. Seitdem hatte sich Carole in düsteres Schweigen gehüllt. In einer Sache hatte Ursula immerhin recht gehabt – sie war für niemanden mehr von Nutzen oder Wert. Als sie das letzte Mal einen Blick in einen Spiegel erhascht hatte, war sie erschrocken und angewidert gewesen über das blasse, dürre, verwahrloste Mädchen in seinen schmutzstarrenden, zerrissenen Kleidern und den dreckigen, verfilzten Haaren, das sich ihr zeigte.

Sie hatte nie sehr viel ihr Eigen nennen können, doch immerhin hatte sie stets darauf geachtet, sauber und ordentlich zu sein. Sie mochte zwar viele Fehler haben, aber schlampig war sie nie gewesen. Manchmal war sie unbeherrscht, und ihre Zunge war allzu scharf, und außerdem musste sie wohl ihren Stolz ein wenig zügeln, wie ihre Mutter immer versucht hatte, ihr beizubringen. Sie hatte ihren Onkel und ihre Tante belogen, als sie zu ihrem Stelldichein mit Raoul davongeschlichen war, aber abgesehen davon war sie immer ehrlich gewesen und hatte niemals um etwas gebettelt, nicht einmal um einen Kanten Brot.

Doch seit sie sich mit Ursula und Odile zusammengetan hatte, war sie zu einer gewissenlosen Vagabundin geworden. Sie hatte gebettelt, gestohlen und vielleicht sogar gemordet. Ihr kleiner Junge …

Caroles Hals schnürte sich zu, und das Schlucken fiel ihr schwer. Sie hatte es stets nach Kräften vermieden, vor anderen zu weinen, doch seit sie Faire Isle verlassen hatte, war sie ständig den Tränen nahe. In der Umgebung von Ursula war das eine gefährliche Schwäche, denn für derartige Gefühlsaufwallungen hatte sie kein Verständnis. Schon das kleinste Schniefen konnte Carole einen Tritt oder eine Kopfnuss einbringen. Selbst Odile verzog oft das Gesicht und wirkte ziemlich enttäuscht von ihr; sie konnte nicht verstehen, warum Carole so unglücklich war. Schließlich war ihr die große Ehre angeboten worden, der Silbernen Rose zu dienen. Vor ihr lag eine glorreiche Zukunft.

Aber Carole schien, als habe sie ihre Zukunft hinter sich gelassen, als sie gezwungen worden war, ihr Neugeborenes am Bach in der Nähe von Miri Cheneys Häuschen auszusetzen. Davor war sie allerdings sicher gewesen, sie würde das fremde Ding hassen, das all die Monate in ihr gewachsen war und ihr das Leben so schwer gemacht hatte.

Nie hätte sie mit den Gefühlen gerechnet, die auf sie einstürmten, sobald sie das Kind in den Armen hielt. Er war so klein, so hilflos und gleichzeitig so … so wunderbar vollkommen mit seinen winzigen Fingern und Zehen.

»Schau ihn nicht an, und gib ihm auf keinen Fall einen Namen«, hatte Odile ihr geraten.

Doch das hatte Carole insgeheim sogleich getan, sie hatte ihn Jean Baptiste genannt, nach ihrem Großvater, den sie von Herzen geliebt hatte. Sie hatte das Kind an sich gedrückt und sich bei Odile und Ursula bedankt, dass sie ihr bei der Geburt geholfen hatten, doch sie habe ihre Meinung geändert, sie wolle sich nicht mehr dem Zirkel der Silbernen Rose anschließen.

Als ihre neuen Freundinnen das erfuhren, hatte sie zum ersten Mal die hässliche Seite an Ursula Gruen entdeckt. Jetzt sei es zu spät, hatte Ursula gefaucht. Sie hätten Carole vertraut und ihr alle möglichen Geheimnisse verraten. Jetzt wisse sie zu viel über die Rose, nun könne sie sich nicht mehr davonstehlen. Sie hätten ihren Pakt mit Blut besiegelt, der könne nicht gebrochen werden. Carole müsse sich der Silbernen Rose anschließen, sonst müsse sie sterben. Und das Kind müsse geopfert werden.

Carole hatte den Kleinen an sich gedrückt und gebettelt und gefleht. Sie würde ja wie versprochen mit Ursula und Odile mitgehen, doch es gebe keinen Grund, warum ihr Junge sterben müsse. Sie könne Jean Baptiste bei ihrer Tante und ihrem Onkel lassen. Schließlich hatten sie stets versprochen, sich um ihr Kind zu kümmern, wenn es ein Junge würde.

Doch ihre Bitten waren auf taube Ohren gestoßen und auf ein Herz aus Stein. Ursula hatte versucht, ihr das Kind zu entreißen. Als Jean zu wimmern begann, hatte Carole ihn loslassen müssen, weil sie fürchtete, er könne sonst verletzt werden. Sie war von den Strapazen der Geburt so geschwächt, dass sie nur noch weinen konnte, als Ursula ihr das Neugeborene gewaltsam abnahm.

Odile hatte sich über das Bett gebeugt und versucht, sie zu beruhigen. »Komm um Himmels willen zur Besinnung, sonst schlägt Ursula dem Kind vor deinen Augen den Kopf ein, und dich bringt sie auch noch um.«

Carole hatte ihr Schluchzen unterdrückt und verzweifelt versucht, sich etwas einfallen zu lassen, um ihr Kind zu retten. Wie sehr sie sich in dem Moment wünschte, sie wäre Odile und Ursula nie begegnet und hätte all die verlockenden Geschichten über die Silberne Rose nie gehört: dass diese Zauberin die Fürsprecherin aller Frauen sei, die von ihren Geliebten, Männern, Familien oder sonst wem auf dieser harten, gefühllosen Welt missbraucht worden waren. Wenn Carole sich ihnen anschließen würde, hatten sie behauptet, würde sie keine Angst und keine Not mehr kennen, sie würde nie mehr Hohn und Grausamkeit ertragen oder sich hilflos fühlen müssen.

Wie töricht sie doch gewesen war, all diese Märchen zu glauben. Warum war sie an jenem Tag so wütend und starrköpfig gewesen, als Miri Cheney ihr so freundlich begegnet war und angeboten hatte, ihr zu helfen?

Mademoiselle Cheney. Bei dem Gedanken an die Herrin der Wälder mit ihren sanften, doch betörenden silberblauen Augen war in Carole eine unerklärliche Ruhe und Hoffnung eingekehrt, vielleicht die einzige Hoffnung für ihren kleinen Jean. Sie hatte die Tränen heruntergeschluckt und sich bei den anderen für ihren Moment der Schwäche entschuldigt.

Es war ihr zwar schwergefallen, doch sie hatte so getan, als würde das Kind sie anwidern. Sie hatte erklärt, sie kenne einen Platz, an dem sie den Kleinen aussetzen könne, auf den Felsen am Bachufer tief im Wald. Niemand würde dort leben, der Ort sei völlig abgeschieden. Darauf hatte sie beharrt, und diese Lüge war ihr leicht von der Zunge gegangen.

Als es dann so weit war, dass sie Jean tatsächlich aussetzen musste, hätte ihr Mut sie fast verlassen. Doch abermals schluckte sie die Tränen hinunter und legte ihn vorsichtig am Ufer ab, nachdem sie ihn in ihren besten Schal gehüllt hatte. Sie bemühte sich, nicht daran zu denken, wie zerbrechlich er aussah und wie dunkel und bedrohlich der Wald um sie wirkte. Stattdessen betete sie, dass all die Liebe, die ihre *grand-mère* in den Schal gewebt hatte, ihren kleinen Jungen beschützen möge, bis Miri Cheney ihn fand.

Sie dachte, sie hätte Ursula und Odile hinters Licht geführt; vor allem Ursula mit ihren boshaften, schielenden Augen wirkte alles andere als klug. Erst als sie von Faire Isle wegruderten, war Carole aufgegangen, wie sehr sie die Frau unterschätzt hatte; denn da hatte Ursula ihr mit einem heimtückischen Grinsen mitgeteilt, dass sie der Herrin der Wälder ein Geschenk hinterlassen habe: eine vergiftete silberne Rose.

Sehr wahrscheinlich waren inzwischen sowohl Mademoiselle Miri als auch Jean tot. Caroles Augen brannten, und sie blinzelte heftig, um die Tränen zurückzuhalten. Nein! Sie durfte diesen Gedanken nicht zulassen. Wenn sie so etwas nicht dachte, dann stimmte es auch nicht.

Sie betete, dass die Engel im Himmel sich um ihren Sohn und um die Herrin der Wälder kümmern und sie beschützen mochten. Ihre Lippen zitterten. Vielleicht würde der Allmächtige die Gebete eines so bösen Mädchens nicht erhören. Deshalb betete sie zu der Seele ihres freundlichen Großvaters und flehte ihn an, sich bei Gott für seinen Namensvetter zu verwenden, damit Jean Baptiste leben, groß und stark und ein guter Mann werden und ein gutes Leben führen durfte.

Das war der einzige Gedanke, der Carole in all den Wochen die Kraft gab weiterzulaufen. Das und die Idee, dass sie vielleicht doch noch fliehen und nach Faire Isle zurückkehren konnte. Am Anfang ihrer Reise war sie von der Geburt noch schrecklich geschwächt gewesen, und Ursula hatte sie nicht aus den Augen gelassen.

Die große Frau war allerdings nachlässiger geworden, seit sie durch die Tore von Paris geschritten waren. Sie war mit Odile noch immer in ein Gespräch vertieft und schien gar nicht zu merken, dass Carole immer weiter zurückfiel. Womöglich war das Caroles letzte und einzige Chance zu fliehen, bevor sie den Schlupfwinkel der Silbernen Rose erreichten. Sie fiel noch etwas weiter zurück. Keine ihrer Begleiterinnen blickte sich um.

Doch als Carole sich verstohlen umsah, sank ihr Mut. Wie sollte sie sich ganz allein in dieses Labyrinth von schmutzigen, schmalen Gassen begeben und in ein Meer von hart aussehenden Fremden mit kalten, gleichgültigen Augen eintauchen? Welche Hoffnung hatte sie, ohne Geld zu überleben, mit nichts als ihren zerfetzten Kleidern am Leib? Selbst auf Faire Isle hatte sie viele üble Geschichten darüber gehört, was einem jungen Mädchen zustoßen konnte, wenn es ganz auf sich allein gestellt von einer Stadt wie Paris verschlungen wurde.

Sie konnte geschändet werden; man konnte sie zwingen, in einem Bordell zu arbeiten oder andere Verbrechen zu begehen. Vielleicht würde sie am Ende selbst den Hanftanz aufführen? Doch konnten solche Schicksale schlimmer sein als das, was sie erwartete, wenn sie in die Hände der Silbernen Rose fiel und diese feststellte, dass sie nutzlos war?

Caroles Herz raste, sie konnte sich nicht entscheiden. Deshalb hielt sie erst einmal an. Doch ihr Zögern kam sie teuer zu stehen, denn Ursula bemerkte, wie weit sie zurückgeblieben war. Das Weib stemmte die Hände in die breiten Hüften und funkelte sie böse an.

»Mach schneller, du nutzloses Gör, und denk ja nicht daran wegzulaufen. Wenn ich dir nachrennen muss, wird es dir noch sehr leidtun.«

Carole zweifelte nicht daran. Selbst wenn sie so tollkühn

wäre und wegrannte, würde sie nicht weit kommen, nicht mit der Blase an ihrer Ferse und ihren müden, schmerzenden Beinen. Es war hoffnungslos. Sie saß in der Falle, und zwar seit dem Moment, als sie sich auf diese Frauen eingelassen hatte.

Jetzt blieb ihr nichts anderes übrig als wie ein geprügelter Köter hinter Ursula herzustolpern. Sie entging einem Stiefeltritt, indem sie sich an Odile drängte. Die kleine Dunkelhaarige riskierte es, ihr ein aufmunterndes Lächeln zu schenken. »Na komm schon, Carole, wir sind schon fast da. Sieh nur!«

Carole hob den trüben Blick in die Richtung, in die Odile deutete, hin auf ein großes Haus hinter einer Steinmauer am Ende der Straße. Neben den ärmlichen Behausungen und all dem Schmutz in dieser Gegend wirkte das Herrenhaus fehl am Platz, es sah aus wie ein Überbleibsel aus einer anderen Zeit, bevor der Wohlstand in vielversprechendere Viertel der Stadt abgewandert war.

Im schwindenden Licht des Tages wirkte das weitläufige steinere Gebäude mit seinen Türmchen und ihren konischen Dächern düster und verfallen. Doch als Carole hinkend näherkam, sah sie, dass sich jemand bemüht hatte, das Haus an manchen Stellen zu reparieren. Teile der Mauer um das Anwesen schienen erst kürzlich mit Mörtel ausgebessert worden zu sein, sie hoben sich deutlich von den älteren dunklen Teilen ab.

Carole wagte einen Blick hinter das Eisentor. Die abendlichen Schatten hüllten den Hof in Dunkelheit, doch etwas konnte sie noch erkennen: einen Rosengarten. Keine tödlich unnatürlichen silbernen Pflanzen, sondern üppig blühende, lebendige Blumen, eine Fülle roter und weißer Rosen. Ihr süßer Duft wehte Carole entgegen, ein angenehmer Gegensatz zum Gestank in den Straßen.

Trotz der Hitze und der Trockenheit hatte es jemand geschafft, diesen Garten gut zu pflegen. Die Rosen wirkten, als wären sie liebevoll gegossen worden. Das verwirrte Carole, denn auf ihrer Reise war sie so taub vor Elend gewesen, dass sie sich kaum gestattet hatte, über ihr Ziel nachzudenken und sich auszumalen, an was für einem Ort eine Zauberin wohl hauste.

Wenn sie es doch getan hätte, hätte sie wahrscheinlich eher ein Haus in einem tiefen, dunklen Wald erwartet oder eine verfallene Burg hoch auf einer felsigen, unwegsamen Klippe. Nie hätte sie gedacht, dass die Ehrfurcht gebietende Silberne Rose in einem solch gewöhnlichen alten Haus mit einem hübschen Garten lebte.

Carole blinzelte. In ihr regte sich neue Hoffnung. Vielleicht ging all das Elend, das sie bisher erduldet hatte, allein auf Ursulas Grausamkeit zurück und nicht auf die Silberne Rose?

Wenn diese Zauberin die Fürsprecherin verzweifelter Frauen war, wie Odile behauptete, könnte ja vielleicht auch Carole sie um Gnade bitten und ihr erklären, dass sie einen Fehler gemacht hatte und als Hexe einfach nicht geeignet war. Sie könnte beim Grab ihrer Mutter schwören, nie ein Wort darüber verlauten zu lassen, was sie über die Silberne Rose erfahren hatte. Die Zauberin könnte ihr ja die Zunge herausschneiden, wenn sie sich damit ihr Schweigen sichern wollte. Dieser schreckliche Gedanke ließ Carole zwar erzittern, doch sie war bereit, jeden Schmerz und jede Strafe auf sich zu nehmen, solange man sie wieder nach Hause gehen ließ …

* * *

Die Kerze in dem Leuchter war schon fast heruntergebrannt, sie warf nur noch einen schwachen Schein auf die rauen Mauern des Pförtnerhäuschens, in das Carole gesteckt worden war, um auf ihre Audienz bei der Silbernen Rose zu warten. Das bevorstehende Treffen erfüllte sie mit Hoffnung und Angst zugleich. Doch egal, was mit ihr geschehen würde, sie wollte, dass es endlich vorbei war.

Besorgt beobachtete sie die Kerze. Wenn sie ausging, würde sie im Dunkeln sitzen. Es gab hier nur ein paar Schlitze hoch oben in den Wänden, die zu schmal waren, um auch nur den kleinsten Mondstrahl hereinzulassen. Da keine Luft zirkulieren konnte, war es in der Kammer heiß und stickig. Carole spürte, wie ihr der Schweiß über den Rücken rann.

Obwohl sie hier eingesperrt war und ihre Angst ständig wuchs, waren viele von Caroles anderen Leiden gelindert worden. Nachdem man ihnen Einlass gewährt hatte, waren Ursula und Odile ins Haus verschwunden, und Carole war einem Mädchen namens Yolette übergeben worden, die sie ins Pförtnerhaus führte.

Dort hatte Carole Essen und Trinken bekommen und auch einen Eimer Wasser, um sich zu waschen. Yolette war zurückhaltend und still gewesen, sie hatte keine von Caroles besorgten Fragen über die Silberne Rose beantwortet, doch sie hatte sie immerhin weitaus fürsorglicher behandelt als ihre Reisebegleiterinnen. Sie hatte sogar einen Umschlag um Caroles wehen Fuß gewickelt und ihr einen zwar etwas groben, aber sauberen Kittel gegeben.

Carole hatte neuen Mut gefasst. Es war bestimmt ein gutes Zeichen, wenn man sie so freundlich behandelte – sofern sie nicht nur für irgendein Höllenopfer vorbereitet wurde. Obwohl das Mädchen schweigsam war, hätte Carole sie am liebsten angefleht, zu bleiben und ihr Gesellschaft zu leisten, bis sie gerufen wurde. Doch noch bevor sie ihren Stolz herunterschlucken konnte, hatte das Mädchen schon Caroles schmutzige Kleider aufgeklaubt und ihr erklärt, sie würde bald geholt werden, dann verschwand sie.

Das war Yolettes längster Satz gewesen, und den äußerte sie, während sie hinausging und den Riegel vorschob. Wie lange das her war, konnte Carole nicht sagen. Sie hatte nichts zu tun, um sich die Zeit zu vertreiben; sie konnte sich nur sorgen und ängstigen und die Kerze beobachten, die mehr und mehr herunterbrannte.

Sie war mit den Nerven am Ende, als sie endlich hörte, wie sich der Schlüssel drehte. Knarzend ging die Tür auf, und diesmal kam Odile mit einer Laterne herein. Von Ursula war weit und breit nichts zu sehen, wie Carole erleichtert feststellte.

Auch Odile hatte sich gewaschen und trug frische Kleider. Als Carole mühsam aufstand, kam Odile raschelnd näher.

»Komm, meine Liebe, es ist so weit.« Sie strahlte und nahm Carole an der Hand. Doch als sie spürte, wie Caroles Finger zitterten, verblasste ihr Lächeln.

»O Kind, du musst wirklich lernen, dich besser zu beherrschen. Dann wird alles gut, das verspreche ich dir.« Odile beugte sich vor und erklärte verschwörerisch: »Ursula hat ziemlich viel Ärger. Die Herrin ist mit ihr alles andere als zufrieden.

Wir waren ja ursprünglich nur nach Faire Isle geschickt worden, um herauszufinden, ob es stimmte, dass eine der Cheney-Frauen auf die Insel zurückgekehrt sei. Wir sollten feststellen, wer diese Hexe war und wie viel Macht sie hatte. Ursula hat ihre Befugnisse weit überschritten, als sie die Rose zurückließ, um die Herrin der Wälder umzubringen.«

Odile schnaubte abfällig. »Aber ich kenne Ursula Gruen sehr gut. Sie wird versuchen, den Zorn der Herrin auf mich zu lenken. Im Moment beschwert sie sich, dass ich die Sicherheit der Silbernen Rose gefährdet hätte, indem ich eine unwürdige Person angeworben habe. Und eben deshalb musst du dich jetzt zusammenreißen, meine Liebe.« Odile drückte Caroles Hand fest. »Wenn du der Herrin weinerlich und zittrig deine Aufwartung machst, wirft das ein schlechtes Licht auf mich.«

Carole zog ihre Hand weg und erwiderte gereizt: »Ich hatte wahrhaftig genügend Grund zu weinen. Was soll ich denn deiner Meinung nach tun?«

»Na ja, benimm dich einfach so, wie du warst, als wir dich getroffen haben. Da warst du ein zähes kleines Luder, das auf seinen Geliebten geschimpft hat, auf seine Familie und all die dummen prüden Weiber auf der Insel. Was ist aus diesem lebhaften Mädchen geworden?«

Sie ist gestorben, als ihr sie gezwungen habt, ihr Kind auszusetzen, hätte Carole am liebsten erwidert. Doch sie wusste, dass das sinnlos war. Odile war zwar freundlicher als Ursula, vermochte Caroles Gefühle aber ebenso wenig zu begreifen wie das hartherzige Weib.

»Ach Carole!« Odile schüttelte reumütig den Kopf. »Ich weiß ja, dass du vieles tun musstest, was dir schwergefallen ist. Aber das kommt nur daher, weil du die Silberne Rose und ihre Absichten noch nicht ganz verstehst. Wenn du in den inneren Kreis vorgelassen wirst, wird dir vieles klarer werden.

Doch zuerst musst du die Audienz bei unserer Herrin überstehen. Ich will dich nicht ängstigen, aber Ursula beharrt darauf, dass du zu schwach bist, um an unserem Hof aufgenommen zu werden. Du solltest in einen Sack genäht und in die Seine geworfen werden wie ein nutzloses Kätzchen, meint sie. Es liegt an dir zu beweisen, dass sie sich irrt.

Unsere Herrin bewundert zähe, starke Frauen.« Odile schenkte ihr ein aufmunterndes Lächeln. »Du musst einfach nur den Kopf hochhalten und dich benehmen wie das kämpferische Mädchen, das ich auf Faire Isle kennengelernt habe, dann wird die Herrin nicht auf Ursula hören. In Ordnung?«

Carole nickte beklommen. »Ich werde es versuchen.«

»Braves Mädchen!« Odile tätschelte ihr die Wange. »Und jetzt komm, es ist nicht ratsam, die Herrin warten zu lassen.«

Sie hielt die Laterne hoch und führte Carole aus dem Pförtnerhäuschen. Carole straffte die Schultern und folgte ihrer Begleiterin über den dunklen Hof. Sie bemühte sich krampfhaft um eine kämpferische Miene.

Doch ihr Mut schwand, als sie ins Haus gingen. Ihr Herz pochte wie wild bei dem Gedanken, dass sie gleich vor die Ehrfurcht gebietende Silberne Rose treten würde.

Sie folgte Odile in einen großen Salon. Ein riesiger schmiedeeiserner Kerzenleuchter erhellte den Raum. Das Licht der Kerzen tanzte über ein Meer von Gesichtern. Carole nahm benommen das gute Dutzend Frauen wahr, die hier versammelt waren. Manche wirkten kaum älter als sie, andere waren wie Odile in der Mitte ihrer Jahre. Plump, dünn, dunkel, hell – nur eines einte all diese Frauen: ihre entrückten Mienen und die Stimmung unterdrückter Aufregung, als warteten alle darauf, dass etwas Wichtiges geschah.

Es herrschte Stille im Saal bis auf eine raue Stimme, die von der gegenüberliegenden Seite des Raums kam. Carole reckte den Hals, bis sie eine Art Thron erblickte, der unter einem seidenen Baldachin stand. Doch er war leer. Auf einem Podium neben dem Thron waren zwei Gestalten auszumachen. Eine davon war Ursula. Die große Frau kniete vor einer dünnen, weiblichen Gestalt in einem rabenschwarzen Kleid, dessen Röcke sich über einem Reifrock bauschten.

»Die Herrin«, flüsterte Odile Carole ins Ohr. Doch das hätte sie gar nicht zu sagen brauchen. Schon beim ersten Blick auf diese Frau zweifelte Carole nicht, dass sie endlich die Silberne Rose vor sich hatte.

Noch nie hatte Carole jemanden gesehen, der so gut in ihre Vorstellung von einer Zauberin passte. Eine dicke Mähne schwarzen Haares, von silbernen Strähnen durchzogen, ergoss sich hinter einem spitzen Haaransatz um ein fremdartiges Gesicht mit hohen, scharfkantigen Wangenknochen und einer schlanken, kerzengeraden Nase. Die Haut der Herrin war eisig weiß, sie wirkte völlig blutleer. Die dunklen Augen waren kalt, der Mund ein grausamer roter Strich. Eine dünne Hand klammerte sich wie eine Klaue um einen langen Holzstab, die andere spielte mit einem fünfeckigen Medaillon, das an ihrem schlanken Hals hing.

Carole sank der Mut; jede Hoffnung, dass sie bei der Silbernen Rose auf Mitleid stoßen könnte, erstarb.

Mit gesenktem Kopf katzbuckelte Ursula Gruen vor der Zauberin. »Herrin, ich – ich weiß, dass Ihr die Cheney-Frauen als Eure Feindinnen betrachtet und dass sie Euch schweres Leid zugefügt haben. Es war nicht leicht, etwas über diese Herrin der Wälder zu erfahren. Sie lebt völlig zurückgezogen. Aber ich war mir sicher, dass Ihr sie tot sehen wolltet. Um – um Euch zu rächen, dachte ich …«

»Du hast *gedacht?*«, fuhr ihr die Zauberin verächtlich ins Wort.

»Die Silberne Rose fordert ihre Anhängerinnen nicht auf zu denken, sie fordert Gehorsam, sonst nichts. Meine Rache geht dich nichts an, Ursula Gruen. Ich werde mit den Cheneys so verfahren, wie ich es will, und dann, wann ich es will. Von dir wird nur erwartet, dass du tust, was dir gesagt wurde. Ist das etwa zu viel verlangt?«

»N-nein, Herrin. Aber nicht nur ich war ungehorsam«, winselte Ursula. »Odile war um keinen Deut besser.«

Carole hörte, wie Odile scharf einatmete.

»Statt sich um unseren Auftrag zu kümmern, hat sie sich bemüht, irgendein dahergelaufenes wimmerndes Gör anzuwerben. Einer, der man nicht über den Weg trauen kann, von unserem Zirkel zu erzählen …«

»Verflucht!«, murrte Odile. »Ich wusste, dass sie versuchen wird, mich zum Sündenbock zu machen.« Sie bahnte sich einen Weg durch die Frauen und stürmte zum Podest. Dort warf sie sich neben Ursula vor die Zauberin.

»Verzeiht, Herrin, aber was Ursula sagt, stimmt nicht. Ich habe einen hohen Rang in unserem Orden und damit auch das Recht, neue Mitglieder zu initiieren, wenn ich welche finde, die es meiner Meinung nach wert sind …«

»Was diese elende kleine Göre nicht ist.« Ursula starrte Odile wütend an. »Das hätte jeder Narr von Anfang an gewusst.«

»Aber sie hat getan, was von ihr gefordert wurde«, argumentierte Odile. »Sie hat das männliche Kind geopfert, das sie geboren hat.«

»Nicht freiwillig«, fauchte Ursula. »Wenn es nach diesem verschlagenen kleinen Ding gegangen wäre …«

»Schweigt, und zwar beide!«, befahl die Zauberin mit eisiger Stimme und schlug mit ihrem Stab auf den Boden. Ursula und Odile zuckten zusammen und verstummten.

»Ich werde das Mädchen selbst beurteilen«, sagte die Zauberin. »Wo ist sie?«

»Dort drüben«, rief jemand und deutete auf die Ecke, in die sich Carole verdrückt hatte.

Carole schrumpfte weiter, als sich alle Blicke auf sie richteten – neugierige, kritische, abwägende Blicke.

»Tritt vor und zeig dich, Mädchen«, befahl die Zauberin.

Carole war wie erstarrt, sie konnte sich erst bewegen, nachdem jemand ihr einen Schubs gegeben hatte. Sie stolperte vorwärts, und die Frauen wichen zur Seite, um sie durchzulassen. Unter den intensiven Blicken fingen ihre Wangen zu brennen an. Als sie sich dem Podium näherte, versuchte sie, sich ins Gedächtnis zu rufen, was Odile ihr geraten hatte. Kopf hoch, Brust raus, sei tapfer, zäh, wild.

Aber ihr Verstand war gelähmt vor Angst, und das Herz schlug ihr bis zum Hals. Ihre Beine zitterten so schrecklich, dass sie sie kaum tragen wollten, als sie auf das Podium stieg. Ursula und Odile hatten sich erhoben und machten ihr Platz. Ursulas Mund war zu einem höhnischen Grinsen verzerrt, Odile bedachte Carole mit einem aufmunternden und zugleich flehenden Blick.

»Das Gör ist da, Herrin«, verkündete Ursula, als ob die Silberne Rose das nicht selbst sehen könnte.

Die Zauberin streckte eine leichenblasse Hand aus. »Tritt näher, Kind.«

Als Carole zögerte, gab ihr Ursula einen Stoß, bis sie zitternd nur noch einen Fuß von der kalten Gestalt entfernt stand. Sie biss sich auf die Lippen. Was sollte sie jetzt tun? Einen Knicks machen oder niederknien, wie Ursula und Odile es getan hatten?

»Wie heißt du, Mädchen?«, fragte die Zauberin.

»C-carole Moreau.« Ihre Stimme bebte vor Angst.

»Sag Herrin!«, befahl ihr Odile laut flüsternd.

»He-Herrin.«

Die Zauberin legte beide Hände um ihren Stab. »Und wie ist es, Carole Moreau? Möchtest du dich der Silbernen Rose anschließen?«

Das war der Moment, um der Zauberin mit Nein zu antworten und die Bitte vorzubringen, sie freizulassen, damit sie nach Faire Isle zurückkehren konnte. Doch als Carole in die ausdruckslosen, leeren Augen starrte, wurde ihr Mund trocken und ihre Zunge klebte ihr am Gaumen.

Sie schluckte. Zu ihrem Entsetzen hörte sie sich flüstern: »J-ja, Herrin.«

»Bist du diese Ehre wert?«

»Ich weiß nicht«, erwiderte Carole kläglich.

»Gib mir deine Hand.«

Diese Bitte klang ganz harmlos; Carole wusste nicht, warum sie so erschrak. Ängstlich streckte sie die Finger aus. Auf die Menge senkte sich erwartungsvolles Schweigen, während die Zauberin auf der Suche nach Caroles Hand in der Luft herumtastete.

Carole blinzelte überrascht über die plötzliche Erkenntnis: Die Hexe war blind.

Doch Caroles Verwunderung war nichts im Vergleich zu dem Blitz, der sie durchfuhr, als sich die Hand der Zauberin um ihre schloss. Eiskalte Finger fuhren über Caroles Handteller, kratzten sachte mit den Nägeln darüber.

Carole erbebte bei dem beunruhigenden Gefühl, das sie überwältigte. Ihr war, als würde sie von Nadeln gestochen, Stiche schossen wie Ströme durch ihr Handgelenk, über ihre Arme, ihre Brust. Eiskalte Finger schienen bis direkt in ihr Herz vorzudringen und es zu prüfen. Ihr war, als würde jede Erinnerung, jedes Geheimnis, jede Regung, die sie in ihren fünfzehn Jahren erlebt hatte, aus ihr herausgezogen.

Sie wollte die Hand wegnehmen, doch ihr war, als wäre sie in einer Eisenfessel gefangen, auch wenn die Finger der Hexe dünn, fast zerbrechlich wirkten. Als die Zauberin sie endlich losließ, zitterte Carole von Kopf bis Fuß. Sie presste die Hand an ihre Brust und rieb ihre Finger, die nun ebenfalls kalt wie Eis waren.

Die Zauberin murmelte: »Ich spüre einige Eigenschaften in

dir, die sich als sehr nützlich erweisen könnten, Carole Moreau: Wut, Hass, Abneigung. Aber du hast auch gewisse Schwächen und nutzlose Gefühle. Ich bin nicht sicher …« Sie verstummte stirnrunzelnd.

Caroles Atem stockte, ihr war klar, dass ihr Leben auf dem Spiel stand und von diesen letzten vier Worten abhing.

Ursula warf sich triumphierend in die Brust. »Ah, Herrin, genau davor habe ich Euch zu warnen versucht. Das Mädchen ist es nicht wert. Sie sollte beseitigt werden, und Odile sollte bestraft werden, weil sie …«

Doch Odile unterbrach sie eilig: »Wenn unsere Herrin nicht sicher ist, warum dann nicht die Silberne Rose persönlich über das Schicksal des Mädchens entscheiden lassen?«

Dieser Vorschlag wurde von den anderen Anwesenden sofort aufgenommen und wiederholt. »Ja! Ja, unsere Silberne Rose soll entscheiden!«

Carole blinzelte verwirrt. Sie hatte gedacht, diese schreckliche Frau, die da drohend vor ihr stand, wäre die Silberne Rose. Nun schürzte die Hexe die Lippen, als ärgere sie sich über den begeisterten Chor, der von Minute zu Minute lauter wurde. Schließlich zuckte sie die Schultern. »Also gut. Unsere Königin ist jung und unerprobt, aber es ist bestimmt gut für sie, bei der Entscheidung solcher Fälle ein wenig Erfahrung zu sammeln.«

Sie klopfte mit ihrem Stab auf den Boden und suchte sich damit ihren Weg. So schritt sie an Carole vorbei, bis sie am Rand des Podiums zum Stehen kam. Dort stellte sie sich vor die Menge und forderte sie auf zu schweigen. Als die Versammlung verstummt war, rief die Zauberin: »Die Zeit ist gekommen, wo euch gestattet sein soll, der Silbernen Rose eure Ehrerbietung zu erweisen.«

Sie knurrte zwei Frauen den Befehl zu, ihrer Königin das Geleit zu geben. Als die zwei auf einer breiten Treppe ins Obergeschoss verschwanden, erhob sich im Saal wieder ein aufgeregtes Summen. Carole war völlig vergessen. Sie sah sich bestürzt um, noch immer ganz benommen, weil sie die Falsche für die Silberne Rose gehalten hatte. Sie warf Odile einen fragenden Blick zu, doch das Gesicht der Frau war genauso gespannt wie das all der anderen im Saal. Alle Augen blickten erwartungsvoll zur Treppe.

Die Begleiterinnen tauchten als Erste auf. Jede Frau trug eine brennende Kerze, feierlich leuchteten sie den Weg für eine geheimnisvolle Gestalt, die hinter ihnen ging und im Dunkel kaum zu sehen war.

Die Schwarzhaarige griff nach ihrem Medaillon, dann klopfte sie wieder mit dem Stab auf den Boden. »Auf die Knie, und zwar alle! Erweist eure Ehrerbietung und begrüßt Megaera, unsere Silberne Rose, unsere zukünftige Königin.«

»Gegrüßet seid Ihr, Megaera!«, riefen die Frauen, und alle sanken ehrerbietig auf die Knie.

Auch Ursula und Odile folgten der Aufforderung. Ursula gab Carole nicht die Gelegenheit, freiwillig zu gehorchen, sie zerrte sie unsanft nach unten, sodass sie krachend auf den Knien landete.

Doch Carole spürte die Schmerzen kaum, denn in ihr brandete eine neue Welle der Angst auf. Lieber Gott, wenn diese schreckliche blinde Hexe nicht die Silberne Rose war, um wie viel schrecklicher war dann die richtige? Sie wagte kaum, nach oben zu blicken, als die Prozession näherkam. Im Saal war es so still geworden, dass Carole das Rascheln eines Kleides vernehmen konnte und leichte Schritte, als die Silberne Rose das Podium bestieg.

Schließlich siegte Caroles Neugier über ihre Angst. Sie wagte einen Blick. Die Zauberin hatte sich auf ihrem Thron niedergelassen, zierliche, schlanke Finger umklammerten die Armlehnen des vergoldeten Sessels.

Caroles erstaunter Blick glitt über eine ziemlich kleine Gestalt, gekleidet in eine königlich purpurne Robe, die mit silbernen Rosen bestickt waren. Ein schmaler silberner Reif krönte dickes braunes Haar, das der Zauberin bis zur Taille reichte, das blasse, schmale Gesicht wurde von großen grünen Augen beherrscht, die seltsam älter und zugleich jünger wirkten als Caroles Augen. Carole sperrte den Mund auf, ihr Kopf war völlig benebelt von der zweiten großen Überraschung dieses Abends:

Die Ehrfurcht gebietende Zauberin, die gefürchtete Silberne Rose war … *sie war nur ein kleines Mädchen!*

12

Ein Blitz zuckte über den Himmel, in der Ferne grollte Donner. Simon stand auf der Schwelle der alten Scheune und hoffte, dass es endlich wieder einmal ordentlich regnen würde. Das aufziehende Gewitter hatte das Tageslicht früh vertrieben, und Simon hatte das Gefühl, dass sie sich eine Pause gönnen mussten. Sie waren beide müde nach einem weiteren Tag, an dem sie die kleine Moreau und ihre Begleiterinnen verfolgt hatten.

Seit sie Longpre hinter sich gelassen hatten, hatten sie auf ihrer Suche nur noch Enttäuschungen erlebt. Sie hatten bloß vage Berichte über die drei Frauen erhalten, hinter denen sie her waren. Ein älterer Wildhüter hatte drei solche Frauen vielleicht gesehen, wie sie das Land seines Herren überquerten. Die Frau eines Bauern war sich sicher, das Trio gesehen zu haben, war jedoch so beschäftigt gewesen, ihre Hühner zu versorgen und sich gleichzeitig um eine Schar lebhafter Kinder zu kümmern, dass Simon sie nicht weiter bedrängen wollte, wann sie die drei denn gesehen hatte.

Wenn sie es nicht schafften, das Trio einzuholen, bevor das Labyrinth der Straßen und die Menschenmassen von Paris sie verschluckt hatten, würden sie sie wohl nie finden, dachte Simon einigermaßen verzweifelt. Vorausgesetzt, die drei waren wirklich nach Paris unterwegs. Während Simon sich den schmerzenden Nacken rieb, überkam ihn wieder einmal das seit Monaten vertraute Gefühl, versagt zu haben.

Nur jetzt war es noch schlimmer, weil sich ein weiteres bedrückendes Gefühl dazugesellte: dass er auch Miri gegenüber versagte. Er hatte ihr versprochen, dass sie Carole Moreau finden und sie in Sicherheit bringen würden. Vielleicht war es doch besser, dem Rat zu folgen, den ihm die dunkle Königin gegeben hatte, und über den Tag nachzudenken, an dem das *Buch der Schatten* verschwunden war.

»Ich lege Euch nahe, Euer Gedächtnis und alle Berichte, die Ihr an jenem Tag angefertigt habt, gründlich zu erforschen. Überlegt Euch, wer sonst noch in der Herberge war und Gelegenheit hatte, das Buch zu stehlen. Womöglich könnt Ihr dann unsere schlaue Silberne Rose enttarnen.«

Doch zehn Jahre waren viel zu lang, um sich alles ins Gedächtnis zu rufen, was an diesem einen Tag passiert war, zumal er derart ereignisreich gewesen war. Simon war so versessen darauf gewesen, den Comte de Renard in die Falle zu locken, dass er kaum auf etwas anderes geachtet hatte. Er hatte in jenen Jahren zwar ein Tagebuch geführt, doch diese Bücher lagen gut verschlossen in einem Raum, in dem er seinen persönlichen Besitz aufbewahrte.

Wenn er jetzt den Umweg machte, um seine Tagebücher zu befragen, würde er die Verfolgung der Hexen einstweilen aufgeben müssen – und das würde Miri nicht gutheißen. Dabei war sie in den letzten Tagen bemerkenswert geduldig gewesen; sie hatte sich kein einziges Mal über die Hitze beschwert, über die anstrengenden Stunden im Sattel und das lange Schweigen eines Mannes, der gewohnt war, seine Gedanken für sich zu behalten. Sie hatte nicht einmal über die Aussicht geklagt, in dieser alten Scheune zu nächtigen.

Simon hatte das beklemmende Gefühl, dass man sie in dem letzten Dorf, das sie durchquert hatten, verfolgt hatte. Sein unerklärlicher Instinkt hatte ihm schon mehrmals das Leben gerettet, doch dieses instinktive Gefühl einer anderen Person zu erklären, wäre ihm schwergefallen. Womöglich hätte ihn ein anderer verspottet und sein Verhalten für schrullig gehalten. Aber Miri war ja selbst so eigen, dass sie nur verständnisvoll genickt und seinen Entschluss, die Hauptstraße zu verlassen, klaglos hingenommen hatte. Er hatte sie durch einen dichten Wald und über ein paar Felder zu den Maitlands geführt.

Die Maitlands waren ein ruhiges, rücksichtsvolles Paar, denen Simon einmal einen Dienst erwiesen hatte, für den sie in seiner Schuld standen. Es behagte ihm nicht, nun eine Gegenleistung zu fordern, denn die Maitlands hatten wahrhaftig schon genug Ärger gehabt; er wollte nicht, dass sie seinetwegen neuen Ärger bekamen. Aber nachdem sich die Nacht und noch dazu ein Unwetter angekündigt hatten, sorgte er sich in erster Linie um Miri und wollte sie möglichst rasch an einen sicheren Ort bringen.

Da die wachsende Familie Maitland kaum mehr in dem kleinen Häuschen Platz fand, war die Scheune leider der einzige Ort, den Monsieur Maitland Monsieur Aristide und seinem jungen Begleiter anbieten konnte. Aber das war Simon ganz recht gewesen, so waren sie näher bei ihren Pferden, und Miris wahres Geschlecht blieb unerkannt. Die Maitlands waren zwar brave Leute, doch sie hatten sehr strikte Moralvorstellungen. Es war besser, wenn sie nicht merkten, dass Simons Reisebegleiter in Wahrheit eine Frau war. Das hätte sie bestimmt empört.

Ein weiterer greller Blitz fuhr über den Himmel und erhellte das Bauernhaus und die niedrige Steinmauer, die es umgab. Alles wirkte ruhig. Monsieur Maitland und seine Familie hatten sich bereits zur Nachtruhe begeben. Das Tor des kleinen Anwesens wurde von zwei ungestümen Doggen bewacht, die bestimmt schon beim leisesten Anzeichen eines Eindringlings in lautes Gebell ausbrechen würden.

Nachdem sich Simon überzeugt hatte, dass sie sich in Sicherheit befanden, zog er sich in die Scheune zurück. Obwohl das Gewitter ihnen nur wenig Regen beschert hatte, war die Luft so weit abgekühlt, dass es in der Scheune nicht mehr drückend schwül war.

Alles war ordentlich aufgeräumt, doch auch recht beengt. Nachdem Simon einen Eimer Wasser vom Brunnen geholt hatte, war er nach draußen gegangen, damit Miri sich in aller Ruhe frisch machen konnte. Da er nicht wusste, ob sie schon fertig war, rief er fragend: »Miri?«

»Hier drüben«, erklang ihre Stimme. Eine an einem Dachbalken baumelnde Laterne tauchte den Raum in ein sanftes Licht. Eine Milchkuh kaute an einem Büschel Stroh und musterte Simon mit großen, sanften Augen. Der Ackergaul der Maitlands schlief schon, und Miris behäbiger Wallach tat es ebenfalls.

Doch Elle war noch wach. Sie stand im hintersten Verschlag, Miri neben ihr. Ihr Haar fiel ihr lose auf die Schultern, und sie flocht die schwarze Mähne der Stute in Zöpfe, die sie mit ihren Haarschleifen zuband. Die Frau wie das Pferd boten ein Bild der Zufriedenheit. Simon spürte, wie seine Spannung sich löste. Dennoch trat er mit gespielt grimmiger Miene zu den beiden.

»Frau, was zum Teufel treibst du mit meinem Pferd?«

»Ich flechte ihre Mähne. Das lenkt sie vom Gewitter ab, und …« Miri kniff die Lippen zusammen, während sie einen Zopf verknotete. »… und ich dachte, wenigstens eine von uns zweien sollte hübsch aussehen.«

»Ich bin ein Hexenjäger, ich soll Übeltäter in Angst und Schrecken versetzen. Ist dir je in den Sinn gekommen, dass es vielleicht ein bisschen albern wirken könnte, wenn ich auf einem Pferd daherkomme, dessen Mähne zu Zöpfen geflochten ist?«

Miri lächelte ihn nur freundlich an. »Gott verhüte, dass wir Eurem Ruf schaden, Monsieur Le Balafre. Ich werde die Zöpfe morgen früh wieder lösen, auch wenn es Elle vielleicht nicht gefällt. Sie findet ihren neuen Schmuck nämlich sehr schön.«

Die Stute schnaubte und warf den Kopf zurück, als wolle sie damit prahlen. Simon musste unwillkürlich lächeln. Er lehnte sich an den Nachbarverschlag und beobachtete die beiden, während Miri mit ihrer Arbeit fortfuhr. Elle war bei Gewittern oft sehr unruhig, doch im Moment schien sie das ferne Donnergrollen gar nicht zu bemerken.

Es wunderte ihn nicht, dass Elle unter Miris Händen so ruhig war. Diese außergewöhnliche Wirkung auf Vierbeiner hatte

Miri schon immer besessen – und auch auf einen Zweibeiner, wie Simon trocken zugeben musste.

Allein Miris Gegenwart ließ die Sorgen und Ernüchterungen des Tages von ihm abfallen. Miris Haut schimmerte rosig, die blassen Locken funkelten silbrig auf ihrem Rücken.

»Du irrst dich«, murmelte er leise. »Nicht nur Elle ist hübsch.«

Obwohl sie bei seinem Kompliment errötete, lachte sie nur und schüttelte abwehrend den Kopf. Sie beugte sich zu Elle, streichelte ihre Nüstern und sang ihr ein leises, süßes Lied vor, dessen Melodie Simon in die Knochen fuhr. Die Worte stammten aus einer seltsamen Sprache, die er nicht verstand, doch Elle antwortete mit einem leisen Wiehern.

Eigentlich hätte ihn Miris unheimliche Fähigkeit, mit Tieren zu sprechen, beunruhigen sollen; doch Simon stellte fest, dass er sich allmählich immer mehr an ihre sonderbare Gabe gewöhnte, ja, dass er sie sogar bewunderte.

»Und welche Geheimnisse teilen die Damen jetzt?«, fragte er spöttisch, um zu verbergen, wie gebannt er war.

»Nichts von Belang, nur ein bisschen Klatsch.«

»Zweifellos über mich. Ich nehme an, Elle beschwert sich bei dir, was für ein griesgrämiger, rücksichtsloser Kerl ich bin.«

Miri lachte. »Nein, so etwas würde ich bestimmt nicht zu hören bekommen, zumindest nicht von Elle.« Ihr Blick wurde weich, als sie hinzufügte: »Dein Pferd betet dich an, Simon. Elle würde ihr Leben für dich geben.«

»Armes dummes Ding«, meinte Simon, trat jedoch in den Verschlag und tätschelte Elles Hals.

Die Stute stupste ihn verspielt an. Er streichelte mit den Fingerspitzen einen bestimmten Punkt zwischen ihren Augen, woraufhin Elle den Kopf verzückt nach hinten warf. Liebevoll grinste er, bis er merkte, dass Miri sich zurückgezogen hatte und ihn beobachtete. Furchterregende Hexenjäger sollten eigentlich nicht so gefühlsselig mit ihren Pferden umgehen. Obwohl er Elle weiter liebkoste, räusperte er sich und meinte: »Tut mir leid, dass ich keine bessere Unterkunft für uns gefunden habe als diese Scheune. Ich hätte …«

»Meine Güte, Simon«, fuhr Miri leise lachend dazwischen. »Hast du vergessen, mit wem du redest? Als Kind hätte ich liebend gern jede Nacht bei meinem Pony geschlafen, wenn mich meine Mutter nur gelassen hätte. Für mich sind Scheunen Orte, die gleich nach dem Himmel kommen.«

»Vor allem am Abend«, meinte Simon. »Wenn die Tiere sich in die Nacht schicken und einen nach einem langen harten Tag das Gefühl wohlverdienter Ruhe überkommt. Ein Gefühl des reinen Friedens, des Endes einer Reise, selbst wenn es nur eine Täuschung ist.«

Miri nickte zustimmend. »Ich liebe die Geräusche der Nacht – der Ruf eines Käuzchens unter dem Dach, das Rascheln von Stroh, das Stampfen der Pferde in ihren Boxen.«

»Das leise Schnauben und Wiehern …«

»Und der süße Duft nach frischem Heu.«

»Der Geruch nach warmen Pferden, vermischt mit dem nach Leder …« Simon stockte, verlegen über seine Begeisterung.

Auch Miri verstummte und lächelte ihn an. Ihre Blicke senkten sich in völligem Einvernehmen ineinander, Simon verspürte eine tiefe Übereinstimmung, die sie enger aneinanderzubinden schien.

Sein Herz machte einen Sprung, als er sich der Frau neben ihm bewusst wurde – ein Gefühl, gegen das er ständig ankämpfen musste. Das Licht der Laterne fiel auf sie, der Glanz spiegelte sich in ihren Augen und in dem goldenen Schein ihrer Haare. Sie wirkte so weich und zugänglich, ihr Leinenhemd schmiegte sich an ihre weiblichen Kurven, an ihre wohlgeformten Brüste, die nun nicht mehr mit einem Tuch stramm zusammengeschnürt waren.

In Simon regte sich das Verlangen, Miri an sich zu ziehen, sie ganz fest zu halten und ihren warmen, weiblichen Duft einzuatmen. Rasch wandte er sich ab. Tagsüber gelang es ihm ganz gut, solche Wünsche zu verdrängen. Tagsüber kreiste all sein Denken um die Jagd, all seine Sinne waren darauf gerichtet, mögliche Gefahren zu wittern.

Aber wenn sie allein waren, drohten ihm diese stillen Momente zum Verhängnis zu werden, denn dann wurde die Gefahr übermächtig, dass ihn Miri jenseits aller Vernunft in Versuchung führte und sich einen Weg unter seine Haut, ja sogar bis tief in sein Herz bahnte.

Obwohl Miri Elle schon gründlich gestriegelt hatte, nahm Simon eine Bürste und beschäftigte sich eingehend damit, über den glänzenden Rücken seiner Stute zu fahren.

Plötzlich miaute es leise, und eine bunte Scheunenkatze strich um Miris Beine. Sie nahm das kleine Ding hoch und fragte: »Wer sind eigentlich die Maitlands? Sind es Freunde von dir?«

»Hexenjäger haben keine Freunde, Miri.«

Seine Antwort beunruhigte sie offenbar. Sie verzog das Gesicht, während sie die Katze am Kinn kraulte. »Ich hatte den Eindruck, Monsieur und Madame Maitland haben sich sehr gefreut, dir eine Übernachtungsmöglichkeit bieten zu können.«

»Nur weil sie sich verpflichtet fühlen. Im letzten Herbst habe ich ihnen einen kleinen Dienst erwiesen.«

»Ach so?«

Simon hätte den Vorfall lieber unerwähnt gelassen, aber er wusste, dass Miri nicht ohne Weiteres aufgeben würde. Auch wenn sie ihn nie mit Fragen löcherte und auf Antworten drängte, wartete sie doch meist stumm und musterte ihn erwartungsvoll.

Seufzend striegelte er Elle weiter, bevor er schließlich erklärte: »Jemand hatte die Kirche besudelt, es wurde Schweineblut auf den Altar gekippt. Der Verdacht fiel auf die Maitlands, und eine Horde Betrunkener machte sich auf den Weg, Vergeltung zu üben. Ich – äh, ich habe es geschafft, die guten Leute davon zu überzeugen, dass sie sich irrten, und habe sie überredet umzudrehen.«

»Wie in aller Welt hast du das gemacht?«

»Ich habe die Meute abgefangen und bin mit gezücktem Schwert auf sie losgaloppiert, und das mitten in der Nacht.« Simons Mund verzog sich zufrieden bei der Erinnerung an all die mit Fackeln beleuchteten Gesichter, die schreckgeweiteten Augen und angstverzerrten Münder.

»Elle und ich können ziemlich viel Schrecken verbreiten, wenn wir wollen. Du solltest sie einmal sehen, wenn sie in Rage gerät, wie sie ihre Mähne schüttelt, die Augen rollt und mit den Hufen schlägt. Dann sieht sie aus wie eine rächende Gestalt aus dem Reich der Dämonen, so, als käme sie direkt aus der Hölle herbeigestürmt. Natürlich nur, wenn sie nicht mit Schleifchen und Zöpfchen geschmückt ist«, fügte er trocken hinzu.

Miri trat näher an den Verschlag. Als Elle neugierig an der Katze auf ihrem Arm schnupperte, nahm das Tier daran Anstoß. Es wand sich aus Miris Griff und balancierte an der Oberkante des Verschlags entlang, dann sprang es auf den Boden und verließ die Scheune. Miri bemerkte kaum etwas davon, weil sie Simon mit offenem Mund anstarrte.

»Das nennst du also ›den Maitlands einen kleinen Dienst erweisen‹? Diese bösen Leute hätten ihr Häuschen in Brand stecken und sie bei lebendigem Leib verbrennen lassen können, und dich womöglich auch.«

Simon zuckte mit den Schultern. »Die Meute bestand aus ganz normalen Landarbeitern, wie man sie in jedem Dorf findet. Aber es stimmt schon, die Lage hätte brenzlig werden können. Selbst einfache Leute können gefährlich werden, wenn zu viel Wein und Wut ihren Mut befeuern. Das ganze Dorf war empört und entsetzt über die Schändung der Kirche.«

»Aber warum sollte denn jemand die Maitlands einer solchen Untat verdächtigen? Ich habe sie ja nur kurz kennengelernt, doch ich habe gleich gemerkt, wie freundlich und anständig sie sind.«

»Aber sie gehören der reformierten Kirche an.«

»Und – und das hast du gewusst, als du sie verteidigt hast?«, stammelte Miri verdutzt.

Simon war klar, warum sie sich wunderte. In dem Sommer, als er Miri kennenlernte, hatte er zusammen mit seinem alten Meister Le Vis versucht, den hugenottischen Hauptmann Nicolas Remy aufzustöbern und zu töten.

Er trat um den Verschlag herum und striegelte Elles Widerrist. »Ich habe die Maitlands verteidigt, weil ich wusste, dass sie mit dem Vandalismus in der Kirche nichts zu tun hatten. Es sah mir eher nach einer zufälligen Untat aus, verübt von einer Hexe aus dem Zirkel der Silbernen Rose. Na ja, vielleicht war es auch nicht zufällig.

Diese Weiber freuen sich, wenn sie in den Dörfern, durch die sie ziehen, Leid und Ärger verursachen können; wenn sie die Leute gegeneinander aufhetzen können, vor allem Hugenotten gegen Katholiken. Ich habe sogar ihr Erkennungszeichen entdeckt – eine Rose, die sie auf den Altar gekratzt haben. Als ich dem Priester am nächsten Tag die Rose zeigte und die Gemüter sich beruhigt hatten, konnte ich alle davon überzeugen, dass der Schaden in ihrer Kirche das Werk von Hexen war und dass die Maitlands unschuldig waren.«

»Unschuldig?« Miri biss sich auf die Lippen, dann fuhr sie zögernd fort: »Verzeih mir, Simon, aber diesen Begriff hätte ich nie aus deinem Munde erwartet, zumal nicht bei Hugenotten. Hat Vachel Le Vis dir denn nicht beigebracht, alle Reformierten zu hassen und als Häretiker zu betrachten?«

»Er hat es versucht.« Simon ließ von Elle ab. Er war verunsichert, wie so oft, wenn er an diese längst vergangene Zeit dachte, als er bei Le Vis in die Lehre gegangen und bestrebt gewesen war, dem Mann, der sein Leben gerettet hatte, alles recht zu machen. Doch gleichzeitig hatte ihn auch vieles verstört, was Le Vis versucht hatte, ihm beizubringen.

Er trat aus dem Verschlag und fuhr gedankenverloren mit der Hand über die Borsten des Striegels. »Er hat gesagt, als guter Christ und aufrechter Katholik muss ich die Häretiker verachten und sie dazu verdammen, in der Hölle zu schmoren. Oft war ich so verwirrt, dass ich stundenlang gebetet habe«, gestand er freudlos lachend.

»Ob du es glaubst oder nicht – damals habe ich wirklich viel gebetet«, fuhr er fort. »Ich wollte ein guter Christ sein, wie Meister Le Vis es predigte, aber seine Lehren waren so anders als das, was ich von meinem Vater gelernt hatte. Allerdings war mein Vater auch weitaus toleranter als die anderen in unserem Dorf. Vielleicht deshalb, weil er etwas mehr von der Welt gesehen hat. Er hat mir oft erzählt, dass mein Großvater in Spanien gekämpft und ein sehr freundlicher und geschickter maurischer Arzt ihm das Leben gerettet hat. Er selbst wurde einmal auf dem Weg zum Jahrmarkt in einem anderen Dorf von Strauchdieben überfallen und von einem jüdischen Kaufmann gerettet.

Juden und Mauren – Meister Le Vis hätte sie alle verteufelt, genau wie die Hugenotten, egal wie tapfer oder freundlich sie waren. Aber mein Vater pflegte zu sagen: ›Wenn so viele Straßen zu einer Stadt wie Paris führen, wie viele muss es dann erst zum Himmel geben. Wir müssen nicht alle derselben Straße folgen, um dorthin zu gelangen.‹«

Simon erinnerte sich plötzlich ganz lebhaft an Javier Aristide: Er saß am Herd und vermittelte seine schlichte Weisheit, während seine von der Arbeit schwieligen Hände mit einer Schnitzerei beschäftigt waren. Die Hände seines Vaters waren fast nie untätig gewesen, ständig hatten sie etwas hergestellt: ein neues Bein für einen kaputten Schemel, eine Holzschüssel für die Mutter oder ein drolliges Tierchen für Lorene. Doch zum ersten Mal seit vielen Jahren tat diese Erinnerung fast nicht weh, sie war nur sehr lebhaft.

Erst als Elle ihn anstupste und ermunterte weiterzustriegeln, merkte er, dass seine Gedanken abgeschweift waren. Miri sah ihn mit leuchtenden Augen an. Wie sehr er sich wünschte, dieses Licht zu verdienen!

»Schau mich nicht so an, Miri Cheney«, warnte er sie.

»Wie denn?«, fragte sie.

»So, als ob du glaubst, ich sei meinem Vater ähnlich. Das bin ich nicht. Ich habe den Maitlands nur geholfen, weil – weil es mir gelegen kam. Ich kann die Silberne Rose schlecht verfolgen, wenn ihre Verbrechen anderen in die Schuhe geschoben werden. Auf alle Fälle bin ich kein Held.«

»Ich glaube, die Maitlands würden das anders sehen. Wenn ich daran denke, was ihnen hätte passieren können …« Miri erschauderte. »Diese religiösen Auseinandersetzungen sind schon schrecklich genug, ohne dass jemand vorsätzlich weiteren Unfrieden stiftet. Wenn die Silberne Rose das versucht, ist sie wirklich ein Ungeheuer. Wann wird diese sinnlose Grausamkeit zwischen Hugenotten und Katholiken je aufhören? Ich – ich mache mir schreckliche Sorgen um Gabrielle und ihre Familie.«

»Ich wünschte, ich könnte dir sagen, dass es dafür keinen Grund gibt«, erwiderte Simon bedrückt. »Aber nach all dem, was ich neulich nachts in Chenonceau gehört habe, wird der Krieg immer schlimmer. Wenn die dunkle Königin den Herzog von Guise nicht zügelt, wird er die Kontrolle über das gesamte königliche Heer an sich reißen und gegen Navarra marschieren, um die Hugenotten endgültig zu vernichten. Vielleicht solltest du deine Schwester warnen.«

»Remy weiß bestimmt von dieser Gefahr und tut alles, um seine Familie zu schützen. Aber ich werde ihnen bei der nächsten Gelegenheit Bescheid geben …« Miri verstummte und errötete verräterisch. Sie zog den Kopf ein und stammelte: »Das – das heißt natürlich, ich würde Gabrielle warnen, wenn ich wüsste, wo sie steckt. Aber – aber das weiß ich nicht.«

Sie war eine erbärmlich schlechte Lügnerin. Doch in einer Welt voller Menschen, die sich nur zu gut darauf verstanden, sich zu verstellen, fand Simon Miris Ehrlichkeit ausgesprochen liebenswert.

»Vielleicht schickst du ihnen eine Botschaft zu ihrem Gehöft in Pau«, schlug er vor.

Als Miris Kopf hochschnellte und sich ihre Augen empört weiteten, fügte er hinzu: »Ich weiß schon lange, wohin Gabrielle und ihr hugenottischer Hauptmann geflohen sind, aber es lag mir nichts daran, sie zu verfolgen. Meine Jagd galt der Herrin von Faire Isle und ihrem Gemahl, dem Zauberer, doch die zwei sind mir entkommen.«

»Aber da du jetzt weißt, dass Renard das *Buch der Schatten* nicht hat, hast du doch auch keinen Grund mehr, nach ihm zu suchen, oder?«, fragte Miri hastig.

»Mit diesem Buch oder ohne, der Comte kennt sich zu gut in der schwarzen Magie aus.«

»Renard würde sein Wissen nie für schlechte Zwecke einsetzen, Simon«, erklärte Miri und sah ihn besorgt und zugleich flehend an. »Das musst du mir glauben.«

Er wünschte, er könnte es. Hätte er Renard doch nie erwähnt. Es war, als hätte er einen Kiesel in einen stillen See geworfen. Schon bei der Erwähnung des Comte schien ihre neu gefundene Eintracht Schaden zu nehmen. Simon hatte in seinem Leben nur wenige Momente des Friedens gekannt, vor allem zusammen mit Miri. Umso kostbarer waren sie ihm. Er presste die Lippen zusammen. Und dann machte er ein Zugeständnis, das er noch vor Kurzem für unmöglich gehalten hätte:

»Sollten sich Renards und meine Wege je wieder kreuzen, dann werde ich mich bemühen, ihn in Ruhe zu lassen – allerdings nur deinetwegen.«

»Er ist ein guter Mann, Simon. Mir wäre es lieber, du würdest es seinetwegen tun.«

»Jetzt verlangst du aber wirklich zu viel von mir. Er ist der Enkel der berüchtigten Melusine, der Hexe, die ihre dunklen Künste an sehr viele Frauen weitergegeben hat, darunter auch die alte Vettel, die mein Dorf zerstört hat.«

»Das kannst du Renard nicht zum Vorwurf machen. Es wäre dasselbe, als wenn – als wenn ich dir vorwerfen würde, dass du von einem Hexenjäger großgezogen worden bist.«

»Le Vis hat mich nicht großgezogen«, fauchte Simon. »Aber er hat mir das Leben gerettet.«

Er verspannte sich, wie immer, wenn er sich gezwungen sah, Le Vis zu verteidigen. Mehrmals schon hatte er sich vergeblich bemüht, vor Miri zu rechtfertigen, was er oft genug kaum vor sich selbst rechtfertigen konnte: warum er so viele Jahre im Dienst eines Wahnsinnigen verbracht hatte.

»Du glaubst, Le Vis war ein Ungeheuer, und er hat dir tatsächlich Grund dafür gegeben. Manchmal, wenn er unter einem seiner Wahnanfälle gelitten hat, habe selbst ich …« Simon hielt inne und schob die düsteren Erinnerungen beiseite. »Aber manchmal konnte er auch ein ungemein geduldiger Lehrer sein. Er hat mir Latein und Griechisch, Lesen und Schreiben beigebracht. Solche Fertigkeiten hätte ein einfacher Bauernjunge nie erwerben können.

Doch abgesehen davon verdanke ich ihm, dass ich überlebt habe. Ich – ich weiß nicht, was diese verdammte Hexe in jener Nacht in den Brunnen warf, aber die Pest brach aus und verbreitete sich in Windeseile in der ganzen Umgebung bis hin zu dem Anwesen, auf dem ich in den Ställen arbeitete. Als sich das herumsprach, traute sich niemand mehr in unsere Gegend. Nur auf einer Anhöhe in der Nähe wurden manchmal ein paar Lebensmittel abgelegt, doch wenige Menschen waren noch stark genug, etwas zu essen. Alle, die ich kannte, starben, einer nach dem anderen.«

Simon schluckte schwer, während er in den dunkelsten Teil seiner Vergangenheit hinabtauchte, einen Ort, den er äußerst selten aufsuchte. »In meiner Familie war mein Vater der Erste, der sein Leben ließ, danach kam meine Mutter. Lorene war die Letzte, sie war derart von Fieber und Schmerzen gequält, dass sie mich nicht mehr erkannte. Aber ich habe sie bis zum Schluss in den Armen gehalten.«

Elle nibbelte an seinem Ärmel, dann rieb sie den Kopf an seiner Schulter, um seine Aufmerksamkeit auf sich zu lenken. Er tätschelte sie gedankenverloren, dann trat er aus dem Verschlag. Er lehnte sich an die gegenüberliegende Wand und beendete seine Geschichte.

»Ich war zu der Zeit schon so schwach, dass ich fast einen ganzen Tag brauchte, um ihr Grab zu schaufeln. Und dabei war sie doch noch ganz klein. Nachdem ich meine Schwester beerdigt hatte, brach ich im Straßengraben zusammen. Aus einem unerklärlichen Grund blieb ich von der Pest verschont.«

Miri ließ ihn schweigend zu Ende erzählen, nur ihre Augen zeigten ihr Mitleid. Dann trat sie zu ihm und berührte sanft seine Hand. »Das geschieht manchmal, Simon. Meine Mutter, die in der Behandlung von Pestopfern außergewöhnlich begabt war, meinte oft, wie seltsam es doch ist, dass diese Seuche manche Menschen verschont. Das hat sie nie verstanden, obwohl sie in den alten Heilkünsten sehr bewandert war. Maman hat immer nur Gott dafür gedankt.«

»Ich weiß nicht, ob es das Werk Gottes war oder das des Teufels, dass ich verschont geblieben bin. Ich weiß nur, dass ich am Straßenrand lag und auf den Tod wartete. Und dort hat mich Le Vis gefunden. Kein anderer war bereit, sich so nahe an einen Ort zu wagen, den eine Hexe verflucht hatte. Er war der Einzige, der den Mut hatte.«

»Meine Mutter hätte sich auch dorthin getraut, und ob du es glaubst oder nicht, Renard genauso.« Miri drückte seine Hand. »Ich bin froh, dass Le Vis dich gerettet hat, Simon. Dafür bin ich dem Mann wirklich dankbar. Aber ich kann dir gar nicht sagen, wie sehr ich mir wünsche, ein anderer hätte dich gefunden.«

»Glaube mir, meine Liebe, mir geht es genauso«, erwiderte Simon düster. Das war das erste Mal, dass er das einem anderen Menschen anvertraute; bislang hatte er es nicht einmal sich selbst eingestanden. Aber in den letzten Tagen mit Miri hatte er immer wieder einmal Teile seines Lebens betrachtet, die er jahrelang unter Verschluss gehalten hatte. Es waren wahrscheinlich ihre rätselhaften Augen, die tief in ihn hineinblickten und Licht auf die dunkelsten Winkel seines Herzens warfen, egal, ob er es zulassen wollte oder nicht.

Sie schien zu merken, wie schwer es ihm fiel, so viel zu erzählen. Als er verstummte, bedrängte sie ihn nicht weiter. Sie strich ihm nur eine Haarsträhne aus der Stirn und fuhr dann sachte mit den Fingerspitzen darüber, genau so, wie sie die Angst seiner Stute vor dem Gewitter beschwichtigt hatte.

Doch für einen Mann, in dessen Seele die schlimmsten Stürme wüten, kann man wenig tun, dachte Simon. Er hätte sich ihr entziehen sollen, aber in ihrer Liebkosung lag so viel Trost und Wärme, und er hatte sich so verdammt lange isoliert gefühlt vom Rest der Welt.

Sie fuhr durch seine Haare, die noch feucht waren von seinen Bemühungen, den Schweiß und Staub der Straße wegzuwaschen. Er verzog das Gesicht. Er wollte sich lieber nicht vorstellen, wie hässlich er aussah mit seinem vernarbten Antlitz, dem ungekämmten Bart und dem wirren schwarzen Haar. Als ihre Finger an einen Haarknoten gerieten, entwirrte sie ihn geduldig.

Nach dem düsteren Gespräch, das sie soeben geführt hatten, versuchte Simon, die Stimmung ein wenig aufzuhellen, und neckte sie: »Ich hoffe, dir kommt jetzt nicht in den Sinn, mich so hübsch zu machen wie Elle. Das ginge weit über deine Macht hinaus, meine Liebe.«

»Ich habe nicht die Absicht, Euch zu zähmen, Monsieur Aristide. Allerdings würde ich Euch zu gern überreden, das hier abzunehmen.« Als Miri an dem Band zog, mit dem seine Augenklappe befestigt war, erstarrte er und packte sie am Handgelenk.

»Nein!«

»Aber Simon, es ist doch bestimmt nicht angenehm, dieses Ding die ganze Zeit zu tragen. Deine Haut muss atmen, und ich habe deine Wunde ja schon einmal gesehen. Du hast sie mir damals in Paris gezeigt, erinnerst du dich noch?«

»Ja, aber nur, weil ich dich einschüchtern und dir Schuldgefühle einflößen wollte.«

»Das ist dir gelungen, ziemlich gut sogar, würde ich sagen.«

Sie versuchte zu lachen, aber sie brachte nur ein leises, trauriges Geräusch zustande. Ihre Wimpern senkten sich, um den unglücklichen Ausdruck in ihren Augen zu verbergen – ein weiterer Schatten, den er verursacht hatte.

Er lockerte seinen Griff und nahm sie an der Hand. »Ich war wirklich garstig zu dir. Was immer ich damals gesagt habe, war einzig und allein meiner Verbitterung und meiner düsteren Stimmung geschuldet. Du hast mir nie etwas angetan, was du dir zum Vorwurf machen müsstest.«

»Ich habe in euer Duell eingegriffen, wegen mir hat Renards Schwert deine Abwehr überwunden.«

»Aber ich habe ihn herausgefordert. Wenn ein Mann sein Schwert zückt, muss er bereit sein, die Folgen zu tragen. Wahrscheinlich hast du mir damals sogar das Leben gerettet, denn Renard war ein viel besserer Schwertkämpfer. Vielleicht hätte er mich getötet, wenn du nicht versucht hättest, das Duell zu beenden.«

»Oder du hättest ihn getötet. Er war geschwächt von seinem Zwangsaufenthalt in der Bastille. Dieser Tag gehört zu den schlimmsten meines Lebens. Ich – ich habe Wut oder Gewalt noch nie ertragen können. Solche Dinge sind mir zutiefst zuwider, sie machen meine Seele krank. Und als Renard und du vor meinen Augen aufeinander losgegangen seid, wollte ich keinen von euch beiden verletzt sehen. Du kannst dir gar nicht vorstellen, wie schlimm das für mich war.«

Nein, das konnte er nicht. Zumindest damals hatte er es nicht gekonnt, denn kurz zuvor hatte er erfahren, dass sein Meister tot war. Er sei grausam niedergestreckt worden vom Comte de Renard, hatte es geheißen. Le Vis, der Mann, der alles für Simon geworden war, der einzige Mensch, der ihm wirklich nahestand, sein Beschützer, sein Lehrer. Simon hatte sich so allein gefühlt wie damals, als sein Dorf zerstört worden war. Er war verloren, verängstigt und wütend gewesen. Er hatte seine Wut und seine Empörung gegen jemanden richten müssen, und seine Wahl war auf den Zauberer Renard gefallen, dem er bereits vorwarf, dass er versuchte, Miri gegen ihn aufzuhetzen.

Doch er war so in dem düsteren Wüten seiner Ängste gefangen gewesen, dass er kaum einen Gedanken an Miri verschwendet hatte oder daran, welchen Schmerz er ihr zufügte, wenn er gegen einen Mann kämpfte, dem sie sich so verbunden fühlte; wenn er sie zwang, Stellung zu beziehen, und ihr Herz entzweiriss.

Jetzt drückte er ihre Hand. »Miri, es tut mir leid. Ich werde dir nie wieder so etwas antun, das schwöre ich.«

Das war ein verdammt unüberlegtes Versprechen, genauso unüberlegt wie das, was er als Nächstes tat – sie an sich zu ziehen. Doch sein Bedürfnis, die schmerzliche Erinnerung zu bannen und den verletzten Blick aus ihren Augen zu vertreiben, war so groß, dass er nicht mehr vernünftig handeln konnte. Er tat, wonach er sich seit Tagen verzehrt hatte: Er nahm sie in die Arme und hielt sie ganz fest. Sie widerstand nur ganz kurz, dann schmiegte sie sich an ihn und vergrub das Gesicht an seiner Schulter.

Sie klammerten sich aneinander. Bis auf das leise, gemütliche Rascheln der anderen Geschöpfe in der Scheune und das schwache Grollen eines Donners in der Dunkelheit war es ganz still. Simon musste daran denken, dass es mit Miri schon immer so gewesen war: ein paar stille, gestohlene Momente, bevor sich der nächste Sturm auf ihre Häupter entlud.

Das ist bestimmt wieder nur so ein Moment, dachte er traurig. Umso fester hielt er sie, bis sie den Kopf hob. Als sie mit zitternden Fingern nach oben griff, um seine Augenklappe zu entfernen, hinderte er sie nicht mehr daran.

Es fiel ihm schwer, den Kopf nicht abzuwenden, um ihren ernsten Blick zu vermeiden. Es war lange her, seit er sich in einem Spiegel betrachtet hatte. Doch als törichter Junge – damals hatte er den Verlust seines guten Aussehens fast noch mehr bedauert als den seines Auges – hatte er sein Spiegelbild immer wieder einmal verbittert angestarrt und sich die Form seiner

Narbe, den hässlichen Wulst, der sein rechtes Auge versiegelte, genau eingeprägt.

Im Lauf der Jahre hatte er gelernt, diese Verunstaltung einzusetzen, um andere einzuschüchtern, zu erschrecken und zurückzustoßen. Das wollte er bei Miri natürlich nicht, aber er wollte auch nicht ihr Mitleid. Als sie behutsam über sein vernarbtes Augenlid fuhr, zuckte er zusammen.

»Ich muss dir wohl eine besondere Salbe dafür machen«, murmelte sie.

»Inzwischen kann ich kaum noch auf Heilung hoffen, meinst du nicht auch?«

»Du hast es schlimmer als nötig gemacht, indem du deine Haut aufgescheuert hast, weil du ständig diese Klappe trägst. Lass sie weg, zumindest, wenn wir unter uns sind.«

»Na gut«, willigte er ein und versuchte, möglichst gleichgültig zu klingen. Eitelkeit, es war ja alles nur törichte Eitelkeit. Le Vis hatte ihm immer vorgeworfen, zu eitel zu sein. Das gehörte zu den wenigen Dingen, in denen sein Meister recht gehabt hatte.

Sein Atem stockte, als sie sich enger an ihn schmiegte und mit dem Mund über seine Wange, sein Augenlid, seine Stirn streifte. Als er etwas Feuchtes auf seinem Gesicht spürte, stöhnte er.

»Ach, Miri, tu es nicht. Weine nicht. Du hast meinetwegen schon viel zu viele Tränen vergossen, und ich war keine einzige davon wert.«

Er schob sie ein wenig zurück, legte die Hände um ihr Gesicht und drückte die Lippen auf ihre Augen und Wangen. Er wollte nur ihre Tränen wegküssen. Er hätte schwören können, dass er nur das und nichts weiter wollte. Doch dann rollte ein Tropfen über ihren Mundwinkel, und er fing ihn unwillkürlich auf. Seine Lippen legten sich auf ihre, das Salz ihrer Tränen vermischte sich mit der Süße ihres Mundes.

Halbherzig wollte er sich zurückziehen, doch sie vergrub die Finger in seinen Haaren und hielt ihn fest, während sich ihre

Lippen öffneten. Dieser Einladung konnte er nicht widerstehen, dafür fehlte ihm die Kraft. Er küsste sie, anfangs zart, dann immer fordernder. Seine Zunge erforschte ihre warme Mundhöhle. Miri reagierte prompt und schmiegte sich enger an ihn.

Er umfasste ihre Brust, die nur von einem dünnen Leinenhemd verhüllt war, er spürte ihre Wärme und das Pochen ihres Herzens, das sich gleichzeitig mit seinem zu beschleunigen schien. Sein Körper verhärtete sich vor Verlangen. Das Bedürfnis, sie hochzuheben und …

Und dann? Sie auf die rauen Bretter des Scheunenbodens zu legen wie ein marodierender Soldat, der sich kurz mit der Milchmagd vergnügen will? Es gab kein Bett, kein Gemach, in dem sie sich lieben konnten. Keinen weichen, sicheren Ort, an dem sie zusammen sein konnten. So etwas hatte es nie gegeben, und so etwas würde es nie geben.

Leise stöhnend ließ er von ihrem Mund ab, obwohl es ihm nicht gelingen wollte, sie loszulassen. Er schlang die Arme um ihre Taille und lehnte seine Stirn an ihre. Ihrer beider Atem verschmolz in abgehackten Seufzern. Sie streichelte seinen Nacken, dann wanderte ihre Hand weiter, glitt unter sein Hemd. Bei dem weichen Gefühl ihrer Finger auf seiner nackten Haut begann sein Puls zu rasen. Er packte sie und presste ihre Hand auf sein ungestüm pochendes Herz.

»O Gott, Miri, das ist – das ist nicht klug«, stöhnte er.

»Ich weiß«, wisperte sie. »Aber warum fühlt es sich so richtig an?«

»Ich weiß es nicht. Ich habe den Wahn zwischen uns nie verstanden.«

»Wahn?«, wiederholte sie traurig. »Ja, wahrscheinlich ist es das.«

Sie löste sich von ihm, und er ließ sie zögernd gehen.

»Es – es tut mir leid«, sagte sie. Ihre Wangen waren flammend rot. »Ich weiß nicht, was über mich gekommen ist. Ich … ich schäme mich schrecklich.«

»Das brauchst du nicht. Es ist eher meine Schuld. Ich hatte dir versprochen, dich nie mehr zu küssen.«

Miri seufzte. »Nur, falls du es nicht gemerkt hast, Simon: Ich habe dich auch geküsst.« Nervös fuhr sie über die Silberkette an ihrem Hals. Das tat sie oft, wenn sie besorgt oder beunruhigt war. Zum ersten Mal fiel ihm auf, dass an der Kette ein reich verziertes Medaillon hing.

»Was ist das denn? Eine Art Amulett gegen Dämonen? Es scheint nicht zu wirken«, scherzte er, verzweifelt bemüht, die Spannung zwischen ihnen zu lösen.

Schuldbewusst erwiderte Miri: »Es ist das Geschenk eines Freundes. Du hast ihn damals im *Gasthaus zur Eiche* kennengelernt, aber wahrscheinlich erinnerst du dich nicht mehr an ihn. Er heißt Martin le Loup.«

Simon verzog das Gesicht. Und ob er sich an den gut aussehenden, langen Burschen erinnerte, der hinter Miri hergetrottet war wie ein verzücktes Wolfsjunges.

»Ach ja, der Taschendieb aus Paris. Ich wusste nicht, dass du noch immer mit ihm befreundet bist.«

»Ich – ich hätte dir früher von ihm erzählen müssen. Ich weiß nicht, warum ich es nicht getan habe. Aber schließlich ist so viel passiert, und ich weiß noch sehr gut, wie sehr er dir missfallen hat …«

Simon lachte trocken. »Wenn ich mich recht entsinne, beruhte diese Abneigung auf Gegenseitigkeit. Der Junge hat mich immer angestarrt, als wolle er mir den Kopf abschneiden und ihn auf einer Lanze durch Paris tragen.«

»Martin würde dir wohl noch mehr abschneiden wollen, wenn er wüsste, was gerade zwischen uns vorgefallen ist. Er würde mich für ein übles Luder halten, und wahrscheinlich bin ich das auch.«

»Du bist nichts dergleichen, und ich schneide jedem die Zunge raus, der so etwas behauptet.« Simon hob ihr Kinn an und zwang sie, ihn anzusehen.

»Miri, du hast nichts Unrechtes getan. Wir haben uns ein

paar Mal heiß geküsst. Na und? Ein Mann und eine Frau, die unter solch merkwürdigen Umständen notgedrungen Tag und Nacht gemeinsam verbringen … Bei uns liegen die Nerven blank, wir sind beide angespannt. Da ist es kein Wunder, wenn man sich zu etwas Unüberlegtem hinreißen lässt. So etwas kann passieren, aber wir haben rechtzeitig aufgehört. Es war nur ein törichter Moment der Schwäche, also nichts, wovon dein Wolf etwas erfahren muss.«

Seine Worte schienen sie nicht zu trösten, sondern nur noch trauriger zu machen. Dennoch nickte sie und rang sich ein Lächeln ab. Er deutete auf das Medaillon und fragte: »Darf ich es mir anschauen?«

Miri reichte es ihm zögernd. Sein Blick fiel auf ein großes Oval, auf dem ein Wolf eingraviert war, der den Mond anheulte. Er löste den Verschluss und bemühte sich, die irritierende Inschrift zu übersehen: *Der Deine bis zum Ende aller Tage.* Stattdessen musterte er die kostbare kleine Uhr und pfiff leise.

»Das hat aber ziemlich viel gekostet. Entschuldige die Frage, aber bist du dir sicher, dass dein Dieb das nicht gestohlen hat?«

»Natürlich nicht«, erwiderte Miri empört. »Egal was er in seiner Jugend gemacht hat – Martin ist kein Dieb mehr. Er hat es im Dienst des Königs von Navarra zu Ruhm und Ehren gebracht und ist jetzt ein richtiger Herr. Bei den Hofdamen macht er wirklich Furore.«

Das bezweifelte Simon nicht. Selbst in der Zeit, als le Loup nur ein kleiner Taschendieb gewesen war, hatte er die ärgerliche Neigung gehabt herumzuschwadronieren, und wahrscheinlich sah er immer noch so gut aus wie damals. *Zum Teufel mit ihm!* Simon spürte einen Stich, der ihn lächerlich an Eifersucht erinnerte, und bemühte sich nach Kräften, dieses Gefühl zu unterdrücken.

»Trotz seiner Erfolge bei der Damenwelt ist er ganz offenkundig dir noch sehr zugetan«, bemerkte er.

»Der Mann ist ein hoffnungsloser Romantiker, er behandelt

mich wie eine unerreichbare Göttin, nennt mich seine Herrin des Mondes und vollbringt mir zu Ehren und um mein Herz zu erobern ständig irgendwelche kühnen Taten.« Miri lächelte reumütig. »Manchmal wünschte ich, er würde sich nicht derart ins Zeug legen und stattdessen daran denken, dass … dass …«

»Dass du eine Frau mit ganz normalen Bedürfnissen bist?«

Sie sah ihn an, verwundert ob seiner Hellsichtigkeit. Obwohl sie zustimmend nickte, beeilte sie sich zu erklären: »Ich habe allerdings keinen Grund zur Klage. Er liebt mich wirklich, und er war all die Jahre mein treuester Freund. Er hat mich immer zum Lachen gebracht und aufgeheitert, wenn ich trübsinnig war.«

Aber liebst du ihn auch?, hätte Simon zu gern gewusst. Doch er verkniff sich diese Frage, einerseits, weil er die Antwort fürchtete, andererseits, weil es ihn nichts anging. Die nächste Frage konnte er sich allerdings nicht verkneifen: »Warum hast du ihn dann nicht geheiratet? Heißen deine Schwestern ihn nicht gut?«

»O doch, vor allem Gabrielle drängt mich schon seit Langem, ihn zu heiraten. Sie und Ariane haben Martin sehr gern.«

Dafür verachten sie mich umso mehr, dachte Simon. Der Gegensatz zwischen ihm und le Loup stand ihm lebhaft und schmerzlich vor Augen: der eine ein gut aussehender, charmanter Höfling, Miri all die Jahre treu ergeben, der andere ein von Narben gezeichneter, erschöpfter Hexenjäger, verfolgt von düsteren Erinnerungen und voller Bedauern, der Fluch ihrer Familie, der Mann, der sie immer wieder verletzt hatte.

Allerdings spielte das wohl kaum eine Rolle. Er hatte nie zu hoffen gewagt, Miri für sich zu gewinnen. Freilich war ihm auch nie klar gewesen, wie sehr es ihn nach ihr verlangte … bis jetzt.

Er klappte den Deckel des Medaillons zu und ließ es los, sodass es wieder an ihrem Ausschnitt zu ruhen kam. Mit gezwungener Munterkeit meinte er: »Ich könnte mir denken, dass deine Schwestern recht haben. Wenn wir diese höllische Jagd nach der Silbernen Rose hinter uns gebracht haben, solltest du dich mit deinem Monsieur Wolf niederlassen. Er kann dir bestimmt ein großartiges Zuhause und eine Familie bieten.«

All das, was ich nie können werde, dachte er traurig, sagte jedoch nur leise: »Nach all dem Leid, das dir zugefügt wurde, verdienst du es, glücklich zu sein, meine Liebe.«

Und was ist mir dir, Simon? Was hast du verdient?, hätte Miri ihn zu gern gefragt. Doch er hatte sich schon abgewandt und murmelte irgendetwas davon, einen letzten Blick auf den Hof werfen zu wollen, um sich zu vergewissern, dass draußen alles ruhig sei.

Sie fuhr mit der Zunge über ihre Lippen, auf denen noch der Geschmack seines leidenschaftlichen Kusses lag, und auch die Hitze seiner Arme spürte sie noch deutlich.

Als er durch die Scheunentür verschwand, zitterte sie. Plötzlich war ihr kalt, und sie fühlte sich, als sei ihr etwas geraubt worden. Traurig nahm sie Martins Medaillon in die Hand und betrachtete es.

Heirate ihn! Das hatten ihr ihre Schwestern und Marie Claire geraten, und sie hatte es sich sogar selbst gesagt. Jetzt sagte es auch Simon. Doch als sie das Medaillon wieder unter ihr Hemd gleiten ließ, wusste sie, dass sie es nie tun würde. Und nach all dieser Zeit begriff sie endlich auch, warum.

Sie liebte Simon Aristide – eine Liebe, für die es keine Hoffnung gab.

* * *

Miri lag auf dem Rücken. Madame Maitland hatte ihr eine Decke gegeben, die sie vor dem rauen Strohbett schützte, das sie sich im Dachboden der Scheune zurechtgemacht hatte. Sie war erschöpft, doch ihre Sorgen und die Gedanken an den Mann, der neben ihr schlummerte, hielten sie wach.

Es war ihr schwergefallen, Simon zu überreden, sich hinzulegen und nicht draußen Wache zu halten. Die Hunde würden sie bestimmt wecken, wenn sie Gefahr witterten, hatte sie gemeint. Und was wäre, wenn es doch noch regnete? Dann würde er vollkommen durchnässt eine miserable Nacht verbringen. Und selbst wenn er doch ein Auge zumachte, würde er am nächsten Morgen nicht ausgeruht sein, und das alles völlig grundlos.

Schließlich hatte er nachgegeben, was sie einigermaßen verwunderte. Vielleicht war er zu müde gewesen, um mit ihr zu streiten, obwohl sie beide wussten, dass diesmal keine Tür zwischen ihnen sein würde.

Aber Simon brauchte keine Tür als Schranke. Als sie sich hingelegt hatten, war er schweigsam und in sich gekehrt gewesen und hatte eine Wand zwischen ihnen errichtet, wo es eigentlich keine gab. Darauf verstand er sich ausgezeichnet.

Miri drehte sich um. Im schwachen Mondlicht, das durch die Wolken schimmerte und durch die offene Dachluke drang, konnte sie seine Gestalt nur mit Mühe ausmachen. Simon Aristide, der Mann, den sie immer geliebt hatte, so sehr sie sich auch bemüht hatte, es zu leugnen.

Als blutjunges Mädchen, bei ihrer ersten Begegnung – vor all den Jahren, um Mitternacht auf einer windumtosten Klippe – hatte sie sich Hals über Kopf in den gut aussehenden Jungen verliebt; den Jungen mit seinen dunklen Locken, Augen so schimmernd wie die Nacht und einem unwiderstehlich charmanten Lächeln.

Aber was sie jetzt für Simon empfand, reichte viel tiefer als die Verliebtheit von damals, als sie vor allem seine körperliche Schönheit bezaubert hatte. Jetzt sah sie seine Makel sehr deutlich, nicht nur die oberflächlichen auf seinem Gesicht, sondern auch die Narben auf seinem Herzen – den Schmerz, die qualvollen Erinnerungen, bei denen er sich immer wieder zurückzog und auf Distanz zur Welt ging.

Ihr war bewusst, dass er kein Erbarmen kannte, wenn er das Gefühl hatte, im Recht zu sein. Er konnte hart und misstrauisch sein, und mit allem, was auch nur entfernt an Magie erinnerte, konnte er nichts anfangen. Außerdem war er, was Renard anging, unbeugsam und stur wie eh und je. Ihre Liebe zu Simon kam einem Verrat gleich, nicht nur an Martin und seiner anhaltenden Verehrung, sondern auch an ihrer Familie.

Doch selbst diese Erkenntnis half nichts. Selbst in diesem Moment sehnte sie sich danach, Simon zu berühren, ihn zu streicheln und die Wärme seiner Lippen in der Dunkelheit zu suchen. Sie musste die Arme um sich schlingen, um diesem Verlangen zu widerstehen.

Er hatte eine lange, harte Reise hinter sich seit jenem Sommer, als er als zorniger und verbitterter junger Mann auf ihre Insel gestürmt war. Egal wie sehr er es leugnete, er hatte sich großer Gefahr ausgesetzt, um die Maitlands zu retten. Und das hatte er nicht aus Eigennutz getan, wie er behauptet hatte, sondern aus demselben Mitgefühl und der Fürsorge heraus, die ihn dazu gebracht hatten, Madame Paillard zu trösten und am Grab eines ausgesetzten Kindes zu beten und zu trauern. Es war ein Beweis seiner Stärke, dass er eine Tragödie überlebt hatte, an der die meisten Menschen zerbrochen wären – die Zerstörung seines Dorfes und den Verlust seiner Familie.

Offenbar bereute er manches von dem, was er in der Zeit getan hatte, als er bei Le Vis in die Lehre gegangen war, dem Fanatiker, der aus ihm Le Balafre gemacht hatte, den gnadenlosen Hexenjäger und Einzelgänger. Nur bei seinem Pferd war Simon völlig gelöst, Elle überhäufte er mit einer rückhaltlosen Zuneigung, die er offenbar keinem anderen zeigen konnte. Miri verstand ihn gut. Es war so viel sicherer, ein Pferd, einen Hund oder einen Kater zu lieben. Wenn man mit den schlichteren Geschöpfen dieser Welt in Beziehung trat, wurde man mit einer unkomplizierten, völligen Akzeptanz belohnt, mit bedingungsloser Zuneigung und Vertrauen. Simon führte ein noch einsameres Leben, als Miri es im letzten halben Jahr seit ihrer Rückkehr nach Faire Isle getan hatte, in der Hoffnung auf Frieden und Glück, die dort nicht mehr zu finden waren.

Simon schien schon vor Jahren sämtliche Hoffnung aufgegeben zu haben. Selbst wenn Miri alles vergaß, was sie Martin und ihrer Familie schuldete, und Simon ihr Herz anbot, würde er es zurückweisen. Er hatte gelernt, schon das Wort Liebe zu fürchten und dieses Gefühl als Schwäche zu betrachten. Am klügsten und vernünftigsten wäre es, wenn sie lernte, ihre Gefühle zu überwinden.

Doch das war viel leichter gesagt als getan. Sie seufzte. Als sie sich ruhelos auf ihrem provisorischen Lager wälzte, hörte sie, dass auch Simon sich regte. Obwohl sie sein Gesicht nicht sehen konnte, spürte sie, dass er ebenso wach war wie sie. Hatte er gemerkt, dass sie ihn beobachtete? Sie zuckte zusammen, als plötzlich seine Stimme erklang.

»Der Sturm scheint vorbeigezogen zu sein«, brummte er.

»Ja.« Traurig starrte Miri durch das offene Fenster. Die letzten Wolkenfetzen hatten sich verflüchtigt, jetzt stand nur noch ein heller, klarer Mond am Himmel.

»Ein weiterer Tag ohne Regen. Arme Mutter Erde«, meinte sie bedauernd.

»Le Vis hätte gesagt, diese Dürre ist ein Zeichen, dass Gott uns zürnt; dass das Volk der Franzosen für seine Sünden dazu verdammt ist, zur Hölle zu fahren.«

»Er hätte sich geirrt. Gott ist nicht so grausam, Simon. Er würde nie zerstören, was er so liebevoll geschaffen hat. Ich denke, er bemüht sich, selbst die schlimmsten Seelen in etwas Besseres zu verwandeln. Ich glaube nicht an die Hölle.«

»Ich schon. Obwohl ich nicht denke, dass sie aus einem Meer aus Feuer und Schwefel besteht, wie Le Vis immer behauptet hat.«

Miri wünschte, sie könnte seine Gesichtszüge erkennen. Aber selbst bei dem hellen Mondlicht, das nun hereinschien, sah sie nur den Schatten seines Gesichts. Er lag auf dem Rücken, hatte den Kopf auf einen Arm gelegt und starrte aus dem Fenster.

»Wie stellst du dir denn die Hölle vor?«, fragte sie leise.

»Kalt. Dunkel. Und wenn du den Arm ausstreckst, um jemanden zu berühren, ist niemand da.«

Die Leere in seiner Stimme tat ihr in der Seele weh. Sie vergaß all ihre guten Vorsätze, sich von ihm fernzuhalten. Stattdessen rutsche sie näher und tastete nach seiner Hand. Obwohl er sich verspannte, entzog er sich nicht. Ihre Finger verschränkten sich.

Nach einer Weile meinte er zögernd: »Mein Vater hätte deine Meinung geteilt, was die Dürre angeht. Ich weiß noch gut, was er einmal zu mir sagte in dem Jahr, in dem ein Großteil der Ernte unseres Dorfes von heftigen Regenfällen vernichtet wurde. Er sagte, man könne nicht begreifen, was in der Natur vorgeht. Man könne nur versuchen, im Einklang mit ihr zu leben. Wenn uns die Natur reichlich beschenkt, sollten wir uns freuen, aber wir sollten auch etwas für magere Zeiten beiseitelegen und darauf vertrauen, dass Gott auch dann schützend die Hand über uns hält.«

»Im Einklang mit der Natur leben …«, murmelte Miri. »Genau das hat mir auch meine Mutter beigebracht.«

»Du hättest meinen Vater bestimmt verstanden, und er … er wäre bestimmt gut mit dir ausgekommen.«

»Ich bin mir sicher, dass ich ihn gemocht hätte. Erzähl mir doch noch ein bisschen von ihm«, bat sie und massierte sanft seine Finger.

Sie fürchtete, dass er sich weigern würde. Es war nicht einfach, Simon dazu zu bringen, über seine Familie zu sprechen; aber vielleicht fiel es ihm im Dunkeln leichter, wenn nur ihre Hände sich berührten. Anfangs redete er stockend, doch allmählich schienen ihm die Worte leichter über die Lippen zu kommen. Er erzählte ihr von seinem Leben in seinem kleinen Dorf, bis sie alles deutlich vor sich sah, von der gewundenen Gasse hin zu dem ordentlichen kleinen Häuschen.

Javier Aristide mit seinen von der Arbeit schwieligen Händen, wie er seinem Sohn ruhig und beharrlich alles beibrachte, was er über die Viehzucht wusste. Seine Mutter, die über ihre

Küche herrschte und über die Ordnung in ihrem Häuschen und ihrer Familie wachte, doch nie mit ihrer Zuneigung und einem strahlenden Lächeln geizte. Und seine kleine Schwester Lorene, die bewundernd zu ihrem großen Bruder aufschaute und jedes Mal zu ihm gelaufen kam, wenn sie sich das Knie aufgeschlagen hatte oder einen kleinen Schatz herzeigen wollte.

Wahrscheinlich war ihm das gar nicht bewusst, doch Simon zeigte Miri auch den freundlichen Jungen, der er damals gewesen war: offenherzig und immer bereit zu lachen und zu scherzen. Sie entdeckte Spuren der Sanftheit an ihm, die ihr damals, als sie ihn zum ersten Mal sah, gleich aufgefallen und die nicht einmal unter Le Vis' Einfluss völlig verschwunden waren; Spuren, die noch immer in dem Mann vorhanden waren, der nun in der Dunkelheit ihre Hand hielt.

Miri begann, von ihrer Mutter zu erzählen, der wundervollen Herrin von Faire Isle, die sie den Zauber gelehrt hatte, Kräutermischungen herzustellen. Maman hatte ihr auch gezeigt, wie man die Heilkünste, die sie bei Menschen anwandte, den schlichteren Geschöpfen dieser Welt angedeihen lassen konnte. Miri sprach von ihrem kühnen, gut aussehenden Vater, der sie oft in die Gefilde der Fantasie entführt und auf die Suche nach Einhörnen in die Wälder mitgenommen hatte. Sie sprach von ihren Schwestern – der heiteren, fürsorglichen Ariane, die wie eine zweite Mutter für sie geworden war, und der impulsiven Gabrielle, die sie so oft geneckt hatte und mit der sich Miri so oft gestritten hatte, wohl wissend, dass sie sich stets als ihre tatkräftigste Beschützerin auf sie verlassen konnte.

Plötzlich wurde ihr bewusst, wie gefährlich es war, mit diesem Mann teure Erinnerungen zu teilen; denn dabei vertieften sich ihre Gefühle für ihn nur, und es wurden Bande geschmiedet, die weitaus stärker waren als das Verlangen. Trotzdem überkam sie ein Frieden, den sie lange nicht mehr verspürt hatte. Ihre Lider wurden schwerer und schwerer. Sie schlief ein, ohne Simons Hand loszulassen. Doch leider war ihr Frieden nicht von Dauer, denn sie wurde in die dunkle Welt ihrer Träume gezogen.

Die Salamander krochen über die Palastwände. Miri bemühte sich, sie zu verschonen, während sie mit beiden Fäusten an die Tür hämmerte und verzweifelt um Einlass bat. Als sie atemlos innehielt, hörte sie Stimmen, die von weither über die große, grüne Wiese zu ihr zu wehen schienen.

Miri stolperte in Richtung der Stimmen, sie rannte über Gartenwege, die zu einem funkelnden Bach hinabführten. Plötzlich versperrten ihr Statuen den Weg. Nein, keine Statuen, merkte sie mit pochendem Herzen. Es waren die bekannten, bedrohlichen Figuren eines Schachspiels, die über ihr aufragten.

Diese Figuren hatten etwas Sonderbares an sich, etwas, das sie diesmal noch mehr beunruhigte. Miri erstarrte, als sie erkannte, dass es keine weiße Dame gab, sondern nur zwei schwarze, und dass der glücklose weiße Springer zwischen ihnen gefangen war.

Die Bauern machten sich zum Angriff bereit, so, wie sie es auch früher schon getan hatten. Miri versuchte, den Springer zu warnen, doch sie brachte nur ein heiseres Krächzen zustande. Ein Bauer trat vor, er war kleiner als die übrigen, und er war nicht mit einer Keule bewaffnet, sondern mit einem Buch. Als der Bauer das Buch aufschlug, quoll ein böser grüner Nebel hervor und hüllte den weißen Springer ein.

Er atmete den Nebel ein und sank zu Boden. Hilflos war er den Angriffen der anderen Bauern ausgesetzt, die nun wild auf ihn einschlugen. Miri eilte ihm zu Hilfe, doch wie immer kam sie zu spät. Die steinerne Hülle war geborsten, es zeigte sich ein zerschmetterter, blutender Mann.

Als Miri seine Haare zurückstrich, wurden ihre Finger dunkel und klebrig. Aber diesmal konnte sie sein Gesicht ganz deutlich sehen, Blut floss in einem dunklen Strom über seine vernarbte Wange.

»Simon!«, stöhnte sie.

»Miri!«

Sie spürte, wie starke Hände sie an den Schultern packten. Obwohl sie verzweifelt versuchte, sich zu befreien, gaben die Hände und die Stimme nicht nach und zogen sie aus den dunklen Spinnweben ihres Traums.

»Miri! Wach auf!«

Als sie die Lider aufschlug, keuchte sie, denn sie wusste nicht, wo sie war, bis sie den Schatten des Mannes erkannte, der sich über sie gebeugt hatte.

»S-Simon.« Ihr Albtraum war noch so stark und gegenwärtig, dass sie kerzengerade hochfuhr und hastig über seine Stirn, seine Wangen und seinen Bart strich. Erst als sie kein Blut und keine klaffende Wunde fand, wurde sie völlig wach und schluchzte erleichtert auf.

Simon nahm ihre zitternden Finger und drückte sie sanft. »Miri, was ist los? Hast du schlecht geträumt?«

»Ja«, wisperte sie.

»Dann komm her.« Er nahm sie in die Arme und drückte ihren Kopf sanft an seine Schulter. Während er ihr über die Haare streichelte, murmelte er: »Ist ja schon gut. Jetzt bist du wach, und ich bin hier. Es war nichts weiter als ein böser Traum.«

Miri schmiegte sich an ihn, beruhigt von seiner zärtlichen Berührung und seiner sanften Stimme. Dennoch strömten ihr die Tränen über die Wangen, und sie stammelte: »N-nein, du verstehst nicht, ich – ich habe solche Albträume schon als kleines Mädchen gehabt. Seltsame Träume, die ständig wiederkehren, bis – bis sie wahr werden.«

Seine Hand stockte. »Du meinst, es ist so etwas wie – wie eine Prophezeiung?«

»J-ja.«

Miri ahnte, dass er jetzt die Stirn runzelte, denn sie wusste, dass der Hexenjäger in ihm allem misstraute, was an das Zweite Gesicht oder die Kunst der Weissagung erinnerte. Doch er fing wieder an, ihr Haar zu streicheln, und meinte freundlich: »Na gut, dann erzähl mir diesen Traum.«

Sie atmete zitternd ein, dann begann sie stockend, ihren Traum zu beschreiben: den Palast, in dem es vor Salamandern wimmelte, die riesigen Schachfiguren, den zerschmetterten weißen Springer.

»Und dann – dann habe ich gemerkt, dass es gar keine Schachfigur war, sondern du. Und du warst schwer verletzt und hast geblutet«, schloss sie flüsternd.

Simon blieb lange stumm, als wisse er nicht recht, was er dazu sagen sollte. Schließlich tätschelte er ihr die Schulter und meinte: »Na gut, ich verspreche dir, mich vor Salamandern zu hüten und nie mehr Schach zu spielen.«

Obwohl er ernst klang, wusste Miri, dass er sich bemühte, sie aufzuheitern und ihre Ängste zu beschwichtigen. Sie konnte gut verstehen, dass das alles in seinen Ohren völlig verrückt klang. Trotzdem war sie enttäuscht.

Sie klopfte auf seine Brust, dann zog sie sich ein wenig zurück, um ihn im Dunkeln anzusehen. »Das ist kein Scherz, Simon. Du musst mich ernst nehmen. Ich weiß, es klingt unglaublich, ja, völlig verrückt, aber meine Träume sind anfangs immer ziemlich verworren. Was darin passiert, weist eher symbolisch auf kommende Ereignisse hin; die verstehe ich aber erst, wenn es zu spät ist.«

Ihre Lippen zitterten. »Und meine Albträume sind bisher immer wahr geworden. Der Schlimmste war einer, den ich vor vielen Jahren hatte. Ich habe immer wieder von dem grausamen Morden in der Bartholomäusnacht geträumt. All diese abgeschlachteten unschuldigen Menschen … Ich kann dir gar nicht sagen, wie schrecklich das war.«

»Das musst du nicht«, meinte Simon. »Ich war damals in Paris, zusammen mit meinem Meister, weißt du noch?«

Miri erinnerte sich, doch sie hatte sich immer davor gefürchtet, weiter darüber nachzudenken und sich zu fragen, welch schreckliche Dinge Simon damals wohl auf Le Vis' Geheiß hin getan hatte. Sie starrte ihn an. Könnte sie doch nur sein Gesicht klarer sehen!

»Dann bist du damals also mit Le Vis losgezogen und ... und ...«

»Nein.«

Simons Entgegnung klang schroff, doch sie verschaffte Miri die größte Erleichterung. Sie ließ sich wieder in seine Arme sinken, während er fortfuhr: »Meister Le Vis war klar, dass ich der Aufgabe nicht gewachsen war, den Häretikern das zukommen zu lassen, was Gott für sie beschlossen hatte, wie er es nannte. Er verbat mir, das Haus zu verlassen. Doch selbst tief unten im Keller konnte ich noch die Schreie der Frauen und Kinder hören.

Gott möge mir vergeben, Miri – ich tat nichts, um ihnen zu helfen. Es war, als herrschte in jener Nacht ein Wahn, irgendeine Seuche, die auch mich befallen hatte. Nie habe ich seither eine solche Angst, aber auch eine solche Wut und einen solchen Hass verspürt.«

»Das war das Werk der dunklen Königin«, versuchte sie ihn zu trösten. »Sie hat einen Gifthauch freigesetzt, der sich über ganz Paris legte.«

»Wie bitte?«

»Ein höchst gefährliches Zauberwerk. Wenn man so einen Hauch einatmet, wird die Vernunft benebelt und alle dunklen Gefühle werden verstärkt.«

»Ist so etwas wirklich möglich? Es wäre tatsächlich tröstlich zu glauben, dass Hexerei an den Schrecken jener Nacht schuld war. Aber in den Menschen liegt eine Bereitschaft zur Gewalt, die nicht besonders gefördert werden muss. Ich – ich war fast verrückt vor aufgestauter Wut. Ich hatte sogar schon mein Messer in der Hand und war bereit, auf die Straße zu rennen und – und ... Nur mit größter Not konnte ich meine dunklen Triebe bändigen. Ich warf das Messer weg, fiel auf die Knie und erbrach mich. Ich war genauso schwach, wie mein Meister mir vorgeworfen hatte.«

»Nein, das warst du nicht.« Miri streichelte ihm über die Wange. »Erwachsene Männer können der Kraft eines Gifthauchs nicht widerstehen, doch du hast es getan, und du warst ein verwirrter Junge von fünfzehn Jahren. Ist dir bewusst, wie bemerkenswert …«

Plötzlich hielt Miri inne, denn ihr ging etwas auf, was ihr große Angst einflößte. »Simon, ich – ich glaube, ich weiß jetzt, was mein Traum bedeutet, oder zumindest ein Teil davon. Die beiden schwarzen Damen – es sind die Silberne Rose und Katharina. Du wirst zwischen sie geraten, und eine von ihnen wird etwas freisetzen – vielleicht einen Gifthauch –, um dir zu schaden.«

»Na ja, wenn ich es dir zufolge schon einmal überlebt habe …«

»Aber – aber diesmal habe ich schreckliche Angst, dass du es nicht überleben wirst.«

»Ich hoffe, du irrst dich, aber selbst wenn nicht … Miri, ich kann jetzt nicht aufhören, die Silberne Rose zu verfolgen, nur weil du einen schlechten Traum gehabt hast.«

»Das weiß ich«, erwiderte sie und klammerte sich an ihn. »O Simon, ich fange an zu bezweifeln, dass wir diese Hexen je besiegen können.« Sie schluckte, doch schließlich musste sie die Befürchtung äußern, gegen die sie sich seit Tagen gewehrt hatte. »Wir – wir haben die Spur von Carole und diesen bösen Frauen verloren, nicht wahr?«

Simon seufzte und drückte ihr einen sanften Kuss auf den Scheitel. »Ich fürchte, ja«, antwortete er leise. »Deshalb habe ich daran gedacht, einen anderen Ansatzpunkt zu suchen, woanders Hinweise zu finden. Aber dafür muss ich – muss ich dich nach Hause bringen.«

»Nein! Ich habe es dir doch schon einmal gesagt, ich kehre nicht unverrichteter Dinge nach Faire Isle zurück.«

»Ich meinte nicht dein Zuhause, Miri.« Er zögerte, dann brummte er sehr zu ihrem Erstaunen: »Ich spreche von meinem.«

13

Die Silberne Rose erklomm die Stufen zu ihrem Schlafgemach. Müde mit ihrer kleinen Hand winkend entließ sie ihre Dienerinnen. Der Reif auf ihrem Kopf rutschte ihr allmählich wieder über die Ohren, ungeduldig schob sie ihn zurück. Auf ihren schwachen Schultern lastete der schwere Umhang, dessen dicker Samtstoff in der sommerlichen Hitze drückend warm war. Ihr verschwitztes Gewand klebte an ihrer dünnen Gestalt.

Megaera war erschöpft nach einer weiteren Audienz mit den Frauen, die sich täglich im Salon des alten Hauses versammelten und sie ehrfürchtig anstarrten, vor ihrem Thron auf die Knie fielen und um ihre Gunst buhlten – ihr Hofstaat, wie es Maman beharrlich nannte.

Nein, nicht *Maman,* ermahnte sich Meg. Sie sollte Cassandra Lascelles wie alle anderen auch nur als Herrin bezeichnen. Maman ärgerte sich, wenn sie das vergaß. Meg spielte mit dem fünfeckigen Medaillon um ihren Hals und erzitterte ein wenig. Wenn es eines gab, was sie von klein auf gelernt hatte, dann, dass es unklug war, ihre Mutter zu verärgern.

Sie schlich sich leise in ihr Gemach und schloss die Tür. Dann lehnte sie sich seufzend dagegen, erleichtert, all ihre ehrfürchtigen Gefolgsfrauen auszusperren, selbst wenn es nur von kurzer Dauer war; nicht mehr von all den flehenden Händen belästigt zu werden, die sich ihr entgegenstreckten, den hoffnungsvollen Augen, den erwartungsvollen Gesichtern, die an ihr nagten wie eine Riesenfamilie hungriger Mäuse und sie mit ihren Bitten bestürmten, dass es wie Trommelfeuer in ihren Ohren dröhnte.

»Große Königin, bitte schenkt mir meine Jugend wieder …

heilt mein verkrüppeltes Bein … belegt den Mann, der mir die Unschuld geraubt hat, mit einem Fluch …«

Oder auch die Bitten, die Meg am meisten fürchtete: »Oh, überaus mächtige Silberne Rose, ich habe meine Schwester … meine Mutter … meine Tochter verloren. Könnt Ihr sie nicht wieder lebendig machen, wie Ihr das bei der kleinen Lysette getan habt, als sie in den Teich fiel und ertrank?«

Meg hätte am liebsten alle nur angeschrien. Lysette war nur fast ertrunken. Es hatte nur so ausgesehen, als habe die Kleine zu atmen aufgehört. Sie war nicht tot gewesen, sonst hätte Meg sie nie mit dem Kuss des Lebens wiederbeleben können. Diesen heilenden Zauber hatte ihr ihre alte Amme beigebracht.

Aber Maman hatte Meg streng verboten, darüber zu reden.

»Lass sie ruhig denken, dass du das Mädchen aus dem Totenreich zurückgeholt hast. Das steigert deinen Ruf als große Zauberin.«

»Aber … aber es ist eine Lüge«, hatte Meg gestammelt. »Ich habe diese Macht doch gar nicht.«

»Aber du könntest sie haben, törichtes Kind, wenn du dich endlich mehr ins Zeug legen würdest.«

Meg wusste nicht, was ihr mehr Angst machte – die Aussicht, dass sie nie in der Lage sein würde, all die dunklen Versprechen zu erfüllen, die ihr abgerungen wurden, oder dass sie eines Tages …

Sie zerrte an der Spange, die ihren Umhang hielt, und atmete erleichtert auf, als ihr das schwere Ding endlich von den Schultern glitt. Am liebsten hätte sie das verhasste Gewand in die Ecke geschleudert und dort liegen lassen, aber sie wusste, dass es ihr einen heftigen Tadel einbringen würde, wenn sie nicht besser auf ihre »Staatsrobe« aufpasste.

Grummelnd hob sie den Umhang auf und hängte ihn an einen Haken. Als Nächstes entledigte sie sich ihrer silbernen Krone. Sie tastete nach der geflochtenen Kette, die ihr die Haut um das Schlüsselbein aufscheuerte, was durchs Schwitzen noch unangenehmer wurde. Die rote Stelle brannte wie Feuer.

Am liebsten hätte sie auch das Medaillon abgenommen, doch das wagte sie nicht. Ihr Mut sank bei dem Gedanken an die schlimmen Folgen, die das haben würde. Nein, das wagte sie wahrhaftig nicht.

Betrübt musterte sie sich in dem kleinen Spiegel über ihrem Waschtisch. Ohne Krone und Umhang war die Silberne Rose verschwunden, nur Meg war noch da. Dieser Gedanke war der einzige Trost, den ihr Spiegelbild ihr schenkte. Sie musterte die scharfen, eckigen Konturen ihres kleinen Gesichts und ihr glattes braunes Haar, dann rümpfte sie abfällig die Nase und trat vom Spiegel weg.

Müde und mitgenommen von der Hitze streifte sie die Schuhe ab und sank auf das riesige, schwere, aus Eichenholz geschnitzte Bett, das den Raum beherrschte. Der Bettvorhang bestand aus blauem Damast, bestickt mit silbernen Rosen. Das passende Bett für eine Königin, wie ihre Mutter zu sagen pflegte.

Meg hasste das Bett noch mehr als ihren Umhang und ihre Krone. Wenn sie ein Mittagsschläfchen hielt, war es nicht so schlimm, aber wenn sie nachts allein im Dunkeln lag, hatte sie oft das Gefühl, dass das Bett sie verschluckte wie ein riesiger Schlund, sobald sie die Augen zumachte.

Das war zwar eine recht kindische Vorstellung für ein Mädchen von neun Jahren, aber Meg konnte sie nicht loswerden. Ihr Herz begann stets furchtsam zu klopfen, dann drückte sie immer das Kissen ganz fest an die Brust und ließ ein paar stillen Tränen ihren Lauf; schließlich war niemand da, der sie sehen und für ihre Schwäche schelten konnte.

Sehnsüchtig dachte sie an die Zeit in England, bevor Maman und sie nach Frankreich zurückgekehrt waren. Das war drei Jahre her, doch Meg konnte sich noch gut an ihr kleines Häuschen am Meer in Dover erinnern und an ihre Amme, die sich von Anfang an um sie gekümmert hatte: Prudence Waters, eine rundliche, sehr kluge weise Frau, die für Meg stets nur ihre geliebte Nourice gewesen war.

Damals hatte sich Meg nie vor der Dunkelheit gefürchtet, nicht, solange sie in den Armen von Nourice lag und das Flüstern des Meeres sie in den Schlaf lullte. Nourice hatte sie immer ihre kleine Meggie genannt, worüber sich Maman sehr geärgert hatte.

»Sie heißt Megaera«, *hatte ihre Mutter gefaucht, doch die Engländerin hatte es mit einem Schulterzucken abgetan. Nourice gehörte zu den wenigen Menschen, die vor Cassandra keine Angst hatten.*

Doch die hätte sie lieber haben sollen, dachte Meg und starrte auf den Baldachin ihres Bettes. Ihre Kehle schnürte sich zusammen, als sie sich an den Frühlingstag erinnerte, an dem Finette, die Freundin ihrer Mutter, sie zu einem Spaziergang am Strand mitgenommen hatte, um mit ihr Muscheln zu suchen.

Meg war vorausgestürmt, sie konnte es kaum erwarten, heimzukehren und Nourice den Seestern zu zeigen, den sie gefunden hatte.

Doch zu Hause hatte keine strahlende Frau auf sie gewartet, um über Megs kleine Schachtel voller Schätze in Begeisterung auszubrechen, um ihr das Salz und den Sand aus den Haaren zu kämmen, ihr Gesicht und Hände zu waschen und sie zum Abendbrot zu holen. Nourice war nirgends zu sehen, weder in der Küche noch im Garten. Mutters einzige Erklärung lautete: »Du bist jetzt zu alt für ein Kindermädchen, Megaera. Sie hat dir alles beigebracht, was sie wusste. Ich habe Mistress Waters zu ihrer Familie zurückgeschickt.«

Es war Meg verboten worden, zu weinen oder Fragen zu stellen. Sie wollte auch gar nichts mehr wissen, denn etwas am grausamen Zug um den Mund ihrer Mutter hatte sie erschreckt. Sie hatte ihre Trauer geschluckt und gelernt, die Tatsache zu akzeptieren, dass Nourice aus ihrem Leben verschwunden war, genau wie Cerberus, der außergewöhnliche alte Hund, der Maman lange Zeit das Augenlicht ersetzt hatte.

Meg hielt eine Hand hoch und musterte die blasse Narbe an ihrem Unterarm, wo Cerberus sie gebissen hatte. Es war im Som-

mer ihres fünften Geburtstags gewesen, an einem drückend heißen Tag wie diesem, und Meg war sich sicher, dass Cerberus es nicht mit Absicht getan hatte. Die arme alte Dogge hatte wie alle anderen unter der Hitze gelitten, und es war ihr nicht recht gewesen, von den schwitzigen Händen eines kleinen Mädchens betatscht zu werden.

Doch Maman hatte den Hund am Halsband genommen und war zusammen mit ihm und Finette zum Strand marschiert. Einige Stunden später war sie ohne Cerberus zurückgekehrt und hatte nur schroff gemeint: »Ich bin ihn losgeworden.«

»Aber warum denn, Maman?«, hatte Meg bestürzt gefragt. Ihre Mutter hatte den Hund mehr geliebt als alles andere auf der Welt; vor allem mehr als Meg.

Cassandra hatte nur kalt erklärt: »Wegen dir. Meine Silberne Rose darf keiner bedrohen.«

Nicht meine Tochter, nicht mein einziges Kind, sondern meine Silberne Rose, dachte Meg traurig. Die Legende, auf die Maman all ihre Träume ausgerichtet hatte, und zwar so gründlich, dass sie sogar bereit gewesen war, ihren geliebten Cerberus zu opfern. Aber sie hatte ihre Tochter dafür gehasst. Obwohl Meg damals noch so klein war, hatte sie es gespürt.

Nun erzitterte sie, als sie daran dachte, wie gern sie das neue Mädchen gewarnt hätte, dem sie erlaubt hatte, sich ihrem Zirkel anzuschließen. Als Carole Moreau ihr Urteil erwartend vor ihr kniete, hatte ihr Meg tief in die Augen geblickt.

Meg beherrschte die alte Kunst der weisen Frauen, in den Augen zu lesen, recht gut. Nourice hatte sie ihr beigebracht, und Meg hatte eine natürliche Begabung dafür, obwohl sie diese Fähigkeit nicht gern nutzte. Wenn man tief in die Augen eines Menschen starrte, dann entdeckte man manchmal dunkle Gedanken oder Geheimnisse, von denen man lieber nichts gewusst hätte.

Doch als sie Carole prüfte, hatte Meg sofort gemerkt, dass das junge Mädchen anders war als all die anderen zornigen, verbitterten Frauen in der großen Halle. Carole war traurig, verwirrt und verängstigt, Meg also recht ähnlich. Meg hatte sofort eine Art

Verwandtschaft zu dem älteren Mädchen gespürt. Carole wollte einfach nur heim, zurück nach Faire Isle, und Meg wünschte, sie könne sie gehen lassen. Aber das würde Maman nie erlauben. Sie konnte dem Mädchen nur helfen und zusehen, dass ihr nichts geschah, indem sie erklärte, dass Carole sich für ihren Orden eignete.

Doch als Carole ihr zum Zeichen ihrer Ehrerbietung die Hand geküsst hatte, hätte sich Meg am liebsten zu ihr gebeugt und ihr ins Ohr geflüstert: »Du musst vorsichtig sein. Verärgere bloß nicht meine Mutter; denn dann sorgt sie dafür, dass du verschwindest.«

Manchmal fragte sich Meg, ob das wohl auch ihrem Vater passiert war. Sie hatte ihn nie kennengelernt, als Kind hatte sie nicht einmal gewusst, dass man eigentlich auch einen Vater hat, bis sie eines Tages einen kleinen Fischerjungen am Strand sah, dessen Vater ihm zeigte, wie man Netze flickte.

Meg war schnurstracks heimmarschiert und hatte gefragt, wo ihr Papa sei. Diese Frage hatte sie von da an öfter gestellt. Wenn Cassandra Lascelles milde gestimmt war, erzählte sie manchmal Geschichten über Megs Vater. Er sei ein Söldner, ein Mann, der durch die Welt zog und sein furchterregendes Handwerk ausübte. Er sei ein solch unerbittlicher Krieger und so wild, dass man ihn als die Geißel bezeichnete.

Zu anderen Gelegenheiten, den dunklen Zeiten, wie Meg sie nannte – immer, wenn Maman zu viel Kognak getrunken hatte –, fauchte sie Meg an und sagte, sie sei eine Teufelsbrut. Meg fand beide Antworten gleichermaßen erschreckend, und nach einer Weile hatte sie aufgehört, nach ihrem Vater zu fragen, und stattdessen begonnen, Träume um diesen Mann zu spinnen.

Ihr Vater war in Wahrheit ein König, hatte sie beschlossen. Ein blendend aussehender Mann, groß und stark, mit rabenschwarzem Haar und glitzernden Augen, der gelacht und sie hochgehoben hatte, der mit ihr herumgetanzt war und sie immer seine kleine Prinzessin genannt hatte. Doch dann war Meg aus ihrer Wiege im Palast entführt worden.

Seitdem war ihr Vater auf der Suche nach ihr, stellte sie sich vor. Eines Tages würde er auf einem großen Schimmel angeritten kommen und Meg zu seinem Königreich am Meer bringen. Ihre Fantasien hatten nur einen einzigen Haken, wenn sie sich nämlich vorstellte, wie sie vor diesem prächtigen Mann im Sattel saß … ein hässliches kleines Trollmädchen. Deshalb hatte sie sich in ihren Träumen in eine Märchenprinzessin mit goldenen Locken und strahlend blauen Augen verwandelt.

Inzwischen war sie alt genug zu wissen, dass natürlich nichts davon in Erfüllung gehen würde. Aber das war ihr egal. Sie hatte vor langer Zeit festgestellt, dass es weitaus besser war, in einem Luftschloss mit einem Papa zu leben, der einen anbetete, als in einem Haus voller verbitterter Frauen mit erschreckenden Erwartungen und einer Mutter, die einen verachtete, weil man zu schwach war.

Von ihren Fantasien getröstet rollte sich Meg zusammen, vergrub die Nase tief im Kissen und schlief ein. Doch viel zu bald wurde sie von einer groben Hand unsanft wachgerüttelt.

»Megaera! Wach auf, du faules Kind!«

Megs Lider hoben sich flatternd. Das Sonnenlicht war verschwunden, ihre Schlafkammer war in Schatten getaucht. Sie kniff die Augen zusammen, um im Zwielicht besser sehen zu können, und blinzelte die Frau an, die sie aufgeweckt hatte. Doch sie brauchte nicht viel zu sehen, um zu wissen, wer vor ihr stand. Finettes schrille Stimme und ihr übler Geruch waren ihr nur allzu vertraut.

Sie wand sich aus Finettes Griff, gähnte und rieb sich den Schlaf aus den Augen.

»Was zum Teufel glaubst du eigentlich, was du da machst, Mädchen?«, schimpfte Finette. »Mitten am Tag im Bett rumzulümmeln?«

»Ich weiß nicht«, murrte Meg. Bis auf Cassandra Lascelles war Finette die Einzige im Zirkel, die es wagte, mit Meg so grob und respektlos zu reden. Vielleicht wagte sie es, weil sie Cassandras älteste Dienerin war, der ihre Mutter am meisten vertraute – vorausgesetzt, sie vertraute überhaupt jemandem.

Meg hatte die Frau nie gemocht. Im Gegensatz zu ihrer freundlichen, weichen Nourice bestand Finette nur aus Ecken und Kanten, von ihrem scharf geschnittenen Gesicht und ihren verschlagenen Augen bis zu ihrem flachen Busen und den knochigen Hüften. Und egal welch feines Gewand sie trug, Finette sah immer aus, als käme sie geradewegs aus der Gosse, weil sie sich nie wusch. Stets starrte ihre Haut vor Schmutz, war ihr strähniges Haar verfilzt. Sie roch nach einer stechend scharfen Mischung aus Schweiß, Dreck und Urin.

Nun stand sie über Meg, die Arme in die Seite gestemmt, und höhnte: »Hat Eure Königliche Hoheit die geringste Ahnung, wie spät es ist?«

Meg musste dem Drang widerstehen, sich die Nase zuzuhalten. Sie rutschte auf die andere Bettseite und sah aus dem Fenster. Bestürzt stellte sie fest, dass die Sonne schon fast untergegangen war. Sie hatte wirklich keine Ahnung gehabt, dass sie so lange geschlafen hatte.

»O nein!«, stöhnte sie.

»O nein«, höhnte Finette. »Die Herrin wartet schon seit Ewigkeiten auf dich. Du hättest schon vor Stunden über deinen Studien sitzen sollen.«

Meg krümmte sich bei der Erwähnung ihrer Mutter, aber sie wollte Finette nicht die Befriedigung gönnen, das zu sehen. Hastig sprang sie aus dem Bett und suchte nach ihren Schuhen, während Finette weiterschimpfte.

»Du bist eine grässlich selbstsüchtige kleine Göre. Ist dir überhaupt klar, wie viele Frauen ihr Leben riskieren und alles aufgegeben haben, um dir zu folgen? Sie verlassen sich darauf, dass du das *Buch der Schatten* entzifferst und die wichtigen Zaubersprüche lernst.«

Meg senkte den Kopf, sodass ihr die Haare ins Gesicht fielen und den Ausdruck von Furcht und Hass verbargen. Sie verabscheute dieses Buch, am liebsten hätte sie es ins Feuer geworfen. Aber darin steckte eine so böse Macht, dass sie sich fragte, ob es überhaupt brennen würde.

Vor langer Zeit hatte Nourice Meg die Grundlagen der geheimnisvollen Symbole und Runen beigebracht und sich über Megs rasche Fortschritte gefreut. *»Du bist ja ein wahres Wunder, mein kleines Püppchen! Dass du in deinem Alter so schnell lernst! Ich kenne erwachsene Frauen, die die uralte Sprache nie gemeistert haben, doch du hast eine richtige Gabe dafür. Ich schwöre, eines Tages wirst du noch deine alte Amme überflügeln. Ich bin sehr stolz auf dich, Schätzchen!«*

Damals war Meg bei dem Lob freudig errötet, doch jetzt machte sie die Erinnerung traurig. Nourice würde nicht mehr stolz auf sie sein, wenn sie wüsste, wie Meg die Fertigkeiten nutzte, die sie ihr beigebracht hatte.

Sie verstand sich tatsächlich gut darauf, die alten Symbole zu entschlüsseln, auch wenn das *Buch der Schatten* in der Tat sehr schwer zu lesen war. Doch je mehr sie von diesen rätselhaften Seiten entzifferte, desto mehr Angst bekam sie davor. Selbst aus den unschuldigsten Zaubersprüchen erwuchsen schreckliche Dinge. Das Pulver, um die Rosen am Leben zu erhalten, verwandelte die Blumen in ein tödliches Gift. Die magische Nadel, mit der man heilende Medizin in die Adern eines Menschen drücken konnte, wurde zu einer grässlichen Waffe – zumindest in den Händen ihrer Mutter.

Manchmal befürchtete Meg, dass gar nicht das Buch böse war, sondern Cassandra. Doch so etwas von der eigenen Mutter zu denken war für ein kleines Mädchen einfach zu traurig. Meg schob den Gedanken beiseite, während sie sich die Schuhe anzog.

Finette hatte sich vor ihr aufgebaut und tappte ungeduldig mit dem Fuß. »An welchem Zauberspruch wirst du dich heute versuchen?«

»Ich weiß es nicht. An dem, den Maman – ich meine die Herrin – mir aufträgt«, erwiderte Meg missmutig.

»Vergiss nicht, dass ich es war, die das Buch stibitzt hat, direkt vor der Nase des Hexenjägers und der dunklen Königin«, prahlte Finette. »Und dabei habe ich ziemlich viel riskiert. Ich …«

»Ja, ja«, fiel ihr Meg seufzend ins Wort. Genau wie alle anderen hatte sie die Geschichte, wie Finette dem Spion der dunklen Königin ein Schnippchen geschlagen und sich das Buch unter den Nagel gerissen hatte, tausendmal gehört.

Sie keuchte auf, als Finette sie heftig in den Arm zwickte.

»Vergiss nicht, was mir zusteht. Ich habe länger als all die anderen Weiber darauf gewartet, für meine Dienste belohnt zu werden. Ich will, dass du mir einen Zaubertrank machst, mit dem ich schön und begehrenswert werde.«

Meg verzog das Gesicht; es gab bestimmt keinen so mächtigen Zauber. Sie war versucht, Finette zu erklären, dass es doch einen Zauber gebe, den sie selbst ausprobieren könne – heißes Wasser und parfümierte Seife. Aber sie war klug genug, sich diesen Rat zu verkneifen. Stattdessen entzog sie sich Finette und marschierte aus ihrem Gemach, wobei sie versuchte, möglichst würdig zu wirken, indem sie ihr schmales Kinn nach vorn reckte.

* * *

Cassandra Lascelles' Gemach lag am höchsten Punkt des Hauses. Wer zur Herrin gerufen wurde, trat den Weg dorthin oft furchtsam an, so auch ihre Tochter. Selbst am helllichten Tag wirkte der Nordturm düster und unheimlich, ein Ort der Schatten und dunklen Geheimnisse.

Mit schweißfeuchten Händen blieb Meg am oberen Absatz der Wendeltreppe stehen. Wie zornig würde ihre Mutter wohl sein, weil sie sich so verspätet hatte? Hoffentlich hatte sie wenigstens nichts getrunken! Wenn die Dämonen aus der Kognakflasche in ihr Herz krochen, war ihre Laune stets noch übler.

Meg umklammerte ihr Medaillon und schluckte. Das Amulett fühlte sich wie ein Galgenstrick an, bereit, sich zuzuziehen. Doch wenn sie weiter trödelte, machte sie die Sache nur noch schlimmer. Auf dem Absatz war es schon stockfinster, doch unter dem Türspalt kroch ein fahles Licht nach draußen.

Meg holte tief Luft, dann klopfte sie. »M-maman … ich meine, Herrin?«

Alles blieb stumm. Vielleicht hatte sie so zaghaft gerufen, dass ihre Mutter sie nicht gehört hatte? Doch das war unwahrscheinlich. Maman konnte zwar nichts sehen, doch dafür waren ihre anderen Sinne umso schärfer, vor allem ihr Gehör.

Meg fasste sich ein Herz und klopfte erneut, diesmal lauter. Als die Stille andauerte, überlief es sie eiskalt. Wenn Maman zu viel trank, wurde sie so krank, dass sie zusammenbrach und Meg sie nicht mehr wecken konnte.

Die Angst um ihre Mutter überstieg ihre anderen Ängste. Meg öffnete die Tür so weit, dass sie nach innen spähen konnte. Das Turmzimmer war karg möbliert: ein schmales Bett, ein Stuhl, ein Tisch, ein Regal, in dem Maman die getrockneten Kräuter aufbewahrte, mit denen sie ihre Tränke herstellte, und eine kleine, verschlossene Truhe, in der das gefürchtete Buch lag. Keines der Dinge in diesem Zimmer durfte berührt oder umgestellt werden. Meg hatte schon sehr früh begriffen, dass man Cassandra damit schrecklich wütend machen konnte, denn dann stolperte sie oder fand nicht, was sie suchte.

»Herrin?« Sie wagte es, die Tür ein wenig weiter zu öffnen, bis sie ihre Mutter neben dem leeren Kamin entdeckte. Meg erstarrte und unterdrückte einen bestürzten Aufschrei; denn was sie sah, war weit schlimmer, als wenn Cassandra Lascelles ihre Flasche entkorkt hätte oder zornig mit ihrem Stab auf den Boden klopfte.

Maman war wieder einmal dabei, die Toten heraufzubeschwören.

Cassandra war über ein Kupfergefäß gebeugt, das in der Mitte des Tisches stand, und murmelte halblaut ein paar Beschwörungen. Ein Kranz schwarzer Kerzen flackerte, ihr weißglühender Schein tauchte die hagere Gestalt in ein gespenstisches Licht. Sie warf die mit silbernen Strähnen durchzogene schwarze Mähne zurück, dann bewegte sie die Hand über der Schüssel.

Megs Mutter war eine furchterregende Frau, doch als sie schwankend immer tiefer in Trance versank, wurde sie noch beängstigender. Sie schien größer zu werden und stärker, ihr Schatten kroch die Wände hoch. In ihren Augen, die sonst sehr dunkel wirkten, loderte ein von innen kommendes Feuer, während sie in den Kessel blickte. Maman war nur im Land der Lebenden blind; wenn sie die Schleier vor dem dahinterliegenden Reich der Toten teilte, konnte Cassandra sehen.

Meg wich zitternd zurück. Wie oft hatte Nourice sie vor der Heraufbeschwörung der Toten gewarnt, einer für weise Frauen verbotenen Kunst.

»Das ist Magie der schlimmsten Art, mein Kleines. Wir dürfen den Frieden der von uns Gegangenen nicht stören, egal wie sehr wir sie lieben und vermissen. Außerdem kann so etwas sehr gefährlich sein. Wenn man das Reich der Toten stört, läuft man Gefahr, böse, rachsüchtige Geister zu wecken, die durch diese Pforte in unsere Welt zurückzukehren trachten.«

Während ihre Mutter über den Kupferkessel gebeugt ihre Formeln murmelte, wäre Meg am liebsten in die Kammer geeilt und hätte sich an ihre Röcke geklammert und gefleht: »O Maman, tu es nicht. Bitte nicht!«

Doch Maman hörte nie auf ihre Bitten. Außerdem würde sie Meg vielleicht dazu zwingen teilzunehmen. Sie hatte schon mehrmals vergeblich versucht, ihr diese dunkle Kunst beizubringen.

»Offenbar fehlt dir die Gabe dafür«, hatte ihre Mutter geklagt, als Meg es nicht geschafft hatte. »Du bist zu dumm, du wirst es nie lernen.«

Doch Meg wusste, dass das nicht stimmte. Sie wollte diese schwarze Kunst einfach nicht lernen.

Nun stieg ein grässlicher Nebel aus dem Kessel, und Meg kauerte sich zusammen. Sie wollte die Tür schließen, um sich den Anblick zu ersparen, doch so schrecklich er auch war, so ging doch auch etwas Betörendes davon aus, sodass sie weiter zusah, während ihre Mutter mit lauter Stimme rief:

»Nostradamus! Hört mich, mein Meister. Ich rufe Euren Geist aus dem Reich der Toten herbei. Kommt zu mir, ich will mit Euch über die Zukunft reden!«

Das Wasser im Kessel drohte überzukochen, wütend fauchender Dampf stieg auf, dann erklang eine grollende Stimme aus den Tiefen des Gefäßes. Meg überlief es eiskalt.

»Was willst du jetzt schon wieder, Hexe? Warum störst du abermals meinen Frieden mit deinen endlosen Fragen über das, was geschehen wird? Ich habe sie dir unzählige Male beantwortet, was soll ich dir noch sagen?«

Meg erbebte. Sie wusste, dass Michel de Nostradamus zu seinen Lebzeiten ein gelehrter Arzt und Seher gewesen war, der vielen Menschen mit Rat und Tat zur Seite gestanden hatte. Meist war sein Geist sehr erzürnt, wenn Maman ihn rief, doch diesmal klang er eher erschöpft als wütend.

Dafür war Maman wütend. »Was Ihr mir sagen sollt? Wie wär's mit der Wahrheit statt mit endlosen Lügen und Ausflüchten?«

»Welche Lügen? Wann habe ich dich je angelogen?«

»Ihr habt mir gesagt, dass es in Frankreich eines Tages eine Revolution geben wird und dass die Könige aus ihren Palästen vertrieben werden. Ihr habt behauptet, es wird eine Zeit kommen, wenn Frauen den Männern nicht mehr unterlegen sein werden, und dass Megaera noch Großes bevorsteht.«

Bei der Erwähnung ihres Namens zuckte Meg zusammen. Es ist beängstigend, wenn mit einem Geist über einen gesprochen wird, auch wenn Nostradamus ihrer Mutter nicht widersprach.

»Dem Kind, das du Megaera nennst, ist es bestimmt, eine mächtige Frau zu werden. Alles, was ich dir prophezeit habe, wird eintreten.«

»Aber wann? Ich sehe kein rechtes Zeichen, dass es dazu kommen wird, obgleich ich mein Bestes tue. Ich bin noch immer so weit davon entfernt, meine Tochter auf den französischen Thron zu setzen, wie vor Jahren. Ihr habt mich betrogen.«

»Du hast dich selbst betrogen, Hexe«, erwiderte die düstere Stimme. *»Ich habe nie auch nur angedeutet, dass Megaera über Frankreich herrschen wird. Du allein hast all die Ereignisse, von denen ich gesprochen habe, nach deinem eigenen wahnsinnigen Muster zu einem Tuch verwebt.«*

»Weil Ihr mich hinters Licht geführt habt. Weil Ihr mich dazu verleitet habt, Euch zu glauben!« Cassandra ballte die Fäuste und knirschte mit den Zähnen. »Ich will von Euren Ausflüchten und vagen Vorhersagen nichts mehr hören. Sagt mir ein für alle Mal: Was habt Ihr damit gemeint, dass meine Tochter große Macht besitzen wird? Wird sie Königin werden oder nicht?«

»Megaeras Schicksal ruht bei …«

Die Stimme erstarb zu einem Flüstern. Megs Herz klopfte ängstlich. Bei wem ruhte ihr Schicksal? Sie trat an den Türspalt und spitzte die Ohren.

Maman beugte sich weiter über den Kessel. »Nein! Meister, wagt es nicht zu verschwinden, bis Ihr mir versichert habt …«

Sie starrte finster in das trübe Wasser.

»Wer – wer treibt sich dort herum? Wer kommt da? Ich habe Meister Nostradamus gerufen, nicht euch. Kehrt zurück! Zurück mit euch, habe ich gesagt, und …«

Cassandra hielt mitten im Satz inne und wich mit einem bestürzten Schrei vom Kessel zurück. »Mutter, bist du das? Nein, nein!« Sie fuchtelte heftig mit der Hand, als wolle sie einen Schlag abwehren.

»Hinterhältige Hexe! Schlangenzahn!« Die zornige Stimme einer Frau erklang, so schrill, dass sich Meg am liebsten die Ohren zugehalten hätte.

»Du hast mich und deine Schwestern verraten!«

»Nein! Nein, das habe ich nicht!«, kreischte Cassandra und stolperte vom Tisch weg. »Lass mich in Ruhe!«

Die Nebelschwaden wirbelten und wurden dunkler und bedrohlicher. Entsetzt glaubte Meg, die knochige Hand eines Skeletts aus dem Dunst auftauchen und nach ihrer Mutter schlagen zu sehen. Cassandra schrie laut auf. Meg hielt sich die Augen zu, sie war zu erschrocken, um hinzusehen.

Dann hörte sie einen dumpfen Schlag, gefolgt von einem lauten Scheppern. Offenbar hatte Cassandra den Kessel vom Tisch gestoßen. Eine bedrohliche Stille senkte sich auf den Raum, es war nur noch Cassandras abgehackter Atem zu hören. Oder war es Megs eigener?

Als sie schließlich wieder einen Blick wagte, war von dem Nebel nur noch eine dünne Rauchfahne übrig. Der Kessel war umgekippt, Wasser auf dem Boden verspritzt. Ihre Mutter kauerte neben dem Tisch auf dem Boden, Tränen strömten ihr über die Wangen.

Meg biss sich auf die Lippe. Ihre Brust war wie zugeschnürt. Sie hatte ihre furchterregende Mutter nur ein einziges Mal weinen sehen, in der Nacht, als Cerberus verschwunden war. Ihre Mutter hatte dagesessen und die Hundeleine in ihren Händen herumgedreht und geweint, als wolle ihr das Herz brechen. Meg war herbeigeeilt und hatte sie umarmt. Sie hatte schluchzend versucht, eine Entschuldigung zu stammeln und zu sagen, wie leid es ihr tat, dass Maman ihretwegen den Hund hatte loswerden müssen. Sie hatte ihre Mutter trösten wollen, doch Cassandra hatte sie nur hasserfüllt weggestoßen.

Und genau das würde ihre Mutter jetzt wieder tun, wenn Meg es wagte, sich ihr zu nähern. Für Cassandra waren Tränen ein Zeichen der Schwäche, und Meg spürte, dass sie vor niemandem schwach wirken wollte, vor allem nicht vor Meg. Jeder Versuch, sie zu trösten, würde nur dazu führen, dass sie Meg noch mehr hasste.

Das Mädchen verharrte an der Schwelle, aufgewühlt von den Tränen ihrer Mutter, und wusste nicht, was sie tun sollte. Als sie von einem Fuß auf den anderen trat, verlor sie das Gleichgewicht und taumelte gegen die Tür. Es knarzte.

Cassandra erstarrte, und ihr Kopf fuhr hoch. Hastig wischte sie sich die Tränen weg und fragte mit schneidender Stimme: »Wer ist das?«

Meg schluckte. Die Zunge klebte ihr am Gaumen. Es war töricht, nicht zu antworten. Ihre Mutter würde wissen, dass sie es war. Das war zwangsläufig so dank der Medaillons, die sie beide trugen. Es waren Amulette, die düstere Bande zwischen ihnen schmiedeten, vor denen es kein Entrinnen gab. Sie ermöglichten es Cassandra zu spüren, wo sich Meg aufhielt. Jedenfalls war das bis vor Kurzem so gewesen, doch dann …

In den letzten Monaten hatte Meg gelernt, sich unsichtbar zu machen. Sie musste sich nur ganz fest vorstellen, dass es tief in ihrem Herzen eine magische Truhe gab, in die sie hineinklettern, den Deckel zumachen und in der sie sich verstecken konnte. Dort vermochte Maman sie nicht zu finden, nicht einmal mit ihrem dunklen inneren Auge.

Doch diesmal reagierte Meg nicht rasch genug. Cassandra umklammerte ihr Medaillon, die langen Fangarme ihres Geistes streckten sich, und Meg verriet sich durch ihren beschleunigten Atem und Herzschlag. Panisch suchte sie nach ihrer magischen Truhe, doch es war zu spät. Ihre Mutter fauchte: »Megaera! Ich weiß, dass du da bist. Wie oft habe ich dir gesagt, du sollst nicht herumlungern und mir nachspionieren? Rein mit dir!«

Bebend schob Meg die Tür so weit auf, dass sie in den Raum schlüpfen konnte. Cassandra zog sich am Tischbein hoch und deutete gebieterisch auf den Platz vor ihr.

»Komm her! Und zwar sofort!«

Meg schlich vorwärts, beinahe wäre sie auf der verschütteten Wasserlache ausgerutscht. Sie beugte sich herab, um das Kupfergefäß aufzuheben. Dabei entstand ein leises Kratzen.

»Woher kommt dieses Geräusch? Was treibst du da?«, knurrte ihre Mutter.

»Ich – ich hebe nur deinen Kessel auf und mache sauber.«

»Erziehe ich dich zu einer Königin oder zu einer Küchenmagd? Überlass das Finette!«

»Jawohl, Madame.« Meg stellte den Kessel schüchtern auf den Tisch. Sie schlich näher, bis sie in der Reichweite ihrer

Mutter war. Cassandra packte sie an den Schultern und zerrte sie zu sich. Durch ihr Gewand hindurch spürte Meg die kalten Finger.

»Was hast du den ganzen Nachmittag getrieben?«, fragte Cassandra barsch. Doch noch bevor sich Meg eine Antwort zurechtlegen konnte, schimpfte ihre Mutter schon weiter: »Hast du dich etwa wieder auf diese kleine Moreau eingelassen?«

»N-nein.«

»Finette hat mir erzählt, dass du ein besonderes Interesse an diesem Mädchen zeigst, seit sie sich unserem Zirkel angeschlossen hat.«

Meg schluckte. Sie mochte Carole. Das ältere Mädchen war schon fast zu einer Freundin geworden, der einzigen seit ihrer Ankunft in Paris. Doch das hätte Maman sicher nicht gern gehört.

»Mademoiselle Moreau ist ein wenig schüchtern«, erwiderte sie schließlich. »Ich versuche nur, ihr die Eingewöhnung leichter zu machen.«

»Die Eingewöhnung? Das Mädchen ist kein Gast in diesem Haus. Sie ist hier, um unserer Sache zu dienen, um den Ruhm der Silbernen Rose zu mehren und das neue Zeitalter der Macht für weise Frauen voranzutreiben. Deine Interessen, Megaera.«

Nein, deine Interessen, Maman, nicht meine, hätte Meg am liebsten entgegnet, doch sie unterdrückte diesen Gedanken rasch. Maman konnte nicht in den Augen lesen, aber sie konnte Gedanken lesen und anderen kraft ihrer Berührung Geheimnisse und Erinnerungen entlocken.

Ihr fiel ein Stein vom Herzen, als Cassandra ihren eisigen Griff lockerte. Allerdings wagte sie nicht, sich auch nur einen Fußbreit von der Stelle zu entfernen, an die ihre Mutter sie gezerrt hatte. Um deren Missfallen von sich abzulenken, fing sie an, sich über Finette zu beschweren.

»Finette ist wirklich grässlich, Herrin. Ich soll doch ihre Königin sein, und trotzdem ist sie sehr grob zu mir. Und sie erzählt ständig Geschichten …«

»Halt den Mund! Es ist Finettes Pflicht, mir Bericht zu erstatten, wenn du dich wieder einmal daneben benimmst. Wenn du willst, dass Finette dich als Königin achtet, dann musst du dich auch wie eine Königin benehmen und aufhören, mit deinen Untertanen einen derart vertrauten Umgang zu pflegen. Ich habe erfahren, dass du Carole Moreau sogar erlaubt hast, dich Meg zu nennen.«

Den Blick auf den Boden gesenkt murmelte Meg: »Ich – ich mag das lieber als Megaera. Mein Name klingt so seltsam.«

»Megaera war eine Göttin, eine Rachegöttin in der griechischen Mythologie. Aber warum habe ich dir überhaupt einen solch herausragenden Namen gegeben, wenn du dich ständig aufführst wie eine Göre aus dem gemeinen Volk?«

»Ich – ich weiß nicht, Maman. Ich – ich meine natürlich Herrin. Ich – ich werde versuchen, mich zu bessern, das verspreche ich.«

»Das versprichst du ständig.« Ihre Mutter seufzte verärgert. »Warum kann ich es dir nicht begreiflich machen, Megaera? Vom Moment deiner Geburt an, nein, sogar schon davor, warst du auserwählt, Großes zu vollbringen. Mir wurde geweissagt, dass ich eine Tochter bekommen werde, die große Macht erringen wird.

Allerdings wird es keine Macht sein, die dir ein Mann verleiht, sondern eine, die dir aus dem Aufstand der weisen Frauen erwächst. Ich habe dir doch die Legenden erzählt, Kind. Einst waren die Töchter der Erde nicht die Sklavinnen der Männer, einst konnten sie ohne Furcht ihren Zauber ausüben, einst wurden sie nicht der Hexerei beschuldigt und verbrannt. Nostradamus hat eine Zeit vorhergesehen, in der die Töchter der Erde wieder ihren rechtmäßigen Platz einnehmen werden. Ich kann den alten Narren nur leider nicht dazu bringen, mir zu sagen, wann es so weit sein wird.«

Cassandra breitete ungeduldig die Hände aus. »Ich habe nicht die Absicht, so lange zu warten, bis ich das Zeitliche segne. Diese Veränderungen sollen sich zu meinen Lebzeiten vollziehen. Die Töchter der Erde werden Throne stürzen und die Männer ihrer Macht berauben – und anfangen wird es hier in Frankreich. Du bist vom Schicksal dazu auserkoren, uns in diese neue ruhmreiche Zeit zu führen, Megaera. Eine Königin unter Königinnen, die mächtigste Zauberin, die die Welt je gesehen hat.«

Meg krümmte sich, als sie ihre Mutter ansah. Sie hasste es, wenn Maman so redete. Sie steigerte sich dann immer so sehr in ihre Visionen hinein, dass sich ihre Züge verzerrten und sie ein wenig verrückt aussah – und auch so klang. Auch Nourice hatte das immer so empfunden.

Meg runzelte die Stirn, eine Erinnerung machte ihr zu schaffen, die sie fast vergessen hatte: In der Nacht, bevor Prudence Waters verschwunden war, hatte sie einen Streit zwischen ihrer Mutter und ihrer Amme belauscht.

»Grundgütiger, Cassandra«, hatte Nourice gerufen. »Es ist schon schlimm genug, dass du die Toten heraufbeschwörst, aber all dein Gerede von einer Weissagung, einem Aufstand und davon, dass Meggie den französischen Thron besteigen soll … Das ist doch der reine Wahnsinn! All diesen Unsinn glaubst du ja wohl selbst nicht!«

»Ich kann dir versichern, dass ich es tue«, hatte Cassandra kühl entgegnet. »Entweder unterstützt du mich bei meinen Plänen für meine Tochter, oder du räumst das Feld.«

Nourice hatte selten streng gewirkt, doch damals hatte sie Cassandra böse angefunkelt. »Ich soll das arme Kind allein lassen, damit du es für deine wahnsinnigen Ziele missbrauchen kannst? Nein, das werde ich nicht tun. Außerdem werde ich der Herrin von Faire Isle Bescheid geben müssen, wenn du deinen gefährlichen Irrsinn weiter verfolgst.«

»Pah, die Herrin von Faire Isle!«, schnaubte Cassandra verächtlich. »Seit sie von ihrer Insel vertrieben wurde und ins Exil gehen musste, ist sie keine Herrin mehr.«

»Da irrst du dich gewaltig. Ariane Cheney genießt nach wie vor genügend Achtung bei den anständigen weisen Frauen, um dich aufzuhalten. Und Meggie werde ich dir wegnehmen und sie an einen Ort bringen, an dem du sie nie finden wirst.«

Meg runzelte die Stirn, um sich genau zu erinnern. Hatte ihre sanfte Nourice Maman wirklich gedroht, oder bildete sie sich diesen Streit nur ein? Sie konnte es nicht mit Sicherheit sagen, nur eines wusste sie ganz genau: Am nächsten Tag war Nourice verschwunden, und Maman hatte Meg gezwungen, das Medaillon umzulegen.

»Megaera!«

Die barsche Stimme ihrer Mutter holte Meg unsanft aus ihren Grübeleien. »Hörst du mir überhaupt zu?«

»Jawohl, Herrin.«

»Dann sei so gut und gib mir eine Antwort. Ich stehe da und erzähle dir von deiner großartigen Zukunft und wie schwer ich für dich geschuftet habe. Nur dank mir hast du inzwischen eine beträchtliche Anhängerschaft weiser Frauen, die bereit sind, für dich zu töten und zu sterben. Aber nie höre ich ein Wort des Dankes von dir.«

»D-danke, Herrin, aber … aber …«

»Aber was?«

Meg ließ den Kopf hängen. Sie wusste, dass sie ihre Zunge lieber hüten sollte. Wie konnte sie Maman erklären, dass ihr nichts daran lag, dass Leute für sie töteten oder starben? Wie sehr es sie schmerzte, als ob eine riesige Faust ihr das Herz zerquetschte, wenn sie erfuhr, welche Untaten ihre Anhängerinnen in ihrem Namen verübten?

Verzagt meinte sie: »Wahrscheinlich gibt es vieles, was ich nicht verstehe. Vor allem die Sache mit den hilflosen Neugeborenen, diesen kleinen Jungen. Warum müssen sie sterben?«

Ihre Mutter schürzte abfällig die Lippen. »Wie oft muss ich dir das noch erklären? Männliche Kinder nützen unserem Zirkel nichts. Ich weiß, dass es dir grausam vorkommt, wenn wir sie aussetzen, doch genau das ist jahrhundertelang hilflosen weiblichen Neugeborenen widerfahren.«

»Aber das rechtfertigt noch lange nicht, kleine Jungen genauso zu behandeln«, entgegnete Meg. »Das sind doch letztlich nur zwei Frevel statt einem. Und wenn es getan werden muss, damit ich Königin werde, dann will ich keine sein.«

Meg merkte sofort, dass sie zu weit gegangen war. Cassandras Hand umklammerte das Medaillon so fest, dass ihre Knöchel weiß wurden. Meg spürte, wie die Wut ihrer Mutter durch ihr eigenes Amulett schoss; es war, als würde ihr ein weißglühendes Messer ins Herz gerammt.

Sie fasste sich an die Brust und schrie auf, dann gaben ihre Knie nach. Die Sinne drohten ihr zu schwinden. »Maman, bitte, bitte, tu das nicht!«, stammelte sie.

»So etwas will ich nie wieder hören«, fauchte Cassandra.

»Nein, ich sage es nicht mehr, Maman. Herrin, bitte, bitte hört auf!«, schluchzte Meg tränenüberströmt.

Cassandra ließ das Medaillon los, und Megs Schmerzen schwanden, als würde das Messer aus ihrem Herz gezogen. Kraftlos und zitternd kauerte sie zu Füßen ihrer Mutter.

Cassandra tastete herum, bis ihre Hand Megs Kopf fand. Nachdem ihr Zorn verraucht war, wirkte sie auf einmal erschöpft und ausgezehrt.

»Ach Kind, warum zwingst du mich, dich so zu bestrafen?«

Sie zog Meg hoch, nahm sie in die Arme und drückte sie so fest an sich, dass Meg kaum noch Luft bekam. Aber sie war so ausgehungert nach Zuwendung durch ihre Mutter, dass sie die Tränen schluckte und die schmerzhafte Umarmung ohne Widerrede über sich ergehen ließ.

Cassandra wich zurück, bis sie an den Stuhl stieß, und sank darauf nieder. Und dann tat sie etwas, was Meg zutiefst verblüffte; etwas, was ihre Mutter, soweit sie sich erinnern konnte, noch nie getan hatte: Sie zog Meg auf den Schoß und hielt sie fest.

Meg wusste nicht recht, wie sie reagieren sollte. Vorsichtig lehnte sie den Kopf an die Schulter ihrer Mutter. Cassandra tastete Megs Gesicht ab, bis sie auf ihre Tränen stieß, die sie schroff wegwischte.

»Megaera, du weißt ja gar nicht, wie hart das Leben sein

kann. Das ist meine Schuld, ich habe dich viel zu sehr beschützt. Als Kind war ich nie so behütet. Weißt du, dass ich in diesem Haus hier aufgewachsen bin?«

»N-nein.«

»Ja, ich bin hier zur Welt gekommen, aber ich habe kein hübsches Schlafzimmer gehabt wie eine verwöhnte Prinzessin. Die meiste Zeit musste ich mich auf einen Raum im Keller beschränken.«

Meg hob den Kopf und sah ihre Mutter verwundert an. Als sie in das Haus gezogen waren, hatte Maman ihr einen Geheimgang hinter dem Sakramentenschrank in der großen Halle gezeigt. Falls der Zirkel je von Hexenjägern oder den Soldaten der dunklen Königin entdeckt wurde, sollte Meg die Steinstufen hinuntereilen und sich verstecken, hatte sie ihr eingeschärft. Bei dieser Aussicht war es Meg eiskalt über den Rücken gelaufen. Die Kellerkammer war dunkel und kühl wie ein Verlies, es wimmelte dort von Spinnen, und ab und zu ließ sich sicher auch eine Ratte blicken.

»Du hast in diesem schrecklichen verborgenen Raum gelebt? Aber warum denn, Maman?«

Diesmal tadelte ihre Mutter sie nicht, weil sie sie nicht als Herrin bezeichnet hatte. Erinnerungen verdunkelten Cassandras Miene, und die tiefen Furchen auf ihrer Stirn ließen darauf schließen, dass es keine angenehmen Erinnerungen waren.

»Ich musste mich vor den Hexenjägern verstecken. Sie haben dieses Haus überfallen und meine Mutter und meine drei Schwestern gefasst. Weißt du, was Hexenjäger mit Zauberinnen anstellen?«

»Ja«, erwiderte Meg mit zitternder Stimme. Finette genoss es, ihr das Schicksal von gefangenen Hexen in den grellsten Farben auszumalen. Besonders gern tat sie es zur Schlafenszeit, sodass Megs Träume von dunklen Verliesen und Frauen heimgesucht wurden, die vor Schmerzen brüllten, weil ihnen die Arme ausgerenkt, die Daumen zerquetscht und die Fingernägel ausgerissen wurden.

»Zauberinnen werden gefoltert, bis sie ein Geständnis ablegen und die Namen ihrer Freundinnen verraten. Und dann werden alle auf dem Scheiterhaufen verbrannt.« Meg zitterte. »Bei lebendigem Leib.«

»Das stimmt, und ich bin diesem grässlichen Schicksal als einzige Frau meiner Familie entgangen.«

Unwillkürlich musste Meg an die letzte Séance ihrer Mutter denken, bei der offenbar etwas schiefgegangen war. Wie blass und verängstigt hatte Maman gewirkt, als der andere Geist erschienen war, den sie *Mutter* genannt hatte.

Hatten die schrille Stimme und die klauenförmige Hand Megs Großmutter gehört, einer Frau, von der sie bislang kaum etwas gehört hatte? Wenn das so war, warum war ihre *grand-mère* dann so erzürnt und vorwurfsvoll gewesen, als ob sie ihrer Tochter die Schuld an ihrem schrecklichen Schicksal gab?

Cassandra neigte nicht dazu, ihre Vergangenheit oder Fragen zu ihrer Familie zu erörtern, die Meg nie kennengelernt hatte. Doch als sie jetzt auf den Knien ihrer Mutter saß und diese ihr gedankenverloren über die Haare streichelte, erkühnte sich Meg zu fragen: »Wie waren denn meine Großmutter und meine Tanten?«

Cassandra verzog das Gesicht, offenbar überrascht von dieser unerwarteten Frage. Dann zuckte sie die Schultern. »Es waren Zauberinnen, auch wenn sie nicht so geschickt waren wie ich. Ich war die Beste von uns, selbst ohne Augenlicht.«

Meg erinnerte sich an die beunruhigenden Gerüchte über die Blindheit ihrer Mutter, die sich ihre Anhängerinnen erzählten. Zaghaft fragte sie: »Maman, ich – ich habe mitbekommen, wie ein paar Frauen meinten, dass – dass meine Großmutter einen Pakt mit dem Teufel geschlossen hätte. Sie soll dein Augenlicht für die Gabe der Totenbeschwörung eingetauscht haben.«

»Ein törichtes Märchen«, erwiderte Cassandra, sehr zu Megs Erleichterung.

Während sie müßig eine Haarsträhne ihrer Tochter zwirbelte, fuhr sie fort: »Aber deine Großmutter war tatsächlich schuld an dem Verlust meines Augenlichts. Und alles nur, weil sie meinen Vater, den Bischof, mehr liebte als mich.«

»Mein Großvater war ein Bischof? Aber das ist doch ein heiliger Mann, oder? Ich dachte, Bischöfe sollen nicht heiraten.«

Cassandra verzog abfällig die Lippen. »Meine Mutter war nicht seine Ehefrau, und mein Vater war alles andere als heilig. Meine Mutter, meine Schwestern und ich waren das schändliche Geheimnis seiner Eminenz. Er hat uns zwar dieses stattliche Haus zur Verfügung gestellt, aber er hat uns hier nur heimlich besucht, und das nicht sehr oft. Doch wann immer er sich dazu herabließ, blieb für meine Mutter die ganze Welt stehen. Sie tat alles, um es ihm recht zu machen. Das ging so weit, dass sie mich in der Nacht, in der ich mit Scharlach darniederlag, vernachlässigte, um in sein Bett zu steigen. Deshalb habe ich mein Augenlicht verloren, und das habe ich meiner Mutter nie verziehen.«

Meg rutschte unbehaglich hin und her. Sie wusste nicht, wie sie mit diesen Vertraulichkeiten umgehen sollte, und sie verstand auch nicht alles, was Cassandra ihr erzählte. Aber sie spürte, wie verbittert und schmerzerfüllt ihre Mutter war. Spontan umarmte sie sie und wünschte sich, dass ihrer Mutter kein so schweres Schicksal beschieden worden wäre – und ihr selbst auch nicht.

Wie viel angenehmer wäre es doch gewesen, wenn sie bei ihrer Rückkehr nach Paris nicht von diesem Haus voller fordernder, halb verrückter Frauen begrüßt worden wären, sondern von ihren Großeltern. Natürlich nicht von einem kaltherzigen Bischof und einer Hexe, sondern von freundlichen, liebevollen, verheirateten Großeltern, die sie umarmten, Meggie nannten und in ihrem Haus willkommen hießen.

Und auch ihr Vater wäre da, vielleicht kein König, aber dennoch ein gut aussehender, charmanter Mann. Er würde Maman sehr lieben, und dann würde sie vielleicht vergessen, dass sie Frankreich erobern wollte, und glücklich sein, einfach nur …

»Hör auf!« Meg zuckte zusammen, als sich die Nägel ihrer Mutter in ihre Schulter gruben.

»Verflucht noch mal, Mädchen, ich weiß, was du da treibst. Du bist ein offenes Buch für mich.«

Meg krümmte sich. Versunken in ihren Tagtraum hatte sie völlig vergessen, dass ihre Mutter kraft einer Berührung Gedanken lesen konnte. Cassandra schüttelte sie grob.

»Ich hasse deinen Hang, dich in hübschen Träumen zu verlieren, um der Wirklichkeit zu entfliehen.«

Du tust dasselbe, Maman. Nur dass du eine Kognakflasche dafür brauchst.

Dieser bittere Gedanke tauchte in Megs Kopf auf, bevor sie ihn unterdrücken konnte. Cassandra atmete zornig zischend ein, dann verpasste sie Meg eine derart heftige Ohrfeige, dass dem Mädchen sofort die Tränen in die Augen schossen, und stieß sie von ihrem Schoß. Meg taumelte herunter und landete mit einem lauten Plumps auf dem Boden.

Sie setzte sich langsam auf, rieb sich die pochende Wange und blinzelte die nachdrängenden Tränen weg. Plötzlich durchdrang sie ein Gefühl, das ihr so fremd war, dass sie eine Weile brauchte, um es zu erkennen: Wut.

Aber das Gefühl wich der gewohnten Angst, als Cassandra aufsprang. Megs Hand fuhr zu ihrem Medaillon, sie hielt den Atem an und wappnete sich gegen die zu erwartende Bestrafung.

Doch obwohl Cassandras Lippen schmal wurden, griff sie nicht nach ihrem Amulett. »Jetzt reicht's mit diesem Unsinn«, erklärte sie. »Es ist Zeit, dass du mir und deinem Hofstaat gegenüber deine Pflicht erfüllst.«

Sie tastete an dem Schlüsselbund herum, den sie stets an ihrem Gürtel trug, bis sie auf einen schweren eisernen Schlüssel stieß. »Hier, hol das *Buch der Schatten.*«

Meg richtete sich mühsam auf. Sie nahm ihrer Mutter mit zitternden Fingern den Schlüssel ab und entriegelte die kleine Truhe neben dem Bett. Darin lagen nur zwei Dinge: ein schwerer Siegelring, versehen mit einem C, und ein Buch, nicht größer als die Bibel von Nourice.

Das gefürchtete *Buch der Schatten* sah völlig harmlos aus, ein altes Werk mit vergilbten, brüchigen Seiten in einem abgegriffenen Ledereinband. Doch sobald Meg es in die Hand nahm, war es, als würde dieses Buch ein unheimliches Eigenleben entwickeln. Meg konnte den Pulsschlag seiner düsteren Schätze fühlen, es war äußerst seltsam, abstoßend und anziehend zugleich.

Sie legte das Buch auf den Tisch und wischte sich nervös die Hände an ihrem Gewand ab. Cassandra hatte ihren Stab geholt und ertastete sich damit nun den Weg zu Meg.

»Woran soll ich heute arbeiten, Maman?«, fragte Meg verzagt. »Vielleicht an dem Zauber, der deine Augen heilen könnte?«

»Wenn du eine gute Tochter wärst, hättest du das schon längst geschafft«, erwiderte Cassandra verächtlich.

Meg versuchte, ganz ruhig zu bleiben und sich nicht mit dem leisesten Atemzug zu verraten. Sie hatte diesen Zauber nämlich schon vor einiger Zeit entziffert; doch um Maman das Augenlicht zurückzugeben, musste eine andere Person das ihre aufgeben. Cassandra hätte bestimmt keine Skrupel gehabt, jemandem dieses Opfer abzuverlangen, doch Meg verzagte bei dem Gedanken. Vielleicht wäre ihre Mutter nicht mehr so zornig und verbittert, wenn sie sehen könnte, doch der Preis dafür erschien ihr zu hoch.

Wie gern hätte sie Cassandra angefleht: *»Maman, vernichten wir doch dieses grässliche Buch und vergessen all die wahnsinnigen Pläne und Intrigen, bevor etwas richtig Schlimmes geschieht. Kehren wir doch einfach zurück zu unserem hübschen Häuschen in Dover, ich würde mich gut um dich kümmern, das schwöre ich dir. Ich würde dir das Augenlicht ersetzen, so wie es Cerberus getan hat.«*

Doch wenn sie diese Bitten aussprach, würde sie nur noch mehr Hass auf sich ziehen, und deshalb schluckte Meg ihre

Worte. Es gelang ihr zusehends besser, Dinge vor Cassandra zu verbergen, und diese wachsende Macht begeisterte sie, auch wenn sie ihr ein wenig Angst machte.

»Vergiss den Zauber für meine Augen«, meinte Cassandra. Sie überraschte Meg mit der Frage: »Weißt du, was ein Gifthauch ist?«

»J-ja«, antwortete Meg unsicher. »Nourice hat es mir erklärt, als mir ein paar Geschichten über die dunkle Königin zu Ohren kamen. Sie hat gemeint, ein Gifthauch ist ein giftiger Nebel, der – der die Leute in den Wahnsinn treibt, sodass sie einander wehtun wollen. Nur jemand, der so böse ist wie Königin Katharina, würde je an den Einsatz eines solch schwarzen Zaubers denken. Allerdings ist ein Gifthauch so gefährlich und so unbeherrschbar, dass selbst die dunkle Königin sich nicht mehr daran versucht.«

»Mistress Waters hat dir all das erzählt?«, murmelte Cassandra stirnrunzelnd. »Die Frau war eine große Närrin, und wenn ich mich recht entsinne, habe ich dir verboten, sie mir gegenüber je wieder zu erwähnen.«

Cassandra fuhr mit der Hand über den Tisch, bis sie an das *Buch der Schatten* stieß. Sie legte die Hand auf den Einband. »In diesem Buch stehen angeblich Anleitungen für den mächtigsten Zauber, der unter den Töchtern der Erde bekannt ist. Irgendwo steht bestimmt auch etwas über einen Gifthauch. Ich will, dass du die Stelle findest und sie für mich übersetzt.«

Meg starrte ihre Mutter entgeistert an. Das war bei Weitem das Schlimmste, was ihr Cassandra je aufgetragen hatte. »A-aber warum denn, Maman? Wofür brauchst du einen solch schrecklichen Zauber?«

»Unsere Revolution kommt zu langsam voran. Ich will die Ereignisse etwas beschleunigen, mehr brauchst du vorläufig nicht zu wissen. Tu, was ich dir gesagt habe.«

Meg presste die Hände zusammen. Sie konnte nicht … sie würde nicht … Aber sie wagte es nicht, sich diesem Auftrag rundweg zu verweigern. Verzweifelt suchte sie nach einem Weg, dieser verstörenden Aufgabe zu entkommen. Schließlich meinte sie ausweichend: »Selbst wenn in diesem Buch ein solcher Zauber erwähnt ist, wird es – wird es bestimmt sehr schwer sein, und es ist schon recht spät. Können wir jetzt nicht zum Abendessen gehen? Ich werde dann morgen …«

»Für dich gibt es kein Abendessen – und auch kein Frühstück. Du bleibst hier eingesperrt, bis du auf etwas gestoßen bist, mit dem ich einen Gifthauch brauen kann, und zwar einen stärkeren und mächtigeren, als ihn sich die dunkle Königin vorstellen kann. Hast du mich verstanden, Kind?«

Megs Mund wurde störrisch schmal. Ihre Mutter würde sie ja wohl nicht in dem Turm einsperren, bis sie verhungert war. Doch als sie die wilde Entschlossenheit in Cassandras Miene entdeckte, war sie sich nicht mehr sicher.

»Jawohl, Herrin«, wisperte sie.

Cassandra nahm ihren Gehstock und tastete sich damit zur Tür. An der Schwelle blieb sie stehen und meinte warnend: »Ich will dich nicht noch einmal bestrafen müssen. Enttäusche mich nicht, Megaera!«

»Jawohl, Herrin«, wiederholte Meg. Sie sank in sich zusammen und starrte auf das Buch, dann stützte sie sich mit den Ellbogen ab und legte verzagt das Kinn auf die Hände. Erst nachdem die Tür zugegangen war und Meg sich sicher war, dass ihre Mutter sie nicht mehr hören würde, wagte sie, aufsässig zu murren: »Aber ich heiße Meg!«

14

Simon zügelte Elle nach einem harten Galopp. Sie bogen von der Hauptstraße in einen Waldweg ein. Eigentlich war es nur ein schmaler Pfad, der im Winter oder nach heftigen Regenfällen unpassierbar war, weil die Karrenräder im Morast stecken blieben.

Die Dürre hatte den Weg ausgetrocknet und die Fahrrillen tief in den Boden eingegraben. Immerhin boten die Bäume ein wenig Schatten nach einem weiteren Nachmittag, an dem die Sonne das Land erbarmungslos verbrannt hatte.

Elle schwitzte leicht, doch das Tempo, in dem sie geritten waren, hatte weder ihre Ausdauer noch ihre Schnelligkeit überstrapaziert. Simon hatte die Stute hindern müssen, im gestreckten Galopp zu rasen, denn dabei hätte Miri nicht Schritt halten können. Obwohl Samson kräftiger war als Elle, wäre der behäbige Wallach im Staub zurückgeblieben.

Als sie an diesem Morgen in der Scheune der Maitlands ihre Pferde gesattelt hatten, hatte er Miri vorgeschlagen, die Tiere zu tauschen. Elle war bei jedem anderen schwierig, aber Miri hätte sie bestimmt getragen. Doch Miri hatte sich hartnäckig geweigert.

»Nein«, hatte sie beharrt. »Es würde Elle unglücklich und eifersüchtig machen, wenn sie dich auf einem anderen Pferd sähe. Selbst wenn ich versuchte, es ihr zu erklären, würde sie trotzdem noch glauben, dass sie dich verstimmt hat, und Angst haben, dass sie etwas falsch gemacht hat.«

Die verletzten Gefühle seiner Stute hatten Simon allerdings weniger beschäftigt als Miris Sicherheit. Wenn sie unterwegs auf eine Gefahr stießen, wollte er sicher sein, dass Miri entkommen konnte, zumal er sich sorgte, dass sie verfolgt wurden. Kurz nach ihrem Aufbruch von den Maitlands hatte sich Simons Verdacht nämlich bestätigt.

Sie wurden tatsächlich verfolgt, und zwar von drei Reitern, die auf der Straße hinter ihnen kaum sichtbar waren. Manchmal verschwanden sie für etliche Meilen, dann tauchten sie wieder auf. Das Trio schien verschwunden zu sein, als er und Miri im letzten Dorf Rast gemacht hatten. Doch sobald sie erneut auf der Straße waren, entdeckte Simon die vertrauten Silhouetten wieder, sie wurden nicht schneller, fielen aber auch nicht zurück, sodass Simon kaum an der Absicht dieser Reiter zweifeln konnte.

Die drei waren keine Handlanger der Silbernen Rose, dessen war er sich sicher. Es war helllichter Tag, und die Reiter waren Männer. Als er das Katz- und Mausspiel leid wurde, gab er Miri ein Zeichen, und sie fielen in einen raschen Galopp. Simon kannte sich in diesem Teil des Landes so gut aus, dass sie ihre Verfolger auf eine schwierige Jagd führten, über Hügel, durch Felder, über einen schmalen Fluss und schließlich auf den alten Pfad durch die Wälder.

Als sie immer tiefer in den Wald kamen, forderte Simon Miri auf voranzureiten und spähte aufmerksam nach hinten. Alles war still bis auf den Hufschlag von Elle und Samson, das schwache Rascheln einer Brise in den Bäumen und das Pochen eines beharrlichen Spechtes, der sich an einem Baumstamm zu schaffen machte.

Simon konnte auf dem schattigen Pfad nichts entdecken; sie hatten es einstweilen geschafft, ihre Verfolger abzuschütteln. Aber er gratulierte sich dafür nicht von Herzen, denn er vermutete, dass die drei sie eigentlich nicht einholen wollten. Den ersten Reiter hatte er einmal relativ gründlich in Augenschein nehmen können, sodass er ahnte, um wen es sich handelte. Und wenn er recht hatte, dann wussten ihre Verfolger, wohin Simon unterwegs war. Der Wald gehörte zu dem bescheidenen Anwesen, das der König Simon geschenkt hatte.

Miri zügelte Samson, bis Simon sie eingeholt hatte. Der Pfad war gerade so breit, dass sie nebeneinander reiten konnten, doch gelegentlich streifte ihr Knie das seine. Sie musterte ihn unter ihrer Hutkrempe und fragte besorgt: »Glaubst du, wir haben sie abgeschüttelt?«

»Vorläufig schon, aber es spielt keine große Rolle. Wenn es die Männer sind, für die ich sie halte, wissen sie, wo ich lebe. Die dunkle Königin kennt das Anwesen, das ihr Sohn mir gegeben hat.«

»Du gehst also davon aus, dass die Männer für Katharina arbeiten?«

»Ich glaube, ich habe ihren Anführer erkannt – Ambroise Gautier. Es würde mich nicht weiter wundern, wenn die dunkle Königin mich überwachen lässt. Ich hätte damit rechnen sollen. Ihre Majestät ist nicht besonders vertrauensselig.«

Miri tätschelte Samsons dampfenden Hals. »Was sollen wir jetzt tun, Simon? Wenn es uns gelingt, das Versteck der Silbernen Rose zu finden, führen wir Katharinas Leute direkt zu ihr und zum *Buch der Schatten.*«

»Mach dir keine Sorgen, mir fällt schon noch etwas ein, um Gautier loszuwerden, bevor es so weit ist. Reiten wir weiter, wir sind fast da. Mein Haus liegt nur noch etwa eine Meile hinter diesem Wald.«

Simon trieb sein Pferd an, Miri folgte ihm. Schweigend ritten sie weiter durch den Wald. Beide waren etwas verlegen nach der Nacht, die sie so eng aneinandergeschmiegt verbracht hatten, so warm und vertraut wie ein Liebespaar. Als Miri morgens aufgewacht war, war sie errötet und hatte sich ihm entzogen; und er war so zugeknöpft und stumm gewesen wie ein grüner Junge, der seinen ersten Kuss erobert hat. Es wäre leichter für ihn gewesen, wenn sie tatsächlich miteinander geschlafen und nicht im Dunkeln flüsternd Geständnisse, Erinnerungen und Gefühle ausgetauscht hätten, die er normalerweise tief in sich vergraben hatte. Es war wahrhaftig einfacher, den Körper zu entblößen als die Seele.

Trotzdem fühlte er sich an diesem Morgen nicht so verwundbar, wie er befürchtet hatte, auch wenn er schrecklich müde war. Er hatte nicht viel Schlaf bekommen. Nachdem er Miri nach ihrem Albtraum beruhigt und sie wieder zum Schlafen gebracht hatte, war er lange wach gelegen.

Die weiche Wärme ihres Körpers, so eng an ihn geschmiegt, war wie eine köstliche Folter gewesen und hatte seine Lenden schmerzhaft verhärtet. Nur mit Mühe hatte er seine Hände davon abhalten können, verbotene Bereiche zu erforschen. Abgesehen von seinem körperlichen Verlangen hatte er das Gefühl ihres Kopfes, der so vertrauensvoll an seiner Schulter ruhte, und das leichte Heben und Senken ihrer Brust zutiefst genossen. Er hatte sich bemüht, wach zu bleiben, um jeden süßen Augenblick auszukosten, weil er genau wusste, so würde er sie nie mehr halten.

Doch es war sinnlos, sich mit einem Verlangen nach einer Frau zu foltern, die man nie bekommen würde. Und falls er sich nicht ganz sicher war, musste er nur einen Blick auf das Medaillon werfen, das um Miris Hals baumelte.

Allmählich lichtete sich der Wald, und schließlich führte der Pfad durch ein offenes Feld hinauf zu dem Haus, das auf einem sanften Hügel stand. Simon hatte das schlichte, zweigeschossige Gebäude aus grauem Stein selbst entworfen. Die einzige Extravaganz bestand in den rautenförmig verglasten Fenstern, in denen sich die Nachmittagssonne spiegelte.

Simon war seit über einem Jahr nicht mehr zu Hause gewesen. Als sie näher kamen, spitzte Elle die Ohren. Nachdem sie die Weide entdeckt hatte, auf der sie als Fohlen herumgetollt war, war die Stute kaum noch zu halten.

»Ruhig, Mädchen«, meinte Simon und zügelte sie sanft, doch bestimmt.

Er kniff die Augen zusammen, weil die Sonne ihn blendete, und musterte sein Anwesen. Zu beiden Seiten des Hauses standen Wirtschaftsgebäude – Scheunen, ein Hühnerstall, ein Waschhaus, der Getreidespeicher, ein Verschlag für den Pflug. Der Weizen – zumindest das, was die Dürre übrig gelassen hatte – war schon abgeerntet. Der Obsthain sah jedoch recht gut aus, und der Wasserstand im Ententeich war nicht zu niedrig.

Miri hatte sich in den Steigbügeln aufgerichtet und reckte den Hals, während sie sich neugierig umsah. Seine Entscheidung, sie zu seinem Anwesen mitzunehmen, war ihm letzte Nacht ganz leichtgefallen und zweckmäßig erschienen. In diesem Haus bewahrte er seine Tagebücher auf, in denen womöglich der entscheidende Hinweis auf die Identität der Silbernen Rose zu finden war. Doch jetzt war er seltsam verlegen. Ihm war, als würde er Miri einen weiteren Teil seines Selbst zur Begutachtung vorlegen.

»Das – das ist also dein Zuhause?«, fragte sie erstaunt.

Simon hatte seinen Hof noch nie so bezeichnet – erst Miri gegenüber.

»Mein Zuhause«, wiederholte er langsam, als kämen ihm diese Worte sehr fremd vor. »Ja, ich nehme an, das ist es.«

Miri schob ihren Hut zurück und machte große Augen. Ihre Verwunderung war so offenkundig, dass Simon nicht wusste, ob er belustigt sein oder sich ärgern sollte.

»Was um Himmels willen hast du denn erwartet? Dass ich in einem feuchten Verlies hause, umgeben von Folterwerkzeugen?«

»Ich habe nicht geglaubt, dass du irgendwo lebst. Du hast vor ein paar Tagen erwähnt, dass du versucht hast, dich niederzulassen, aber ich hatte den Eindruck, dass du diesen Versuch aufgegeben hattest. Du hast gesagt, du hattest nicht das Gefühl, irgendwo hinzugehören.«

»Das habe ich auch nicht, aber ich brauche einen Aufbewahrungsort für meine Unterlagen, Kleider und Bücher. Ich werde allmählich zu alt dafür, nur mit dem zu leben, was ich in den Satteltaschen mitnehmen kann. Aber ich war nicht mehr hier, seit die Silberne Rose angefangen hat, mir ihre Mörderinnen auf den Hals zu hetzen. Ich will die Menschen hier keiner Gefahr aussetzen, und ich hätte es auch jetzt nicht riskiert, wenn ich nicht in meinen Tagebüchern nachlesen müsste. Ich habe eine sehr fähige Person, die hier nach dem Rechten sieht. Dank ihr ist meine Anwesenheit kaum notwendig.«

Seine Erklärung führte dazu, dass sich zwischen Miris Brauen wieder einmal die ihm inzwischen sehr vertraute Falte bildete. Während sie im ruhigen Schritt die Zufahrt entlangritten, drehte sie den Kopf immer wieder von einer Seite zur anderen. Simon versuchte sich vorzustellen, wie sein Hof in ihren Augen wirkte. So beeindruckt konnte sie doch gar nicht sein, schließlich war sie in einem stattlichen Herrenhaus aufgewachsen, inmitten all der Schönheit, die Faire Isle zu bieten hatte, den tiefen Wäldern und der atemberaubenden Küste.

Sein Hof war bestimmt nichts im Vergleich zu dem, was sie erwartete, wenn sie Martin le Loup heiratete. Miri zufolge stand ihr gut aussehender Wolf hoch in der Gunst des Königs von Navarra, keinem halb verrückten, abartigen Monarchen wie dem französischen König, dem Simon, wenn auch zögernd, gedient hatte.

Heinrich von Navarra genoss den Ruf, schlau, mutig und von großer Lebenslust erfüllt zu sein, ähnlich wie le Loup. Er und Miri würden wahrscheinlich stattliche Gemächer im Königspalast bewohnen. Vielleicht würde le Loup auch ein Anwesen erwerben, das weitaus beeindruckender wäre als Simons bescheidenes Gut. *Aber welche Rolle spielte das schon?,* fragte sich Simon. Schließlich sah er sich ja nicht als Rivalen von le Loup.

Dennoch beobachtete er Miri und wartete gespannt auf ihre Meinung.

»Das Land erstreckt sich von dem Wald, durch den wir geritten sind, bis zu den Feldern dort droben und noch ein Stück darüber hinaus.« Simon deutete mit der Hand in die Richtung. »Hinter der nächsten Anhöhe liegt ein kleines Dorf. Einige der dort wohnenden Bauern helfen mir bei der Weizenernte und beim Pflücken der Äpfel im Herbst. Die Wiese grenzt an einen Bach und an einen Teil des Waldes, in dem die Ziegen grasen können. Außerdem gibt es eine kleine Schafherde, ein paar Schweine und …«

Er verstummte und verzog das Gesicht, als ihm aufging, dass er wieder einmal zu viel redete. Diese bedauerliche Angewohnheit hatte er sich erst bei Miri zugelegt.

»Na gut, das ist es dann wohl«, schloss er und ließ die Hand wieder auf die Zügel sinken. »Nur ein kleiner Hof, nichts weiter.«

Miri drehte sich zu ihm um.

»Simon, es ist wundervoll«, sagte sie, und ihr Lächeln schien in ihm zu erblühen. Er musste den Drang zügeln zurückzugrinsen, und das noch stärkere Verlangen, sich zu ihr zu beugen und einen Kuss auf diese verlockenden Lippen zu drücken.

Wie konnte eine Frau nur so verführerisch aussehen mit einem Gesicht, das von einem zerbeulten Hut beschattet war, einem schlanken Körper, der in einer formlosen Tunika und Hosen steckte, und ein paar widerspenstigen Haarsträhnen, die aus den streng geflochtenen Zöpfen entkommen waren? Aber sie sah in der Tat äußerst verführerisch aus. Ihr hübsches Gesicht hatte einen ganz natürlichen Glanz, und in ihren silberblauen Augen spiegelte sich der azurblaue Himmel.

Simon versuchte, sich Miri in einem Palast vorzustellen, inmitten all der Künstlichkeit des Hoflebens, gekleidet in ein Korsett, einen Reifrock, ein teures Seidenkleid und Juwelen, das silbrig schimmernde Haar unter einem modischen breitkrempigen Hut versteckt. Doch diese Vorstellung wollte ihm einfach nicht gelingen. Es war, als würde man sich eine wilde Elfe vorstellen, die gefangen genommen und in ein Glasgefäß gesteckt wird, bis sie ihre Flügel sinken lässt und ihr Glanz verblasst.

Eher konnte er sie sich hier auf seinem Hof vorstellen: wie sie über die Felder streifte oder durch den Bach watete, mit lose auf die Schulter fallendem Haar; wie sie auf die Wiese spazierte und ihre Augen freudig leuchteten, wenn sie ein neugeborenes Lamm aufhob und es an ihrem Kinn knabbern ließ.

Was für törichte und sinnlose Fantasien! Nur weil die Differenzen zwischen ihnen in den letzten Tagen verblasst zu sein schienen, hieß das noch lange nicht, dass sich etwas verändert hatte. Diese Differenzen würden wieder scharf zutage treten, sobald Miris Familie erfuhr, dass sie sich bei ihm aufhielt, und jemanden schickte, um sie zu holen. Oder wenn er die Silberne Rose und ihren Zirkel dingfest gemacht hatte und sie wegen Hexerei vor den Richter brachte.

Doch er würde sein Versprechen halten und dafür sorgen, dass die kleine Moreau an Miri übergeben wurde. Danach würde Miri wohl nicht mehr bleiben wollen. Egal wie sehr sie die Untaten der Silbernen Rose auch verabscheute, Miris zartes Herz würde die Prozesse und die Hinrichtungen nicht aushalten können.

Sie würde Carole nehmen und mit ihr nach Faire Isle zurückkehren. Er würde sie nie mehr sehen, und so sollte es auch sein, so war es besser für sie beide. Sie hatten keine Zukunft, ihre Vergangenheit war überschattet von schmerzlichen Erinnerungen und zu vielem, was er bereute – ihnen blieb nur die Gegenwart.

Während Simon all diese Gedanken durch den Kopf gingen, packte ihn ein hohles Gefühl des Verlusts, doch rasch schüttelte er es wieder ab. Er war entschlossen, keinen Moment der Freude auf Miris Gesicht zu vergeuden.

Auf dem Weg zum Stall machte er sie auf den Gemüse- und Kräutergarten neben dem Haus aufmerksam. Obwohl Miri nickte, ruhte ihr Blick vor allem auf Simon. Immer, wenn sie das Gefühl hatte, den Mann allmählich zu kennen, überraschte er sie aufs Neue.

Als er zögernd davon gesprochen hatte, sie zu seinem Zuhause zu bringen, hatte sie nicht gewusst, was sie erwarten sollte. Vielleicht ein paar Zimmer über einem Laden oder in einer Herberge? Aber mit diesem offenbar bestens verwalteten großen Hof hatte sie nicht gerechnet.

Er hatte ihr immer den Eindruck vermittelt, ein Einzelgänger ohne ein Zuhause zu sein. Und er hatte ja auch darauf beharrt, dass er nicht auf diesen Hof gehörte, auch wenn er ihn all die Jahre behalten hatte. Doch das galt nur für Le Balafre, den

Hexenjäger mit seiner düsteren Augenklappe, seiner schwarzen Kleidung und seinem unsteten Blick –, der passte nicht in diese heitere Umgebung. Simon Aristide hingegen passte durchaus hierher, dachte Miri – wenn er es sich nur erlauben würde.

Als ein älterer Stallknecht und ein junger Bursche auftauchten, um die Pferde zu übernehmen, konnte Miri auf den Gesichtern der Männer keinerlei Angst entdecken, auch wenn sie Simon ehrerbietig willkommen hießen. Nur Simon wirkte distanziert, allerdings war er nicht schroff oder unfreundlich, als er die Grüße der Männer erwiderte, sondern eher steif und zurückhaltend. Die Wand, die er gern um sich aufbaute, war deutlich zu spüren.

Eine Wand, die den jungen Mann nicht abschreckte, der im Garten gearbeitet hatte. Als er Simon entdeckte, ließ er mit einem lauten Freudenschrei seine Hacke fallen und stürmte über den Vorplatz, einen schwarz-weißen Hund auf den Fersen. Der Junge war groß und unscheinbar mit blassblonden, stoppeligen Haaren, einem runden, aufgeregt geröteten Gesicht und abstehenden Ohren. Seine langen Arme und plumpen Hände flogen durch die Luft, als er auf Simon zurannte und glücklich rief: »Meister Simon! Meister Simon! Ihr seid wieder da!«

Er stürmte so geschwind herbei, dass es aussah, als würde er Simon umrennen, doch im letzten Moment kam er schlitternd zum Stehen. Er umarmte Simon mit aller Kraft, während der Hund aufgeregt bellend um die beiden herumsprang.

Miri stieg aus dem Sattel und überließ Samson dem Stallknecht. Sie achtete kaum weiter auf ihn, weil sie gebannt die erstaunliche Szene beobachtete. Halb erwartete sie, dass Simon den Jungen tadeln oder wegschubsen würde. Doch er tat nichts dergleichen. Er wirkte zwar verlegen, weil Miri und der Stallknecht ihn angafften, tätschelte dem Jungen jedoch freundlich die Schulter.

»Äh – ja, auch ich freue mich, dich zu sehen, Yves. Aber drück mir bitte nicht die Luft ab.«

Der Junge ließ Simon los und strahlte. Als der Hund zurückwich, die Ohren anlegte, bellte und leise knurrte, rügte Yves ihn streng.

»Was soll das denn, Beau? Ruhe! Was ist mit dir los? Das ist doch nur unser Meister Simon. Du erinnerst dich sicher noch an ihn. Denk an deine guten Manieren und begrüße ihn anständig.«

Der Hund legte den Kopf schief und bellte ein weiteres Mal, wenn auch etwas leiser. Doch Simon tat genau das, was auch Miri getan hätte: Er kauerte sich hin und streckte die Hand aus, damit der Hund sie beschnüffeln konnte. Als Beau heranschlich, blieb Simon ganz still sitzen. Und schon wedelte der Hund mit dem Schwanz und ließ sich von ihm die Ohren kraulen.

»So ist es gut«, lobte Yves. »Beau ist nur besonders wachsam, so, wie Ihr es uns eingeschärft habt, Meister Simon. Falls die Hexen …« Er hielt inne, denn in diesem Moment hatte er Miri bemerkt.

Die Stallknechte hatten Miri fragende, jedoch höfliche Blicke zugeworfen, Yves hingegen betrachtete sie mit unverhohlener Neugier. Als Miri in die Tiefen seiner dunkelblauen Augen blickte, erkannte sie, dass er ein einfältiges Gemüt hatte und zu den Menschen gehörte, die trotz ihrer beeindruckenden Größe und ihrer grobschlächtigen Gestalt nie erwachsen werden.

»Wer ist das, Meister Simon?«, fragte Yves.

Simon hörte auf, den Hund zu streicheln, und bedachte Miri mit einem kleinen Lächeln. »Eine Freundin. Miri, das ist Yves Pascale, der Sohn meines Verwalters.«

Miri lächelte Yves freundlich an, doch als sie ihm die Hand reichen wollte, errötete der Junge und wich vor ihr zurück. Er rannte zum Haus und schrie aus Leibeskräften: »Maman! Maman!«

Als der Hund Yves nachrannte, stand Simon auf und wischte sich die Hände ab.

»Es tut mir leid«, meinte Miri. »Ich wollte ihn nicht erschrecken.«

»Das hast du nicht. Yves ist nur ziemlich schüchtern und –

und ein bisschen schwer von Begriff«, fügte Simon hastig hinzu. »Aber er ist ein guter Arbeiter und kann ausgezeichnet mit Tieren umgehen. Wenn man ihm ruhig erklärt, was er tun soll, bewältigt er die meisten Aufgaben. Alle anderen auf dem Hof sind sehr geduldig und verständnisvoll mit ihm.«

Und wenn sie es nicht wären, würden sie es mit dir zu tun bekommen, vermutete Miri. In Simons Stimme hatte sich ein beschützender Ton eingeschlichen, als er von dem Jungen sprach.

»Yves mag dich offenbar sehr gern«, meinte sie.

»Der arme Junge weiß es nicht besser.« Simon zuckte mit den Schultern, wie immer versuchte er, etwas, was für ihn sprach, herabzuwürdigen.

Bevor Miri ihm widersprechen konnte, stürmte Yves aus dem Haus und zog eine kleine Frau mit sich.

»Beeil dich, Maman«, drängte Yves. »Meister Simon ist heimgekehrt, und er hat eine Freundin dabei. Mach schnell.«

»Das tue ich doch schon«, protestierte seine Mutter lachend. Neben ihrem riesigen Sohn wirkte sie ausgesprochen klein. Sie trug ein schlichtes Gewand mit einer Schürze, und ihre schneeweißen, gewellten Haare steckten unter einer schmucklosen Leinenhaube.

Als sie Simon sah, leuchteten ihre Augen auf. Allerdings umarmte sie ihn nicht, wie Yves es getan hatte, sondern nahm nur seine Hand.

»Meister Simon!«, rief sie. »Willkommen zu Hause. Ihr wart diesmal lange weg. Wir haben uns Sorgen um Euch gemacht. Wie erleichtert ich bin, Euch unversehrt vor mir zu sehen.«

»Äh – ja, danke, Madame«, erwiderte Simon förmlich.

»Aber viel zu dünn«, schimpfte die kleine Frau. »Wie wollt Ihr gegen diese grässliche Silberne Rose kämpfen, wenn Ihr nicht anständig für Euch sorgt?«

»Maman«, unterbrach Yves sie und zupfte an ihrem Ärmel. Er deutete auf Miri. »Schau, das da ist die Freundin unseres Meisters. Sie heißt Miri.« Laut flüsternd fügte er hinzu: »Sie ist eine Frau, auch wenn sie wie ein Mann angezogen ist.«

Als sich Madame Pascales Blick auf sie richtete, wich Miri schüchtern zurück.

»Miri, das hier ist Madame Esmee Pascale«, sagte Simon. »Sie verwaltet mein Haus.«

Miri hatte angenommen, dass die Frau für Simon arbeitete, aber als Verwalterin? In einer Position, die großes Vertrauen erforderte und größte Verantwortung? Kaum jemand hätte einer Frau das zugetraut.

Sie starrte Madame Pascale mit offenem Mund an, unfähig, ihre Überraschung zu verbergen. Die Frau wich ihrem Blick nicht aus. Sie reichte Miri kaum bis zur Schulter, ihr Gesicht war zartknochig und verrunzelt wie ein gedörrter Apfel, doch ihre Augen waren ebenso strahlend blau wie die ihres Sohnes, und außerdem klug und durchdringend.

Als sich ihre Blicke begegneten, traf Miri die Erkenntnis wie ein Blitz. Jede der Frauen sah in der anderen das, was sie waren – Töchter der Erde. Miri nahm den Hut ab. Simon hatte ihr Geheimnis bereits verraten, als er sie vor Yves Miri genannt hatte, aber es hätte keine Rolle gespielt. Eine weise Frau wie Madame Pascale ließ sich nicht täuschen.

»Madame Pascale, das ist Miribelle Cheney«, fing Simon an. »Sie …«

»Ich weiß, wer sie ist«, fiel ihm Esmee Pascale ins Wort und machte einen tiefen Knicks. »Sie ist die Schwester der Herrin von Faire Isle.«

»Nein«, entgegnete Simon sehr zu Miris Verwunderung, und leise lächelnd fügte er hinzu. »Na ja, sie ist tatsächlich Arianes Schwester. Aber Miri ist besser bekannt als die Herrin der Wälder.«

* * *

Esmee schwirrte in der Küche herum und brachte den Haushalt auf Trab, sie erinnerte Miri an eine emsige Biene. Eine junge Magd wurde beauftragt, die Schlafzimmer zu lüften, eine weitere, Wasser aus dem Bach zu holen, der Küchenjunge wurde gebeten, nach Hause zu eilen.

»… und sag deiner Maman, dass sie uns deine zwei Schwestern schickt. Wir werden zusätzliche Hilfe brauchen, weil Monsieur Aristide hier ist und einen Gast mitgebracht hat.«

Miri bekam einen Platz am Küchentisch zugewiesen. Sie fragte sich, ob der Mann, der glaubte, an diesem Ort sei er überflüssig, ahnte, welche Aufregung er mit seiner Ankunft ausgelöst hatte. Simon hatte sich von Yves wegschleppen lassen, um zu einer Kuh zu gehen, die jeden Moment kalben sollte. Miri hätte die zwei gern begleitet, doch Simon hatte darauf beharrt, dass sie sich nach ihrem harten Morgenritt erst ein bisschen erholte. Er hatte Miri der Obhut von Esmee Pascale überlassen, die so erpicht darauf schien, sich um sie zu kümmern, dass Miri es ihr nicht abschlagen konnte.

Außerdem war sie ziemlich neugierig auf Simons Haus und die weise Frau, die es wagte, mit einem Hexenjäger unter ein- und demselben Dach zu leben. Falls Simon über Esmee Bescheid wusste, hatte er sich nichts davon anmerken lassen, und bislang hatte Miri kaum Gelegenheit gehabt, sich mit der Frau zu unterhalten.

Während Esmee ihre Aufträge verteilte, wartete Miri still ab und musterte ihre Umgebung. Simons Haus war von einer Schlichtheit, die ihr gut gefiel. Es gab keine prahlerische große Halle, das Erdgeschoss war ausgefüllt von der großen Küche, in der offenbar sowohl gekocht wie gegessen wurde. Es gab eine mannshohe Herdstelle und Regale voller Küchengeräte – Kessel und Pfannen, Kellen, Löffel, Schöpflöffel, Bratspieße, Siebe, Stößel, Mörser und Reiben. Neben dem massiven Tisch, einer Bank und Stühlen stand ein reich bestückter Gewürzschrank, von der Decke hing ein Gestell, auf dem Kräuter trockneten.

Esmee überreichte der jungen Magd einen Stapel frischer Wäsche und scheuchte sie ins Obergeschoss, dann eilte sie geschäftig zu Miri, in der Hand einen dampfenden Becher mit einer duftenden Flüssigkeit.

»Verzeiht, dass ich Euch warten ließ und dass wir alle so wenig darauf vorbereitet waren, Euch zu empfangen, Herrin. Aber Meister Simon kommt so selten her, und wir haben noch nie einen solch hohen Gast bei uns willkommen heißen dürfen.«

»Ich bin wahrlich kein hoher Gast«, protestierte Miri und musterte reumütig ihre von der Reise fleckigen Kleider. »Und Herrin braucht Ihr mich auch nicht zu nennen.«

»Meister Simon hat gesagt, dass Ihr das seid. Das genügt mir.«

Miri lächelte nur kopfschüttelnd. Als Simon sie als Herrin der Wälder bezeichnet hatte, war sie zwar verlegen und verdutzt gewesen, aber es hatte sie auch gerührt. Lange Zeit hatte er nicht anerkannt, wer oder was sie war, aber als er sie Madame Pascale so vorgestellt hatte, hatte er fast stolz geklungen.

Esmee trat näher und drückte ihr den Becher in die Hand. »Bitte habt die Güte, meinen Kräutertee zu kosten. Ich weiß schon, so etwas wäre an einem kalten Wintertag willkommener, aber der Tee ist nach einer langen, harten Reise sehr wohltuend.«

Esmee hätte ihr das gar nicht sagen müssen. Miri hielt den Becher unter die Nase und atmete tief ein. Sie genoss das vertraute Aroma, das sie an zu Hause und an Ariane erinnerte. Ihre große Schwester hatte ihr ein ähnliches Rezept verraten, aber Miris Tee hatte nie so gut geschmeckt wie der von Ariane.

Schon beim ersten Schluck merkte sie, dass Madame Pascales Tee sich mit Arianes messen konnte. Sie seufzte dankbar. »Ich bin Euch sehr verbunden …«, fing sie an, wurde jedoch von der Magd unterbrochen, die am Treppenabsatz stand und wissen wollte, welches Zimmer Miri bekommen sollte.

»Das Herrenschlafzimmer, Marguerite«, rief Esmee ihr zu.

Miri verschluckte sich beinahe. Nach ihrer Ankunft auf Simons Hof hatten sie all die Eindrücke so überwältigt, dass sie nicht überlegt hatte, welche Schlüsse Esmee wohl daraus ziehen würde, dass sie unbegleitet mit Simon unterwegs war.

Errötend stammelte sie: »O nein, Madame … ich – ich weiß

schon, dass es sehr unschicklich wirkt, aber … aber ich versichere Euch, dass Simon und ich nicht …« Ihr fiel ein, dass sie die letzte Nacht in den Armen des Mannes verbracht hatte, und ihre Gesichtsfarbe wurde noch dunkler. »Ich – ich möchte nicht, dass Ihr denkt …«

»Ich denke gar nichts, Herrin. Macht Euch keine Sorgen wegen des Schlafzimmers. Meister Simon benutzt es nie, doch der Raum ist der schönste im ganzen Haus, und es ist ihm bestimmt recht, wenn Ihr dort nächtigt.« Esmee lächelte schief. »Wenn der Mann überhaupt schläft, dann meist in der winzigen Kammer, in der er sein Arbeitszimmer eingerichtet hat.«

Das beruhigte Miri etwas, und sie versuchte, sich von ihrer Verlegenheit zu erholen, während Esmee ihr frisches Brot und Honig servierte.

»Nur ein Happen gegen den schlimmsten Hunger. Ich verspreche Euch, dass es ein sehr gutes Abendessen geben wird.« Esmee seufzte. »Nicht, dass Meister Simon es merken wird. Der Mann achtet nie auf das, was er isst, und so, wie Ihr ausseht, wage ich zu behaupten, dass Ihr nicht viel besser seid. Aber ich schwöre Euch, dass ich etwas finden werde, um Euren Appetit anzuregen.«

Miri hätte sich mit dem Brot und dem Honig zufriedengegeben, aber sie wollte Esmee nicht enttäuschen. Deshalb erklärte sie, wie sehr sie sich nach der langen Reise auf ein schönes Essen freue. Esmee ließ sich auf der Bank ihr gegenüber nieder. Miri musste wieder einmal mit der Verlegenheit kämpfen, die sie oft in Anwesenheit von Wesen befiel, die kein Fell, keinen Schwanz und keine Pfoten hatten.

»Euer Tee ist ebenso hervorragend wie Eure bestens ausgestattete Küche, Madame«, meinte sie.

»Danke, aber das ist nicht meine Küche, auch wenn Meister Aristide darauf beharrt, dass ich hier schalten und walten kann, als wäre es meine eigene. Aber der Entwurf stammt ausschließlich von ihm.« Esmee wischte sich ein paar Schweißtropfen von der Stirn. »Als ich den gefürchteten Le Balafre zum ersten Mal sah, ging ich davon aus, dass er weitaus mehr Geschick hätte, eine Folterkammer einzurichten als eine Küche. Ich glaube, als er diesen Raum eingerichtet hat, schwirrten ihm alle möglichen Erinnerungen an seine Mutter im Kopf herum, und so hat er etwas zustande gebracht, was wohl ihr Traum gewesen wäre.«

»Simon hat Euch von seiner Mutter erzählt?«, fragte Miri verwundert.

»Nein … nicht direkt.« Als Esmee schuldbewusst errötete und den Blick senkte, bestätigte sich für Miri das, was sie über die Frau vermutet hatte.

»Dann hatte ich also recht mit meiner Annahme, dass Ihr eine weise Frau seid. Ihr – Ihr könnt in den Augen lesen.«

»Ein bisschen«, gab Esmee verlegen zu. »So, wie es die Frauen in meiner Familie seit vielen Generationen können.«

»Weiß Simon denn, dass … dass …?«

»Dass er einer von uns Zuflucht geboten hat? Zwangsläufig. Er hat mich nämlich davor bewahrt, gefoltert und auf dem Scheiterhaufen verbrannt zu werden. Vermutlich wundert Euch das.«

»Nein.« Miri nahm noch einen Schluck Tee. »Früher hätte es das, aber nach allem, was ich in den letzten Tagen über Simon Aristide erfahren habe, wundert es mich nicht mehr.«

»Gut.« Esmees schmale Schultern schienen sich zu entspannen. »Ich wollte Euch das gleich erklären, weil ich erkannte, dass Ihr gespürt habt, was ich bin, und Angst hatte, dass Ihr es vielleicht falsch oder zumindest sonderbar findet, wenn eine weise Frau für einen Hexenjäger arbeitet.«

»Das ist nicht sonderbarer als bei mir«, meinte Miri. »Obwohl ich nicht direkt für Simon arbeite. Ich habe mich nur mit ihm verbündet, um … um …«

»Um die Silberne Rose zu fassen.«

»Also wisst Ihr auch darüber Bescheid?«

Esmee nickte ernst. »Meister Simon spricht gewöhnlich nicht über sein Handwerk, aber er wollte uns vor der Silbernen Rose warnen, falls eine dieser grässlichen Hexen hier auftaucht.

Ich wünschte, ich hätte ihm helfen können, aber ich muss gestehen, alles, was mit schwarzer Magie zu tun hat, versetzt mich in Angst und Schrecken. Umso froher bin ich, dass er jetzt Euch zur Seite hat. Wie tapfer Ihr seid, meine Liebe!«

»Überhaupt nicht. Es gab schlichtweg keinen anderen.« Verlegen über die Bewunderung der Frau wechselte Miri hastig das Thema. »Hättet Ihr etwas dagegen, mir zu berichten, wie Simon Euch gerettet hat?«

»Nein, aber es ist weder eine besonders spannende noch eine besonders ungewöhnliche Geschichte.« Esmee bestrich eine Scheibe Brot großzügig mit Honig und schob sie Miri zu. Miri knabberte an dem Brot, um ihr eine Freude zu machen, doch sie wartete ungeduldig auf Esmees Geschichte.

Schließlich seufzte die Frau und begann zögernd zu erzählen: »Ich war früher mit einem reichen Winzer und Kaufmann verheiratet. Marcellus und ich hatten viele Kinder, aber Yves war der Einzige, der das Säuglingsalter überlebt hat. Er ist jedoch ein freundlicher und liebevoller Sohn, und deshalb waren wir froh, dass wenigstens er uns geblieben ist. Wir führten ein glückliches und wohlhabendes Leben.«

Esmees Miene verdüsterte sich. »Zumindest bis zu dem Frühjahr, in dem mein Mann von einem heftigen Regenguss überrascht wurde und starkes Fieber bekam. Es war eine dieser unerklärlichen Tragödien: Ein völlig gesunder und kräftiger Mann bekommt urplötzlich Fieber und kann kaum noch atmen, weil seine Lungen völlig verschleimt sind. Und keines meiner bewährten Heilmittel konnte ihn retten. Er – er starb an einem lauen Maimorgen, als die Rosen gerade zu knospen begannen.«

Ihre Augen wurden feucht, und sie blinzelte heftig. »Mein Mann hatte keine lebenden Verwandten außer einem Neffen, den Sohn seiner Schwester. Kaum war Marcellus unter der Erde, als Robert ins Haus stürmte. Er dachte wohl, dass mein Mann seinen wertvollen Besitz kaum einer Frau und einem einfältigen Schwachkopf überlassen würde, wie er meinen süßen Yves nannte.

Yves ist wahrscheinlich … wahrscheinlich nicht der Schlaueste, aber er ist kein Schwachkopf. Diese Bezeichnung würde weitaus besser zu Robert passen, diesem hinterhältigen Bastard.« Esmee hielt inne, und ihre Wangen färbten sich rot. »Äh – es tut mir leid, Herrin.«

»Ihr braucht Euch nicht zu entschuldigen. Wie ich Yves einschätze, besitzt er etwas weitaus Selteneres und Wertvolleres als Schläue: Herzensgüte. Ich kenne diesen Robert nicht, aber wahrscheinlich würde auch ich ihn als Bastard bezeichnen.«

Esmee lächelte dankbar, es war ein seltsam liebenswürdiges, zahnlückiges Lächeln. Sie atmete tief ein, dann fuhr sie fort: »In seinem Großmut wollte er mir und Yves eines der Häuschen überlassen, die zu unserem Anwesen gehörten, die Weinberge und das große Haus jedoch wollte er sich unter den Nagel reißen. Ihr könnt Euch denken, wie wütend er wurde, als er herausfand, dass mein Mann klug genug gewesen war, ein Testament zu hinterlassen, in dem er mich und Yves als seine alleinigen Erben eingesetzt hatte.

Robert hätte vor Gericht gegen dieses Testament Einspruch erheben können, und wahrscheinlich hätte er sogar gewonnen, aber das wäre teuer und zeitaufwendig gewesen. Er fand einen rascheren, sichereren Weg, den Besitz zu übernehmen. Ich war in unserem Dorf als geschickte Hebamme bekannt und auch dafür, dass ich mich gut auf Heilkräuter verstand. Mit dem Arzt, den es bei uns gab, habe ich mich oft über seine Mittel und Methoden gestritten, die von großer Unwissenheit zeugten. Deshalb war es für Robert ein Leichtes, mich … mich …«

»… der Hexerei zu bezichtigen«, beendete Miri den Satz grimmig.

»Ich muss Euch wohl kaum erklären, dass sich alle weisen Frauen dieser Gefahr aussetzen, wenn sie ihre ungewöhnlichen Fähigkeiten öffentlich nutzen. Man braucht keinen Beweis, allein der Verdacht reicht für einen Schuldspruch. Als ich erfuhr, dass der gefürchtete Le Balafre gekommen war, um meinem Verhör beizuwohnen, verzweifelte ich vollends. Meine größte Sorge galt allerdings nicht mir, sondern meinem armen Yves. Was sollte aus ihm werden, wenn ich nicht mehr da war?

Als ich vor Le Balafre gezerrt wurde, verließ mich aller Mut. Beim Anblick seines vernarbten Gesichtes begann ich zu zittern, ich wagte kaum, in das dunkle, unnachgiebige Auge zu sehen, aus Furcht, dort den Teufel zu erblicken.«

Esmee schüttelte lächelnd den Kopf, als sie sich daran erinnerte. »Doch stattdessen fand ich einen Mann, der erstaunlich vernünftig, einfühlsam und scharfsinnig war. Monsieur Aristide durchblickte die Ränke meines Neffen sofort. Doch Robert hatte die Unterstützung der Dorfoberen, und deshalb konnte nicht einmal Le Balafre den Lauf der Dinge aufhalten. Er konnte nur dafür sorgen, dass Yves und ich unbemerkt verschwanden.

Ich habe all meinen Besitz verloren bis auf ein paar Habseligkeiten, die ich noch einpacken konnte, bevor Yves und ich flohen. Nachdem Simon unsere Flucht geregelt hatte, brachte er uns hierher. Seitdem leben wir hier, Yves hilft auf dem Hof, wo er kann, und ich bin Monsieur Aristides Haushälterin, auch wenn er mich gern mit dem Titel ›Verwalter‹ ehrt.«

»Eine ausgesprochene Vertrauensstellung für eine Frau«, meinte Miri.

»Eine Vertrauensstellung für jeden. Ich teile die Verantwortung mit dem alten Jacques, der sich um den Stall und die Tiere kümmert. Früher hat er als oberster Pferdeknecht für eine große Herberge in Paris gearbeitet, doch dann hielt man ihn für zu alt und setzte ihn auf die Straße. Monsieur Aristide bietet den Menschen oft eine zweite Chance.«

»Jedem, nur nicht sich selbst«, sinnierte Miri leise.

»Ach, ist Euch das auch schon aufgefallen?«

»O ja, und wenn man ihn fragt, warum er jemandem hilft, weicht er aus und tut so, als hätte es in seinem eigenen Interesse gelegen.«

»Ich weiß. Er hat sogar versucht, mir einzureden, dass ich ihm einen Gefallen getan habe: Durch meine Rettung konnte er alte

Sünden abbüßen.« Die Frau warf einen unsicheren Blick auf Miri. »In seinen Augen habe ich gelesen, dass er an Euch gedacht hat und an die Zerstörung, die er über Faire Isle brachte.«

Miri legte das Kinn auf die Hände und runzelte die Stirn, während sie über Esmees Bemerkung nachdachte. »Wenn er das Gefühl hat, er müsse etwas wiedergutmachen, würde das womöglich auch erklären, warum er meine Freundin Marie Claire verschont hat«, murmelte sie eher zu sich als zu Esmee. »Höchstwahrscheinlich glaubt er sogar selbst, dass er solche Sachen nur deshalb tut.«

Esmee musterte sie neugierig. »Aber Ihr glaubt das nicht?«

»Ich glaube, dass seine Beweggründe nicht so einfach sind.« Miri fuhr nachdenklich mit dem Finger über den Becherrand. Seit Tagen bemühte sie sich, all die Widersprüche in Simon Aristide zu erkennen und den Mann zu verstehen.

Zögernd meinte sie: »Ich glaube, Simons Handeln hat viel mit dem Jungen zu tun, der er früher war, bevor seine Familie und sein Dorf vernichtet wurden. Und bevor dieses Ungeheuer, Le Vis, sich bemühte, aus Simon den berüchtigten Le Balafre zu machen, etwas, was Simons Wesen so zuwiderläuft, dass er fast daran zerbrochen ist.«

Miri breitete hilflos die Hände aus, während sie nach den richtigen Worten suchte. »Simon ist – er ist ein Mann, dessen Leben des Öfteren zerbrochen ist. Es ist, als wäre er mit all den Bruchstücken zurückgelassen worden und versuche nun verzweifelt, sie wieder zusammenzufügen.«

»Diese Aufgabe kann er nur selbst bewältigen, aber die Liebe und das Verständnis einer Frau würden ihm viel helfen.« Esmee brachte Miri in Verlegenheit, indem sie vielsagend eine Braue hob.

»O nein, Madame«, stammelte sie. »Was immer Ihr denkt – diese Frau bin nicht ich.«

»Ach nein? Eure Augen sagen mir etwas anderes, meine Liebe.«

Miri errötete. »Egal was ich für Simon empfinde – wir

können unmöglich zueinanderfinden. Nicht nach allem, was er getan hat, vor allem dem Überfall auf Faire Isle. Ich – ich könnte ihm das vielleicht verzeihen, aber meine Familie könnte das nie.«

»Die meisten Frauen werden von ihren Familien gelenkt und ihre Ehen werden arrangiert. Aber weise Frauen hatten in dieser Hinsicht oft mehr Glück und konnten ihrem Herzen folgen, vor allem die Herrinnen von Faire Isle.«

»Das mag für meine Schwestern gelten, aber nicht für mich. Zwischen Simon und meiner Familie gibt es einfach zu viel böses Blut, vor allem was meinen Schwager Renard angeht. Obwohl Simon mir geschworen hat, dass er mit Renard nie mehr das Schwert kreuzen wird, und ich sicher bin, dass Ariane Renard davon abhalten würde …«

Miri hielt inne und dachte über die Möglichkeiten nach. Wenn ihre Familie erfuhr, wie Simon Esmee gerettet und die Maitlands beschützt hatte, würden sie vielleicht …

Doch dann schob sie diese Wunschvorstellung beiseite und schüttelte traurig den Kopf.

»Nein, es ist hoffnungslos«, sagte sie eher zu sich selbst als zu Esmee. »Simon hält Renard für einen bösen Zauberer, und Renard hasst Hexenjäger. Selbst wenn es mir gelänge, Ariane zu überzeugen, dass Simon sich verändert hat, würde Gabrielle mir doch niemals glauben. So sehr meine Familie mich liebt – ich fürchte, keiner von ihnen käme je so weit, Simon ins Herz zu schließen oder ihn wenigstens zu akzeptieren.«

»Verwandte müssen sich nicht unbedingt ins Herz schließen, mein Kind. Manchmal muss man schon froh sein, wenn sie beim Abendessen nicht mit der Gabel aufeinander losgehen.« Esmee drückte sanft Miris Hand. »Meine Eltern mochten Marcellus anfangs auch nicht, aber mit der Zeit hat sich das geändert. Bestimmt lieben Euch Eure Schwestern so sehr, dass es bei ihnen genauso sein wird.«

Miri lächelte traurig. »Selbst wenn, dann gibt es immer noch ein großes Hindernis – Simon selbst. Er scheut vor jeder Art von Zärtlichkeit zurück. Wie kann ich einem Mann mein Herz anbieten, der seine Zuneigung zu mir als Schwäche erachtet?«

»Es liegt an Euch, ihn eines Besseren zu belehren.« Esmee stand entschlossen auf. »Fangen wir doch damit an, dass wir Euch säubern und in etwas weiblichere Kleidung stecken. Meine Kleider werden Euch zwar nicht passen, aber wir finden gewiss etwas bei einer der anderen Frauen.«

»Nein, Madame, bitte, ich kann doch nicht …«

»Ihr könnt und Ihr wollt«, erklärte Esmee bestimmt, dann fügte sie schelmisch hinzu: »Die Männerkleider, die Ihr da tragt, sind wahrscheinlich recht bequem, aber bei Meister Simon kommt Ihr erst weiter, wenn Ihr die Hosen auszieht.«

* * *

Einige Stunden später spazierte Miri in einem leichten wollenen Gewand, dessen Rock ihre Knöchel umspielte, über den Hof. Das Kleid war ein bisschen zu klein für sie, um die Brust herum war es ziemlich eng, aber es hatte eine wundervolle blaue Farbe. Sie sah darin aus wie in ein Stück Himmel gehüllt.

Nervös glättete sie die Falten. Eigentlich hätte sie diese Leihgabe nicht annehmen dürfen, wahrscheinlich unterstützte sie damit nur Esmee Pascales Kuppelversuche. Aber nachdem nun bekannt war, wer sie war, konnte sie schon um des lieben Anstands willen schlecht in Männerkleidern herumlaufen. Nur aus diesem Grund hatte sie klein beigegeben, versuchte sich Miri einzureden.

Doch das erklärte nicht die albernen Schmetterlinge in ihrem Bauch, dieselben, die sie als junges Mädchen verspürt hatte, als sie ihr schönstes Gewand angezogen hatte, um Simons Aufmerksamkeit zu erregen und ihn davon abzubringen, sie als Kind zu betrachten. Befangen überprüfte sie das Band, mit dem ihr loses Haar aus dem Gesicht gehalten wurde, das nun ungehindert auf ihren Rücken fiel. Dabei streifte sie ihren Hals und merkte schuldbewusst, dass etwas fehlte: Martins Medaillon.

Sie hatte es abgelegt, als sie sich gewaschen hatte, und dann vergessen, es wieder anzulegen. Nein, wenn sie ehrlich war, musste sie zugeben, dass sie es absichtlich auf dem kleinen Tisch neben dem Waschstand liegen gelassen hatte. Egal was geschehen würde, sie wusste jetzt, dass sie Martin das Medaillon zurückgeben musste, und fürchtete sich vor dem Schmerz, den sie ihrem lieben Freund zufügen würde.

Auf einmal kam Yves aus dem Stall gestürmt. Er wirkte ziemlich verstört. Als er sie erblickte, blieb er stolpernd stehen.

Miri rechnete schon damit, dass er wie bei ihrer ersten Begegnung schüchtern kehrtmachen würde. Doch er kam direkt auf sie zu und zog sie an der Hand. »Oh, Waldherrin, Ihr müsst sofort kommen! Meister Simon braucht Euch. Es ist sonst niemand da. Jacques muss die Schafe in den Stall treiben, und eines der Lämmer ist verschwunden, deshalb musste er Bertrand mitnehmen, und jetzt bin nur noch ich da …«

»Yves, bitte!« Miri legte ihm sanft die Hand auf den Mund, um seinen erregten Wortschwall zu unterbrechen. »Sag mir einfach, was los ist. Ist – ist etwas mit Simon?«

»Nein!« Der Junge sah aus, als würde er gleich in Tränen ausbrechen. »Es geht um Melda. Sie kriegt ihr Kalb, aber es läuft alles schief.«

Miri eilte in die Scheune. Simon war bereits dort. Er hatte sich bis zur Taille entkleidet und lag im Stroh neben einer braun gefleckten Kuh. Offenbar waren beide in Nöten. Er war mit Blut und Schmutz besudelt, und sein Arm steckte tief in der Kuh. Gerade schnitt er eine Grimasse, die Kuh hatte wohl eine Kontraktion, und sein Arm wurde eingeklemmt. Doch bei Miris Anblick wirkte er deutlich erleichtert.

»Simon! Was ist los?«

Er grunzte. »Das Kalb liegt nicht richtig. Sein Kopf liegt verkehrt herum, und es gibt nicht viel Platz. In seiner jetzigen Lage kommt es mit den Beinen zuerst raus.«

Er musste ihr nicht erklären, was das bedeutete. Wenn zuerst die Beine des Kalbes kamen, konnte das Becken der Kuh brechen, und dann würden Mutter und Kalb zugrunde gehen.

»Ich versuche, einen Strick um das Kalb zu legen, damit ich den Kopf drehen kann.«

Miri nickte. Sie überlegte nicht lange, sondern nestelte sofort das Mieder ihres Gewandes auf und streifte es sich über die Schultern, sodass sie nur noch ihr Hemd trug. Yves starrte sie mit großen Augen an, doch das war ihr in diesem Moment egal. Sie kauerte sich neben Simon.

»Lass mich das tun, mein Arm ist dünner.«

»Und deshalb auch zerbrechlicher.« Simon zuckte zusammen, als sich bei einer weiteren Kontraktion das Becken der Kuh eng um seinen Arm legte. »Ich kann das schon, du – du musst nur das Ende des Stricks festhalten und ziehen, wenn ich es dir sage.«

Miri kniete sich neben ihn und wischte ihm den Schweiß vom Gesicht, während er versuchte, mit seinem Arm tiefer in die Kuh einzudringen.

Yves stand in der Nähe und wrang die großen Hände, während die Zeit verstrich. Miri sah Simon besorgt zu, aber sie hatte wenig Hoffnung. Trotz all ihrer Fähigkeiten wusste sie, dass Kälber in dieser Lage gewöhnlich tot geboren wurden. Es wäre ein Wunder, wenn sie nicht auch noch die Mutter verlieren würden.

Simon biss die Zähne zusammen und versuchte es weiter. Schließlich erhellte sich seine grimmige Miene etwas, und er keuchte: »Gut, ich – ich glaube, dass ich das Kalb jetzt festgebunden habe. Wenn du am Strick ziehst, werde ich das Kalb schieben, und dann sollte sich der Kopf drehen.«

Miri folgte seiner Anweisung. Sie packte den Strick und hielt ihn straff gespannt. Erregt meinte Simon: »Miri, ich glaube, der Kopf dreht sich. Zieh weiter.«

Simon zog den Arm heraus, um ihr zu helfen. Beide arbeiteten gemeinsam, bis das Kalb herauskam, zuerst der Kopf, dann rasch der Rest. Yves tanzte fast vor Freude, doch die Freude verging ihm, als das kleine Tier im Stroh liegen blieb.

»O Meister Simon, es ist tot.«

»Nein!«, meinte Miri. Sie wollte noch nicht aufgeben. Erst säuberte sie das Maul des Kälbchens vom Schleim, dann hauchte sie ihm Atem ein. Simon presste ihm im Takt auf den Brustkorb. Das Kalb keuchte und zuckte mit den Beinen.

Sie sanken beide erschöpft, aber auch erleichtert lachend ins Stroh. Yves gesellte sich zu ihnen. Simon nahm das Kalb und schob es zu seiner Mutter. Die Kuh hob ermattet den Kopf und schnüffelte an ihrem Kalb. Sofort war alle Erschöpfung vergessen, und sie begann, es abzuschlecken. Das kleine Geschöpf reckte den Hals und versuchte wackelig aufzustehen.

Miri hatte diesem Wunder schon zahllose Male beigewohnt, und immer war sie tief berührt gewesen. Aber noch nie hatte sie dieses Gefühl mit jemandem teilen können. Als ihr Blick auf Simon fiel, sah sie, dass dies ein Zauber war, den er genauso gut verstand wie sie. Er nahm sie bei der Hand. Die stumme Verständigung zwischen ihnen reichte tiefer als jeder Wortwechsel.

* * *

Miri beugte sich über das Kalb und kraulte seine Stirn, während das Tier sie mit großen, samtbraunen Augen anblickte. Yves war aufgeregt davongeflitzt, um seiner Mutter von dem jüngsten Neuankömmling auf dem Hof zu berichten, sodass Miri und Simon allein aufräumen mussten.

Still hatten sie Seite an Seite den Stall ausgemistet und mit frischem Stroh ausgelegt. Miri schien es fast, als hätten sie und Simon so etwas ihr Leben lang gemeinsam getan – ein seltsames Gefühl.

Nachdem sie sich gesäubert hatte, hatte sie ihr Kleid wieder übergestreift, doch das knapp sitzende Mieder hätte sie am liebsten gar nicht geschnürt, denn sie fühlte sich dadurch eingeengt. Sie musste lächeln, als das Kalb versuchte, die losen

Bänder anzuknabbern. Um größeren Schaden zu verhindern, trat sie einen Schritt zurück und warf dabei einen Blick in die Sattelkammer, in der Simon sich gerade wusch. Bevor Yves davongerannt war, hatte er ihnen noch ein paar Eimer Wasser geholt.

Jetzt, nachdem die Krise vorüber war, hatte Miri Zeit, in aller Ruhe zu begutachten, was sie zuvor nur flüchtig bemerkt hatte – Simons breite Brust, die sehnigen Arme, die muskulösen Schultern. Schon als Junge hatte ihr seine Gestalt gefallen, doch als Mann war er einfach umwerfend.

Unwillkürlich stieß sie einen anerkennenden Seufzer aus. Als Simon sich zu ihr umdrehte, senkte sie den Blick. Verlegen, weil er sie beim Gaffen ertappt hatte, ging sie in die Sattelkammer, um ihm ein Handtuch zu reichen.

Nachdem er sich bedankt hatte, drohte wieder einmal eine verlegene Stille einzutreten. Miri lehnte sich an die Tür, bemüht, den Blick abzuwenden, während er sich rasch die Brust trocknete.

»Was du da vorhin gemacht hast, war wirklich erstaunlich. Das Kalb umzudrehen, meine ich. Wo hast du das denn gelernt?«

»In meinem Dorf«, erwiderte er, dann fügte er ironisch hinzu: »Ich bin nicht als Hexenjäger auf die Welt gekommen, Miri.«

»Das weiß ich. Ich bin froh, dass du dich endlich auch daran erinnerst.«

Er blieb stumm und zuckte nur ein wenig zusammen, als er sich die strapazierten Arme trocken rieb.

»Wahrscheinlich bekommst du ein paar deftige Blutergüsse«, murmelte Miri.

»Das war es wert«, meinte Simon leise lächelnd und warf einen Blick auf das Kalb, das inzwischen schon von seiner Mutter gesäugt wurde.

Miri fuhr sanft über die warme Haut seiner Arme. Simon erstarrte bei ihrer Berührung, doch als ihre Blicke sich trafen, spürte Miri, wie zwischen ihnen Verlangen aufloderte. Fast widerwillig nahm sie die Hand weg und ließ ihren Blick über das Innere des Stalles schweifen.

»Das ist ein großes Gebäude, sehr schön und sehr luftig. Aber warum gibt es so viele leere Verschläge?«

»Früher dachte ich daran, Pferde zu züchten.«

»Und warum hast du es nicht getan?«

»Ich weiß nicht; ich war nie lange genug hier, vor allem, nachdem die Silberne Rose mit ihren Angriffen begann.«

»Aber wenn sie geschlagen ist, kannst du doch wieder herkommen, Simon. Lass dich hier nieder und ...«

Er unterbrach sie kopfschüttelnd. »Ich habe es dir doch schon erklärt: Ich habe es versucht, und es hat nicht geklappt.«

»Weil du behauptest, dass du nicht hierher gehörst. Trotzdem frage ich mich, ob du es ernsthaft versucht hast. Madame Pascale hat mir erzählt, dass du jedem eine zweite Chance gibst. Warum nicht dir selbst?«

Er legte sich das Handtuch um die Schultern. Die feuchten Enden seiner widerspenstigen dunklen Haare hingen ihm ins Gesicht, während er ihr einen wachsamen Blick zuwarf. »Aha, jetzt hast du also auch mit meinem Verwalter über mich geplaudert, nicht nur mit meinem Pferd. Ich habe nicht gedacht, dass Madame Pascale so gerne tratscht wie Elle.«

»Esmee hat mir nur erzählt, was du mir nie erzählt hättest: wie du ihr das Leben gerettet hast. Und tu jetzt bitte nicht so, als ob du es nur deinetwegen getan hast. Ich habe noch nie gehört, dass es einem Hexenjäger nützt, eine verurteilte Hexe gehen zu lassen.«

»Esmee ist genauso wenig eine Hexe wie du.« Simon verzog das Gesicht. »Ich kann dir nur sagen, was ich ihr gesagt habe: Durch meinen Beistand habe ich versucht, vergangene Sünden wiedergutzumachen, und davon habe ich wahrhaftig genug begangen, meinst du nicht auch? Freilich werde ich wohl nie das wiedergutmachen können, was auf Faire Isle geschehen ist und was ich dir angetan habe.«

Miri sah ihn freundlich an. »Ich finde, dass es reicht, wenn du es versuchst. Die meisten Männer würden nur Entschuldigungen vorbringen und denselben Fehler wieder und wieder begehen.«

»Es gibt keine Garantie, dass ich das nicht auch tue.« Simon wandte sich ab und stemmte die Hände auf eine Werkbank. »Eben, weil ich davor Angst habe, fällt es mir so schwer, mich hier niederzulassen und die Vergangenheit zu vergessen. Es wäre ein gutes Leben auf diesem Hof, und ich – ich muss zugeben, ich bin wirklich sehr gern hier. Zumindest tagsüber, wenn ich auf den Feldern schuften oder mich um die Tiere kümmern kann.«

Simons Gesicht umwölkte sich, und sein Blick wurde gehetzt. »Aber nachts ist es ganz anders. Dann habe ich zu viel Zeit zum Grübeln, und ich kann nicht mehr vergessen, was ich bin und was ich getan habe.«

»So muss es doch nicht sein, Simon. Es gibt Personen, die bereit sind, deine Vergangenheit zu vergessen, selbst wenn du es nicht kannst; Personen, die bereit sind, dich – dich zu lieben, wenn du sie nur lassen würdest.«

Und eine davon stand direkt vor ihm, auch wenn Miri das nicht zu sagen wagte. Sie zog an seinem Arm, bis er sich umdrehte und sie ansah. Ob ihrer Kühnheit erzitternd legte sie die Hände auf seine Brust. Sie fuhr mit den Fingern durch die dunklen Haare, die einen herrlichen Kontrast zu den seidig glänzenden, stahlharten Muskeln bildeten.

Dann sah sie ihn an und gestattete es ihrem Herzen, durch ihre Augen zu scheinen und ihm alles zu sagen, was sie mit Worten nicht ausdrücken konnte. Simon starrte sie an. Sein Atem stockte, als ihm klar wurde, was sie ihm anbot, und was er doch nie annehmen konnte.

»Miri …«

Sie brachte ihn mit ihren Lippen zum Schweigen. Ihr Mund war viel zu süß und zu verlockend, als er sich zart auf seine Lippen legte. Er kämpfte gegen das Unausweichliche an, die Verhärtung seiner Männlichkeit, und versuchte, Miri sanft wegzuschubsen. Doch ihre Lippen teilten sich, und ihre Zunge fuhr neckisch um die seinen.

Leise stöhnend zog er sie näher, und sein Mund verschlang den ihren gierig, während sein Körper vor Verlangen schmerzte, das er so lange unterdrückt hatte.

Keuchend warf er den Kopf zurück. Er spürte, wie sein Verstand und jeder Funken Anstand, den er dieser Frau gegenüber empfand, zusammenschrumpfte.

»Miri«, stöhnte er mit rauer Stimme. »Tu mir das nicht an! Du weißt, wie schwer es für mich ist, dir zu widerstehen.«

»Dann tu es doch einfach nicht mehr«, wisperte sie und schlang die Arme um seinen Nacken. Sie drückte sich so eng an ihn, dass er merkte, wie ihr Herz hämmerte. Unter ihrem halb geöffneten Mieder spürte er ihre warmen, weichen Brüste.

Ihr Mund presste sich wieder auf den seinen, und er fühlte, wie der letzte Faden zerriss. Er küsste sie leidenschaftlich und wühlte durch ihre Haare.

Aber seiner Leidenschaft wurde jäh Einhalt geboten, als er Stimmen hörte. Yves war im Anmarsch, zweifellos mit seiner Mutter im Schlepptau.

Simon wich hastig zurück, und sie musterten einander bestürzt. Ihr Gesicht war hochrot, sie sah eindeutig wie eine Frau aus, die soeben heftig geküsst worden war; und er fürchtete, dass sein Gesicht dasselbe verriet.

Er sammelte seine versprengten Sinne und trat aus der Sattelkammer, entschlossen, Miri die Peinlichkeit zu ersparen.

Yves kam herein und rief fröhlich: »Hier entlang, Monsieur. Sie ist hier drinnen.«

Monsieur? Simon verspannte sich. Er hatte den Jungen doch oft genug vor Fremden gewarnt.

Allerdings sah der Mann, der Yves in die Scheune folgte, nicht bedrohlich aus. Der große, attraktive Herr trug einen gefütterten Umhang und eine mit einer Feder geschmückte Kappe. Auch wenn er aussah, als habe er eine lange Reise hinter sich, wirkte er sehr elegant. Das einzig Bedrohliche an ihm war ein stählernes Glitzern in seinen Augen.

Als ihre Blicke sich trafen, durchfuhr es Simon wie ein Blitzschlag: Er wusste, wer der Mann war, noch bevor Miri aus der Sattelkammer trat. Ihr Gesicht wurde bleich vor Überraschung, und sie rief laut: »Martin!«

15

Martin le Loup hatte den Stall schon zur Hälfte durchquert, als Simon ihn abfing. Die zwei Männer musterten einander feindselig, obwohl sich Simons Feindseligkeit mit Wachsamkeit paarte.

An seinem Gegner entdeckte er nur noch geringe Spuren des schlaksigen Jungen, den er in jenem längst vergangenen Sommer getroffen hatte. Martin le Loup schien noch ein gutes Stück gewachsen zu sein, seine Schultern waren breiter geworden, sein kantiges Gesicht zierte ein schmucker Bart. Er war tatsächlich so attraktiv, wie Miri ihn beschrieben hatte, doch trotz seines teuren Wamses und seiner Pumphose war an ihm nichts Verweichlichtes, wie es bei den meisten Höflingen der Fall war. Nun warf er den Umhang zurück, und seine Hand fuhr zum Knauf seines Schwertes. Der Mann roch nach Gefahr, in seinen zusammengekniffenen grünen Augen flackerten Wut und Schmerz auf, gepaart mit einem bitteren Vorwurf.

Simons Blick schweifte zu der Stelle, an der er sein Schwert abgelegt hatte, neben Meldas Verschlag, wo auch sein Hemd und seine Jacke lagen. Aber er zügelte sich, als er Miri erblickte. Sie sah vor Sorge ganz krank aus. Dennoch rang sie sich ein Lächeln ab, als sie auf Wolf zutrat.

»M-martin! Was für eine Überraschung!«

»Offensichtlich«, erwiderte er barsch und musterte Miris unverschnürtes Mieder mit einem Blick, der ihr das Blut in die Wangen schießen ließ. Sie nestelte an den Bändern herum und wirkte so schuldbewusst, dass Simon Wolf am liebsten geohrfeigt hätte. Er trat beschützend vor Miri. Wolfs Miene verfinsterte sich weiter.

Der Einzige, der die wachsende Spannung nicht bemerkte,

war Yves. Er hüpfte herbei und plauderte munter: »Ist das nicht ein wundervoller Tag? Zuerst kehrt Meister Simon heim und bringt die Herrin der Wälder mit, dann bekommt Melda ihr Kalb, und jetzt stattet uns der Freund der Herrin einen Besuch ab. Ein wahrhaft stattlicher Bursche!« Yves strahlte Wolf bewundernd an. »Seht doch nur, wie wundervoll seine Kappe ist!«

Dann verstummte er, und sein Blick wanderte beklommen zwischen Wolf und Simon hin und her. Offenbar spürte er nun doch, dass etwas nicht in Ordnung war. »Meister Simon, hab ich etwas falsch gemacht? Ich hab vergessen, was Ihr mir über Fremde eingeschärft habt, stimmt's? Aber – aber Monsieur le Loup meinte, er sei Miris Freund.«

»Das ist er auch«, beeilte sich Miri den Jungen zu trösten. »Du hast nichts falsch gemacht.«

»Aber warum schaut mich Meister Simon dann so böse an?«

»Ich bin nicht böse auf dich, Junge.« Trotz seiner Anspannung schaffte es Simon, sanft mit Yves zu sprechen. »Mach dir keine Sorgen, es ist alles in Ordnung.«

»Bedauerlicherweise muss ich Euch widersprechen, Monsieur Le Balafre«, fiel ihm Wolf zähneknirschend ins Wort. »Ich finde, dass hier ganz und gar nichts in Ordnung ist.«

»Martin, bitte«, versuchte Miri ihn zu beschwichtigen, doch er schob sie zur Seite und schritt bedrohlich auf Simon zu.

»Zwischen uns ist schon lange eine Rechnung offen, Meister Hexenjäger, und Ihr habt soeben Eure Schuld vergrößert. Schlimm genug, dass Ihr Miri so viel Leid zugefügt habt, doch jetzt habt Ihr sogar noch die Frechheit besessen, sie von Faire Isle wegzulocken und sie in Gefahr zu bringen, indem Ihr von ihr verlangt, Euch bei der Jagd nach dieser Zauberin zu helfen.«

»Martin, so war es nicht«, fiel ihm Miri ins Wort, doch Wolf redete aufgebracht weiter.

»Bei Gott, wenn Ihr jetzt auch noch die Unschuld meiner Herrin gefährdet und ihre Ehre befleckt habt, werde ich …«

»Der Einzige, der ihre Ehre befleckt, seid Ihr, Ihr Narr!«,

fauchte Simon. »Mir ist klar, wonach das hier aussieht. Aber ich würde Euch raten, Euch zu beherrschen und Euch gut zu überlegen, was Ihr sagt.«

Wolf zerrte den Verschluss seines Umhangs auf, riss ihn sich von den Schultern und warf ihn weg. Seine Kappe folgte. »Ich bin ein Mann, der nicht zu vielen Worten neigt, Monsieur. Ich handle lieber.«

»Ach ja? Wenn ich mich recht entsinne, konntet Ihr Euren Mund nie länger als zwei Sekunden halten.«

Wolfs Augen blitzten. Simons Entgegnung trug wenig dazu bei, die Lage zu entschärfen. Aber er ärgerte sich über den Hang zum Drama, den dieser Kerl offenbar noch immer hatte. Am liebsten hätte er Wolf am Kragen seines schmucken Wamses gepackt und ihn aus dem Stall gezerrt. Aber gleichzeitig musste er zugeben, dass Wolf tatsächlich Grund für seine Wut hatte. Er wusste genau, wie es ihm ergangen wäre, wenn er Miri in den Armen eines gehassten Feindes erblickt hätte. Deshalb bemühte er sich nach Kräften, sich zu beherrschen.

Als Wolf sich anschickte, das Schwert zu zücken, packte ihn Miri am Arm. »Nein, Martin, hör auf! Du siehst doch, dass Simon nicht bewaffnet ist.«

»Das lässt sich leicht ändern.« Wolf schob Miri weg und marschierte zu Simons Schwert. Er hob es hoch und warf es Simon samt Scheide und Gürtel zu.

Simon griff instinktiv danach, machte jedoch keine Anstalten, es zu gürten. Yves duckte sich wimmernd in eine Ecke des Stalles. Er begriff nicht, was los war, aber der Anblick des Schwertes erschreckte ihn. Simon konnte auch Elle hören. Offenbar spürte sie, dass er in Gefahr schwebte, denn sie wieherte schrill und trat mit den Hufen gegen den Verschlag. Doch Simons Blick blieb auf Miris Gesicht haften. Sie war kreidebleich geworden und quälte sich ganz offenkundig mit Erinnerungen an einen anderen Ort und eine andere Zeit, als sie zwei Männern, die ihr am Herzen lagen, dabei hatte zusehen müssen, wie sie versuchten, sich gegenseitig umzubringen. Simon wusste genau, dass er ihr versprochen hatte, ihr so etwas nie mehr anzutun.

»Bitte tu es nicht«, wisperte sie, doch ihre Bitte war ausschließlich an ihn gerichtet, als ob es allein in seiner Macht läge, den weiteren Verlauf zu verhindern. Und wahrscheinlich hatte sie recht. Le Loup sah aus, als würde ihm mit Argumenten nicht beizukommen sein.

»Mach dir keine Sorgen, meine Liebe«, versuchte Simon sie zu trösten. »Ich habe nicht die Absicht, gegen ihn zu kämpfen.« Er warf das Schwert weg, es landete mit einem dumpfen Aufschlag im Stroh.

Wolfs Lippen verzogen sich wütend und verächtlich zugleich. »Was ist los, Hexenjäger? Oh, ich vergaß, Ihr kämpft lieber gegen wehrlose Frauen, und sogar dann habt Ihr immer gern ein Heer in Eurem Rücken.«

Wolfs Worte trafen ins Schwarze, doch Simon biss die Zähne zusammen, entschlossen, sich nicht provozieren zu lassen.

»Martin, bitte! Sei ruhig«, flehte Miri ihn an, doch Wolf achtete nicht auf sie.

»Miri mag ja all den Schaden vergessen haben, den Ihr auf Faire Isle angerichtet habt, aber ich erinnere mich noch sehr gut daran. Eine Horde niederträchtiger Feiglinge, die arme alte Damen und junge Mädchen terrorisiert haben. Könnt Ihr nichts anderes? Seid Ihr zu feige, um gegen einen Mann anzutreten?«

Simon starrte Wolf mit einem stählernen Blick an. »Nein, ich bin nur zu vernünftig, und deshalb will ich mich nicht auf ein sinnloses Duell einlassen, das Miri nur weiteren Schmerz zufügen würde. Wenn Ihr sie gut genug kennen würdet, wäre Euch klar, wie sehr sie so etwas verstört. Ganz zu schweigen davon, dass Ihr Yves erschreckt habt und mein Pferd genauso. Entweder Ihr beruhigt Euch jetzt, oder Ihr verschwindet aus meinem Stall.«

»Na gut, machen wir draußen weiter.«

Simon verschränkte die Arme. »Wir machen nirgends weiter.

Ich habe Euch bereits gesagt, ich greife nicht ohne einen guten Grund zu meinem Schwert.«

»Grund? Ihr wollt einen Grund?«, fauchte Wolf. »Wie wär's damit?«

Seine Faust schoss so rasch vor, dass Simon nicht die Gelegenheit hatte, sich zu ducken. Der Schlag traf ihn mitten ins Gesicht, er taumelte zurück, und in seinem Kiefer explodierte der Schmerz. Miri schrie auf, doch bevor sie etwas tun konnte, packte Yves Martin am Arm.

»Nein! Ihr dürft Meister Simon nicht wehtun!«, wimmerte er.

Wolf schubste den Jungen grob beiseite. Yves stolperte und landete unsanft an einem Verschlag. In dem Moment riss Simons straff gespannter Geduldsfaden. Mit einem wüsten Fluch stürzte er sich auf le Loup und schleuderte ihn an die Stallwand.

Doch Wolf gab nicht auf, er wollte Simon einen weiteren Schlag ins Gesicht versetzen. Doch diesmal duckte sich Simon, und die Faust fuhr an seinem Ohr vorbei. Er drosch mehrmals auf den Bauch seines Gegners ein. Wolf krümmte sich und ging in die Knie.

Simon wollte schon zum nächsten Schlag ausholen, als Miri dazwischentrat. Sie beugte sich über Wolf und wirkte dabei so bestürzt, dass ihr Anblick den roten Schleier von Simons Wut zerriss.

Keuchend trat er zurück. In dem Moment eilten Jacques und Bertrand, der junge Stallbursche, herbei, beunruhigt von dem Lärm. Der alte Jacques erkannte auf den ersten Blick, was los war. Er und Bertrand packten le Loup, der noch immer atemlos auf dem Boden kauerte, obwohl Miri sie daran hindern wollte. Vor allem Bertrand sah so aus, als wolle er dort weitermachen, wo Simon aufgehört hatte.

Simon richtete sich ächzend auf. Er schmeckte Blut auf seinen Lippen, während er den Blick über das Chaos im Stall schweifen ließ. Yves kauerte am Boden, weinte und wrang die Hände. Elle hämmerte in ihrem Verschlag gegen die Wände und bäumte sich auf. Bei ihrem verzweifelten Bemühen, zu Simon zu gelangen, lief sie Gefahr, sich ernsthaft zu verletzen. Selbst der gemächliche Samson schnaubte und stampfte, und sogar das neugeborene Kälbchen muhte kläglich.

Als seine Männer erklärten, dass sie Wolf draußen eine ordentliche Lehre erteilen wollten, trat Simon dazwischen. »Nein, lasst ihn in Ruhe.«

Jacques und Bertrand wirkten zwar unentschlossen, doch sie lockerten ihren Griff. Wolf richtete sich mühsam auf und kämpfte darum, seine Würde wiederzuerlangen. Simon trat zu Yves und stützte ihn, während Jacques und Bertrand zu Elle eilten, um sie zu beruhigen.

Simon umfasste Yves' Kinn und zwang den zitternden Jungen sanft, ihn anzusehen.

»Es ist vorbei, mein Guter«, beruhigte er ihn. »Siehst du? Alles ist vorbei. Und jetzt komm und hilf mir, auch Elle davon zu überzeugen.«

Dem Jungen standen noch immer Tränen in den Augen, doch er nickte schniefend.

Miris gequälter Blick sprang zwischen Wolf und Simon hin und her. Sie trat auf Simon zu und stammelte: »O Simon, es tut mir so leid …«

Simon winkte sie schroff weg. »Schon gut.« Er funkelte Wolf böse an. »Aber sorg bitte dafür, dass der da aus meiner Scheune verschwindet.«

Ohne darauf zu achten, ob seinem Befehl Folge geleistet wurde, machte er sich wieder daran, Frieden in seinem Stall zu schaffen. Erst als er Yves und Elle einigermaßen beruhigt hatte, warf er einen Blick nach hinten und stellte fest, dass Wolf und Miri fort waren.

Er bedauerte es, dass er Miri so barsch angefaucht hatte. Hoffentlich dachte sie jetzt nicht, dass er ihr etwas vorwarf. Hätten er und Wolf einen kühlen Kopf behalten, hätte sich das Ganze nicht so zugespitzt. Allerdings hatte er sich wahrlich lange genug bemüht, beherrscht zu bleiben.

Vorsichtig rieb er sich das Kinn, das bereits anzuschwellen begann. Was würde Wolf in seinem Zorn wohl mit Miri anstellen? Simon glaubte zwar nicht, dass er Miri wehtun würde, zumindest nicht körperlich, aber für Miri waren barsche Worte genauso schlimm wie Schläge.

Er überließ Yves der etwas groben, aber freundlichen Fürsorge von Jacques und zog sein Hemd und sein ledernes Wams an, dann trat er an die Scheunentür und hielt nach Miri Ausschau. Auf Martin hätte er gern verzichtet, mit dem heißblütigen Burschen wollte er wahrhaftig keinen weiteren Streit.

Er entdeckte die zwei am Teichufer, das von den letzten golden schimmernden Strahlen der untergehenden Sonne beschienen wurde. Wolfs Pferd war in der Nähe angebunden. Simon wurde etwas ruhiger.

Obwohl Wolf Miri an den Schultern festhielt, schien er sie eher um etwas zu bitten. Offenbar wollte er sie überreden, mit ihm auf sein Pferd zu steigen und auf der Stelle davonzureiten. Vielleicht rief er ihr auch in Erinnerung, wie sehr er sie liebte und was für ein Mistkerl Simon war. Miri schüttelte den Kopf und hatte das Kinn trotzig vorgeschoben, wie es Simon sehr gut an ihr kannte. Aber sie machte auch keine Anstalten, sich aus Wolfs Griff zu lösen.

Es kostete Simon die größte Mühe, nicht zu den beiden zu eilen. Als er sie so beobachtete, war ihm, als würde ein Dämon der Eifersucht an seinem Herzen nagen. In dem Moment konnte er sich gut vorstellen, was in Wolf vorgegangen war, als er Miri und Simon entdeckt hatte.

Allerdings gab es einen Unterschied: Simon hatte kein Recht, eifersüchtig zu sein. Miri gehörte ihm nicht, jedenfalls nicht so, wie sie diesem gut aussehenden Mann gehörte, der ihr viele Jahre lang ein guter Freund gewesen war und dessen Werbung von ihrer Familie gutgeheißen, ja freudig aufgenommen wurde.

Ein paar flüchtige Momente hatte sich Simon vorhin in der Scheune gestattet, mit seinen Gedanken in das Paradies eines

Narren zu wandern, ein Paradies der wiedererwachten Träume und vergessenen Hoffnungen. Als er Miri in den Armen hielt und küsste und sie ihn mit einem Verlangen ansah, das ebenso stark zu sein schien wie das seine, hatte er kaum zu glauben gewagt, was er in ihrem Gesicht hatte aufleuchten sehen – all die Liebe, die sie ihm anbot. Und Gott stehe ihm bei – fast war er verrückt genug gewesen, dieses Angebot anzunehmen.

Wenn Wolf nicht so plötzlich aufgetaucht wäre … Simon stieß einen Seufzer voller Bitterkeit und Reue aus. Nein, es war besser, dass Wolf gekommen war und sie beide an etwas erinnert hatte, was sie beinahe vergessen hätten. Dieser Hof wirkte zwar sehr friedlich, aber er war keine verzauberte Insel, abgeschottet vom Rest der Welt. Auch hier konnte er seiner Vergangenheit nicht entkommen, und das war ihm eigentlich die ganze Zeit über klar gewesen.

Er hatte sein Versprechen Miri gegenüber gehalten und vermieden, dass dieser Zwischenfall tragische Folgen hatte. Doch weder ihre Freunde noch ihre Familie würden bereit sein, sie einem Schuft wie ihm zu überlassen. Und warum sollten sie auch, nach allem, was er angerichtet hatte? Beim Nächsten, der kam, um Miri zu holen, würde es vielleicht nicht mehr zu einer solch harmlosen Lösung kommen. Wenn es der Zauberer Renard war …

Simon biss die Zähne zusammen. Darüber wollte er lieber nicht nachdenken. Es war wirklich besser, wenn Miri jetzt mit Wolf davonritt. Ihr süßes Zwischenspiel würde ein jähes Ende finden; er hatte gehofft, ihnen würde mehr Zeit vergönnt sein.

Aber Zeit wofür? Um den unausweichlichen Abschied noch schmerzhafter zu machen? Als Simon Miri und Wolf so zusammenstehen sah, erkannte er, wie nah sich die beiden waren, obwohl sie sich gerade stritten. Ob irgendetwas noch schmerzhafter sein konnte als dieser Anblick? Simon hätte es in diesem Moment nicht sagen können.

* * *

Martin umfasste Miris Schultern, seine grünen Augen funkelten vor Wut, Verletzung und Empörung. »Verflucht, Miri, was hast du dir dabei gedacht, mit diesem hinterhältigen Schuft wegzugehen? Wie konntest du mir und deiner Familie das antun? Und warum zum Teufel hast du dich bei dem Bastard entschuldigt?«

Zwischen Ärger und Schuldgefühlen hin- und hergerissen sah Miri ihn finster an. »Jemand musste es tun, und es war klar, dass du es nicht sein würdest. Zumindest Yves hättest du sagen können, dass es dir leidtut. Wie konntest du nur so grob mit ihm umspringen? Ist dir denn nicht klar gewesen, dass er trotz seiner beeindruckenden Größe fast noch ein Kind ist?«

Martin errötete. Er war beschämt und verlegen. »Jetzt ist mir das schon klar, und es tut mir leid. Ich wollte nicht …« Er ließ sie los und reckte frustriert die Arme hoch. »Himmel nochmal – wann bin ich in diesem Stück eigentlich der Böse geworden?«

»Als du auf Simons Grund und Boden stolziert bist und zu schimpfen und zu fluchen angefangen hast wie – wie ein Schauspieler in einer schlechten Farce.«

»In einer schlechten Farce?«, wiederholte Martin mit erstickter Stimme. »*Mon Dieu,* Frau! Hast du eine Ahnung, was ich in den letzten Wochen durchgemacht habe, als ich dich quer durch Frankreich verfolgt habe, mich bis zum Rand der Erschöpfung angetrieben habe, verrückt vor Sorge, dass du dich jetzt in den Fängen dieses Hexenjägers befindest? Als Marie mir sagte …«

»Ich kann es nicht glauben, dass sie das getan hat«, fiel ihm Miri ins Wort. »Sie hat mir hoch und heilig versprochen, es niemandem zu sagen.«

»Was hätte die arme Frau denn tun sollen, nachdem du dich auf irgendeine wahnwitzige Mission begeben hattest, um eine böse Zauberin zu bekämpfen und obendrein noch diese Viper um Hilfe zu ersuchen? Als ich sie auf Faire Isle besuchte, war sie völlig außer sich.«

Miri bedachte ihn mit einem ungeduldigen Blick. »Marie

war noch nie außer sich, keinen einzigen Tag in ihrem Leben, das weißt du ganz genau, Martin. Es tut mir leid, wenn ich sie beunruhigt habe, doch Marie hat immerhin verstanden, warum ich gehen musste. Mir blieb keine Wahl.«

»O doch.« Martin schlug sich mit der Faust auf die Brust. »Du hättest mir Bescheid geben können.«

»Selbst wenn ich die Zeit dazu gehabt hätte – wo in Gottes Namen hätte ich dich suchen sollen? Als ich bei meiner Schwester in Pau lebte, wusste ich ja auch meist nicht, wo du gerade steckst. Du warst ständig unterwegs, um Aufträge für den König von Navarra zu erledigen oder dich in irgendein verrücktes Abenteuer zu stürzen.«

»Verrücktes Abenteuer? Du wagst es, von verrückten Abenteuern zu reden?«, fragte Martin empört und fuchtelte mit dem Finger vor ihrer Nase herum. Als sie seine Hand wegschob, trat er ein paar Schritte zurück, reckte wieder die Arme empor und schrie: »Das – das ist unglaublich! Wir streiten uns wie zwei Liebende, und dabei sind wir nie zu einem Liebespaar geworden. Die ganze Zeit habe ich dich angebetet, ich habe dich so geachtet, dass ich es kaum wagte, den Saum deines Kleides zu küssen. Und dann finde ich dich mit halb aufgeschnürtem Mieder bei Aristide.«

»Wir hatten gerade einer Kuh beim Kalben geholfen.«

»Ach so? So nennt man das also hier auf dem Land? Auf den Straßen von Paris haben wir das ganz anders genannt.«

Miri lief tiefrot an. »Meine Tugend ist noch intakt, falls du dir deswegen Sorgen machst.«

»Mich sorgt vor allem, dass dieser Mistkerl anscheinend dabei war, dich zu verführen …«

»Er hat nicht mich verführt, sondern ich ihn. Ich liebe ihn.« So schonungslos hatte sie es Martin freilich nicht beibringen wollen. Etwas leiser fügte sie hinzu: »Das habe ich immer getan.«

Martin erbleichte, doch dann schüttelte er den Kopf. »N-nein, das tust du nicht. Du bist nur verwirrt. Das hat er immer bei dir geschafft, zum Teufel mit diesem Kerl! Er könnte genauso gut selbst ein Zauberer sein, so, wie er dich verhext. Aber du kannst ihn unmöglich lieben, nicht nach all den schrecklichen Dingen, die er dir und deiner Familie angetan hat, nicht, nachdem er dich immer wieder hintergangen hat …«

»Simon hat sich verändert.«

»Verflixt und zugenäht, das glaube ich nicht. Einmal ein Schuft, immer ein Schuft.« Martin verschränkte die Arme vor der Brust, doch unter seiner Wut spürte Miri deutlich die Wunde, die sie ihm zugefügt hatte.

Sie legte sanft die Hand auf seine Schulter, und in ihren Augen brannten Tränen des Bedauerns. »Der einzige Schuft hier bin ich. Du hast jedes Recht der Welt, auf mich böse zu sein und dich über mich aufzuregen. Ich – ich wollte dir nie wehtun, aber ich habe dich betrogen.«

Martin betrachtete sie gequält. »Du hast doch gesagt, in der Scheune ist nichts geschehen. Er hat dich nicht … du bist noch immer …«

»Ich spreche nicht von diesem Nachmittag. Ich habe dich an dem Tag betrogen, an dem ich es zuließ, dass du mir das Medaillon um den Hals gelegt hast, und dir erlaubt habe zu hoffen …«

»Sag das nicht, Miri.« Er hielt inne, sein Atem ging stoßweise. Er schob ihr Haar zur Seite. »Mein Medaillon … du trägst es nicht.«

Miri schaffte es nur mit Mühe, seinem verletzten Blick standzuhalten. »Nein, aber ich habe es noch. Ich wollte es dir bei unserer nächsten Begegnung zurückgeben.«

»Ich nehme es nicht zurück«, erklärte er hitzig. Er musste schlucken, dann bemühte er sich um ein Lächeln. »Was soll das denn, meine Herrin des Mondes? Nachdem du mir das Herz gestohlen hast, willst du mich auch noch all meiner Hoffnungen und Träume berauben?«

»Mein liebster Freund!« Miri legte ihm sanft die Hand auf

die Wange. »Ich hätte schon vor vielen Jahren wissen müssen, dass es mir nie gelingen würde, so zu sein, wie du mich haben willst. Aber ich war so einsam und so unglücklich, und ich brauchte deine Freundschaft so sehr, auch wenn das keine Entschuldigung ist. Ich hätte dir nie gestatten dürfen, mehr zu hoffen. Ich habe dir großes Unrecht angetan.«

»Niemals!«, beharrte er, nahm ihre Hand und drückte einen Kuss auf die Innenfläche. »Das ist jetzt nicht der beste Zeitpunkt für ein solches Gespräch. Wir sind beide müde und aufgeregt und sagen Dinge, die wir gar nicht meinen.

Du hast schon recht – ich war oft in wilde Abenteuer verwickelt. Aber – aber ich werde mich ändern, ich werde sesshafter werden, das schwöre ich dir. Der König schätzt mich bestimmt so sehr, dass er mir eine Stellung in seinem Haushalt anbietet, und dann können wir uns im Palast niederlassen. Oder in einem schönen Haus in Nérac.«

»Ach Martin!«, stöhnte Miri. Er weigerte sich nach wie vor, etwas von dem zu glauben, was sie ihm gesagt hatte.

Stattdessen redete er hastig weiter. »Wir müssen jetzt nichts entscheiden. Die Hauptsache ist, dass du von diesem elenden Ort wegkommst.«

Er nahm sie am Handgelenk und zog sie zu seinem Pferd, als wolle er sie impulsiv, wie er nun einmal war, in den Sattel heben und mit ihr davonreiten. Erst nachdem sie geraume Zeit unterwegs waren, würde ihm in den Sinn kommen, dass sie ihr Pferd und ihre Habseligkeiten zurückgelassen hatte. Er merkte nicht einmal, dass sie versuchte, Widerstand zu leisten und sich aus seinem Griff zu befreien.

»Es ist nicht weit bis Paris. Wir könnten noch vor morgen früh dort sein. Es gibt dort jemanden, den ich ohnehin wegen Geldern aufsuchen wollte, die heimlich nach Navarra geleitet werden sollen. Danach kann ich mich dann um unsere Weiterreise zurück nach Pau kümmern.«

Miri blieb stehen. »Ich habe nicht die Absicht, irgendwohin zu gehen. Hast du vergessen, warum ich mich mit Simon zusammengetan habe? Die Sache mit der Silbernen Rose ist nach wie vor ungelöst.«

»Soll sich doch der Hexenjäger mit der bösen Zauberin herumschlagen, schließlich ist das seine Pflicht. Wenn wir Glück haben, bringen sie sich gegenseitig um.«

»Martin!« Miri entwand ihm ihr Handgelenk. »Es ist auch meine Pflicht. Hast du vergessen, wer ich bin?«

»Du bist die Dame meines Herzens, mein schönster Grund, am Leben zu sein.«

Miri stieß einen ungeduldigen Seufzer aus. »Zufällig bin ich auch noch eine Tochter der Erde und eine der Cheney-Schwestern von Faire Isle. In Arianes Abwesenheit ist es meine Pflicht, die Silberne Rose aufzuspüren und sie daran zu hindern, weiteren Schaden anzurichten.«

»Na gut, na gut. Ich werde mich um die Hexe kümmern, nachdem ich dich heimgeschickt habe.«

»Hörst du mir eigentlich jemals zu?«, fragte Miri aufgebracht. »Du schickst mich nirgendwohin. Du brauchst dich in diese Sache überhaupt nicht einzumischen. Du kannst nach Paris weiterreiten und dich um deine Geschäfte für den König kümmern …«

»Und dich hier allein lassen mit einem Mann, den ich nicht mag und dem ich nicht vertraue? Einem Mann, der mir gezeigt hat, dass er eine beunruhigende Neigung hat, Kühen beim Kalben zu helfen? Ich glaube nicht, dass ich das tun werde, mein Herz.«

Sie funkelten einander zornig an und fochten ihren Kampf mit Blicken aus. Zum ersten Mal schien Martin das ganze Ausmaß ihrer Entschlossenheit zu erkennen.

»Na schön!« Er verdrehte die Augen und warf theatralisch die Hände hoch, wohl um zu verkünden, dass er bereit war nachzugeben. »Wenn du Hexen jagen willst, jagen wir eben Hexen.«

Sein Mund zuckte reumütig. »Wahrscheinlich kann ich dich nicht davon überzeugen, dass wir dieses Geschäft allein erledigen und auf die Dienste von Monsieur Einauge verzichten können.«

Miri verzog das Gesicht und atmete tief ein, doch er hob die Hand, um ihre Einwände im Keim zu ersticken.

»Egal, es war nur ein Vorschlag. Ein vernünftiger und guter Vorschlag, finde ich, aber ich sehe schon, dass du von der Idee nicht so angetan bist.«

Sie drückte seine Hand und meinte: »Mein lieber Freund, du bist ein schlauer und tapferer Mann, einer der tapfersten, die ich kenne. Aber ich glaube nicht, dass Simon einverstanden sein wird, wenn du dich uns anschließt. Nicht nach dem Aufruhr in der Scheune. Und offen gestanden könnte ich es auch nicht ertragen, wenn ich ständig Angst haben müsste, dass ihr gleich mit dem Dolch aufeinander losgeht.«

»So würde es sicher nicht sein, das verspreche ich dir hoch und heilig. Wenn er sich beherrschen kann, dann kann ich es auch«, protestierte Martin mit Unschuldsmiene. »Du kennst mich doch, Miri. Du weißt, ich füge mich all deinen Wünschen. Wenn meine Herrin des Mondes es mir befiehlt, werde ich diesen elenden, hinterhältigen Halunken wie meinen eigenen Bruder behandeln. Wir werden wie – wie Kain und Abel sein.«

* * *

Miri trottete zur Scheune zurück. Sie rieb sich die Stirn. Ihr Kopf pochte nach all ihren Bemühungen, Martin davon zu überzeugen, dass es das Beste wäre, wenn er das Feld räumte. Doch er hatte darauf bestanden zu bleiben. Egal ob Simon es ihm erlaubte oder nicht, er würde bleiben, selbst wenn er vor der Hausschwelle ein Zelt aufschlagen müsste.

Miri traute ihm durchaus zu, diese Drohung in die Tat umzusetzen. Ihr Magen verkrampfte sich bei der Aussicht auf weitere Auseinandersetzungen zwischen den beiden Männern. Obgleich sie sich über Simons Langmut gewundert hatte, schmerzte es sie, wenn sie daran dachte, dass seine Geduld ein weiteres Mal auf die Probe gestellt werden würde.

Bei der Scheune angekommen, stellte sie fest, dass wieder Ruhe eingekehrt war. Yves und die Pferdeknechte waren fort, nur Simon war noch da. Er beugte sich gerade über Elle, um ihre Vorderbeine zu untersuchen. Miri befürchtete, dass sich die Stute verletzt hatte, als sie im Verschlag herumgetobt war. Sie eilte hinzu und rief: »Simon, was ist los? Fehlt Elle etwas?«

Obgleich sich Simon verspannte, als er sie hörte, würdigte er sie keines Blickes. Er begutachtete auch noch Elles anderes Bein, dann meinte er kurz angebunden: »Nein, es sieht nicht so aus.«

»Und Yves?«

»Auch er hat sich wieder gefasst, ich habe ihn zu seiner Mutter geschickt.«

»Und – und was ist mit dir?«

»Auch mir geht es gut.«

Als sich Simon langsam aufrichtete, stellte Miri fest, dass er wahrhaftig nicht so aussah. Sie hatte nicht damit gerechnet, dass er sich über Martins Ankunft freuen würde. Sie hatte sogar erwartet, dass er noch zornig wäre. Und das wäre ihr wahrhaftig lieber gewesen als das, was seine Miene jetzt ausdrückte: Verschlossenheit und Distanziertheit. Seine Lippe war aufgeplatzt und geschwollen, aber als sie versuchte, seine Verletzung näher zu begutachten, wich er vor ihr zurück.

»Lass mich ein bisschen Salbe auftragen«, bat sie.

»Ich kann mich schon selbst darum kümmern.«

»Dessen bin ich mir sicher, aber …« Miri wusste nicht mehr weiter, seine abweisende Miene machte sie sprachlos. Sein Verhalten verstörte sie. Er war nun so anders als noch vor wenigen Momenten. Elle freute sich weitaus mehr über sie, sie schnaubte leise und stupste Miri mit der Schnauze an.

Miri streichelte die samtigen Nüstern der Stute. »Simon, es tut mir leid, was gerade passiert ist«, meinte sie zaghaft. »Ich – ich hatte keine Ahnung, dass Martin hierherkommen und sich dann auch noch so schlecht benehmen würde. Ich kann dir gar nicht sagen, wie dankbar ich dir bin, dass du seine Herausforderung nicht angenommen hast.«

»Ich habe dir doch versprochen, dich nie mehr einer solch schmerzlichen Lage auszusetzen«, meinte er schroff. »Nach all den Lügen, die ich dir erzählt habe, war es höchste Zeit, wenigstens eines meiner Versprechen zu halten, findest du nicht?«

»Trotzdem weiß ich, wie schwer es dir gefallen sein muss, dich zu zügeln, als Martin dich provozierte. Ich kann dir gar nicht sagen, wie viel mir das bedeutet.« Sie benetzte nervös die Lippen und fuhr fort: »Ich möchte wetten, Martin würde sich bei dir entschuldigen, wenn er … wenn er nicht so verflixt stolz und stur wäre. Er würde nämlich gern …«

»Was? Dich aus meinen Fängen retten? Damit habe ich gerechnet, er ist ja wohl gekommen, um dich heimzubringen. Aber es wird allmählich zu spät für einen Aufbruch, morgen früh reicht es auch noch. So lange werde ich deinen Verlobten schon aushalten.«

Simon trat aus dem Verschlag und schickte sich an, den Stall zu verlassen, als ob damit alles gesagt sei. Miri war erst einmal verdutzt, dann eilte sie ihm nach. »Ich bin nicht mit Martin verlobt, und ich habe auch nicht die Absicht, es zu werden. Glaubst du denn, ich hätte dich jemals so geküsst, wenn es so gewesen wäre? Für was für eine Frau hältst du mich eigentlich?«

»Für eine in Liebesdingen sehr unerfahrene. Ich hätte dich aufhalten sollen, bevor wir uns in der Hitze des Augenblicks vergessen haben. Du warst verwirrt …«

Zu seiner Überraschung blitzte Zorn in Miris Augen auf. »Der nächste Mann, der mir erzählt, dass ich verwirrt bin, bekommt von mir eine Ohrfeige. Ich weiß, was mein Herz mir sagt, Simon.«

»Dann sagt dir dein Herz etwas Falsches. Wir haben ein paar hitzige Küsse getauscht, mehr nicht. Wahrscheinlich ist es besser, dass le Loup aufgetaucht ist und dich nach Hause bringt …«

»Ich gehe nirgendwohin, solange wir die Silberne Rose nicht geschlagen haben, und es langweilt mich zu Tode, wenn mir ständig erzählt wird, was ich zu tun und zu fühlen habe.« Miri machte auf dem Absatz kehrt und stürmte zum Scheunentor. Dann blieb sie noch einmal stehen und meinte über die Schulter hinweg zornig: »Ach, und mach dir keine Sorgen, Simon – ich werde mich dir nicht noch einmal an den Hals werfen. Aber ich habe auch nicht die Absicht, Martin zu heiraten. Männer bedeuten mehr Ärger, als sie wert sind. Wenn alles vorbei ist, kehre ich zu meinem Kater zurück.«

* * *

Es war schon spät, der Mond war aufgegangen, und Miri saß auf einer Holzbank am Ufer des Teichs. Sie hatte die Röcke gerafft, sodass ihre wohlgeformten Beine zu sehen waren, und ließ die Füße ins Wasser baumeln. Ihr schimmerndes Haar ergoss sich über ihren Rücken.

Simon beobachtete sie aus einem kleinen Hain heraus. Er hätte darauf beharren sollen, dass sie ins Haus ging. Es war tollkühn von ihr, sich nachts ganz allein hier draußen aufzuhalten; selbst auf seinem eigenen Land schien ihm das gefährlich. Aber er verstand, warum sie es tat. Sie war verletzt, weil er sie zurückgewiesen hatte, und die Spannung zwischen ihm und le Loup bedrückte sie. Deshalb war sie hierher gekommen, um ihr Gemüt vom Wasser und dem sanften Abendwind wieder ins Lot bringen zu lassen.

Le Loup war ein romantischer Narr, aber Simon konnte nachvollziehen, warum er Miri als Herrin des Mondes bezeichnete. Sie hatte etwas Überirdisches an sich, aber gleichzeitig war sie beseelt von einer Leidenschaft und einer Kraft, die der andere wohl überhaupt nicht erkannte.

»Vielleicht würdet Ihr Euren feurigen Blick lieber woanders schärfen, Hexenjäger. Sonst verliert Ihr am Ende noch Euer anderes Auge!«

Simon zuckte zusammen, als ihn die seidene Stimme anzischte. Er wirbelte herum und bemerkte, dass Wolf hinter ihm stand, die Hand auf dem Schwertknauf.

»*Mon Dieu,* wie gern würde ich Euch hier und jetzt damit durchbohren!«

»Warum tut Ihr es dann nicht?«

Wolf blickte finster drein, ließ jedoch die Hand sinken. »Weil ich Angst habe, dass sie es mir nie verzeihen würde.«

»Selbst wenn sie Euch verziehe – hinter solch einer Tat liegt ein trostloser, kalter Ort. Ihr wärt besser beraten, diesen Ort zu meiden. Glaubt mir, ich weiß, wovon ich rede«, erwiderte Simon erschöpft. »Nicht die Lust hat mich dazu gebracht, ihr zu folgen. Es ist nicht ratsam, sich hier draußen allein aufzuhalten.«

»Auf Miri aufzupassen ist meine Aufgabe, nicht Eure. Ich bin seit vielen Jahren ihr glühendster und eifrigster Verehrer.«

»Statt auf sie aufzupassen, solltet Ihr sie zur Abwechslung einfach mal richtig ansehen«, meinte Simon. »Sie ist keine Göttin, keine Herrin des Mondes, die man aus der Ferne verehrt. Sie ist eine ganz normale Frau, wenn auch eine außergewöhnliche, mit ganz normalen Bedürfnissen …«

»Ich brauche mir von Kerlen wie Euch nichts über die Dame meines Herzens erzählen zu lassen«, schnaubte Wolf.

»Ach nein? Glaubt Ihr wirklich, sie wäre glücklich, wenn Ihr sie in irgendwelchen Gemächern in einem Palast festhaltet, weit weg von offenen Feldern und Wäldern?«

»Sie wäre weitaus glücklicher mit mir als mit Euch auf diesem elenden Hof. Immerhin hätte sie dann noch ihre Familie. Ihr habt ihr Leben auf Faire Isle schon einmal zerstört. Wollt Ihr sie jetzt für immer von ihren Schwestern trennen? Ich bin meine wunderschöne Herrin des Mondes vielleicht nicht wert, Ihr aber seid es mit Sicherheit nicht.«

»Glaubt Ihr etwa, das weiß ich nicht?«, fragte Simon bedrückt. Er wandte sich ab und ging, doch zuvor meinte er noch: »Passt auf sie auf, und bringt sie unversehrt ins Haus zurück.«

Als Martin seinen Feind in der Dunkelheit verschwinden sah, verzog er das Gesicht. Diese Reaktion hätte er von dem skrupellosen Aristide nicht erwartet. Einen Moment lang hatte es tatsächlich so geklungen, als ob dem Mistkerl etwas an Miri läge.

Doch Aristide war schon immer ein guter Lügner gewesen, oft genug hatte er Miris Vertrauen und Unschuld missbraucht und sie hintergangen. Allerdings war der Hexenjäger nicht der Einzige, dachte Martin beklommen. Die Sünde lastete schwer auf seiner Seele, egal wie sehr er sich bemühte, die Sache zu vergessen und in den dunkelsten, tiefsten Winkel seines Gewissens zu schieben: Seine Liebe zu Miri war erst wenige Tage alt gewesen in jener Nacht vor zehn Jahren, als er sich in Paris von einer Hexe ins Bett hatte locken lassen.

16

Megaera hatte sich in der Mitte ihres riesigen Bettes zusammengerollt, als wollte sie einen Schlag abwehren. Ermattet von ihrer Arbeit am *Buch der Schatten* war sie ins Bett gesunken und schlief nun tief und fest. Von der stummen Gestalt ihrer Mutter, die sich über sie beugte, bekam sie nichts mit.

Cassandra tastete nach der Zudecke und zog sie schließlich mit einer seltenen Sanftheit über die zerbrechlichen Schultern ihrer Tochter. Megaera wälzte sich unruhig hin und her, als ihr Cassandra mit kalten Fingern die Wange streichelte. Selbst im Schlaf trachtete sie danach, sich ihrer Mutter zu entziehen.

Ihre Tochter hatte sich in letzter Zeit viel zu oft so verhalten, dachte Cassandra und griff nach ihrem Medaillon. Früher hatte sie jeden Gedanken von Megaera lesen können, jetzt aber war sie sich nicht mehr sicher. Ihre Tochter schien mit jedem Tag verschlossener zu werden, es war fast, als würde ihr Leben zu einer getrennten Einheit, fern ihrer Mutter, und das erboste Cassandra.

Die schönste Zeit mit ihrer Tochter war eigentlich die gewesen, als Megaera in ihrem Bauch heranwuchs und ihre Herzen im Einklang schlugen; als sie den Atem und das Blut teilten und die Existenz des Kindes völlig von Cass abhing. Am nächsten hatte sie sich ihrer Tochter gefühlt, als sie ihre Bewegungen gerade erahnen konnte. Damals war sie Cass vorgekommen wie eine alles versprechende Larve, erfüllt von ihren ehrgeizigen Zielen und Träumen. Damals hatte es keine Enttäuschungen gegeben, keine Ängste und kein Versagen. Und wahrhaftig nichts von dem hatte sich gezeigt, was Megaera tat, sobald sie zur Welt gekommen war: dass sie sich mürrisch vor ihr zurückzog und zu anderen Menschen hingezogen fühlte, wie damals zu ihrer elenden Amme und jetzt zu der kleinen Moreau. Cass fürchtete, dass der einzige direkte Zugang, den sie jetzt noch zu ihrem Kind hatte, in dem Medaillon ruhte, das nun über Megaeras Herz baumelte.

Das Gefühl, abgelehnt zu werden – ein Gefühl, das sie nur sehr selten zuließ – durchzuckte sie schmerzhaft. Wenn man ein Kind austrägt, wenn man die Pein der Wehen durchlebt, wenn man sein ganzes Leben dem Kind widmet, jeden wachen Moment daran arbeitet, dem Kind zu Größe zu verhelfen, dann sollte das Kind einen eigentlich lieben, selbst wenn es kein anderer tat.

Cass schluckte schwer. Streng sagte sie sich, dass das alles keine Rolle spielte.

»Ob du mich liebst oder mich hasst, du gehörst mir, meine Silberne Rose. Und das wirst du immer tun«, wisperte sie und fuhr sachte über Megaeras Gesicht.

Megaera wimmerte im Schlaf und kehrte ihrer Mutter den Rücken zu. Cass biss die Zähne zusammen und zog die Hand weg. Dennoch triumphierte sie, dass sie bei ihrer letzten Auseinandersetzung ihren Willen durchgesetzt hatte.

Sie hatte Megaera gezwungen, die Anleitung für den Gifthauch zu übersetzen und aufzuschreiben. In diesem Moment steckte das gefaltete Pergament im Mieder ihres Gewandes. Müde und hungrig hatte Megaera ihr die Übersetzung schließlich an diesem Morgen ausgehändigt.

»Bist du dir sicher, dass du alles richtig verstanden hast?«, hatte Cass gefragt. »Hast du wirklich den machtvollen Zaubertrank gefunden, den ich brauche?«

»Jawohl, Maman – ich meine Herrin«, hatte das Kind in dem mürrischen Ton erwidert, bei dem Cass sie am liebsten geohrfeigt hätte. »Aber es wird kein Zaubertrank beschrieben, es ist eher ein Pulver oder eine Art Staub.«

»Es spielt keine Rolle, welche Form der Gifthauch annimmt. Mir ist nur eines wichtig: Wird er so machtvoll sein wie der der dunklen Königin?«

»Schlimmer. Im Buch steht, dass niemand sich gegen diesen Gifthauch wehren kann. Er wird alle in den Wahnsinn treiben, alle, die den Staub einatmen, wird er mit Hass und Wut erfüllen und mit dem Wunsch zu töten und zu vernichten. Dieser Wunsch kann sich sogar gegen einen selbst richten. Davor kann man sich nur schützen, wenn man sich eine spezielle Salbe unter die Nase reibt. Die Rezeptur dafür habe ich ebenfalls aufgeschrieben.«

Cass hatte die Hände um Megaeras Gesicht gelegt, weil sie nicht wusste, ob sie ihr glauben sollte. Sie hatte sie ins Kinn gezwickt und versucht, ihre Gedanken zu lesen, aber Megaera hatte ... Cass runzelte die Stirn. Megaera hatte ihr nicht den Zugang zu ihrem Denken verwehrt, aber dennoch waren ihre Gedanken Cass entkommen, sie waren aus ihrer Reichweite geflüchtet wie bei einem nervenaufreibenden Versteckspiel.

Cass war versucht gewesen, ihr Medaillon zu umklammern und ihrer Tochter eine weitere schmerzhafte Lektion zu erteilen, doch die Aufzeichnungen, die Megaera angefertigt hatte, schienen für sich zu sprechen. Cass konnte die Worte nicht lesen, aber als sich ihre Finger um das Pergament schlossen, war ihr, als spüre sie die Macht – und auch die Flecken, die Megaeras reuevollen Tränen hinterlassen hatten.

Cass' Mund verzog sich zu einem dünnen Strich. Wenn es eines gab, was sie mehr als alles andere an ihrer Tochter verabscheute, dann ihr weiches Herz und ihr Sträuben gegen die dunklen Maßnahmen, die nötig waren, um sie auf den französischen Thron zu bringen.

Cass schob die Schuld an der Schwäche ihrer Tochter auf Prudence Waters. Sie hatte es von Herzen bereut, dass sie die Alte je als Megaeras Kindermädchen angestellt hatte, aber leider war ihr nichts anderes übrig geblieben: Mistress Waters war eine der wenigen weisen Frauen, die geschickt genug waren, Megaera in der Kunst der Entschlüsselung der uralten Runen zu unterweisen.

Hätte die Engländerin ihren Unterricht darauf beschränkt,

wäre alles gut gewesen. Stattdessen hatte sie sich bemüht, Megaeras Kopf mit allem möglichen Unsinn über die wahre Berufung einer Tochter der Erde vollzustopfen – das Verbreiten von Mitgefühl und Frieden und die Ausübung der Heilkunst. Vor den weitaus wertvolleren dunklen Künsten hatte sie sie strikt gewarnt.

Wahrscheinlich hätte Cass mehr darauf achten sollen, was in Megaeras ersten Jahren geschah. Aber sie war bei Kindern nie so rührselig gewesen wie andere Frauen. Säuglinge fand sie besonders uninteressant, die konnten doch nichts anderes tun als quengeln und sich schmutzig machen. Und wenn sie älter wurden, waren sie auch nicht viel besser. Megaeras zirpende kleine Stimme hatte Cass stets Kopfweh beschert. Als sie endlich merkte, welch schlechten Einfluss Megaeras geliebte Nourice auf das Kind hatte, war es schon fast zu spät gewesen. Etwa zur selben Zeit hatte Prudence Waters vom *Buch der Schatten* und von Cass' wahren Plänen für ihre Tochter erfahren.

Die Frau hatte es tatsächlich gewagt, Cass zu drohen und zu erklären, sie würde ihr Megaera wegnehmen. Aber wahrscheinlich hatte Mistress Waters Cass' Fähigkeit zu verteidigen, was ihr gehörte, unterschätzt, weil sie glaubte, sie sei hilflos, nur weil sie blind war. Das war ein schwerer Fehler gewesen.

Cass fragte sich müßig, ob der Leichnam der Alten je gefunden worden war. Aber das spielte keine Rolle, es war nicht mehr genug von der Engländerin übrig, um sie zu identifizieren.

Cass hatte gehofft, dass ihre Tochter mit der Zeit dem unseligen Einfluss von Mistress Waters entwachsen würde, doch zu ihrer bitteren Enttäuschung war das nicht geschehen. Cass hatte schon zu fürchten begonnen, dass Megaeras Schwächen angeboren seien, das Ergebnis schlechten Blutes; dass die Makel ihrer Tochter nicht die Hinterlassenschaft von Mistress Waters seien, sondern die des unbekannten Vaters des Mädchens.

Mithilfe ihres Stabes tastete sich Cass leise an das Fenster des Schlafzimmers. Es stand einen Spalt offen, doch keine Brise regte sich. Die Luft war unbewegt und drückend schwül in dieser heißen Sommernacht. Ganz anders als in jener Nacht vor zehn Jahren, als am Himmel Blitze zuckten und Donner grollten, und ein düsterer Wind um das Gasthaus wehte, in dem Cass gewartet hatte.

Als draußen der Sturm tobte, hatte sie gewusst, dass es die perfekte Nacht war, um ein Mädchen zu zeugen, dem bestimmt war, eine große Zauberin zu werden; eine Anführerin der weisen Frauen, eine Eroberin, die Alexander den Großen und Dschingis Khan in den Schatten stellen würde. Die perfekte Nacht, und Cass hatte den perfekten Mann als Vater ihres Kindes ausgewählt: Nicolas Remy, den hugenottischen Hauptmann, der so berüchtigt war für seine Härte und Kampfkraft, dass man ihn die Geißel nannte. Aus dem Feuer und dem Stahl der Geißel vereint mit ihrer dunklen Macht würde ein starkes, unbesiegbares Mädchen entstehen.

Ihr Plan hatte nur einen Haken gehabt: Remy war der Geliebte von Gabrielle Cheney, einer Frau, die Cass einst als ihre einzige Freundin betrachtet hatte. Gabrielle hatte ihr einen Gefallen geschuldet, und ihr die Geißel für eine einzige Nacht zu überlassen, war doch wahrhaftig nicht zu viel verlangt. Noch heute erboste es sie, dass Gabrielle so selbstsüchtig gewesen war und sich geweigert hatte.

Doch Cass hatte sich auf Gabrielles mögliche Undankbarkeit vorbereitet. Sie hatte Gabrielle mit List und Tücke dazu gebracht, Remy ein Medaillon umzulegen, mit dem Cass den Hauptmann kontrollieren konnte. Nie hätte sie damit gerechnet, dass Gabrielle sie im Gegenzug überlisten würde …

Cass umklammerte die Fensterbank. In ihrem Herzen loderten Wut und Hass, als sie daran dachte, wie sie damals darauf gewartet hatte, dass Gabrielle ihr Remy schickte. Sie war gereizt und angespannt gewesen, denn von dieser Nacht hing ihre gesamte Zukunft ab.

Das Warten war ihr besonders deshalb so schwergefallen, weil sie erst kurz davor beschlossen hatte, ihre größte Schwäche zu besiegen – ihren Hang zum Schnaps. Obwohl sie etwas zittrig gewesen war, hatte sie es geschafft, ihren Dämon zu beherrschen. Sie war ent-

schlossen gewesen, in der wichtigsten Nacht ihres Lebens einen klaren Kopf zu bewahren.

Und dann war er *in das Zimmer gekommen und hatte sich als Kellner ausgegeben, der Erfrischungen brachte, die sie nie bestellt hatte. Sie hatte ihm befohlen, sich davonzuscheren. Doch er hatte ihr nicht gehorcht, dieser schlaue Schuft mit seiner samtweichen Stimme, der sie mit einem Glas Kognak in Versuchung geführt hatte. Und das, wo sie sich so verzweifelt nach einem Schluck gesehnt hatte. Schließlich hatte sie nachgegeben – nur ein Glas, um ihre Nerven zu beruhigen.*

Doch das eine Glas hatte zum nächsten geführt und dann noch zu einem, bis sie gespürt hatte, dass ihre Kraft wie schon so oft in der Flasche verschwand. Ihr benebelter Verstand hatte gerade noch bemerkt, dass ihre Zukunft Gefahr lief, ihr unter den Händen zu zerrinnen. Nostradamus war bei dieser einen Vorhersage sehr genau gewesen: Ihr wunderbares Kind musste in dieser Nacht gezeugt werden oder nie. Und Remy war immer noch nicht da.

In ihrer Erregung und Benebelung hatte Cass das Einzige getan, was sie tun konnte: Sie hatte ihr spezielles Parfüm benutzt, um den namenlosen Schurken, der in das Zimmer eingedrungen war, zu verführen. Selbst nach all den Jahren hatte sie keinen Schimmer, wer er eigentlich war. Sie erinnerte sich nur an seine honigsüße Stimme und eine seiner Bemerkungen: Er hatte sich als einsamen Wolf bezeichnet.

Die Ziele für ihre Tochter hatten sie so beschäftigt, dass ihre Rachegelüste erst einmal warten mussten. Aber eines Tages würde sie die ganze Bande aufspüren und sie dafür bezahlen lassen, dass sie sich in ihre Träume eingemischt hatten: Gabrielle, ihre Geißel und den einsamen Wolf. Diesem Kerl würde sie so qualvolle Leiden zufügen, wie sie noch kein Mann hatte erdulden müssen. Er würde zu ihr kriechen und sie anflehen, sterben zu dürfen …

Ein leises Klopfen an der Tür unterbrach ihre bitteren Gedanken. Bevor sie antworten konnte, ging quietschend die Tür auf und jemand trat ein. Sie brauchte nicht zu fragen, wer es war, der beißende Gestank ihrer Zofe war ihr nur allzu vertraut.

Finette schlich sich zu Cass ans Fenster. »Herrin«, flüsterte sie, »eine Kundschafterin ist gekommen. Es gibt Nachrichten von unserem Spitzel im Haushalt der Königin.«

»Sie soll in mein Turmzimmer kommen«, erwiderte Cassandra. Sie zog das Pergament aus ihrem Mieder. »Nachdem du mich dorthin begleitet hast, will ich, dass du zwei aus unserem Orden auswählst, die besonders geschickt in der Herstellung von Zaubertränken sind – Odile und Yolette, denke ich. Befehle ihnen, sich sofort an die Zubereitung des Gifthauchs und des Gegenzaubers zu machen.«

Finette nahm ihr eifrig das Blatt ab. »Denkt Ihr, Megaera hat es wirklich geschafft, die Anleitung richtig zu übersetzen? Können wir dem Kind vertrauen?«

»Natürlich. Sie ist meine Tochter. Sie tut, was ich ihr sage«, fauchte Cassandra unwirsch. Finette wäre die Letzte gewesen, der sie ihre Angst eingestanden hätte – die Angst, allmählich die Kontrolle über Megaera zu verlieren.

* * *

Die Tür zum Turmzimmer ging knarrend auf. Cass hörte das Rascheln von Röcken und das vertraute Schniefen, als Nanette hereinkam.

»Heil Euch, Herrin und verehrte Mutter unserer Silbernen Rose.« Das Mädchen wollte nach Cassandras Hand greifen, um sie gebührend zu begrüßen, doch diese zog die Hand ungeduldig weg.

»Schon gut, vergiss die Förmlichkeiten. Was hast du mir zu sagen?«

»Es gibt große Neuigkeiten, Herrin. Das Treffen, auf das Ihr gehofft habt, ist anberaumt. In wenigen Tagen werden sich der König von Frankreich, die dunkle Königin und der Herzog von Guise im Louvre versammeln. Wir können sie alle auf einen Schlag erwischen.«

Cass runzelte die Stirn. Das bedeutete, dass sie nicht viel

Zeit hatten, um den Gifthauch herzustellen und auszuprobieren.

»Es gibt nur eine Schwierigkeit.«

Cassandra umfasste ihren Stab fester. Sie wollte keine weiteren Schwierigkeiten. »Was zum Teufel denn jetzt noch?«

»Der Hexenjäger. Le Balafre ist noch immer am Leben, und schlimmer noch, er arbeitet nun mit der dunklen Königin zusammen, um Euch zu Fall zu bringen.«

Cassandra sank an die Wand, sie fühlte sich auf einmal völlig erschöpft.

»Dann hat Agatha Ferrers also versagt. Der Mann hat mehr Leben als eine Katze. Wie kann das sein? Kann mir denn niemand diesen Teufel vom Hals schaffen?«

»Ich könnte es«, bot sich Nanette an. »Ich weiß sogar, wo er steckt. Mit dem Hexenjäger ein Bündnis einzugehen, ist der dunklen Königin nicht leichtgefallen. Sie lässt ihn beschatten. Gillian hat mir berichtet, dass sie dem Hexenjäger bis zu seinem Haus gefolgt sind.«

»Er hat ein Haus?«, fauchte Cass. »Warum erfahre ich das erst jetzt?«

»Weil er sehr schlau ist, Herrin. Aber er ist dorthin zurückgekehrt, und es liegt nicht weit von hier.«

»Dann soll sich sofort jemand zu ihm aufmachen, doch diesmal darf es keinen Fehler geben. Wir müssen unsere besten Leute schicken und vielleicht auch unsere Taktik ändern. Nur die besten, kühnsten und einfallsreichsten Frauen sollen gehen, und sie müssen bereit sein, ihr Leben zu lassen und darauf vertrauen, dass die Silberne Rose sie aus dem Totenreich zurückholt.«

»Lasst mich gehen, Herrin«, bettelte Nanette. »Ich flehe Euch an, erweist mir diese große Ehre.«

Cassandra wünschte sich, die Größe des Mädchens käme ihrer glühenden Begeisterung gleich. »Du kannst gehen, aber wir brauchen auch eine sehr starke Frau. Ursula wäre am geeignetsten. Es wird sie nach dem Blut des Mannes gelüsten, wenn sie erfährt, was mit Agatha Ferrers passiert ist. Die Frau war ihre Cousine.«

»Ursula dürstet es nach dem Blut eines jeden Mannes.« Nanette kicherte. »Das ist ihr Lieblingsgetränk.«

Cassandra trommelte mit den Fingern auf die Fensterbank. Soeben war ihr ein brillanter Einfall gekommen, bei dem sich ihre Lippen zu einem dünnen Lächeln kräuselten. »Wir schicken noch eine los, eine Neue, sie heißt Carole Moreau.«

»Verzeiht, Herrin«, entgegnete Nanette. »Aber haltet Ihr es wirklich für klug, jemand so Unerfahrenen mit einem solch wichtigen Auftrag zu betrauen?«

»Na ja – aber Mademoiselle Moreau steht hoch in der Gunst unserer Silbernen Rose.«

Viel zu hoch, dachte Cass grimmig. Das wäre eine hervorragende Gelegenheit, die Loyalität der kleinen Moreau auf die Probe zu stellen. Und wenn sie im Dienst der Silbernen Rose heldenhaft ihr Leben ließ, umso besser. Ein paar leise Worte in Ursulas Ohr sollten genügen, um dafür zu sorgen.

17

Beim Frühstück herrschte eine recht angespannte Atmosphäre. Miri schob das Essen auf ihrem Teller hin und her. Sie hatte das Gefühl, zwischen den beiden Männern am Tisch festzustecken. Martin lümmelte zwar lässig auf seinem Stuhl und langte herzhaft zu, doch Simon schien ebenso wenig Appetit zu haben wie sie. Er wahrte ein düsteres Schweigen und kam ihr an diesem Morgen ausgesprochen kühl und distanziert vor. Aber daneben wirkte er auch matt und bedrückt.

Nachdem Madame Pascale sie bedient hatte, ließ sie die drei allein, um sich ihren morgendlichen Aufgaben zu widmen. Miri versuchte, die Spannung zu lockern, indem sie bemüht munter meinte: »Wenigstens werden wir bald von der Dürre erlöst.«

»Wie willst du das denn wissen, Liebes?«, fragte Martin gedehnt.

»Die Frösche haben es mir erzählt, gestern Nacht drunten am Teich.«

Martin hätte sich beinahe verschluckt. Er bedachte sie mit einem warnenden Blick. *Sei vorsichtig, was du bei einem Hexenjäger sagst,* lautete die unverkennbare Botschaft.

Doch Simon überraschte ihn ganz offenkundig, indem er Miri zustimme. »Ich habe sie auch gehört.«

Martin blickte so finster drein, als hätten die beiden hinter seinem Rücken vereinbart, ihn zu verspotten.

»Wenn Frösche quaken, ist das ein sicheres Zeichen, dass es bald regnet. Habt Ihr noch nie davon gehört?«, fragte Simon.

Martin zuckte die Schultern. »In Paris streckt man einfach den Kopf aus dem Fenster, wenn man wissen will, ob es regnen wird.«

Abermals kehrte Stille ein. Simon schob seinen Teller beiseite, er wollte nicht weiter so tun, als würde er essen. Obwohl er sich redlich bemüht hatte, Miri nicht anzusehen, trafen sich ihre Blicke. Sie glaubte, in seinem Auge eine enttäuschte Sehnsucht zu erkennen, genauso stark wie die ihre.

Gestern Nacht am Teich hatte sie gespürt, dass Simon sie aus der Dunkelheit heraus beobachtete, und hatte gehofft, er würde kommen, damit sie den Riss, der zwischen ihnen entstanden war, kitten konnten. Ob er wohl gekommen wäre, wenn Martin nicht dagewesen wäre? Doch sogleich schämte sie sich, dass es ihr in diesem Moment lieber gewesen wäre, ihr teurer, ihr treu ergebener Freund weilte nicht hier, sondern möglichst weit weg.

Seufzend unternahm sie einen weiteren Versuch, das Schweigen zu brechen. »Es war wirklich wundervoll und so friedlich gestern Abend am Teich. Ich glaube, ich gewinne allmählich wieder meine Gabe zurück, mich mit der Natur zu verbinden. Und ich hatte gedacht, ich hätte sie auf Faire Isle verloren.«

»*Mon Dieu,* Miri, sag bloß nicht, dass du wieder Bäume streichelst«, neckte Martin.

Überraschenderweise sprang Simon für sie in die Bresche. »In meiner Jugend habe ich etwas ganz Ähnliches getan. Wenn ich mich auf dem Boden ausstreckte, glaubte ich immer, den Puls der Erde spüren zu können. Das habe ich allerdings schon seit vielen Jahren nicht mehr geschafft.«

»Vielleicht habt Ihr Euch nicht genügend bemüht. Wie wär's, wenn Ihr es etwas tiefer versucht, so um die drei Meter, Monsieur Einauge?«

»Martin!«, rief Miri tadelnd.

Simon zuckte bei der Beleidigung zusammen und stand auf. »Keine Sorge, man hat mich schon mit schlimmeren Beinamen versehen. Doch jetzt entschuldigt mich bitte, ich muss arbeiten.«

Er machte sich auf den Weg ins Obergeschoss. Miri verzog das Gesicht und meinte: »Ich weiß ja, dass du Simon nicht magst, aber du genießt hier seine Gastfreundschaft.«

»Das war doch nur ein Witz, und Witze mache ich oft.«

»Aber ich habe dich noch nie so grausam erlebt.«

»Ich bin auch noch nie so eifersüchtig gewesen.«

Als sie stumm blieb, fügte er hinzu: »Das war dein Stichwort, Miri. Du solltest erwidern: Mein lieber Martin, du hast keinen Grund zur Eifersucht.«

»Das ist kein Theaterstück, Martin.«

»Wenn doch, dann eher eine Farce als eine Tragödie«, raunzte Martin. »Seit meiner Ankunft muss ich mir nicht nur anhören, dass du den Mann verteidigst, nein, auch seine Leute weisen mich ständig auf seine Tugenden hin. Was für ein großartiger, gutherziger Mensch ihr Herr ist, so durchaus gerecht, so großzügig gegenüber den Armen, Beschützer der Witwen und Waisen, Retter von Kühen in der Not. Er scheint sich von dem bösen Le Balafre zum heiligen Simon gewandelt zu haben. Das kann einen ganz schön verwirren.«

Miri seufzte matt. »Ich wünschte, ich könnte dir klarmachen, was es mit Simon auf sich hat. Du hast keine Ahnung, was er durchgemacht hat, was für ein Leben er führen musste.«

»Und was ist mit meinem Leben, Miri? Ich beklage mich zwar nicht ständig darüber, aber meine Jugend war auch kein Zuckerschlecken. Meine Mutter hat mich ausgesetzt, weil ich ein Bastard war, und wer mein Vater ist, habe ich nie erfahren. Ich bin in den Straßen von Paris groß geworden und musste mich als Taschendieb durchs Leben schlagen. Immerhin hatte er elf Jahre lang eine Familie.«

»Das stimmt, aber du hattest das Glück, Nicolas Remy zu begegnen. Mein Schwager ist ein guter, nobler Mann. Simon wurde von einem Wahnsinnigen gerettet, einem halb verrückten Hexenjäger. Dass er das überlebt hat, zeugt von seinem starken Charakter.«

Martin rutschte auf seinem Stuhl noch ein Stück weiter zurück. Verdrossen erwiderte er: »Na gut, wenn du das an diesem Mann bewunderst, dann könnte ich … na ja, ich könnte bestimmt auch lernen, wie man Kühen beim Kalben hilft.«

Miri musste bei der Vorstellung, wie Martin mit seinem Hang zu schmucken Westen und mit Spitze verzierten Hemden neben einer Kuh im Mist lag, unwillkürlich lachen.

»Ich könnte es gewiss«, beharrte er gekränkt. »Ich habe über einiges nachgedacht. Du hast das Gefühl, dass ich dir nie zuhöre und gar nicht recht weiß, wer du bist. Das tue ich durchaus. Aber eben weil ich so arm war und eine solch hohe Stellung erklommen habe, versteht es sich doch von selbst, dass ich der Dame meines Herzens schöne Kleider und Schmuck und ein prächtiges Heim schenken möchte. Doch wenn es dir lieber wäre, dass ich in einem Häuschen in den Wäldern auf Faire Isle lebe, würde ich das ohne zu zögern tun.«

»Ach, Martin!« Sie nahm seine Hand und drückte sie fest. »Du würdest dich in kürzester Zeit langweilen und schlecht fühlen.«

»Nein, das würde ich nicht«, beharrte er. »Nicht, wenn du bei mir wärst.«

Miri lächelte nur traurig und schüttelte den Kopf. Sie kannte den Mann weitaus besser als er sich selbst.

»Von all dem, was zwischen uns passiert ist, bedauere ich am meisten den Tag, an dem ich dein Medaillon abgelegt habe. Ich fürchte, ich habe meinen besten Freund verloren.«

Er lächelte sie zärtlich an und führte ihre Hand an seine Lippen. »Nein, er ist noch da. Was immer geschieht, Miri, das eine verspreche ich dir: Meine Freundschaft ist dir für alle Zeit sicher.«

* * *

Als sich Simon in die Festung seines Schlafzimmers zurückzog, hörte er Miri leise über etwas lachen, was le Loup gesagt hatte. Der Mann war wirklich charmant, er besaß die Gabe, den Leuten um sich herum ein Lächeln und ein Lachen zu entlocken. Früher hatte Simon diese Gabe auch besessen, jetzt flößte er den Menschen meist nur Angst ein.

Obwohl er bei seiner Ankunft erst einmal für Streit gesorgt hatte, hatte Martin bereits viel getan, um Simons Leute zu besänftigen. Er entlockte Madame Pascale immer wieder ein Lächeln, und selbst den bärbeißigen alten Jacques hatte er schon zum Lachen gebracht. Auch um Yves hatte er sich bemüht, und das sicher nicht nur, um Miri zu beeindrucken oder den Jungen einzuwickeln. Trotz all seines Getues steckte in seinen Annäherungsversuchen Yves gegenüber echte Freundlichkeit. Vielleicht hätte Simon den Mann sogar gemocht, wenn er nicht ständig Miri gegenüber schöne Augen machen, sie Liebes nennen und all die honigsüßen Sachen zu ihr sagen würde, die ihm so leicht von der Zunge gingen – Dinge, die Simon nie über die Lippen kämen.

Er warf einen Blick in den Spiegel über dem Waschtisch und suchte verzweifelt nach Spuren des gut aussehenden, sorglosen Jungen von einst. Doch er entdeckte nur das erschöpfte, verbitterte Antlitz eines Mannes, dessen Gesicht genauso vernarbt war wie seine Seele.

Dieser Raum erzählte Simon mehr als alle anderen in seinem Haus von den Träumen, die er sich erst jetzt eingestand, von den Hoffnungen, mit denen er die Mauern dieses Hauses errichtet hatte.

Die Kammer und das Bett waren viel zu groß für einen alleinstehenden Mann, sie riefen nach der Anwesenheit einer Frau, einer Gemahlin, die er in einer kalten Winternacht fest umschlungen halten würde. Der Fenstersitz lud zum Nähen und Träumen ein, die großen Fenster mit ihrer rautenförmigen Verglasung boten einen wundervollen Rahmen für den Himmel, einen Blick auf die Bäume, die Vögel und die Tiere auf dem Hof.

Die Stelle am Fußende wäre bestens geeignet für eine Wiege, nur war sie bereits besetzt von den bitteren Erinnerungen seiner Vergangenheit: der Truhe, die er höchst ungern öffnete. Sie barg all die Tagebücher und Unterlagen seiner Jagd auf Hexen; Bücher, die er sorgfältig geführt hatte, als er sich eingebildet hatte, dass seine Arbeit von allerhöchster Bedeutung sei. Er hatte es schon vor etlichen Jahren aufgegeben, Tagebuch zu führen, damals, als er anfing, sich nach Vergessen zu sehnen und sich lieber nicht an all die Prozesse zu erinnern, denen er beigewohnt hatte.

Diese Tagebücher hatte ein verbitterter, zorniger Mann verfasst, ein Mann, dessen er sich nun schämte. Gleichzeitig befürchtete er, wieder dazu zu werden. Die Truhe war eine wahre Büchse der Pandora, gefüllt mit den Übeln der Welt, und er selbst hatte dazugehört. Doch nun lagen in dieser Truhe vielleicht Antworten, die er dringend brauchte. Es blieb ihm also nichts anderes übrig, als sie zu öffnen.

Viele Aufzeichnungen aus seiner Anfangszeit hatte das Feuer vernichtet, das im *Gasthaus zur Eiche* gewütet hatte. Später hatte er sich eifrig bemüht, sie aus dem Gedächtnis wiederherzustellen. Er durchwühlte die vielen Hefte, bis er dasjenige fand, in dem er den letzten Tag im Gasthaus aufgezeichnet hatte. Als er das Heft aufschlug, stellte er fest, dass die Lektüre ziemlich quälend war; denn an jenem Tag waren seine Gedanken kaum um Gerechtigkeit gekreist. Dunkel waren sie gewesen, voller Verbitterung und Rachsucht gegenüber Renard und Wut auf Miri, weil er sich in ihrer Anwesenheit schwach gefühlt und gezögert hatte, ihr Vertrauen zu missbrauchen, auch wenn er versucht hatte, es vor sich zu rechtfertigen.

Damals hatte er Dutzende Menschen befragt und jedem Geld angeboten, der ihm Hinweise auf Menschen liefern konnte, die sich mit Hexerei beschäftigten. Zu jener Zeit hatte er sich sogar damit gebrüstet, dass es viel gerechter und humaner wäre, so vorzugehen. Im Gegensatz zu seinem Meister griff er nicht zu Folterwerkzeugen, wenn es ihm um Auskünfte ging; er nutzte subtilere Waffen – schlaue Verhöre, Einschüchterung, Bestechung.

Auf diese Weise hatte er die bittere Erfahrung gemacht, dass manche Leute bereit waren, für einen Sou ihre eigene Mutter zu verkaufen. Ein Beispiel, an das er sich noch lebhaft erinnerte, war die Frau, die Gabrielle Cheney verraten hatte.

Cassandra Lascelles. Sie hatte behauptet, Gabrielles Freundin zu sein, doch offenbar hatte diese Freundschaft gekränkelt; denn Cassandra Lascelles war es gewesen, die Simon gesagt hatte, wo er die nötigen Beweise finden konnte, um Gabrielle zu verhaften. Gabrielle hatte einen Ring der dunklen Königin besessen und die belastenden Medaillons, die zusammen mit dem *Buch der Schatten* verschwunden waren.

Bis zu diesem Tag wusste er nicht, ob sich Miris Schwester der Hexerei schuldig gemacht hatte oder nur der Torheit. Es war auch nicht von Belang – ihre Verhaftung war nur eine List gewesen, um den Comte de Renard in die Falle zu locken.

Damals hatte er sich diese Lascelles noch einmal vorknöpfen wollen. Es war nämlich nicht das erste Mal, dass sie ihre Leute an einen Hexenjäger verraten hatte. Aus den Unterlagen, die ihm sein alter Meister hinterlassen hatte, ging hervor, dass Cassandra ihre Mutter und ihre Schwestern der Hexerei bezichtigt hatte, um ihre eigene Haut zu retten. Allein dieser Verrat hätte zwar nicht gereicht, um sie zu verschonen, doch die Jugend des Mädchens und ihre Blindheit hatten Le Vis in einer für ihn sehr selten Anwandlung des Großmuts dazu bewegt, Gnade vor Recht ergehen zu lassen. Nach dem Überfall auf ihr Haus war Cassandra jahrelang verschwunden gewesen, in jenem Sommer aber wieder aufgetaucht, als sie Gabrielle denunzierte.

Doch Simon konnte sich nicht vorstellen, dass sie das *Buch der Schatten* gestohlen hatte, nicht inmitten all des Tumults, den das Feuer ausgelöst hatte. Schließlich war die Frau blind, und außerdem war sich Simon sicher, dass sie sich an jenem Tag nicht in der Nähe des Gasthauses gezeigt hatte.

Er hatte an dem fraglichen Tag niemanden mehr befragt und alle abgewiesen, die erpicht darauf waren, für eine Handvoll Münzen ihre Nachbarn anzuschwärzen. Abgesehen von seinen Männern und den Cheneys war nur noch eine Person in seinen Aufzeichnungen erwähnt: ein hartnäckiges, hageres, schmutziges Weib, das vor der Küche darauf beharrt hatte, eingelassen zu werden. Ihr Name war Finette, und sie hatte gewinselt, sie sei gekommen, um eine Belohnung für ihre Herrin abzuholen, die Simon eine Woche zuvor wichtige Hinweise geliefert habe.

Eine Woche zuvor … etwa zu der Zeit, als Simon Gabrielle verhaftet hatte. Er runzelte die Stirn. War es möglich, dass Finette die Hexe war, die sich mit dem *Buch der Schatten* aus dem Staub gemacht hatte, und dass ihre Herrin Cassandra Lascelles war? War diese Lascelles am Ende die berüchtigte Silberne Rose?

Während Simon über das Heft gebeugt nach weiteren Hinweisen suchte, merkte er plötzlich, dass etwas ans Fenster trommelte. Dieses Geräusch hatte er so lange nicht mehr gehört, dass er einen Moment brauchte, um es zu erkennen.

Regen … Und zwar nicht die paar armseligen Tropfen, die Frankreich den ganzen Sommer lang mit der Aussicht auf Erleichterung verspottet hatten. Nach all den falschen Stürmen, dem Donner und den Blitzen, die zu nichts als Lärm geführt hatten, hatte der Himmel endlich seine Schleusen geöffnet und schickte nun einen heilsamen Regen auf die ausgedörrte Erde. Dieser Guss war wahrhaftig ein Segen.

Simon eilte freudig ans Fenster. Seine Laune besserte sich schlagartig bei diesem Anblick – und er war nicht der Einzige. Miri war aus der Küche in den Regen hinausgestürzt, ohne weiter darauf zu achten, dass sie im Handumdrehen völlig durchnässt war. Als wahre Tochter der Erde reckte sie die Hände zum Himmel, um den Regen willkommen zu heißen, und führte einen Freudentanz auf, der Simon ein Lächeln entlockte.

Wolf beobachtete sie offenbar im Trockenen, er stand am Hauseingang unter dem Türsturz. Miri rannte zum Haus zurück, nahm ihn lachend an der Hand und zog ihn ins Freie. Simon rechnete schon fast damit, dass der Kerl sich flugs ins Haus retten würde, aber auch Martin lachte nur. Die beiden hielten sich an den Händen und hüpften in einem wilden Tanz über den Hof.

Wie gern wäre auch Simon so frohgemut und offen gewesen, wie gern hätte auch er sich vergessen. Doch stattdessen verspannte er sich, und sein Nacken prickelte bei dem unheimlichen Gefühl, dass etwas nicht stimmte.

Er merkte rasch, was es war: Elle. Sie war noch in der Koppel und führte sich auf, als mache ihr etwas Angst. Sie scheute und warf den Kopf zurück. Unwetter regten sie immer auf, doch im Moment blitzte und donnerte es nicht. Um dem Wolkenbruch zu entkommen, hätte sie nur durch den seitlichen Eingang in die Scheune zurücktrotten müssen. Nein, es war nicht der Regen, der sie störte.

Simon presste die Nase an die Scheibe in dem Versuch, im strömenden Regen etwas zu erkennen. Nur mit Mühe wurde er ihrer gewahr, anfangs kamen sie ihm wie Schatten vor. Aber wo keine Sonne ist, kann auch kein Schatten sein. Nein, es waren drei Gestalten, die verstohlen immer näher krochen. Und selbst aus der Entfernung konnte Simon erkennen, dass es sich um Frauen handelte.

Nein, keine Frauen, warnte ihn sein Instinkt: *Hexen!*

Simon holte sein Schwert und stürzte nach unten. Als er auf den Hof stürmte, musste er sich den Regen und die Haare aus den Augen wischen. Wolf hatte Miri in den Armen und wirbelte sie herum, die beiden hatten von der Gefahr noch nichts gemerkt.

Simon patschte mit den Stiefeln durch die Pfützen. Er brüllte den beiden eine Warnung zu. Wolf wurde erst aufmerksam, als die erste Gestalt zum Angriff ansetzte. Er schob Miri aus dem Weg und wollte sein Schwert zücken, doch dann machte er einen schrecklichen Fehler.

Er zögerte, als er erkannte, dass sein Gegner eine Frau war. *Dieser galante Impuls ist typisch für den romantischen Narren,* dachte Simon. Erst als das riesige Weib ein Messer hob, reagierte Wolf. Er packte sie am Arm, doch sie hämmerte ihren Schädel auf sein Kinn.

Wolf taumelte zurück und rutschte im Matsch aus. Er landete unsanft auf dem Rücken und war einen Moment lang benommen und schutzlos. Die Riesin bleckte die Zähne und hob abermals ihr Messer, um ihm den Todesstoß zu versetzen. In letzter Sekunde schaffte es Simon, dazwischenzutreten und den Stoß mit seinem Schwert abwehren.

Nun ging das Weib wutschnaubend auf Simon los. Doch er wich ihr aus, und dann durchbohrte er sie mit seinem Schwert. Er wartete nicht, bis sie zu Boden gegangen war, und hörte ihre Schmerzensschreie kaum; er wirbelte herum, um sich den beiden anderen Hexen zu stellen.

Eine hatte sich auf Miri gestürzt und die Arme um ihre Taille geschlungen, sie stand kurz davor, sie niederzuringen. Als Simon Miri zu Hilfe eilen wollte, ging die dritte Hexe auf ihn los. Durch den Regen erhaschte er einen verschwommenen Blick auf eine kleine, dunkle Frau mit wild funkelnden Augen. Sie hielt eine ihm sehr vertraute tödliche Waffe in der Hand: eine Hexenklinge.

Sie umkreiste Simon und suchte nach einer Schwäche in seiner Deckung, um sich auf ihn zu stürzen. Doch im nächsten Moment warf sich ein dunkler Schatten auf die beiden. Elle war über den Koppelzaun gesprungen und stieg nun auf die Hinterbeine, ihre dunkle nasse Mähne flog zurück, und sie schlug mit den Hufen.

Die Hexe stolperte mit einem schreckerfüllten Schrei zurück und fuchtelte wild mit den Armen, um das Pferd abzuwehren. Doch Elle warf sie zu Boden und trampelte mit den Hufen auf ihr herum.

Als Simon Elles Zügel erwischte und es schaffte, sie wegzuziehen, lag die Hexe bereits tot auf dem Boden. Ihr Blut vermengte sich mit dem Regen und dem Schlamm auf dem Hof. Elle schnaubte und zitterte vor Angst und Wut. Simon streichelte sie und murmelte beruhigend auf sie ein, während er gleichzeitig panisch nach Miri Ausschau hielt. Wolf hatte sich mittlerweile wieder aufgerappelt und war ihr zu Hilfe geeilt, gerade zog er die dritte Hexe von ihr weg.

Nun kamen auch Jacques und einer der anderen Knechte angerannt. Simon überließ Elle dem alten Pferdeknecht und eilte zu Miri. Die junge Hexe versuchte verzweifelt, sich von Wolf loszureißen, um zu Miri zu gelangen.

Doch als Simon sein Schwert hob, packte ihn Miri am Arm. »Nein, Simon, bitte nicht! Das ist Carole.«

Das Mädchen brach zu Martins Füßen zusammen. Völlig durchnässt und verdreckt sah sie eher aus wie ein ängstliches Kind und nicht wie eine Hexe. Sie stammelte immer wieder Miris Namen und kaum verständliches Zeug.

Doch Miri war erstarrt, ihr Blick war auf etwas anderes gerichtet. Sie wurde kreidebleich, als sie die zwei toten Hexen auf dem Hof liegen sah. Simon eilte herbei, um ihr den Anblick zu ersparen. Er zog sie an sich und streichelte ihr über die nassen Haare. Das Feuer in seinen Venen, das ihn zum Kampf getrieben hatte, erlosch. Ihm wurde eiskalt, und er zitterte vor Angst bei dem Gedanken, was ihr hätte zustoßen können.

Miri ließ sich einen Moment lang erschöpft in seine Arme sinken, doch sogleich regte sie sich wieder und reckte den Hals, als hielte sie nach etwas Ausschau.

»Nein, meine Liebe, erspar dir diesen Anblick«, meinte Simon mit rauer Stimme. »Es tut mir leid, dass ich das tun musste, aber mir blieb nichts anderes übrig. Diese elenden Hexen …«

»Nein, es geht mir nicht um die Hexen«, ächzte Miri. »Simon, sieh doch nur, Elle …«

Er begriff nicht, was sie meinte, bis er einen Blick nach hinten warf und Jacques sah, der vor Elle kauerte und ihre Brust abtastete. War sie verletzt?

Simon eilte zu Jacques und fragte erregt: »Was ist los?«

Jacques richtete sich wortlos auf und hielt ihm etwas hin, was er aus Elles Brust gezogen hatte: die Hexenklinge. Und die Pumpe war nach unten gedrückt.

»Nein!«, keuchte Simon entsetzt. Er fuhr mit den Händen über die Schultern und die Brust seines geliebten Pferdes, als ob er dadurch verhindern könnte, dass das Gift seinen langsamen, doch unaufhaltsamen Weg durch ihre Adern nahm.

Dann taumelte er einen Schritt zurück, strich sich das nasse Haar aus der Stirn und griff sich an den Kopf, als ob dieser vor Trauer und Wut bersten wollte. Er stürmte zurück zu der einzigen überlebenden Hexe, die sich inzwischen an Miri klammerte. Unsanft zerrte er sie von ihr weg, packte sie am Hals und schüttelte sie wie eine Stoffpuppe.

»Zur Hölle mit dir! Zur Hölle mit all euch elenden Hexen! Du sagst mir auf der Stelle, bevor ich dir das Genick breche: Welcher Teufel hat euch geschickt? Wer ist die Silberne Rose?«

Das Mädchen keuchte und klapperte vor Furcht mit den Zähnen. »Nein, das kann ich nicht.«

Simon schüttelte sie noch einmal heftig: »Ist es Cassandra Lascelles? Sag es mir jetzt, sonst …«

Miri und Wolf entrissen ihm das Mädchen. Wolf sprang noch einmal dazwischen und schob Simon weg.

»Hört auf. Könnt Ihr nicht sehen, dass Ihr sie zu Tode erschreckt? So bekommt Ihr sicher nichts aus ihr heraus.«

Simon fauchte und stieß Wolf beiseite. Das Mädchen war bewusstlos zusammengebrochen. Miri hatte sie gerade noch auffangen können, und Wolf eilte zu ihr, um ihr zu helfen.

Simon taumelte keuchend zurück, seine Wut wich nun der Verzweiflung, als er sich wieder Elle zuwandte.

»Meister, soll ich …«, fing der alte Jacques an. In seinen Augen schimmerte Mitgefühl.

Simon nahm ihm die Zügel ab und schüttelte den Kopf. »Nein, sie ist mein Pferd. Mir hat sie immer vertraut, dass ich …«

Er konnte nicht mehr weiterreden. Elles Kopf begann bereits zu sinken, doch ihre traurigen dunklen Augen musterten Simon mit demselben Vertrauen und der Liebe, die sie ihm immer gezeigt hatte. Er atmete stockend ein, dann nahm er sie an den Zügeln und führte sie in den Stall.

Ein letztes Mal führte er sie heim.

18

Der Regen trommelte auf das Scheunendach, doch das Geräusch, über das sich noch vor wenigen Stunden alle gefreut hatten, wirkte jetzt, als Miri und Simon sich um Elle kümmerten, trostlos und trübselig. Miris nasses Gewand klebte ihr am Rücken, während sie einen Umschlag auf die Stichwunde legte, der möglichst viel Gift heraussaugen sollte. Aber es half nichts; die Wunde sah übel aus, und das glänzende Fell der Stute war schweißnass.

Simon wusch sie währenddessen mit lauwarmem Wasser und versuchte, sie abzukühlen. Elle ließ den Kopf matt hängen, von ihrer üblichen munteren Art war nichts mehr zu sehen. Sie versuchte allerdings, sich ein wenig zu Simon zu recken, als er ihr den Hals abwusch.

Er streichelte sie an ihrer Lieblingsstelle zwischen den Augen und murmelte heiser: »Ist schon gut, meine Hübsche. Ich bin bei dir, hab keine Angst, ich werde nicht zulassen, dass …«

Er hielte inne und lachte bitter auf. »Dass jemand dir wehtut. Mein Gott, das habe ich doch bereits. Ich kann meine Versprechen Elle gegenüber ebenso wenig halten wie allen anderen gegenüber.«

»Simon …« Miri richtete sich auf und wollte ihm tröstend die Hand auf den Arm legen, doch er schüttelte sie ab. Mit seinem dunklen, wirren Haar und seinem kreidebleichen Gesicht unter dem dunklen Bart sah er ziemlich wüst aus. Er hatte die durchnässte Augenklappe abgenommen, und sein vernarbtes Auge war deutlich zu sehen. Er wirkte wie ein abgekämpfter Krieger, der einen langen Weg durch einen Sturm hinter sich hat.

Aber seine Hände waren sehr sanft, als er mit den Fingerspitzen die Stelle zwischen Elles Augen massierte. »Ich hätte den verdammten Zaun höher bauen sollen. Ich – ich wusste, dass sie über das elende Ding springen konnte. Das hat sie schon als Fohlen getan, aber ich habe nicht weiter darauf geachtet, weil ich wusste, dass sie nicht weglaufen würde. Sie … sie ist immer nur bis zum Haus getrabt und hat nach mir gesucht.«

»Egal, wie hoch der Zaun gewesen wäre, Simon, sie hätte ihn niedergetrampelt und sich bei ihren Bemühungen, zu dir zu gelangen, verletzt.«

»Immerhin wäre sie dann nicht dieser gottverdammten Hexe in die Quere gekommen. Warum hast du das getan, Elle? Warum?«, krächzte er.

Elles dunkle Augen flackerten. Obwohl sie so matt und verwirrt war, knabberte sie sanft an Simons Hand. Sie begriff seine Nöte natürlich nicht, versuchte aber wie immer, ihn zu trösten. Und diesmal bemühte sich Simon nicht, seine Gefühle zu verbergen; er legte die Stirn an Elles Hals, die Schultern gramgebeugt.

Miri taten die beiden in der Seele leid, das herrliche, unschuldige Geschöpf, das nichts getan hatte, um diese Qualen zu verdienen, und der Mann, der sich so lange abgekapselt hatte und nie gewagt hatte, etwas zu lieben außer seinem Pferd. Das Leben hatte Simon Aristide wahrhaftig genug Enttäuschungen und herbe Verluste bereitet, Miri wollte alles tun, um ihm einen weiteren Verlust zu ersparen.

Sie blinzelte die Tränen zurück. Es würde weder Simon noch Elle helfen, wenn sie jetzt zu weinen begann. Sie musste ruhig bleiben und nachdenken. Als Simon wieder anfing, Elle mit dem Schwamm abzureiben, fuhr Miri an Elles Hals entlang, bis sie den Puls fand. Sie presste einen Finger auf die Arterie und zählte. Elles Puls raste viel schneller als bei einem ruhenden Pferd. Die Flanken der Stute hoben und senkten sich zu rasch, das Atmen fiel ihr immer schwerer. Miri versuchte verzweifelt, an die anderen Mittel zu denken, die sie bei Pferden angewendet hatte, sei es bei einer Kolik oder der Graskrankheit.

Simon legte die Hände auf Elles schweißnassen Rücken und warf Miri einen gequälten Blick zu. »Es ist hoffnungslos, Miri. Ich weiß nicht, warum ich dir überhaupt erlaubt habe, diese nutzlosen Heilmittel auszuprobieren. Sobald Jacques die verdammte Hexenklinge aus Elles Brust gezogen hatte, wusste ich, dass sie dem Tod geweiht ist.«

»Nein, das ist sie nicht. Wir dürfen nicht aufgeben, wir müssen …«

»Was müssen wir?«, fiel er ihr barsch ins Wort. »Es gibt nichts mehr zu tun, Miri. Was immer wir tun, wir verlängern damit nur ihr Leiden. Ich habe mit eigenen Augen gesehen, wie dieses Gift wirkt. Ich weiß genau, wie es weitergehen wird.«

»Dann beschreibe es mir.«

»Es war genauso wie jetzt bei Elle. Ich hatte die schwache Hoffnung, dass es bei einem Pferd vielleicht anders sein würde. Sie ist ja viel größer und stärker als ein Mensch, und da habe ich gehofft, dass sie es irgendwie schaffen würde …«

Er verstummte und schüttelte verzweifelt den Kopf. »Aber das Gift wirkt genauso, wie ich es erlebt habe«, fuhr er tonlos fort. »Erst die Schweißausbrüche, die Antriebslosigkeit und das Fieber sowie das angestrengte Atmen. Und dann wird es schlimmer, es kommt zu grässlichen Muskelkrämpfen, Krampfanfällen und einem Delirium, das tagelang dauern kann. Und Schmerzen, die so schlimm sind, dass erwachsene Männer verrückt geworden sind und sich heiser geschrien haben.«

Simon presste die Lippen aufeinander und schluckte. »Meine Stute hat mir so treu gedient und mir zu sehr vertraut, als dass ich sie so elend zugrunde gehen lassen kann. Ich werde sie nicht leiden lassen.«

»Ich auch nicht«, meinte Miri mit fester Stimme. »Aber ich weigere mich, so rasch aufzugeben. Du musst mir zumindest die Chance geben, das Gift zu bekämpfen.«

»Wie zum Teufel willst du das bewerkstelligen? Was weißt du schon von Giften?«

»Das, was ich von Renard gelernt habe.«

Miri sah, wie Simon bei der Erwähnung ihres Schwagers sofort erstarrte. Genau das hatte sie befürchtet. Sie schob stur das Kinn vor und fuhr fort: »Dank seiner Großmutter kennt sich Renard mit Giften sehr gut aus, aber er setzt sein Wissen nur für gute Zwecke ein, er entwickelt Gegengifte, und er hat mir beigebracht …«

»Es ist mir gleichgültig, was er dir beigebracht hat. Wenn du glaubst, dass ich zulasse, Elle mit der schwarzen Magie dieses Zauberers weiter zu quälen …«

»Wie kann es schwarze Magie sein, wenn es sie rettet?«, widersprach Miri. »Und ich werde auch diese Hexenklinge brauchen.«

Simons Gesicht verzerrte sich empört. Er trat aus dem Verschlag, stemmte die Hände in die Hüften und schimpfte: »Himmel noch mal, Frau, ich kann es nicht glauben, dass du mir so etwas vorschlägst. Es ist schon schlimm genug, dass sie einmal gestochen worden ist, aber jetzt willst du diese Höllenwaffe noch einmal …«

»Es ist weder einen Höllenwaffe noch eine Hexenklinge«, erwiderte Miri standhaft. »Es ist nur eine Spritze, und die kann ich benutzen, um das Gegengift rasch in Elles Adern zu bringen.«

Simon schnaubte ungläubig. »Soll ich etwa glauben, dass du dasselbe Gerät, mit dessen Hilfe sie langsam umgebracht wird, einsetzen kannst, um sie zu retten?«

»Jawohl!« Miri trat zu ihm und legte die Hände auf seine breite Brust. »O Simon, ich weiß, dass Le Vis dir beigebracht hat, alles zu verabscheuen und zu fürchten, was mit uraltem Wissen zu tun hat; alles, was er für schwarze Magie gehalten hat. Aber du weißt doch, dass alles einem guten oder einem bösen Zweck dienen kann, je nachdem, in wessen Händen es sich befindet. Mit derselben Axt, mit der man einen Mann köpfen kann, kann man auch Holz hacken, um Feuer zu machen und eine Familie davor bewahren zu frieren. Mit dem Ding, das du als Hexenklinge bezeichnest, ist es genauso. Glaubst du denn, dass ich es je für einen bösen Zweck einsetzen würde?«

»Natürlich nicht, aber …« Er starrte sie stirnrunzelnd an, dann tauchte das erste Anzeichen von Unsicherheit in seinem strengen Blick auf. »Selbst wenn ich einwilligen würde – wie willst du denn das Gegengift herstellen? Auf meinem Anwesen gibt es keine Hexenküche.«

Miri biss sich auf die Lippen, sie wollte es ihm nur ungern sagen, aber es blieb ihr nichts anderes übrig. »Da irrst du dich. Esmee hat im hinteren Teil deiner Waschhütte so etwas eingerichtet.«

»Wie bitte?« Simon sperrte den Mund auf, auf seiner Miene spiegelten sich Erstaunen und das Gefühl, verraten worden zu sein. »Nachdem ich die Frau davor bewahrt habe, wegen Hexerei verurteilt zu werden, und sie hierher gebracht habe, übt sie ihr Hexenhandwerk direkt unter meiner Nase aus?«

»Es ist kein Hexenhandwerk, Simon, es ist nur Magie und Heilkunst, wie sie die weisen Frauen seit Jahrhunderten ausüben, trotz all des törichten Aberglaubens und der Grausamkeit von Männern wie deinem verstorbenen Meister. Esmee sorgt mit dem uralten Wissen dafür, dass deine Leute gesund bleiben und dein Land reiche Ernte trägt. Ist dir nicht aufgefallen, wie gut dein Obsthain und dein Gemüsegarten aussehen, obwohl das übrige Land von der Dürre gezeichnet ist?«

»Ja, schon, aber ich dachte …« Er raufte sich die Haare. »Herrgott noch mal, ich weiß nicht, was ich dachte. Aber welche Magie Esmee auch immer ausübt, es ist bestimmt etwas ganz anderes als das, was Renard macht.«

»Hier geht es nicht um Renard, es geht um mich. Bitte vertrau mir und gib mir wenigstens die Chance, Elle zu retten!«

Er warf einen Blick auf Elle, hin- und hergerissen zwischen Hoffnung und dem Misstrauen, das ihm Le Vis jahrelang eingeimpft hatte. Schließlich wanderte sein Blick zurück zu Miri, und seine Züge wurden weicher. »Na gut«, gab er nach. »Was soll ich tun?«

»Du bleibst bei Elle. Wasch sie weiter ab, sprich mit ihr, halte sie davon ab, sich aufzuregen und sich zu viel zu bewegen.« Miri sah ihn ernst an. »Und versprich mir, dass du dich nicht zu einer Verzweiflungstat hinreißen lässt, bis ich wieder da bin.«

Simon nickte zögernd. »Und wenn dein Gegengift nicht wirkt? Wenn ihr Leiden zu groß wird?«

»Dann lasse ich dich tun, was getan werden muss.« Miri drückte ihm die Hand und fügte leise hinzu: »Und ich werde dir helfen, dich zu verabschieden.«

* * *

Martin schlich durch die leere Küche, sein Kopf pochte noch von dem Schlag, den ihm die Hexe versetzt hatte. Und dabei mochte er nichts lieber als einen guten Kampf. Wenn es einen Makel an Miri gab … Nein, seine Herrin des Mondes hatte keinen Makel. Doch wenn Miri eine Schwäche hatte, dann ihre ausgesprochene Abneigung gegen Auseinandersetzungen. Ständig wollte sie alles mit friedlichen Mitteln regeln.

Doch manchmal ging das einfach nicht. Es gab nichts Besseres als einen kleinen Streit, um das Herz eines Mannes höherschlagen zu lassen. Aber die Erregung eines Duells oder eines Faustkampfs mit einem Mann war das eine, etwas ganz anderes hingegen und ziemlich verstörend war es, wenn der Angreifer ein verrücktes, riesengroßes Weib war. Martin mochte sanfte, weibliche Damen, die hübsche Taschentücher bestickten, um sie einem glühenden Verehrer zu reichen, und deren zarte Hände zur Schere griffen, um einen Faden zu durchtrennen, und nicht zu einem Messer, um einem Mann die Kehle aufzuschlitzen.

Er schämte sich in Grund und Boden, dass er so unvorbereitet gewesen war. Ohne Simon Aristide würde sein Blut und wahrscheinlich auch das von Miri jetzt in den Schlamm des Hofes sickern. Jetzt stand er in Aristides Schuld, und das war etwas, was Martin wahrhaftig nicht gefiel.

Doch nicht nur die Schuld gegenüber dem Hexenjäger machte ihm zu schaffen, ihn verfolgte auch noch etwas, was Aristide gesagt hatte, als er Carole Moreau angebrüllt hatte.

»Wer ist diese Silberne Rose? Ist es Cassandra Lascelles?«

Cass Lascelles. Martin erzitterte, und es waren nicht seine feuchten Kleider, die ihn frösteln ließen. Es war der Name, den er nach Kräften hatte vergessen, den er in seinem Leben nie mehr hatte hören wollen.

Diese Frau, eine verrückte Zauberin, hatte einen irrsinnigen Plan ausgeheckt, um Nicolas Remy zu verführen und ihn dazu zu bringen, mit ihr ein Hexenkind zu zeugen. Remy, der Mann, der Martin alles auf der Welt bedeutet hatte – Freund, Bruder, Lehrer, Hauptmann. Martin hätte alles für seinen Helden getan, und in jener Nacht, als Martin anstelle von Remy ins *Cheval Noir* gegangen war, hatte er ungewollt …

Trotz seiner feuchten Kleider spürte Martin, wie ihm der Schweiß über den Rücken rann, als er daran dachte, wie er in diesem drückend heißen Raum mit der Hexe gesteckt und versucht hatte, sie so betrunken zu machen, dass er das böse Amulett stehlen konnte, mit dem das Weib das Leben seines Hauptmanns bedrohte. Martin hatte nicht damit gerechnet, dass der dunkle Zauber der Hexe sich gegen ihn wenden könnte.

Die Hexe tastete nach seiner Brust und tätschelte sie, als sie sie gefunden hatte. Als Wolf aufging, in welche Richtung ihre Gedanken schweiften, sträubten sich ihm die Nackenhaare.

»Bist du ungestüm? Skrupellos? Hübsch? Du hast doch vorhin was gesagt von drahtig und zäh?«

Wolf schluckte und versuchte, von ihr abzurücken. »Ich prahle gern ein bisschen.«

Cass rutschte ihm nach und befummelte seinen Bauch. »Du fühlst dich hart genug an, um … um der Vater eines ungestümen Kindes zu werden.«

»Ich bin eher ein einsamer Wolf. Besonders väterlich bin ich wahrhaftig nicht.«

»Das ist nicht wichtig, solange du andere Vorzüge hast.«

Bevor er sie aufhalten konnte, hatte sich ihre Hand schon zwischen seine Beine gedrängt. Sein Schaft reagierte unverzüglich. Der seltsam schwülstige Geruch ihres Parfüms stieg ihm in die Nase und benebelte seine Sinne. Ein letzter Rest von Vernunft in ihm kämpfte darum, ihr Widerstand zu leisten, doch das honigsüße Gift auf ihren Lippen zerstörte auch diesen Rest. Mit einem heiseren Knurren stürzte er sich auf sie und riss ihr das Mieder vom Leib …

Erschaudernd wehrte Martin den Rest der Erinnerungen an jene Nacht ab. Er schämte sich schrecklich der Gier, die die Hexe in ihm geweckt hatte, und hatte sich seitdem nach Kräften bemüht, alles zu vergessen.

Kurz darauf war Cassandra Lascelles verschwunden. Jahrelang hatte man von der Hexe nichts mehr gehört oder gesehen. Wie zum Teufel kam Aristide jetzt darauf, dass Cassandra etwas mit der Silbernen Rose zu tun hatte? Martin wusste nicht, was den Hexenjäger zu dieser Vermutung veranlasst hatte, aber er hoffte inständig, dass Aristide sich irrte. Doch falls die Hexe tatsächlich wieder in Frankreich aufgetaucht war und die Gefahr bestand, dass sich ihre Wege kreuzten, dann musste er das wissen, und zwar sofort.

Aber er konnte Aristide schlecht fragen. Zum einen war der Hexenjäger wohl wenig geneigt, ihm Auskünfte zu geben, zum anderen war der Mann im Augenblick so verstört wegen seines Pferdes, dass er an nichts anderes denken konnte. Obwohl er Aristide wahrhaftig nicht mochte, verspürte selbst Martin ein gewisses Mitgefühl.

Allerdings konnte er das starke Band zwischen dem Mann und seinem Pferd nicht verstehen. Martin mochte sein momentanes Reittier zwar recht gern – der große graue Wallach gehörte zu den Pferden, die Martin bevorzugte, er war schnell und sah obendrein recht stattlich aus –, aber für ihn war das Tier nur ein Mittel, um ihn von einem Ort zum anderen zu bringen.

Alles in allem bewegte sich Martin am liebsten auf seinen eigenen zwei Beinen vorwärts. In seiner Jugend in Paris hatte er wenig mit Pferden zu tun gehabt, abgesehen davon, dass er sich bemüht hatte, ihnen nicht in die Quere zu kommen, und die Idioten verflucht hatte, die ihn wieder einmal beinah umgeritten oder ihn mit Straßendreck bespritzt hatten. In seiner Zeit als Taschendieb hatte er so einiges stibitzt, aber Pferde hatten nicht dazugehört. Sie waren einfach zu groß, um sie zu verstecken. Dass er sich im Sattel inzwischen einigermaßen wohlfühlte, verdankte er ausschließlich Nicolas Remy und Miri.

Auch bei der Pflege der Tiere mangelte es ihm an Erfahrung, aber selbst er hatte erkannt, dass Aristides Stute nicht besonders gut aussah. Doch wenn irgendjemand das Tier retten konnte, dann Miri. Normalerweise hätte sich Martin gern in ihrer Nähe aufgehalten, aber im Moment konnte er nichts tun, um ihr zu helfen, auch wenn seine Eifersucht ihn dazu veranlasste, sie so selten wie möglich mit dem Hexenjäger allein zu lassen.

Verflixt und zugenäht. Er schnitt eine Grimasse. Allmählich fiel es ihm richtig schwer, Aristide den Hexenjäger zu nennen; genau genommen, seitdem der Kerl die Unverschämtheit besessen hatte, ihm das Leben zu retten. Nach so vielen Jahren war es wahrhaftig nicht leicht, all den Argwohn, den Groll und die Eifersucht, die Simon in ihm auslöste, loszulassen. Aber Martin quälten momentan andere Sorgen: die Möglichkeit, dass Cassandra Lascelles wieder aufgetaucht war. Und abgesehen von Simon gab es nur einen Menschen, der seine Sorgen zerstreuen konnte.

Aber zuerst … Martin sah finster auf seine nassen, schmutzigen Kleider. Er musste sich wohl oder übel ein bisschen herrichten, denn er musste eine junge Dame bezaubern.

* * *

Carole Moreau war in Madame Pascales Schlafkammer hinter der Küche untergebracht. Madame Pascale war mit Miri in die Waschhütte verschwunden, die beiden berieten sich schon auf dem Weg eingehend über das Heilmittel, das sie für Elle zubereiten wollten. Es sah so aus, als wären sie eine Zeit lang beschäftigt.

Martin schlich leise zur Tür der Schlafkammer. Nachdem er

ein sauberes Hemd und Pumphosen angezogen sowie die Haare gekämmt und zu einem Zopf zurückgebunden hatte, fühlte er sich wieder etwas wohler in seiner Haut. Wenn es nicht mehr geregnet hätte, wäre er versucht gewesen, ein paar Blumen aus Madame Pascales Garten zu entwenden.

Er klopfte leise und fürchtete schon, Mademoiselle Moreau könnte eingeschlafen sein. Er wusste, dass Madame Pascale dem Mädchen einen Kräutertrank gereicht hatte. Doch offenbar war der Trank der alten Frau nicht stark genug gewesen, um die Ängste und Nöte des Mädchens zu lindern.

Eine schwache Stimme bat ihn einzutreten. Martin öffnete die Tür einen Spalt und spähte hinein. Das Mädchen lag gut zugedeckt in Madame Pascales Bett; obwohl das Bett nicht groß war, wirkte Carole darin fast wie ein Kind. Ihre Sommersprossen hoben sich deutlich von ihrem blassen Gesicht ab.

Eigentlich war sie recht ansehnlich, doch die dunklen Ringe unter ihren blauen Augen und ihre verzagte Miene weckten in Martin ausschließlich ritterliche Gefühle.

Sie riss die Augen auf, als sie ihn erblickte. Offenbar hatte sie mit Madame Pascale gerechnet. Leise aufkeuchend fuhr sie hoch, die Decke schützend bis ans Kinn gezogen.

»Bitte, Mademoiselle, seid nicht beunruhigt«, beschwichtigte Martin sie schnell und setzte sein freundlichstes Lächeln auf. »Ich wollte nur sehen, wie es Euch geht.«

In Caroles Augen stiegen große Tränen. »Dann seid Ihr mir also nicht böse, Monsieur?«

»Warum sollte ich Euch böse sein?«

»Weil – weil ich den anderen bei dem Versuch, Euch zu töten, geholfen habe.«

Martin winkte großzügig ab. »Ach, macht Euch nichts daraus, Kind, ich wecke oft Mordgelüste bei meinen Mitmenschen, wenn auch im Allgemeinen eher nicht beim schönen Geschlecht.«

Zu seinem Entsetzen rollten zwei dicke Tränen über Caroles Wangen. »Nein, nein, *ma petite,* ich bitte Euch, weint nicht!«

Wenn es etwas gab, was Martin nicht ertragen konnte, dann den Anblick einer weinenden Frau, vor allem einer solch traurigen kleinen Gestalt wie dieser. Er kramte ein schönes Batisttaschentuch hervor und reichte es ihr.

Carole betupfte sich die Augen. »Danke. Ich hasse es, wenn ich vor anderen Menschen weinen muss, aber in letzter Zeit mache ich das leider viel zu oft.«

»Das ist doch ganz verständlich nach allem, was Ihr durchgemacht habt.«

»Dann hasst Ihr mich also nicht, weil ich mit diesen bösen Frauen zusammen war? Ich – ich wollte nicht mitkommen, wirklich nicht.«

Sie schniefte. »Na ja, ein klein wenig schon. Ich dachte, vielleicht bietet sich mir die Chance zu fliehen. Aber zuerst wollte ich tapfer sein und helfen, den Hexenjäger zu beseitigen. Ihr versteht schon, Meggie zuliebe.«

Martin verstand gar nichts, aber er nickte aufmunternd.

»Als wir auf den Hof kamen, hat es geregnet, und wir konnten nichts richtig erkennen. Wir haben Euch für den Hexenjäger gehalten.«

»Mon Dieu!« Martins Stolz hatte in letzter Zeit einiges einstecken müssen, aber mit einem Hexenjäger verwechselt zu werden war wirklich unerträglich.

Er warf sich empört in die Brust und rief: »Mademoiselle, Ihr habt mich tief getroffen! Sehe ich in Euren Augen denn wie ein solcher Teufel aus?«

»Nein. Zumindest jetzt nicht, nachdem ich Euch besser sehen kann.« Sie senkte die Wimpern, doch darunter hervor warf sie einen bewundernden Blick auf ihn.

»Dann werde ich mich bemühen, Euch zu verzeihen«, meinte Martin. »Und wie auch nicht bei einer solch bezaubernden jungen Dame? Jetzt ist mir auch klar, woher Euer Sohn sein gutes Aussehen hat.«

Sie setzte sich eifrig auf, und in ihre Wangen kehrte Farbe zurück. »Ihr habt meinen kleinen Jean Baptiste gesehen?«

»*Bien sûr*, Mademoiselle, als ich auf Faire Isle nach Miri suchte.«

»Wie sah er aus? Welchen Eindruck hat er auf Euch gemacht? Geht es ihm gut?«

»Selbstverständlich. Er ist wie ein Prinz, umgeben von einem Hof von Frauen, die ihn bewundern. All Eure Freunde auf Faire Isle kümmern sich hervorragend um ihn.«

Ihr Antlitz verdunkelte sich. »Ich habe keine Freunde, M'sieur.«

»Aber natürlich habt Ihr welche, Mademoiselle Miri zum Beispiel.« Er verbeugte sich. »Und auch Martin le Loup.«

Sie legte den Kopf schief und musterte ihn schüchtern. »Das seid Ihr, Monsieur?«

»Gewiss, *ma petite.*« Martin führte die Hand des Mädchens sachte an seine Lippen. Ihr Mund kräuselte sich zu einem schwachen Lächeln, doch gleich darauf wurde sie wieder ernst und umklammerte seine Hand.

»Kann ich Euch etwas fragen, Monsieur le Loup?«

»Nennt mich ruhig Martin«, meinte er.

»Martin«, wiederholte sie und lächelte noch einmal. »Was – was ist aus meinen Begleiterinnen geworden? Sind sie … sind sie wirklich tot?«

»Ich fürchte schon. Ich glaube, man hat ihre Leichen einstweilen in eine Scheune gelegt, bis die Vorkehrungen für ihre Beerdigung getroffen werden können.«

Sie entzog ihm die Hand und umklammerte mit gesenktem Blick die Zudecke. »Vielleicht haltet Ihr mich für sehr böse, Monsieur, aber es tut mir nicht leid, dass sie tot sind. Ursula, die Große, war ein hinterhältiges, brutales Weib, und Nanette – sie war nicht ganz so schlimm, aber sie war ziemlich verrückt. Sie hat mir Angst gemacht.«

»Ich halte Euch überhaupt nicht für böse, Mademoiselle. Was ich von den zwei Hexen mitbekommen habe, hat gereicht, mir das Blut in den Adern gefrieren zu lassen. Aber wahrscheinlich waren sie nichts im Vergleich zur Silbernen Rose.«

Das Mädchen erstarrte bei der Erwähnung der Zauberin. Martin fuhr mit seiner sanftesten, überzeugendsten Stimme fort: »Ich will Euch nicht beunruhigen, Mademoiselle, aber die Zauberin wird bald erfahren, dass ihr bei Eurem Auftrag versagt habt, und dann schickt sie bestimmt jemand anderen.«

Carole erzitterte. »Ja, das wird sie wahrscheinlich.«

»Doch wenn Ihr mir sagen könnt, wer sie ist und wo ich sie finden kann …«

»Das … das weiß ich nicht genau, Monsieur. Wir haben in einem alten Haus in Paris gewohnt, und der Name der Frau ist mir nie zu Ohren gekommen. Alle nannten sie immer nur Herrin.«

»Könnt Ihr sie denn beschreiben?«

Das Mädchen runzelte die Stirn. »Sie sah genauso aus, wie man sich eine schreckliche Zauberin vorstellt. Sie hat lange, dichte schwarze Haare, durchzogen von silbernen Strähnen. Ihre Haut ist leichenblass. Und ihre Berührung … Ihre Finger sind eiskalt. Wenn sie einen berührt, hat man das Gefühl, als würde sie einem jeden Gedanken und jede Erinnerung aussaugen.«

Martin schluckte. Konnte es zwei Frauen geben, auf die diese Beschreibung passte?

»Und ihre Augen … ihre Augen sind ganz dunkel. Und leer.«

»Weil sie blind ist?«

Carole sah ihn überrascht an. »Woher wisst Ihr das, Monsieur?«

Martin rutschte bei der Bestätigung seiner Befürchtungen das Herz in die Hose. »Ich glaube, mir ist diese Frau … diese Silberne Rose schon einmal begegnet.«

Carole zuckte zusammen und sah lange auf ihre Hände, bevor sie sagte: »Die Herrin ist böse, sie leitet den Zirkel und steckt hinter den Untaten. Aber sie ist nicht die Silberne Rose. Das ist … das ist Meggie.«

»Meggie?«, fragte Martin verwirrt.

»Sie ist nicht böse.« Carole sah ihn ernst an. »Meggie ist

überhaupt nicht böse – alles andere als das. Aber sie hat das Pech, die Tochter dieser grässlichen Hexe zu sein.«

»Ihre Tochter? Die Hexe hat eine Tochter?« Martin wurde aschfahl. »Wie alt ist das Mädchen?«

»Meggie wird demnächst zehn.«

Martin benetzte seine Lippen. »Und … und der Vater des Kindes?«

»Niemand weiß, wer der Vater ist, Monsieur. Aber die Herrin ist so grausam, dass sie Meggie ständig erzählt, ihr Vater sei der Teufel.«

Martin war so bestürzt, dass seine Knie weich wurden. Er taumelte ans Fenster, um seinen Zustand vor Carole zu verbergen. Das Kind vom Teufel gezeugt? Das hätte er gern geglaubt, aber er befürchtete, dass es für Meggies Herkunft eine ganz andere, viel schlimmere Erklärung gab.

Die Silberne Rose war Cassandra Lascelles' Tochter. Aber er hegte den schrecklichen Verdacht, dass sie auch seine Tochter war.

* * *

Die Schatten an den Verschlägen wurden länger. Miri und Simon wachten besorgt über Elle und warteten auf eine Veränderung. Die Stute konnte mittlerweile nicht mehr stehen, sie lag auf der Seite im Stroh und atmete schwer, den Kopf nach Simon ausgestreckt, die Augen halb geschlossen.

Als Miri das Gegengift verabreichte, hatte sich Simon bemüht, Elles Ängste zu beschwichtigen, doch er hatte das Gesicht abgewandt, weil er nicht zusehen konnte, wie Miri die Spritze in Elles Hals drückte und dann den Kolben presste, um das Mittel in ihre Adern zu leiten, von dem sie hoffte, es sei das lebensrettende Gegengift. Doch jetzt blieb ihnen nichts anderes übrig, als zu warten, zu hoffen und zu beten.

Elle war sehr geräuschempfindlich geworden, weshalb sie alle anderen Geschöpfe aus dem Stall verbannt hatten. Jacques und

Yves fernzuhalten war ziemlich mühsam gewesen, aber der Junge war im Haus bei seiner Mutter wahrhaftig besser aufgehoben. Er hatte sich sehr über alles aufgeregt, was an diesem Tag passiert war, und Elle brauchte möglichst viel Ruhe und Frieden.

Simon streichelte gedankenverloren Elles Nüstern. »Weißt du, dass es der reine Zufall war, dass Elle mein Pferd geworden ist?«, fragte er plötzlich unvermittelt. »Ein Kaufmann hatte das Tier für seine Tochter erwerben wollen. Elle hätte es gut gehabt, sie wäre in einem prächtigen Stall verwöhnt und nur gelegentlich zu einem kleinen Ausritt herausgeholt worden. Ich war jedoch der erste Bieter und bot dem Züchter weitaus mehr Geld für sie. Bei der Tochter des Kaufmanns hätte sie es bestimmt besser gehabt.«

»Das glaube ich nicht«, widersprach Miri. »Sie wäre nur ein weiteres Besitzstück dieses Mädchens gewesen, ein neues Spielzeug. Bei dir hingegen war es etwas ganz anderes. Elle liebt dich, Simon. Sie will mit dir zusammen sein. Sie wäre bestimmt lieber eine etwas kürzere Zeit mit dir zusammen oder jedenfalls die Zeitspanne, die ihr gewährt wird, als jahrelang in dem schönsten …«

Miri verstummte, sie wusste nicht recht, ob sie von sich oder dem Pferd redete. Sachte streichelte sie den Hals der Stute und schickte ihr ihre Gedanken.

Bitte, Elle, du schaffst es, kämpf dich zurück.

Die matten Gedanken des Tieres erreichten Miri. *So müde … so schrecklich müde …*

Nein, du schaffst es. Kämpf dich zurück! Du darfst nicht sterben, bitte, du musst bleiben, ihm zuliebe. Er braucht dich.

Simon verschränkte die Hände so fest, dass seine Knöchel weiß wurden. »Ich hätte mich nie darauf einlassen sollen. Es wirkt nicht, Miri, wir foltern sie umsonst«, murrte er.

Miri begann allmählich selbst zu zweifeln, doch sie wusste, dass es hier nicht nur darum ging, Elles Leben zu retten. Simon war felsenfest überzeugt, dass Magie schlecht war. Le Vis' Lehren hatten ihn regelrecht vergiftet. Nun hatte Miri das Gefühl, als würde sie nicht nur um Elle, sondern auch um die Seele von Simon Aristide kämpfen.

Sie streichelte noch einmal die Nüstern des Pferdes und versuchte, der Stute ihre Gedanken und ihren Willen einzugeben. *Elle, bitte, du musst es versuchen! Er braucht dich, du weißt ja gar nicht, wie sehr er dich braucht.*

Hatte sie sich das nur eingebildet, oder flackerten die Augen des Pferds tatsächlich und gingen dann auf, die dunklen Tiefen überraschend klar? Elle bemühte sich, den Kopf zu heben, anfangs waren es nur ganz schwache Versuche. Simon hielt den Atem an. Das Pferd wieherte leise, dann drehte es sich langsam und zog die Beine an. Zuerst war Elle noch ein wenig zittrig, doch dann schaffte sie es tatsächlich aufzustehen.

Miri kniete sich hin und presste die Hände an den Mund. Sprachlos sah sie zu, wie Simon ebenfalls aufstand. Er wirkte verblüfft, ehrfürchtig, bass erstaunt. Im nächsten Moment schlang er die Arme um den Hals seines geliebten Tieres, und Tränen rannen ihm über die Wange. Er liebkoste Elle, dann sah er mit verhangenem Blick auf Miri, heftig um Fassung ringend.

»Danke!«, sagte er heiser.

* * *

Miri blieb noch in der Scheune und gab Jacques ein paar Anweisungen, worauf er bei seiner Nachtwache zu achten habe. Das Pferd schien von Minute zu Minute stärker zu werden, und Miri hatte keine Angst mehr, doch für alle Fälle bat sie Jacques, sie sofort zu benachrichtigen, sollte er an Elle Zeichen eines Rückfalls entdecken. Dann machte sie sich auf die Suche nach Simon.

Sobald er sicher gewesen war, dass sich Elle wieder erholen würde, war er verschwunden. Miri fürchtete, dass er, nachdem die Krise überstanden war, seine Aufmerksamkeit wieder auf Carole richten und sie verhören wollte. Sie glaubte zwar, dass sein Zorn verraucht war, aber sie wollte das verängstigte Mädchen notfalls vor ihm in Schutz nehmen.

Doch als sie aus der Scheune trat, sah sie Simon sehr zu ihrer Verwunderung auf der Holzbank am Teichufer sitzen. Er sah auf das funkelnde Wasser, auf das das letzte Licht des Tages helle Streifen zeichnete.

Zögernd trat sie näher, weil sie vermutete, dass er aus demselben Grund hier war wie sie in der letzten Nacht – dass auch er versuchte, hier sein Gleichgewicht wiederzufinden. Der Mann wollte es zwar nicht glauben, aber sie hatten tatsächlich eine Menge gemeinsam.

Doch dann fiel ihr auf, dass er nicht so aussah, als ob er hier Frieden fände. Er starrte auf die Spritze in seiner Hand, die Elle erst so geschadet und dann ihr Leben gerettet hatte.

Als er Miri kommen hörte, legte er das Werkzeug behutsam zur Seite. Er blickte sie besorgt an. »Geht es Elle immer noch gut?«

»Es geht ihr bestens. Die ganze Geschichte hat sie offenbar sehr hungrig gemacht. Ich glaube, sie versucht gerade, dem alten Jacques eine Extraportion Hafer abzuluchsen.«

Simon lächelte. »Darauf versteht sie sich ausgezeichnet.«

Miri setzte sich neben ihn und strich ihm eine Haarsträhne aus der Stirn. »Im Moment mache ich mir um Elles Meister größere Sorgen. Wie geht es dir?«

Er verzog das Gesicht. »Nicht sehr gut. Ich habe gerade versucht, ein paar Dinge zu überdenken und zu verstehen. Na ja, nicht nur ein paar Dinge, eigentlich mein ganzes Leben. Als Le Vis vor langer Zeit in mein Dorf kam und mich rettete, war ich ihm nicht besonders dankbar; ich wäre lieber gestorben. Ich wünschte mir, tot zu sein. Ich verstand nicht, warum ich als Einziger meiner Familie und meines ganzen Dorfes verschont geblieben war. Le Vis hat mir gesagt, dass es dafür einen Grund gab. Ich hatte überlebt, um gegen das Böse zu kämpfen – gegen die Art von Bösem, die meine Familie vernichtet hatte –, damit andere nicht dasselbe bittere Schicksal erleiden mussten. Viele

Jahre lang hat mich der Glaube daran aufgerichtet und mein Leben geleitet. Aber jetzt bin ich mir dessen nicht mehr sicher, Miri. Ich zweifle an allem, was ich getan habe, an allem, was ich zu verstehen glaubte. Mir scheint es fast so, als sei mein ganzes Leben ein einziger riesiger Fehler gewesen.«

»Ach, Simon!« Miri nahm seine Hand.

»Ich habe besser als alle anderen verstanden, was für ein Mensch Le Vis war, doch ich war stets entschlossen, nie seinem Wahn zu verfallen, nie zu werden wie er. Aber wenn ich an manche meiner Taten denke – erst heute Nachmittag, als ich mich auf das arme junge Ding gestürzt habe –, und wenn ich mich betrachte, zum Beispiel hier im Teich« – er blickte auf sein Spiegelbild im Wasser –, »dann starrt mich Le Vis an.«

Miri umfasste seine Hand fester. »Das sehe ich nicht, Simon, und das habe ich nie gesehen. Immer, wenn ich dich ansah, sah ich einen guten Mann, trotz all deiner Wunden und Verletzungen. Einen guten Mann, der darum kämpfte zu überleben, der versuchte, seinen Weg zurück zum Licht zu finden.«

Obwohl er seine Finger mit den ihren verschränkte, starrte er weiter düster auf den Teich. »Wahrscheinlich war ich viele Jahre lang wirklich blind in meiner Verbitterung gegen den Comte de Renard. Ich war felsenfest davon überzeugt, dass er ein böser Zauberer ist. Aber jetzt weiß ich, dass ich seinem Wissen Elles Leben verdanke.«

Er schluckte. »Ich glaube, die Wut, die ich von Anfang an auf ihn hatte, kam von meinen Schuldgefühlen. Ich habe immer wieder daran gedacht, wie er mit seinem Schwert auf die Ordensbrüder der Hexenjäger losging. An jenem Tag wollte Le Vis dich der Wasserprobe unterziehen. Ich hätte Renard dankbar sein müssen, dass er dir das Leben gerettet hat. Vielleicht war ich nur wütend auf ihn, weil er es war, der dich gerettet hat, und nicht ich.«

»Ach Simon, du warst doch damals noch so jung, und genauso verwirrt und verängstigt wie ich.«

Simon schüttelte düster den Kopf. »Selbst damals, als ich

Renard in Paris angriff aus Rache, weil er Le Vis umgebracht hatte …«

»Er war es nicht, das habe ich dir doch damals schon zu sagen versucht. Es war die dunkle Königin. Als dein Meister starb, war Renard in der Bastille gefangen.«

Simon nickte düster. »Ich hätte dir glauben sollen. Aber es war viel leichter, ihn einer Tat zu beschuldigen, die ich am liebsten selbst begangen hätte.« Er seufzte schwer. »Ich habe dir nie meine Geschichte von der Bartholomäusnacht zu Ende erzählt.

Ich war halb verrückt vor Wut und hielt mein Messer fest umklammert. Aber – aber ich wollte nicht die Hugenotten vernichten, ich wollte Le Vis töten, den Mann, der mir das Leben gerettet hatte. Ich stand kurz davor, ihm nachzueilen und …«

Simon raufte sich die Haare, in seinem Blick lag all seine Seelenpein. »Ich war so verwirrt, so durcheinander, Miri, so zerbrochen. Und deshalb habe ich auch immer wieder versucht, dich wegzustoßen.«

»Aber dann hast du angefangen zu genesen. Das war kein Verrückter wie Le Vis, der sein Leben aufs Spiel setzte, um die Maitlands zu retten oder Madame Pascale und Yves. Oder der sich immer wieder bemüht hat, mich zu schützen und zu schonen. Deine Seele hat der Finsternis Widerstand geleistet. Aber es hat dich schrecklich mitgenommen.« Sanft strich sie die Haare aus seinem qualvoll verzerrten Gesicht. »Lass mich dich lieben, lass mich dir helfen.«

Obwohl er einen glühenden Kuss auf ihre Handfläche drückte, sagte er: »Ich kann es nicht, Miri. Ich habe zu viel Angst. Du bist das einzig Gute in meinem Leben, der einzige Mensch, der immer da war. Wenn ich dich mit meiner Finsternis anstecke …«

»Das tust du nicht«, rief sie. »Ich kann stark genug sein für uns beide, so stark, wie ich es selbst nicht geglaubt hätte. Du musst nur die Arme ausbreiten und mich einlassen.«

Simon starrte sie lange an, sein dunkles Auge aufgewühlt vom Kampf zwischen seiner Angst und seiner Sehnsucht.

Doch dann siegte die Sehnsucht, und er breitete langsam die Arme aus. Als Miri gegen ihn sank, drückte er sie fest an sich. Miri vergrub die Finger in seinen Haaren und suchte hungrig nach seinen Lippen.

In der Leidenschaft ihrer Umarmung bemerkte keiner von ihnen den einsamen Mann auf der Schwelle der Scheune. Als Miri sich Aristides Umarmung hingab, sah Martin le Loup all seinen Träume zu Staub zerfallen.

Es brach ihm das Herz. Leise trat er in den Stall, um sein Pferd zu holen.

19

Die Straßen waren zwar glatt und schmutzig vom Regen, doch die Luft und die Stimmung in der Stadt waren abgekühlt. Die Erlösung von der Hitzewelle war ein Grund zum Feiern. Trotz der späten Stunde drangen Gelächter und Gejohle aus den Tavernen. Aber in der Rue de Morte, auf der Martin le Loup entlangschlich, war alles dunkel und ruhig.

Unter anderen Umständen wäre er versucht gewesen, sich den Feiernden anzuschließen. So hart sein Dasein und der Überlebenskampf auf den Straßen oft gewesen waren, er hatte die große Stadt immer geliebt. Der Lärm, das geschäftige Treiben, die vielen Menschen, die großen Häuser, das pulsierende Leben hatten ihn stets angeregt. Doch als er jetzt, verschluckt von der Dunkelheit, zu dem finsteren, drohend vor ihm aufragenden Haus schlich, fühlte er sich nur verzagt.

Das *Maison d'Esprit.*

Wenn er in seiner Jugend an diesem Haus vorbeigekommen war, hatte er sich wie viele andere stets bekreuzigt. Selbst damals stand das Haus im Ruch des Bösen, man munkelte, dass hier Hexen gelebt hatten und dass jeder, der es wagte, dort einzudringen, mit einem Fluch belegt würde. Damals hatte Martin vor allem Übernatürlichen eine Heidenangst gehabt.

Ihm fiel auf, dass das Haus in einem besseren Zustand war als früher. Die Fenster waren repariert, die Risse in den Wänden ausgebessert. Dennoch hatte der Ort immer noch etwas Finsteres an sich. Unwillkürlich musste er an die Nacht vor langer Zeit denken, als er zum ersten Mal mit Hauptmann Remy vor diesem Haus gestanden und ihn gewarnt hatte, dass er den Ort tunlichst meiden sollte. Wenn sie die Warnung doch nur alle beherzigt hätten – vor allem Gabrielle Cheney –, dann hätten sie nie etwas von Cassandra Lascelles gehört, und diese Frau hätte in ihrem Leben keine Rolle gespielt.

Martin spähte durch das schmiedeeiserne Tor. Ihm kam das Haus noch immer wie ein Ort der Geister, des Fluchs und der Geheimnisse vor. Wenn Carole Moreau die Wahrheit gesagt hatte, war jetzt eines dieser Geheimnisse auch seines. Er hoffte zwar noch immer, dass das junge Mädchen nur hysterisch war oder sich in ihrer Annahme, dass die Silberne Rose ein kleines Mädchen war, das Kind der Hexe, geirrt hatte. Doch falls sie nicht irrte, dann war dieses Kind sehr wahrscheinlich seine Tochter. Eine Nacht – ein einziges Mal hatte Martin mit der Frau geschlafen. Das hatte doch bestimmt nicht gereicht. Aber im Grunde wusste er es besser.

Carole hatte ihm gesagt, dass das Kind außergewöhnlich sei, ja fast ein Engel. Aber was sie ihm dann im Einzelnen über diese Meg berichtet hatte, ließ ihm das Blut in den Adern gefrieren: dass sie ein Kind von den Toten hatte auferstehen lassen und dass ihre Augen aussahen, als könnten sie direkt ins Herz eines anderen blicken. *Mon Dieu,* das klang für Martin eher nach Hexe als nach Engel.

Als er am Eingang lehnte und ins Innere starrte, wusste er, dass er keine Ruhe mehr finden würde, bis er die Wahrheit herausgefunden hatte. Vielleicht war es unbesonnen gewesen, so überstürzt nach Paris zu reiten und nur dem jungen Yves Bescheid zu geben, aber er hatte gehofft, noch vor dem nächsten Morgen zurück zu sein. Außerdem, sinnierte er düster, würde Miri sein Fehlen vielleicht gar nicht bemerken, so, wie sie in Aristides Armen gelegen hatte.

Und wahrscheinlich war es auch ganz gut, dass die beiden beschäftigt waren. Martin war nicht besonders erpicht darauf, dass Aristide oder Miri sein schändliches Geheimnis erfuhren. Er hatte zu keinem je ein Sterbenswörtchen über die Nacht verlauten lassen, in der er von einer Hexe verführt worden war. Damals hatte er sich über und über besudelt gefühlt durch den Kontakt mit dieser Frau. Er wusste noch genau, wie er danach in der

Gosse gekauert und sich wieder und wieder übergeben hatte bei dem Gefühl, dass er nun verflucht sei und für alle Zeit befleckt.

Mochte Gott ihm beistehen, wenn sich seine Befürchtung bewahrheitete. Was würde Miri wohl sagen, wenn sie herausfand, dass er der Vater dieser Silbernen Rose, dieses Teufelskindes war? Vielleicht wollte sie dann gar nichts mehr von ihm wissen? Aber offenbar war sie für ihn ohnehin bereits verloren, wie er sich bekümmert eingestehen musste.

All die düsteren Gedanken, die ihm durch den Kopf gingen, als er allein im Dunkel vor dem Tor stand und daran dachte, sich auf eine äußerst gefährliche Mission – das Ausspionieren eines Hexenzirkels – zu begeben, trugen nicht dazu bei, ihm Mut zu machen.

Am klügsten und vernünftigsten wäre es wohl, zu dem Gasthaus zurückzukehren, in dem er sein Pferd untergestellt hatte, und nach ein paar alten Gefährten aus seiner Zeit als Straßendieb Ausschau zu halten. Mit ihnen könnte er sich dann das Haus bei Tag vornehmen. Doch was würde er tun? Kühn zur Tür schreiten, klopfen und sagen: »Verzeihung, lebt hier zufällig eine gefürchtete Hexe, die ich vielleicht vor zehn Jahren geschwängert habe?«

Nein, ihm blieb nichts anderes übrig, als jetzt allein über die Mauer zu steigen. War das klug und vernünftig? Martin zuckte die Schultern. Er hatte in den achtundzwanzig Jahren seines Lebens nie besonders klug und vernünftig gehandelt. Warum jetzt damit anfangen?

Nach einem weiteren unsicheren Blick auf das Haus schlich er zu der steinernen Mauer. Die raue Oberfläche bot genügend Halt für Hände und Füße. Eilig kletterte er darüber. Er hatte seine helle Kleidung durch ein Wams aus schwarzem Samt und eine dunkle Hose ersetzt, sodass er nachts kaum auffiel. Als er im Garten landete, sah er sich angespannt um. Hatte ihn jemand bemerkt, kam jemand auf ihn zu? Nein. Er erinnerte sich, dass die Hexe damals einen furchterregenden Hund gehabt hatte, aber der jungen Carole Moreau zufolge gab es keinen Hund mehr, sondern nur ein Haus voller Hexen. Das Anwesen wirkte ruhig.

Wo früher Unkraut und moosbewachsene Brunnen gestanden hatten, sah er jetzt sorgfältig gepflegte Rosenbeete. Doch der Gegensatz zwischen all der unschuldigen Schönheit und dem düster aufragenden Haus war umso beunruhigender. Der Ort wirkte völlig dunkel. Martin kauerte sich einen Moment lang hin, er wusste nicht, was er als Nächstes tun sollte. Doch dann hörte er ein Geräusch, das von der rückwärtigen Seite des Hauses zu kommen schien. Er schlich leise durch die Büsche, bis er an eine Stelle kam, an der er Licht aus den Fenstern dringen sah.

Eines der Fenster stand einen Spaltbreit offen, um die frische Luft hereinzulassen, die der Regen gebracht hatte. Verstohlen kroch Martin zu dem Fenster und spähte vorsichtig hinein. Sein Blick fiel auf die Küche des großen Hauses.

Der Raum war von Kerzen erleuchtet, und mindestens drei Hexen waren dort versammelt. Nur eine konnte er deutlich sehen, eine kleine, dunkle, elfenhafte Frau. Eine andere, ziemlich dürre Hexe hatte ihm den Rücken zugekehrt. Die beiden hatten sich gerade ein Glas Wein kredenzt und prosteten sich gut gelaunt zu. Eine dritte stand in der Nähe, auch sie hielt einen Becher Wein in der Hand, aber sie wirkte etwas deplatziert in ihrem schönen, über einen Reifrock fallenden Seidengewand. Sie war klein und blond und trug eine Maske, mit der Frauen gern ihren Teint schützten. Es kam Martin seltsam vor, dass sie die Maske auch drinnen trug. Offenbar wollte sie nicht verraten, wer sie war.

Die anderen beiden Hexen stellten ihre Becher ab und spähten in einen Kessel, der auf dem Herd stand. Martin schnüffelte und zog die Nase kraus. Was immer da köchelte, er war sich verdammt sicher, dass es sich nicht um Eintopf handelte. Aus dem Fenster wehte ihm ein übler, stechender Dampf entgegen.

Die Kleinere der beiden, die Elfenhafte, meinte: »Glaubst du, so soll es aussehen?«

Die Dürre mit den fettigen Haaren erwiderte: »Woher soll ich das wissen? Ich habe noch nie einen Gifthauch gebraut.«

Martin erstarrte. Ein Gifthauch? Dieses beunruhigende Wort hatte er schon einmal gehört. Es war der machtvolle Zauber gewesen, den die dunkle Königin angeblich auf Paris losgelassen hatte, um den schrecklichen Wahn der Bartholomäusnacht zu entfesseln. *Mon Dieu,* planten diese elenden Hexen etwa ein weiteres derartiges Blutbad?

Die Dürre tauchte einen Schöpflöffel in den Kessel. »Es scheint hart zu werden, das kann nicht stimmen.«

»Die Silberne Rose meint, dass es so gehen soll«, erwiderte die Kleine. »Nachdem es fest geworden ist, können wir es zu einem Pulver vermahlen. Es wird zu feinem Staub, und wenn man den einatmet ...«

»Dann wird die dunkle Königin verrückt.« Die dürre Hexe kicherte. Sie klang ziemlich betrunken. »Sie wird den Herzog von Guise umbringen.«

»Und dann werden sich die Bürger von Paris gegen sie und ihren Sohn wenden, und das ist das Ende des Hauses Valois«, rief die Kleine erfreut. »Oh, ich wünschte, man würde mich auswählen, um der Königin den Gifthauch zu überreichen!«

»Diese wichtige Aufgabe wird die Herrin nicht irgendwem übertragen. Sie hat vor, es selbst zu tun. Doch da ich ihre langjährige Freundin und Zofe bin, wird sie mir erlauben, sie zu begleiten«, prahlte die Dürre. Sie hob ihr Glas. »Auf die kommende Revolution!«

»Und den Aufstieg unserer Silbernen Rose!«

Die beiden stießen darauf an, dann wandten sie sich an die Dritte.

»Mademoiselle Harcourt, warum feiert Ihr nicht mit uns?«

Die Frau lächelte matt, aber sie hob ihr Glas nicht, um mit den anderen anzustoßen. Stattdessen nippte sie nur bedächtig. »Ich kann erst unbeschwert feiern, wenn die Tat vollbracht ist.«

Zum ersten Mal drehte sich das dürre Geschöpf um, sodass Martin ihr Gesicht sehen konnte. Eine Erinnerung regte sich in ihm, und sein Mut schwand. Er kannte diese Frau. Wie hieß sie gleich wieder? Francine? Fabrianna? Nein, Finette – das war ihr Name. Sie war schon damals Cassandra Lascelles' Zofe gewesen. Martin hatte einen seiner Freunde überredet, sie zu verführen und abzulenken, damit er sich in das Zimmer schleichen konnte, in dem Cassandra auf Remy wartete.

Er wich ein wenig zurück. Wenn Finette da war, war ihre Herrin sicher in der Nähe. Aber jetzt war er schon zu weit gegangen, er musste herausfinden, was diese verdammten Hexen im Schilde führten, und er musste in Erfahrung bringen, was es mit der Silbernen Rose auf sich hatte. War das kleine Mädchen tatsächlich in diese grässliche Intrige verwickelt?

Da Gillian Harcourt weiter allein an ihrem Wein nippte, schnaubte Finette abfällig. »Aha, sieht so aus, als ob die vornehme Hofdame sich nicht mit uns abgeben will, Odile.«

Gillian erwiderte: »Nein, die Dame hat nur gelernt, sehr vorsichtig zu sein. Schließlich habe ich der dunklen Königin viele Jahre gedient, und ich weiß sehr viel besser als ihr, wie gefährlich diese Frau sein kann.«

»Ach ja, das arme Ding«, höhnte Finette. »Was für ein schreckliches Leben sie geführt hat. Von all den Annehmlichkeiten des Palastes verwöhnt hat sie all die prächtigen Männer verführt, die ihr die dunkle Königin aufgetragen hat.« Finette leckte sich lüstern die Lippen.

Aber die andere, die Finette vorhin mit Odile angesprochen hatte, wirkte mitfühlender. »Ich kann mir nicht vorstellen, dass das ein besonders angenehmes Leben ist.«

Gillian zuckte die Schultern. »Manchmal war es das. Aber ich musste der dunklen Königin ständig zur Verfügung stehen, ich musste jeden verführen, den sie mir auftrug.«

»Ich habe gehört, dass Ihr sogar die Mätresse dieses Hexenjägers wart«, meinte Finette finster.

Wie bitte? Martin erstarrte.

»Ja, eine Zeit lang. Gerade deshalb bin ich auch besorgt, was Simon Aristide angeht. Auch ihn darf man nicht unterschätzen.«

»Ich versichere dir«, meinte Odile lächelnd, »dass wir uns diesmal gründlich um den Kerl kümmern. Die Herrin hat ihm Ursula und Nanette auf den Hals gehetzt, und Ursula mag zwar manches nicht können, aber aufs Töten versteht sie sich ausgezeichnet.«

»Ich hoffe, dass du recht hast«, erwiderte Gillian. »Ich schlafe nämlich sehr unruhig, seit ich erfahren habe, dass Simon Aristide und die dunkle Königin zusammenarbeiten. Die dunkle Königin hat ihm freie Hand gelassen in allem, was er tun möchte. Das heißt, wenn er herausfindet, wo wir stecken, sind wir seiner Gnade unterworfen. Und das eine kann ich euch sagen: Der Mann kennt keine Gnade.«

Martin atmete scharf ein. Er musste die Hand vor den Mund legen, um einen wütenden Fluch zu unterdrücken. Also steckten Simon und die dunkle Königin doch unter einer Decke! Er hatte schon fast angefangen, auf Miri zu hören, nachdem der Kerl ihm das Leben gerettet hatte. Beinahe hätte er seine Meinung über Aristide geändert, aber offenbar missbrauchte der Bursche wieder einmal Miris Vertrauen und tat ihr weh. Und das in mehrfacher Hinsicht.

Wenn diese Frau die Wahrheit sagte und sie tatsächlich Aristides Mätresse gewesen war … Martin trat einen Schritt vom Fenster weg. Er war hin- und hergerissen zwischen seinem Drang, die Wahrheit über die Silberne Rose herauszufinden, und dem Wunsch, zu Miri zurückzueilen. Schließlich hatte er sie mit Aristide, diesem Mistkerl, allein gelassen.

Doch bevor er sich entschließen konnte, was nun zu tun war, knackte ein Ast hinter ihm. Er wirbelte herum, aber es war zu spät. Er blickte auf ein Schwert, das eine kleine, wütend aussehende Frau in der Hand hielt. Und die Spitze dieses Schwertes war gegen seine Kehle gerichtet.

»Keine Bewegung«, fauchte das Geschöpf. »Sonst durchbohr ich deine Kehle und dein Blut spritzt überall hin, auch auf das Fenster.«

Eine andere Stimme drang aus der Dunkelheit. »Und das

würde mich sehr ärgern, denn ich musste erst gestern die Fenster putzen.«

Martin hob die Hände hoch und meinte: »Verzeiht mir, ich werde den Damen selbstverständlich keine solchen Ungelegenheiten bereiten. Doch mir ist bewusst, dass mein Auftauchen für ein wenig Unruhe gesorgt hat.« Sein Blick hüpfte zwischen den beiden hin und her, er versuchte abzuschätzen, welche Chancen er hatte, zu entkommen und sein Schwert zu zücken. Aber bevor er etwas tun konnte, tauchte eine Dritte auf und packte ihn an den Armen.

Er konnte sie in der Dunkelheit kaum erkennen, nur ihre fanatischen, rattenhaft glitzernden Augen sah er deutlich. Außerdem sah er, dass die drei bis an die Zähne mit Schwertern und Messern bewaffnet waren. Warum ließ sich dieses Weib nicht mehr von einem Hund bewachen? Ein Hund wäre ihm weitaus lieber gewesen als diese halb verrückten Geschöpfe.

Mit größter Mühe rang er sich ein charmantes Lächeln ab. »Meine Damen, ich weiß, dass das nicht gut aussieht, aber ich kann Euch versichern, dass ich ... dass ich nur nach dem Haus von Pierre Tournelles gesucht habe. Offenbar stehe ich vor dem falschen Anwesen.«

Die Hexe, die ihn mit dem Schwert bedrohte, bleckte breit grinsend die Zähne. »Na ja, wenn Ihr schon mal da seid, Monsieur, könnt Ihr genauso gut hereinkommen und Euch unserem Fest anschließen.«

Martins Ankunft bereitete dem munteren Treiben in der Küche ein jähes Ende. Er wurde unsanft auf einen Stuhl geschubst und an Händen und Füßen gefesselt. Insgeheim fluchte er über seine Torheit. Er konnte nur hoffen, dass keiner erfuhr, dass Martin le Loup, einer der schlauesten Agenten des Königs von Navarra, sich von einer Horde Frauen hatte fangen lassen. Doch wenn er jetzt nicht einen kühlen Kopf behielt, würde wohl nie mehr jemand etwas von ihm erfahren, dachte er düster.

Die Hofschönheit, die einstige Mätresse des Hexenjägers,

hatte sich eilig verabschiedet, sobald er in die Küche gezerrt worden war. Abgesehen von der Wächterin, die ihn als Erste angegriffen hatte, waren nur noch die Kleine, Odile, und Finette, Cassandra Lascelles' Zofe, die immer so schrecklich stank, in der Küche. Jetzt war es besonders schlimm, denn sie stank widerlich nach Kognak, während sie um Martin herumstolzierte und mit ihren dreckigen Fingern sein Gesicht betatschte.

»Aha, da haben wir also einen Spion gefasst. Was sollen wir mit ihm tun?«

»Ihm die Augen ausstechen«, schlug die Wächterin vor.

»Oder ihm die Eier abschneiden«, meinte Odile.

Martin bemühte sich um Fassung. »Meine Damen, ich fürchte, ich hänge sehr an diesen beiden Teilen meines Körpers. Ich hatte gehofft, dass wir etwas vernünftiger vorgehen könnten und Ihr vielleicht ein wenig Gnade kennt.« Er seufzte. »Ich hatte einen ziemlich schrecklichen Tag. Na ja, wenn Ihr es genau wissen wollt, war eigentlich die ganze Woche nicht besonders toll, ja, das ganze Jahr war elend.«

Finette stieß ein schrilles Gelächter aus. »Bestimmt nicht so elend wie das, was Euch erwartet, Monsieur.«

Die mürrische kleine Wächterin schlug vor: »Ich finde, man sollte ihm als Erstes die Zunge rausschneiden.«

Zu Martins Bestürzung setzte sich Finette rittlings auf seinen Schoß und strich ihm die Haare aus dem Gesicht. »Ach, ich finde, das wäre eine Verschwendung von einer hübschen Zunge und zwei hübschen Eiern. Vielleicht spiele ich erst ein Weilchen mit ihm.«

Martin rutschte auf seinem Stuhl so weit wie möglich nach hinten. Schaudernd dachte er, dass er sich lieber von seiner Zunge und seinen Eiern trennen würde, als es dazu kommen zu lassen. »Meine Damen, bitte, ich versichere Euch, all dies ist nur ein Fehler …«

»Und Ihr habt ihn begangen.« Die eisige Stimme, die plötzlich wie aus dem Nichts erklang, ließ Martin das Blut in den Adern gefrieren. Finette sprang eilig von seinem Schoß. Martin atmete scharf ein und wappnete sich gegen die Gestalt, deren Silhouette im Türrahmen zu erkennen war, die weißen Hände um einen Gehstock geklammert.

Beim Anblick von Cassandra Lascelles blieb ihm fast das Herz stehen. Ihr Gesicht war noch immer von einer dichten, ebenholzschwarzen Mähne umrahmt, auch wenn sie nun von silbernen Strähnen durchzogen war. Und sie hatte noch immer dieselben toten Augen und denselben grausamen Mund. In den letzten zehn Jahren war sie allerdings beträchtlich gealtert, und ihre einstige schrecklich verführerische Schönheit war verschwunden. Jetzt fiel nur noch ihre Grausamkeit ins Auge.

Als sie sich mit ihrem Stock den Weg zu ihm ertastete, hielt Martin den Atem an. Sein Mund wurde trocken. Er wich zurück, als sie die Hand ausstreckte, um sein Gesicht zu berühren. Ihre Finger glitten wie eisige Tropfen über seine Stirn.

Ihre Hand zitterte, und aus ihren Wangen wich sämtliches Blut. »Zum Teufel, du bist es wirklich. Als ich deine Stimme hörte, dachte ich, ich träume.«

»Verzeiht, Madame, aber ich glaube nicht, dass wir uns je begegnet sind«, versuchte Martin verzweifelt zu leugnen, aber ihre Finger legten sich auf seinen Mund und brachten ihn zum Schweigen.

»Hast du dir eingebildet, dass ich deine Stimme je vergessen würde? So aalglatt, so überzeugend, wie sie ist? Sie hat mich in den letzten zehn Jahren Tag und Nacht verfolgt.« Sie presste die Fingerspitzen fester an seine Lippen, und Martin durchrieselte eine eisige Kälte, ein seltsam beunruhigendes Gefühl. Ihm fiel ein, dass die Hexe angeblich die Gabe besaß, den Menschen die Gedanken allein durch ihre Berührung zu entlocken.

Martin versuchte mit aller Kraft, seinen Kopf leer zu machen, aber er erkannte, dass es bereits zu spät war. Cassandras Mund verzog sich zu einem schmalen, wütenden, triumphierenden Lächeln. Sie beugte sich zu ihm herab, auch ihr Atem roch nach Kognak. Offenbar hatte sie mit den anderen gefeiert, doch sie hatte nur so viel getrunken, dass sie jetzt ein wenig schwankte.

»Nun, mein kühner Geliebter, nach all den Jahren bist du wie durch einen Zauber wieder an meiner Schwelle aufgetaucht. Anscheinend hat das Schicksal beschlossen, mir gewogen zu sein.«

»Da bin ich aber froh«, murrte Martin. »Mir versetzt es immer nur einen Tritt in den Hintern.«

Cass kicherte und strich ihm mit einer grässlichen Sanftheit über die Stirn. »Du ahnst ja nicht, wie lange ich mir dieses Wiedersehen schon wünsche. Du bist nach unserer einzigen leidenschaftlichen Nacht sehr schnell verschwunden.«

Martin benetzte sich die Lippen. »Tja nun, verzeiht mir. Eigentlich wollte ich am nächsten Tag mit Konfekt und Blumen wiederkommen, aber ich war mir nicht sicher, wie Ihr mich empfangen würdet.«

»Ich glaube, du weißt ganz genau, wie du empfangen worden wärst. Ich hätte dir das Herz aus dem Leib geschnitten und es aufgegessen.«

»Das wäre nicht ratsam gewesen, mein Herz ist ausgesprochen zäh. In einer Stadt wie Paris findet Ihr bestimmt eine bessere Kost.«

Er hielt wieder den Atem an, als ihre Hand zu seinem Hals glitt und ihre Nägel ihn leicht kratzten.

»Mein einsamer Wolf«, murmelte sie. »Weißt du, wie viel Zeit ich in den letzten zehn Jahren damit zugebracht habe, an dich zu denken?«

Martin drehte den Kopf weg, um ihrem nach Kognak stinkenden Atem zu entgehen.

»Es schmeichelt mir, Madame, dass ich so wichtig für Euch war.«

»O ja, das warst du. Ich habe sehr, sehr lange darüber nachgedacht, was ich mit dir anstellen würde, falls ich je das Glück hätte, dich zu fassen.«

Martin verzog das Gesicht. Genau das hatte er befürchtet. »Dann habt Ihr also viel Zeit darauf verwendet? Diese Zeit hättet Ihr doch bestimmt sinnvoller nutzen können.«

Er biss die Zähne zusammen, als sie an den Bändern seines Wamses nestelte. In dem Moment erklang eine leise Stimme.

»Maman?«

Cassandra erstarrte, und alle anderen Anwesenden erstarrten ebenfalls. Odile und die Wächterin machten einen tiefen Knicks, doch Finette wirbelte herum und rief: »Megaera, was hast du hier zu suchen? Du solltest schon längst im Bett liegen!«

Die kleine Stimme erwiderte: »Ich konnte nicht schlafen. Ich habe schlecht geträumt, und außerdem mache ich mir Sorgen um Carole. Ist sie denn schon zurückgekehrt, Maman?«

Finette ging auf das Mädchen zu. »Ihr braucht Euch keine Sorgen um Carole zu machen, Majestät, Ihr müsst jetzt wieder ins Bett.«

Aber Cassandra richtete sich auf, um ihren Mund lag ein entschlossener Zug. »Nein, bring sie her.«

Während Finette gehorchte, schlug Martin das Herz bis zum Hals. Atemlos musterte er die kleine Gestalt, die sich zögernd näherte.

Sie war wirklich winzig. Einen Moment lang klammerte er sich an die Vorstellung, dass sie gewiss noch keine neun Jahre alt war. Sie musste viel jünger sein. Sie konnte nicht seine Tochter sein, dieses dürre kleine Geschöpf mit dem eckigen Gesicht und den glanzlosen braunen Haaren. Das Auffälligste an ihr waren ihre grünen Augen, die sehr groß wurden, als sie Martin erblickten. Das Kind blieb ängstlich stehen, bis die Mutter das grässliche Medaillon an ihrem Hals berührte und sich an sie wandte.

»Komm her, Kind. Du hast mich lang genug mit Fragen über deinen Vater gequält. Ich habe dir immer gesagt, dass er der Teufel sei. Nun zeigt sich, dass ich mich geirrt habe. Offenbar bist du von einem Wolf gezeugt worden. Komm her, Megaera, und mach einen Knicks vor deinem lieben Papa.«

* * *

Eine Brise wehte durch das offene Fenster von Simons Schlafzimmer und trug das leise Rascheln der Bäume, den süßen Duft der Blumen und Kräuter aus dem Garten und den schwermütigen Ruf einer Nachtigall mit sich. Simon und Miri sahen sich an wie damals in der Nacht, als sie sich im Kreis der steinernen Riesen getroffen hatten. Doch nun war die Umgebung nicht von Fackeln und einem Lagerfeuer erhellt, sondern nur von sanftem Kerzenschein, der auf Simon Aristides sehnsüchtiges, verletzliches Gesicht fiel.

Ein Gesicht, das gezeichnet war von Lebensüberdruss, ganz anders als bei dem schönen Jungen, an den Miri sich erinnerte. Das Gesicht eines Kriegers, zerfurcht von Kämpfen, die ihn beinahe vernichtet hätten, von Drachen, die ihn beinahe verschlungen hätten, von der Dunkelheit, die ihn beinahe erobert hätte.

Aber als er im Stall mit dem Teufel um seine Seele gerungen hatte, hatte er gesiegt. In dieser Nacht, in diesem Moment spürte Miri, wie verzweifelt er sich nach ihr sehnte, wie erstaunt er war und wie angstvoll.

Seine Stimme klang ihr noch deutlich im Ohr, als er am Teichufer gesessen hatte mit der Hexenklinge in der Hand, die Elle das Leben gerettet hatte. *Habe ich jemals etwas richtig gemacht?*

Sie wusste, dass er nicht wollte, dass diese Nacht – die Nacht, in der sie sich lieben würden – ein weiterer Fehler wurde, etwas, was sie bedauern würde.

»Simon, kann ich dir ein Geheimnis anvertrauen?« Sie streichelte zärtlich über sein vernarbtes Gesicht.

Er hielt den Atem an, als ob ihn schon diese einzige kleine Zärtlichkeit aus der Fassung brachte. Sein heiles Auge schloss sich unter ihrer Berührung, die dichten, pechschwarzen Wimpern senkten sich auf seine unbeschädigte Wange. »Du kannst mir alles sagen.«

»Ich glaube, ich habe schon immer auf diesen Moment gewartet. Sobald ich dich sah, wollte ich …«

»Du warst damals fast noch ein Kind.«

»Ich habe nicht gesagt, dass ich damals wusste, was ich von dir wollte. Aber in all den Nächten, in denen ich allein in meinem Waldhäuschen saß, konnte ich mir nicht helfen, manchmal stellte ich mir unwillkürlich vor … Ich wagte es nicht, mir einzugestehen, dass du es warst, von dem ich träumte. Ein dunkler Liebhaber, der keine Angst hatte …«

»Aber ich habe Angst. Ich habe Angst, dir wehzutun. Angst, dich im Stich zu lassen. Angst … Du verdienst einen weitaus besseren Mann in deinem Bett als mich, Miri. Einen gesunden Mann, der dir sein reines Herz anbieten kann. Es steht noch immer so viel zwischen uns. Ich kann mir nicht vorstellen, dass …«

»Ich will dich«, fiel sie ihm ins Wort und sah ihn fest an. »Nur dich.«

»Dann möge dir Gott helfen. Ich bin nicht stark genug, jetzt zu gehen.«

Sachte fuhr sie unter seine Augenklappe, sie wollte nicht, dass irgendetwas zwischen ihnen stand, vor allem nicht dieses Stück Leder, hinter dem er sich so lange versteckt hatte.

Sie hatte ihn ja schon früher ohne diese Klappe gesehen, hatte sie ihm abgenommen, weil ihr klar war, dass sie auf seiner Haut scheuerte. Aber diesmal war es anders, ganz anders. Diesmal war es die Anerkennung der Narben, die sie sich gegenseitig zugefügt hatten, und eine zarte Vergebung.

Sie presste den Mund auf den dicken Wulst und schloss die Augen. Ein tiefes Staunen und Verlangen durchflutete ihren Körper.

Staunen über seinen Mut. Er hatte so viel Mut gezeigt, als er gewagt hatte, zu ihr zu kommen und die Mauern niederzureißen, die er so beharrlich zwischen ihnen aufgebaut hatte.

Sie schnürte sein Wams auf und glitt mit den Händen unter sein Leinenhemd, wühlte sich ein zwischen Stoff und warmer Haut.

Simon stöhnte, als ihre Finger über seine Brust fuhren, und

Miri freute sich, als er ein wenig von ihr abrückte und sich die Kleider vom Leib riss, voller Ungeduld, sich davon zu befreien. »Ich muss dich berühren, ich muss dich sehen …«

Er öffnete ihr Mieder mit zitternden Händen, dieser Mann, der so furchtlos und so stark war. Kraftvolle Finger, die einen verwirrten Jungen getröstet, ein leidendes Pferd beruhigt und eine hasserfüllte Meute zurückgedrängt hatten, zogen nun eine Schicht nach der anderen von Miris Kleidern aus. Und ihr Körper entfaltete sich wie eine Blume, bis sie vor ihm stand, bleich, ruhig, nackt vor seinem hungrigen Blick.

Sie hatte sich ihres Körpers nie geschämt. Doch als Simon sie nun ansah, spürte sie etwas Neues, etwas ganz anderes als Scham. Es war der Stolz einer Frau darüber, dass sie in dem Mann, den sie liebte, ein solch hitziges Gefallen wecken konnte.

Simon fuhr mit seinen schwieligen Handflächen über ihre Schultern, die Kurven ihrer Hüften. Er streichelte zärtlich mit den Fingerspitzen über die Schwellung ihrer Brüste und entfachte ein Feuer in ihr, das ihr völlig unbekannt war. Sein Mund suchte die Grube an ihrem Hals, küsste sie gierig, während er sie hochhob und zum Bett trug.

Dieses Bett war viel zu groß für einen alleinstehenden Mann. Es flüsterte von Träumen, von denen Miri glaubte, dass Simon sie sich nie eingestanden hatte, nicht einmal in den dunklen Nächten, die er hier allein verbracht hatte.

Er legte sie sanft auf das Bett und deckte sie mit seinem großen Körper zu. Das Gewicht fühlte sich köstlich an, der Gegensatz zwischen seiner Härte und ihrer Weichheit raubte Miri den Atem.

Als Tochter der Erde war sie mit dem Wissen von der Bedeutung des Gleichgewichts in der Natur groß geworden. Sie war davon überzeugt gewesen, dass sie den Tanz des Männlichen und des Weiblichen verstand, die Anziehungskraft zwischen Sonne und Mond, Meer und Küste, Himmel und Erde.

Doch als Simons Mund ihre Lippen in einem gierigen Kuss eroberte, als seine Hände eifrig jede Stelle ihres Körpers erforschten, seine Hüften sich auf sie drückten, während sie die Schenkel öffnete, wusste sie, dass sie nichts von dem Zauber verstanden hatte, der darin lag, wenn Mann und Frau sich liebten.

Sich lieben …

Genau das tat Simon – er liebte sie. Er schickte die Leidenschaft, der er sich so lang widersetzt hatte, in jede Faser ihres Körpers; er sagte ihr mit seinen Händen und seinem Mund, wie hungrig er war, wie sehr er sich nach ihrem Geschmack verzehrte, danach, wie sie sich anfühlte, nach dem freudigen Empfang, den ihm ihr Körper gewähren würde.

Miri keuchte, als Simons Mund sich fest auf ihre Lippen presste, seine Zunge die Konturen ihres Mundes nachfuhr und um Einlass bat. Sie öffnete sich ihm bereitwillig und ließ ihn ein. Als er sich stöhnend aufbäumte, spürte sie seinen harten Schaft.

Sie fuhr mit den Händen über seinen breiten Rücken, versuchte, ihm näher zu kommen, an Orte in seinem Herzen vorzudringen, die er ihr so lange verwehrt hatte. Sie knabberte an seiner Unterlippe und neckte ihn mit einem weiblichen Instinkt, der so alt war wie bei der ersten Tochter der Erde, die ihren Körper im Schatten eines steinernen Kreises dargeboten hatte in einem Fruchtbarkeitsritus, mit dem das Leben bekräftigt wurde und die Erde sich erneuerte.

Simon bedeckte ihren Hals und ihre Brüste mit brennenden Küssen, seine Lippen waren feucht und fast unerträglich sinnlich, als sie sich um die Spitzen von Miris Brust schlossen. Sie stöhnte laut auf, als er mit heißer Zärtlichkeit daran saugte und ihr alle möglichen Empfindungen entlockte, bis ihr ganzer Körper aufschrie, getrieben von einer Sehnsucht, die nur er befriedigen konnte.

»Simon …«, keuchte sie. »Simon, bitte …«

Er verschloss ihren Mund mit einem Kuss und drang tief in sie ein.

Als er ihre Jungfräulichkeit durchstieß, entlockte ihr der

Schmerz einen Schrei, doch dann lachte sie. Verwundert hielt Simon inne, zog sich zurück, sah ihr in die Augen.

»Geht es dir gut?«

»Natürlich. Ich bin einfach nur froh … so froh, dass es fort ist …«, sagte sie lächelnd. »Du hast mich lange darauf warten lassen, Simon Aristide.«

»Ich werde es in dieser Nacht wiedergutmachen, Miri. Wenn es in meiner Macht liegt …«

Er bewegte sich in ihr mit einem Rhythmus, der anschwoll wie die Kraft des Meeres um Faire Isle, mit dem Puls des Lebens, den sie in der Erde gespürt hatte, doch erst jetzt richtig verstand. Einem Puls, den Simon wohl ebenfalls gespürt hatte, wenn er sich als Junge auf die Erde gelegt hatte.

Der Puls rührte an Miris Herz, sie warf den Kopf hin und her und schrie laut auf, als Simon ihr das Wunder des Höhepunkts bescherte und gleichzeitig mit ihr den Gipfel erklomm.

Ein Zauber so alt wie die Zeit, doch gleichzeitig auch neu. Unfassbar neu, als Simon und Miri ihn für sich entdeckten.

20

Die Dunkelheit war so unerbittlich, dass sie auf Martins Augen zu drücken schien. In seinem Rücken spürte er die feuchte Kälte der steinernen Wand, an die er angekettet war. Zähneknirschend versuchte er, die Verankerung aus der Mauer zu zerren, doch es war vergeblich.

Er wusste, dass er in einer verborgenen Kammer unter dem Haus eingesperrt war. Bevor die Hexen ihn in der Dunkelheit zurückgelassen hatten, hatte er gesehen, dass die Wände alt und brüchig wirkten – bis auf die eine, an die sie ihn gekettet hatten, die schien fest wie eine Marmorsäule.

Er hatte die Muskeln angespannt und an den Ketten gezerrt, bis seine Handgelenke bluteten, doch es hatte nichts genützt. Nun lehnte er sich keuchend zurück und mahnte sich, gelassen zu bleiben. »Du hast schon in übleren Klemmen gesteckt, Martin le Loup«, murrte er. Doch leider fiel ihm momentan nicht ein, wann das gewesen sein sollte.

Er war festgekettet und in der Gewalt einer verrückten Zauberin, die zehn Jahre Zeit gehabt hatte, ihre Rache zu planen. Er hatte sich heimlich von Aristides Hof geschlichen und Miri mit dem Hexenjäger allein gelassen, der wieder einmal ihr Vertrauen missbrauchte. Und der Einzige, der wusste, wohin er sich aufgemacht hatte, war Yves. Aber der Junge war so hingerissen gewesen von der Federkappe, die Martin ihm geschenkt hatte, weil er ihm mit seinem Pferd geholfen hatte, dass er wahrscheinlich alles andere vergessen hatte.

Es war schwer, über Fluchtwege nachzudenken, wenn man nicht einmal die eigenen Hände sehen konnte, um festzustellen, ob man Fortschritte gemacht hatte. Wenn er wenigstens das Licht eines einzigen Kerzenstummels gehabt hätte …

Er hätte auf seinen alten Freund Pierre hören sollen, der Martin oft gewarnt hatte, sich Wünsche sorgfältig zu überlegen; denn in dem Moment knarzte die Tür am oberen Treppenabsatz, und ein flackerndes Licht tauchte auf. Es war schwierig, sich über eine Kerze zu freuen, wenn man nicht wusste, welche Art von Folter damit verbunden sein würde.

Martin verspannte sich und versuchte etwas zu erkennen, als das Licht Schatten über die Wände flackern ließ. Er hörte leise Schritte, jemand schlich heimlich herab. Auf alles Mögliche hatte er sich eingestellt, aber nicht auf das Aufblitzen eines zarten weißen Nachthemdes und winziger nackter Füße.

Es war das Kind der Hexe. Noch immer fiel es ihm schwer zu akzeptieren, dass es sehr wahrscheinlich auch sein Kind war. Nachdem ihn Cassandra als ihren Vater bezeichnet hatte, war die Kleine hastig aus der Küche geeilt, sodass Martin nicht mehr viel von ihr gesehen hatte. Sie war ihm wie ein wildes, merkwürdiges kleines Ding mit großen, geheimnisvollen grünen Augen vorgekommen.

Nun sah es aus, als bestaune sie ihn ehrfürchtig und ängstlich zugleich. Er wunderte sich, dass sie sich allein in den Keller getraut hatte, um mit ihm zu sprechen. Und er wunderte sich auch, dass sein Herz zu hämmern begann, als die Kleine näher kam. Am unteren Treppenabsatz blieb sie kurz stehen. Nach der völligen Dunkelheit blendete ihn der helle Kerzenschein, und er kniff die Augen zusammen.

Als sich seine Augen an das Licht gewöhnt hatten, sah er der Kleinen zu, wie sie die Kerze auf einen groben Holztisch stellte. Der Schein umrahmte ihr ernstes, schmales Gesichtchen. Aber ihr Haar sah nicht mehr so ungekämmt aus wie vorher. Es sah vielmehr aus, als habe sie sich die größte Mühe gegeben, es zu bürsten und mit einer rosafarbenen Schleife zusammenzubinden.

Sie trat näher, und ihre Augen, die nun wie die eines heimatlosen Straßenkindes wirkten, starrten ihn so fest an, dass ihm ganz unbehaglich zumute wurde. Lange stand sie stumm da.

Und Martin, der sonst so zungenfertig war, wenn ein weibliches Wesen seinen Weg kreuzte, fiel nichts ein, was er diesem kleinen Geschöpf, das sehr wahrscheinlich seine Tochter war, hätte sagen können.

Schließlich raffte sie den Saum ihres Nachthemds und machte einen anmutigen kleinen Knicks. »G-guten Abend, Monsieur Wolf«, stotterte sie.

Verblüfft erwiderte Martin: »Guten Abend, Mademoiselle Silberne Rose.«

Sie runzelte die Stirn. »Ich heiße Meg«, meinte sie.

»Ein seltsamer Name für eine Französin, wenn Ihr mir diese Bemerkung gestattet.«

Sie rieb die nackten Zehen an den Knöcheln des anderen Beins. »Na ja, mein richtiger Name ist Megaera, aber das ist auch nicht viel besser. Maman meint, ich hieße nach einer Rachegöttin, einer Göttin, um deren Kopf sich Schlangen winden. Ich mag keine Schlangen«, gestand sie.

»Ich mag sie auch nicht besonders«, gab Martin zu. Seine Bemerkung zauberte die Andeutung eines Lächelns auf das kleine Gesicht, das für ein Kind viel zu ernst wirkte.

Sie wagte sich ein wenig näher. »Stimmt es, dass Ihr mein Papa seid?«

»Das will mich deine Mutter glauben lassen.«

»Aber … aber Ihr wollt es nicht glauben.« Ihre schmalen Schultern bebten, als sie einen bitteren Seufzer ausstieß. »Ich kann es Euch nicht verübeln. Ich kann es ja selbst kaum glauben.«

»Warum nicht?«, fragte Martin.

Zaghaft berührte sie den Ärmel seiner Samtjacke. »Weil Ihr so schön seid, und ich so hässlich. Ich bin klein und spindeldürr, und meine Haare sind mausgrau. Ich bin in mein Zimmer gegangen und habe versucht, sie zu kämmen, damit ich ein bisschen hübscher aussehe. Aber es hat nichts geholfen.«

Martin war unwillkürlich gerührt von dem Elend, das sich auf dem schmalen Gesichtchen zeigte. »Nein, das stimmt doch gar nicht. Deine Schleife ist reizend, und deine Haare sind nicht mausgrau, sie erinnern mich eher an Zimt. Und was deine Figur angeht – ich war in deinem Alter auch ziemlich klein und dürr, aber ich bin gewachsen.«

Vielleicht war es unklug, solche Vergleiche anzustellen oder etwas zu sagen, was das Kind in dem Glauben bestärkte, mit ihm verwandt zu sein. Dennoch rührte ihn die Traurigkeit in ihrem Blick zutiefst. Als ihr seine Worte ein zittriges Lächeln entlockten, lächelte er zurück.

»Manchmal wünsche ich mir, ich könnte einen Zauberspruch finden, der mich schneller wachsen lässt und hübscher macht. Aber eigentlich mag ich diese ganze Zauberei gar nicht. Sie macht mir Angst.«

Martin betrachtete sie überrascht. »Aber ich dachte, du willst eine furchterregende Zauberin werden und über ganz Frankreich herrschen.«

Meg schüttelte betrübt den Kopf. »Das ist Mamans Traum, nicht meiner. Ich will nicht die Silberne Rose sein.«

»Was würdest du denn gerne sein?«

Sie legte den Kopf schief. »Eine hübsche Dame, die tanzen und die Laute spielen kann. Aber im Moment würde ich am liebsten einfach nur zu jemandem gehören, sein kleines Mädchen sein.« Sie sah ihn so hoffnungsvoll an, dass Martin sich wand und seine Ketten dabei klirrten.

»Äh – du gehörst zu jemandem, deiner Mutter.«

Die Unterlippe der Kleinen zitterte. »Nein, ich bin nur ihre Silberne Rose, ihr Traum, die Erfüllung ihrer Sehnsüchte. Ich war nie einfach nur ihr Kind.« Sie warf ihm einen verschämten Blick zu unter gesenkten, auffallend dichten und dunklen Wimpern, die die dunkelgrünen Augen umrahmten. »Ich träume schon seit Langem von Euch.«

»Ach ja?«

»Maman mag es nicht, wenn ich mich meinen Tagträumen hingebe. Aber ich habe oft darüber nachgedacht, wer wohl mein Vater ist, und mir dann manchmal vorgestellt, dass Ihr vielleicht ein stattlicher Prinz seid, der auf einem großen weißen Pferd reitet.«

»Na ja«, entgegnete Martin traurig. »Ich habe ein Pferd, aber ich fürchte, damit enden auch schon die Ähnlichkeiten. Es führt zu nichts, wenn du von mir träumst, Kind. Du wirst nur enttäuscht. Ich fürchte, die Engel waren nicht besonders freundlich, als sie dir deine Eltern ausgesucht haben. Eine Hexe als Mutter, und ich … Ich bin nur ein kleiner, ruheloser Abenteurer. Ich fürchte, ich wäre kein besonders guter Vater.«

Er zerrte wieder an seinen Ketten und zeigte ihr seine Fesseln. »Und wie du siehst, ist meine Bewegungsfreiheit momentan sehr begrenzt.«

Sie wagte sich noch einen Schritt näher. Als sie die Stelle an seinem Handgelenk berührte, an der seine Bemühungen die Haut aufgescheuert hatten, traten ihr Tränen in die Augen. »Ihr habt meine Mutter wohl sehr erzürnt. Das ist nicht ratsam, Monsieur.«

Martin seufzte. »Das ist mir schmerzlich bewusst, Kind. Aber es ist schön von dir, dass du mich warnst.«

»Wenn sie richtig zornig ist, lässt sie Leute verschwinden.« Sie blinzelte die Tränen zurück und rang sich ein Lächeln ab. »Aber wenn ich Euch rette, dann werde ich diejenige sein müssen, die Euch verschwinden lässt.« Sie schluckte. »Selbst wenn ich Euch dann nie wiedersehe.«

»Nein, Kleine … äh, Meg … Wenn – wenn du einen Weg findest, um mich hier herauszuschmuggeln, dann nehme ich dich mit.« Martin blinzelte überrascht über die unüberlegten Worte, die ihm da über die Lippen gekommen waren. Er hatte das Kind vor einer knappen Stunde zum ersten Mal gesehen, und dennoch verspürte er jetzt schon eine unerklärliche Zusammengehörigkeit. Aber vielleicht ging das ja auch nur auf einen seiner üblichen Impulse zurück, eine Dame in Nöten zu retten, auch wenn sie diesmal sehr jung war.

Ihre Miene hellte sich bei diesem Versprechen auf, doch dann verdüsterte sie sich sogleich wieder. »Ich wünschte, ich könnte mit Euch kommen, aber es geht nicht. Maman würde mich nie gehen lassen. Ihr – Ihr müsst verstehen …« Sie zog eine silberne Kette unter ihrem Nachthemd hervor, an der ein Medaillon böse funkelte.

Martin starrte es entsetzt an, er konnte kaum glauben, dass Cassandra Lascelles so niederträchtig war, ihr eigenes Kind mit einer solch höllischen Last zu verfluchen.

»Mon Dieu!«, entfuhr es ihm. »Warum gibt dir deine Mutter ein solch teuflisches Amulett?«

Megs Finger zitterten, als sie das Medaillon berührte. »Maman benützt es, damit wir miteinander verbunden sind. Und manchmal bestraft sie mich auch damit, wenn ich nicht tue, was sie mir sagt.«

Obwohl die Kleine sichtlich Angst vor ihrer Mutter hatte, schob sie das Kinn trotzig vor, und in ihren Augen blitzte unerwartet der Schalk auf. Sie beugte sich zu Martin vor und flüsterte: »Kann ich Euch ein großes Geheimnis verraten, Monsieur?«

Martin war noch immer fassungslos über dieses Medaillon. Nur mit Mühe brachte er ein Nicken zustande.

»Und wenn ich es Euch verrate, schwört Ihr mir, dass Ihr es keinem anderen verratet? Vor allem nicht Maman?«

»Ich schwöre …« Martin wollte die Rechte aufs Herz legen, aber die Ketten ließen es nicht zu. »Dein Geheimnis ist bei mir sicher, *ma petite.* Sie wird es mir nicht entreißen, selbst wenn sie mir droht …« Martin hätte beinahe gesagt: »… mir die Augen auszustechen und die Eier abzuschneiden«, doch dann fiel ihm gerade noch rechtzeitig ein, mit wem er gerade sprach. »Selbst wenn sie mir droht, mich dem wildesten Drachen zum Fraß vorzuwerfen.«

Meg musste ein wenig kichern. Einen Moment lang wirkten ihr blasses Gesicht und die viel zu erwachsenen Augen wie verwandelt. Martin erkannte, dass die Kleine wohl nicht sehr oft lachte. Wäre sie sein Kind gewesen, dann hätte er dafür gesorgt, dass in ihren Augen oft der Frohsinn auftauchte und dass sie genügend rosafarbene Schleifen und andere hübsche Sachen hätte, um sich schöner zu fühlen. Statt dieses verfluchten Medaillons hätte er ihr einen hübschen Anhänger aus reinem Gold umgehängt …

Doch wie kam er überhaupt auf solche Gedanken? Bestürzt versuchte er, sich zu zügeln; denn genau wie seine Tochter neigte er dazu, sich in leichtsinnigen Tagträumen zu verlieren.

Seine Tochter … Bei dieser Vorstellung regte sich ein seltsam stechender Schmerz in seiner Brust. Das kleine Mädchen beugte sich ganz nah zu ihm vor und flüsterte in sein Ohr: »Das Medaillon hilft Maman zu wissen, wo ich bin. Aber ich habe gelernt, ihr manchmal ein Schnippchen zu schlagen. Ich stellte mir vor, dass ich mich in einer großen …«

Plötzlich wich die Kleine zurück und keuchte laut auf. Sie packte das Medaillon, und ihr Gesicht wurde aschfahl.

»Meg, was ist los?«, fragte Martin besorgt.

Sie stolperte weiter zurück, und ihre Augen wurden vor Angst riesengroß. »Maman … Ich habe mich nicht genügend angestrengt, mich zu verstecken. Sie … sie weiß, wo ich bin, und sie ist sehr zornig.«

»Um Himmels willen, Kind, schnell, hol die Kerze und verschwinde. Versteck dich irgendwo.«

»Es … es ist zu spät«, stammelte sie.

Martin hörte, wie die Tür zur Kammer in den Angeln quietschte und aufgerissen wurde. Und dann erklang das gefürchtete Klopfen von Cassandra Lascelles' Stock, mit dem sie sich den Weg nach unten bahnte.

Meg erstarrte. Sie stand stocksteif da wie ein Reh im Angesicht eines Jägers. Martin knirschte mit den Zähnen und zerrte an seinen Ketten. Wie gern wäre er vor die Kleine gesprungen und hätte sie beschützt. Doch er konnte nur hilflos zusehen, wie sich Cassandra auf ihre Tochter stürzte wie die Rachegöttin, deren Namen Meg trug.

Die blicklosen Augen der Hexe schienen sich direkt auf das verängstigte Kind zu richten. »Was hast du hier unten zu suchen, Megaera?«

Die Kleine benetzte die Lippen. »Ich … ich wollte mir nur noch mal Monsieur Wolf ansehen.«

»Bist du sicher, dass du nicht hergekommen bist, um Monsieur Wolf zu befreien?«

»N-nein.«

»Du kleine Lügnerin!«, fauchte Cassandra. Ihre Hand schloss sich um ihr Medaillon. Sie drückte es so fest, dass ihre Knöchel weiß wurden.

Meg stieß einen schrecklichen Schrei aus. Sie sank auf die Knie, und Tränen strömten ihr über die Wangen, während Wolf brüllte: »Was zum Teufel treibst du mit ihr? Hör auf!« Er zerrte wie ein Verrückter an seinen Fesseln. »Wenn du unbedingt jemanden foltern willst, nimm wenigstens einen von deiner Größe. Mich zum Beispiel!«

»Du kommst noch bald genug an die Reihe, mein einsamer Wolf.« Cassandras Lippen verzogen sich zu einem kalten Lächeln. »Jetzt muss ich meiner Tochter eine Lektion in Sachen Treue erteilen.«

Meg krümmte sich, sie keuchte und drückte die Hände an den Bauch. »Maman, bitte tu es nicht. Mach, dass es aufhört! Es – es tut mir leid.«

Martin fletschte die Zähne, erfüllt von einer Wut, die wilder und primitiver war als alles, was er je zuvor gespürt hatte. Wenn er ein Wolf gewesen wäre, hätte er dem Weib die Kehle herausgerissen. Megs Schluchzen drang ihm durch Mark und Bein, ihr Schmerz tat ihm so weh wie noch kein Schmerz, den er je am eigenen Leib verspürt hatte. Die grausame Bestrafung der Hexe schien gar nicht aufhören zu wollen, doch endlich ließ sie das Medaillon los.

Meg lag auf dem steinernen Boden, und ihre schmalen Schultern zuckten. Martin hätte sie zu gern in die Arme genommen und getröstet, doch er konnte die Hexe nur wütend anfunkeln und sie verfluchen.

»Fahr zur Hölle, elendes Weib! Was für eine Mutter bist du überhaupt, dass du deinem Kind so etwas antust?«

»Eine Mutter, die eine Königin aus ihr machen wird, trotz des schlechten Blutes, das sie von dir geerbt hat.«

Sie beugte sich nach unten und tastete herum, bis sie Meg gefunden hatte. Dann packte sie sie am Arm und zerrte sie auf die Füße. »Jetzt reicht's mit deiner Flennerei, Megaera! Geh nach oben und zieh dich an. Der Gifthauch, dessen Rezept du übersetzt hast, ist fertig. Wir haben eine Audienz bei der dunklen Königin.«

Das Kind wimmerte: »Aber ich will nicht gehen.«

Doch Cassandra erwiderte kalt: »Höchste Zeit, dass du endlich lernst, was man tun muss, um an die Macht zu kommen. Lern endlich, erbarmungslos alles zu zerstören, was dir im Weg steht.«

»Grundgüter, Weib, sie ist doch noch ein kleines Mädchen!«, protestierte Martin. »Hast du vergessen, welche Schrecken Paris beim ersten Mal heimsuchten, als ein Gifthauch freigesetzt wurde? Die ganze Stadt versank im Wahnsinn, und es folgte ein tagelanges Gemetzel.«

»Genau das habe ich im Sinn.«

»Und wenn der Gifthauch auch dich erwischt? Wenn der Wind sich nur ein klein wenig dreht ...«

»Danke, dass du dir Sorgen machst«, fiel ihm Cassandra höhnisch ins Wort. »Aber meine schlaue Tochter hat ein Gegengift gefunden, das mich beschützen wird. Ich werde nicht wahnsinnig werden.«

»Du bist es bereits«, fauchte Martin. »Für wie töricht hältst du die dunkle Königin? Warum sollte sie ausgerechnet dir Audienz gewähren?«

»Weil ich etwas habe, was sie haben will«, schnurrte Cassandra selbstgefällig. »Das *Buch der Schatten.*«

»Du willst ihr wirklich dieses grässliche Buch aushändigen?«

»Natürlich nicht, du Narr. Ich habe ein Buch herstellen lassen, das aussieht wie ein uraltes Zauberwerk. Die Seiten sind sogar mit etwas ... Staub bedeckt.« Sie grinste hämisch. »Dass sie hereingelegt worden ist, wird die dunkle Königin erst merken, wenn es zu spät ist. Und jeder Argwohn, den Ihre Majestät hegen könnte, wird sich rasch legen. Wie sollte es auch anders sein, wenn ihr das Buch von einem unschuldigen kleinen Mädchen überreicht wird?«

Cassandra legte besitzergreifend einen Arm um Megs Schultern. Das Kind erbebte und sah ganz krank aus vor Angst.

Martin zerrte an seinen Fesseln. Er verkniff sich einen wütenden Fluch. »Diese Ränke ist doch der reine Wahnsinn. Lass zumindest Meg aus dem Spiel. Weißt du, was die dunkle Königin mit ihr anstellen wird, falls dein Plan scheitert?«

»Dazu sollten wir es lieber nicht kommen lassen, nicht wahr, Megaera?«

Die Kleine zitterte, doch sie riss sich von ihrer Mutter los und warf sich auf Martin. Sie presste die feuchte Wange an sein Gesicht und umklammerte seine Hand, als wolle sie ihn nie mehr loslassen.

»Meg«, flüsterte er ihr mit rauer Stimme ins Ohr. »Hab keine Angst. Ich … ich werde mich schon befreien. Ich werde kommen und dich retten.«

Aber die Hände der Hexe hatten sich schon wieder um das Kind geschlossen und zerrten es weg.

»Fahr zur Hölle, Cassandra!«, fauchte Martin. »Du kannst sie nicht dazu anstiften.«

Die Hexe lachte spöttisch und deutete auf ihr Medaillon. »Ich kann sie zu allem anstiften, was ich will, auch dazu, dich zu töten. Aber diesen Spaß hebe ich mir für mich selbst auf.«

Eine Hand fest um Megs Arm geschlossen tastete sich das Weib den Weg zurück nach oben. Meg warf einen letzten Blick auf ihn, als wolle sie sich sein Gesicht einprägen, bevor sie in die dunkle Welt ihrer Mutter zurückgerissen wurde. Dann fiel die Tür mit einem dumpfen Knall hinter den beiden ins Schloss. Doch Megs Kerze brannte noch hell genug, dass Martin das metallene Ding begutachten konnte, das die Kleine ihm vor Cassandras Nase in die Hand gedrückt hatte: eine kleine, robuste Haarnadel.

Trotz seiner schwierigen Lage musste Martin grinsen. Diese geschickten Finger, diese Schläue und Kühnheit – ohne Zweifel, Meg war seine Tochter.

* * *

Die Kerzen waren erloschen bis auf eine, deren sanftes Licht Simons nackten Körper umspielte. Miri kuschelte sich schläfrig und zutiefst befriedigt an ihn, aber sie wollte noch nicht einschlafen. Sie hatte so lange auf diese Nacht gewartet, jetzt wollte sie, dass sie nie aufhörte.

Sie verspürte einen tiefen inneren Frieden, nur noch eines wünschte sie sich in diesem Moment: sicher zu sein, dass Simon ihre Gefühle teilte. Er war schon immer wortkarg gewesen, doch nun schien ihm ihre körperliche Vereinigung die letzten Worte geraubt zu haben. Stumm lag er da, die Finger in ihrem Haar vergraben, während ihre Wange an seiner Brust ruhte und sie seinen Herzschlag spürte.

Als sie den Kopf hob, um ihn zärtlich anzulächeln, waren seine Züge so ernst, dass sich ein Schatten auf ihr strahlendes Glück legte.

»Simon?« Sie suchte nach den richtigen Worten. »Du – du bereust es doch nicht?«

»Mein Gott, nein.« Zärtlich zog er ihre Hand an seine Lippen. »Aber ich habe Angst, dass du es tun könntest.«

Als sie widersprechen wollte, legte er die Fingerspitzen an ihre Lippen. »Ich habe das Gefühl, verdammt unverantwortlich gehandelt zu haben, als ich meinem Verlangen nachgab.«

»Es war auch mein Verlangen, Simon«, erinnerte sie ihn.

»Leider hat mich im letzten Jahr immer wieder das Schicksal von jungen Frauen verfolgt, die in die verzweifelte Lage geraten waren, ledig und ungewünscht ein Kind zu bekommen. Wenn ich dich jetzt geschwängert habe, Miri …«

»Würde unser Kind denn ungewünscht sein?«, fragte Miri wehmütig. »Hast du nie davon geträumt, Kinder zu haben?

Vielleicht einen Sohn, dem du all das beibringen kannst, was dein Vater dir beigebracht hat?«

»Es ist lange her, dass ich gewagt habe, so etwas zu träumen.«

»Dein Schlafzimmer erzählt mir aber etwas anderes.«

Er foppte sie: »Liest du etwa wieder die Aura? Was spürst du bei meinem Haus? Ist es verwunschen?«

»Nein.« Sie verschränkte die Arme, legte sie auf seine Brust und sah ihn an. »Nein, hier herrscht die Erwartung, dass Leben einkehrt. Es ist ein großes Haus, Simon, es ist genau das richtige Haus für eine Familie. Du kannst mir nicht erzählen, dass du nie daran gedacht hast, als du es gebaut hast.«

»Vielleicht schon«, meinte er und strich ihr zärtlich eine Haarsträhne aus der Stirn. »Aber ich habe nie geglaubt, dass es *meine* Familie sein würde.«

»Und jetzt?«

»Ich weiß nicht, es ist alles noch zu neu, und es gibt noch viel zu klären: die Sache mit der Silbernen Rose, was deine Familie von uns denkt, und nicht zuletzt die Sache mit deinem Freier, le Loup.«

Betrübt dachte sie an Martin. Er war verschwunden, und keiner schien zu wissen, wohin, keiner außer Yves. Doch der Junge hatte nur eine ziemlich wirre Geschichte von einem dringenden Auftrag erzählt und dass Monsieur Wolf versprochen habe, bis zum Morgengrauen wieder da zu sein. Oder vielleicht bis zur Abenddämmerung? Yves war ziemlich niedergeschlagen gewesen, weil er sich nicht mehr genau erinnern konnte, und Miri hatte den Jungen nicht weiter bedrängen wollen.

Sie konnte sich Martins Aufbruch zwar nicht erklären, aber es sah ihm ähnlich, so impulsiv zu handeln. Es betrübte Miri eher, als dass es sie sorgte. Sie legte das Kinn auf die Hände und meinte: »Ich wollte Martin nicht wehtun, aber ich fürchte, er hat mitbekommen, wie wir uns am Teich in die Arme gefallen sind. Deshalb ist er wohl so plötzlich verschwunden. Ich hatte nicht einmal die Gelegenheit, mich von ihm zu verabschieden.«

»Darüber würde ich mir nicht weiter den Kopf zerbrechen«, meinte Simon trocken. »Wie ich le Loup kenne, neigt er nicht dazu, sich stumm zurückzuziehen. Ich sage dir, morgen früh ist er wieder da, es sei denn, er holt Verstärkung, um dich aus meinen hinterhältigen Klauen zu retten. Aber bis nach Navarra ist es ziemlich weit.«

»Oder bis nach Irland«, meinte Miri leise.

»Irland?«

Sie zögerte kurz, doch dann gestand sie: »Dort leben Ariane und Renard nun schon seit geraumer Zeit in einem Häuschen in den Wicklow-Bergen. Es ist wirklich sehr schön dort, Simon.«

Er starrte sie verwundert an, dann legte er zärtlich die Hände um ihr Kinn. »Danke, dass du mir das anvertraut hast.«

»Ich vertraue dir. Jetzt musst du nur noch lernen, dir selbst zu vertrauen.«

»Vielleicht könntest du es mir beibringen, wenn wir hierbleiben könnten. Aber das geht leider nicht.«

»Die Silberne Rose.« Miri runzelte die Stirn, als ihr einfiel, was er zu Carole gesagt hatte. »Du glaubst also, Cassandra Lascelles ist die Zauberin?«

»Ich kann erst sicher sein, wenn wir Mademoiselle Moreau morgen früh noch einmal eingehend befragt haben. Aber du hast diese Lascelles damals doch sicher getroffen, als deine Schwester mit ihr befreundet war. Welchen Eindruck hattest du denn von ihr?«

»Eis. Boshaftigkeit.« Die Furchen auf Miris Stirn wurden tiefer, während sie sich zu erinnern versuchte. »Sie hat mich beunruhigt. Ich habe etwas Dunkles gespürt, etwas sehr Verstörendes, aber hauptsächlich habe ich ihr aus einem anderen Grund misstraut.«

»Weshalb denn?«

»Mein Kater mochte sie nicht.«

Er musste unwillkürlich lachen. »Wenn ich mich recht entsinne, schätzte Nekromant auch mich nicht besonders.«

»Das war anders in der Nacht, in der wir uns kennenlernten,

damals, als du geholfen hast, ihn zu retten.« In ihren Wangen zeigten sich Grübchen, als sie ihn zärtlich anlächelte. »Womöglich ist er ja bereit, dir eine zweite Chance zu geben, genau wie ich.«

Er wurde sehr erst. »Diese zweite Chance, oder die dritte, oder die vierte … Ich möchte sie nicht vergeuden. Es gibt etwas, was ich dir sagen muss.«

Miri zuckte zusammen, und ihr Herz machte einen kleinen Sprung vor Angst. »Was denn?«

»Es geht um die Nacht, in der ich die dunkle Königin aufsuchte. Etwas habe ich dir verschwiegen: Sie hat mir eine Vollmacht ausgestellt. Ich kann alles tun, was ich für richtig halte – sie hat mir die Entscheidung über Leben oder Tod der Mitglieder des Hexenzirkels in die Hand gegeben. Es war töricht, ja falsch von mir, dir das nicht zu sagen. Aber ich hatte Angst, du würdest mich auffordern, dieses Dokument zu vernichten, oder mir aufs Neue misstrauen.« Er musterte sie so besorgt, dass ihr klar wurde, wie sehr er sich noch immer davor fürchtete.

»Wenn – wenn du willst, dass ich das Dokument zerreiße, werde ich es auf der Stelle tun.«

»Nein. Ich bitte dich nur, die Macht, die dir verliehen wurde, weise zu gebrauchen.«

»Ich werde es versuchen.«

»Und ich würde dich gern noch um etwas bitten.«

»Ich werde alles tun, was in meiner Macht liegt.«

Miri vertrieb die Schatten so gut sie es vermochte, indem sie mit den Fingerspitzen sachte über seine Brust und tiefer fuhr. »Liebe mich noch einmal, Simon, bevor die Sonne aufgeht. Und versuche …«

»Was denn?«

»Versuch, dich daran zu erinnern, wie man … wie man träumt.«

* * *

Befriedigt kuschelte sich Miri in Simons Arme. Ihre Lider wurden schwer, als sie sich endlich erlaubte einzuschlafen. Aber selbst die Kraft von Simons Armen konnte sie nicht daran hindern, wieder in die verstörende Welt ihrer Träume hinabgezogen zu werden.

Sie wanderte zu dem Palast, dessen weiße Wände ihr diesmal bekannt vorkamen. Sie wusste, dass sie schon einmal dort gewesen war, und zwar nicht nur in ihren Träumen. Sie lief über die weite Rasenfläche, die den Louvre umgab.

Der Pfad führte an einer Grotte vorbei, und sie sah die Eidechsen wieder, doch diesmal waren sie nur in die Felswand gemeißelt. Sie setzte ihren Weg fort, bis sie an eine Stelle kam, an der einiges darauf hinwies, dass noch vor Kurzem ein paar Damen einen trägen Sommernachmittag genossen hatten. Weiche Schemel und Stickereien waren zurückgelassen worden, und auf einem Tisch stand ein Schachspiel, aber ohne die riesigen Figuren, die Miri in ihren früheren Träumen erschreckt hatten. Diesmal waren es ganz normale Schachfiguren, die man in die Hand nehmen konnte.

Miri hob die schwarze Dame auf. Sie wirkte klein und harmlos, wie sie da so in ihrer Hand lag; ganz anders als die düstere Gestalt, die plötzlich vor ihr auftauchte. Miri erstarrte, als sie Katharina von Medici in ihren schwarzen Gewändern entdeckte, die diese Frau immer trug. Sie wurde nur von einer ihrer Damen begleitet, einer verblassten blonden Frau. Katharina starrte auf einen Punkt hinter Miri, die Hände fest verschränkt, die Miene angespannt, als würde sie auf etwas warten.

Miri drehte sich um und folgte dem Blick der dunklen Königin. Sie entdeckte eine weitere große, dunkle Frau, die sich ihnen näherte, eine Frau mit eisig weißer Haut und leeren, blicklosen Augen: Cassandra Lascelles. Sie wurde von einem Kind geführt, einem kleinen Mädchen mit weichen braunen Haaren und verängstigten grünen Augen. Augen so tiefgrün wie der Wald. Augen, die Miri seltsam an Martins Augen erinnerten.

Das Kind hatte ein schwarzes, in Leder gebundenes Buch unter den Arm geklemmt. Miri stand zwischen den zwei Frauen, unsichtbar wie ein Geist. Das Mädchen überreichte der dunklen Königin das Buch, dann wich sie zitternd zurück. Doch bevor Katharina das Buch aufschlagen konnte, tauchte wie aus dem Nichts plötzlich Simon auf.

Als er sich auf das Buch stürzen wollte, kreischte die dunkle Königin wütend auf. Es folgte ein Kampf, und Simon gelang es, Katharina das Buch zu entreißen. Dabei öffneten sich die Seiten, und eine Staubwolke stieg auf.

Simon atmete den Staub ein, er keuchte, dann gaben seine Knie nach und er sank zu Boden.

Miri riss die Augen auf. Sie fuhr erschrocken hoch und weckte dabei auch Simon auf. Sofort umschlang er sie fester und starrte sie verschlafen an.

»Miri, was ist los?«, murmelte er. »Doch hoffentlich nicht wieder ein Albtraum?«

»Nein, kein Albtraum«, rief sie aufgebracht. »Eine Warnung. Ich weiß jetzt, was mein Traum bedeutet.« Sie versuchte, ihn ganz wachzurütteln. »Wir müssen mit Carole reden. Wir müssen sie über die Silberne Rose ausfragen, bevor es zu spät ist.«

21

Trotz der Hitze, die auch an diesem Nachmittag wieder herrschte, zog Martin den breitkrempigen Hut tiefer ins Gesicht. Um seine Schultern wehte ein dunkler Umhang, der Schweiß tropfte ihm von der Stirn, und eine Augenklappe beeinträchtigte seine Sicht. Das Leder scheuerte auf seiner Haut, er fragte sich, wie Aristide es aushielt, solch ein Ding zu tragen und damit alte Damen und kleine Kinder zu erschrecken.

Aber als Martin zu den Toren des Louvre schritt, achtete er nicht weiter auf diese Beeinträchtigungen, sondern darauf, möglichst finster zu blicken. Der Versuch, als der Hexenjäger durchzugehen, war eine ziemlich verzweifelte List, aber er hatte nicht viel Zeit gehabt, sich etwas Besseres einfallen zu lassen, um in den Palast zu gelangen.

Bis zum Morgen hatte er gebraucht, um das verdammte Schloss zu knacken, und bis es ihm gelungen war, unbemerkt aus der Kellerkammer zu schleichen und aus dem *Maison d'Esprit* zu fliehen, hatte er noch weitere kostbare Zeit vergeudet.

Er wusste nicht, wie viel Zeit ihm jetzt noch blieb, um Cassandra ein Schnippchen zu schlagen und Meg zu retten. Aber es war nicht das erste Mal, dass er sich blindlings in ein wildes Abenteuer stürzte.

Diesmal pochte sein Herz allerdings nicht mit der vertrauten Mischung aus Angst und freudiger Erregung. Diesmal war es vor allem Angst, die seinen Magen zuschnürte. Er hatte sich für den König von Navarra zwar schon auf weitaus gefährlichere Unterfangen eingelassen, doch nie hatte ihm ein erfolgreicher Abschluss so viel bedeutet wie jetzt.

Nun hielt er sich erst einmal im Schatten und taxierte die Wächter: Welcher von ihnen sah töricht genug aus, um sich von seiner Verkleidung und dem Dokument täuschen zu lassen, das er gefälscht hatte, um den Anschein zu erwecken, dass ihn die dunkle Königin gerufen hatte?

Der Rotschopf, dessen Tunika sich über seinen Wanst spannte, erschien Martin am besten geeignet. Doch noch bevor er sich zu dem Mann aufmachen konnte, legte sich plötzlich eine Hand auf seine Schulter.

Martins Herz machte einen Sprung, als er gezwungen war, sich dem Mann zuzuwenden, der drohend hinter ihm stand. Er blickte in Simon Aristides grimmiges Antlitz, doch diesmal hellte sich das Gesicht des Mannes ein wenig auf. Der Mistkerl besaß doch tatsächlich die Unverschämtheit zu grinsen.

»Wenn Ihr schon versucht, Euch für mich auszugeben, le Loup, solltet Ihr wenigstens die Klappe über dem rechten Auge tragen.«

Martin errötete, und Wut regte sich in ihm. Er wollte Aristide an die Gurgel gehen, doch der Hexenjäger wich ihm aus und zerrte ihn hinter einen breiten Baum.

»Was zum Teufel treibt Ihr hier?«, fragte Aristide barsch.

»Bildet Euch ja nicht ein, dass Ihr mich verhören könnt, hinterhältiger Mistkerl!«, fauchte Martin und bemühte sich nach Kräften, sich loszureißen und Simon die Faust ins Gesicht zu donnern. Aber bevor ihm das gelang, tauchte Miri auf. Ihre Haare waren zerzaust vom Wind, ihr Gesicht staubverschmiert.

Martin zügelte seine Angriffslust. Er wusste nicht, ob ihn Miris Anwesenheit eher bestürzte oder erleichterte. »Miri, ich weiß nicht, was du hier machst oder wie ihr mich gefunden habt, aber ich muss dich warnen: Gestern Nacht habe ich erfahren, dass dieser verlogene Mistkerl mit der dunklen Königin zusammenarbeitet.«

»Ich weiß«, erwiderte sie gelassen.

»Das weißt du?« Martin sperrte erstaunt den Mund auf.

»Jawohl. Simon hat es mir gesagt.«

»Hat er dir auch etwas von seiner Geliebten gesagt?«

Immerhin schien diese Frage Miri ein klein wenig aus der Fassung zu bringen.

»Was für eine Geliebte?«, fragte Simon finster.

»Gillian Harcourt. Als ob Ihr das nicht wüsstet!«

»Gillian und ich haben seit Jahren nichts mehr miteinander zu tun. Und was zum Teufel hat sie mit dieser Sache zu schaffen?«

»Ach, nicht viel«, schnaubte Martin verächtlich. »Nur, dass das elende Weib mit Cassandra Lascelles zusammenarbeitet, und dass sie in diesem Moment der Zauberin hilft, in den Palast zu gelangen, um …«

Doch Miri fiel ihm ins Wort, sie wandte sich an Simon und meinte aufgeregt: »Diese Gillian, das ist bestimmt die blonde Frau aus meinem Traum!«

»Traum? Was für ein Traum?«, fragte Martin. Die widerliche Augenklappe zwang ihn dazu, ständig den Kopf zu drehen, wenn er Miri oder Simon ansehen wollte. Ungeduldig riss er sie sich samt dem Hut vom Kopf. »Was geht hier vor?«, fragte er und funkelte die beiden finster an. »Wie habt ihr mich gefunden? Ich will eine Erklärung!«

»Ihr zuerst«, meinte Simon. »Wohin zum Teufel seid Ihr letzte Nacht verschwunden?«

»Es wundert mich, dass ihr mein Verschwinden überhaupt bemerkt habt«, murrte Martin. Miris Wangen röteten sich.

»Ich habe jetzt keine Zeit für Erklärungen«, fuhr er ungeduldig fort. »Die Hexe hat ein kleines Mädchen in den Palast geschleppt. Ich muss dem Mädchen helfen.«

»Ein kleines Mädchen mit grünen Augen? Carole hat uns alles über Meg erzählt«, sagte Miri. »Wir wissen, dass sie Cassandras Kind und die Silberne Rose ist.«

»Aber es gibt etwas, was ihr nicht wisst«, erklärte Martin trotzig. »Sie ist auch meine Tochter. Und sie ist keine böse Zauberin. Wenn der Hexenjäger denkt, dass er das Kind in die Finger bekommt, muss er sich erst mit mir anlegen. Die arme Kleine ist diesem teuflischen Weib ausgeliefert. Cassandra hat Meg gezwungen, all diese Dinge zu tun.« Er funkelte Simon finster an. »Aber warum gebe ich mir überhaupt die Mühe, Euch das zu erklären? Ihr seid unfähig zu verstehen, was es für das arme Kind bedeutet, unter der Herrschaft eines verrückten Weibs zu leben.«

»Was verrückte Weiber angeht, mögt Ihr recht haben, aber mit männlichen Verrückten kenne ich mich ganz gut aus«, erwiderte Simon leise. »Ich kann die Ängste und die Verwirrung der Kleinen weitaus besser verstehen, als Ihr glaubt. Dennoch – in einem habt Ihr recht: Wir haben nicht viel Zeit; entweder wir vergeuden sie und streiten uns weiter, oder Ihr vertraut mir, dass ich mein Bestes tun werde, Eure Tochter zu retten.«

* * *

Die dunkle Königin lief unruhig an einer abgelegenen Stelle des Parks auf und ab. Bis auf Gillian hatte sie alle ihre Hofdamen zum Palast zurückgeschickt. Einiges zeugte von dem jähen Aufbruch an diesem Nachmittag: An der Gartenbank lehnte eine Laute, und die Schachpartie war nicht beendet worden. Nervös spielten Katharinas Finger mit einem Turm.

Manchmal hatte sie das Gefühl, ihr Leben lang Schach zu spielen, aber heute waren die Folgen von Sieg oder Niederlage weitaus gravierender. Sie konnte kaum glauben, dass ihr das Ding, hinter dem sie schon so lange her war, das *Buch der Schatten,* gleich übergeben werden sollte.

Als Gillian ihr berichtet hatte, dass jemand aus dem Zirkel der Silbernen Rose an sie herangetreten sei und ihr erklärt habe, man sei bereit, der dunklen Königin gegen ein gewisses Entgelt das Buch auszuhändigen, war sie total verblüfft gewesen.

Geld spielte natürlich keine Rolle, Katharina hätte für dieses Buch jede Summe gezahlt. Aber nachdem sie so viele Jahre danach gesucht und darauf gewartet hatte, schien ihr das Buch nun doch allzu leicht in die Hände zu fallen.

Argwöhnisch musterte sie ihre Hofdame. Obwohl sich ihre

Sehkraft täglich verschlechterte, fiel ihr auf, wie nervös Gillian war, und außerdem verströmte die Frau den Geruch von Angst.

Katharina war zu lange an Betrug und Intrigen gewöhnt, um Verrat nicht zu erkennen. Doch sie hatte ihre Gefühle eisern im Griff und verriet Gillian mit keinem Wimpernschlag, dass ihr Argwohn geweckt war.

Gillian wäre noch viel nervöser gewesen, wenn sie gemerkt hätte, dass Katharina so umsichtig gewesen war, Ambroise Gautier in ihre Nähe zu beordern. Er sollte die Kurtisane sofort verhaften, falls ihr Verdacht sich bestätigte, dass Gillian ein falsches Spiel trieb.

Nun rang sich Gillian ein Lächeln ab und meinte: »Euer Gnaden, ich glaube, die Frau, von der ich Euch erzählt habe, ist da.«

Als Katharina mit zusammengekniffenen Augen über die Wiese spähte, entdeckte sie eine große Frau mit dunklen Haaren. Wachsam beobachtete sie die Gestalt. Nein, es waren zwei Gestalten. Als die beiden näher kamen, stellte Katharina zu ihrer Verwunderung fest, dass die zweite Gestalt ein Kind war. Und das Kind schien die Frau an der Hand zu führen.

Gillian murmelte Katharina zu: »Die arme Madame Cassandra ist blind, Euer Gnaden. Sie ist völlig abhängig von ihrer Tochter.«

»Das wundert mich. Wie hat es eine derart hilflose Frau geschafft, der Silbernen Rose das *Buch der Schatten* zu entwenden? Das ist selbst dem furchterregenden Hexenjäger Aristide nicht gelungen.«

»Ich – ich weiß es nicht, Euer Gnaden«, stammelte Gillian. »Die Frau hat mir nicht viel erzählt, aber sie hat das Buch. Ihr seht doch bestimmt, dass das Kind es trägt.«

Katharina kniff die Augen weiter zusammen. Ja, das Kind trug etwas. Aber sie hatte sich schon einmal an der Nase herumführen lassen. Trotzdem regte sich nun Hoffnung in ihr.

Sie trat eifrig vor, beherrschte sich jedoch sogleich wieder.

Die Frau und das Kind wirkten zwar harmlos, aber Katharina hatte nur deshalb so lange überlebt, weil sie keine unnötigen Risiken eingegangen war. »Ich zahle der Frau, was immer sie verlangt«, meinte sie zu Gillian. »Aber erst muss ich das Buch begutachten.«

Gillian trat mit raschelnden Röcken zu den beiden, dann blieben alle drei etwa zehn Meter vor der dunklen Königin stehen und unterhielten sich leise.

Katharina konnte nicht hören, was sie sagten, aber die blinde Frau murmelte dem Kind etwas ins Ohr und schubste die Kleine in Katharinas Richtung. Das Mädchen kam zaghaft auf Katharina zu, das Buch an die schmale Brust gepresst. Das Auffälligste an der schlichten kleinen Person waren die großen grünen Augen, in denen die blanke Angst stand.

Katharina zügelte ihre Ungeduld und bemühte sich, möglichst sanft mit der Kleinen zu reden. »Tritt näher, Kind. Du brauchst keine Angst vor mir zu haben. Lass mich nur einen Blick auf dein Buch werfen.«

Das kleine Mädchen blieb vor Katharina stehen und machte einen zittrigen Knicks. Dabei presste sie das Buch noch fester an sich, als zögere sie, es loszulassen.

»Gib mir das Buch, Kind«, befahl Katharina.

Langsam reichte die Kleine Katharina das Buch. Doch als Katharinas Finger sich um den schmalen, in Leder gebundenen Band legten, stürmte plötzlich eine dunkle Gestalt auf sie zu. Zu ihrer Überraschung erkannte die Königin den Hexenjäger Simon Aristide. Bei seinem Anblick stieß das Kind einen erschrockenen Schrei aus und floh zu seiner Mutter.

»Nein, Euer Gnaden!«, brüllte Aristide. »Rührt dieses Buch nicht an. Es ist eine List!«

Katharina zögerte kurz, aber wenn etwas sie von der Echtheit dieses Buches überzeugen konnte, dann Aristides Auftauchen und sein Versuch, ihr das Buch zu entreißen. Sie rief nach Gautier, doch der war bereits zur Stelle und trat zwischen sie und den Hexenjäger.

Noch bevor Gautier sein Schwert zücken konnte, schickte ihn Aristide mit einem Faustschlag zu Boden. Als der Hexenjäger nach dem Buch griff, hielt Katharina umso entschlossener daran fest.

»Wie könnt Ihr es wagen!«, rief sie aufgebracht. »Was soll dieser ganze Aufruhr?«

»Ich will Euch schützen! Und jetzt gebt mir das verfluchte Buch, bevor …«

Katharina umklammerte es mit aller Kraft, doch Aristide war stärker. Er entriss ihr das Buch so ungestüm, dass es durch die Luft flog und auf den Boden fiel. Dabei öffnete es sich, und aus den flatternden Seiten stieg ein erstickender Staub auf.

Katharina wich zurück und presste sich ein Taschentuch vor die Nase. Doch es war zu spät. Ihr Kopf begann zu schwirren, vor ihren Augen tanzten dunkle Schleier, ihr schwanden die Sinne und sie sank zu Boden.

Miri war Simon gefolgt, aber jetzt konnte sie nur hilflos zusehen, wie sich vor ihren Augen die Ereignisse aus ihrem Traum abspielten. Allerdings war der Staub, der dem Buch entstieg, kein Gifthauch, dessen war sich Miri sicher.

Statt alle Umstehenden in den Wahnsinn zu treiben, führte der Staub nur dazu, dass alle, die ihn einatmeten – die dunkle Königin, ihr Wächter und Simon – bewusstlos zusammenbrachen. Simon hatte es geschafft, sich auf das Buch zu werfen und es im letzten Moment zuzuschlagen, aber dabei hatte er sich den Kopf an der Bank angeschlagen. Auf seiner Stirn klaffte eine Wunde, Blut rann ihm übers Gesicht, und um ihn herum lagen Schachfiguren auf der Wiese.

Miri stürzte zu ihm und suchte panisch nach seinem Puls. Er schlug schwach, aber stetig.

Sie holte das Taschentuch, das der dunklen Königin entglitten war, befeuchtete es in einem Brunnen und legte es Simon aufs Gesicht. Dann rieb sie seine Handgelenke. Zu ihrer Erleichterung schlug er stöhnend die Augen auf.

»Miri?«, ächzte er heiser. »Was – was ist geschehen?«

»Ich weiß nicht«, meinte sie. »Aber ich denke, das Buch hat nur ein Schlafpulver enthalten.«

Simons Kopf rollte zur Seite. »Wo – wo ist Cassandra? Und das Mädchen?«

In ihrer Sorge um Simon hatte Miri die Zauberin und ihre Tochter völlig vergessen. Nun sah sie sich nach ihnen um, konnte sie jedoch nirgends entdecken. Auch Gillian Harcourt war fort. Und Martin … Miri war davon ausgegangen, dass er ihr gefolgt war, doch auch er schien spurlos verschwunden.

Simon drückte Miris Hand und versuchte aufzustehen, war jedoch noch zu schwach. Dennoch meinte er: »Kümmere dich nicht um mich, ich komme bald wieder auf die Beine. Mach dich lieber auf die Suche nach dem Kind.«

* * *

Meg spürte, wie sich die Hände ihrer Mutter wie Klauen in ihren Arm gruben, als sie hastig zum Ufer des Flusses stolperten, der unterhalb des Palastes eine Biegung machte. Dort hätten Finette und Odile mit einem kleinen Boot auf sie warten sollen, um ihnen bei der Flucht zu helfen. Doch Meg sah weder das Boot noch die Frauen. Sie blieb stehen und rief: »Maman, es gibt kein Boot. Ich glaube, wir haben uns verlaufen. Wir haben den falschen Weg genommen, wir müssen zurück.«

Cassandra blieb keuchend neben ihr stehen und tastete mit ihrer freien Hand verzweifelt den leeren Raum vor sich ab. »Wie bitte? Wohin sollen wir zurück?«, kreischte sie. »Wo steckt diese elende Harcourt? Sie sollte uns helfen, von hier zu verschwinden.«

»Ich weiß es nicht«, schluchzte Meg. Gillian war geflohen, sobald sie den Hexenjäger gesehen hatte. Vielleicht war sie vor ihnen ans Flussufer gelangt und hatte die anderen gewarnt, und zusammen hatten sie Meg und ihre Mutter im Stich gelassen.

Cassandras Nägel gruben sich in Megs Schultern, als sie sie packte und heftig schüttelte. »Zum Teufel mit dir! Du hast mich betrogen. Du hast unser Anliegen verraten. Was war in dem Zauberstaub, den du als Gifthauch ausgegeben hast? Ein Gifthauch war es jedenfalls nicht.«

»Ich – ich weiß nicht«, stammelte Meg. »Ich glaube, ich habe einen Fehler gemacht, offenbar war es nur ein Schlafpulver.«

Ihre Mutter knirschte mit den Zähnen. »Du hast keinen Fehler gemacht, du hast das mit Absicht getan, Megaera. Zur Hölle mit dir!«

Obwohl Meg zitterte, stieg ein heftiger Trotz in ihr auf. Sie schob das Kinn vor. »Richtig, ich *habe* es absichtlich getan. Ich wollte nicht, dass jemand Schaden nimmt, und ich will keine Königin sein – *und außerdem heiße ich Meg!*«

Ihre Mutter versetzte ihr eine schallende Ohrfeige, doch in dem Moment rief eine Stimme: »Hör auf, Cassandra! Lass sie in Ruhe!«

Megs Herz flatterte in ihrer Brust, als sie herumwirbelte und ihn auf sie zukommen sah – den Mann, von dem sie gedacht hatte, dass sie ihn nie wiedersehen würde, trotz des Versprechens, das er ihr zum Abschied gegeben hatte. Nun näherte er sich ihnen wie ein kriegerischer Prinz mit seinem dunklen Haar, seinen prächtigen Kleidern und einem Schwert, dass er fest umklammert hielt.

Meg hauchte ein Wort, das sie ihr Leben lang hatte sagen wollen: »Papa!«

Doch da legte sich der Arm ihrer Mutter besitzergreifend um ihre Schultern. Mit der freien Hand umschloss Cassandra ihr Medaillon, und als Martin näher kam, befahl sie: »Bleib zurück! Noch ein Schritt und ich vernichte sie. Keiner wird mir meine Silberne Rose wegnehmen.«

Meg zitterte. Sie sah, dass ihr Vater zögerte – er wusste nicht, was er tun sollte. Und sie wusste, dass er zwar sehr tapfer war, dass es aber unmöglich war, die schreckliche Macht ihrer Mutter zu brechen. Sie sah ihn mitleidig an.

»Schon gut, Papa. Du kannst nichts tun. Es reicht, dass du gekommen bist.«

Zögernd machte er einen weiteren Schritt, doch als sich Cassandras Hand immer fester um das schreckliche Medaillon legte, blieb er wie angewurzelt stehen. In dem Moment kam eine Dame in einem blauen Gewand zum Flussufer geeilt. Eine große Dame mit dichtem, weißblondem Haar. Sie blieb neben Megs Vater stehen.

»Martin!«, sagte die Frau.

Er wandte sich verzweifelt an sie. »Ich weiß nicht, was ich tun soll, Miri. Sie trägt ein verfluchtes Medaillon, und das Gegenstück baumelt am Hals des Kindes.«

Cassandras Hand krallte sich in die Schulter ihrer Tochter. »Wer ist das? Wessen Stimme ist das?«

Meg starrte Miri an und meinte ehrfürchtig: »Eine Fee.«

Miri trat näher und lächelte dem kleine Mädchen freundlich zu. »Nein, ich bin eine Freundin deines Vaters und heiße Miribelle Cheney.«

»Miribelle Cheney?«, fauchte Cassandra. »Ich erinnere mich an dich, du bist Gabrielles Schwester, die Unscheinbare.«

Miri beachtete sie nicht weiter. Sie kniete sich vor das verängstigte kleine Mädchen. »Meg, ich möchte, dass du mir gut zuhörst und mir in die Augen siehst. Selbst ein magisches Amulett hat nur Macht über dich, wenn du es zulässt. Ich sage dir jetzt etwas, was mir meine Mutter vor langer Zeit erzählt hat: Die Macht eines jeden Zaubers entspringt deinem eigenen Geist.« Miri legte die Hand an ihre Schläfen. »Aber der stärkste Zauber stammt aus diesem Bereich.« Sie legte die Hand auf ihr Herz.

»Niemand kann Macht über dich haben, wenn du es nicht zulässt – nicht einmal deine Mutter.«

»Ach nein?«, warf Cassandra höhnisch ein. »Ich werde euch gleich zeigen, wie stark meine Macht ist.«

Ihre Hand umklammerte das Medaillon immer fester. Megs Hand fuhr an ihre Brust, und sie schrie schmerzerfüllt auf.

Martin zog an Miris Arm. »Miri, was tust du da? Du kannst nicht …«

Doch Miri wich ihm aus und bat ihn zu schweigen. Sie hielt den Blick weiter fest auf Meg gerichtet, fesselte den Blick des Kindes, ließ nicht davon ab. Obwohl Tränen der Angst und des Schmerzes in die Augen der Kleinen traten, erwiderte sie Miris Blick wie gebannt.

»Schau mich an, Meg, nur mich«, befahl Miri. »Und dann tu, was ich dir sage: Nimm dein Medaillon, und streife es über den Kopf.«

Die Finger der Kleinen tasteten nach dem Amulett um ihren Hals. Ihre Mutter zischte wütend, und Meg schrie wieder gepeinigt auf und sank auf die Knie, sah Miri jedoch weiter an.

»Ich – ich kann es nicht. Es ist zu schwer. Es zieht mich nach unten.«

»Miri, hör auf, du bringst sie noch um!«, rief Wolf aufgebracht, doch Miri gebot ihm mit einem barschen Wink zu schweigen.

»Es ist nicht zu schwer, Meg, es ist bloß eine Halskette, nichts weiter. Zieh sie einfach aus.«

»Wenn du das versuchst, Megaera, dann töte ich dich, das schwöre ich dir«, fauchte Cassandra.

»Nein, das wird sie nicht«, meinte Miri. »Sie kann dir nicht wehtun, Meg. Sie hat keine Macht über dich. Zieh die Kette aus.«

Das kleine Mädchen blickte Miri verzweifelt an, und als Miri in die grünen Tiefen starrte, sah sie all die Angst, den Schmerz und den Hass, mit dem Cassandra ihre Tochter überschwemmte. All die Zeit hatte Miri sich davor gefürchtet, sich mit dieser grausamen Zauberin messen zu müssen, aber sie hatte nicht damit gerechnet, dass sie durch die Augen eines Kindes mit ihr würde kämpfen müssen.

Es juckte sie in den Fingern, Megaera das Medaillon vom Hals zu reißen, doch sie wusste, dass Meg das selbst tun musste. Sie konnte nur versuchen, all ihre Kraft, ihr Licht und ihre Hoffnung in das Kind fließen zu lassen.

Meg schniefte. Obwohl ihr die Tränen übers Gesicht strömten, straffte sie die schmalen Schultern entschlossen, hakte die Finger in die Kette ein und riss sich das Medaillon mit einem kräftigen Ruck vom Hals. Dann warf sie es auf den Boden. Diese Anstrengung hatte das Kind den Rest seiner Kraft gekostet, weinend brach es zusammen. Aber Martin war schon da, er fing die Kleine auf und hob sie hoch.

Cassandras Finger zerrten vergeblich an ihrem Medaillon. Sie stieß einen furchtbaren Schrei aus, dann sank sie auf die Knie, und nun strömten ihr die Tränen über die Wangen. »Nein! Was habt ihr mir angetan? Ihr könnt mir meine Silberne Rose nicht wegnehmen. Sie ist alles, was ich habe.«

Martin drückte das schluchzende Kind an sich. Miri gab ihm einen kleinen Schubs.

»Martin, du musst Meg fortbringen, bevor die Königin sich erholt und ihre Wache auf sie und Cassandra loslässt.«

Martin starrte sie an. »Und was wird aus dir?«

»Ich muss zurück zu Simon.«

»Zum Teufel noch mal …«, fing Martin an, aber Miri ließ ihn nicht ausreden.

»Wir haben keine Zeit, uns zu streiten. Meg droht die größte Gefahr von der dunklen Königin. Du musst sie aus Paris wegschaffen und auf Simons Hof bringen. Dort treffen wir uns wieder.«

Meg klammerte sich an ihn und vergrub das tränennasse Gesicht an seiner Schulter. Er funkelte Miri wütend an. »Verflixt noch mal, Miri, ich kann dich doch nicht einfach hier zurücklassen. Bitte mich nicht, zu wählen zwischen …«

»Das ist nicht deine Wahl, es ist meine. Und jetzt geh, bevor es zu spät ist.«

In der Ferne wurden Rufe laut. Offenbar war die Palastwache schon unterwegs. Martin warf Miri noch einen letzten gequälten Blick zu, dann floh er mit seiner Tochter Richtung Stadt.

Miri überlegte noch, wie sie nun vorgehen sollte. Plötzlich merkte sie, dass Cassandra ans Flussufer getreten war. Bei ihrem Streit mit Martin hatte Miri die Zauberin völlig vergessen. Cass hatte die Pause genutzt, um sich zum Ufer zu tasten. Ob vorsätzlich oder aus Versehen – sie geriet ins Rutschen und fiel mit einem lauten Platsch ins Wasser.

Miri eilte zum Ufer, kniete sich hin und wollte die Frau noch an den Röcken festhalten, doch die Strömung hatte Cass bereits erfasst und trieb sie fort. Sie fuchtelte ungestüm herum, als sich ihr Gewand mit Wasser vollsog und das Gewicht des Stoffes sie nach unten zog. Ihre verzweifelten Versuche, oben zu bleiben, führten sie nur weiter weg vom Ufer. Sie ging unter, dann tauchte sie noch einmal keuchend auf.

Inzwischen war auch die Palastwache zur Stelle. Miri spürte, wie sich eine Hand auf ihre Schulter legte. Sie wandte sich zu dem Mann um, der sich drohend über sie gebeugt hatte. »Wir müssen etwas tun! Wir müssen ihr helfen.«

Aber dann erkannte sie, dass es zu spät war. Cassandras leichenblasse Hand tauchte ein letztes Mal aus dem Wasser auf, dann verschwand sie in den glitzernden Fluten.

* * *

Simon lag mit geschlossenem Auge auf einem Bett. Er zuckte zusammen, als sich Miri um seine Stirnwunde kümmerte. Das Vierpfostenbett diente normalerweise einer Hofdame von hohem Stand, und der ganze Raum war mit wunderbaren Gobelins geschmückt.

Das war zwar besser als das feuchte Gefängnisverlies, mit dem Miri fast schon gerechnet hatte, doch trotzdem waren sie gefangen. Sie konnte nur hoffen, dass wenigstens Martin und Meg die Flucht gelungen war.

Behutsam tupfte sie Simon das Blut von der Stirn. Mehr konnte sie im Moment nicht tun.

»Beim Behandeln von Menschen bin ich nicht so geschickt. Wenn du ein Hund wärst, würde es mir leichterfallen. Aber ich habe den Eindruck, deine Wunde muss genäht werden.«

»Es geht mir gut, Miri«, beharrte er. »Ich muss aufstehen.« Er wehrte sich gegen ihre Versuche, ihn dazu zu bringen, ruhig liegen zu bleiben.

»Ich weiß nicht, ob du die Wirkung von Megs Schlafpulver schon überwunden hast.«

»Doch, aber jetzt ist mir schwindlig von dem Parfüm auf dem Kopfkissen.« Er rümpfte angewidert die Nase. »Es erinnert mich an …«

»An Gillian Harcourt?«, fragte Miri leise.

Er nahm die Hand von den Augen und sah sie schuldbewusst an. »Miri, es tut mir leid, dass du es auf diese Weise erfahren hast. Aber Gillian und ich haben uns schon vor Langem getrennt. Eigentlich waren wir nie richtig zusammen. Es waren nur ein paar Wochen, in denen wir uns gegenseitig benutzt haben.«

»Ach, Simon, du musst mir das nicht erklären.«

Er nahm ihre Hand, doch bevor sie reagieren konnte, klopfte es, und die Tür ging auf.

Ambroise Gautier trat ein, das Kinn noch geschwollen von Simons Faust. Er wandte sich mit widerwilliger Höflichkeit an Simon. »Ah, verzeiht mir die Störung in solch einem zarten Moment, aber ich soll Euch und die Dame zu Ihrer Majestät geleiten.«

Flankiert von Wachleuten wurden Miri und Simon in das Vorzimmer der Königin geführt. Ambroise Gautier kündigte sie an, dann zog er sich ehrerbietig zurück. Verwundert bemerkte Simon, dass sie mit Katharina allein waren. Die Königinmutter wirkte nach den Ereignissen in ihrem Park bleich und mitgenommen. Auch Simon war noch einigermaßen benebelt. Ihm war bewusst, dass sich Katharina nur dank schierer Willenskraft erheben konnte, um sie zu begrüßen.

Wie immer wusste Simon nicht recht, was er von dieser Frau zu erwarten hatte. Er wusste nur, dass er die dunkle Königin lieber ohne Miri getroffen hätte. Als er nun vortrat, um sich zu verbeugen, versuchte er, Miri möglichst im Hintergrund zu halten.

Doch die dunkle Königin war sich durchaus der beiden bewusst. »Monsieur Aristide, Mademoiselle Cheney, bitte tretet vor. Ich sehe in letzter Zeit nicht mehr besonders gut, und diesen schrecklichen Staub einzuatmen hat mir mit Sicherheit nicht geholfen.«

Simon verbeugte sich, doch die dunkle Königin achtete kaum auf ihn. Ihre Aufmerksamkeit galt vor allem seiner Begleiterin. Als Miri einen Knicks machen wollte, streckte sie die Hand aus und meinte: »Tretet näher, Kind.«

Simon wollte sie zurückhalten, doch die dunkle Königin meinte nur sarkastisch: »Keine Angst, Monsieur Aristide. Ich werde die junge Frau schon nicht auffressen.«

Miri trat vor, den Kopf stolz erhoben, die Schultern gestrafft wie alle Herrinnen von Faire Isle. Die stolze Haltung behielt sie sogar bei ihrem Hofknicks bei. Katharina nahm sie am Kinn und blickte auf sie hinab.

»Miribelle Cheney, die jüngste von Evangelines Töchtern. Ich erinnere mich noch an Euch, als Ihr in jenem Sommer Eure Schwester Gabrielle in Paris besucht habt. Damals wart Ihr noch recht jung, ein Mädchen mit verstörenden Augen.«

»Verstörend, Majestät?«, fragte Miri.

»Jawohl, mein Kind. Früher konnte ich recht gut in den Augen lesen. Jedem konnte ich die dunkelsten Geheimnisse aus der Seele locken. Doch Eure Augen waren immer ein beunruhigender Spiegel, in dem sich meine eigenen dunkelsten Geheimnisse zeigten.« Sie ließ Miris Kinn los und trat zurück. »Ach, macht Euch nichts daraus. Das sind nur die Nachwirkungen dieses grässlichen Staubs. Ich plappere zu viel.«

Als Miri sich erhob und zu Simon zurückkehrte, rieb sich Katharina den Nasenrücken, als wolle sie ihren Kopf klarbekommen. »Na gut, Monsieur Aristide, unsere Allianz hat nicht gerade zu dem Ergebnis geführt, das ich mir erhofft hatte. Natürlich war mir zu dem Zeitpunkt, als wir sie eingingen, nicht bewusst, dass Ihr auch Hilfe von Faire Isle hattet.«

»Ich sah keine Notwendigkeit, Euch darauf hinzuweisen,

Euer Gnaden. Schließlich verfolgten wir dasselbe Ziel«, erwiderte er herausfordernd, wohl wissend, dass sie dem kaum widersprechen und eingestehen konnte, worauf sie es wirklich abgesehen hatte.

»Richtig. Dennoch müsst Ihr zugeben, dass wir drei ein eher unwahrscheinliches Gespann abgeben. Doch da Ihr mit Euren Berichten ein wenig nachlässig wart, könnt Ihr mir ja vielleicht jetzt erklären, was heute eigentlich in meinem Garten vor sich gegangen ist.«

Simon erläuterte ihr rasch, was er von Cassandras finsteren Plänen wusste. »Ich glaube, ursprünglich wollte die Silberne Rose einen Gifthauch mischen, der sich auf Euer Gnaden senken sollte – etwas so Mächtiges, dass es Euch in den Wahnsinn getrieben hätte. Und wenn der Herzog von Guise Euch seine Aufwartung gemacht hätte …«

»Dann hätte ich ihn ermorden lassen. Und das hätte zu einem Aufstand der Katholiken in Paris geführt; wahrscheinlich hätten sie den Palast gestürmt und mich und meinen Sohn umgebracht. Ein sehr schlauer Plan.«

Miri wagte einzuwenden: »Mir kommt er völlig verrückt vor.«

»Nein, meine Liebe, die Rechnung hätte aufgehen können. Nur eines spricht dagegen: Der Herzog von Guise weilt momentan gar nicht in Paris. Sein Treffen mit dem König ist um einen Monat verschoben worden. Aber das konnte die Silberne Rose nicht wissen, weil Gillian es nicht wusste. Die Frau hat sich mir gegenüber als ausgesprochen undankbar erwiesen. Nun ist es ihr gelungen zu fliehen, aber meine Wache sucht bereits nach ihr. Hoffentlich wird sie bald gefasst, und dann wird sie sich vor mir für ihre Treulosigkeit verantworten müssen.«

Katharinas Worte ließen Simon erschaudern. Trotz Gillians Verrat hatte er Mitleid mit seiner ehemaligen Geliebten, aber er konnte nichts für sie tun.

Er versuchte, Katharinas Stimmung einzuschätzen. Sie war bestimmt verärgert über seine mangelnde Zusammenarbeit und bitter enttäuscht, dass das Buch, das sie für das *Buch der Schatten* gehalten hatte, eine Fälschung gewesen war. Doch wie immer schien sie ihre Gefühle bestens im Griff zu haben und fragte nur: »Also steckte diese Cassandra Lascelles hinter allem? Sie war die Silberne Rose? Und Ihr seid Euch sicher, dass sie tot ist?«

»Davon gehen wir aus, Euer Gnaden. Sie ist in den Fluss gefallen.«

»Ich habe mit eigenen Augen gesehen, wie sie ertrunken ist«, fügte Miri leise hinzu und erschauderte. Ungeachtet der dunklen Königin nahm Simon tröstend ihre Hand.

»Die Frau ist zweifelsohne tot, Eure Majestät«, erklärte Simon. »Und leider hat sie ihr armes Kind mit sich gerissen. Die beiden haben bestimmt nicht überlebt.«

Als Miri überrascht zusammenzuckte, drückte Simon warnend ihre Hand. Doch Katharina war offenbar so in Gedanken versunken, dass sie nichts bemerkte. Sie lief mit finsterer Miene auf und ab.

»Das Kind interessiert mich nicht. Ich will nur wissen, was aus dem echten *Buch der Schatten* geworden ist.«

»Nun, Euer Gnaden, nachdem die Silberne Rose tot ist, werden wir das wohl nie erfahren«, erwiderte Simon unbewegt.

Er hatte allerdings eine ziemlich genaue Vorstellung, wo sich das Buch befand. Bei nächster Gelegenheit wollte er das *Maison d'Esprit* gründlich durchsuchen. Aber als Katharina ihn böse anfunkelte, bemühte er sich weiter um eine möglichst ausdruckslose Miene.

»Offenbar habe ich Eure Fähigkeiten bei Weitem überschätzt, Meister Hexenjäger. Ich hatte erwartet, dass Ihr herausfindet, wo sich dieser Hexenzirkel aufhält – und auch, wo dieses teuflische Buch gelandet ist. Wer weiß, wie viele ihrer Anhänger sich noch auf freiem Fuß befinden?«

»Nachdem die Silberne Rose fort ist, glaube ich nicht, dass Euch von ihnen noch Gefahr droht, Euer Gnaden.«

»Trotzdem habt Ihr mich bitter enttäuscht.«

»Euch enttäuscht?« Miri bebte vor Empörung. »Euer Gnaden scheinen bereits vergessen zu haben, dass Monsieur Aristide sein Leben aufs Spiel gesetzt hat, um den Plan der Zauberin zu vereiteln. Wenn es tatsächlich ein Gifthauch gewesen wäre und nicht nur ein Schlafpulver, hättet Ihr Euren Verstand verloren, und das ganze Land stünde jetzt vielleicht am Rand einer Revolution.«

Katharina schürzte die Lippen. »Das ist wahr«, gab sie widerwillig zu. »Und er hat mir wohl tatsächlich die Silberne Rose vom Hals geschafft.«

»Und dafür habt Ihr Simon eine Belohnung in Aussicht gestellt, wie er mir erzählt hat«, erinnerte Miri sie.

»Er meinte, er wolle nichts. Aber wie die meisten Männer hat er inzwischen wahrscheinlich seine Meinung geändert und sich doch noch etwas einfallen lassen.«

Simon musste nicht lange nachdenken, bevor er erwiderte: »Ja, eines gibt es tatsächlich: Ich möchte Euch bitten, der Herrin von Faire Isle und ihrem Gemahl ihr Anwesen zurückzugeben.«

Miri keuchte leise auf, und selbst Katharina wirkte verdutzt.

»In dem Moment, in dem ich glaube, zu alt für Überraschungen zu sein, überrascht Ihr mich, Monsieur Aristide. Ein Hexenjäger, der einer Hexe zu ihrem Hab und Gut verhelfen will?«

»Nein«, entgegnete er. »Einer sehr weisen Frau und ihrem Gemahl. Ich habe vor einigen Jahren einen großen Fehler gemacht, und ich glaube, Ihr auch. Euer Gnaden hoffen wahrscheinlich ebenso inständig wie ich, dass die Sache mit der Silbernen Rose nun ein Ende hat. Aber bei all den Hexen, die über das ganze Land verstreut sind, wäre es gut, die Herrin von Faire Isle wieder auf ihrer Insel zu wissen, damit sie dazu beiträgt, dass diese Hexen keinen Schaden mehr anrichten.«

Die dunkle Königin runzelte nachdenklich die Stirn. »Zum ersten Mal scheinen wir einer Meinung zu sein, Meister Hexenjäger«, entgegnete sie schließlich. »Seit dem Überfall auf Faire Isle scheint die Welt aus dem Lot geraten zu sein. Aber man müsste wissen, wo man die Herrin finden kann.«

»Ich glaube, dabei könnte ich behilflich sein, Euer Gnaden«, meinte Miri. »Ich werde meine Schwester mit Freuden so bald wie möglich benachrichtigen.«

Die Königin nickte mürrisch, dann wandte sie sich wieder an Simon. »Und was ist mit Euch, Monsieur? Kann ich Euch überreden, mir weiter zu dienen, bis die versprengten Hexen aufgespürt sind?«

Doch Simon schüttelte den Kopf. Er drückte Miris Hand und erwiderte: »Nein, Euer Gnaden, meine Tage als Hexenjäger sind vorüber.«

Epilog

Die Sonne funkelte auf dem Teich, eine leichte Brise raschelte durch die Bäume. Nach all der Gewalt und der Aufregung in Paris war Simons Hof ein friedlicher Hafen. Miri holte tief Luft, sie hatte das Gefühl, endlich wieder richtig atmen zu können. Sie stand lächelnd an der Türschwelle und beobachtete das Trio am Teich. Yves, Carole und Meg ließen Steinchen übers Wasser hüpfen und fütterten die Enten mit altem Brot.

Miris Lächeln wurde ein wenig traurig, als sie daran dachte, dass nur der Größte der drei, der hochgewachsene, unbeholfene Junge, im Herzen immer ein Kind bleiben würde. Nach allem, was Meg und Carole durchgemacht hatten, waren sie innerlich viel zu schnell gealtert. Aber jetzt war es eine Freude, ihnen zuzusehen, wie sie lachten und Spaß hatten und einfach nur Kinder waren.

Als ein Schatten über sie fiel, sah sich Miri um und bemerkte, dass Wolf sich zu ihr gesellt hatte und seine Tochter betrachtete. Seine Lippen zuckten ironisch. »*Mon Dieu,* ihr scheint es hier ausgesprochen gut zu gefallen. Was ist das nur mit euch weisen Frauen und der Natur?«

Miri lachte. »Ich weiß nicht, ob ich dir das je erklären kann.«

Martin wurde ein bisschen schwermütig. »Sie ist glücklich. Es ist das erste Mal, dass ich sie lächeln sehe, seit … seit …« Weder er noch Miri wollten den Satz beenden – seit dem düsteren Moment, als man dem Kind schonend beigebracht hatte, dass seine Mutter tot war.

»Fast wünschte ich, ich könnte sie hierlassen, aber …«

»Ich weiß.« Miri sah ihn traurig an. Sie hatten entschieden, dass es wohl das Beste wäre, wenn Martin mit Meg verschwinden würde. Obwohl Cassandra Lascelles' Leichnam nie geborgen worden war, hatte sie es bestimmt nicht geschafft, dem Fluss lebend zu entkommen. Miri hoffte, dass die verrückten Pläne der Frau mit ihr gestorben waren, aber als Simon das Haus in Paris durchsucht hatte, waren die restlichen Mitglieder des Zirkels bereits geflohen, und das *Buch der Schatten* war ebenfalls verschwunden gewesen. Nicht einmal in der versteckten Kellerkammer hatte er es finden können. Vielleicht waren einige der Hexen noch immer entschlossen, ihre Silberne Rose zu finden und Cassandras Traum wiederaufleben zu lassen. Außerdem bestand die Gefahr, dass die dunkle Königin herausfand, dass Simon sie über die Identität der Silbernen Rose belogen hatte und Meg nicht zusammen mit ihrer Mutter ertrunken war.

»Wohin willst du gehen?«, fragte sie ihn. »Ich dachte, du könntest sie vielleicht nach Faire Isle bringen.«

Wolf schüttelte den Kopf. »Nein. Nicht einmal, wenn Ariane wieder dort wohnt, wäre ich überzeugt, dass meine Tochter dort sicher wäre. Ich weiß nicht einmal, ob ich sie heil nach Navarra bringen und dort mit ihr leben kann. Ich glaube, es ist am besten, wenn wir Frankreich verlassen.« Er rang sich ein mattes Lächeln ab. »Wir werden es schon schaffen. Mach dir keine Sorgen um uns, Miri. Ich glaube, Meg gefällt es in England sehr gut. Für sie wird es wie eine Heimkehr sein. Und auch ich war dort oft genug unterwegs, um mich als Engländer ausgeben zu können, auch wenn ich bei dem Gedanken erschauere. Ach, was man nicht alles für seine Kinder tut …« Doch im nächsten Moment wich sein Lächeln einer gewissen Wehmut. »Mein Gott, Miri, ich hatte noch nie jemanden, den ich als Verwandten bezeichnen konnte. Als Hauptmann Remy mich zu sich nahm, habe ich euch alle als meine Familie angesehen, aber Meg – Meg ist tatsächlich mein eigen Fleisch und Blut.« Er wirkte, als könne er es kaum glauben. »Ich bin ihr Vater. Ich, ein Papa. Wer hätte das gedacht?«

»Du wirst bestimmt ein guter Vater.«

Er schüttelte den Kopf. »Es macht mir große Angst. Ich habe

keine Ahnung, wie ich es bewerkstelligen soll. Ich hatte nie einen Vater. Wenn ich an all die Fehler denke, die mir womöglich unterlaufen …«

»Du wirst bestimmt bald herausfinden, dass Kinder sehr robust sind. Ein bisschen Liebe und Sonnenschein, mehr brauchen sie nicht, um zu wachsen und zu gedeihen. Betrachte deine Vaterschaft doch einfach als ein weiteres großes Abenteuer.«

»Es gibt nur einen Unterschied: Diesmal mache ich mir vor Angst fast in die Hosen.« Aber dann hielt er inne, denn Meg hatte sich zu ihnen gesellt.

Sie stellte sich neben ihn und nahm ihn an der Hand. »Du brauchst keine Angst zu haben, Papa. Ich kümmere mich schon um dich. Ich wollte mich auch immer um Maman kümmern, aber sie hat mich nicht gelassen.«

Eine Träne lief ihr über die Wange. Martin tupfte sie mit seinem Taschentuch weg und legte den Arm um seine Tochter. Miri kauerte sich vor sie und nahm ihre Hand.

Die Kleine musterte sie mit ihren ernsten Augen, die viel zu alt waren für das blasse kleine Gesicht. »Glaubt Ihr, ich bin sehr böse, Mademoiselle Cheney? Schließlich bin ich daran schuld, dass Maman ertrunken ist.«

Miri strich dem Mädchen sanft die Haare aus der Stirn. »Nein, Kind. Ich glaube, du hast alles getan, um sie zu retten. Manchmal können wir einem Menschen nicht helfen, auch wenn wir ihn sehr lieben. Wir können anderen nur helfen, wenn sie sich auch helfen lassen.«

Meg verzog das Gesicht. Sie war zwar sehr klug, doch für ein kleines Mädchen war das alles sehr viel. Sie fuhr mit den Händen an ihren Hals. »Ich habe das Medaillon, das Maman mir aufgezwungen hatte, immer gehasst, aber jetzt macht es mir ein bisschen Angst, dass es weg ist. Schließlich konnte ich sie so immer spüren, ich wusste immer, dass ich nicht allein war.«

»Nun, auch jetzt bist du nicht allein, und ich kann dir ein viel schöneres Amulett geben.« Miri holte Wolfs Medaillon aus ihrer Tasche und legte es der Kleinen um den Hals.

Meg betrachtete es und fuhr mit den Fingern den eingravierten Wolf nach. Als sie ihren Vater ansah, lag ein breites Lächeln auf ihrem Gesicht, das dadurch völlig verwandelt schien. *Eines Tages wird aus diesem Kind eine richtige Schönheit,* dachte Miri. Martin würde wirklich alle Hände voll zu tun haben. Aber diesen Gedanken behielt sie für sich, Wolf war ohnehin schon viel zu aufgeregt.

In dem Moment trat Simon aus der Scheune, Martins Pferd am Zügel, und auch Madame Pascale tauchte mit dem Proviant auf, den sie für die beiden gepackt hatte. Während Meg sich von Carole verabschiedete, wandte sich Martin an Miri und Simon.

»Nun gut, lebt wohl, Hexenjä…« Er stockte und verbesserte sich: »Aristide. Ich stehe für immer in Eurer Schuld, Monsieur. Selbstverständlich vertraue ich darauf, dass Ihr mir verzeiht, wenn ich Euch nicht zum Abschied umarme.«

»Schon gut«, meinte Simon und trat einen Schritt zurück. »Ganz im Gegenteil, ich bin Euch sogar ausgesprochen dankbar.«

»Ich müsste Euch auf immer böse sein und behaupten, dass Ihr mir meine Herrin des Mondes geraubt habt. Aber ich fürchte, sie hat mir nie gehört.«

»Mir ebenso wenig.«

»Die Herrinnen von Faire Isle folgen ihrem Herzen und treffen selbst ihre Wahl. Und mir ist klar, dass sie ihre Wahl getroffen hat«, meinte Martin bedrückt. »Ich muss Euch bestimmt nicht eigens sagen, dass Ihr Euch stets gut um sie kümmert.«

»Was bleibt mir anderes übrig? Schließlich habe ich keine Lust, dass Ihr noch einmal bei mir im Stall auftaucht.«

Die Männer gaben sich lächelnd die Hand. Dann wandte sich Martin an Miri, sein Herz war einen Moment lang so voll, dass er kein Wort herausbrachte. Er drückte ihre Hand. »Meine beste Freundin, du weißt, wenn du mich je brauchst …«

Sie nickte, und ihre Augen wurden feucht. »Mach dir keine

Sorgen um mich. Du hast jetzt einen anderen Menschen, der dich viel mehr braucht.«

Martin drückte einen Kuss auf ihre Wange, dann schwang er sich in den Sattel, hob seine Tochter hoch und setzte sie vor sich. Das Kind sah bewundernd zu ihm auf, als sie davontrabten. Yves rannte hinter ihnen her und schwenkte zum Abschied seine federgeschmückte Kappe.

Carole und Madame Pascale kehrten ins Haus zurück. Es mussten noch einige Vorkehrungen getroffen werden für Caroles Reise nach Faire Isle und zurück zu dem Kind, das dort auf sie wartete.

Miri stellte fest, dass Simon und sie allein waren. So etwas war seit ihrer Rückkehr aus Paris nur selten vorgekommen. Sie sahen sich lange stumm an.

»Nun«, meinte Simon schließlich, »wann willst du aufbrechen? Du kannst es doch bestimmt kaum erwarten, nach Faire Isle zurückzukehren.«

»Ja, ich möchte gerne dort sein, um Ariane bei ihrer Heimkehr zu begrüßen. Und natürlich muss ich Carole zurück zu ihrem Sohn begleiten. Simon, ich wünschte, du könntest mitkommen.«

»Ich glaube nicht, dass man sich dort über mich freuen würde.«

»Aber dir ist es zu verdanken, dass die Herrin von Faire Isle auf ihre Insel zurückkehren kann – und das soll jeder erfahren.«

»Du erwartest zu viel von den Menschen, Miri. Ich bin froh, dass ich eine kleine Wiedergutmachung leisten konnte, aber ich kann mir einfach nicht vorstellen, dass mir dort jemals verziehen wird und ich mit offenen Armen empfangen würde. Trotzdem weiß ich, dass Faire Isle deine Heimat ist, dorthin gehörst du, das ist der Ort, an dem du leben willst.«

Miri schüttelte den Kopf. »Das habe ich früher gedacht. Ariane hat mir gesagt, sie hofft, dass ich finde, wonach ich suche, wenn ich nach Faire Isle zurückkehre. Aber dort habe ich es nicht gefunden, dort habe ich nur nach meiner Vergangenheit gesucht. Meine Zukunft ist hier, bei dir.« Sie streckte eine Hand aus. Da er noch immer so aussah, als wage er kaum danach zu greifen, nahm sie seine Hand.

»Nur falls du nicht erkannt hast, was ich damit sagen will, Simon Aristide: Ich bitte dich, mein Ehemann zu werden.«

Er lächelte und zog kaum merklich eine Braue hoch. »Es ist ein wenig irritierend, wie kühn die Herrinnen von Faire Isle sind.«

Miri ließ sich von seiner Neckerei nicht abschrecken. »Einer von uns musste es ja sagen, und ich wusste, dass du es nicht sein würdest, mein zögerlicher Freier. Du hast mir noch nicht einmal gesagt, dass du mich liebst. Es ist ein großes Glück, dass ich es ausgezeichnet verstehe, in den Augen zu lesen.«

Simon führte ihre Hand an die Lippen. »Ich liebe dich, Miri, ich habe dich immer geliebt.« Lächelnd schloss er sie in die Arme.

»Weil ich immer deine größte Schwäche war?«

»Nein, Liebste«, murmelte er und gab ihr einen zärtlichen Kuss. »Meine größte Stärke.«